O IMPERADOR GOBLIN

Nesta obra fictícia, as ideias, falas e opiniões podem reforçar estereótipos e noções preconceituosas. Assim como as dos demais personagens e de seu autor, essas ideias são produtos do contexto da obra em que foram criadas e não necessariamente refletem a opinião da editora.

KATHERINE ADDISON

O IMPERADOR GOBLIN

Tradução
Fábio Fernandes

MORROBRANCO
EDITORA

O Imperador Goblin

MORRO BRANCO é uma editora do Grupo Editorial Alta Books (Starlin Alta Editora e Consultoria Ltda.)

ISBN: 978-65-6099-011-1

Impresso no Brasil — 1ª Edição, 2025 — Edição revisada conforme o Acordo Ortográfico da Língua Portuguesa de 2009.

Dados Internacionais de Catalogação na Publicação (CIP)
(BENITEZ Catalogação Ass. Editorial, MS, Brasil)

A181i
1.ed. Addison, Katherine
O imperador Goblin / Katherine Addison ; tradução Heci Regina Candiani. – 1.ed. – Rio de Janeiro : Morro Branco, 2025.
512 p.; 13,5 x 21 cm.

Título original: The Goblin emperor.
ISBN 978-65-6099-011-1

1. Ficção de fantasia. 2. Romance norte-americano. I. Candiani, Heci Regina. II. Título.

08-2024/113 CDD 813

Índice para catálogo sistemático:
1. Romances : Literatura norte-americana 813
Aline Graziele Benitez – Bibliotecária – CRB-1/3129

Produção Editorial: Grupo Editorial Alta Books
Diretor Editorial: Anderson Vieira
Vendas Governamentais: Cristiane Mutüs
Gerência Comercial: Claudio Lima

Coordenadora Editorial: Illysabelle Trajano
Produtora Editorial: Luana Maura
Tradução: Fábio Fernandes
Copidesque: Bonie Santos
Revisão: Nestor Turano Jr.
Diagramação: Vanessa S. Marine

ALTA BOOKS
GRUPO EDITORIAL

Rua Viúva Cláudio, 291 — Bairro Industrial do Jacaré
CEP: 20.970-031 — Rio de Janeiro (RJ)
Tels.: (21) 3278-8069 / 3278-8419
www.altabooks.com.br — altabooks@altabooks.com.br
Ouvidoria: ouvidoria@altabooks.com.br

Editora **afiliada à:**

Para meus pais,
Katherine por parte de um,
Addison por parte do outro

SUMÁRIO

EXCERTOS DO MANUAL DO VIAJANTE NAS TERRAS ÉLFICAS

(publicado pela Editora da Escada Torta
para a Guilda Real dos Comerciantes de Pencharn)

PRONÚNCIA

Não existem letras mudas em ethuverazhin. Duas vogais escritas juntas significam comprimento, a menos que a segunda vogal tenha trema, como no nome do grande rio central, Istandaärtha, caso em que devem ser pronunciadas separadamente. Os pares *ai* e *ei* são pronunciados normalmente, como se escreve, e representam os sons vocálicos de "pai" e "lei". O par *ee,* que ocorre raramente e é em grande parte arcaico, deve ser lido como *i.*

O ethuverazhin possui uma série de consoantes aspiradas. *Ch* tem som de *tch; kh,* um encontro consonantal comum apenas em ethuverazhin e em sua língua irmã, barizhin, é pronunciado como uma tosse no fundo da garganta. Não se aconselha que o viajante tente fazê-lo até ter grande familiaridade e conforto com o idioma. *Th* se pronuncia como na palavra "tia", mas com a língua entre os dentes. *Sh* se pronuncia como o ch em "charme". *Zh,* assim como *kh,* raramente é ouvido fora do Ethuveraz e das terras dos goblins; é pronunciado mais ou menos como um *j* arrastado.

A consoante *c* é sempre dura (os elfos ao longo da fronteira com Barizhan chegaram até a pegar emprestado o *k* da ortografia goblin), e o par de consoantes *cs* deve ser pronunciado, da melhor maneira possível, como um *c* e um *s* duros em elisão. Apóstrofos indicam apenas uma sílaba omitida e não devem ser marcados de forma alguma na fala. Em outros aspectos, o viajante achará a ortografia do Ethuveraz perfeitamente descomplicada.

NOMES

Nomes próprios são marcados por gênero. Nomes masculinos terminam em *-a*, *-is* e *-et*, como no popular conto maravilhoso sobre os irmãos Vana, Vanis e Vanet, no qual Vanet, o mais jovem e mais fraco, é o único que consegue levantar a espada Cartheio da bigorna do ogro. Nomes femininos terminam em *-o* e *-an*. A desinência *-u* aparece em nomes de ambos os gêneros.

Nomes de família são de suma importância para o povo das Terras Élficas. O viajante deve lembrar que cada nome de família é uma raiz à qual sufixos são adicionados para marcar gênero e estado de casamento. Os homens usam o sufixo *-ar*, as mulheres casadas usam *-aran*, e as solteiras usam *-in*. O sufixo *-ada* significa "muitos" e é usado para denotar a família — ou "casa", como os elfos chamam — tal qual um corpo coletivo. Entre a plebe do sul, ao longo da fronteira com as terras dos goblins, os sufixos *-a*, *-o* e *-eth* ainda podem ser encontrados, e os pastores das planícies ocidentais flexionam seus nomes com *-ezh*, *-ezho* e *-ezhen*.

Nomes de lugares também carregam marcadores. Observe que cidades e rios recebem ambos os nomes de seus espíritos tutelares, e, assim, cidades são sempre femininas, e rios, sempre masculinos. Aconselha-se *fortemente* que o viajante ignore as rimas grosseiras sobre o rio Istandaärtha e a cidade de Cairado que podem ser ouvidas entre as camadas mais vulgares da população. O sufixo *-ee* denota uma habitação, ao passo que o sufixo *-an* denota um local de encontro. *Theileian*, palavra para "salão", carrega uma conotação especificamente governamental ou jurídica. O *Untheileian*, o salão do imperador, traz um prefixo arcaico, cujo significado exato se perdeu. Os filólogos se dividem entre aqueles que acreditam que derive da palavra para "sabedoria" e aqueles que acreditam que derive da palavra para "centro".

FORMAS DE TRATAMENTO

Os elfos são um povo antigo e meticuloso. Aconselha-se que os viajantes sempre pequem pelo excesso de educação. Nunca se dirija com informalidade a um elfo na segunda pessoa, "tu" ou "te", mesmo a pessoas humildes, como camareiras e garçons. Excesso de formalidade da parte de um estrangeiro é perdoado; grosseria, não.

Títulos élficos também são complicados, e o viajante incauto está propenso a tropeçar neles. Crianças menores de treze anos devem sempre ser tratadas como michen, "pequeno" ou "pequena". Embora a idade da maioridade legal no Ethuveraz seja dezesseis anos, frequentemente espera-se que crianças de treze comecem a ocupar seus lugares no mundo adulto; portanto, devem ser tratadas como adultas.

Homens são *mer*, mulheres casadas são *merrem*, solteiras são *min*. (O viajante pode procurar a aliança de juramento de ferro na mão direita da mulher.) Até mesmo o mais simples baronete, no entanto, deve ser tratado como *osmer*, sua esposa como *osmerrem*, sua filha como *osmin*. Aqueles de posição mais elevada — e mantenha a calma, viajante, você não os encontrará desprevenidos — têm o prefixo *dach'-* (abreviado de dachen, "maior") anteposto ao prefixo *os-* (que significa "honrado" ou "honrada"), gerando as formas de tratamento *dach'osmer*, *dach'osmerrem* e *dach'osmin*. O imperador é tratado sempre e somente por "Serenidade".

As guildas de artesãos das Terras Élficas têm hierarquia e títulos próprios, com os quais o viajante não precisa se preocupar. Pessoas da classe dos artesãos podem sempre ser corretamente tratadas por *mer*, *merrem* e *min*.

OS IMPERADORES

As Terras Élficas são governadas pela família Drazh há mais de dois mil anos, embora deva-se confessar que a continuidade dessa dinastia é, de certa maneira, uma ficção política devido a adoções estratégicas, pelos imperadores, de seus herdeiros escolhidos. Os imperadores assumem um cognome ao ascender ao trono; estes são nomes invariavelmente arcaicos e complicados que o viajante não ouvirá serem usados em outras ocasiões e ainda por cima são marcados pelo prefixo imperial. Antes da unificação das Terras Élficas oriental e ocidental por Edrevenivar, comumente chamado de Conquistador, o prefixo imperial sempre foi *Bel-*. Desde Edrevenivar, embora nenhum imperador tenha tomado seu cognome, o prefixo imperial passou a ser *Edre-* em sua homenagem. Mais recentemente, Varenechibel I optou por adotar o prefixo *Vare-*, que a plebe considerou um insulto aos ancestrais dele e, portanto, um prenúncio de azar.

UMA RELAÇÃO DE PESSOAS, LUGARES, COISAS E DEUSES

Aäno: aia em Edonomee; filha de Kevo.

Adremaza: o mestre do Athmaz'are.

Aisava, Csevet: um mensageiro; depois secretário de Edrehasivar VII.

Aizheveth: Testemunha do *Sabedoria de Choharo*; acadêmica de segunda categoria.

Akhalarna: um deus.

Alcethmeret: a residência do imperador dentro da Corte Untheilenesa.

Alchenada: uma casa nobre.

Alchenin, Doru: uma nobre.

Amalo: uma cidade em Thu-Athamar.

Anmura: deus do sol e da guerra.

Anmur'theileian: uma fortaleza construída pelos elfos nas Estepes de Evressai; chamada pelos nazhmorhathveras de Lembrança da Morte ou Ossos de Carniça.

Anvernel: um país do outro lado do Mar de Chadevan.

Árvore de Pedra: uma casa de chá em Amalo.

Ashedro: uma cidade em Thu-Athamar; sede de uma universidade.

Ashevezhko: a deusa barizhesa do mar.

Athmaz'are: a instituição dos mazei do Ethuveraz.

Athamara: um rio do Ethuveraz; encontra o Istandaärtha em Cairado.

Atterezh, Clemis: o Mestre de Guarda-Roupa do imperador.

Aveio: uma cidade em Thu-Evresar.

Avris: um dos edocharei do imperador.

Bakhoree: uma mansão pertencente aos Drazhada em Thu-Cethor.

Barizhan: país vizinho ao sul do Ethuveraz; a terra dos goblins.
Barizhin: a língua de Barizhan.
Bazhevada: uma casa nobre.
Bazhevar, Dalera: sobrinho do conde Bazhevel.
Bazhevel: um conde de Thu-Tetar.
Bazhevin, Stano: noiva de Ciris Drazhar; filha do conde Bazhevel.
Belmaliven IV (falecido): Belmaliven Zhas, o 123º imperador das Terras Élficas; irmão de Belmaliven V; pai de Belvesena XI e Belmaliven VI.
Belmaliven V (falecido): Belmaliven Zhas, o 124º imperador das Terras Élficas; irmão de Belmaliven IV.
Belmaliven VI (falecido): Belmaliven Zhas, o 126º imperador das Terras Élficas; filho de Belmaliven IV; irmão de Belvesena XI.
Beltanthiar III (falecido): Beltanthiar Zhas, o 113º imperador das Terras Élficas; defendido por Hanevis Athmaza de Orava, o Usurpador.
Beltanthiar V (falecido): Beltanthiar Zhas, o 121º imperador das Terras Élficas; um imperador criança que não chegou à idade adulta.
Belthelema IX (falecido): Belthelema Zhas, o 88º imperador das Terras Élficas; marido de Valestho Drazharan.
Belu: um soldado da Hezhethora.
Belvesena XI (falecido): Belvesena Zhas, o 125º imperador das Terras Élficas; filho de Belmaliven IV; irmão de Belmaliven VI.
Berenada: uma casa nobre.
Berenar, Eiru: a Testemunha do Tesouro; mais tarde lorde chanceler; marido de Anzhevo Berenaran.
Berenaran, Anzhevo: esposa de Eiru Berenar.
Beshelar, Deret: Primeiro Nohecharis de Edrehasivar VII.
Bralchenar, Evrenis: um trabalhador de dirigível; seguidor de Curnar.
Bromada: uma casa nobre.
Bromar: a Testemunha dos Estrangeiros.
Budarezh: um romancista cômico.
Cairado: uma cidade em Thu-Athamar.
Cala Athmaza: Primeiro Nohecharis de Edrehasivar VII.
Calestho: uma cidade em Thu-Evresar.
Cambeshada: uma casa nobre.
Cambeshin, Dinan: uma companheira de brincadeiras de Ino Drazhin.
Carcethlened, Amu: um poeta de Barizhan.
Cavalos das Nuvens: um bar em Amalo.

Celehada: uma casa nobre.

Celehar, Thara: uma Testemunha dos Mortos; parente de Csoru Drazharan.

Celehel: um conde de Thu-Cethor; pai de Csoru Drazharan.

Celvaz: um país que faz fronteira com o Ethuveraz.

Ceredada: uma casa nobre.

Ceredel: um marquês de Thu-Cethor.

Ceredin, Csethiro: sobrinha-neta de Arbelan Drazharan; filha do marquês Ceredel.

Cetho: a cidade ao redor da Corte Untheilenesa.

Cethora: um rio do Ethuveraz; encontra o Istandaärtha em Zhaö.

Cetho, Liga dos Trabalhadores de: organização da classe trabalhadora de Cetho.

Ceth'ulimeire: o ulimeire de Cetho.

Cethoree: uma mansão pertencente aos Drazhada; aonde Arbelan Drazharan foi relegada por Varenechibel IV.

Chavada: uma casa nobre.

Chavar, Nurevis: filho de Uleris Chavar.

Chavar, Uleris: lorde chanceler do Ethuveraz.

Chavel: um visconde de Thu-Athamar; irmão de Uleris Chavar.

Chevarimai: um deus cujo culto foi suprimido.

Choharo: uma cidade em Thu-Istandaär.

Clunethada: a casa principal de Thu-Athamar.

Clunethar, Orchenis: príncipe de Thu-Athamar; marido de Uleviän Clunetharan.

Clunetharan, Ebreneän (falecida): irmã de Varenechibel IV.

Clunetharan, Uleviän: filha do duque Tethimel; esposa de Orchenis Clunethar, príncipe de Thu-Athamar.

Convento dos Faroleiros: um convento em Urvekh' para devotos de Ashevezhkho.

Corat' Arhos: Crueldade da Água; a serpente do mar.

Corat' Dav Arhos: o palácio do Grande Avar de Barizhan.

Corazhas: conselheiros do imperador; o grupo dos Corazhas é composto por sete Testemunhas: a Testemunha do Judiciário, a Testemunha da Prelazia, a Testemunha das Universidades, a Testemunha do Tesouro, a Testemunha do Athmaz'are, a Testemunha dos Estrangeiros e a Testemunha do Parlamento.

Csaivo: deusa dos rios, da água, do nascimento e da cura.

Csedo: uma cidade em Thu-Istandaär.

Csovar, Tanet: a Testemunha do Imperador.

Cstheio Caireizhasan: deusa das estrelas, da sabedoria e da magia.

Curnar, Olvaris (falecido): um filósofo; executado no reinado de Varevesena.

Dachen Mura: as Joias Maiores do imperador.

Daiano: uma cidade em Thu-Cethor, ao norte de Ezho; famosa por suas nascentes minerais.

Dalar, Evru (falecido): marido de Oseian Dalaran; amante de Thara Celehar.

Dalaran, Oseian (falecida): esposa de Evru Dalar.

Danivada: uma casa nobre.

Danivaran, Aro: uma nobre.

Danivin, Thiriän: filha de Aro Danivaran.

Dazhis Athmaza: Segundo Nohecharis de Edrehasivar VII.

Deshehar: a Testemunha do Parlamento.

Dorashada: uma casa nobre de Thu-Cethor.

Dragão Glorioso: o navio de Shaleän Sevraseched.

Drazhada: a casa governante do Ethuveraz.

Drazhar, Cora: pajem na casa de Csoru Drazharan; primo de terceiro grau de Maia Drazhar.

Drazhar, Ciris (falecido): segundo filho de Varenechibel IV e Pazhiro Drazharan (terceiro filho do imperador); noivo de Stano Bazhevin; morto no acidente do *Sabedoria de Choharo*.

Drazhar, Ermezhis (falecido): um arquiduque dos Drazhada; um inválido.

Drazhar, Idra: príncipe da Corte Untheilenesa; filho de Nemolis Drazhar e Sheveän Drazharan; irmão de Ino Drazhin e Mireän Drazhin.

Drazhar, Maia: filho único de Chenelo Drazharan e Varenechibel IV (quarto filho do imperador); relegado por seu pai primeiro a Isvaroë (com Chenelo Drazharan) e depois a Edonomee (com Setheris Nelar); *veja também* Edrehasivar VII.

Drazhar, Nazhira (falecido): filho mais velho de Varenechibel IV e Pazhiro Drazharan (segundo filho do imperador); morto no acidente do *Sabedoria de Choharo*.

Drazhar, Nemera (falecido): *veja* Varenechibel IV.

Drazhar, Nemolis (falecido): príncipe da Corte Untheilenesa; filho de Varenechibel IV e Leshan Drazharan; marido de Sheveän Drazharan; pai de Idra Drazhar, Mireän Drazhin e Ino Drazhin; morto no acidente do Sabedoria de Choharo.

Drazharan, Arbelan: primeira esposa de Varenechibel IV; posta de lado por esterilidade e relegada a Cethoree.

Drazharan, Chenelo (falecida): segunda filha legítima de Maru Sevrasechad, o Grande Avar de Barizhan; quarta esposa de Varenechibel IV; mãe de Maia Drazhar; relegada a Isvaroë por Varenechibel IV, onde morreu.

Drazharan, Corivero (falecida): uma imperatriz; uma ópera, *O sonho da imperatriz Corivero*, foi escrita sobre ela.

Drazharan, Csoru: quinta esposa de Varenechibel IV; parenta de Thara Celehar.

Drazharan, Leshan (falecida): segunda esposa de Varenechibel IV; mãe de Nemolis Drazhar e Nemriän Imaran.

Drazharan, Parmeno (falecida): uma imperatriz.

Drazharan, Pazhiro (falecida): terceira esposa de Varenechibel IV; mãe de Nazhira Drazhar, Ciris Drazhar e Vedero Drazhin; morreu no parto.

Drazharan, Valestho: a imperatriz de Belthelema IX.

Drazharan, Sheveän: princesa da Corte Untheilenesa; esposa de Nemolis Drazhar; mãe de Idra Drazhar, Mireän Drazhin e Ino Drazhin.

Drazhin, Ino: filha mais nova de Nemolis Drazhar e Sheveän Drazharan; irmã de Idra Drazhar e Mireän Drazhin.

Drazhin, Mireän: filha mais velha de Nemolis Drazhar e Sheveän Drazharan; irmã de Idra Drazhar e Ino Drazhin.

Drazhin, Vedero: filha de Varenechibel IV e Pazhiro Drazharan.

Duchenada: uma casa nobre.

Duchenel: um conde de Thu-Cethor.

Duchenin, Loran: segunda filha do conde Duchenel; sobrinha de Uleris Chavar.

Ebremis: mestre de cozinha do Alcethmeret.

Echana: um tenente da Guarda Untheilenesa.

Edonara: os pântanos no oeste de Thu-Evresar.

Edonomee: uma mansão pertencente aos Drazhada; aonde Maia Drazhar e Setheris Nelar foram relegados por Varenechibel IV.

Edrehasivar VI (falecido): Edrehasivar Zhas, o 182º imperador das Terras Élficas.

Edrehasivar VII: Edrehasivar Zhas, o 209º imperador das Terras Élficas; *veja também* Maia Drazhar.

Edretanthiar III (falecido): Edretanthiar Zhas, o 172º imperador das Terras Élficas.

Edrethelema III (falecido): Edrethelema Zhas, o 185º imperador das Terras Élficas; arquiteto da atual Corte Untheilenesa.

Edrethelema IV (falecido): Edrethelema Zhas, 186º imperador das Terras Élficas; filho de Edrethelema III; construtor da Corte Untheilenesa.

Edrethelema V (falecido): Edrethelema Zhas, o 187º imperador das Terras Élficas; filho de Edrethelema IV; construtor da Corte Untheilenesa; condenou Lisethu Pevennin à morte.

Edrethelema VI (falecido): Edrethelema Zhas, o 188º imperador das Terras Élficas; filho de Edrethelema V; construtor da Corte Untheilenesa.

Edrethelema VIII (falecido): Edrethelema Zhas, o 192º imperador das Terras Élficas; um imperador criança que não chegou à idade adulta.

Edrevechelar XIV (falecido): Edrevechelar Zhas, o 201º imperador das Terras Élficas; tataratatara-tio-avô de Maia Drazhar.

Edrevechelar XVI (falecido): Edrevechelar Zhas, o 203º imperador das Terras Élficas; pai de Varenechibel I.

Edrevenivar (falecido): Edrevenivar Zhas, o 157º imperador das Terras Élficas; conhecido como Edrevenivar, o Conquistador; uniu o leste e o oeste do Ethuveraz.

Erimada: uma casa nobre.

Esaran, Echelo: administradora do Alcethmeret.

Esha: um dos edocharei do imperador.

Eshoravee: uma mansão pertencente aos Tethimada.

Esret: um pajem barizhês a serviço de Vorzhis Gormened.

Estelveriär: um país que faz fronteira com o Ethuveraz.

Estepes de Evressai: lar dos nazhmorhathveras.

Esthoramire: a prisão da Corte Untheilenesa.

Ethuveraz: as Terras Élficas.

Ethuverazhid Mura: a coroa das Terras Élficas.

Ethuverazhid Zhas: o imperador das Terras Élficas.

Ethuverazhin: a língua das Terras Élficas.

Evresartha: um rio do Ethuveraz; encontra o Istandaärtha em Ezho.

Ezho: uma cidade em Thu-Cethor; fundada na corrida do ouro do reinado de Varenechibel III.

***Força de Rosiro*:** um dirigível.

Gormened, Nadaro: esposa de Vorzhis Gormened; prima de Chenelo Drazharan.

Gormened, Vorzhis: embaixador barizhês na Corte Untheilenesa; marido de Nadaro Gormened.

Habrobar: um fabricante de sinetes.

Halezh: um mestre da Guilda dos Relojoeiros.

Halezho, Avro: uma integrante da Guilda dos Relojoeiros; irmã de Nedaö Vechin.

Hanevis Athmaza (falecido): nohecharis de Beltanthiar III.

Haru: criado em Edonomee.

Hezhethora: a guarda tradicional do Grande Avar de Barizhan.

***Honra de Csedo*:** um dirigível.

Ilinveriär: um país que faz fronteira com o Ethuveraz.

Imada: uma casa nobre.

Imaran, Nemriän: filha de Varenechibel IV e Leshan Drazharan; esposa do marquês Imel.

Imel: um marquês de Thu-Athamar; marido de Nemriän Imaran.

Inver: um soldado da Hezhethora.

Isheian: copeira no Alcethmeret.

Ishilar: um cabo da Guarda Untheilenesa.

Istandaärtha: o principal rio do Ethuveraz.

Isthanada: uma casa menor.

Isthanar: a Testemunha das Universidades.

Isvaroë: uma mansão pertencente aos Drazhada; aonde Chenelo Drazharan e Maia Drazhar foram relegados por Varenechibel IV.

Kevo: cozinheira em Edonomee; mãe de Aäno.

Khel-Avezher: autodenominado rei dos piratas do Mar de Chadevan.

Khever: um cavalariço na Corte Untheilenesa.

Kiru Athmaza: Segunda Nohecharis de Edrehasivar VII; clériga de Csaivo.

Lanthevada: uma casa nobre.

Lanthevel: um marquês de Thu-Athamar; Presidente da Câmara de Sangue.

Lanthevin, Iviro: sobrinha do marquês Lanthevel.

***Lealdade de Lohaiso*:** um dirigível.

Leilis Athmaza: tutor de Idra Drazhar.

Lohaiso: uma cidade de Thu-Evresar.

***Lótus Benevolente*:** um barco a vapor barizhês.

Mar de Chadevan: o oceano da costa sul de Barizhan.

Mazan'theileian: o salão do Athmaz'are na Corte Untheilenesa.

Michen Mura: as Joias Menores do imperador.

Michen'theileian: a sala de audiências do imperador.

Mich'othasmeire: a Capela de Todos os Deuses no Untheilenês'meire.

Narchanezhen, Atho: uma trabalhadora de dirigível; seguidora de Curnar.

Nazhmorhathveras: o Povo do Céu Noturno, os habitantes das Estepes de Evressai; em guerra com o Ethuveraz.

Nazhcreis Dein: um bruxo dos nazhmorhathveras; albino.

Nelada: uma casa menor.

Nelar, Setheris: relegado a Edonomee com Maia Drazhar por Varenechibel IV.

Nelaran, Hesero: esposa de Setheris Nelar.

Nelozho: uma cidade em Thu-Cethor.

Nemer: um dos edocharei do imperador.

Neraiis: um criado na casa de Csoru Drazharan.

Nethenada: uma casa nobre.

Nethenel, Pazhis: um conde de Thu-Tetar.

Nevennamire: a prisão sob a Corte Untheilenesa.

Olchevada: uma casa nobre.

Omdar: um romancista cômico.

Orava: conhecido como o Usurpador; o único usuário de magia que tentou tomar o trono do Ethuveraz.

Orimada: uma casa nobre.

Orimar: o Diretor dos Mensageiros.

Ormevada: uma casa nobre.

Orshan: deusa das colheitas e dos agricultores.

Orthema, Verer: capitão da Guarda Untheilenesa.

Orthemo, Reneian: esposa do capitão Verer Orthema.

Orseva: um cônego sênior do Untheilenês'meire.

Oshet: um jardineiro barizhês no Alcethmeret.

Osreian: deusa da terra, dos terremotos e desastres, dos artistas e fabricantes.

Ozhis: um noviço do Athmaz'are.

Parlamento: o Parlamento do Ethuveraz compreende duas câmaras, a Câmara de Sangue e a Câmara dos Comuns.

Pashavada: uma casa nobre.

Pashavar: a Testemunha do Judiciário.

Pashavar, Corvis: um jovem nobre.

Pashavaran, Ailano: esposa do lorde Pashavar.

Pashavel: um duque de Thu-Cethor.

Pelar: Testemunha do *Sabedoria de Choharo*; acadêmico de segunda categoria.

Pelchara: criado em Edonomee.

Pencharn: um país que faz fronteira com o Ethuveraz.

Perenched, Ursu: filha natural de Maru Sevrasеched; esposa de um capitão do mar.

Pevennada: uma casa nobre extinta.

Pevennin, Lisethu (falecida): uma dama da última casa a liderar uma rebelião contra os Drazhada.

Polchina, Evet: um mestre da Guilda dos Relojoeiros.

Ponte da Sabedoria: a ponte sobre o Istandaärtha.

Puzhvarno: uma cidade em Thu-Athamar, perto de Eshoravee.

***Radiância de Cairado*:** um dirigível.

Reshema: um mensageiro.

Rohethada: uma casa nobre.

Rohethar, Idra: pai de Sheveän Drazharan.

Rohetharan, Zharo: mãe de Sheveän Drazharan.

Rosharis: o cavalariço-chefe da Corte Untheilenesa.

***Sabedoria de Choharo*:** um dirigível.

Salezheio: deusa do vento, do inverno, dos mensageiros e dos contadores de histórias.

Sehalis Athmaza: adremaza do Athmaz'are.

Selthevis: o secretário de Maru Sevraseched.

Sevesar: Testemunha do *Sabedoria de Choharo*; acadêmico de segunda categoria.

Sevezho: uma cidade em Thu-Istandaär.

Sevraseched, Holitho: filha natural de Maru Sevraseched; uma devota em Urvekh'.

Sevraseched, Maru: o Grande Avar de Barizhan; pai de Shaleän Sevraseched, Thever Sevraseched, Ursu Perenched, Holitho Sevraseched, Chenelo Drazharan e Nadeian Vizhenka.

Sevraseched, Shaleän: filha natural de Maru Sevraseched; uma capitã do mar; seu navio é o *Dragão Glorioso*, e seu porto de origem, Solunee-sobre-as-Águas, onde ela tem uma esposa.

Sevraseched, Thever: filha legítima mais velha de Maru Sevraseched.

Shulihada: uma casa nobre.

Shulivar, Aina: um trabalhador de dirigível; seguidor de Curnar.

Solichel: um conde de Thu-Tetar.

Solunee-sobre-as-Águas: um porto do outro lado do Mar de Chadevan.

Sonevet Athmaza: a Testemunha do Athmaz'are.

Sorchev Zhas (falecido): um governante de Csedo antes da unificação do Ethuveraz.

Talar: um homem de armas drazhadês.

Tativada: uma casa nobre.

Tativin, Aizheän: uma amiga de Vedero Drazhin.

Teia: um pajem barizhês a serviço de Vorzhis Gormened.

Telimezh: Segundo Nohecharis de Edrehasivar VII.

Tetara: um rio do Ethuveraz; encontra o Istandaärtha perto da fronteira com Barizhan.

Tethimada: uma casa ducal de Thu-Athamar.

Tethimar, Eshevis: filho do duque Tethimel.

Tethimar, Teru: o arquiprelado de Cetho.

Tethimel: um duque de Thu-Athamar; um dos mais ricos proprietários de terras do Ethuveraz.

Tethimin, Paru: filha do duque Tethimel.

Thorchelezhen: uma cônega júnior do Untheilenês'meire.

Thu-Athamar: um principado do Ethuveraz.

Thu-Cethor: um principado do Ethuveraz.

Thu-Evresar: um principado do Ethuveraz.

Thu-Istandaär: um principado do Ethuveraz.

Thu-Tetar: um principado do Ethuveraz.

Ubezhada: uma casa nobre.

Ubezhar, Odris: um amigo de Eshevis Tethimar.

Ubezharan, Medo: esposa de Odris Ubezhar.

Ulis: o deus da morte e da lua.

Ulzhavada: uma casa nobre.

Ulzhavel (falecido): um visconde de Thu-Cethor; suicidou-se depois de ser banido por Varenechibel IV.

Untheileian: o salão do Ethuverazhid Zhas, o imperador; o centro da Corte Untheilenesa.

Untheilenesa, Corte: o palácio dos imperadores do Ethuveraz; também abriga o Judiciário, o Parlamento, os Corazhas, o Mazan'theileian do Athmaz'are e a Arquiprelazia de Cetho.

Untheilenesa, Guarda: os guardas da Corte Untheilenesa; principalmente, mas não inteiramente, cerimonial.

Untheilenês'meire: o othasmeire da Corte Untheilenesa.

Upazhera: um afluente do Cethora.

Urvekh': uma cidade em Barizhan, na costa.

Usharsu Athmaza (falecido): adremaza do Athmaz'are no reinado de Edretanthiar III.

Ushenar: um médico na Corte Untheilenesa.

Uvezho: uma cidade em Thu-Cethor.

Valno: uma cidade em Thu-Evresar; onde Akhalarna caiu na terra.

Varenechibel I (falecido): Varenechibel Zhas, o 204º imperador das Terras Élficas; filho de Edrevechelar XVI.

Varenechibel II (falecido): Varenechibel Zhas, o 205º imperador das Terras Élficas; filho de Varenechibel I.

Varenechibel III (falecido): Varenechibel Zhas, o 206º imperador das Terras Élficas; filho de Varenechibel II.

Varenechibel IV (falecido): Varenechibel Zhas, o 208º imperador das Terras Élficas; filho de Varevesena; marido, em ordem, de Arbelan Drazharan, Leshan Drazharan, Pazhiro Drazharan, Chenelo Drazharan e Csoru Drazharan; pai de Nemolis Drazhar, Nemriän Imaran, Nazhira Drazhar, Ciris Drazhar, Vedero Drazhin e Maia Drazhar; morto no acidente do *Sabedoria de Choharo.*

Varevesena (falecido): Varevesena Zhas, o 207º imperador das Terras Élficas; filho de Varenechibel III; pai de Varenechibel IV e Ebreneän Clunetharan.

Vau de Nethen: um vau do Tetara.

Vechin, Nedaö: uma soprano operística de Zhaö.

Veludo: um cavalo.

Veremnet: uma reserva de caça em Thu-Cethor.

Versheleen: ilhas no Mar de Chadevan.

Verven'theileian: o Salão de Consultas, a sala de reuniões dos Corazhas.
Veschada: uma casa nobre de Thu-Athamar.
Veschar, Ciret: um amigo de Eshevis Tethimar.
Virenada: uma casa nobre.
Vizhenka: um capitão da Hezhethora; marido de Nadeian Vizhenka.
Vizhenka, Nadeian: filha de Maru Sevrasched; esposa do capitão Vizhenka.
Volsharezh: um "capitão" no gabinete do Diretor dos Mensageiros.
Vorenzhessar: uma cidade em Thu-Cethor, a noroeste de Ezho; local de nascimento de Reneian Orthemo.
Zhaö: uma cidade em Thu-Athamar.
Zhavanin, Suler: babá de Mireän Drazhin e Ino Drazhin.
Zherinada: uma casa nobre de Thu-Tethar.
Zhidelka: um comerciante de seda barizhês e ex-pirata.

PARTE UM

A queda do *Sabedoria de Choharo*

1 A NOTÍCIA CHEGA A EDONOMEE

Maia acordou com os dedos frios do primo enterrados no seu ombro.

— Primo? Que... — Ele se sentou, esfregando os olhos com uma das mãos. — Que horas são?

— Levante-se! — rosnou Setheris. — Depressa!

Obediente, Maia se arrastou para fora da cama, desajeitado e sonolento.

— Com que motivo? Há algum incêndio?

— Veste tuas roupas. — Setheris jogou as roupas do dia anterior para ele. Maia as deixou cair, atrapalhado que estava com os laços de seu camisolão, e Setheris sibilou, exasperado, ao se abaixar para pegá-las. — Um mensageiro da corte. *Esse* é o motivo.

— Uma mensagem de meu pai?

— Não foi o que eu disse? Deusas misericordiosas, garoto, não podes fazer *nada* por ti mesmo? Aqui! — Ele arrancou o camisolão, sem se importar nem com os laços atados nem com as orelhas de Maia, e enfiou as roupas nas mãos dele novamente. Maia pelejou para vestir a roupa de baixo, as calças, a camisa e a jaqueta, ciente de que estava tudo amassado e manchado de suor, mas não tinha vontade alguma de comentar o fato e experimentar o mau humor de Setheris. Setheris assistia a tudo com severidade, à luz da única vela, as orelhas praticamente grudadas na cabeça. Maia não conseguia encontrar as meias, nem tampouco Setheris lhe daria tempo para procurá-las. — Vem comigo! — disse ele assim que Maia abotoou a jaqueta, e Maia o seguiu descalço para fora do quarto, percebendo na luz mais forte que, embora Setheris estivesse devida e totalmente vestido, seu rosto estava afogueado. Então ele não havia sido despertado do sono pelo mensageiro do imperador, mas apenas porque ainda não tinha ido para a cama. Maia torcia inquieto para que Setheris não tivesse bebido hidromel metheglin suficiente para empanar o brilho perfeito de seus modos formais da corte.

Maia passou as mãos pelo cabelo, os dedos se enganchando em nós dos seus cachos pesados. Não seria a primeira vez que um dos mensageiros de seu pai o testemunharia tão despenteado quanto um filho de trapeiro imbecil, mas isso não ajudava com as miseráveis imaginações da meia-noite: "Então, diga-nos, como parecia o nosso filho?". Ele lembrou a si mesmo que era improvável que seu pai perguntasse por ele em primeiro lugar e tentou manter o queixo e as orelhas erguidos ao acompanhar Setheris à pequena e malcuidada sala de recepção.

O mensageiro era talvez um ano mais velho que o próprio Maia, mas elegante mesmo em roupas de couro manchadas de estrada. Era claramente um elfo puro-sangue, ao contrário de Maia; seu cabelo era branco como leite, e seus olhos, da cor da chuva. Ele olhou de Setheris para Maia e perguntou:

— Você é o arquiduque Maia Drazhar, filho único de Varenechibel IV e Chenelo Drazharan?

— Sim — confirmou Maia, perplexo.

Então, a essa perplexidade se somou mais perplexidade quando o mensageiro deliberadamente e com perfeita dignidade prostrou-se sobre o tapete surrado.

— Vossa Serenidade Imperial — disse ele.

— Ah, levante-se, homem, e pare de falar bobagens! — reclamou Setheris. — Nós entendemos que você tinha mensagens do pai do arquiduque.

— Então vós entendeis o que nós não entendemos — disse o mensageiro, levantando-se novamente, gracioso como um gato. — Trazemos mensagens da Corte Untheilenesa.

Maia falou apressadamente, apenas para evitar que a altercação crescesse:

— Por favor, explique.

— Vossa Serenidade — disse o mensageiro. — O dirigível *Sabedoria de Choharo* caiu ontem, em algum momento entre o nascer do sol e o meio-dia. O imperador Varenechibel IV, o príncipe Nemolis, o arquiduque Nazhira e o arquiduque Ciris estavam todos a bordo. Voltavam do casamento do príncipe de Thu-Athamar.

— E o *Sabedoria de Choharo* caiu — repetiu Maia devagar, com cuidado.

— Sim, Serenidade — disse o mensageiro. — Não houve sobreviventes.

Por cinco batimentos cardíacos acelerados, as palavras não fizeram sentido. Nada fazia sentido; nada tinha feito sentido desde que ele acordara com a mão de Setheris machucando seu ombro. E então, de repente, tudo ficou impiedosamente claro. Como se de uma distância muito longa, ele ouviu a própria voz perguntar:

— O que causou a queda?

— Isso importa? — perguntou Setheris.

— Serenidade — disse o mensageiro com um aceno de cabeça deliberado na direção de Maia —, eles ainda não sabem. Mas o lorde chanceler enviou Testemunhas, e o caso está sendo investigado.

— Obrigado — falou Maia. Ele não sabia o que sentia nem o que deveria sentir, mas sabia o que deveria fazer, o que era necessário a seguir. — Você disse... Há mensagens?

— Sim, Serenidade.

O mensageiro se virou e pegou sua pasta de despachos de onde estava na mesinha lateral. Havia apenas uma carta dentro dela, que o mensageiro estendeu. Setheris arrebatou a carta e rompeu o selo com agressividade, como se ainda acreditasse que o mensageiro mentisse.

Ele examinou o papel, sua costumeira testa franzida se aprofundando numa carranca sombria, então jogou-o para Maia e saiu do aposento. Maia tentou agarrar a carta, mas não conseguiu e ela flutuou até o chão.

O mensageiro se ajoelhou para recuperá-la antes de Maia e entregou-lhe sem alterar a expressão.

Maia sentiu o rosto esquentar, as orelhas baixarem, mas sabia que não deveria tentar explicar nem se desculpar por Setheris. Voltou a atenção à carta. Era do lorde chanceler de seu pai, Uleris Chavar:

Ao arquiduque Maia Drazhar, herdeiro ao trono imperial do Ethuveraz, saudações nesta hora de grande pesar.

Sabendo que Vossa Serenidade Imperial desejará toda honra e respeito prestados aos seus falecidos pai e irmãos, encomendamos arranjos postos em marcha para um funeral cerimonial em três dias, ou seja, no 23º instante. Vamos notificar os cinco principados e também a irmã de Vossa Serenidade Imperial em Ashedro. Já solicitamos que o gabinete do correio coloque dirigíveis à disposição deles e não temos dúvida de que usarão de toda a pressa necessária para chegar à Corte Untheilenesa a tempo do funeral.

É claro que não sabemos quais os planos de Vossa Serenidade Imperial, mas mantemo-nos prontos para implementá-los.

Com verdadeira tristeza
e inabalável lealdade,
Uleris Chavar

Maia levantou a cabeça. O mensageiro estava olhando para ele, impassível como sempre; apenas o ângulo de suas orelhas lhe traía o interesse.

— Eu... Precisamos falar com nosso primo — disse, as construções da primeira pessoa formal soando estranhas e desacostumadas. — Você quer... Isto é, você deve estar cansado. Chamemos um criado para atender às suas necessidades.

— Vossa Serenidade é muito gentil — disse o mensageiro, e se ele sabia que havia apenas dois criados homens em toda a casa de Edonomee, não deu sinal algum.

Maia tocou a campainha, sabendo que Pelchara, que tanto se assemelhava a um passarinho, estaria esperando ansiosamente por uma chance de descobrir o que estava acontecendo. Haru, que executava todo o trabalho externo, provavelmente ainda estaria dormindo; Haru dormia como os mortos, e toda a casa sabia disso.

Pelchara apareceu, orelhas levantadas e olhos brilhantes e curiosos.

— Este cavalheiro — disse Maia, mortificado ao perceber que não sabia o nome do mensageiro — viajou muito. Por favor, cuide para que ele tenha tudo de que precisa. — Hesitou diante do pensamento de explicar a notícia para Pelchara, então murmurou: — Estarei com meu primo. — E saiu apressado.

Ele viu luz sob a porta de Setheris e ouviu os passos rápidos e eriçados do primo. *Que ele não tenha parado em busca do decantador de metheglin*, pensou Maia, uma oração breve e sem esperança, e bateu à porta.

— Quem é? — Pelo menos ele não *soava* nem um pouco mais bêbado que vinte e cinco minutos antes.

— Maia. Posso...?

A porta se abriu com estrépito brutal, e Setheris ficou parado ali, fuzilando-o com o olhar.

— Então? O que é que está mastigando *tua* cauda, garoto?

— Primo — falou Maia, quase sussurrando —, o que devo fazer?

— O que deves *fazer*? — Setheris bufou uma risada. — Deves ser *imperador*, garoto. Governar todas as Terras Élficas e banir teus parentes como achares melhor. Por que vens ganindo a mim e perguntando o que deves fazer?

— Porque eu não sei.

— Goblin caipira lunático — praguejou Setheris, mas era desprezo automático; sua expressão era de alguém distraído.

— Sim, primo — disse Maia com humildade.

Depois de um momento, os olhos de Setheris voltaram a se aguçar, mas desta vez sem a raiva ardente.

— Desejas um conselho?

— Sim, primo.

— Entras — disse Setheris, e Maia entrou no quarto do primo pela primeira vez. Era tão austero quanto o próprio Setheris: não havia lembranças da Corte Untheilenesa, nenhum luxo. Setheris acenou para Maia indicando a única cadeira e sentou-se na cama.

— Tens razão, garoto. Os lobos estão esperando para te devorar. Tens a carta aí?

— Sim, primo.

Maia entregou a carta a Setheris, agora um tanto amassada e surrada. Setheris a leu, franzindo a testa outra vez, mas agora suas orelhas estavam inclinadas pensativamente. Quando terminou, dobrou a carta com cuidado, alisando os vincos com seus longos dedos brancos.

— Ele presume muito, o Uleris.

— Mesmo? — E então, percebendo, Maia continuou: — Tu o conheces?

— Fomos inimigos por muitos anos — disse Setheris, dando de ombros. — E vejo que ele não mudou.

— O que queres dizer?

— Uleris não tem motivos para te amar, garoto.

— Diz ele que é leal.

— Sim. Mas leal a *quê*? Não a ti, porque és meramente o último e menos favorecido filho de seu senhor morto, que não te desejou no trono, como tu bem sabes. Usas tua inteligência, garoto: alguma hás de ter.

— Como assim?

— Deusas misericordiosas, concedam-me paciência! — exclamou Setheris ostensivamente para o teto. — Refletes, garoto. Tu és *imperador*. O que deves fazer primeiro?

— Primo, não é hora para enigmas.

— E não é um enigma que te proponho.

Setheris fechou a boca e olhou feio para ele. Depois de um momento, Maia compreendeu.

— A coroação.

— Ah! — Setheris juntou as mãos bruscamente, fazendo Maia pular. — Exatamente. Então por que, eu te pergunto, tua coroação não figura em grande parte nos planos de Uleris ou, de fato, não figura nem um pouco?

— O funeral...

— Não! Pensas como uma criança, não como um imperador. Os mortos estão mortos, e eles não se importam com a honra de que Uleris fala, como *ele* bem sabe. É o poder vivo que deve preocupar a ti, pois diz respeito a ele.

— Mas...

— *Pensas*, garoto — disse Setheris, inclinando-se para a frente, seus olhos frios brilhando com fervor. — Se és capaz, se algum dia já pensaste em tua vida, *pensas*. Vais à Corte Untheilenesa, o funeral é realizado. E depois?

— Eu falo com... ah.

— Tu vês.

— Sim. — Melhor do que Setheris poderia sequer perceber, pois fora pelas mãos de seu primo que Maia havia aprendido essa lição em particular; esperando, ele se colocava na posição de suplicante para Chavar, e os suplicantes sempre podiam ser negados. — Então o que devo fazer?

Setheris asseverou:

— Deves contraordenar Uleris. O que significa que deves chegar à Corte Untheilenesa antes que ele tenha tempo de se entrincheirar.

— Mas como posso? — Levava mais de uma semana para ir de Edonomee à corte.

— Dirigível — disse Setheris, como se fosse óbvio.

O estômago de Maia deu um nó.

— Eu não poderia.

— Tu *deves*. Ou serás uma marionete dançando na ponta dos cordéis de Uleris a uma melodia da escolha dele. E seu 19º aniversário pode muito bem ver-te morto.

Maia assentiu com a cabeça.

— Sim, primo.

— O dirigível que trouxe o cachorrinho de Chavar até aqui pode nos levar de volta. Estarão esperando por ele. Agora vai. Torna-te digno de ser visto.

— Sim, primo — disse Maia, e não contestou a suposição de Setheris de que ele estaria viajando para a corte com o novo imperador.

2 O RADIÂNCIA DE CAIRADO

O dirigível *Radiância de Cairado* pairava, ameaçador, ao lado de seu mastro de amarração como uma nuvem de tempestade isolada contra o céu antes do amanhecer. Maia não entrava num dirigível desde os oito anos, quando fora levado à Corte Untheilenesa para o funeral de sua mãe, e suas memórias daquele tempo eram cheias de escuridão. Lembrava-se de ter rezado para que Ulis o deixasse morrer também.

Toda a tripulação do *Radiância* estava muito solene; eles sabiam do *Sabedoria de Choharo*, e ele viu tristeza e medo no rosto de cada um deles.

Por impulso, quando o capitão o cumprimentou com um murmurado "Serenidade" ao pé do mastro de amarração, Maia parou e disse baixinho:

— Temos total confiança em você e sua tripulação.

O capitão ficou tão surpreso que levantou a cabeça; Maia o olhou nos olhos e sorriu para ele. Depois de um momento, as orelhas do capitão se ergueram e ele se curvou outra vez, mais profundamente.

— Serenidade — disse com voz clara e muito mais forte.

Maia subiu a estreita escada de ferro que espiralava em torno do mastro de amarração. Na minúscula plataforma no alto, uma tripulante esperava para estabilizar o imperador na cabine de passageiros.

— Serenidade — falou ela rigidamente, e ofereceu o braço.

— Agradecemos — disse Maia, aceitando a ajuda de que não precisava. A tripulante parecia quase tão espantada quanto o capitão.

Os dirigíveis não se destinavam originalmente a passageiros, mas, junto com a carga, transportavam mensageiros e outros funcionários do governo. Maia se recusara a permitir que Setheris incomodasse os demais passageiros — quatro mensageiros, dois missionários e um velho maza — exigindo a aeronave somente para ele, e agora sofria por sua caridade sob os olhos arregalados deles, olhares silenciosos e sem fôlego. A transição para imperador tampouco logrou realizar algum milagre comparável em seu guarda-roupa — de fato, ele só desejava que tivesse realizado um milagre em sua pessoa —, de modo que, embora estivesse vestido corretamente em trajes formais de luto, cada vestimenta trazia sinais traidores de que o preto fora pelo menos seu terceiro tingimento, e o conjunto inteiro não fora usado por mais de dois anos, desde a morte da irmã do imperador, a arquiduquesa Ebreneän. As roupas, refugos de Setheris, eram muito grandes para ele na época; agora, mal cabiam nele. Sem palitos tashin ou pentes, ele teve de se contentar em trançar o cabelo para trás ordenadamente e prendê-lo com grampos acima do pescoço, mas o estilo era mais adequado para uma criança que para um adulto, e ainda menos para um imperador.

Ele tomou o lugar que Setheris e o mensageiro do lorde chanceler haviam deixado vago entre eles. Se o mensageiro reconhecia na partida apressada do novo imperador a frustração dos planos de seu próprio mestre, não deu sinal disso, entrando com meticulosidade útil nos arranjos de viagem de Setheris. Ninguém poderia dizer que ele não era tão dedicado a servir Maia quanto Setheris. Maia sorriu com a ironia.

Ele e Setheris não gostavam um do outro desde o momento em que se conheceram, no funeral da mãe de Maia, a imperatriz Chenelo. O dirigível que levara o corpo dela da mansão à qual seu marido a havia relegado até a Corte Untheilenesa também levou seu filho de oito anos, doente de luto. Varenechibel IV não se interessava pelo filho mais novo, e, imediatamente após o serviço fúnebre, Maia foi entregue aos cuidados de Setheris Nelar e os dois foram relegados à antiga residência de caça Edonomee, onde passaram a viver em antipatia mútua desde então.

Maia olhou de lado; Setheris fuzilava com o olhar — até onde ele podia dizer — um perfeitamente inócuo pedaço de madeira no lado oposto da cabine. Ele nunca vira Setheris sem estar zangado, exceto naqueles momentos em que ele se embriagava até ficar num estupor sentimental. A raiva de Setheris tornara a adolescência de Maia um inferno, e ele suportaria até o dia de sua morte um feio rabisco de cicatrizes no antebraço esquerdo, onde um soco de Setheris o fizera cair em cima das elaboradas e horríveis galhadas de ferro forjado que adornavam a tela de fogo no salão principal de Edonomee.

Para fazer a Setheris a justiça que merecia, ele ficou verdadeiramente horrorizado e, desde o incidente, que animara o 15º inverno de Maia, o qual de outra forma teria passado profundamente despercebido, ficou bem mais circunspecto com os punhos. Mas isso não fez com que gostasse mais de Maia, e isso era algo que Maia sabia que ele mesmo nunca seria inteiramente capaz de perdoar.

A tripulante entrou na cabine, fechando a porta atrás de si. Ela pigarreou — por nervosismo, já que não havia necessidade de atrair a atenção dos passageiros mortalmente silenciosos — e anunciou:

— Vossa Serenidade, o capitão assumiu o timão e estamos prestes a partir.

O cotovelo de Setheris bateu discretamente nas costelas de Maia, que falou:

— Obrigado.

A tripulante fez uma reverência, alívio escrito em cada linha de seu corpo, e foi para a dianteira da cabine, onde havia um tubo de fala que se comunicava com a cabine de comando. Maia teve apenas um instante para se perguntar se seria capaz de saber quando o *Radiância de Cairado* se lançasse do mastro; então, houve uma sutil guinada lateral, e o dirigível começou a subir no céu do amanhecer.

A viagem à Corte Untheilenesa levaria duas horas, cobrindo uma distância que exigia quatro dias em solo, e isso se houvesse tempo bom e uma passagem rápida através do Istandaärtha, os quais nenhum era garantido. Ele não conseguiu deixar de imaginar, quando os motores do dirigível foram acionados, seu burburinho garantindo que ele não teria que falar com Setheris novamente até chegarem à corte, como teriam sido os últimos momentos do *Sabedoria de Choharo*. Menos de um dia antes, ele estava no ar, levando o imperador das Terras Élficas. Ele se perguntou se houvera um momento em que eles souberam ou se a morte chegara de modo tão repentino quanto a espada de um carrasco. Tentou imaginar seu pai gritando, chorando ou mesmo assustado, e não conseguiu. A lembrança que tinha do pai, da única vez que o vira, era do imperador Varenechibel IV, alto e distante, com olhos glaciais e um rosto pálido e frio como mármore. Ele se lembrava das vestes brancas enrijecidas com bordados, das selenitas nas mãos do pai, trançadas em seu cabelo, pendendo das orelhas. Ele se lembrava das faixas pretas, o único sinal de luto que o imperador se dignou a usar para sua quarta esposa, como manchas de tinta na brancura de sua pessoa. Lembrava-se da boca amarga do pai e da voz suave e sedosa: "O maldito filhote se parece muito com a mãe". Isso estava tão claro e congelado em sua mente quanto o retrato de Estado do imperador que ficava pendurado na sala de recepção de Edonomee — e agora não havia chance de mudança, nenhuma esperança de que fosse substituído.

Embora, na verdade, pensou Maia, inclinando-se ligeiramente para trás a fim de diminuir a probabilidade de atrair a atenção de Setheris, *mesmo que ele tivesse sido substituído, só teria sido por algo pior. Seja grato por ele pensar em ti como nada além de um "maldito filhote".*

Suas memórias dos irmãos não eram nada mais que fagulhas de nuvem. Ele nem soubera dizer ao certo quem era quem nas massas de cortesãos vestidos de preto ao redor do túmulo de sua mãe. Fora a senhora encarregada de seus cuidados durante o funeral — a esposa de um nobre menor cujo nome ele agora não conseguia lembrar — que os indicara. "Ali, seu irmão Nemolis e a esposa; lá, seu irmão Nazhira; acolá, seu irmão Ciris." Todos eram adultos aos seus olhos de criança, tão brancos e ameaçadores quanto o pai. Nenhum deles jamais fez propostas, nem no funeral, nem depois — fosse porque compartilhavam o desdém do imperador ou porque temessem sua ira —, e Maia hesitara em fazer suas próprias propostas para não os irritar. E agora era tarde demais para isso também.

Ele teria gostado de descansar a cabeça no encosto do assento e fechar os olhos, mas não precisava de Setheris para lhe dizer que um imperador não podia se comportar assim em público, e aqueles sete passageiros e a tripulante nervosa constituíam "público". Apesar do que parecera a esmagadora probabilidade de que os dois estariam confinados a Edonomee pelo resto de suas vidas, Setheris fora implacável na manutenção e na aplicação da etiqueta da corte. Maia nunca se importou — Chenelo o ensinara cuidadosamente —, mas agora lhe ocorria que deveria ser grato.

Relanceou mais uma vez para a carranca de granito de Setheris. Era estranho, naquela aurora insone, olhar para Setheris e ver simplesmente outro homem em vez do tirano de Edonomee, como ele havia figurado na mente de Maia pelos últimos dez anos. De meia-idade, amargo, astuto, mas talvez não sábio... Maia nunca soubera o que Setheris havia feito para ganhar a inimizade de Varenechibel, mas sabia que não podia ter sido nada trivial. Fora de Edonomee, Setheris parecia menor, menos terrível, e ocorreu a Maia que, se Setheris alguma vez batesse nele novamente, significaria uma sentença de morte. Era uma ideia delirante, e Maia percebeu que suas mãos estavam apertando os braços do assento, como se o *Radiância* estivesse rodopiando em vez de apenas sua própria mente. Ele se forçou a relaxar o aperto antes que alguém mais notasse; seria extremamente cruel fazer qualquer um pensar que ele tivesse medo.

Pelas janelas do lado oposto da cabine, ele via grandes montanhas de nuvens, manchadas de rosas e vermelhos pela aproximação do alvorecer. Lembrou-se de um hino barizhês a Osreian que sua mãe lhe ensinara e o recitou para si mesmo, observando as nuvens e torcendo para que a misericórdia das deusas se estendesse, não apenas para seu pai e seus meios-irmãos, mas para todos os que haviam morrido com o *Sabedoria de Choharo.*

Ele foi trazido de volta ao ambiente ao seu redor pela aproximação da tripulante, que chegou ao alcance de um braço e depois abaixou-se sobre um joelho.

— Vossa Serenidade.

— Sim? — disse Maia, ciente de Setheris e do mensageiro do lorde chanceler entrando em alerta máximo ao seu lado.

— O capitão se pergunta, Serenidade, se o senhor se interessaria em vir à proa a fim de ver o nascer do sol da cabine de comando. É uma visão muito bonita.

— Obrigado — disse Maia antes que Setheris pudesse abrir a boca. — Gostaríamos muito.

Comprimiu os cantos da boca para abafar um sorriso ao se levantar, observando Setheris ganhar um tom de vermelho pouco lisonjeiro com fúria impotente. E, seguindo esse pensamento — e uma série de outros que atiçavam as fímbrias de sua mente desde o discurso de Setheris sobre como lidar com Uleris Chavar —, virou-se e disse ao mensageiro:

— Poderia nos acompanhar, por favor?

— Serenidade — falou o mensageiro, levantando-se com entusiasmo.

Deixaram Setheris fumegando, incapaz de se convidar agora que um convite expresso havia sido emitido para outro que não ele. Maia lembrou a si mesmo que expressar alegria era algo impróprio para um imperador. *Não devo adquirir gosto por esse prazer*, pensou sobriamente enquanto a tripulante abria a porta estreita na frente da cabine. Era inebriante, mas ele sabia que também era venenoso.

A porta dava para uma passagem estreita, pouco mais larga que os ombros de Maia, e desembocava em outra porta para a cabine de comando, onde o capitão e o imediato compartilhavam um amplo panorama de nuvens e céu.

— Serenidade — disseram em coro, embora mal tivessem desviado o olhar de seus instrumentos e do brilho que desabrochava a leste. O imediato, ele viu, tinha sangue goblin, sua pele apenas um tom mais claro que a de Maia.

— Cavalheiros, nós agradecemos — falou Maia, tendo de aumentar a voz ainda mais a fim de ser ouvido por cima do ronco dos motores, e permitiu que a tripulante o conduzisse a um canto de onde ele pudesse assistir, mas não obstruísse nada importante. O mensageiro do lorde chanceler também foi conduzido ao canto oposto, e a tripulante fechou a porta e apoiou as costas contra ela.

Ficaram em silêncio por quinze minutos, absortos e sem fôlego diante da glória de Anmura se erguendo do abraço de Osreian. Então o imediato se virou, abaixando a cabeça, e anunciou:

— Serenidade, chegaremos à Corte Untheilenesa em aproximadamente uma hora.

Interpretando isso como um sinal de que eles precisavam da cabine de comando de volta, Maia respondeu:

— Somos muito gratos, cavalheiros. Lembraremos esse momento sempre como o início do nosso reinado. — Muito melhor isso do que aquele despertar confuso e assustado na escuridão, seu próprio pânico vítreo e afiado, a agressividade embriagada e maligna de Setheris.

— Serenidade — repetiram eles em coro, e Maia pôde ver que os havia agradado.

A tripulante abriu a porta, e Maia voltou à cabine de passageiros de modo a passar o tempo restante ponderando formas e alternativas de saudar o lorde chanceler de seu pai.

3 O ALCETHMERET

O mastro de amarração da Corte Untheilenesa era um pináculo de joias à luz do sol. Maia desceu a escada estreita devagar, com cuidado, ciente de que a lucidez enganosa da fadiga não se estendia à coordenação, e seria muito improvável que ele se salvasse caso tropeçasse.

Ninguém sabia que deveria esperar por ele, então não havia ninguém ao pé do mastro a não ser o capitão, novamente. Maia ficou aliviado; seria muito mais fácil lidar com um Chavar apanhado no contrapé do que com um Chavar que tivesse tido tempo de pensar e planejar.

Maia alongou o passo, ultrapassando Setheris para alcançar o mensageiro.

— Você nos guiará?

Os olhos do mensageiro passaram dele para Setheris num átimo, e então ele se curvou.

— Serenidade. Ficaremos honrados.

— Obrigado. E, se me fizer a gentileza... — Ele reduziu o tom de voz e a formalidade: — Diga-me seu nome?

Maia pelo menos conseguiu assustar o mensageiro e fazer com que seu rosto pétreo se desmanchasse por um segundo: seus olhos se arregalaram, e então ele sorriu.

— Sou Csevet Aisava e estou inteiramente ao serviço de Vossa Serenidade.

— Agradecemos — disse Maia, e seguiu Csevet em direção à longa passarela coberta que levava à Corte Untheilenesa propriamente dita.

"Corte" era uma palavra enganosa. A Corte Untheilenesa era um palácio tão grande quanto uma cidade pequena — maior, na verdade, que a cidade de Cetho, que o cercava —, abrigando não apenas o imperador, mas também o Judiciário, as Testemunhas que compõem o grupo dos Corazhas e aconselham o imperador, o Parlamento e todos os secretários, mensageiros, criados, funcionários e soldados necessários para garantir que esses órgãos fizessem o seu trabalho de forma eficiente. A corte havia sido projetada por Edrethelema III e construída durante os reinados de seu filho, seu neto e seu bisneto, Edrethelema IV a VI. Assim, para um complexo com seu vasto tamanho, era notável e lindamente homogêneo em arquitetura; em vez de se dispersar, parecia que tudo espiralava junto até a grande cúpula com minaretes do Alcethmeret, a residência principal do imperador.

Minha casa, pensou Maia, mas a frase nada significava.

— Serenidade — disse Csevet, parando diante das portas altas de vidro no final da passarela —, para onde deseja ir?

Maia hesitou por um momento. Sua preocupação urgente era encontrar e falar com o lorde chanceler, mas lembrou-se do que Setheris lhe mostrara. O imperador caçando seu ministro-chefe por toda a corte seria visto como algo doentio e ridículo, o que concederia a Chavar o poder que ele presumia ter. Mas, por outro lado, Maia nada sabia da geografia da corte exceto pelas histórias que sua mãe lhe contara quando ele era pequeno. E, como ela mesma tinha vivido na Corte Untheilenesa por menos de um ano, não podia confiar nessas histórias para qualquer exatidão de informações.

Setheris veio até eles. *Tu tens recursos se estenderes a mão para usá-los*, pensou Maia, e disse:

— Primo, requisitamos um quarto onde possamos ter uma audiência privada com o lorde chanceler de nosso pai.

Houve um lampejo de algo, uma emoção ilegível, no rosto de Setheris que desapareceu no instante em que foi notada, e ele falou:

— A Sala das Tartarugas no Alcethmeret sempre foi a escolha dos imperadores para essas audiências.

— Obrigado, primo — agradeceu Maia. E, para Csevet: — Leve-nos até lá, por favor.

— Serenidade — disse Csevet, curvando-se e segurando a porta para Maia entrar na Corte Untheilenesa.

A corte não era tão surpreendente quanto ele havia esperado, e sua admiração por Edrethelema III aumentou. Sem dúvida, por trás daquelas paredes lindamente apaineladas, havia tocas e teias, mas os corredores públicos da corte eram retos, amplos e claramente projetados para um imperador ser capaz de encontrar seu caminho na sua própria sede de governo. As distâncias eram cansativas, mas sobre isso Maia imaginou que Edrethelema pouco tinha sido capaz de fazer; o simples fato do tamanho necessário do palácio impedia a conveniência.

Eles foram vistos — como poderiam não ser? —, e ele foi capaz, com amarga diversão, de distinguir aqueles que eram da confiança do lorde chanceler e aqueles que não o eram, pois apenas os que reconheceram Csevet e sabiam de sua missão pareciam alarmados. Ninguém reconheceu o novo imperador por seus próprios méritos. *Deveras, não me pareço com meu pai, e nisso me dou por satisfeito*, pensou Maia, desafiador, embora soubesse que o cabelo escuro e a pele que herdara de sua mãe goblin não lhe fariam favor algum na Corte Untheilenesa. E, com ainda mais amargor: *Eles aprenderão a me conhecer muito em breve.*

Csevet abriu outra porta trabalhada com esmero, esta um postigo fixado num maciço portão de bronze, e, passando por ela, Maia se viu de pé na base do Alcethmeret. Escadas formavam largas espirais pelo interior da torre; os níveis inferiores eram perturbadoramente amplos, um lembrete de um imperador para o seguinte de que uma vida privada era algo que ele não teria. Mas, a cerca de metade da altura da torre, a arquitetura mudava, um limite demarcado por um par de grades de ferro que iam do chão ao teto; estas estavam abertas agora, pois não havia imperador na residência. Maia pôde ver que, para além delas, a escada estava trancada, e imaginou que os quartos também seriam menores, mais tradicionais. Menos expostos.

Havia criados em toda a parte, ao que parecia; por um momento, ele não conseguia nem saber quem era quem, pois eles se viravam, olhavam-no fixamente e caíam de joelhos. Alguns se prostravam de corpo inteiro, como Csevet fizera, e, nesse excesso de formalidade, ele lia seu medo. Tardiamente, percebeu que pegar Chavar desprevenido também significava pegar a criadagem de sua casa em despreparo, uma indelicadeza que não tinham feito nada para merecer. Setheris lhe diria que era uma tolice sentimental se preocupar com as emoções dos criados, mas os criados em Barizhan eram parte da família — sempre legalmente e muitas vezes pelo sangue. A imperatriz Chenelo criara seu filho por esse princípio, e ele se apegara a isso com mais força por causa da oposição de Setheris.

— A Sala das Tartarugas, Serenidade? — falou Csevet.

— Sim. Depois — orientou, prendendo a atenção de Csevet quando ele se virou para guiar o caminho até a escada mais próxima — gostaríamos de falar com nossa administradora doméstica. E *depois* com o lorde chanceler.

— Sim, Serenidade — anuiu Csevet.

A Sala das Tartarugas era a primeira depois das grades de ferro. Era pequena, hospitaleira, revestida em seda cor de âmbar que era quente sem ser opressiva. O fogo ainda não tinha sido aceso, mas Maia mal havia se sentado na cadeira ao lado da lareira quando uma garota entrou correndo, as mãos tremendo tanto que quase deixou cair a caixa de fósforos antes de conseguir acender o fogo.

Depois que ela saiu — a cabeça tão abaixada que, do início ao fim, a única impressão que Maia teve dela foi de seu cabelo preto de goblin cortado rente —, Setheris questionou:

— E então, garoto?

Maia inclinou a cabeça para trás a fim de olhar o primo onde ele se recostava, não muito relaxado, na parede.

— Não presuma, primo, quando tu mesmo me advertiste da presunção de modo tão astuto.

Muitas coisas naquele momento passaram a valer a pena enquanto ele observava a boca de Setheris se escancarar e balbuciar como um peixe fora d'água. *Lembre*, disse a si mesmo, *um prazer venenoso.*

— Eu te criei! — disse Setheris, com mágoa e indignação.

— Criaste.

Setheris piscou e então, lentamente, se ajoelhou.

— Serenidade — disse ele.

— Obrigado, primo — disse Maia, sabendo muito bem que Setheris lhe oferecera apenas a forma de respeito e que mesmo agora, quando, ao aceno de Maia, ele tomou a outra cadeira, enfurecia-se com a arrogância de Maia, esperando o momento certo para reafirmar seu controle.

Não poderás, pensou Maia. *Ainda que eu nada mais logre em todo o meu reinado, tu* não poderás *me governar.*

Então, Csevet disse da porta:

— A administradora de sua casa, Serenidade. Echelo Esaran.

— Agradecemos — falou Maia. — O lorde chanceler, por favor.

— Serenidade — respondeu Csevet, e desapareceu outra vez.

Esaran era uma mulher de seus quarenta e poucos anos. Os ossos afiados e austeros do rosto eram adequados ao corte curto de cabelo dos criados, e ela usava sua libré com um ar que teria feito jus às vestes de coroação de uma imperatriz. Ela se ajoelhou graciosamente; seu rosto e suas orelhas não revelavam nada de seus pensamentos.

— Pedimos desculpas por nossa chegada repentina — falou Maia.

— Serenidade — disse ela, a palavra dura e precisa, inflexível, e ele percebeu, com o coração pesando, que ali estava alguém que servira seu pai não só com a mente, mas também com o coração.

Não quero mais inimigos!, gritou ele, mas apenas em seus próprios pensamentos. Em voz alta, disse:

— Não desejamos interromper seu trabalho mais do que o necessário. Por favor, transmita ao pessoal doméstico nossa gratidão e nosso... nossa simpatia. — Ele não podia dizer que compartilhava o luto deles quando não era verdade, e quando aquela mulher de olhos frios sabia que não era verdade.

— Serenidade — disse ela novamente. — Isso será tudo?

— Sim, obrigado, Esaran.

Ela se levantou e partiu. Maia beliscou a ponte do nariz, lembrando que, embora tivesse sido a primeira, ela dificilmente seria o último habitante da Corte Untheilenesa que o odiaria por amor a seu pai. Além disso, era algo tolo e fraco se sentir magoado pela inimizade dela. *Outro luxo ao qual não te podes dar*, pensou consigo, e não encontrou os olhos de Setheris.

Levou algum tempo para Csevet voltar com o lorde chanceler. Maia fora treinado, primeiro por sua mãe, depois por Setheris, para desconsiderar o tédio, e não tinha falta de assuntos a considerar. Manteve as costas retas, as mãos relaxadas, o rosto impassível, as orelhas neutras, e pensou em todas as coisas que não sabia, que nunca lhe foram ensinadas, porque ninguém jamais imaginara que um imperador com três filhos saudáveis e um neto seria sucedido no trono por seu quarto e desprezado filho.

Precisarei de um professor, pensou Maia, *e Setheris não é minha escolha.*

Se havia uma disputa sendo travada na Sala das Tartarugas, foi Setheris quem a perdeu. Ele quebrou o silêncio:

— Serenidade?

— Primo?

Maia viu a garganta de Setheris trabalhar e suas orelhas afundarem, e sua atenção se aguçou. Qualquer coisa que desconcertasse Setheris era automaticamente uma questão de interesse.

— Nós... gostaríamos de falar com nossa esposa.

— Claro — disse Maia. — Fique à vontade para enviar Csevet em busca dela quando ele retornar.

— Serenidade — falou Setheris, sem olhar Maia nos olhos, mas dando sequência na teimosia. — Tínhamos esperança de... de apresentá-la aos seus favores.

Maia considerou. Pouco sabia a respeito da esposa de Setheris, Hesero Nelaran, exceto que ela havia trabalhado de modo incansável e infrutífero para trazer Setheris de volta à Corte Untheilenesa e lhe enviava semanalmente cartas com todas as fofocas e intrigas que conseguia reunir. Maia supusera — em parte porque Setheris nunca falava dela, a não ser, quando estava particularmente de bom humor, para transmitir pequenas porções de escândalo à mesa do café da manhã — que o casamento deles era arranjado, tão sem amor, se não tão cheio de ódio, quanto o casamento de sua mãe com o imperador. Mas o incômodo óbvio de Setheris era um argumento contrário.

Não faça inimigos onde não precisa, pensou ele, lembrando-se da inimizade de merrem Esaran, levando em consideração o curso provável de sua entrevista vindoura com o lorde chanceler. Disse:

— Isso nos daria muito prazer. *Depois* de falarmos com o lorde chanceler.

— Serenidade — disse Setheris, aquiescendo, e voltaram a ficar em silêncio.

Maia notou quando uma hora havia se passado e imaginou se o lorde chanceler estaria extraordinariamente bem escondido — algo um tanto estranho e pouco admirável em um homem planejando um funeral de Estado — ou se estaria tentando recuperar o controle do chicote por meio de uma demonstração calculada de desrespeito.

Ele não prejudica ninguém além de si mesmo com tais táticas, pensou Maia. *Não pode demorar o suficiente para me forçar a seguir seus planos — pelo menos não sem risco de demissão por desacato. Quiçá pense que eu não faria isso, mas ele também não poderá me governar. E, se ele não tem lealdade a mim, também é o caso que não tenho lealdade a ele. Nem sequer conheço o rosto do homem.*

Imerso nesses pensamentos sombrios, levou um momento para perceber que o tumulto que se aproximava pelas escadas tinha de ser Chavar.

— Ele trouxe um exército consigo? — murmurou Setheris, e Maia reprimiu um sorriso.

Csevet, parecendo um pouco sem fôlego, apareceu à porta.

— O lorde chanceler, Serenidade.

— Agradecemos — disse Maia, e aguardou a entrada de Uleris Chavar.

Sem perceber, Maia esperava uma cópia do retrato de Estado de seu pai: alto, frio e distante. Chavar provou não ser nenhuma dessas coisas. Era baixo e atarracado para os padrões élficos, colérico, e estava quase em cima de Maia antes de se dar ao trabalho de dobrar um joelho.

— Serenidade — falou com cortesia superficial.

Maia teve que resistir à vontade de se levantar para evitar que Chavar ficasse pairando sobre ele. Em vez disso, virou bruscamente a cabeça para Setheris — permissão tácita para enviar Csevet em busca de osmerrem Nelaran — e, quando Setheris seguiu ansioso até onde Csevet estava, Maia acenou para que Chavar ocupasse a cadeira vazia, um sinal de favorecimento que o lorde chanceler não podia ignorar.

Chavar se sentou com má vontade e disse:

— Qual é o desejo de Vossa Serenidade?

Era uma fórmula, proferida bruscamente; ele já estava com a boca entreaberta, sem dúvida para explicar os arranjos que preparara para o funeral, quando Maia disse, o mais gentilmente que pôde:

— Desejamos discutir nossa coroação.

A boca de Chavar permaneceu entreaberta por um momento. Fechou-a com um estalo, inspirou profundamente e disse:

— Serenidade, certamente este não é o momento. O funeral de seu pai...

— Desejamos — disse Maia, com menos gentileza — discutir nossa coroação. Quando isso tiver sido arranjado para a nossa satisfação, ouviremos você a respeito do funeral de nosso pai.

Ele encontrou o olhar pasmado de Chavar e o sustentou, esperando.

Chavar não desviou os olhos.

— Sim, Serenidade — respondeu, e a hostilidade estava no ar entre eles como uma espada desembainhada pela metade. — Quais são seus planos, se podemos nos atrever a perguntar?

Maia viu a armadilha e a contornou.

— Com que rapidez você pode organizar nossa coroação? Não desejamos qualquer atraso maior que o necessário na prestação dos ritos e exéquias apropriados para nosso pai e irmãos, mas também não queremos fazer nada de modo desleixado ou precipitado.

A expressão de Chavar foi, mesmo que apenas por um instante, distintamente dolorida. Ficou claro que ele não esperara que um imperador de dezoito anos, criado em isolamento, fosse lhe proporcionar qualquer discordância. *Um dia, Chavar,* pensou Maia, *você deveria tentar viver por dez anos com um homem que te odeia e que você odeia e ver o que isso* faz para aguçar seu juízo.

Algo desse pensamento deve ter aparecido nos olhos de Maia, pois Chavar disse prontamente:

— Podemos preparar a cerimônia de coroação para amanhã à tarde, Vossa Serenidade. Isso significará atrasar o funeral mais um dia... — Ele parou, claramente esperando que Maia ainda pudesse ser intimidado a atender aos desejos de seu lorde chanceler.

Mas Maia estava considerando outra coisa. Setheris fora treinado como advogado antes de entrar em conflito com o temperamento de Varenechibel e passara a Maia tanto desse treinamento quanto sentira que seria provável que um adolescente — de cuja inteligência ele não tinha boa opinião — fosse compreender. Não havia bondade no gesto, apenas o senso rígido de Setheris do que convinha ao filho de um imperador, e não convinha ao filho de um imperador chegar à maturidade inteiramente ignorante. E, supôs Maia, tinha sido algo para *fazer,* uma mercadoria da qual Setheris certamente deve ter precisado tão desesperadamente quanto ele mesmo.

Mas novamente havia motivos para gratidão, embora ainda assim ele não sentisse nenhuma. Pois pelo menos Setheris havia lhe ensinado, entre outras coisas, as formas e os protocolos em torno de uma coroação. Maia disse:

— Isso dará aos príncipes tempo para fazer a viagem? — Ele sabia perfeitamente que não, senão Chavar teria agendado o funeral para aquela hora, mas ainda não estava preparado para acusar o lorde chanceler de desprezo declarado. *Seria um começo incomum para meu reinado*, pensou, mas manteve a amargura distante de seu rosto. Teria de trabalhar com Chavar até que estivesse suficientemente familiarizado com a corte para escolher seu próprio lorde chanceler e temia que esse tempo pudesse estar muito distante.

Chavar fez um trabalho razoável de fingir embaraço.

— Serenidade, humildemente imploramos seu perdão por nosso descuido. Os príncipes, se enviarmos mensageiros hoje, não poderão chegar antes do dia 23.

Como sabemos pela sua carta. Maia não disse, mas viu o reconhecimento disso nos olhos de Chavar. O lorde chanceler continuou:

— Serenidade. Vamos colocar os preparativos em andamento para sua coroação à meia-noite do dia 24.

Era uma oferta de trégua, não importava quão oblíqua ou relutantemente oferecida, e Maia a aceitou como tal.

— Agradecemos — disse ele, e gesticulou para que Chavar se levantasse. — E o funeral no dia 25? Ou podem ser feitos os preparativos para o dia 24?

— Serenidade — disse Chavar com uma meia reverência. — O dia 24 é alcançável.

— Então que assim seja. — Chavar estava quase na porta quando Maia se lembrou de outra coisa. — E as outras vítimas?

— Serenidade?

— Os demais a bordo do *Sabedoria de Choharo*. Que arranjos estão sendo feitos para eles?

— Os nohecharei do imperador, claro, serão sepultados com ele.

Chavar não estava sendo deliberadamente obstrutivo, Maia notou; ele realmente não entendeu.

— E o piloto? Os *demais*?

— Tripulação e criados, Serenidade — falou Chavar, perplexo. — Haverá um funeral esta tarde no Ulimeire.

— Vamos participar. — Isso fez com que Setheris e Chavar o encarassem. Maia continuou: — Eles estão tão mortos quanto nosso pai. Vamos participar.

— Serenidade — falou Chavar com outra reverência apressada, e saiu.

Maia se perguntou se ele estaria começando a recear que seu novo imperador fosse insano.

Setheris, é claro, não tinha dúvidas; tinha exposto seus pontos de vista sobre a influência perniciosa de Chenelo mais de uma vez. Mas se absteve de falar, apenas revirando os olhos.

Csevet ainda não tinha voltado, e Maia tinha um uso para aquele tempo de espera.

— Primo — disse ele —, poderia chamar o Mestre de Guarda-Roupa de nosso pai para nós?

— Serenidade — respondeu Setheris, com uma reverência tão superficial quanto a de Chavar, e saiu.

Maia aproveitou a oportunidade para ficar de pé, para tentar aliviar a tensão de uma verdadeira corda de harpa em seus músculos.

— Nem todas as mãos estarão contra ti — sussurrou a si mesmo, mas temia que fosse mentira. Apoiou os cotovelos na cornija da lareira, a cabeça nas mãos, e tentou conjurar em sua mente o nascer do sol visto do *Radiância de Cairado*, mas a imagem estava borrada e sem brilho, como se vista através de uma vidraça suja.

Houve uma batida hesitante à porta, uma voz mais hesitante dizendo:

— Se… Serenidade?

Maia se virou. Era um homem de meia-idade, alto e corcunda, com a expressão suave e nervosa de um coelho.

— Você é nosso Mestre de Guarda-Roupa?

— Serenidade — disse o homem, curvando-se profundamente. — Nós... nós servimos assim a seu falecido pai, e assim o serviremos, seja este seu prazer.

— Seu nome?

— Clemis Atterezh, Serenidade.

Maia não viu nada a não ser ansiedade por agradar em seu rosto e em sua postura, não ouviu nada além de timidez e nervosismo em sua voz.

— Seremos coroados à meia-noite do dia 24 — anunciou. — O funeral de nosso pai e de nossos irmãos será no mesmo dia. Mas hoje há o funeral para as outras vítimas, ao qual desejamos comparecer.

— Serenidade — disse Atterezh educadamente, sem compreender.

— O que um imperador não coroado veste em um funeral público?

— Ah! — Atterezh avançou ligeiramente para dentro da sala. — O senhor não pode usar o branco imperial completo, o luto da corte é inapropriado... e certamente não pode usar *isto*. — Ao custo de um lábio ferozmente mordido, Maia não riu. Atterezh continuou: — Vamos ver o que pode ser feito, Serenidade. O senhor sabe quando o funeral será realizado?

— Não — respondeu Maia, e se amaldiçoou por sua estupidez.

— Vamos verificar — garantiu Atterezh. — E quando for conveniente para Vossa Serenidade, estamos à sua disposição para discutir seu novo guarda-roupa.

— Obrigado.

Atterezh curvou-se e partiu. Maia voltou a se sentar, confuso e maravilhado. Raramente tivera uma peça que fosse de roupa nova antes, quanto mais um novo guarda-roupa. *Tu és imperador agora, não um filho de trapeiro imbecil,* disse a si mesmo, e quase ficou tonto com a lembrança de seu próprio pensamento de nem mesmo doze horas antes.

Um estrépito de pés na escada. Maia olhou para cima, esperando Setheris, mas era uma criança ofegante e de aparência assustada de não mais de catorze anos, vestida de luto completo da corte e segurando uma carta de bordas pretas e selo elaborado.

— Vossa Serenidade Imperial! — O menino arquejou, jogando-se de corpo inteiro no chão.

Maia tinha ainda menos ideia do que fazer com o gesto agora do que tivera na sala de recepção em Edonomee. Pelo menos Csevet tivera a elegância de se levantar novamente. Um pouco desesperado, pediu:

— Por favor, fique de pé.

O menino o fez, e então ficou ali parado, de olhos arregalados, as orelhas achatadas contra o crânio. Não poderia ser o efeito de estar tão perto de um imperador: o menino usava o brasão drazhadês e, portanto, estava a serviço da casa do imperador. Maia sabia o que Setheris diria: "O gato comeu sua língua, rapaz?". Ele até conseguia ouvi-lo, em algum lugar no fundo de sua mente, e como soaria em sua própria voz. Perguntou pacientemente:

— Você tem uma mensagem para nós?

— Aqui. Serenidade. — O menino empurrou o papel para ele.

Maia o pegou e, para seu próprio horror, ouviu-se perguntar:

— Há quanto tempo você serve na Corte Untheilenesa? — Mal conseguiu evitar dizer "garoto" no fim.

— Q-quatro anos. Serenidade.

Maia ergueu as sobrancelhas, espelhando a cruel incredulidade que tantas vezes vira no rosto de Setheris; esperou um único segundo e viu o rosto do menino ficar todo vermelho. Então voltou a atenção para a carta, como se o menino não tivesse mais interesse para ele. Estava endereçada, com letra bem legível de escriturário, ao arquiduque Maia Drazhar, um presságio que não o deixou mais feliz.

Quebrou o selo e então, percebendo que o menino ainda estava lá, levantou a cabeça.

— Serenidade — disse o menino. — Eu… Nós… Ela quer uma resposta.

— Quer? — perguntou Maia. Ele olhou incisivamente para a porta atrás do menino. — Você pode esperar lá fora.

— Sim, Serenidade — anuiu o menino num murmúrio meio engasgado, e escapuliu como um cão chicoteado.

Setheris ficaria orgulhoso, pensou Maia amargamente, abrindo a carta. Pelo menos era curta:

> *Ao arquiduque Maia Drazhar, herdeiro ao trono imperial do Ethuveraz, saudações.*
>
> *Precisamos falar com o senhor sobre os desejos de seu falecido pai, nosso marido, Varenechibel IV. Embora estejamos em luto profundo, receberemos o senhor esta tarde, às duas horas.*
>
> *Com desejos de harmonia familiar,*
>
> *Csoru Drazharan, Ethuverazhid Zhasan*

Não duvido que ela queira uma resposta, pensou Maia. A imperatriz viúva não tinha nem mesmo a sutileza do lorde chanceler. Ele se perguntou, com um calafrio infeliz, o que Varenechibel dissera à sua quinta esposa sobre sua antecessora e o filho dela.

A Sala das Tartarugas tinha uma pequena mesa de secretária escondida no canto atrás da porta, e, não obstante a grosseria da imperatriz viúva, ele lhe devia uma resposta escrita de próprio punho. Ou talvez, com mais precisão, considerando a letra de escriturário da carta dela, ele devia a si mesmo uma resposta de próprio punho. Encontrou papel, caneta de bico de pena, tinta, cera; não havia selo, e ele supôs que qualquer um que escrevesse uma carta teria seu próprio sinete. Maia não tinha; era um dos muitos símbolos da vida adulta que ele não havia recebido em seu 16º aniversário. Uma impressão digital seria o bastante agora, embora provavelmente isso o fosse levar a ser acusado de seguir os costumes bárbaros de sua mãe. *Que seja*, pensou ele, então mergulhou a caneta na tinta e escreveu:

Para Csoru Drazharan, Ethuverazhid Zhasanai, saudações e grande simpatia.

Lamentamos que uma obrigação anterior nos impeça de falar com a senhora nesta tarde como solicita. Teremos, entretanto, o prazer de lhe conceder uma audiência amanhã de manhã, às dez; estamos ansiosos para ouvir qualquer coisa que possa nos contar a respeito de nosso falecido pai.

Até nossa coroação, estamos usando a Sala das Tartarugas como sala de recepção.

Com respeitosos votos de felicidade,

E então Maia parou. Assinar com seu nome próprio seria reconhecer que ela estava correta ao se dirigir a ele daquela maneira. Mas ele não tinha, até aquele momento, pensado na escolha de um nome dinástico, e era difícil ir além de sua primeira reação instintiva: *Eu* não *serei Varenechibel v.*

Ninguém te força a isso, pensou enquanto a tinta secava pacientemente em sua pena. *E, caso escolhesses Varenechibel, a corte sem dúvida interpretaria isso como um insulto.*

Ele sabia, pela tutela impaciente de Setheris, que seu tataravô, Varenechibel I, escolhera sinalizar sua rejeição às políticas de seu pai, Edrevechelar XVI, ao recusar o prefixo imperial que todo imperador desde Edrevenivar, o Conquistador, havia usado, escolhendo se tornar Varenechibel, o primeiro desse nome, em vez do nono Edrenechibel. Seu filho e seu neto tinham seguido sua liderança, sendo Varenechibel II e III. Seu bisneto (deliberado, embora nunca particularmente imaginativo, como Setheris dissera secamente) desafiara a tradição florescente, tornando-se Varevesena. E depois viera Varenechibel IV.

E agora Maia.

Os imperadores do que era informalmente chamado de dinastia Varedesa — como se o prefixo escolhido fosse um sobrenome — eram conhecidos por suas políticas isolacionistas, o favorecimento que davam aos ricos proprietários de terras do leste e sua aparente incapacidade de ver algo de errado em suborno, nepotismo e corrupção. Setheris entrara em detalhes contundentes sobre o Escândalo da Lama Negra do reinado de Varenechibel III (assim chamado porque manchara todos os que entraram em contato com ele) e o hábito vergonhoso de Varevesena de conferir generosas, porém vazias, nomeações políticas para os filhos recém-nascidos dos amigos.

— Pelo menos ele não era *pessoalmente* corrupto — dissera Setheris a contragosto sobre Varenechibel IV, mas Maia achava que era um elogio muito frio.

Ele não queria continuar *nenhuma* das tradições varedesas; abraçar a tradicional hostilidade a Barizhan parecia autodestrutivo de um jeito que ele achou desconfortavelmente ambíguo entre o simbólico e o literal. Ainda que *tivesse* desejado isso, o encontro com Chavar demonstrara que Maia teria uma batalha desoladoramente difícil para ganhar a confiança dos apoiadores ardentes de seu pai.

Melhor construir novas pontes, pensou ele, *que chorar pelo que foi levado pela correnteza*. Mergulhou a caneta no tinteiro outra vez e escreveu com legibilidade aguda na parte inferior da página: *Edrehasivar* VII *Drazhar.* Edrehasivar VI tivera um reinado longo, pacífico e próspero cerca de quinhentos anos antes.

Que seja um prenúncio, pensou Maia, uma oração rápida a Cstheio, a dama sonhadora das estrelas, e dobrou e selou a carta. Teve um pressentimento sóbrio de que precisaria de todos os prenúncios de paz que pudesse acumular.

O menino aguardava nervosamente no patamar.

— Aqui — disse Maia. — Leve isso à zhasanai com nossos cumprimentos.

De olhos arregalados, o menino pegou a carta. Ele havia captado a nuance — "zhasanai", não "zhasan" —, e Maia não duvidava que ele diria isso à imperatriz viúva. Ela poderia se denominar uma imperatriz governante o quanto quisesse, mas não era uma. Ela era zhasanai, a viúva de um imperador, e era melhor se lembrar de que agora dependia da boa vontade de seu enteado desconhecido.

— Serenidade — disse o menino, curvou-se e correu.

Já me tornei um tirano, pensou Maia, e se retirou novamente para a Sala das Tartarugas a fim de esperar Setheris e a esposa.

Mas Setheris não reapareceu até depois de Atterezh voltar carregando uma massa de tecidos pretos e cor de ameixa bordados em branco: cores de luto sem a formalidade estrita do luto da corte. Ele também levou a informação de que o funeral seria realizado às três horas — já que o pôr do sol era o momento ideal do dia para funerais, também era o mais caro, de modo que as famílias tiveram que juntar seu dinheiro para chegar o mais perto possível disso — e acrescentou que havia aconselhado Esaran da intenção do imperador e obtido dela a garantia de que a carruagem do imperador estaria pronta às 14h30. Maia poderia ter chorado de gratidão ao encontrar uma pessoa que não lhe resistiu nem se ressentiu dele, mas tal ação era imprópria para um imperador e assustaria Atterezh, deixando-o muitíssimo perplexo.

Assim, Maia se levantou e permitiu que Atterezh tomasse suas medidas, que drapeasse e mexesse com o tecido. Foi no meio disso, enquanto Atterezh murmurava misteriosamente para si mesmo, que Setheris apareceu na porta e perguntou:

— Uleris não lhe enviou um guarda?

— Não — disse Maia.

— Quem é este?

— Nosso Mestre de Guarda-Roupa.

— Então ele também não enviou um maza.

— Não. Primo, o que...?

— Cuidaremos disso — falou Setheris. — Nós também o aconselharíamos a substituir seu lorde chanceler assim que puder. Uleris parece estar ficando esquecido em sua velhice.

Como Setheris e Chavar já tinham certa idade, o insulto era explícito — o suficiente para que Maia percebesse que não era mera oficiosidade da parte de Setheris, tampouco uma disputa pela posição de Chavar.

— Primo, explique.

— Serenidade — disse Setheris, lembrado pelo imperativo. — O imperador das Terras Élficas tem tanto o direito quanto a obrigação de ser atendido em todos os momentos pelos nohecharei, o guardião do corpo e o guardião do espírito. E especialmente se você pretende persistir com essa ideia lunática... — Ele acenou com a mão para o pano sobre o ombro de Maia.

— Pretendemos — asseverou Maia. — Estamos certos de que o lorde chanceler tem muito em que pensar. Se você cuidasse do assunto, ficaríamos gratos e, quando retornar, teremos o prazer de receber sua esposa.

— Serenidade — falou Setheris, curvou-se e saiu.

Maia sabia — todo mundo sabia — sobre os nohecharei do imperador, os guardiões que juravam morrer antes de permitir que qualquer mal lhe acontecesse: um, o soldado, para proteger com seu corpo e a força de seu braço; o outro, o maza, para proteger com seu espírito e com a força de sua mente. A cozinheira de Edonomee podia às vezes ser persuadida a contar histórias, então Maia até sabia sobre Hanevis Athmaza, nohecharis de Beltanthiar III, que havia entrado num duelo de magia com Orava, o Usurpador, o único usuário de magia que já tentara tomar o trono. Hanevis Athmaza sabia que Orava o mataria, mas manteve o usurpador longe do imperador até que o adremaza, o mestre dos mazei das

Terras Élficas, os alcançasse. Orava tinha sido derrotado, e Hanevis Athmaza, horrivelmente ferido, havia morrido nos braços de seu imperador. No início de sua adolescência, Maia sonhara em se tornar um maza, em se tornar talvez o nohecharis de seu pai e ganhar seu amor, mas mostrara não ter mais aptidão para a magia do que (segundo Setheris) para qualquer outra coisa, e esse sonho também morreu.

Ele nunca sonhara em se tornar imperador.

Atterezh continuou com sua tarefa; o único sinal de que sequer havia notado a conversa era que agora sua discussão consigo mesmo era inaudível, não somente murmurada. Maia torceu para que seu pai tivesse escolhido seus empregados domésticos por sua discrição, pois não havia nenhuma parte daquela conversa com Setheris que ele gostaria que vazasse para a corte. Mas dizer isso ofenderia Atterezh e destruiria as ficções precárias que diziam que criados e nobres protegiam uns aos outros.

— Serenidade — disse Atterezh, levantando-se lentamente. — Terei roupas prontas para o senhor às duas horas, se isso o agradar?

— Sim. Agradecemos, Atterezh.

Atterezh se curvou, libertou Maia de seus tecidos e partiu. Maia observou com tristeza que, até aquele momento, a vida de um imperador parecia envolver principalmente ficar sentado numa saleta e ver outras pessoas indo e vindo.

Isso é mais variedade do que tinhas em Edonomee, onde também não havia ninguém para ir ou *vir,* pensou ele, e conseguiu sorrir com a própria autopiedade tola.

Sentou-se, cansado, imaginando se teria tempo para uma soneca antes de ter que se vestir para o funeral. O relógio dava a hora como quinze para as nove (o que parecia tarde demais ou cedo demais, embora ele não soubesse dizer qual). Esaran não ficaria muito feliz se ele exigisse uma cama pronta às dez da manhã.

Ele esfregou os olhos para evitar que acabassem se fechando, e lá estava Setheris novamente, cheio de energia e rancor.

— Serenidade, falamos com o capitão da Guarda Untheilenesa e com o adremaza, e eles cuidarão do assunto. Desejaram que lhe transmitíssemos suas desculpas e contrição. Não se tencionou nenhum desrespeito, pois esperavam que o lorde chanceler os informasse de sua chegada.

— Você acredita neles?

— Serenidade — disse Setheris, reconhecendo a justiça da questão. Ponderou por um momento, a cabeça inclinada de lado, seus olhos brilhantes como os de uma ave de rapina. — Estamos inclinados a acreditar que eles falam de boa-fé. São homens com muitas outras preocupações, e nós também esperávamos que Chavar os informasse.

— Obrigado, primo — falou Maia; embora essas palavras estivessem cobertas por uma camada de anos de ironia sombria, ele as disse tão suave e gentilmente quanto pôde. — E sua esposa?

— Serenidade — disse Setheris, curvando-se.

Ele se virou e acenou. Maia ouviu o clique de saltos de sapato e se levantou. Hesero Nelaran parou à porta para fazer uma profunda e magnífica reverência, a honra à moda antiga que a imperatriz Csoru havia tornado fora de moda.

— Vossa Serenidade — disse, a voz tão suave quanto a de Setheris era afiada.

Ela era um ano ou dois mais nova que o marido, os pés de galinha aparecendo por trás da maquiagem. Suas roupas tinham o preto do luto condizente com a corte: um vestido que encostava no chão e arrastava uma cauda semelhante à de uma cobra; uma jaqueta acolchoada e de bordado elaborado, ameixa sobre preto, trançada com fechos de granada como se fossem gotas de sangue. O cabelo estava enfeitado com pentes de laca preta, palitos tashin e fios de ônix facetado. Ela não era bonita, mas, por pura força da elegância, conseguia parecer bonita.

Desde a morte de sua mãe, a convivência pessoal de Maia com mulheres se limitava à cozinheira robusta de Edonomee e suas duas filhas magrelas que faziam as tarefas domésticas. Embora ele tivesse estudado as gravuras de moda nos jornais com muito cuidado, não havia nada que pudesse tê-lo preparado para Hesero Nelaran; ele sentiu sua compostura se estilhaçar e cair no chão, aos seus pés.

— Osmerrem Nelaran — conseguiu dizer finalmente, tropeçando nas palavras como qualquer jovem imaturo —, temos muito prazer em conhecê-la.

— E temos prazer em conhecer o senhor. Somos também mais gratas do que podemos dizer pelo senhor ter permitido que nosso marido voltasse à Corte Untheilenesa. — Ela se abaixou novamente, dessa vez não apenas em uma reverência, mas em uma prostração de corpo inteiro, tão graciosa quanto a de Csevet. — Serenidade, nossa honra e nossa lealdade são suas.

Ele respondeu, inadequadamente, quando ela se levantou outra vez:

— Agradecemos, osmerrem Nelaran.

— Não podemos nos considerar sua prima, Serenidade?

— Prima Hesero — emendou ele.

Ela sorriu para ele, e Maia derreteu no calor do sorriso, mal sendo capaz de manter seu juízo o suficiente para perceber que ela estava falando, perguntando sobre sua coroação.

— Meia-noite do dia 24 — respondeu, e ela assentiu com aprovação sóbria, como se estivesse preocupada que ele pudesse ter escolhido algum outro momento menos adequado.

— Serenidade — falou Setheris. — O senhor não deve permitir que o incomodemos.

— Temos muito o que fazer — disse Maia a Hesero, em parte por obediência habitual às ordens obliquamente expressas de Setheris, em parte porque não achava que pudesse sustentar a audiência por muito mais tempo sem fazer de si mesmo um completo idiota. — Mas vamos esperar por uma oportunidade de falar consigo novamente.

— Serenidade — disseram os dois. Hesero fez uma reverência novamente; Setheris fez uma pequena mesura rígida e irregular como um brinquedo mecânico. Ela saiu com a mesma graça com a qual entrara; uma trança fina, branca como leite, caía por suas costas, até abaixo dos quadris, seguindo a linha de sua coluna. Setheris se apressou atrás dela, e Maia afundou novamente na cadeira, não só fatigado, mas agora subitamente sem fôlego.

Não tens cabeça para flertes, disse a si mesmo, e começou a rir. Tentou parar, mas estava além de seu poder; o riso tomou conta dele e o sacudiu como um terrier sacode um rato. O melhor que conseguiu fazer foi manter suas cordas vocais silenciosas, sofrendo o paroxismo sem fazer mais barulho que o suspiro ocasional para respirar. Foi tão doloroso quanto asfixia ou a terrível tosse ruidosa do brônquio, e, quando finalmente a sensação o liberou, precisou enxugar as lágrimas do rosto.

Então ele olhou para cima, diretamente nos olhos de um jovem de rosto sóbrio vestido de soldado e com o coque de soldado, mas exibindo o selo drazhadês em um cinturão no peito.

— Serenidade — disse ele, e ajoelhou-se. Sua reprovação era palpável.

Maia se perguntou horrorizado havia quanto tempo ele estava parado ali, esperando que seu imperador estivesse apto a recebê-lo.

— Por favor, levante-se. Você é um dos nossos nohecharei?

— Sim, Serenidade — confirmou o jovem, voltando a se endireitar. — Somos Deret Beshelar, tenente da Guarda Untheilenesa. Nosso capitão ordenou que servíssemos como nohecharis... A menos que Vossa Serenidade não tenha o prazer de aceitar nosso serviço.

Maia gostaria de poder dizer "Não, não temos prazer" para livrar-se desse soldado de madeira desaprovador. Mas ele não podia ofender o capitão da Guarda Untheilenesa sem dar uma razão, e que razão poderia dar? *Ele me pegou rindo um dia depois da morte de meu pai.* Ele não podia dizer isso; leu na imensa desaprovação do tenente Beshelar uma integridade igualmente imensa e sentiu que precisaria mais que da amizade do homem.

— Não vemos razão para estarmos descontentes com a escolha do capitão — disse Maia.

— Serenidade — respondeu Beshelar em uma voz tão monótona e fulminante que Maia entendeu que ele tinha ouvido a frase como uma tentativa de bajulação.

Antes que pudesse decidir se deveria dizer qualquer coisa para melhorar o pé esquerdo com que a conversa começara ou se iria apenas se atolar mais fundo com a tentativa, outra voz comentou:

— Ah, droga. Esperamos tanto chegar aqui primeiro. Serenidade.

Maia pestanejou com esse segundo jovem, agora ajoelhado à porta. Ele também usava um cinturão com o selo drazhadês, mas isso parecia quase incongruente sobre seu manto azul surrado. Quando se levantou novamente, desdobrando um notável comprimento de perna ossuda, Maia viu que ele era mais alto que Beshelar, desajeitado como um potro recém-nascido. Os olhos azul-claros atrás de seus grossos óculos de lentes redondas eram míopes, gentis e a única beleza em um rosto dominado por um nariz longo e arqueado. Sua trança frouxa de maza não colaborava em nada com sua aparência, mas ele claramente não era o tipo de homem que se importaria. Ele revelou:

— Somos Cala Athmaza. O adremaza nos enviou.

Beshelar soltou um leve ruído de dor, não exatamente um suspiro nem exatamente um bufo. Mas o maza não pareceu encontrar nada de insuficiente em sua apresentação, apenas ficou ali parado, olhando benevolente para Maia, e Maia tampouco encontrou nada insuficiente em sua apresentação.

— É um prazer — falou. E a ambos: — Somos Edrehasivar, a sermos coroados o sétimo desse nome à meia-noite do dia 24.

— Serenidade — disseram os dois, juntos, curvando-se.

Então Cala falou:

— Serenidade, há um jovem na entrada que parece não saber se deve ficar ou sair.

— Faça com que entre — ordenou Maia, e Cala e Beshelar se viraram de lado.

Aparecendo entre eles, Csevet disse:

— Pedimos perdão, Serenidade. Não sabíamos se o senhor precisaria de nossos serviços para algo mais.

Maia escondeu um estremecimento. Ele havia se esquecido de Csevet, o que era imprudente e arrogante.

— Você tem outros deveres?

— Serenidade — disse Csevet, curvando-se. — O lorde chanceler foi bom a ponto de sugerir que nos cederá a serviço do senhor, se for de seu agrado.

— É muito gentil da parte do lorde chanceler — falou Maia, encontrando os olhos de Csevet em um momento de diversão compartilhada e dolorosa. — Então ficaríamos muito gratos se você pudesse... — Ele gesticulou em busca de uma palavra que não estava lá. — ... se você pudesse organizar nossa casa?

Ele ouviu a nota lamentosa na própria voz, mas Csevet a desconsiderou.

— Será como Vossa Serenidade desejar — respondeu, curvando-se ainda mais. — Vamos começar com... — Consultou o relógio de bolso. — ... o almoço.

4 O FUNERAL NO ULIMEIRE

O Ulimeire ficava nos arredores de Cetho, a cidade que circundava a Corte Untheilenesa como um cenário em formato de lua crescente para uma pérola. Descendo da carruagem imperial embaraçosamente grande após o tenente Beshelar e Cala Athmaza, Maia pensou, triste, que aquilo poderia muito bem ser outro mundo.

O templo e o muro ao redor do cemitério eram igualmente feitos de tijolos vermelhos em ruínas. Os pilares do pórtico do templo precisavam de uma demão de cal, e seus capitéis estavam bagunçados com ninhos de pássaros abandonados. Ervas daninhas transbordavam das rachaduras entre os paralelepípedos da passarela do portão até o templo, e a grama no cemitério crescera tanto que os topos das lápides pareciam pequenas ilhas estéreis num mar tempestuoso e quebradiço.

— Serenidade — disse Beshelar —, o senhor tem certeza...?

— Tenho — asseverou Maia. — As mortes deles não pesam mais leve na terra que a de nosso pai.

Quando Cala abriu o portão, um robusto prelado vestido de preto, tão pobre quanto seu templo, apareceu à porta. Encarou, boquiaberto sob sua máscara de lua amassada, e então praticamente se jogou escada abaixo. Ele se prostrou, e, do interior escuro do templo, ouviu-se um grande farfalhar suave enquanto a congregação fazia o mesmo onde quer que estivessem de pé.

Precisas te acostumar, disse Maia a si mesmo enquanto seguia Beshelar e Cala em direção ao templo. *Tu és imperador, como Setheris te disse. E, nessa conjuntura, verdadeiramente, podes ser imperador ou podes ser morto. Qual dos dois preferes?*

— Sua Serenidade Imperial, Edrehasivar VII — anunciou Beshelar; Maia desejou que não o tivesse feito.

— Por favor — falou Maia ao prelado —, levante-se. Nós desejamos apenas prestar nossos respeitos aos mortos.

O prelado se levantou, esfregando as mãos ansiosamente nas abas de seu manto.

— Vossa Serenidade Imperial — disse. — Não tínhamos ideia... Isto é, não fomos informados...

E alguém deveria ter sido enviado para informar você, pensou Maia, cansado. Ele havia imaginado de alguma forma que seria capaz de entrar discretamente nos fundos do templo e ouvir o culto sem confessar sua identidade, mas isso tinha sido um conto maravilhoso infantil, nada além.

Ele falou:

— Sentimos muito, de verdade.

— Serenidade! — sibilou Beshelar pelo canto da boca.

— Queríamos apenas reconhecer a perda — continuou Maia, levantando a voz para que as pessoas dentro do templo pudessem ouvi-lo claramente — que todos vocês sofreram. Não desejávamos que isso fosse esquecido. Não queríamos que vocês sentissem que... não nos importamos.

— Obrigado, Serenidade — disse o prelado depois de uma pausa. — Nós... Isto é, o templo é muito pequeno e não é aquilo com o qual o senhor está acostumado. Mas, se o senhor, e estes cavalheiros, quiserem compartilhar de nossa adoração, nós... — Ele usou o plural, significando tanto ele quanto a congregação. — ... nós ficaríamos... — Ele parou, procurando uma palavra. — Seria uma honra.

Maia sorriu para ele.

— Obrigado. Nós também ficaríamos honrados. — Ele ignorou a expressão horrorizada de Beshelar e acompanhou o prelado escada acima até o templo.

Maia considerou e descartou a ideia de contar ao prelado que o Ulimeire dele era de longe preferível ao úmido e sujo Othasmeire em Edonomee. Era mais sensato que falasse o mínimo possível, e ele temia, além do mais, que o prelado entendesse isso como algum tipo de piada. Mas era verdade. O Ulimeire era pobre e degradado, mas limpo, e a cal que não fora aplicada nos pilares claramente tinha sido mais bem aproveitada nas paredes. As pessoas tímidas, os elfos e os goblins, em suas roupas pretas de luto, já muito cerzidas e que não cabiam direito nos corpos — muito parecidas com as que o próprio Maia vestira ao deixar Edonomee séculos atrás naquela manhã —, eram a família, os amigos e os amantes da tripulação do *Sabedoria de Choharo*, dos criados cujas vidas foram perdidas junto com as de seus mestres imperiais. Muitos dos enlutados usavam libré; um ou dois eram pessoas que ele pensava ter visto no Alcethmeret mais cedo. Ele via a dor e o luto em seus rostos e desejou sentir algo do tipo em seu coração. Desejou ter tido um pai digno de luto.

Demorou algum tempo para encontrarem um lugar para colocar um imperador e seus nohecharei no Ulimeire que não causasse grande desconforto e constrangimento para todos os envolvidos, mas, entre a boa vontade da congregação, o prelado, o imperador e seu maza — e a notável e explícita tolerância de seu guarda —, o assunto foi administrado, e o prelado, tomando seu lugar diante do altar de Ulis, tão limpo e gasto como o restante do templo, começou o serviço pelos mortos.

Ele falou as palavras de maneira muito simples e honesta, ao contrário das entonações afetadas e das pausas dramáticas do arquiprelado de Cetho, que havia oficiado o serviço fúnebre da imperatriz Chenelo. Maia ficou perturbado ao descobrir quão claras e aguçadas eram suas lembranças do funeral da mãe. Era como se dez anos tivessem se passado em apenas dez dias.

A imperatriz Chenelo Drazharan havia morrido na primavera do nono ano de seu filho. Ela estivera doente desde que ele conseguia se lembrar, sua cinzenta, magríssima, amada mãe. Mesmo para uma criança, tornara-se claro, naquele inverno, que ela estava morrendo, porque seus olhos pareciam ocupar cada vez mais espaço de seu rosto e ela ficou tão magra que mesmo um toque mais forte poderia machucá-la. Ela passou muito daquele inverno e do início da primavera em lágrimas, morrendo, com saudades de casa e com um medo desesperado por seu filho.

Ela havia se casado muito jovem — mal completara dezesseis anos —, e o casamento fora ideia de seu pai. O Grande Avar de Barizhan queria fazer de sua filha uma imperatriz. As Terras Élficas, por mais hostis que fossem a todos os estrangeiros, precisavam desesperadamente estabelecer relações cordiais com Barizhan, seu único acesso ao rico comércio do Mar de Chadevan, e então a Testemunha dos Estrangeiros de Varenechibel o convencera a concordar com o casamento. Tinha sido uma má decisão em todos os aspectos, dissera Chenelo a Maia dias antes de sua morte. O pai dela, amargo em sua decepção por sua esposa não lhe ter dado filhos homens — apenas duas filhas, sendo uma pouco provida de beleza e meio louca —, não se importara nada com Chenelo e se importara totalmente com a ideia de tratados para garantir suas fronteiras do norte contra seu vizinho muito maior e mais poderoso. A Testemunha dos Estrangeiros era um homem ambicioso e ganancioso. Quando Maia tinha dois anos, a Testemunha fora apanhada recebendo subornos de comerciantes pencharneses. Varenechibel havia enviado a Chenelo uma gravura horrendamente explícita da execução.

O próprio Varenechibel, ainda de luto por sua terceira esposa, a imperatriz Pazhiro, que morrera cinco anos antes, não deveria ter considerado casamento naquela época, especialmente não com uma menina jovem o suficiente para ser sua filha, uma estrangeira, uma bárbara, uma goblin; ela ganhara o apelido cruel de "Goblin Caipira" entre a corte antes mesmo de se casar. Varenechibel achou-a feia, chata, pouco atraente, mas sua falta de interesse por ela não teria se acentuado para ódio se sua noite de núpcias, a consumação legal necessária do casamento e a única vez em que Varenechibel reivindicou seus direitos conjugais, não tivesse resultado na gravidez dela. Considerando a evidência inequívoca de que fora virgem para a cama dele, ele não poderia sequer afirmar que a criança não era dele.

Pazhiro morrera no parto, e, talvez, se Chenelo tivesse feito o mesmo, ele a tivesse perdoado. Mas ela sobreviveu e produziu um filho saudável tão escuro e feio quanto ela; com maldade na voz, Varenechibel disse que se ela achava que poderia substituir Pazhiro e o último filho morto dela, estava muito enganada. Assim que Chenelo teve condições de viajar, ela e o filho foram enviados a Isvaroë, onde ela passaria os últimos oito anos de sua vida.

Ela morrera em um dia cinzento e borrascoso no meio da primavera, e, uma vez que uma imperatriz morta era marginalmente mais aceitável para Varenechibel que uma viva, os preparativos foram imediatamente postos em marcha para um alto funeral de Estado cerimonial. Também era verdade que o Grande Avar, que não protestou contra o tratamento da filha enquanto ela estava viva — e não viu nada a criticar na ideia de que um homem não iria querer mais conjunção carnal com sua esposa que o necessário para gerar um filho —, teria ficado extremamente ofendido se o cadáver dela não fosse tratado com todo o respeito. A casa tranquila em Isvaroë foi invadida por secretários, funcionários, clérigos. A maioria deles, quando sequer reparava em Maia, olhava para ele, suspirava e balançava a cabeça. Ele ficava escondido no quarto da mãe o máximo que podia.

Se ele pudesse simplesmente ter se deitado e morrido de tristeza, teria feito isso. Sua mãe tinha sido o mundo para ele, e, embora ela tivesse feito o seu melhor para prepará-lo, ele era jovem demais para entender completamente o que a morte significava — até que ela se foi, e o buraco grande, inflamado e escancarado em seu coração não poderia ser preenchido, nem remendado, nem consertado. Ele a procurava em todos os lugares, mesmo depois de terem lhe mostrado o corpo: procurou e procurou, e ela não podia ser encontrada.

Maia chorava apenas em particular, não confiando nos adultos estranhos que se movimentavam atarefados ao seu redor, quebrando a paz de Isvaroë com suas vozes altas e o ruído contínuo de empacotamento e planejamento. E então veio o dia em que lhe disseram que ele tinha que deixar Isvaroë e levaram-no num dirigível para a Corte Untheilenesa, na qual ele nunca tinha acreditado plenamente, porque não tinha certeza de que não fosse apenas uma das histórias de sua mãe.

Ele estava sentado agora naquele templo pobre e limpo consagrado ao deus da lua, que também era o deus dos sonhos, da morte e do renascimento, e lembrou-se do mármore frio e vasto do Othasmeire da Corte Untheilenesa, com seus santuários satélites separados para cada deus. Mas não havia espaço no santuário de Ulis para um funeral de Estado completo, e assim o esquife de Chenelo fora colocado sob o óculo da cúpula, como os esquifes da imperatriz Pazhiro e da imperatriz Leshan antes dela. Em vez desse único prelado, houvera um bando de clérigos e cônegos cercando o arquiprelado vestido de vermelho, um miasma de incenso e multidões de elfos de cabelo e rostos brancos, vestidos de preto elaborado, que escutavam o serviço em pé, em silêncio e sem emoção. Ali, estavam *quase* em silêncio, mas havia os sons dos soluços sufocados; o farfalhar de pano contra pano enquanto um enlutado consolava outro; até, no meio do serviço, o choro de uma criança percebendo a perda e os passos arrastados, ligeiros e sem palavras enquanto as pessoas abriam caminho para que seu pai a levasse para fora. Ninguém, refletiu Maia, teria feito isso por ele.

Ele se lembrou de ficar em silêncio e com olhos de pedra ao lado da nobre a quem fora dada a ingrata tarefa de conduzi-lo durante o funeral. Embora o relato que Chenelo lhe dera de seu casamento tivesse sido cuidadosamente imparcial, cuidadosamente julgado para o que uma criança podia entender, mesmo assim a feroz adoração de sua mãe o levara mais perto da verdade do que ela jamais desejara que ele chegasse. Era culpa de seu pai, ele entendia, aquela era a corte de seu pai, e ele imaginou que lhes agradaria vê-lo chorar. Então ele não chorou, não naquele momento, embora tivesse chorado todas as noites por uma semana no quarto frio e mofado que lhe deram em Edonomee. Provavelmente, considerou com tristeza, ele havia apavorado demais aquela nobre, e fez uma nota mental para perguntar a Csevet se ela poderia ser encontrada.

O prelado do Ulimeire usou a opção abreviada, ao contrário da cerimônia interminável que havia sido usada para Chenelo e que seria usada para Varenechibel e três de seus quatro filhos. A parte mais longa foi a lista dos nomes dos mortos e a lista dos que foram deixados por eles. Hesitante, com um relanceio tímido para Maia, o prelado acrescentou ao final:

— O imperador Varenechibel IV, Nemolis Drazhar, Nazhira Drazhar, Ciris Drazhar, que deixam o imperador Edrehasivar VII.

Piscando para espantar um súbito aflorar de lágrimas, Maia fez uma reverência ao prelado sobre as mãos entrelaçadas, como cada um dos outros enlutados tinha feito por sua vez, e não se importou com a desaprovação dura e chocada de Beshelar ao seu lado.

Com o serviço concluído, ficou claro para Maia que o prelado e a congregação só ficariam envergonhados e sem graça com o espetáculo de seu imperador abrindo caminho pela grama alta amarelada para chegar às doze novas sepulturas. E não houve dificuldade em se libertar; ele simplesmente parou de lutar contra Beshelar pelas rédeas da situação, e Beshelar, com grande pompa, cuidou do resto. Maia sorriu para o prelado, e este sorriu de volta. Beshelar quase fisicamente colocou o imperador à força na carruagem, atulhando Cala e ele mesmo na parte de trás. O cocheiro estalou a língua para os cavalos e eles partiram.

Por dez minutos, ninguém disse nada. Beshelar parecia estar reinventando a maior parte dos epítetos favoritos de Setheris — com "goblin caipira lunático" no topo da lista —, embora, é claro, seu bom senso fosse grande demais para lhe permitir proferi-los em voz alta. Cala olhava sonhador pela janela, como fizera a caminho do Ulimeire, e o próprio Maia cruzou as mãos sobre o colo e ficou contemplando a escuridão e as juntas feias e grumosas delas.

Então Cala se virou e disse:

— Serenidade, por que o senhor quis participar do serviço?

Ele parecia genuinamente curioso. Maia respondeu:

— Não sei. — Ele sabia, sabia muito bem, mas não queria discutir seu pai com seus nohecharei, com ninguém. *Que essa verdade seja enterrada com ele,* pensou. *Ninguém lucra com Edrehasivar VII falando de seu ódio por Varenechibel IV.* E o pior era que ele nem sequer odiava o pai; não conseguia odiar alguém de quem soubesse tão pouco. Pensar no choque e no desagrado de Beshelar era exaustivo, como o pensamento de carregar uma pedra enorme em seus ombros pelo resto de sua vida.

Então Maia percebeu que se esquecera de usar a primeira pessoa formal, e Beshelar ficaria chocado e enojado de qualquer maneira. Olhou para Cala a fim de evitar olhar para Beshelar e encontrou os vagos olhos azuis inesperadamente solidários. Cala disse:

— Nada pode tornar a morte mais fácil, mas o silêncio pode torná-la mais difícil.

— Falar não ajuda — disse Maia.

Cala recuou um pouco, como um gato que tivesse levado um tapinha no focinho, e o silêncio — fosse difícil ou fácil — preencheu a carruagem, ininterrupto, até chegarem à Corte Untheilenesa.

5 A CASA IMPERIAL

No final do jantar daquela noite, Maia estava tão exausto que não conseguia mais manter os olhos focados. Ele havia pedido a Beshelar que garantisse que as grades do Alcethmeret fossem fechadas assim que voltaram do Ulimeire e recusou-se firmemente a conceder uma audiência a quem quer que fosse pelo restante da tarde.

O que não significava — embora ele desejasse que pudesse significar — que ele fosse ficar sozinho ou ocioso. Esaran esperava por ele. Ela não permitiria que ele voltasse à Sala das Tartarugas, insistindo que não era adequado à sua dignidade e arrastando-o para cima, subindo a próxima circunferência das escadas até a Sala das Rosas, que era grande o suficiente para se perder e decorada em um esquema opressivo de preto e cereja. O papel de parede era um padrão floral pencharnês elaborado, com rosas de todos os tons desde o roxo profundo até o vermelho-alaranjado, as bordas das pétalas recortadas em dourado.

Esaran tinha uma lista aparentemente interminável de perguntas que ele tinha que responder e decisões que ele tinha que tomar, e justo quando achou que poderia ter acabado, ela o atacou com o lembrete de que, entre as vítimas do acidente do *Sabedoria de Choharo*, estavam os edocharei do imperador, seus camareiros. Seu tom indicava, sem qualquer necessidade de perguntar, que ele não seria autorizado a continuar a cuidar de si mesmo como sempre fizera em Edonomee. Ela acrescentou que, como Clemis Atterezh estava esperando ansiosamente para fazer ajustes no novo guarda-roupa do imperador, seria bom cuidar do assunto prontamente.

Ela não gostava dele, mas estava claro que não deixaria seus sentimentos pessoais interferirem em sua eficiência. Possivelmente estava mais agudamente consciente que Chavar do poder do imperador de removê-la de sua posição se lhe desse motivos. Mas sua eficiência parecia crueldade, e ele já estava tão cansado, uma dor de cabeça batendo-lhe nas têmporas, que disse simplesmente:

— Estamos confiantes de que quaisquer pessoas que você recomendar serão inteiramente adequadas às nossas necessidades.

Ela assentiu, desprezando-o por sua fraqueza, e se retirou. Atterezh entrou, numa onda de alegres murmúrios sobre tecidos, cores e padronagens da qual Maia entendia talvez duas palavras em cada sete. Beshelar e Cala, como convinha aos nohecharei do imperador, sentavam-se um de cada lado da porta observando atentamente. Maia suspeitava que não seria a última vez em sua vida que desejaria ser capaz de apenas mandá-los embora.

E antes que Atterezh terminasse, Csevet tinha aparecido, com uma lista ainda pior que a de Esaran. A notícia da chegada do novo imperador se espalhara, e cortesãos, especialmente as Testemunhas dos Corazhas, começavam a se reunir. Csevet tinha uma pilha imensa de cartas — algumas entregues pelo sistema pneumático, outras deixadas por várias pessoas com os guardas nas grades quando não tinham permissão de entrar — e insistiu inexoravelmente que cada uma delas tinha que ser pelo menos *notada* naquela noite. Ele e Maia se sentaram, um de cada lado da enorme escrivaninha que espreitava como um urso hibernando no inverno no fundo da Sala das Rosas, e repassaram as cartas uma a uma.

Maia já sabia que havia sido mergulhado em águas profundas por sua ascensão ao trono do pai, mas foi aquela pilha de cartas que lhe mostrou quão profunda e fria era a água. Ele reconheceu alguns dos nomes pela fofoca que Setheris compartilhava com ele e sabia de modo geral o que os Corazhas, o Judiciário e o Parlamento eram, mas a inadequação de seu conhecimento ia se tornando mais cruelmente aparente a cada carta, à medida que Csevet as lia em voz alta e fazia uma pausa com as sobrancelhas arqueadas e Maia tinha que perguntar quem era o autor ou sobre o que exatamente ele escrevera. Beshelar e até mesmo Cala foram arrastados para o processo de educar o imperador, e Maia se sentou, ouviu e odiou.

Ele já sabia do pacto — meio cessar-fogo, meia aliança — firmado entre Parlamento, Corazhas e Judiciário, apoiando o imperador entre si como as pernas de um tripé frágil e argumentativo, mas a visão que tinha deles até então nunca passara de algo muito tênue. Agora, subitamente, estava cercado por — quase se afogando em — um panorama de cores vivas: o clamor da Câmara dos Comuns; o desdém da Câmara de Sangue, ainda ressentida todos esses séculos depois precisar negociar com homens que haviam sido meramente *eleitos*; as delicadas rixas internas dos magistrados, nada menos que onze dos quais enviaram cartas pelo pneumático, cada uma com linguagem mais impenetrável que a anterior; as sete Testemunhas dos Corazhas, os conselheiros do imperador, nenhuma das quais havia enviado nada de sua própria pessoa, exceto as mais corretas e contidas condolências e bons votos, mas cujos secretários criaram um dilúvio de velino e papel. Em seguida, os lordes menores, os cortesãos, os comerciantes e os servidores civis... E, depois de toda essa loucura, ainda esperavam que o imperador mantivesse o equilíbrio?

O pior foi uma carta de alguém chamado Eshevis Tethimar, tão densa de insinuações, obscuridades e rodeios que Maia não entendeu absolutamente nada dela, mesmo depois de Csevet explicar que Eshevis Tethimar era o herdeiro do duque Tethimel, um dos proprietários de terras mais ricos do sul de Thu-Athamar.

— Mas o que ele quer?

— Embora não possamos dizer com certeza...

— Por favor. Nós lhe imploramos. Suponha.

Csevet sacudiu as orelhas.

— Acreditamos que dach'osmer Tethimar é um pretendente à mão da arquiduquesa Vedero.

Maia olhou desconfiado para a carta, que ainda segurava.

— Ele não menciona nossa irmã.

— Bem, ele não pode — explicou Cala.

— Perdão?

— Serenidade — falou Csevet. — Depois do furor pelo casamento da arquiduquesa Nemriän...?

— Sim — disse Maia. As tempestades que cercavam o casamento da arquiduquesa mais velha, Nemriän, haviam chegado até mesmo a Isvaroë. Ele tinha apenas cinco anos na época, mas se lembrava da fofoca esbaforida da aia de sua mãe, da governanta e da cozinheira, sua mãe sorrindo enquanto fingia não ouvir.

— O imperador jurou que não haveria discussão pública do casamento de sua segunda filha até a cerimônia de assinatura.

— E? — perguntou Maia.

— E não tem havido — disse Csevet com um dar de ombros em vão. — E todos que saberiam estavam a bordo do *Sabedoria de Choharo*. Com exceção, claro, da arquiduquesa.

— Nossa irmã escreveu?

— Não, Serenidade.

Maia fechou os olhos com um pequeno estremecimento. Não esperava que alguém que *não* tivesse escrito uma carta pudesse ser um problema.

— E o que tem dach'osmer Tethimar?

— Está sondando, Serenidade — disse Csevet. — Quer saber quanto o senhor sabe. E quer saber o que o senhor pode estar disposto a conceder-lhe.

— Conceder?

— Os Tethimada têm sido um calo nas mãos do imperador há décadas — falou Csevet. — Eles são poderosos em suas próprias propriedades e lideram a facção dos lordes orientais que mais se opõem à expansão da indústria no ocidente. Sabemos que Varenechibel estava mui desejoso de estabelecer compromisso com eles.

— De fato — respondeu Maia. Ele sentiu uma onda de pânico nauseante, como se fosse um rato que tivesse pisado na placa de gatilho de uma ratoeira e visto seu destino no instante antes de quebrar o pescoço. Ele era *imperador* agora. Facções, indústria, compromissos e a guerra contra os bárbaros no norte: tudo isso era *sua* responsabilidade e, se fizesse a escolha errada, centenas de milhares de pessoas poderiam sofrer. Pessoas poderiam até morrer, e tudo porque seu imperador era muito jovem e estúpido para saber como salvá-las.

— Serenidade — disse Csevet, parecendo cauteloso. — É muito invasivo da parte de dach'osmer Tethimar escrever-lhe tal carta neste momento. Nós podemos escrever de volta, com tanta prolixidade quanto ele, sem lhe dar informação alguma.

A seus próprios ouvidos, a risada de Maia soou como o engasgo de um rato moribundo, mas foi uma risada, não um grito, então supôs que deveria contar isso como uma vitória.

— Sim, por favor, Csevet. Nós apreciaríamos muito.

Então, quando finalmente chegaram ao fim da pilha, Esaran voltou com três jovens nervosos a reboque. Um deles tinha aproximadamente a idade de Csevet, os outros dois mais ou menos a idade de Beshelar — quatro ou cinco anos mais velhos. Maia se sentiu oprimido pela ironia de ser a pessoa mais jovem da sala e, ainda assim, a pessoa a quem todos os outros se curvavam.

Os três jovens eram Esha, Nemer e Avris. Esha e Nemer eram escuros como goblins, como o próprio Maia; Avris era pálido. Esaran não achou que seus sobrenomes fossem dignos de menção. Seriam os edocharei de Maia.

— A menos que agrade a Vossa Serenidade indicar o contrário — disse Esaran com as sobrancelhas erguidas, e Maia teve que negar às pressas, antes que Nemer, o mais novo, irrompesse em lágrimas.

Enquanto saía, Esaran deu um disparo de despedida maldoso:

— Amanhã, é claro, Vossa Serenidade, o senhor desejará discutir com o mestre de cozinha as refeições da semana vindoura, mas, para esta noite, achamos certo dizer a ele que podia preparar algo simples.

Mais um dever recaía sobre os ombros de Maia. Ele disse, apenas porque tinha de fazê-lo:

— Obrigado, Esaran.

Csevet sugeriu firmemente aos edocharei que subissem e se familiarizassem com os aposentos privados do imperador e que, além disso, poderiam tornar-se úteis preparando os quartos e salas para uso. Maia só podia assistir com admiração desanimada enquanto essa tática limpava a sala de seus mais novos dependentes ansiosos. Então Csevet voltou-se para ele novamente e disse:

— Serenidade, há outro assunto.

— Há?

— Não gostamos de trazer isso à baila, mas não podemos...

Costas retas, mãos cruzadas no colo, rosto controlado.

— Diga-nos — pediu Maia.

— Foi a carta de dach'osmer Tethimar que nos fez pensar nisso — falou Csevet. — Serenidade, o senhor deve começar a considerar seu próprio casamento.

— *Casamento*? Mas ainda nem sou imperador! Quero dizer... — E então ele percebeu que tinha quebrado a formalidade em setenta embaraçosos pedaços e se refreou.

— Será a primeira coisa na mente de muitos na corte — explicou Csevet.

— Todos aqueles com filhas casadouras — interveio Beshelar cinicamente.

— Mas não desejamos nos casar com ninguém — protestou Maia, e pelo menos era o nível correto de formalidade, mesmo que o tom estivesse perigosamente próximo de um choramingo.

— O senhor terá que fazer isso, mais cedo ou mais tarde, a menos que pretenda deixar Idra Drazhar sucedê-lo, o que nós não recomendaríamos.

— Você sabe de alguma coisa para o descrédito de nosso sobrinho?

— Como poderíamos? Ele ainda é uma criança. Estávamos pensando, Serenidade, no exemplo de Belmaliven v.

Maia entendeu a observação dele. Belmaliven v, chegando ao trono após a morte repentina de seu irmão Belmaliven iv, sentira que a sucessão estava amplamente assegurada por seus dois sobrinhos, então não se divorciou de sua amada, porém estéril, esposa. No segundo ano de seu reinado, foi deposto e assassinado por "apoiadores" de seu sobrinho mais velho, que foi coroado como Belvesena xi e sobreviveu como uma marionete doente por seis anos antes de, por sua vez, ser deposto por seu irmão, Belmaliven vi. A forma e a data exatas da morte de Belvesena eram desconhecidas, mas a maioria supunha que ele não tinha sobrevivido por muito tempo à coroação de seu irmão e que sua morte não fora um acidente.

— Você acha que é necessário que ajamos tão rapidamente? — perguntou Maia, infeliz.

— Serenidade — disse Csevet —, achamos que o senhor deve estar preparado para que o assunto surja. E que o senhor deve estar bem-informado o suficiente para tomar uma decisão em vez de ser empurrado para o casamento como o falecido imperador foi em mais de uma ocasião.

Maia estremeceu.

Os olhos de Csevet se arregalaram.

— Serenidade, imploramos seu perdão. Não quisemos dizer...

— Não, nós entendemos. E você está perfeitamente correto. — O pânico estava de volta, batendo contra suas costelas, apertando dedos pegajosos ao redor de sua garganta. Ele engoliu em seco. — Como sugere que procedamos?

— Permita que coletemos informações para o senhor — falou Csevet. — Isto é, se o senhor confiar em nós para fazê-lo?

Preciso confiar em alguém, pensou Maia.

— Sim, por favor.

— Cuidaremos disso.

A dor de cabeça piorava; numa mistura de gratidão e covardia, Maia ficou aliviado por um dos subordinados de Esaran ter aparecido naquele momento para anunciar o jantar antes que Csevet pudesse inventar mais "um outro assunto".

Csevet desculpou-se graciosamente, poupando Maia da necessidade de determinar para quantas pessoas Esaran havia dito ao mestre de cozinha para preparar o jantar. O imperador comeu em esplendor solitário, com seus nohecharei novamente sentados um de cada lado da porta da sala de refeições.

Sopa de ovo e caldo, uma caçarola de enguia, couve-do-mar grelhada: Maia comeu sem saborear nada, tirando de alguma reserva desconhecida um sorriso para a copeira tímida — outra com sangue goblin — e elogios a serem transmitidos ao mestre de cozinha e aos cozinheiros. A sobremesa foi um sorbet; tinha gosto de inverno, e Maia só desejou poder transferir o frio abençoado para suas têmporas latejantes. A copeira o presenteou com um licor antes que ele pudesse dizer não, e, após o primeiro gole, ele disse abruptamente a seus nohecharei:

— Quando vocês irão comer?

— Serenidade? — respondeu Beshelar, assustado.

Cala pareceu focar os olhos como se de uma grande distância.

— Vocês devem comer — disse Maia. — Quando?

— Quando o senhor estiver na cama, Serenidade — respondeu Cala. — Nós nos revezamos, um fica de guarda enquanto o outro come. O senhor não deve se preocupar conosco.

— Vocês não poderiam, depois desta noite, passar a comer conosco?

A expressão de Beshelar ficou, previsivelmente, escandalizada. Cala sorriu.

— Depois desta noite, Vossa Serenidade, o senhor não irá mais comer sozinho.

— Ah, sim — disse Maia, e esvaziou o restante do licor de um só gole. — Que imbecilidade a nossa esquecer.

Cala tossiu discretamente.

— Temos conhecimento por mer Aisava que Vossa Serenidade não dormiu nada na noite passada.

— Muito pouco — disse Maia, resistindo à vontade de esfregar os olhos turvos e doloridos.

— Então sugerimos que Vossa Serenidade se retire para a cama. Seus edocharei estarão esperando para cuidar do senhor, e poderá com sã consciência e alma tranquilizada nos imaginar jantando tão bem quanto o senhor.

— Serenidade — falou Beshelar —, Cala Athmaza é frívolo, mas a sugestão dele é sábia.

O esforço para não rir foi quase demais para ele. Maia mordeu o lábio e se levantou. Seus ossos doíam e os músculos pareciam feitos de chumbo, mas ele estava convencido de que suas pernas o segurariam.

— Nós agradecemos — disse a ambos.

Era embaraçoso o quão perto ficaram dele, um de cada lado, subindo as escadas. Duas voltas completas ao redor do Alcethmeret até as portas dos aposentos de dormir do imperador, onde Esha e Avris esperavam. Eles pararam lá, nohecharei e edocharei olhando-se em dúvida. Maia, cansado demais para ser político, perguntou:

— Cala, você vai ficar?

— Sim, Serenidade — disse Cala; Beshelar ofereceu uma continência rígida e desceu as escadas.

Os edocharei podiam até ser jovens e nervosos, mas conheciam o trabalho. Soltaram o cabelo dele, desabotoaram sua roupa, tão suaves, rápidos e silenciosos que ele estava nu na frente deles antes de se lembrar de ter vergonha de seu corpo magro ou da cor feia de sua pele. Em meros momentos mais, eles o vestiram novamente, dessa vez em um camisolão macia como uma nuvem, e trançaram seu cabelo para a noite.

Um deles — Esha, ele achava, embora já não estivesse mais certo de nada — assegurou-lhe de que eles haviam trocado toda a roupa de cama e de que tudo estava limpo e bem arejado. Maia se lembrava de deitar-se, de mãos gentis ajudando-o com as cobertas, e então de nada mais.

Acordou uma vez durante a noite, de um confuso pesadelo com Setheris lhe dizendo que sua mãe estava nos destroços ardentes do *Sabedoria de Choharo*; uma voz disse suavemente na escuridão:

— Serenidade?

— Quem? — perguntou Maia com a voz pastosa.

— Sou eu, Cala. Parece que o senhor teve um sonho ruim. Está tudo bem.

— Cala — disse Maia, lembrando-se de olhos azuis gentis. — Obrigado. — E então tornou a adormecer, impotente e pesado como o *Sabedoria de Choharo* desabando sobre a terra.

PARTE DOIS

A coroação de Edrehasivar VII

6 A IMPERATRIZ VIÚVA

Maia abriu os olhos para a luz do sol brilhante e ficou ali deitado, piscando, confuso. Aquele não era seu quarto em Edonomee; não era o quarto de que mal se lembrava em Isvaroë. O dossel da cama era suntuoso demais para ambos, e os gatos lutadores dos Drazhada trabalhados no brocado sugeriam que ele devia estar em uma das casas de seu pai, mas...

Quando se lembrou de onde estava e do que tinha acontecido, foi convencido de que era tudo um sonho.

O pensamento foi um tremendo alívio.

Logo ele despertaria em sua própria cama estreita e de colchão afundado em Edonomee e talvez nem sequer se lembrasse de ter tido um sonho tão ridículo. E, se lembrasse, seria um lembrete para que ficasse satisfeito com o que tinha em vez de ansiar pelo que não tinha.

Uma sólida e valiosa lição de moral, pensou Maia com satisfação sonolenta, e então o barulho de uma porta se abrindo o fez se apoiar em um cotovelo, confuso e temendo que fosse Setheris para lhe dizer que havia chegado um mensageiro de seu pai.

Mas era um menino atarracado e escuro vestindo libré drazhadesa — Nemer, Maia lembrou —, que pareceu ligeiramente alarmado ao encontrar Maia acordado, mas se recobrou e disse timidamente que fora enviado para descobrir que tipo de chá Sua Serenidade Imperial preferia no café da manhã.

Deusas misericordiosas, que isso seja um sonho... Mas não era.

— Camomila. — Que sua mãe amava e Setheris odiava. — Obrigado.

— Serenidade — respondeu Nemer, curvando-se. — O senhor deseja tomar café da manhã na cama ou...

— Não — disse Maia. Ele se sentia vulnerável naquela enorme extensão de cama, vestido apenas de camisolão. — Vamos nos levantar, obrigado.

— Serenidade — repetiu Nemer, curvando-se outra vez, e se retirou.

— Serenidade — outra voz soou do lado oposto da sala, fazendo Maia dar um gritinho de susto e quase cair da cama.

Era Beshelar. Ele havia claramente escolhido sua posição para poder observar cada canto daquele quarto de formato estranho, e é claro que era Beshelar, cujo grande talento parecia ser o de fazer seu imperador se sentir um menino desajeitado e sujo.

— Você não *dorme*? — falou Maia, mais irritado do que pretendia.

— Serenidade — respondeu Beshelar. — Não houve tempo ontem, mas hoje espera-se que o adremaza e o capitão Orthema sejam capazes de escolher suplentes para Cala Athmaza e para nós mesmos. Supondo-se que sejam aceitáveis para Vossa Serenidade, seremos então capazes de protegê-lo em turnos. Mas nós... — falou com um súbito acesso de ferocidade e usando o plural para incluir Cala — ... somos seus Primeiros Nohecharei.

Maia poderia ter abaixado a cabeça nas mãos e chorado. Ali estava ele, ressentindo-se de Beshelar, enquanto Beshelar carregava um fardo que ele, Maia, nem sequer tivera a sensibilidade de reconhecer. *Como já estás ficando arrogante,* disse a si mesmo. *Aceitando como comum que aqueles que te protegem devam estar constantemente em serviço.* Uma voz menor e mais sombria acrescentou: *Como tu estás.* Maia se moveu com súbita determinação para sair da cama.

Como se estivessem apenas esperando pela deixa, Esha e Avris entraram, dizendo-lhe que seu banho estava pronto, que dachensol Atterezh e seus aprendizes haviam trabalhado a noite toda e tinham enviado vários conjuntos de roupas com a certeza de que os trajes de coroação de Sua Serenidade não sofreriam qualquer atraso. Não havia conforto em suas palavras ou ministrações, mas Maia seguiu para onde foi conduzido, percebendo com um divertimento amargo o que estivera cansado demais para ver na noite anterior: ao imperador era concedida a ilusão de privacidade por intermédio de certos painéis de vidro fosco habilmente posicionados; ele tomou banho, vestiu-se, permitiu que Avris penteasse seu cabelo — embora tenha desanimado enormemente seus edocharei ao recusar todas as joias.

— Não até sermos coroados — explicou. Na verdade, ele preferiria não usar joia nenhuma. Elas o lembravam de seu pai.

Sentou-se para o café da manhã com ambos os nohecharei presentes e a mesma copeira tímida da noite anterior. Em seu primeiro gole de chá, a porta se abriu para admitir Csevet, sobrecarregado com outra grande pilha de cartas. Maia, cuja mente estava ainda pensando, mal-humorada, em joias, impediu o que quer que Csevet fosse dizer ao perguntar:

— Com quem devemos falar sobre nosso sinete imperial?

— Serenidade — falou Csevet, pousando a pilha de cartas na ponta da mesa; a copeira buscou outra xícara. — Tradicionalmente, isso é da alçada do lorde chanceler.

— É mesmo? — perguntou Maia, pensativo.

— O lorde chanceler é o Mestre dos Selos — comentou Csevet de modo cuidadoso, quase incomodado.

— O que você usou para selar nossas cartas ontem?

— O selo da Casa Drazhada — disse Csevet. — Achamos improvável que alguém afirme que são falsificações.

— Mui improvável — concordou Maia, e Csevet pareceu relaxar um pouco. — Mas lorde Chavar certamente não desenha sinetes ele próprio.

— Ah! Não, claro que não. Esse é o trabalho de dachensol Habrobar.

— Você pode... Quer dizer, podemos convocar dachensol Habrobar à nossa presença, ou...?

— Vamos cuidar disso, Serenidade.

— Obrigado — disse Maia. — Vemos que você nos trouxe mais cartas.

— Sim — disse Csevet. — Os Corazhas não são os únicos incomodados por um imperador que não desfila diante deles.

— Deveríamos? — perguntou Maia. — Desfilar?

— Não, Serenidade — disse Csevet. — Não faz mal nenhum aos seus cortesãos ficarem um pouco incomodados. Eles o verão em breve. — Tossiu educadamente e continuou: — Mas *temos* uma mensagem da imperatriz viúva.

Maia quase se esquecera da imperatriz viúva com a pressão de outras preocupações, mas uma olhadela para o relógio lhe mostrou que teria de enfrentá-la em uma hora.

— Nós concordamos em lhe dar uma audiência às dez horas — avisou. — Ela escreveu ontem.

— Vossa Serenidade é muito gentil — murmurou Csevet, passando-lhe a carta da imperatriz viúva.

Maia quebrou o selo e leu:

Ao arquiduque Maia Drazhar, herdeiro do trono imperial do Ethuveraz, saudações.

Estamos muito decepcionadas com sua frieza e receamos que muito do que o falecido imperador seu pai comentou de seu caráter, que havíamos descartado como preconceitos de um homem de idade, deva de fato ser verdade.

Chegaremos à Sala das Tartarugas às dez horas.

Com grande esperança e compaixão,

Csoru Drazharan, Ethuverazhid Zhasan

Maia considerou a missiva com cuidado, então perguntou:

— Que tipo de senhora é a imperatriz viúva?

— Serenidade — respondeu Csevet com outra tossezinha educada. — É uma senhora muito jovem e um pouco... selvagem.

— Csevet, nós lhe imploramos, seja claro.

Csevet fez uma reverência.

— Ela é mimada, Serenidade. É jovem e muito bonita, e o falecido imperador a tratava como uma boneca. Ela conseguia o que queria com lágrimas e birras e, quando essas atitudes perdiam o efeito, como só aconteceria diante de um homem cansado, velho e que tinha enterrado três esposas, recorria a doenças: desmaios, tonturas, prostração nervosa. Ela desejava o poder, mas ele era sábio demais para lhe dar algum.

— Então é provável que poder seja o que ela procura agora?

— Sim, Serenidade, muito provável.

Um silêncio, frio e duro como um grânulo de gelo. Maia respirou fundo e perguntou:

— O que nosso falecido pai dizia de nós? — Ele viu o olhar horrorizado de Csevet cruzar o de Beshelar e sabia que ele não desejava esse conhecimento. Mas... — Precisamos saber. Não podemos enfrentar aqueles que ouviram as opiniões dele e não as conhecer nós mesmos.

— Serenidade — disse Csevet infeliz, e abaixou a cabeça. — Ele não amava sua mãe, como o senhor sabe.

— Sim — disse Maia, sob a respiração. — Sabemos.

— Ele não falava dela, nem mesmo do senhor, Serenidade, em público, mas sempre havia fofocas. Alguns vindos da criadagem. Outros, receamos, espalhados pela própria imperatriz Csoru.

— Por quê?

— Tédio. Mesquinharia. A alegria do escândalo. A maioria das histórias não era crível, e imploramos mui sinceramente a Vossa Serenidade que as elimine totalmente de sua cabeça.

— Mas as outras?

Ele estava encurralando Csevet num canto e lamentou por isso. *Isto é o que é ser imperador,* pensou. *Não te esqueças disso.*

E Csevet capitulou com tanta elegância quanto fazia todo o resto.

— O falecido imperador dizia, e isso ocasionalmente em público, que os barizheses eram degenerados, dados à consanguinidade. Em particular, segundo correm os rumores, ele dizia que a imperatriz Chenelo era louca e que o senhor havia herdado o sangue ruim dela. Ele frequentemente usava o termo "não natural", embora haja discrepâncias nas histórias sobre o que ele queria dizer com isso.

— Quanto de crédito era dado a essas histórias?

— Serenidade, todo mundo sabe o quanto o falecido imperador amava a imperatriz Pazhiro. E é de conhecimento comum que o casamento com a imperatriz Chenelo lhe foi forçado pelos Corazhas e não de sua própria escolha. Mas também é verdade que seu... isolamento em Edonomee causou comentários, e mais ainda nos últimos anos.

— Até onde a Corte Untheilenesa sabe, nós somos *mesmo* um cretino lunático consanguíneo. — Ele não conseguiu engolir uma risada amarga o bastante para fazer Csevet estremecer.

— Serenidade, basta que olhem para o senhor para verem que o senhor não é isso.

— A questão é — murmurou Cala — quantos deles farão isso.

Beshelar olhou feio para ele, mas o olhar de desculpas que Csevet lançou a Maia lhe disse que a observação de Cala era honestidade, não cinismo.

Continuar a conversa naquele momento só iria deixá-lo desanimado sem propósito e possivelmente faria com que Csevet e seus nohecharei se sentissem criticados e inutilizados. Então, com uma nota de vivacidade que não sentia, Maia perguntou:

— Há alguma dessas cartas que deveríamos ler antes de nossa audiência com Csoru Zhasanai?

Havia, é claro; ele mandou Csevet ir com ele à Sala das Tartarugas, e lá Csevet se aconchegou à escrivaninha enquanto Maia se sentava junto ao fogo e Cala e Beshelar pacientemente guardavam a porta contra nada.

Foi mais fácil lidar com as cartas naquele dia. Ele sentiu que as profundezas de sua ignorância já haviam sido reveladas e por isso não teve escrúpulos em pedir informação. Com a orientação de Csevet — Csevet, que tinha sido mensageiro do imperador (ele admitiu quando questionado) desde que fizera treze anos —, Maia estava aprendendo a decifrar as bajulações elaboradas e os circunlóquios e a responder do mesmo jeito. E a reconhecer quando não responder. Era um pouco difícil não se ressentir da familiaridade tranquila de Csevet com nomes, facções e situações mais queridas, mas Csevet colocou esse conhecimento à disposição de Maia sem reservas; se ele desejava sentir raiva de alguém, não era Csevet quem a merecia.

A mais importante das cartas, seu significado aparente para Maia mesmo sem assessoria, era a do embaixador barizhês. Ela se destacava no meio da pilha arrumada de correspondências, não apenas porque era escrita em velino — muitos dos cortesãos mais velhos ainda preferiam pergaminho a papel —, mas porque estava enrolada, e não dobrada. A corda que a amarrava era de seda cor de ameixa, enfiada num prendedor de marfim e com um nó elaborado. Csevet olhou para o conjunto de modo um pouco impotente.

— Vossa Serenidade deve entender mais dos costumes barizheses que nós — disse ele.

Maia balançou a cabeça em negativa, fazendo uma careta para as sobrancelhas erguidas de Csevet.

— Nossa mãe morreu quando tínhamos oito anos. Ela não falava em barizhin conosco nem nos contou muito sobre sua terra natal. Achamos que havia sido proibida de fazê-lo. — Ele se lembrava com perfeita clareza de cada pequeno momento de rebelião, mas haviam sido muito poucos.

Csevet franziu a testa, as orelhas baixando.

— Nós sabemos que o uso de um nesecho... — Ele deu um peteleco no prendedor de marfim com uma unha discretamente esmaltada — ... é de grande significado para os goblins, mas não sabemos qual é esse significado. Também não sabemos nada sobre os nós dos goblins.

— Há alguém em nossa casa que possa saber? — perguntou Maia, pensando na quantidade de criados de pele escura que vira no Alcethmeret.

— Serenidade — falou Csevet, levantando-se com uma reverência que, considerou Maia, expressava agradecimento por uma ideia eficiente. — Vamos perguntar.

Csevet voltou alguns minutos depois, trazendo um homem de meia-idade em seu rastro.

— Este é Oshet, Serenidade — disse Csevet, triunfante como um cão de caça presenteando seu mestre com um pato morto. — Ele é um de seus jardineiros. Veio à Corte Untheilenesa com o embaixador há cinco anos, e seu serviço foi presenteado ao seu pai imperial por causa do dom para o cultivo de rosas.

— Serenidade — murmurou Oshet, ajoelhando-se e abaixando a cabeça.

Sua pele era de um preto quase perfeito; usava o cabelo raspado em vez de apenas cortado, o que tornava os anéis de aço em suas orelhas — sendo o aço, até onde Maia sabia, a marca de um marinheiro — impossíveis de não ver.

— Por favor — disse Maia. — Fique de pé.

Oshet se levantou obedientemente; era uma cabeça inteira mais baixo que Csevet, atarracado e densamente musculoso. Seus antebraços estavam cruzados de arranhões antigos e novos; as unhas, sujas de terra. Tinha o maxilar pesado e rebaixado e olhos protuberantes típicos de goblins; Setheris sempre fora muito incisivo em seus comentários sobre a sorte de Maia por herdar os ossos élficos do pai.

— Mer Aisava explicou nossa pergunta? — questionou Maia.

— Explicou, Serenidade. — Os olhos de Oshet eram de um vermelho-alaranjado vívido, desconcertantes contra a escuridão de sua pele. Maia sabia que seus próprios olhos, de um pálido cinza drazhadês, eram tão ruins quanto. — É um nesecho, sim?

— Sim.

Maia pegou da mesa o rolo de velino, com seus adornos, e entregou-o a Csevet, que o passou a Oshet. As mãos de dedos grossos do jardineiro tinham um toque delicado; ele traçou as linhas do nó, depois as do nesecho, demorando-se sobre o pequeno rosto pontiagudo do animal esculpido nele. Então devolveu o pergaminho a Csevet e juntou as mãos atrás das costas.

— E então? — perguntou Csevet.

— É o gato solar — revelou Oshet.

— Perdão? — falou Maia.

— Um bichinho. O gato solar. Vive ao longo da costa sul. Manso. Sempre curioso. Mata cobras e ratos. Muitos navios têm gatos solares. É muita boa sorte.

Maia estendeu a mão e Csevet lhe deu o rolo de pergaminho. Ele olhou atentamente para o nesecho, vendo a maneira como o gato solar havia sido esculpido para parecer que brincava com as cordas, vendo a alegria contagiante que o escultor colocara em seu rosto.

— O que isso quer dizer? — perguntou Csevet impaciente.

Os ombros maciços de Oshet subiram e desceram em um dar de ombros.

— É boa sorte — disse ele. — Amigos. Nós temos nesecho, dado pelo amigo mais próximo no navio quando fomos embora. — Ele puxou uma corda amarrada no cinto e tirou um nesecho do bolso. Era um pouco maior que o gato solar, e Maia o reconheceu pelas escamas esculpidas nas costas arredondadas, antes mesmo de Oshet o virar para que ele pudesse ver o rosto quadrado, sorridente e com a língua de fora de um tangrisha. — Tangrisha é proteção. Gato solar é... — Seu rosto se contorceu em uma carranca enquanto tentava achar as palavras certas. — É desejo de grande felicidade.

Maia queria fazer mais perguntas, sobre nesechos, sobre o navio de Oshet e sobre por que o embaixador lhe estaria enviando um desejo de "grande felicidade", mas Csevet insistiu, obstinadamente:

— E o nó?

— É nó de mensagem importante — explicou Oshet, guardando seu tangrisha de volta no bolso. — Mas é mensagem para imperador.

— Existem protocolos? — perguntou Maia hesitante. — É errado cortar o nó?

As sobrancelhas de Oshet se ergueram, e a contração de suas orelhas fez seus brincos tilintarem.

— Sem necessidade, Serenidade. Puxar conta de ouro. Nó vai se desatar. — Ele fez uma pausa e acrescentou: — Nesecho é presente, sempre.

Um dos fios de cordão tinha uma conta de ouro amarrada na extremidade. Maia supusera que aquilo fosse apenas decoração. *É apenas mais uma chance para sentir-se ignorante,* disse a si mesmo. Puxou a corda, inesperadamente surpreso com a rapidez com que o nó se desatou. Ele soltou o pergaminho do cordão e rapidamente enfiou cordão e nesecho no bolso antes que alguém pudesse lhe dizer que não deveria.

— Obrigado — disse Csevet ao jardineiro. — Pode ir.

Oshet assentiu para Csevet e curvou-se profundamente para Maia.

— Serenidade.

— Obrigado, Oshet — falou Maia, lembrando-se de sorrir, e só então voltou a atenção para desenrolar o pergaminho.

A carta estava escrita com uma caligrafia forte, letras pequenas e bem formadas, com voltas no começo e no fim das palavras. Não era uma caligrafia cursiva. A saudação dizia: *Ao nosso mui sereno parente imperial, Edrehasivar* VII, e Maia não foi mais longe, olhando para Csevet com certa surpresa.

— Parente?

Pela primeira vez, Csevet também estava perdido.

— O embaixador não é parente de sangue do Avar.

— Ele deve estar se referindo à mãe de nossa mãe — disse Maia. — Mas não sabemos o nome dela nem sua família.

— Ele certamente nunca mencionou isso antes — falou Csevet, muito secamente.

— Dificilmente teria sido um ativo político — comentou Maia. Ele queria soar seco também, mas sua voz estava apenas cansada. — Bem, vamos ver o que nosso parente quer.

A carta era breve:

Ao nosso mui sereno parente imperial, Edrehasivar VII, *saudações.*

Estendemos nossas mais profundas condolências pela sua perda e desejamos lhes assegurar que Barizhan não o prenderá ao acordo comercial que estávamos negociando com seu falecido pai. É nossa maior e mais acalentada esperança que as relações entre Barizhan e o Ethuveraz sigam da paz para a amizade, e nessa esperança subscrevemo-nos mui obedientemente ao comando.

Vorzhis Gormened,
Embaixador do Grande Avar para a corte
do imperador do Ethuveraz

Maia olhou impotente para Csevet. Ele podia identificar a presença de uma intenção oculta naquelas palavras muito cuidadosas, mas não tinha a menor ideia do que poderia ser.

Csevet, franzindo a testa, pensativo, leu a carta novamente e disse:

— Nós nos perguntamos se o embaixador Gormened tem a aprovação de seu governo para o conteúdo desta carta.

— Mal houve tempo — protestou Maia.

— Sim — concordou Csevet. — Sabemos.

— Então você pensa...

— O Grande Avar é conhecido por recompensar iniciativa e audácia... quando bem-sucedidas. Nós sugeriríamos, Serenidade, que o senhor respondesse ao embaixador para que a renúncia dele ao acordo comercial fique registrada.

Tudo o que o imperador dizia, como Maia já aprendera, ficava registrado.

— O acordo comercial era tão desvantajoso?

— Se Gormened achar que o senhor ficará grato por ser liberado dele, sim — disse Csevet sem rodeios. — Vamos consultar o gabinete da Testemunha dos Estrangeiros e solicitar os detalhes.

— Sim, por favor. E diga-nos como responder a nosso... parente.

— Serenidade — murmurou Csevet, e começou uma dissecção impiedosa da carta do embaixador.

Cinco minutos antes das dez horas, Beshelar levantou-se de sua cadeira e avisou:

— Serenidade, nossos segundos se aproximam.

— Ah, que bom — falou Cala, e abafou um bocejo.

Os Segundos Nohecharei provaram ser, em muitos aspectos, indistinguíveis dos Primeiros. Um tenente e um Athmaza, aproximadamente da mesma idade de Beshelar e Cala, um engomado e polido, o outro surrado e ingênuo — embora o manto desse maza fosse de um azul mais novo, mais brilhante, e sua trança fosse mais bem-feita que a de Cala. Mas Maia percebeu que o novo tenente,

Telimezh, parecia tão nervoso com Beshelar quanto com seu imperador, enquanto o maza Dazhis parecia ansioso apenas para que Cala não se esquecesse de ir dormir.

— Não tema — disse Cala, sufocando outro bocejo. — Posso estar distraído, Dazhis, mas não sou feito de pedra. Serenidade.

Ele e Beshelar se curvaram, e Maia os dispensou, reprimindo um impulso ridículo de implorar para que ficassem. Beshelar e Cala precisavam de seu descanso e o mereciam, e não havia razão para que ele se sentisse como uma criança abandonada nem para que tivesse medo de seus Segundos Nohecharei.

Deverias estar satisfeito por te livrares de Beshelar por um tempo, admoestou a si mesmo. Voltou-se para Csevet.

Eles lidaram com outras duas cartas antes que um grande tumulto na escada anunciasse a aparição tardia da imperatriz viúva, Csoru Drazharan.

Graças a Csevet, Maia tinha uma ideia do que esperar; portanto, não ficou completamente oprimido pela visão que se postou na entrada entre Telimezh e Dazhis, afastando o véu com deliberação digna de uma cantora de ópera. A imperatriz viúva era uma mulher pequena — como uma boneca, como Csevet a havia chamado — com rosto em formato de coração e olhos de um notável e exuberante azul-escuro. Além disso, não era mais do que três anos mais velha que o próprio Maia.

Tendo o exemplo de Hesero Nelaran como guia, Maia podia ver que Csoru estava vestida com excesso de luxo, ostentando sua posição como fizera em suas cartas para ele. O bordado de barras de prata de sua jaqueta se aproximava muito do branco imperial, o qual ela tinha apenas o direito duvidoso de usar. E o cabelo, empilhado num edifício elaborado de coques e tranças retorcidas, teria ficado melhor sem o adorno de brilhantes contas pretas, cada uma do tamanho do polegar de Maia, que se pareciam desconfortavelmente com besouros.

Também era, ele descobriu, mais fácil lidar com a beleza explícita de uma mulher de quem ele já não gostava do que com a graciosidade de uma mulher como Hesero.

Levantou-se sem pressa para saudar a viúva de seu pai, e ela lhe fez uma pequena e rígida reverência. Não reconheceu a posição dele de nenhuma outra maneira, e Maia ficou animado ao reparar que Telimezh e Dazhis Athmaza a encaravam com desaprovação pelas costas dela.

O olhar de Csoru correu pela sala e repousou em Csevet.

— Quem é este?

— Nosso secretário — disse Maia.

— Ah.

Ela dispensou Csevet de sua atenção inteiramente — o que pareceu ofender Csevet — e ficou ali parada, olhando para Maia com uma leve expressão de desagrado.

Finalmente, Maia falou:

— Csoru Zhasanai, *você* queria *nos* ver.

Ela respondeu:

— Esperávamos que o senhor fosse ser receptivo a conselhos. — Seu tom indicava que suas esperanças haviam sido cruelmente frustradas.

— Que conselho você nos daria?

— Não achamos que o senhor vá ouvir — desdenhou ela, com um aceno de cabeça que não ficava bem para uma imperatriz.

Ele esperou alguns momentos, educado, então retorquiu:

— Por acaso, temos um assunto sobre o qual desejamos falar com você, pois isso diz respeito a nossa honra e a nossa soberania. — Csoru pareceu esperançosa; Csevet, alarmado. — Isto é, merrem, você não é Ethuverazhid Zhasan e, não tendo filhos, não pode esperar sê-lo. A menos que, por acaso, haja algo em andamento que não sabemos?

Csevet tossiu de um jeito meio estrangulado. Csoru, furiosa, respondeu:

— Nós somos a esposa do imperador.

— Você é a *viúva* do imperador. A não ser que tenha concebido o filho dele, esse título não deverá mais ficar com você.

— Não — falou ela, mal-humorada. — Mas o senhor não tem imperatriz.

— Isso não significa que a posição seja sua — refutou Maia. — Contente-se, merrem, em se considerar Zhasanai. Pois é o que você é. E nós somos Edrehasivar Zhas e obteremos essa honra de você se pretende permanecer na Corte Untheilenesa.

Ele podia vê-la recalculando sua posição e sua estratégia. Ela abaixou a cabeça e disse, em uma voz mais suave e mansa do que qualquer outra que ele já tivesse ouvido dela:

— Edrehasivar Zhas, o senhor deve perdoar a uma viúva sua dor.

— E perdoamos, contanto que isso não a leve a se comportar de maneira embaraçosa para o imperador ou a Casa Drazhada. Se estiver sobrecarregada, Csoru Zhasanai, talvez deva se retirar para o campo por um tempo. Temos muitas mansões que cederíamos ao seu uso com o maior prazer.

Os olhos dela se arregalaram e as orelhas baixaram; Csoru ouviu a ameaça. Sem dúvida, os exemplos de Arbelan Drazharan, primeira esposa de Varenechibel, e Chenelo Drazharan, a quarta, fizeram-se presentes na mente dela.

— Serenidade — respondeu ela, curvando-se mais profundamente. — Agradecemos por sua consideração, mas sentimos que é indigno de uma imperatriz viúva ceder ao pesar.

— Mesmo assim — insistiu Maia. — Estamos ocupados, Csoru Zhasanai. Havia outro assunto sobre o qual gostaria de falar conosco?

— Não, Serenidade — respondeu ela. — Agradecemos.

Ela não fugiu correndo da sala, mas saiu muito menos ostensivamente do que entrara. Eles ouviram o som agudo e duro de seus pés na escada sumindo aos poucos.

— Csevet — falou Maia, pensativo. — Pode escrever para Arbelan Drazharan em Cethoree e convidá-la para assistir à nossa coroação?

— Sim, Serenidade — disse Csevet, e acrescentou isso a sua lista.

7 O TÚMULO DA IMPERATRIZ CHENELO

Csevet e Maia passaram o restante da manhã e metade da tarde percorrendo o último lote de correspondência. Concordaram que era melhor tratar a maior parte dos problemas, questões e preocupações após a coroação, quando não haveria mais a menor ambiguidade na posição do imperador. Havia outra carta de Eshevis Tethimar, para a qual Csevet franziu a testa e murmurou "Invasão de território!" alto o suficiente para Maia ouvir. Havia uma carta de Setheris reclamando de ser-lhe negada a admissão ao Alcethmeret. *Serás obrigado a lidar com ele em algum momento,* pensou Maia, cansado. Mas Csevet lhe assegurou que ele poderia, sem faltar com a educação, adiar essa reunião até depois da coroação, e Maia escreveu uma mensagem para Setheris de próprio punho para prometer uma audiência depois que ele fosse coroado e saísse devidamente de sua reclusão.

Então Csevet se sentou a fim de escrever outra rodada de cartas tranquilizadoras e pouco informativas para os Corazhas, enquanto Maia, com Telimezh e Dazhis a reboque, partia para lidar com os assuntos que pudesse.

O primeiro foi uma inspeção completa ao Alcethmeret, de cima a baixo, e apresentações a toda a equipe. Esaran pareceu incrédula e ofendida quando Maia mencionou este último item, mas ele travou o maxilar e insistiu.

— O imperador seu pai... — começou ela, mas ele a interrompeu.

— Queremos saber quem nos serve — disse Maia.

Esaran aquiesceu, mas ele sabia que ela não estava satisfeita. Valeu a pena, porém, saber que a pequena copeira tímida na sala de refeições se chamava Isheian, aprender os nomes das lavadeiras e faxineiras, dos cavalariços, ajudantes de cozinha e jardineiros — pois o Alcethmeret, Maia aprendeu, tinha seu próprio jardim, separado dos jardins da Corte Untheilenesa, onde os jardineiros cultivavam rosas que, na primavera e no verão, encheriam a torre de cores e aromas. Oshet pode ter sido culpado da impropriedade de piscar para seu imperador. O mestre da cozinha não era tão alarmante quanto Maia havia imaginado; era um cavalheiro com jeito de avô e um enorme bigode branco. Seu nome era Ebremis, e ele questionou Maia íntima e respeitosamente sobre seus gostos e desgostos. Maia tentou não explicar sobre a casa em Edonomee, que era governada tanto pela parcimônia quanto pelos gostos de Setheris, mas sentiu, desconfortável, que Ebremis adivinhou muito do que ele não disse.

Sob o Alcethmeret, ele conheceu as garotas que se sentavam no centro da teia de aranha de tubos pneumáticos que percorriam a Corte Untheilenesa e assistiu extasiado por vários minutos enquanto elas faziam seu trabalho. De volta à Sala das Tartarugas, lembrando-se do pajem confuso de Csoru, perguntou a Csevet o que o uso de um mensageiro pessoal significava.

As sobrancelhas de Csevet se ergueram.

— Pode significar qualquer uma dentre várias coisas, Serenidade. Como o desejo de sigilo.

— Ah. Não. A mensagem era de Csoru Zhasanai.

— Bem — disse Csevet —, indica o desejo de certificar-se que a mensagem seja entregue diretamente nas mãos do destinatário pretendido. Também, claro, a insistência numa resposta imediata. Também pode indicar que se sente que a mensagem de alguém é muito importante e muito urgente para esperar.

— Claro — anuiu Maia, e Csevet quase sorriu antes de se controlar.

Naquela noite, no jantar, quando Maia sorriu para Isheian, ela sorriu de volta.

Os pratos mal tinham sido retirados quando o lorde chanceler foi anunciado. Ele entrou como uma tempestade; antes que Maia pudesse lhe oferecer um assento ou um copo de licor, ele começou a explicar, com voz intimidadora e detalhes excruciantes, os rituais em torno da coroação de um imperador. O jejum, as horas gastas em meditação:

— A meditação de um dia inteiro do imperador ocorre numa capela da vigília sob o próprio palácio. O arquiprelado irá levá-lo, e é tradição que o imperador escolha dois amigos íntimos para acompanhá-lo na viagem à capela e de volta dela. Como o senhor não tem amigos na corte, escolherá, é claro, seus parentes do sexo masculino mais próximos que sejam maiores de idade. Descobrimos que estes são o marquês Imel, marido de sua irmã Nemriän, e Setheris Nelar.

— Nós...

Maia começou a falar, mas Chavar o atropelou e prosseguiu:

— Ao pôr do sol começam os rituais da coroação propriamente dita.

E lançou um dilúvio de fórmulas arcaicas e gestos significativos, deixando Maia sem chance de dizer que sob nenhuma circunstância permitiria que Setheris Nelar desempenhasse um papel de qualquer importância ritual no processo de sua coroação. O ar presunçoso e paternalista de Chavar e sua condescendência ("É claro que você não tem amigos, seu goblin caipira feio") eram suficientes para deixar Maia não apenas ressentido, mas realmente em estado de rebeldia. *Chavar não é meu primo,* pensou ele, *e isto aqui não é Edonomee. Posso tomar a decisão que me agradar, e ele não pode me impedir.* Ele ouviu Chavar em silêncio paciente, sem dar qualquer indicação de que seus próprios planos já divergiam das ideias do lorde chanceler.

Quando Chavar finalmente saiu, Maia voltou sua atenção para o outro assunto com o qual poderia lidar antes de ser coroado Edrehasivar VII; era um assunto pessoal, e houve certo tempo de discussão até que Csevet e seus nohecharei o deixassem cuidar dele. Não era — como Telimezh disse sinceramente, tendo de alguma forma se encontrado no papel de porta-voz — que eles não aprovassem os sentimentos de Sua Serenidade, mas sim que, como imperador não coroado em luto completo, ele não deveria ser visto vagando pelos corredores.

— Não queremos vagar pelos corredores — asseverou Maia, irritado. — Desejamos visitar o túmulo de nossa mãe, coisa que não fomos capazes de fazer desde seu enterro há dez anos. Pessoalmente, acharíamos muito mais chocante um imperador que *não* visitasse o túmulo de sua mãe do que aquele que o visitasse.

Para sua exasperação, Csevet insistiu em chamar os edocharei para consultá-los sobre o assunto, mas eles foram uma fonte inesperada de apoio. Nemer disse:

— É *claro* que Vossa Serenidade deveria visitar o túmulo da imperatriz.

Ele recuou sob o olhar sufocante de Avris. Mas Avris e Esha, em cuja retidão Maia também detectou algo do partidarismo de Nemer, disseram que não havia impropriedade nisso, desde que o imperador concordasse em ir usando véu.

— O senhor não deveria ter ido ao Ulimeire desvelado, Serenidade — falou Esha severamente. — Já conversamos com Atterezh sobre isso.

— Concordaremos com qualquer coisa — disse Maia — que nos permita esta única coisa que tanto desejamos.

— Serenidade — murmurou Csevet, cedendo.

Maia havia usado um véu de luto pela última vez também dez anos antes. Ele fedia a cedro e era áspero contra seu rosto. O véu que Esha lhe ofereceu dessa vez era leve como uma teia de aranha e cheirava apenas a sálvia e lavanda, que os edocharei usavam para perfumar o guarda-roupas e os armários do imperador. Havia pinos de bronze para prendê-lo, cujas cabeças esmaltadas pretas eram trabalhadas com o dispositivo drazhadês, e Maia sentiu uma estranha calma quando Avris finalmente baixou o véu sobre seu rosto.

Com toda a Corte Untheilenesa de luto, os corredores estavam quase desertos, embora normalmente, disse Telimezh a Maia, os cortesãos fossem estar passeando por corredores especiais até pelo menos meia-noite. Os poucos que eles encontraram se curvaram apressada e profundamente. Não olhavam Maia no rosto, mas ele estava ciente dos olhos às suas costas até desaparecer de vista.

O Othasmeire da Corte Untheilenesa, o Untheilenês'meire, era um vasto edifício branco, uma cúpula apoiada em pilares como os troncos de árvores ancestrais. Os lampiões a gás, em seus globos facetados antigos, lançavam sombras estranhas entre os pilares. Era frio, ainda mais frio que as frias salas abertas do Alcethmeret.

Os túmulos dos Drazhada circundavam as paredes fora do anel de pilares, uma comprida fileira dupla de sarcófagos, em quantidade demasiado grande para contar e, entretanto, não o suficiente para completar o círculo ao redor da cúpula. O local onde o túmulo de Varenechibel seria construído já tinha sido demarcado, embora o mármore ainda estivesse numa pedreira nas ilhas do Mar de Chadevan, e o espaço estava repleto de flores — em sua maior parte de seda, naquela época do ano, mas havia alguns buquês de crisântemos derramando suavemente suas pétalas entre as rosas e os lírios artificiais.

Os túmulos da segunda, da terceira e da quarta esposas de Varenechibel ficavam no anel externo: a imperatriz Leshan, a imperatriz Pazhiro, a imperatriz Chenelo, cada uma delas falecida antes de seu trigésimo aniversário. Os baixos-relevos estilizados nas tampas dos sarcófagos não davam uma impressão real da aparência das imperatrizes, muito menos do tipo de pessoa que elas haviam sido. Maia passou os dedos pelo nariz e pelas bochechas de mármore branco da figura no túmulo de sua mãe, um gesto tão simbólico e sem sentido quanto a própria figura.

Então ajoelhou-se, colocando o véu para trás, ciente de Telimezh e Dazhis, de pé, rígidos, ao lado da coluna mais próxima, mas ignorando-os. Ele não tinha nada a dizer, nenhuma oferta a fazer, apenas o sentimento, mais profundo que palavras, de que tinha que prestar honras à sua mãe antes da grande honra pública que seria paga a seu pai. Ele se perguntou se a mãe teria ficado orgulhosa ou triste pela elevação repentina dele. Triste, concluiu; a posição elevada não trouxera a ela nada além de tristeza e dor.

Finalmente, sussurrou:

— Estou aqui.

Parecia a única coisa que valia a pena dizer. Fazia dez anos que ela morrera, e todas as coisas que quisera dizer à mãe, todas as coisas que havia sonhado dizer durante os anos frios em Edonomee, pareciam agora o lamentável choramingar de uma criança. *Mesmo que ela ouvisse,* pensou, *isso só iria entristecê-la.* Ele juntou as mãos e curvou-se ao túmulo, determinado, mesmo ali, naquela desolação de mármore branco, em prestar-lhe uma homenagem.

Ele se levantou, baixou o véu e percebeu que ainda havia uma coisa a dizer. Tocou os traços esculpidos do nome dela e disse, baixinho, mas com clareza:

— Eu ainda amo a ti.

Então deu meia-volta e deixou o túmulo da mãe, voltando para onde seus nohecharei o aguardavam na luz.

8 A COROAÇÃO DE EDREHASIVAR VII

Os preparativos para a coroação do imperador Edrehasivar VII começaram às seis horas da manhã do dia 23. Ele não quebrou o jejum, e não o faria até depois de ter sido coroado. Banhou-se em água impregnada de ervas; o perfume das ervas pegou na parte de trás de sua garganta e fez seus olhos arderem. Enquanto Dazhis observava, Esha e Nemer vestiram Maia com um traje branco, comprido, sem mangas e sem forma chamado keb, uma peça de roupa arcaica usada agora apenas para iniciações entre os mazei e o clero e para coroações. Maia, acostumado a calças justas e jaquetas acolchoadas, achou aquilo enervante; os rituais proibiam o uso de qualquer coisa por baixo, e ele se sentiu bem menos vestido que com um camisolão.

Então Avris penteou seu cabelo paciente e completamente, esticando todos os emaranhados de seus cachos indisciplinados até ficarem lisos, escuros e molhados às suas costas. Esha abriu um painel secreto na parede do camarim e retirou uma canastra pesada de carvalho, que continha as joias da corte imperial. Algumas peças haviam se perdido com o falecido imperador, comentou ele com tristeza, e novas teriam que ser encomendadas, mas apenas as Joias Menores, as Michen Mura. As Joias Maiores, as Dachen Mura, nunca deixavam a Corte Untheilenesa.

Maia se deixou adornar. Anéis para os dedos, prata incrustada com jade e selenita; braceletes como algemas, prata cravejada com cabochões esmeralda foscos; uma série de argolas para as orelhas, mais jade verde-clara; um colar de selenitas e cabochões esmeralda bem apertado ao redor de seu pescoço; um diadema de prata e selenita. Ele recusou quando Nemer lhe ofereceu um espelho; não se reconheceria e não queria ver o que estava se tornando. Estava com medo de reconhecer seu pai.

Na câmara externa, Cala, Beshelar, Telimezh, Csevet e Chavar aguardavam, junto ao arquiprelado de Cetho, o adremaza e o capitão da Guarda Untheilenesa. Todos se ajoelharam quando Maia entrou. Então se levantaram outra vez quando Dazhis atravessou a sala para ficar ao lado de Telimezh, e Chavar e Maia deram as mãos, direita com direita e esquerda com esquerda; Chavar fez as três perguntas rituais, cuja veracidade de resposta por Maia seria testemunhada pelo adremaza e pelo capitão.

Chavar fez as perguntas: o tempo de seu nascimento; o verdadeiro nome de seu pai; o augúrio de favor. Maia respondeu: o Solstício de Inverno; Nemera Drazhar; Cstheio Caireizhasan, a Senhora das Estrelas. Ele se sentia como um príncipe em um conto maravilhoso; conseguia se lembrar de sua mãe lhe contando incontáveis histórias em que o herói precisava responder a essas mesmas perguntas, embora, em contos maravilhosos, o augúrio de favor fosse formulado de maneira diferente. Ele podia ouvir a voz barizhesa suave da mãe dizendo: "De quem és filho?"; e sua própria voz respondendo com prazer: "Filho da estrela".

Ele se forçou a voltar ao presente quando Chavar fez uma pergunta que não estava nos contos maravilhosos:

— Por que nome você será conhecido?

— Edrehasivar — disse Maia. — Sétimo de seu nome.

Chavar nunca lhe perguntara que nome ele pretendia tomar, e, embora não tivesse sido segredo, o lorde chanceler claramente não havia se preocupado em manter-se informado. Ou talvez não tivesse acreditado que Maia seguiria em frente. O ritual parou quando Chavar encarou Maia, as palavras se formando visivelmente: "Você tem certeza?". Maia encontrou os olhos de Chavar no mesmo nível e repetiu, como se pensasse apenas que Chavar não o ouvira:

— Edrehasivar. Sétimo de seu nome.

Dessa vez, Chavar respondeu da maneira correta, e o adremaza e o capitão da Guarda Untheilenesa falaram as palavras de testemunho. Chavar soltou as mãos de Maia.

A parte seguinte do ritual pertencia ao arquiprelado. Não era o mesmo arquiprelado que havia oficiado o funeral de Chenelo, pois o velho arquiprelado havia morrido dois invernos antes, o mais frio inverno na memória dos vivos. O novo arquiprelado se chamava Teru Tethimar; para aquela parte da cerimônia, não estava mascarado — um gesto de igualdade entre arquiprelado e imperador —, e Maia viu que ele era jovem para sua posição, com rosto de asceta e uma mandíbula teimosa. Tinha uma bela voz, um tenor claro como água de nascente, e pronunciou as palavras de purificação e libertação como se realmente acreditasse nelas.

O ritual libertava Maia de sua antiga vida, deixando-o livre para assumir os fios da nova. Por enquanto, ele estava entre os mundos. Era um tempo, como disse o arquiprelado, de purificação e tranquilidade, e ele perguntou a Maia, as palavras pesando com sua carga de ritual, quem ele escolheria para servir como seus guias para entrar e sair da capela da vigília onde ele passaria as horas entre o abandono de seu antigo eu e a preparação para saudar seu novo ser.

Maia não hesitou.

— Cala Athmaza e Deret Beshelar.

O arquiprelado parou com a boca semiaberta.

Dessa vez, Chavar explodiu:

— Serenidade, o senhor não pode...!

Maia retrucou:

— Você não vai nos dizer o que podemos e o que não podemos fazer, Chavar.

O silêncio ficou pesado de tanta consternação, uma sala cheia de homens de repente com medo até de mexer-se. Maia continuou, falando baixo, mas teimoso:

— Eu confio neles. — Eles o haviam acompanhado até o Ulimeire; parecia necessário que se juntassem a ele naquela peregrinação também.

Tethimar, mais perspicaz que o ainda balbuciante Chavar, se recompôs e se curvou, concordando. Cala e Beshelar se aproximaram de Maia, um de cada lado, quase em suas posições normais, exceto que agora estavam exatamente ao lado dele, em vez de um passo atrás. Tethimar pediu simplesmente:

— Sigam-me. — E Maia, Cala e Beshelar o seguiram, deixando os outros parados como atores desprovidos de uma peça.

O arquiprelado os conduziu em silêncio pelas escadas do Alcethmeret e por seu piso de mármore marchetado até o par de pilastras, a três posições de estarem exatamente em frente às portas do restante da Corte Untheilenesa, onde havia um castiçal, já aceso, esperando prosaicamente no chão. Maia não viu com exatidão o que Tethimar fez, onde exatamente ele pressionou, mas uma das pilastras caiu de modo gracioso para dentro da parede, revelando uma passagem estreita e escura, à qual a própria pilastra serviu de ponte. Tethimar foi primeiro, depois Beshelar, depois Maia, e Cala fechou a fila. A madeira pintada estava fria e um tanto áspera sob os pés descalços de Maia, a pedra da passagem de uma frieza impressionante.

A passagem se dobrava bruscamente para a frente e para trás; Maia supôs que ela seguisse as paredes dos quartos do palácio. Mas não tinham ido longe quando a passagem terminou em uma escada descendente, uma espiral estreita e íngreme, seu pilar central tão estreito que Maia quase conseguia juntar as mãos em torno dele. A vela do arquiprelado lançava apenas o mínimo de luz, e não havia nenhum corrimão, nem quaisquer apoios para as mãos. Maia estendeu as mãos para tocar o pilar de um lado e a parede do outro, e procedeu com cautela vertiginosa. As joias pesadas o incomodavam; faziam suas mãos parecerem estranhas e desajeitadas, e ele desejou poder apenas tirá-las e deixá-las ali na escada para os fantasmas e as aranhas. Curvava os dedos dos pés com tanta força contra as bordas desgastadas e escorregadias dos degraus que os pés começaram a doer. Nem Tethimar e Beshelar à frente dele nem Cala atrás pareciam ter qualquer problema em particular, e ele se ressentiu deles por isso de uma maneira cansada e infantil.

Chegaram ao pé da escada, passaram por uma antecâmara que não era maior que um armário de vassouras e entraram na capela da vigília. Lá havia uma abóbada pontiaguda, ao contrário das cúpulas com as quais Maia estava acostumado, e nas paredes estavam pintados os instrumentos dos deuses, tanto os sete com os quais ele estava familiarizado quanto muitos com os quais não estava. Lavaram o chão de pedra frio e nu tão recentemente que ainda estava úmido em algumas partes. Uma pequena fonte borbulhava em um nicho ao lado da abertura em arco para a antecâmara; cascateava sobre a borda de sua tigela natural e desaparecia em um buraco no chão. Maia conseguia ouvir fracamente a fonte se tornando um rio em algum lugar no escuro abaixo.

Havia um lampião pendurado no arco alto da porta; Tethimar estendeu a mão e o acendeu com sua vela. Ele disse, sua bela voz calma e grave:

— A água é santificada. Pode beber dela. Nós voltaremos ao pôr do sol.

Então, com Cala e Beshelar atrás, virou-se e começou a subir as escadas de volta para o mundo acima. A garganta de Maia travou contra o impulso de chamá-los de volta, de implorar para que ficassem, para que não o deixassem ali sozinho no escuro. A luz do lampião zombou dele, uma lembrança da luz do mundo que era um insulto. Fechou os olhos para não ter que ver a luz da vela diminuir e contou lentamente até cem. Quando abriu os olhos, olhou em volta para a escuridão fria, aquele poço de silêncio, o peso da rocha e da solidão, e pensou: *Isto é que é ser imperador.*

Bebeu um pouco de água, principalmente para lavar o gosto de pânico da boca, depois sentou-se de pernas cruzadas no meio do espaço e começou, pacientemente e sem ênfase, a pensar em sua respiração.

Ele era muito jovem quando sua mãe morreu para ter herdado muito do misticismo barizhês dela, mas ela lhe ensinou as poucas coisinhas simples às quais a mente vívida e fugaz de uma criança se agarraria. Setheris, que professava o agnosticismo em voga, não tinha paciência para o que chamava de "disparates"; Maia havia se agarrado aos fragmentos dos ensinamentos de sua mãe principalmente para desafiá-lo. À medida que foi crescendo, descobriu que poderia usar os exercícios de respiração que ela lhe ensinara para acalmar-se ou para combater seu medo e tédio quando era castigado por infrações das regras rígidas de Setheris. Ele havia sentido falta do hábito nos últimos dois dias, mas nunca houvera...

Ele perdeu o ritmo, quase engasgou, percebendo de maneira nova e fortemente visceral que sua privacidade acabara, não apenas por um ou dois dias, mas pelo restante de sua vida. Ele supunha — esperava desesperadamente — que houvesse algum meio-termo permitido para atividades sexuais, mas os imperadores não tinham privacidade. Até atrás das grades do Alcethmeret os criados estariam lá, e se não os criados, os nohecharei, e, embora sua função fosse amplamente simbólica naqueles dias, sua presença não era. Ele imaginou perder a virgindade sob o olhar crítico de Beshelar e foi tomado de um acesso lunático de riso estridente e doloroso. Mas mesmo quando se acalmou novamente, aquele fragmento frio de verdade ainda estava alojado em sua garganta: ele não poderia ter privacidade sem a exigir e não poderia exigi-la sem explicar seu propósito. A corte não se importaria com um imperador de mente mística; poderiam muito bem interpretar isso como prova de que as calúnias amargas de Varenechibel tinham sido verdadeiras.

Talvez não se possa meditar com outra pessoa no quarto?, sugeriu ele, ciente de seu próprio tom duvidoso, como um homem oferecendo um doce a uma criança que chora. *Cala não riria nem te desprezaria nem inventaria histórias.* Mas ele não podia imaginar isso.

Acomodou-se, inspirou profundamente, expirou e recomeçou a contemplação paciente de sua respiração. Sua mãe lhe ensinara uma prece que poderia ser usada como um mantra: *Cstheio Caireizhasan, me ouça. Cstheio Caireizhasan, me veja. Cstheio Caireizhasan, me conheça.* Da Senhora das Estrelas, não se podia pedir mais que percepção; o dom dela era a visão clara, não misericórdia nem proteção.

Deixou-se afundar ao ritmo do mantra. Quando criança, ele o tinha recitado cada vez mais rápido, até degenerar num balbuciar bobo. Chenelo ria com ele ao ouvir isso, mas depois dizia gentilmente que o objetivo do mantra não era terminá-lo, nem o dizer tantas vezes quantas conseguisse em cinco minutos.

— A questão é *estar* nele — explicara ela.

E, embora ele não a tivesse entendido na época, agora entendia. Ele deixou de lado todas as coisas que não eram ele mesmo e o mantra e o silêncio frio da capela da vigília. De tempos em tempos, levantava-se para dar uma volta na sala, tocando a parede suavemente sob o instrumento de cada deus, e bebia um gole da água, que, fria e levemente metálica, começou a ter o sabor da tranquilidade que o arquiprelado havia dito que ele deveria procurar.

Depois de um tempo, sentiu um ritmo mais profundo, o ritmo da pedra e da água, não o ritmo de suas palavras e de seus batimentos cardíacos. Respirou nesse ritmo mais profundo, deixando que ele lhe ensinasse um novo mantra, um mantra sem palavras que aumentava e diminuía, ia e vinha, lua e estrelas e nuvens, rio e sol, o canto sem palavras da terra abaixo de tudo como o próprio batimento cardíaco do mundo. Ele colocou as palmas das mãos na pedra debaixo de si e escutou em êxtase silencioso o mantra da prece do mundo.

O mantra foi saindo dele gradualmente, até que ele ficou novamente consciente de seu corpo, rígido, frio, sedento e cheio de cãibra. Então levantou-se, quase caindo quando as pernas dormentes não o sustentaram. Cambaleou, esticou primeiro uma perna, depois a outra, então mancou até o nicho na parede, onde bebeu outro gole de água e depois mergulhou ambas as mãos na tigela, ofegando um pouco com o choque gelado. Mas isso o aterrou, clareou sua mente. Ele caminhou num círculo lento ao redor da capela, depois em outro, flexionando os pés contra a pedra fria.

Estava em sua terceira volta quando percebeu que a capela estava ficando mais brilhante. Por um momento, ficou simplesmente perplexo, como se estivesse assistindo a um segundo sol nascendo no céu; então percebeu que a luz vinha da vela do arquiprelado, e o peso de pedra e obrigação acima dele quase o forçou ao chão. Pelo menos a luz havia lhe dado um aviso da aproximação deles. Endireitou os ombros, forçou as orelhas para cima, recompôs o rosto. Quando o arquiprelado apareceu sob o lampião, Maia estava de pé calmamente no meio do aposento, de coluna reta e queixo para cima, e o baque doentio de seu batimento cardíaco era audível apenas para si mesmo.

O arquiprelado fez uma reverência; Maia fez uma reverência de volta. Atrás de Tethimar, ele podia ver Beshelar e Cala, lembretes de que nem tudo que o esperava era ameaçador ou oneroso. O coração de Maia se elevou e ele soube que estava certo ao escolher seus Primeiros Nohecharei como seus guias.

Eles voltaram tão silenciosamente quanto tinham ido; dessa vez, Cala seguia Tethimar, e Beshelar estava na retaguarda. Maia cambaleou uma vez, perto do topo das escadas, mas Beshelar o segurou antes que ele caísse.

Depois que fechou a pilastra, Tethimar se curvou e os deixou para se preparar para seu próprio papel na cerimônia vindoura. Cala e Beshelar escoltaram Maia até seus aposentos, onde os edocharei esperavam para pegá-lo pelas mãos, Telimezh de pé vigilante atrás deles.

Cala e Beshelar se curvaram e se retiraram, mas Maia mal os notou saindo, os edocharei se aglomerando ao redor dele como borboletas de libré preta. Despojaram-no das joias e do keb e levaram-no para tomar outro banho, este menos ritual e mais reconfortante. Maia relaxou na água quente, que parecia ao mesmo tempo afastar e aprofundar sua experiência na rocha viva da capela da vigília. Seu senso de tempo permanecia suspenso, como a remissão de uma febre terçã, mas a água estava morna quando ele abriu os olhos e encontrou Nemer dizendo, à guisa de desculpas:

— Serenidade, chegou a hora.

Secaram-no e vestiram-no: linho branco como a neve; meias brancas e chinelos brancos da corte; calças de veludo branco; uma camisa de seda branca; e sobre isso não a jaqueta acolchoada comum, mas um manto branco comprido, acolchoado, cheio de brocados e de longe a peça de roupa mais linda que Maia já usara.

Em pouco tempo hei de me cansar do branco, reconheceu com tristeza, mas por enquanto estava em transe.

Avris lhe penteou o cabelo como antes, mas dessa vez trançou-o em um grande nó na base do crânio, com mechas longas e finas, trançadas com fitas brancas e tiras de pérolas, pendendo às costas. Então as Dachen Mura foram trazidas novamente, e dessa vez Maia foi todo enfeitado de opalas e pérolas: anéis, pulseiras, brincos, colar. Foi-lhe poupado o diadema, porque a Ethuverazhid Mura, a coroa imperial, esperava-o como uma noiva monstruosa.

Os edocharei não se apressaram. Quando o soltaram e ele voltou à câmara externa, o relógio na cornija marcava nove horas.

Três horas, pensou Maia, mas Chavar exigiu sua atenção antes que ele pudesse deduzir se isso era muito tempo ou se não era tempo suficiente.

Agora começava outro conjunto de rituais, os juramentos. Primeiro foram seus nohecharei: Cala, Beshelar, Dazhis, Telimezh. Eles agora estavam ligados a Maia até suas mortes, e além, pois seriam enterrados com ele — assim como os nohecharei de seu pai seriam enterrados com seu imperador no dia seguinte.

Depois vieram os Corazhas. Maia tinha, ele percebia, a parte fácil; só precisava ficar sentado numa cadeira pesada e desconfortável na sala de audiências que era o primeiro andar do Alcethmeret e aceitar as mãos que lhe eram estendidas. Eram os Corazhas, as Testemunhas, que tinham que se lembrar das fórmulas longas e arcaicas dos juramentos e repeti-las sem vacilar. Dada a extensão do reinado de Varenechibel, nenhum deles tinha idade suficiente para ter feito o juramento mais de uma vez antes.

Nove Testemunhas compunham os Corazhas, cada qual governante de seu próprio pequeno império. As Testemunhas se ajoelharam, e Maia recebeu seus juramentos, imaginando quantos deles realmente teriam a lealdade que professavam, quantos deles, como Chavar, ainda eram leais à memória de Varenechibel. Depois deles, o adremaza e o capitão da Guarda Untheilenesa juraram; o capitão, vestido, mascarado e blindado como prelado e cavaleiro de Anmura, assustou Maia levemente com sua ferocidade.

Os cinco príncipes entraram em seguida. Maia, já ficando zonzo de nervosismo e falta de comida, lembrava deles apenas os olhos assombrados do príncipe de Thu-Athamar. Maia se inclinou para a frente quando o príncipe fez seu voto e disse, bem baixinho:

— Nem responsabilidade nem culpa pertencem a você, então não as abrace tão de perto.

O príncipe pareceu mais assustado que tranquilizado, mas seu olhar rapidamente ficou pensativo, e ele ainda franzia a testa ligeiramente, de olhos distantes, quando os príncipes saíram enfileirados.

Maia vinha temendo os juramentos dos Drazhada apenas um pouco menos que a coroação em si. A imperatriz viúva; as meias-irmãs dele, Nemriän e Vedero; a viúva e os três filhos de seu meio-irmão Nemolis; a noiva de seu meio-irmão Ciris; e a última da fila, Arbelan Drazharan, primeira esposa de Varenechibel, posta de lado por esterilidade trinta anos antes, mas que nunca liberta de seus laços com a Casa Drazhada. Tanto Csoru quanto Sheveän, a princesa da Corte Untheilenesa, lançaram a ela olhares de soslaio ofendidos, que Arbelan fingia não notar.

Arbelan tinha seus sessenta e poucos anos, uma mulher ainda alta e orgulhosa, de olhos azuis brilhantes. Ao lado dela, Csoru parecia ainda mais com uma boneca, enquanto Nemriän e Sheveän pareciam garotas imaturas e petulantes. Stano Bazhevin, noiva de Ciris, era uma nulidade, apenas outra mulher de rosto branco vestida de preto. Apenas Vedero sustentava sua pose.

A arquiduquesa Vedero Drazhin era uma mulher de grandes dimensões, cinco centímetros mais alta que o próprio Maia, larga de ombros e quadris. Seu cabelo era branco e macio como seda, seus olhos tinham o cinza drazhadês. Suas feições eram fortes, mas boas e sua presença era de uma tremenda dignidade. O preto não lhe vestia bem, e ele podia ver pelo cinza de seu rosto e por seus olhos avermelhados que ela havia chorado e não se importara em esconder as provas. Ele gostou ainda mais dela por isso, embora temesse, pelo olhar que ela lhe deu, que ela não gostasse dele e não fosse se importar se ele gostaria dela ou não.

Os juramentos foram devidamente feitos, e Maia soltou um pequeno suspiro de alívio. Os juramentos não eram mais que um impedimento formal para possíveis atribulações, mas isso era melhor que não haver nenhum impedimento. Idra, de catorze anos, o novo príncipe da Corte Untheilenesa e herdeiro do próprio Maia, parecia levá-los muito a sério, com sinceridade, e Maia se atreveu a sorrir-lhe. Idra não chegou a retribuir muito o sorriso, mas seus olhos se iluminaram. As irmãs de Idra, Ino e Mireän, eram muito jovens para entender completamente o que fizeram, mas colocaram suas mãozinhas nas de Maia com confiança e sem hesitação.

Já as mulheres foram algo inteiramente diferente; Nemriän, Csoru e Sheveän claramente o desdenhavam. Stano estava com medo dele. Vedero ele não conseguia ler; seu rosto estava impassível como mármore. Arbelan parecia se divertir, se tanto, embora isso pudesse estar mais voltado à defesa territorial de Csoru que ao próprio Maia.

Chavar foi a última pessoa a prestar juramento privado ao novo imperador, tendo até aquele ponto atuado como representante dos mortos. As mãos largas de Chavar estavam quentes entre as de Maia, e ele fez o juramento com um grunhido superficial, como se nem respeitasse nem acreditasse nas palavras que enunciava.

Iremos conferenciar a respeito, pensou Maia, mas não era o momento nem o lugar para aquelas palavras. Ele ficou observando Chavar pensativo quando o lorde chanceler organizou a procissão ao coração da Corte Untheilenesa: Maia e seus nohecharei, tanto os Primeiros quanto os Segundos; os príncipes; as Testemunhas; os Drazhada da linhagem de Varenechibel: todos reunidos em fila com o capitão da Guarda Untheilenesa e o adremaza, e Chavar na liderança.

Não gosto desse simbolismo, pensou Maia, andando no centro de um quadrado formado pelos nohecharei. *Mostra que o imperador segue aonde o lorde chanceler lidera. Eu não faço isso, nem pretendo fazer.* Ele sabia que Chavar estava de fato representando o velho imperador, guiando seu sucessor à coroa e ao trono. *Mas eu também não desejo seguir meu pai,* pensou, e teve que reprimir um sorriso.

A procissão abriu seu caminho majestoso até a Corte Untheilenesa; os cortesãos já estavam todos no Untheileian, o salão do

Ethuverazhid Zhas, criados e secretários se alinhavam pelos corredores, observando, e, quando eles passaram pelo grande pátio público, estava lotado de gente de Cetho e das regiões campesinas ao redor, que foram vislumbrar seu novo imperador.

Também fazia um frio cortante; a princípio, Maia pensou que as manchas à frente de seus olhos significassem que ele estava prestes a desmaiar, mas então percebeu que estava nevando. Conseguiu se aproximar o suficiente de Telimezh para sussurrar:

— Não está cedo para a temporada de neve?

E conseguiu ouvir a resposta sussurrada de Telimezh:

— Sim, Serenidade.

Então eles estavam de volta do lado de dentro e se aproximavam das portas do Untheileian. Era meia-noite.

O Untheileian era um salão comprido, de janelas altas com vitrais magníficos, visíveis agora apenas como manchas mais brilhantes de cor ao longo das paredes. Os cortesãos o enchiam em fileiras bem disciplinadas, todos vestidos com luto completo da corte, rostos brancos e olhos brilhando à luz dos lampiões a gás. Maia teve a súbita impressão inquieta de que, como uma matilha de lobos, desceriam sobre ele e arrancariam seus membros. Mas eles apenas observavam.

Pelo canto do olho, viu um par de rostos escuros naquele mar pálido e brilhante e soube que deviam ser o embaixador Gormened, que alegava parentesco, com a esposa. Não podia virar a cabeça para olhar, mas sentiu-se reconfortado: não por qualquer confiança que depositasse no embaixador ou em Barizhan, que o apoiava, mas pelo lembrete muito necessário de que havia, de fato, um mundo além da Corte Untheilenesa. Ele atravessou o salão a passos firmes, e a procissão se dispersou atrás dele enquanto Drazhada, príncipes, Testemunhas, adremaza e capitão encontravam seus lugares designados. O arquiprelado esperava sobre o estrado, de pé na frente do alto trono de marfim, com a Ethuverazhid Mura aninhada nas mãos. Os nohecharei assumiram suas posições ao lado dos dois grandes tocheiros que flanqueavam o estrado, e Maia caminhou os últimos três metros sozinho, mais consciente do que nunca de ter dezoito anos, ser magro, de pele escura e jamais ser o herdeiro que Varenechibel tinha pretendido.

Ele subiu os cinco degraus do estrado e se curvou ao arquiprelado. Este retribuiu a mesura; o que Maia podia ver de seu rosto atrás da máscara pelo menos não era nenhuma crítica. Ele fez as perguntas obrigatórias, e Maia jurou suas respostas.

— Então ajoelhe-se pela última vez, Edrehasivar Drazhar — disse o arquiprelado, permitindo que sua voz se elevasse a um grito —, e aceite a coroa das Terras Élficas!

Maia se ajoelhou. A Ethuverazhid Mura, um círculo pesado e arcaico de prata cravejado de opalas, foi colocado em sua cabeça. Ele se levantou novamente, tentando não deixar os joelhos tremerem, e se virou para encarar o Untheileian.

Em massa e lindamente, os cortesãos se curvaram; algumas das mulheres fizeram uma reverência, e ele desejou poder ver seus rostos claramente o suficiente para marcá-los, pois seriam inimigas de Csoru Zhasanai e ele desejava conhecê-las melhor. Mas a corte se turvou diante de seus olhos, e a primeira meia hora do reinado de Edrehasivar VII foi uma luta teimosa para não desmaiar.

Então seus nohecharei o cercaram novamente, e ele foi capaz de retornar por uma rota muito mais curta para o Alcethmeret, onde os edocharei provocaram uma celeuma e insistiram em alimentá-lo com sopa antes de permitir que ele rastejasse para a cama.

Maia estava deitado na grande cama de dossel dos imperadores das Terras Élficas, olhando na escuridão para os gatos drazhadeses que ele sabia que estavam ali, embora não pudesse vê-los. Cala estava sentado no canto, ele sabia, guardando-o pacificamente. Estava exausto, sentindo-se pressionado contra a cama pelo peso de seu próprio corpo, e ainda assim o sono não vinha. Quando fechou os olhos, o dia se amontoou atrás das pálpebras em tal confusão de imagens que precisou abri-los novamente. Lembrou-se da tranquilidade que sentira na capela da vigília, mas ela era tão imprecisa e quimérica quanto o sono que ele não conseguia encontrar.

Ficou ali deitado, olhando para a escuridão; quando finalmente o sono o encontrou, ele nem sequer se deu conta, pois seus sonhos foram tão escuros e silenciosos quanto seu quarto de dormir.

9 O RELATO DAS TESTEMUNHAS DO *SABEDORIA DE CHOHARO*

Pela manhã, quando Maia olhou para fora, os telhados da Corte Untheilenesa estavam cobertos de neve.

— Um tanto fora de época — constatou Esha com afetação ao notar a direção do olhar de Maia.

Agora que ele fora coroado e não era mais apenas o imperador herdeiro, Maia não poderia ficar no que passara a considerar como a segurança do Alcethmeret. Não precisava, assegurou-lhe Csevet, usar o Untheileian, exceto em ocasiões de Estado, mas era costume que o imperador concedesse audiências no Michen'theileian, e apesar do funeral de Varenechibel IV, que seria realizado naquela noite, as audiências (disse Csevet com firmeza) o novo imperador deveria conceder.

— O governo está paralisado — explicou ele, sentado na ponta da mesa de jantar, imaculado e equilibrado como sempre. — Deve ser colocado em movimento novamente, Serenidade, e o senhor é a única pessoa que pode fazer isso.

— Suponho que sim — disse Maia baixinho.

— Serenidade?

— Nada. A quem concedemos audiências hoje? — As palavras saíram em um rosnado, e Csevet recuou, achatando as orelhas.

— Serenidade, não quisemos ofender o senhor. Pensamos apenas em ajudar.

Maia pousou a xícara com muita força, derramando chá no pires, seu corpo inteiro quente de vergonha.

— Pedimos desculpas — disse. — Falamos sem elegância e por um mau humor que não deveríamos ter infligido a você. Não deveríamos ter menosprezado seu serviço, pelo qual estamos muito gratos. Desculpe-nos.

— Serenidade — falou Csevet com desconforto —, o senhor não deveria falar assim conosco.

— Por que não?

Csevet abriu a boca e tornou a fechá-la. Então, deliberadamente, pousou a xícara, levantou-se e, com infinita graça, prostrou-se ao lado da mesa. Isheian o observava alarmada.

Csevet levantou-se novamente, sereno e perfeito, e disse:

— O imperador das Terras Élficas não se desculpa ao seu secretário. Mas, mesmo assim, agradecemos por ter feito aquilo que o imperador não faz. — Ele sorriu, um sorriso lindo e caloroso que fez seu rosto ficar súbita e momentaneamente vivo, e sentou-se novamente. — Serenidade.

Sem palavras, Isheian ofereceu a Maia um pires limpo. Sem palavras, ele pegou a xícara e deixou a camomila limpar o gosto espesso do sono. Então perguntou:

— Quem pede uma audiência esta manhã?

— Serenidade. As mais importantes são as Testemunhas Imperiais do *Sabedoria de Choharo*.

Maia congelou. Colocou a xícara de chá no pires, com cuidado dessa vez, e pegou um bolinho amanteigado, porque não era derramável, muito menos quebrável.

— Quando elas desejam ser ouvidas?

— Elas pedem que seja o mais cedo possível para a conveniência de Vossa Serenidade.

— Ah. — Ele deu uma mordida, mastigou, engoliu, tudo sem sentir o sabor. — Então, que eles tenham isso, naturalmente.

Csevet olhou para o relógio.

— Às nove — disse, aproximando as horas em uns quinze minutos.

— Sim — falou Maia.

— Serenidade. Escreveremos a resposta necessária. Nesse meio-tempo, o senhor talvez queira ler esta carta de Setheris Nelar.

A neutralidade estudada no tom de Csevet revelou a Maia que provavelmente não havia nada no mundo que ele desejasse menos, mas ele aceitou a carta que Csevet lhe estendia.

A caligrafia familiar de Setheris o atingiu como um dos golpes inesquecíveis do primo. Ele pegou o bolinho novamente, para dar a si mesmo um momento de trégua, e se obrigou a comê-lo. Foi até mesmo capaz de notar como era bom, embora fosse quase impossível de engolir devido à secura na garganta.

Não podia mais adiar. Devagar, pegou a carta (com um prazer taciturno e infantil em sujar de manteiga as bordas) e se pôs a ler:

Para Vossa Serenidade Imperial, Edrehasivar VII, *saudações.*

É questão de grande preocupação para nós — e também para nossa esposa, que pede que o senhor se lembre dela — descobrir o que Vossa Serenidade pretende para nós agora que a casa de Edonomee foi dissolvida. Atrevemo-nos a esperar que o nosso rebaixamento tenha acabado, pelo que agradecemos a Vossa Serenidade mui profunda e sinceramente, e professamos nossa máxima capacidade e desejo de servir Vossa Serenidade em qualquer cargo que pudermos.

Com grande lealdade e afeto familiar,
Setheris Nelar

Hesero escreveu isso, pensou Maia. Ele conhecia o estilo de Setheris, conhecia sua mente, e, embora a caligrafia fosse dele, os sentimentos e o fraseado cuidadoso não o eram. Ele podia imaginar Hesero de pé ao lado da mesa, observando atentamente para garantir que Setheris usasse as palavras que ela especificara.

Hesero a escrevera, mas como ele, Maia, haveria de responder? Não queria Setheris em sua casa, mas a carta era tanto um pedido de emprego quanto um pedido de tranquilização, e recusar um posto a Setheris, por mais satisfatório que fosse o gesto, desencadearia exatamente o tipo de fofoca que ele mais desejava evitar.

Csevet terminou a mensagem às Testemunhas do *Sabedoria de Choharo* e tocou a campainha para que um pajem fosse entregá-la. Depois que o menino se foi, Maia disse:

— Csevet, precisamos falar com você.

Ele sentiu as outras quatro pessoas na sala congelarem em alerta. Não conseguira tirar a angústia da voz. Poderia muito bem, pensou, desafiador, fazer o experimento agora, então acrescentou:

— *Sozinho.*

Telimezh e Dazhis trocaram um olhar cheio de consternação, e Telimezh disse:

— Serenidade, não podemos...

— Por que não? — questionou Maia. — Que ataque vocês temem?

— Serenidade, é nosso juramento. Juramos proteger o senhor assim como juramos silenciar sobre qualquer coisa que possamos testemunhar. Nós não o trairemos.

Na verdade, pensou Maia, *não é esse o meu medo. Devo trair a mim mesmo, mas gostaria que não fosse para vocês.* Ele disse:

— Vocês não podem nos proteger tão bem quanto do outro lado da porta?

— Serenidade — disse Telimezh; suas orelhas se achataram contra a cabeça de tanta infelicidade.

— E se ordenarmos?

— Serenidade — interveio Dazhis, curvando-se. — Se o senhor morresse durante nosso abandono da tarefa, saiba que nos mataríamos aos pés de seu cadáver. É isso o que o senhor deseja?

Ele sentiu a frustração como um peso escuro pressionando contra seu peito. Mas se só fosse conseguir ganhar prejudicando seus nohecharei, então não poderia de modo algum ganhar.

— Não, claro que não — conformou-se Maia, cansado. — Isheian, poderia fazer a gentileza?

— Serenidade — respondeu ela, curvando-se, e saiu pela porta da criadagem.

Ele olhou para os três, Csevet, Telimezh, Dazhis. Desejou estupidamente que fossem Beshelar e Cala em vez dos dois; eles já o tinham visto no seu pior.

— Saibam então — continuou, baixando o olhar para a toalha de mesa — que Setheris Nelar serviu como nosso guardião nos últimos dez anos desde a morte de nossa mãe e ele... — Ele não conseguia falar, então terminou apressado e sem jeito: — Nós não o amamos.

Em meio ao silêncio intrigado, Telimezh falou:

— Não há motivo pelo qual devesse, Serenidade. Ele não é primo de sua casa e...

— Não! Queremos dizer... — Maia interrompeu-se, apertando as mãos sobre o colo. — Falando de modo direto, eu o odeio e não o quero perto de mim.

Olhou para cima. Telimezh e Dazhis pareciam simplesmente chocados; Csevet, que tinha visto a casa da família em Edonomee, ainda que brevemente, permitiu que suas sobrancelhas se erguessem em sinal de iluminação e disse:

— O senhor não nos contou isso para seu prazer, Serenidade. Qual é o seu desejo?

— Desejamos-lhe um posto para que viva honrosa e confortavelmente e não precisemos nem o ver nem receber suas cartas inoportunas.

— Serenidade — disse Csevet muito gentilmente —, se deseja não ser incomodado por este homem, é só dizer.

— Não, não é isso que queremos dizer. Ele não fez nada de errado. — As lembranças de mil crueldades separadas zombavam dele, mas ninguém, a não ser o próprio Maia, considerara essas coisas erradas, e era injusto declará-las erradas agora simplesmente porque podia. — Não queremos que ele se sinta infeliz ou maltratado. Apenas o queremos *longe*.

— Serenidade, veremos o que pode ser feito. — Csevet fez uma pausa e depois continuou, como quem não desejasse falar e suspeitasse que causaria problemas para si mesmo: — O senhor sabe que isso é apropriadamente do interesse do lorde chanceler.

— Então leve isso a ele. Nós não nos importamos, contanto que seja feito.

— Serenidade — falou Csevet, curvando-se. Ele olhou para o relógio. — As nove horas se aproximam.

— Então devemos ir — disse Maia, nada relutante em ser liberado daquela entrevista desconfortável. — Agradecemos a todos.

— Serenidade — responderam eles, curvando-se, e Telimezh virou-se para abrir a porta.

O Michen'theileian provou não ser a cópia em miniatura do Untheileian que Maia temera. Era mais prodigamente enfeitado do que ele se importava, em marfim e ouro, o que realçava sua coloração escura, mas era sensatamente mobiliado com uma mesa comprida e enormes cadeiras estofadas, bem aquecido, e não era, aliás, uma sala ruim para fazer negócios.

As Testemunhas do *Sabedoria de Choharo* estavam lá quando ele, seus nohecharei e seu secretário chegaram: dois homens e uma mulher, os três vestidos com respeitabilidade maltrapilha e usando chaves de acadêmicos penduradas no pescoço. Embora, ao contrário da prelazia e dos mazei, acadêmicos não fizessem votos de pobreza, era raro que um deles obtivesse grande fortuna. Setheris dissera que isso acontecia porque eles eram tolos, mas Maia olhou para os rostos cansados das Testemunhas e não viu nenhuma tolice neles.

Tinham chegado apenas ao ponto de se apresentarem — Pelar, Aizheveth, Sevesar, todos acadêmicos de segunda categoria — quando Chavar apareceu, indignado, um pouco sem fôlego, arrastando secretários atrás de si como um pavão faz com sua cauda. Houve um longo atraso enquanto Chavar se acomodava e enviava seus secretários em tarefas desnecessárias para demonstrar sua própria importância. Maia se perguntou se ele havia se comportado daquela maneira a serviço de Varenechibel e estava inclinado a duvidar. Mas enfim o lorde chanceler declarou-se pronto, e Maia acenou dando permissão para que mer Sevesar, o acadêmico mais antigo, começasse.

Mer Sevesar não perdeu tempo nem fôlego em evasivas. Ele se levantou, curvou-se ao imperador e ao lorde chanceler, e afirmou:

— Serenidade, a queda do *Sabedoria de Choharo* foi provocada por sabotagem.

— Absurdo! — gritou Chavar, mas Maia levantou uma mão para silenciá-lo.

— Como você sabe? — perguntou a Sevesar. — E o que eles fizeram?

A resposta foi longa e às vezes difícil de acompanhar, mas Maia entendeu a essência. As Testemunhas, ao examinarem os destroços, encontraram os restos carbonizados e parcialmente derretidos de um objeto que, explicou Sevesar enfaticamente, não fazia parte da construção de qualquer dirigível nas Terras Élficas. Ele se referiu àquilo como um "dispositivo incendiário", embora nem Maia nem Chavar tivessem entendido completamente o que aquele termo significava. Depois de algumas fúteis idas e vindas que tornaram as coisas, se é que era possível, mais obscuras, min Aizheveth falou de repente, com impaciência no tom:

— Ele incendiou o hidrogênio.

— Deusas misericordiosas — soltou alguém fracamente.

— Não poderia ter sido... um acidente? — falou Chavar, enfim sem soar nem beligerante nem desdenhoso.

— Não — respondeu Sevesar. Ele se curvou para Maia. — Serenidade, sentimos muito, mas achamos melhor que o senhor soubesse imediatamente.

— Não, vocês tinham razão — disse Maia. Ele estava oco, frio; as emoções que deveria ter sentido não estavam lá, e a ausência delas era incapacitante. Fez um esforço para pensar nas palavras certas a dizer. — Nós os parabenizamos pela sua dedicação e por seu paciente zelo. E agradecemos por encontrar a verdade.

— Encontramos apenas uma pequena parte da verdade, Serenidade — objetou Sevesar. — Não sabemos quem fez isso nem por quê. Sabemos apenas que foi feito.

— Sim — falou Maia. — Mas essas questões não estão no âmbito do seu testemunho, e não podemos pedir que vocês as respondam. Vocês testemunharam pelo *Sabedoria de Choharo* e testemunharam com verdade e honra.

— Serenidade — disseram os três acadêmicos, curvando-se. Maia achou que eles pareciam gratos por poder escapar, e não os culpou por isso. Talvez esperassem ser culpados ou que lhes fizessem perguntas cujas respostas não poderiam ter. Ele desejou apenas, indignamente, poder escapar com eles. O silêncio no Michen'theileian depois que eles se foram era pesado como um manto de veludo. Todos ficaram estranhamente cuidadosos para não olhar nos olhos de qualquer outra pessoa.

Maia perguntou:

— O que devemos fazer? — Pensou em Setheris de pé, bêbado, na porta de seu quarto em Edonomee. Mas dessa vez ele usou o plural; era uma decisão que ele não podia nem deveria tomar por conta própria. Olhou para Chavar.

Chavar estava colérico novamente, o que não servia de consolo.

— Precisamos descobrir quem cometeu esse crime vil e desprezível.

— Precisamos — respondeu Maia —, mas como?

Chavar gaguejou, sua bela retórica esvaziada. Maia olhou ao redor da mesa para todos aqueles secretários que não conhecia e disse:

— Nós não sabemos como fazer isso. Sabemos que, quando há um assassinato, pede-se ao judiciário que envie uma Testemunha dos Mortos, mas a que soberania judiciária isso pertence? Ao lugar onde o *Sabedoria de Choharo* caiu? Ao lugar de onde ele partiu? Ao lugar para onde estava indo?

Não era uma dúvida trivial. Maia sabia, por Setheris e pelos jornais, como os judiciários eram ciosos de sua soberania, e na morte de um imperador... não importava qual judiciário fosse escolhido, os outros ficariam ofendidos, e sem dúvida o Judiciário da Corte se ofenderia junto com eles.

Chavar questionou:

— E o que acontecerá se o inquérito precisar cruzar limites de jurisdições? Já vimos isso acontecer ocasionalmente; houve um caso de roubo em que o culpado era um barqueiro, por exemplo, e a coisa foi... mal resolvida. Houve sátiras. — Ele disse a palavra no tom que outro homem teria usado para a palavra "baratas". — E nós só gostaríamos de achar que as coisas teriam melhorado desde então.

— Não queremos que nosso pai seja alvo de sátiras — disse Maia com firmeza.

Chavar lhe deu um olhar quase de aprovação.

— Talvez... — falou Csevet, hesitante. Chavar o fuzilou com o olhar, mas Maia fez um gesto encorajador, e Csevet prosseguiu: — Talvez a resposta não seja tentar escolher *uma* Testemunha dos Mortos. Afinal, Varenechibel era o imperador de todas as Terras Élficas.

Chavar passou da raiva à aprovação no ínfimo espaço de tempo que levou para compreender a ideia de Csevet. Maia assistiu, em algo menos confortável que o espanto, a como a sugestão de Csevet foi apreendida, eviscerada e remontada num tamanho vastamente inflado. Chavar estava criando um concurso de investigação, envolvendo todas as Testemunhas mais bem classificadas no Judiciário da Corte. Ele enviou secretários correndo a fim de providenciar as Testemunhas para ver os corpos do imperador e de seus filhos antes do funeral. Maia se encheu de coragem para mencionar que os corpos da tripulação do dirigível e dos criados de Varenechibel já tinham sido enterrados, mas Chavar apenas disse:

— Deixe isso com as Testemunhas, Serenidade. — E retirou-se com seus secretários numa maré de ordens e exigências de informação, aos gritos.

Naquele instante, Maia e Csevet (e os nohecharei, silenciosos como pedra) ficaram sozinhos no Michen'theileian. Maia percebeu a maneira como a investigação havia se tornado propriedade de Chavar para que fosse administrada e controlada como ele bem entendesse. O imperador seria reduzido a solicitar informações — ou simplesmente deixar tudo inteiramente nas mãos do lorde chanceler, que decerto era o que Chavar esperava e desejava.

— Era essa sua intenção? — perguntou Maia.

Csevet congelou no meio da arrumação de uma pilha de papéis, as mãos brancas e sem anéis subitamente tensas.

— Serenidade?

— Você trabalhou para lorde Chavar por muitos anos. Já demonstrou que sabe... gerenciá-lo. Pretendia que ele assumisse a tarefa como ele fez?

— Serenidade — disse Csevet, pousando os papéis com tanto cuidado quanto se fossem feitos de vidro. — É verdade que sabíamos que lorde Chavar aprovaria qualquer sugestão que tornasse a investigação maior e mais... — Ele hesitou enquanto Maia silenciosamente desejava que ele fosse sincero, até que continuou. — ... mais cheia de ostentação. Mas não esperávamos que ele ficasse tão *apaixonado* pela ideia. Cá nos perguntamos se nossa ideia por acaso se encaixou com algum dos outros entusiasmos do lorde chanceler. Sabemos que ele está em desacordo com a Testemunha do Judiciário. Talvez ele veja uma maneira de transformar essa investigação a seu favor.

— Talvez — concordou Maia. — Acha que a investigação terá sucesso?

— Sabemos que as Testemunhas farão o melhor que puderem. E sabemos que lorde Chavar é inteiramente sincero em seu desejo de ver o assassino preso.

— Sim — anuiu Maia tristemente.

— Serenidade?

Maia não sabia articular suas preocupações — nem estava certo de que fossem mais que ressentimento por ser tão habilmente excluído — e já havia causado a Csevet incômodo mais que suficiente por um dia. Balançou a cabeça em negativa e ia perguntar que coisa horrível teria de enfrentar a seguir quando Csevet disse, observando-o atentamente:

— Nós admitimos, poderíamos desejar que lorde Chavar não se concentrasse tão exclusivamente em Testemunhas *judiciais*.

— Como assim?

— Como temos certeza de que Vossa Serenidade sabe — explicou Csevet, mesmo sabendo que Maia não sabia —, sempre houve duas classes de Testemunhas, a judiciária e a clerical. Saiu de moda convocar Testemunhas clericais, assim como saiu de moda acreditar que os deuses pudessem lhes conceder poderes extraordinários.

— Então você está sugerindo que consultemos uma Testemunha dos Mortos clerical? Mas como vamos encontrar tal pessoa? — *Sem alertar Chavar,* ele não acrescentou.

— Na verdade — disse Csevet, e pigarreou —, há uma Testemunha dos Mortos clerical, um prelado de Ulis não beneficiado, por acaso, aqui na Corte Untheilenesa.

— Como é que ele está aqui? — perguntou Maia.

— Não conhecemos a história dele — respondeu Csevet. — Só sabemos que ele abdicou de sua prelazia e viajou à corte para viver.

Maia podia sentir a informação que faltava no que Csevet disse e insistiu:

— Por que aqui?

— Pela caridade de sua parenta — falou Csevet com visível relutância. — A imperatriz viúva.

10 A Testemunha dos Mortos

Com mais alívio que remorso, Maia instruiu Csevet a informar a Setheris que ele teria de esperar o dia seguinte para ter sua audiência. Ele passou a maior parte do dia lidando com itens de negócios que ficaram por resolver no momento da morte de seu pai. Eram muitos e tediosos, e cada um parecia exigir uma quantidade sufocante de explicações. Já chegava o fim da tarde quando ele pôde conceder uma audiência à Testemunha dos Mortos.

Ele conseguira se desvencilhar dos secretários que entravam e saíam apressados como abelhas enxameando o dia todo. As únicas pessoas na luz do sol de inverno desvanecente do Michen'theileian eram o imperador, seus nohecharei, seu secretário e Thara Celehar.

Ele era mais novo do que Maia esperara, no máximo dez anos mais velho que sua protetora imperial. Mas Maia nunca vira um homem que parecesse tão doente e cansado. Ele tinha ossos leves — neste aspecto, igual a Csoru —, com tão pouca carne que Maia podia ver cada osso de seus pulsos. Os olhos, em cavidades escuras de insônia, eram de um azul vívido; ele tinha cortado a longa trança a que seu posto de prelado lhe dava direito, e seus finos cachos brancos como leite mal chegavam à altura do maxilar. Não usava as vestes de prelado; estava vestido em luto como todos. Maia observou os remendos gastos nos punhos da jaqueta e as bainhas das calças arregaçadas e supôs que os limites da caridade da imperatriz viúva eram definidos de modo muito estrito.

— Serenidade — murmurou Celehar, curvando-se. Sua voz era áspera, grave, estranhamente em desacordo com sua aparência exigente e respeitável.

— Esperamos que tenham lhe dito por que desejamos falar com você — disse Maia, hesitante, pois havia algo no olhar de Celehar que o deixava cauteloso.

— Serenidade — falou Celehar, curvando-se novamente.

— Sim ou não, mer Celehar.

— Sim, Serenidade.

Maia esperou. Celehar não falou.

— E?

Celehar parecia apenas cansado e perplexo. Maia perguntou:

— Você atuará como nossa Testemunha dos Mortos particular?

— Desculpe, Serenidade — disse Celehar, curvando-se. — Não sabíamos que tínhamos escolha na questão.

As palavras pairaram à beira da insolência, como Maia viu refletido na tensão imediata de Dazhis e Telimezh e na maneira muito calculada como Csevet colocou a caneta sobre a mesa, mas o tom não continha nada além de exaustão. Maia disse gentilmente:

— Mer Celehar, você é livre para recusar.

Mais tarde, Maia pensou que Celehar teria se surpreendido menos se ele tivesse ordenado a Telimezh que o transpassasse. Por um momento, seus olhos se arregalaram em choque. Então as pálpebras de um homem bem-educado voltaram aos seus lugares, e ele olhava Maia sem demonstrar nada além de um divertimento exausto.

— Vossa Serenidade é muito gentil. Agradecemos.

— Você pode nos agradecer dando sua resposta, mer Celehar.

— Serenidade — disse Celehar com uma profunda reverência que Maia suspeitava que era mais para esconder o rosto que para mostrar respeito. — Ficaremos honrados em testemunhar seus mortos.

— Obrigado. — Maia esperou até Celehar se endireitar novamente, então prosseguiu. — Não sabemos nada sobre como funciona seu testemunho. Diga-nos do que precisa.

— Serenidade. — Celehar hesitou. — Precisamos... Nós precisamos ver e tocar os corpos. E ajuda se alguém cujo sangue vivo chama os deles puder estar presente.

Maia entendeu a hesitação de Celehar; ele mesmo hesitou. Mas, se não lamentava por seu pai, por outro lado estava horrorizado com a crueldade e a injustiça de sua morte e temeroso do que o assassino — ou os assassinos — pudesse fazer a seguir se não fosse preso. Então disse:

— Nós vamos acompanhá-lo. Mas devemos ir agora. O funeral começará ao pôr do sol.

— Serenidade, nós lhe garantimos — disse Celehar, com o mais leve toque de ironia em sua voz — que não tínhamos outros planos.

Previsivelmente, os nohecharei se opuseram. Maia sorriu para eles e disse:

— Temos pena de vocês que tanto de seu cargo se resuma a tentar nos impedir de fazer o que devemos.

Beshelar teria tido um ataque apoplético; Telimezh e Dazhis se encolheram, envergonhados e confusos. Cala, pensou ele, sequer teria tentado convencê-lo a desistir.

Faltavam apenas duas horas para o funeral, e o Untheilenês'meire estava repleto de clérigos: vestes pretas e vestes verdes, marrons, cinza e os tons escuros de calêndula dos devotos de Anmura. Cinco clérigos de Ulis, de roupas e véus pretos, embora não mascarados, curvaram-se quando eles passaram, os braços incongruentemente cheios de cor quando mudaram as oferendas de flores de lugar para abrir caminho para o caixão, que permaneceria parado, guardado sob as orações dos cônegos do Untheilenês'meire, até que o sarcófago fosse construído em torno dele. Os quatro nohecharei de Varenechibel já haviam sido cremados; seus restos mortais, cada um na sua própria urna incrustada de ouro, foram colocados em suportes nos quatro cantos do caixão, os Primeiros Nohecharei na cabeceira (soldado à direita, maza à esquerda) e os Segundos Nohecharei a seus pés (maza à direita, soldado à esquerda). Eles defenderiam o imperador na morte assim como o defenderam em vida — de tudo até a coisa, o *dispositivo incendiário*, que matara a todos.

Os corpos do imperador Varenechibel IV e de seus três filhos mais velhos estavam agora deitados diretamente sob a cúpula do Untheilenês'meire. Em caixões fechados. Esse aspecto da queda do *Sabedoria de Choharo* não havia se imposto à atenção de Maia antes; ele se sentia agora, ao mesmo tempo, estúpido e enjoado. Queria muito desviar o olhar — até mesmo sair. Mas estava claro que Celehar encontrava certa oposição do cônego sênior, e a coisa só parecia estar piorando. Maia deixara que Telimezh, Dazhis e Csevet o guiassem sutilmente até um bolsão de espaço livre, mas deu um passo à frente (ligeiramente divertido pela maneira como Celehar e o cônego deram involuntariamente um passo para trás) e perguntou:

— Mer Celehar? Há algum empecilho?

Celehar inclinou a cabeça ligeiramente e disse:

— Serenidade, o cônego Orseva está nos explicando que uma série de Testemunhas dos Mortos já foi autorizada a examinar os corpos ao custo de um atraso significativo nos preparativos do funeral. O cônego Orseva teme que não haja tempo para outro exame e não vê que bem isso possa fazer.

O cônego Orseva não pareceu inteiramente feliz com esse resumo de suas palavras, mas tampouco repudiou qualquer uma delas. Na verdade, Maia também não tinha certeza de que bem aquilo faria; só tinha certeza de que não podia deixar o assunto cegamente nas mãos de Chavar.

Enquanto Maia ainda tentava encontrar algum meio-termo entre uma verdade contundente e uma mentira política, Csevet pigarreou e anunciou com uma voz inesperadamente carregada:

— O imperador gostaria de alguns minutos sozinho com os corpos de sua família.

Em instantes, milagrosamente, o Untheilenês'meire estava vazio, exceto por uma cônega júnior, suas orelhas achatadas de obstinação infeliz, que não queria deixar seu posto de vigilante sobre os corpos.

— Csevet! — falou Maia num sussurro chocado.

Csevet sorriu para ele, impenitente.

— O senhor *é* imperador, Serenidade. Não cabe ao cônego Orseva ditar nada ao senhor.

— A cônega Thorchelezhen não tem nenhuma objeção em nos ajudar — informou Celehar. Maia conseguiu sorrir para a cônega júnior. Não foi um sorriso muito bom, e Celehar, surpreendendo-o com sua compreensão, continuou: — O senhor não precisa olhar, Serenidade. Pode ficar onde está.

E Maia não desejava mesmo olhar nem chegar mais perto daqueles quatro caixões pretos laqueados. Mas alguma coisa — não desejo, mas outra coisa, dever ou culpa — o levou para a frente. Quando Celehar e a cônega levantaram a tampa do caixão de Varenechibel, Maia estava de pé ao lado deles.

Os devotos de Ulis que haviam colocado o corpo lá tinham feito o seu melhor, endireitando os membros, abafando os piores estragos em linho e seda. Mas a única coisa que conseguiram fazer a respeito das feições queimadas e retorcidas do imperador morto foi cobrir-lhe a cabeça com renda branca. Celehar levantou suavemente o véu, e Maia teve que se virar.

Celehar começou a proferir a oração da compaixão pelos mortos em sua voz rouca e quebrada, e Maia ficou olhando para as colunas brancas, lutando contra a pena, o nojo, o ódio e a tristeza em seu coração, tudo o que sentia por Varenechibel, seu pai.

Então Celehar ficou em silêncio. Maia não se virou; não queria ver a comunhão entre os mortos e a Testemunha, seja lá em que ela pudesse consistir. Depois de um tempo, ouviu Celehar e a cônega recolocando a tampa do caixão e disse, ainda sem se virar:

— Você precisa ver os… os outros?

— Serenidade — falou Celehar, em tom de desculpas. — Isso ajudaria.

— Muito bem — disse Maia, embora desejasse ordenar a Celehar que deixasse os corpos, deixasse o Untheilenês'meire e o deixasse ir também. — Vamos continuar.

Permaneceu onde estava, sem se virar, enquanto Celehar e a cônega repetiam seu ritual macabro mais três vezes. Notou que a bondade e a paciência na voz feia de Celehar nunca vacilavam, que ele fez a oração da compaixão pela quarta vez com a mesma atenção concentrada com que havia feito a primeira. Ele não renunciara à sua prelazia por falta de crença ou de vocação, então. Maia sabia que não perguntaria o motivo real; não tinha o direito. Mas não podia deixar de se perguntar o que havia ocorrido.

Depois de algum tempo, Celehar falou:

— Serenidade, acabamos.

Maia se virou. A Testemunha dos Mortos estava parada em silêncio entre os caixões; pelo menos não parecia pior do que no Michen'theileian.

— O que você faz agora? — perguntou Maia.

— Serenidade. Seus mortos não têm respostas. Eles morreram com medo e confusão e não vão encontrar clareza até que Ulis lhes conceda isso. Mas há outros lugares para procurar respostas. Outros mortos.

— As sepulturas do Ulimeire — disse Maia.

— Serenidade. Se isso não o desagradar, começaremos nossa busca lá amanhã.

— Isso nos agrada, mer Celehar. E nós agradecemos.

— Serenidade — disse Celehar, curvando-se, seu tom tão neutro que era por si só um julgamento. Ele saiu de entre os caixões. Era vários centímetros mais baixo que Maia, mas não parecia nem um pouco desanimado por ter que inclinar a cabeça para trás para olhar seu imperador no rosto. — Não nos agradeça quando o senhor não sabe o que vamos encontrar.

— Não importa o que você vai encontrar. Agradecemos por buscar a verdade, e agradecemos por fazer isso mesmo que não desejasse.

— Já encontramos a verdade antes, Serenidade, e isso não nos beneficia. Nós daríamos muito para que algumas verdades permanecessem perdidas e não pensamos que o senhor vá considerar essa verdade diferente.

— Não importa — disse Maia novamente. — Não pedimos esta verdade para nós mesmos. Nós a pedimos... — Ele hesitou, inseguro. Não queria a verdade em nome de seu pai ou em nome de seus meios-irmãos. Por fim, continuou lentamente: — Nós a pedimos para aqueles que morreram porque estavam perto de nosso pai. Nós a pedimos para aqueles que estão com medo agora, porque seu imperador caiu do céu e ficou queimando em um campo. Nós a pedimos para aqueles que não queriam seu imperador assassinado. Pois, sem a verdade, como eles podem confiar que seu imperador não será assassinado novamente?

Ele não conseguia ler a expressão de Celehar. A Testemunha dos Mortos curvou-se, murmurando:

— Serenidade. — E então passou por ele e deixou o Untheilenês'meire.

Maia ficou ali parado, olhando para os caixões, para as colunas, os túmulos e o óculo no ápice da cúpula, sua cabeça pesando com tantas emoções que não compreendia bem, a garganta apertada com palavras que não conseguia dizer, até que seus nohecharei avançaram para lembrá-lo de que o funeral deveria começar ao pôr do sol, e já estava quase na hora.

11 O FUNERAL E O VELÓRIO

Ele não pôde deixar de lembrar, enquanto o sol se punha atrás de uma camada de nuvens de um vermelho violento no céu do oeste, que a única vez que vira seu pai em vida tinha sido no funeral de sua mãe. E não pôde deixar de lembrar o desrespeito que o imperador escolhera mostrar a sua quarta imperatriz, aquela única estola preta contra o branco imperial.

Seria mais que justo se ele menosprezasse o pai como o pai menosprezara sua mãe. Maia brincou vingativo com essa fantasia, então reconheceu com um suspiro que não tinha vontade de realizá-la. Estava muito ciente do sofrimento que causaria à corte, à família sobrevivente, à própria casa. Também se lembrou de modo muito vívido de sua própria angústia e da amargura profunda que dera a uma dor já profunda o suficiente para se afogar nela.

Portanto, ficou ali parado, paciente, e permitiu que seus edocharei o envolvessem nos trajes imobilizadores de luto imperial completo, camadas de brocado preto sobre preto costuradas com pérolas em excesso; anéis de prata cravejados de joias estranhas, escuras e enevoadas; pérolas para suas orelhas e pescoço e também enroladas nas tranças de seu cabelo; a Ethuverazhid Mura; e, por cima de tudo, metros de véu negro que faziam as opalas da Ethuverazhid Mura tão misteriosas quanto a lua vista entre nuvens. Maia olhou para si mesmo no espelho e estremeceu.

Em algum momento no meio dos preparativos, seus nohecharei haviam mudado de turno, de modo que, quando ele se afastou do espelho, era Beshelar quem o esperava. Ele inclinou a cabeça, como se não quisesse olhar nos olhos de Maia, e rosnou:

— Vossa Serenidade.

— Tenente — disse Maia, achando graça do súbito ressurgimento da formalidade rígida de Beshelar. Mas Beshelar simplesmente abriu a porta e ficou de lado.

Cala esperava na câmara externa. Ele se curvou solenemente e avisou:

— Serenidade, provavelmente será melhor se formos agora. O arquiprelado sugeriu... Isto é, o funeral já está atrasado, e vai parecer bom se o senhor estiver lá primeiro. Para orar por... Isto é, para orar.

Cala também parecia estranhamente perturbado, mas não era hora de tentar descobrir o que havia de errado.

— Muito bem — disse Maia simplesmente.

Voltou ao Untheilenês'meire, desta vez subindo uma escada estreita para o balcão do imperador, que pendia entre os pilares como um saco de ovos de aranha ancorado em sua teia.

Ele teve um momento de vertigem, olhando para os caixões lá embaixo, lembrando-se de quando era uma criança a assistir à figura branca e distante acima, o imperador.

— Serenidade? — falou Cala, ansioso, mas Maia acenou para que ele se afastasse.

Apoiou as mãos na balaustrada e respirou fundo para se firmar; começou a rezar, repetindo silenciosamente a oração da compaixão pelos mortos que ouvira mer Celehar dizer naquela tarde, tentando proferi-la a cada vez com a mesma paciência e sinceridade de Celehar. Compaixão era tudo o que podia oferecer. Não podia orar por amor ou perdão; ambos estavam fora de alcance. Não podia perdoar seu pai e não poderia amar os irmãos que nunca conhecera. Mas podia sentir compaixão por eles, como sentira pelas outras vítimas, e era isso que procurava mais que qualquer outra coisa: lamentar suas mortes em vez de se abraçar à raiva que sentira às vidas deles.

Abaixo, os cortesãos começaram a entrar em fila. Ele captou vários olhares em sua direção, que em seguida rapidamente se desviavam, e pensou com súbito e inexprimível cansaço que precisava despertar novamente a corte, bem como o governo. Ele teria que perguntar a alguém — Csevet saberia — quais eram as funções da corte e o que o imperador tinha que fazer quando as atendesse. E seria ele o responsável por ordená-las ou as coisas de alguma forma andavam sozinhas?

Não fui feito para isso, pensou, seu pescoço e seus ombros tensos com o esforço de manter o queixo erguido. A voz baixa do acadêmico ressoou em sua mente: "Serenidade, a queda do *Sabedoria de Choharo* foi provocada por sabotagem".

Foi um alívio quando o arquiprelado surgiu para começar a cerimônia, embora Maia tivesse consciência de que estavam começando tarde e se sentisse culpado por isso. Não havia nada de auspicioso em começar um funeral depois do pôr do sol, desde que fosse antes do nascer da lua, mas haveria muitos cortesãos implicantes que considerariam isso um ato desleixado e desrespeitoso. E não podia haver dúvida de que o cônego Orseva diria a todos de quem era a culpa.

Ele se pôs a ouvir a bela voz do arquiprelado, grato por, entre o véu e o balcão, ninguém da corte ser capaz de ver seu rosto. Encontrou suas irmãs, Nemriän e Vedero, no meio da multidão; Arbelan Drazharan e a imperatriz viúva (de pé a uma distância cuidadosa uma da outra); a noiva de Ciris, Stano Bazhevin, em pé, sozinha e desajeitada; a princesa da Corte Untheilenesa e seus filhos. As meninas tinham quase a idade que Maia tinha quando a mãe morrera; ele olhou ansioso, mas não viu nada além de uma solenidade de olhos arregalados por trás de seus véus. Ele se perguntou se seu irmão Nemolis fora um pai bondoso, se seus filhos tiveram a chance de amá-lo. Idra se mantinha de pé muito ereto e digno ao lado da mãe; ele era o príncipe da Corte Untheilenesa e parecia sentir a responsabilidade tanto quanto Maia sentia a sua.

Os Drazhada não olharam para ele, exceto uma vez. Quando o arquiprelado começou a falar sobre o caixão de Nemolis, sua viúva Sheveän virou a cabeça; mesmo através do véu, a hostilidade em seu olhar foi quase suficiente para fazer Maia recuar. Ela desviou o olhar, afastando-o de sua atenção, e Maia, apertando os dedos na balaustrada, se perguntou o que tinha acontecido. Ela não tinha gostado dele no juramento, mas não o *odiara*.

Compaixão, lembrou ele, fixando os olhos no arquiprelado, e afundou-se novamente na oração da compaixão pelos mortos. Isso o poupava de ficar pensando.

O velório, que, como imperador, Maia teve que abrir e fechar, foi realizado no Untheileian. Ele não recebera autorização para comparecer ao velório de sua mãe e por isso não sabia o que esperar, mas ainda assim ficou desconcertado ao descobrir os aparadores carregados e o espaço no centro do grande salão liberado para dança.

— O que devo fazer? — chiou no ouvido de Cala. — Eu não sei dançar!

— Não precisa, Serenidade — disse Cala. — O senhor pede à corte que dance para que os mortos fiquem em paz, e então pode se sentar, ficar de pé ou dançar, como bem lhe aprouver.

— Obrigado — respondeu Maia, embora não estivesse grandemente reconfortado.

Colocou o véu de volta antes de subir ao estrado, cuja obscuridade parecia agora cegueira em vez de segurança. Falou como Cala lhe dissera, embora as palavras parecessem desajeitadas, empoladas, e não conseguia julgar o tom de sua própria voz, se soava sincero, petulante ou entediado. Os cortesãos lhe assistiram com olhos brilhantes e predatórios, mas, quando Maia gesticulou para os músicos, juntaram-se obedientemente em casais e começaram a traçar padrões rodopiantes e cintilantes pelo chão, padrões elaborados demais para ele acompanhar.

Precisas aprender a dançar, disse a si mesmo, afundando cansado no trono. Não era confortável, mas pelo menos era um assento. Beshelar e Cala assumiram posição, um de cada lado do trono. Ele inclinou a cabeça para trás e perguntou a Cala:

— Vocês não podem se sentar?

Um ruído estrangulado saiu da direção de Beshelar. Cala respondeu:

— Obrigado, Serenidade, mas não. Estamos bem.

— E se quisessem dançar?

— Serenidade, *por favor* — sibilou Beshelar.

— Nós não somos, estritamente falando, membros da corte de Vossa Serenidade — explicou Cala. — Se não fôssemos seus nohecharei, não estaríamos aqui para começo de conversa. Portanto, dançar seria de uma tremenda impropriedade para nós, mesmo que houvesse uma dama no salão que nos aceitasse como parceiros.

— Ah — soltou Maia, sentindo-se muito jovem e imbecil.

Beshelar falou, parecendo quase aliviado:

— Serenidade, o lorde chanceler se aproxima.

Maia olhou e ali estava o colérico lorde chanceler se dirigindo ao estrado, e com ele vinha um jovem, baixo e atarracado como o próprio Chavar, mas vestido com o que até Maia podia dizer que era o extremo da elegância e com um brilho que faltava a seu pai.

Eles pararam ao pé do estrado. Maia os chamou para mais perto, resistindo ao impulso de fazer Chavar esperar.

— Serenidade — falou Chavar, ajoelhando-se. — Podemos recomendar a sua atenção nosso filho, Nurevis?

— Serenidade — disse o jovem, afundando em um joelho tão graciosamente quanto atravessara o corredor.

— Isso nos apraz — respondeu Maia, uma frase sem sentido, mas que parecia satisfazer a Chavar e seu filho.

Eles tornaram a se levantar, e Chavar comentou:

— Percebemos que é difícil para o senhor, Serenidade, ser jogado para a corte tão de repente e sem ninguém de sua própria idade ao seu lado.

Atrás de Chavar, Nurevis revirou os olhos e piscou para Maia. Ele se sentiu súbita e inexplicavelmente mais leve. Então disse secamente:

— Nós apreciamos sua consideração, lorde chanceler. — Não comentou, como poderia ter feito, que apreciaria ainda mais se o lorde chanceler usasse dessa consideração para o desempenho de seu ofício.

Chavar, sorrindo amplamente, mas sem nenhuma graça, curvou-se e saiu do caminho, e Nurevis, chegando mais perto, murmurou:

— Serenidade, nós pedimos desculpas, *mesmo*. Quando meu pai coloca uma ideia na cabeça assim, aprendemos por longa experiência a não discutir com ele.

— De jeito nenhum — concordou Maia. — Nós somos gratos. Nós não fomos... Isto é, não tivemos chance de nos familiarizar com a nossa corte.

— Não, tudo aconteceu tão rápido, não foi? Bem, também não podemos sair apresentando o imperador a todos os nossos amigos mais próximos, mas se Vossa Serenidade quiser... — Ele parou, uma sobrancelha levantada em zombaria amigável.

— Sim?

— Ficaríamos felizes em identificar pessoas para o senhor. Conhecemos quase todo mundo na corte.

— Você é muito gentil — disse Maia. — Por favor.

Nurevis ficou ao lado do trono durante os quinze minutos seguintes, fornecendo a Maia nomes e fragmentos de fofoca comedida. Maia ouviu, assistiu e tentou lembrar, embora temesse que sua memória para nomes e rostos não fosse tão boa quanto precisaria ser. Então Nurevis se desculpou, sorrindo, dizendo que dificilmente seria bom para o imperador escolher favoritos antes de ter a chance de conhecer todos, e saiu para encontrar uma parceira para a dança seguinte.

O estrado pareceu três vezes mais solitário que antes. De alguma forma, depois de ter sido apresentado a uma pessoa, Maia já não sentia que podia se virar para falar com seus nohecharei; o comentário de Nurevis sobre favoritos o deixou inquieto, e ele se perguntou se já estava sendo percebido dessa forma, tendo ficado tão preso à sua própria casa nos dias que transcorreram desde a morte de Varenechibel.

Outra razão para organizar funções na corte, refletiu. *E* aprender a dançar. Ele estava agudamente consciente dos olhares das jovens que eram arrebatadas nos braços de seus parceiros, incapaz de deixar de imaginar como seria dançar com uma delas, tocá-las como os rapazes da corte faziam.

Preciso aprender *a dançar,* disse ironicamente a si mesmo.

Quase ficou aliviado quando um pajem se aproximou do estrado, embora tenha tido um branco por um momento até identificar a libré como a dos Tethimada. O menino se ajoelhou ao pé das escadas, segurando um envelope selado.

Beshelar perguntou:

— Podemos, Serenidade?

— Sim, por favor — pediu Maia, e Beshelar desceu os degraus para pegar o envelope.

Dada a carta anterior de dach'osmer Tethimar, Maia teve uma grata surpresa ao ver que esta era curta e compreensível. Dizia apenas: *Serenidade, receamos tê-lo ofendido. Por favor, permita que nos aproximemos para pedir desculpas?*

Ele olhou para cima e viu Eshevis Tethimar imediatamente — um homem alto, de ombros largos, em perfeito luto da corte até a fileira de contas de ônix penduradas ao longo da curva de cada orelha —, que se posicionara cuidadosamente para ficar na linha de visão do imperador. Era extremamente bonito, e algo em seu porte sugeria que ele sabia disso. Ele não se parecia, notou Maia sombriamente, nem um pouco com um homem preocupado por ter ofendido seu imperador.

Maia percebeu, com bastante clareza, que Tethimar o havia espetado com um forcado da mesma forma que Haru, o jardineiro, capturava víboras do pântano. Se ele recusasse esse mui razoável pedido, estaria agindo em erro, e Tethimar teria mais uma queixa a adicionar à lista que os lordes orientais tinham contra o imperador. Por outro lado, se Maia atendesse ao pedido do outro, Tethimar ganharia a vantagem de parecer ser favorecido pelo imperador como a segunda pessoa a ter concedida uma audiência pública. Não era preciso grande inteligência para ver que, se Tethimar tivesse quaisquer preocupações verdadeiras, não teria feito a solicitação agora e certamente não teria pedido permissão para se aproximar ali, durante o velório.

Não gosto de ti, Eshevis Tethimar, pensou Maia. Mas, até onde conseguia entender — e desejou que Csevet o aconselhasse —, ele faria menos estragos atendendo ao pedido de Tethimar que o esnobando. Enfiou o bilhete no bolso e disse ao pajem:

— Diga a seu senhor que ele pode se aproximar de nós. — Era mais formal e tedioso que simplesmente acenar para Tethimar, mas, pelo mesmo critério, esperava que isso reduzisse a aparência de familiaridade entre ele e Tethimar.

Pensou nos pântanos ao redor de Edonomee: os locais os chamavam de Edonara, embora não tivessem nome nos mapas imperiais, com suas víboras, areias movediças e névoas crescentes sem fim. Lembrou-se de Haru dizendo — uma das poucas vezes que Haru falara com ele diretamente —, "Espero que Vossa Senhoria nunca vá aos pântanos lá fora, mas, se for, teste *cada passo* antes de dá-lo. Não confie nele apenas porque parece bom ou porque estava tudo bem na última vez que você o deu. Porque não será o mesmo. E porque os Edonara fazem seus próprios sacrifícios". Então ele se calou, abaixou a cabeça, murmurou algo que poderia ter sido um pedido de desculpas e saiu desajeitado. Maia não soube como dizer a Haru para não sair.

A Corte Untheilenesa, apesar de toda a sua graça, era apenas outra versão dos Edonara. *Teste cada passo antes de dá-lo, e não confie em nada.* Pensou nos meninos imperadores que jaziam sepultados no Untheilenês'meire, pensou nas esposas de seu pai. A Corte Untheilenesa também fizera seus próprios sacrifícios.

Mas agora dach'osmer Tethimar subia os degraus do estrado. Ele parou exatamente no lugar certo, ajoelhou-se e murmurou, num barítono lindamente modulado:

— Serenidade.

— Levante-se, por favor, dach'osmer Tethimar — falou Maia, sentindo-se mais do que nunca como uma boneca de pano enfaixada e envolta nas vestes de um imperador. Sua voz soava fina, infantil, dolorosamente hesitante em contraste com a de Tethimar.

Os olhos de Tethimar eram de um azul muito escuro, quase preto contra a brancura de seu rosto, e seu dono claramente conhecia o efeito que eles provocavam: quando se levantou, sustentou o olhar de Maia e disse:

— Agradecemos, Serenidade, por nos conceder nosso pedido. — Embora essas tenham sido as suas palavras, a intensidade escura de seus olhos acrescentou: "O senhor foi sábio em fazê-lo".

Era quase reconfortante, no entanto, lidar com a intimidação; era tão familiar, e Tethimar não tinha as vantagens de Setheris. Maia sorriu agradavelmente e falou:

— Nós confessamos, dach'osmer Tethimar, que ficamos muito intrigados com sua carta.

Houve um instante, antes de Tethimar conseguir parecer igualmente agradável e confuso, que Maia viu que ele ficou realmente surpreso. Parecia uma pequena vitória.

— Mas, Serenidade — disse Tethimar —, o senhor sabe, é claro, que aspiramos a casar-nos com sua irmã.

Maia aprendera a fazer-se de bobo assistindo à equipe do Edonomee lidar com Setheris.

— É mesmo? — perguntou.

— Tínhamos entrado em negociações com o falecido imperador seu pai — disse Tethimar, sua voz se elevando apenas um pouco.

— Tinha mesmo? Nenhum noivado foi anunciado de que estejamos cientes.

Tethimar o encarou e, se havia ficado surpreso antes, agora estava quase horrorizado.

— Mas, Serenidade...

Maia o interrompeu com uma mão erguida.

— Achamos, dach'osmer Tethimar, que o velório de nosso pai não é um lugar adequado para discutir este ou qualquer outro assunto importante. — E mirou diretamente nos olhos de Tethimar, sabendo que seus próprios olhos eram tão desconcertantes quanto e sabendo o quão pouco isso realmente significava.

Tethimar abaixou o olhar primeiro.

— É claro, Serenidade. Pedimos perdão. Novamente. — Ele conseguiu dar um sorriso pesaroso que fez Maia quase gostar dele.

Tethimar saiu do estrado, e Maia estava prestes a relaxar — interiormente, pois é claro que o imperador não poderia demonstrar ter ficado aliviado pela saída de dach'osmer Tethimar, assim como não poderia demonstrar que tinha ficado alarmado com a abordagem do outro — quando, seu olho arrebatado pela escuridão que não era de cores de luto, percebeu que o embaixador Gormened, com a esposa ao lado, aproximava-se do trono.

Ele desejou, mais uma vez e ainda mais desesperadamente, que Csevet estivesse ali. Não podia ignorar o embaixador de Barizhan nem se recusar a falar com ele, mas conseguia imaginar com muita nitidez o que Setheris e sua laia diriam sobre o imperador goblin — e, se eles ainda não o chamavam assim, era apenas questão de tempo — conversar publicamente com o representante do Grande Avar. Entretanto (refletiu ele, a mente acelerada), isso anularia qualquer favorecimento que se pudesse achar que dach'osmer Tethimar ganhara. E havia o nesecho, escondido em segurança num de seus bolsos internos. Avris o enfiara numa corrente de ouro fino para ele, permitindo que fosse fixado de modo imperceptível através de uma casa de botão ou presilha de cinto, e Maia ficara tão emocionado com essa bondade (a qual nunca teria pensado em pedir) que mal tinha sido capaz de gaguejar um obrigado. Mas era um presente de Gormened para começo de conversa.

Iniciativa e audácia, dissera Csevet. Quando Gormened parou ao pé do estrado, Maia pôde ver que ele era jovem, atarracado como um goblin, com uma cicatriz de duelo em uma bochecha larga. Ele se perguntou se embaixador do Ethuveraz era um cargo de prestígio ou uma punição.

Maia gesticulou para que o embaixador se aproximasse.

— Serenidade — disse o embaixador, ajoelhando-se, enquanto, ao seu lado, sua esposa afundou em uma reverência tão profunda, e a sustentou de tal modo, que Maia ficou surpreso por ela não ter caído. — Somos Vorzhis Gormened, embaixador de Barizhan, e esta é nossa esposa, Nadaro.

Ele pronunciou o nome dela à maneira dos goblins, com o acento na primeira sílaba, e Maia foi tomado pela dor da perda de sua mãe; ela o havia ensinado a dizer o nome dela — "*Che*-ne-lo", não "che-*ne*-lo" — para que houvesse pelo menos uma pessoa que ela conhecia que o pronunciasse corretamente.

— Levante-se, por favor — pediu ele, e observou Nadaro se levantar com a mesma graça de ferro. Ele percebeu que havia sido presenteado com uma oportunidade para uma vingança mesquinha, e não foi forte o suficiente para recusá-la. — Estamos gratos por conhecer um parente de nossa mãe, finalmente. Você era próximo a ela?

Lamentou as palavras assim que as pronunciou, mas não foi o embaixador que respondeu. A esposa disse:

— Sua mãe era nossa tia, irmã de nosso pai. Éramos autorizadas a ver Chenelo ocasionalmente quando meninas, pois o Grande Avar e nosso pai eram aliados. Isso não tornou a ocorrer depois.

O conhecimento de Maia sobre a política interna de Barizhan era superficial e baseado em grande parte nos romances baratos de capa azul, amados por Pelchara e Kevo em Edonomee. Ele sabia que o Grande Avar era o governante do país apenas porque tinha a lealdade dos avarsin, a miríade de governantes menores — mais numerosos que príncipes, mas muito mais poderosos que os duques ethuverazheses — que compunha o governo prático de Barizhan. A aliança cambiante da qual osmerrem Gormened falava não era um assunto trivial.

Nadaro Gormened continuou:

— Nós acendemos velas para ela quando soubemos de sua morte. Era tudo o que podíamos fazer. — Pode ter havido a mais fraca das repreensões em suas palavras, dirigidas ao marido, pois, como qualquer mulher élfica, quando disse "tudo o que podíamos fazer", na verdade queria dizer "tudo o que nos foi permitido".

— Velas teriam significado muito para ela — falou Maia. — Obrigado, osmerrem Gormened.

Ela fez uma reverência novamente, e o embaixador, aceitando com tato inesperado que a audiência havia acabado, fez uma também e a escoltou para longe. Maia só notou porque ele se forçou a isso, em grande parte consumido pela luta contra uma onda de lágrimas pungentes. Chenelo estava morta havia dez anos; era inútil, infantil, sentir tanta saudade dela. Forçou o rosto a ficar imóvel e as orelhas a permanecerem elevadas, forçou a respiração a ficar uniforme; depois de um período que não soube calcular, a dor diminuiu, e ele foi capaz de aliviar o aperto entrelaçado de seus dedos. Capaz de respirar, capaz de olhar de novo além dos limites do estrado, capaz de perder-se por um tempo nos padrões rodopiantes da dança e no arco de escuridão da noite além das janelas.

De repente, Cala sussurrou:

— Serenidade, a princesa!

Maia virou a cabeça e viu a princesa da Corte Untheilenesa subindo pelo salão, Stano Bazhevin trotando atrás dela. Sheveän não levantara o véu, e não havia sinal de paz em seus passos. Os cortesãos saíram do caminho dela, a maioria com tal garbo que parecia meramente educada, mas algumas das meninas mais jovens quase correram para a lateral do salão. Muito antes de conseguir ver o rosto dela, Maia percebeu que a princesa Sheveän estava com o mesmo humor que demonstrara ao lado do caixão de seu marido.

Ela parou ao pé do estrado, seus olhos azuis quase queimando através do véu. Maia não hesitou em fazer um gesto para que ela se aproximasse, sabendo que todos no Untheileian os assistiam, visivelmente ou não. Stano Bazhevin, desajeitada e hesitante novamente, ficou para trás, suas mãos apertadas com força diante do peito. Maia conhecia aquele truque, embora Setheris o tivesse forçado a não o usar: mãos apertadas eram mãos que não podiam se mexer. Osmin Bazhevin estava apavorada, assim como estivera no juramento, mas desta vez ele pensou que era Sheveän que ela temia. Ou a missão de Sheveän.

A princesa fez uma mesura baixa que poderia ter sido uma genuflexão completa ou simplesmente uma reverência muito baixa; Maia não estava inclinado a investigar.

— Serenidade — disse ela, a voz baixa, controlada e fria como o vento de inverno.

— Princesa — cumprimentou Maia. Costas retas, mãos dobradas, queixo e orelhas para cima. Nenhum sinal externo de que ela o estivesse assustando.

Sheveän se endireitou novamente e colocou o véu para trás, embora apenas para ser mais capaz de fuzilá-lo com o olhar.

— Nós ouvimos coisas, rumores chocantes e escandalosos, e viemos até você para que você possa nos assegurar de que tudo isso são mentiras pavorosas.

— Princesa, não sabemos do que você...

— Disseram-nos — contou ela, num tom de voz baixo e venenoso — que o senhor permitiu... incentivou!... a profanação do corpo de nosso marido esta tarde.

— Profanação? — Perplexo, Maia teve que lutar para dizer algo.

— Princesa, garantimos-lhe que nenhuma profanação foi cometida.

— Então *não* é verdade que você ordenou que o caixão do príncipe fosse aberto?

Ele não se permitiu estremecer.

— Princesa, foi-lhe dada uma compreensão muito imperfeita do nosso propósito.

— Então você abriu *mesmo* o caixão! — O suspiro foi metade choque, metade ira e, considerou Maia, inteiramente teatral.

— Princesa — disse ele com firmeza, sem se permitir elevar a voz —, todos os quatro caixões foram abertos em nossa presença por um cônego e uma Testemunha dos Mortos. Eles foram tratados com reverência. Orações foram proferidas. Não houve...

— Uma Testemunha dos Mortos? — A voz dela ficou mais alta, e ele sabia que ela estava interpretando um papel para a corte que assistia a tudo com avidez. — Que necessidade poderia haver para *isso*?

— Princesa Sheveän, modere sua voz.

— Não! Exigimos saber...

— Princesa — falou Maia rispidamente, conseguindo interrompê-la. Continuou em voz baixa: — Existem motivos, mas não pretendemos discuti-los no velório de nosso pai. Vamos conceder-lhe uma audiência assim que pudermos, e você terá a verdade total e absoluta.

— Vossa Serenidade é muito gentil — disse ela, com amarga ironia.

— Sheveän, não somos seus inimigos. Respeitamos sua dor...

— Respeito! Você chegou a chorar? Você chora por sua família, Edrehasivar, ou está ocupado demais exultando?

Maia a encarou, sem resposta, evasão ou deflexão. Ele se esquecera dos nohecharei e levou um susto violento quando Beshelar interveio:

— Princesa, tememos que a senhora esteja se exaurindo. Podemos chamar uma de suas damas de companhia?

Sheveän lhe lançou um olhar assassino, então fez uma reverência rígida.

— Serenidade, perdoe-nos. Não estamos bem.

— Nós entendemos — disse Maia, e não sabia se estava mentindo ou não. — Venha a nós amanhã, Sheveän, e vamos conversar.

— Serenidade — disse ela, ainda inflexível, e saiu apressada, recolhendo osmin Bazhevin no caminho, que lançou um olhar de desculpas para Maia por cima do ombro; era notável que a princesa Sheveän, em seu drama, tivesse esquecido de mencionar osmin Bazhevin ou as (presumíveis) preocupações dela com o corpo de seu noivo.

Maia teve que respirar fundo várias vezes antes de conseguir dizer, em uma voz calma e uniforme:

— Obrigado, Beshelar.

— Serenidade — respondeu Beshelar rispidamente. — É nosso trabalho.

12 A PRINCESA E A TESTEMUNHA

Ele estava no Untheilenês'meire novamente, embora não soubesse por quê. Havia esquecido alguma coisa, pensou, algo precioso. Deixara essa coisa ao lado do túmulo da mãe, e se a luz do sol da manhã a tocasse, ela se desintegraria e desapareceria.

Então ali estava ele no Untheilenês'meire, na escuridão. Havia um raio de luar fluindo através do óculo, e à luz da lua ele via a neve caindo, acumulando-se no caixão laqueado que estava sozinho no centro do círculo de colunas.

Para alcançar o túmulo da mãe e a coisa preciosa que ele havia deixado lá, precisaria passar pelo caixão.

Com o coração acelerado, começou a atravessar o Untheilenês'meire.

Ao se aproximar, o caixão pareceu inchar, até ficar mais alto que ele e bloquear completamente o diâmetro do círculo. Ele teria de escalá-lo, embora estivesse sobrecarregado por suas vestes e atrapalhado por metros e mais metros de véu ondulante. Lutou para subir pela lateral do caixão, arrastado para trás pelas vestes, semiestrangulado pelas massas de véu, e, quando enfim chegou ao topo, descobriu que a tampa havia sido removida.

Mer Celehar deve estar aqui em algum lugar, pensou. Quis chamá-lo, mas sua voz não funcionava.

O cadáver estava como ele o tinha visto, com as mãos cruzadas, a cabeça encoberta em renda branca. Teria que passar por cima dele, mas ele era capaz de fazê-lo.

— Não tenho a intenção de desrespeitar — sussurrou ao cadáver, estendendo uma das mãos para obter apoio no lado oposto do caixão.

As mãos do cadáver agarraram seu pulso com um aperto férreo cruel.

— Desrespeitar? — disse o corpo, a voz abafada e molhada. Maia podia ver, por trás do véu, o buraco escuro e irregular da boca. — Acaso choraste? Tu choras tua família, Maia? — Levantou-se, apoiando-se no braço de Maia. — Choras por *mim*?

A cabeça encoberta se aproximava; Maia se inclinou para trás, mais para trás, estava caindo, debatendo-se, então estava correndo, tropeçando, através dos escuros e estreitos corredores de Edonomee, soluços presos na garganta, o cadáver se arrastando atrás dele, clamando com sua voz terrível:

— Chora por mim! Chora por teu pai!

O véu se enroscou em seus pés; ele caiu e quanto mais lutava para erguer-se de novo, mais emaranhadas e pesadas suas vestes se tornavam. Maia se debatia, impotente, as mãos lutando para fincar os dedos no assoalho, a boca cheia de véu. A mão morta do pai se fechou em torno de seu tornozelo.

Maia gritou e acordou.

— Serenidade? — Era a voz de Cala, a silhueta angular de Cala contra a janela.

— Um título irônico, de verdade — observou Maia debilmente, percebendo que as roupas emaranhadas do pesadelo eram apenas seus lençóis. Seu coração martelava, e ele estava pegajoso de suor.

— Serenidade, o senhor está bem?

A porta foi escancarada; Maia levantou o braço em uma tentativa fútil e instintiva de esquivar-se de ser visto.

— Pensei ter ouvido… — Beshelar soava ansioso.

— Ele está bem, eu acho — falou Cala. — Acho que foi apenas um sonho. Serenidade, o senhor está bem?

— Estamos bem — confirmou Maia. — Pedimos perdão por alarmar vocês.

— Serenidade — disse Beshelar, fechando a porta, não chegando bem a batê-la.

— Que horas são? — perguntou Maia, semicerrando os olhos para poder enxergar Cala na janela.

— Seis e meia, Serenidade. O senhor não dormiu mais que 45 minutos.

— Não é à toa que me sinto como se tivesse sido chutado por um cavalo. Sinto muito, Cala. Eu realmente não queria assustá-lo.

— Não nos prejudica — disse Cala. — O senhor deveria dormir, Serenidade.

Maia sentiu a rejeição como um banho de água gelada. Sentou-se, estendendo a mão de modo impulsivo.

— Cala, eu o ofendi?

O nohecharis estava de pé junto à janela, com as mãos dobradas nas mangas do manto. Houve um silêncio, ainda mais desconfortável por sua imprevisibilidade. Então Cala falou, as palavras expelidas num sopro, duras e destacadas:

— Serenidade, não podemos ser amigos.

— Amigos? Cala, eu... Se nos excedemos em familiaridade, pedimos desculpas.

— Não é isso. — Cala não parecia feliz, e suas orelhas estavam achatadas, mas ele se virou cautelosamente a fim de olhar pela janela para que Maia não visse seu rosto. — Foi notado, Serenidade, que o senhor trata seus nohecharei mais como iguais que como criados.

— Mas vocês não são meus criados.

— Não somos seus iguais, Serenidade. Temos obrigações para com o senhor as quais devemos cumprir, e no cumprimento dessas obrigações deve estar a medida de nosso relacionamento.

Agora Maia se sentia como se estivesse se afogando.

— Cala — tentou dizer, mas a voz ficou presa na garganta.

— *Deve* ser assim, Serenidade. O adremaza falou conosco antes do funeral. Já se espalharam murmúrios de que o senhor não age como o falecido imperador agia e que ele não aprovaria. Não parece bem para a corte que o senhor tenha escolhido Beshelar e nós para sermos seus guias...

— Quem mais eu deveria escolher? — Tarde demais, ele ouviu a crueza em sua própria voz. Cerrou os olhos, levou as mãos ao rosto. Seus olhos ardiam; disse a si mesmo que era só cansaço.

— Serenidade — alentou Cala, com a voz gentil —, nós também não vimos mal nenhum. Nós... *Eu*... eu fiquei satisfeito e orgulhoso, e assim sempre ficarei. Mas o adremaza tem razão. Estamos aqui para protegê-lo. Somos seu nohecharis. Não podemos ser nenhuma outra coisa.

— Entendemos — disse Maia, forçando as palavras para além da dor na garganta. Ele se deitou de costas para Cala. — Você está certo. Deveríamos dormir.

— Serenidade — murmurou Cala.

Maia ficou ali deitado de olhos bem fechados, forçando a respiração para que permanecesse lenta e regular apesar do que sentia como pedras em sua garganta e em seu peito, e embora, depois de um tempo, finalmente tenha conseguido dormir, o sono não foi repousante.

Quando acordou de novo, eram 9h30, o sol fluía na janela, e Esha se inclinava sobre ele, dizendo:

— Serenidade? Serenidade, seu secretário aguarda lá fora e afirma que deve falar consigo urgentemente.

Maia lutou para deixar a cama, o sono e a mágoa triste.

— Ele disse qual o assunto?

— Não, Serenidade. — Esha o ajudou a vestir um camisolão de dormir acolchoado com punhos de veludo e gola de pelo. — Só que era importante e que não poderia esperar.

— Obrigado — falou Maia, levantando sua trança noturna para fora da gola e deixando-a cair pelas costas. Saiu para ver o que agitava seu secretário.

Csevet, porque era Csevet, fez uma reverência formal, mas estava claramente angustiado, suas orelhas se contraindo apesar de seus melhores esforços para manter o equilíbrio. Maia abafou um bocejo e perguntou:

— O que acontece?

— Serenidade, *o que* o senhor disse à princesa Sheveän?

— Que falaríamos com ela hoje sobre suas preocupações com o corpo de seu marido. Por quê?

— Ela espera na sala de recepção, cuspindo fogo. Declara que, se o senhor não for vê-la, ela vai procurar reparação com o lorde chanceler.

Amaldiçoar era para plebeus, tanto Chenelo quanto Setheris haviam dito, o recurso daqueles sem criação nem educação. Maia trincou os dentes para impedir uma série de palavras que aprendera com Haru e explicou:

— Ela deseja nos compelir.

— Serenidade?

Resumidamente, Maia contou a Csevet de sua entrevista com a princesa da Corte Untheilenesa na noite anterior.

— Vemos que fomos imprudentes ao não especificar um horário, mas não pensamos...

— Que a princesa se rebaixasse a tão baixa tática? — completou Csevet, uma sobrancelha arqueada.

— Talvez tenhamos sido ingênuos — avaliou Maia.

Csevet murmurou, em horror simulado:

— Serenidade!

Ele também não pode ser teu amigo, pensou Maia, e apertou mais o camisolão contra uma friagem que não estava no ar. Então disse:

— Não achamos que qualquer coisa de bom virá da princesa abordando o lorde chanceler.

— Não — disse Csevet. — Estamos inclinados a concordar.

— Você consegue... detê-la? Não podemos conceder uma audiência à princesa da Corte Untheilenesa vestindo camisolão.

— Serenidade — disse Csevet, curvando-se profundamente. — Faremos o nosso melhor.

Ele partiu, e Maia voltou ao seu quarto para dizer a Esha que precisava se vestir depressa.

Os edocharei ficaram, considerou ele, um pouco irritados com a impaciência dele, embora tenha feito a dedução apenas pelo silêncio de lábios apertados e pelas orelhas baixas com que eles fizeram o serviço. A eficiência e o cuidado deles não diminuíram nem um pouco; embora ele se vestisse com muita simplicidade (para um imperador), quando desceu as escadas do Alcethmeret para a sala de recepção, estava impecável, cada fio de cabelo e cada vinco no devido lugar.

A princesa da Corte Untheilenesa estava parada em pé no centro da vasta sala, ainda vestida em traje completo de luto. Estava sozinha; não se incomodou com o apoio insignificante de osmin Bazhevin. Afastou o véu ao vê-lo se aproximar e fez uma reverência, embora não profunda.

— Serenidade.

— Sheveän. Confiamos que tenha dormido bem.

— Não dormimos — disse ela, como se apenas um monstro sem coração pudesse imaginar isso.

Maia permitiu uma pausa, um reconhecimento da grosseria da resposta dela, e então pediu:

— Por favor. Sente-se.

Ela se sentou, as costas rígidas como um atiçador, os olhos fixos nele com desconfiança inabalável. Maia se sentou também e, não vendo nenhuma maneira de contornar a situação, disse simplesmente:

— O *Sabedoria de Choh
aro* foi sabotado.

A princípio, pensou que ela não o tivesse entendido; então ela respondeu:

— Sim? — E ele percebeu que a princesa de forma alguma considerava isso relevante para sua reclamação.

— Precisamos descobrir quem assassinou nosso pai e irmãos — explicou ele. — Para isso, precisamos de uma Testemunha dos Mortos.

— Sim — concordou ela, com a impaciência de uma mulher falando com um idiota. — E o próprio lorde Chavar nos assegurou que as Testemunhas tinham visto os corpos com a devida reverência e que o funeral não seria impedido de forma alguma. E *depois* ficamos sabendo que Edrehasivar havia interferido, atrasando a cerimônia e incomodando todos, isso sem mencionar o desrespeito mostrado ao pai dele, trazendo o *primo* de Csoru!

A fúria dela a vencera, e Maia se perguntou, naquele canto frio e malicioso de sua mente que soava como Setheris, se ela estava com raiva por causa da interrupção do funeral ou por causa do favor percebido para o parente da imperatriz viúva.

O coração de Maia martelava na garganta; ele se sentiu pequeno e doente como nunca ante a fúria de Setheris. Mas lembrou-se de Csevet dizendo: "Não cabe ao cônego Orseva ditar nada ao senhor"; de sua própria determinação de não deixar que Setheris o governasse. Era a mesma coisa, a mesma necessidade.

— Princesa, só podemos lhe assegurar, mais uma vez, que não houve profanação. Pode falar com a Testemunha se desejar. — Ele ouviu o tremor na voz e só podia esperar que ela não tivesse reparado.

— Sim — disse ela, simples e fria, e Maia não teve escolha a não ser chamar um pajem e pedir-lhe para solicitar que Thara Celehar fosse ver o imperador.

O silêncio de pedra entre os dois não foi interrompido enquanto esperavam. Para grande alívio de Maia, Celehar foi rápido; ele percebeu que não sabia onde ficavam os aposentos da Testemunha. Celehar estava vestido num luto surrado, como no dia anterior. Ele e Sheveän combinavam estranhamente, com seus rostos brancos como máscaras e olhos como cinzas. *Quem ele perdeu?*, perguntou-se Maia enquanto gesticulava para que Celehar se levantasse e tentava pensar numa maneira de explicar a situação que não soasse como: "A princesa da Corte Untheilenesa praticamente nos acusou de roubo de túmulos". Então falou:

— Mer Celehar, a princesa deseja garantia de que o corpo de seu marido foi tratado respeitosamente em sua...

Celehar poderia agir como testemunha contra sua inclinação, mas não era cruel. Ele se curvou para Sheveän e disse:

— Princesa, oferecemos nossas mais sinceras condolências.

— Agradecemos — disse ela com frieza.

— Somos tanto um prelado de Ulis quanto uma Testemunha dos Mortos — esclareceu Celehar. — Embora tenhamos renunciado a nossa prelazia, ainda somos santificados. Somente nós colocamos nossas mãos no corpo de seu marido, e garantimos que o fizemos com reverência e com orações. Por favor, fale com o arquiprelado se ainda tiver dúvidas.

— *Você* é uma Testemunha dos Mortos.

— Somos. — Ele não reagiu ao desprezo na voz dela; Maia nem sabia ao certo se ele ouvira.

— Então por que você não foi convidado para integrar a investigação do lorde chanceler?

— Entendemos que o lorde chanceler prefere Testemunhas judiciais — disse Celehar.

— Certo — disse Sheveän. — Supomos que deveríamos ter esperado isso de Edrehasivar. — O olhar dela para Maia era puro veneno, e ele entendeu perfeitamente que ela acabara de chamá-lo de maluco supersticioso.

Ele não se importava; apenas desejava que aquele confronto acabasse. Então se levantou e disse:

— Sheveän, se você não tem mais perguntas para mer Celehar, estamos ocupados esta manhã.

Ela se levantou, obediente à etiqueta, ainda que não necessariamente ao imperador.

— Sim, foi o que ouvimos dizer. Serenidade. — Ela fez uma reverência sem um grama de genuíno respeito e saiu.

— Serenidade — perguntou Celehar —, nós falamos algo de errado? — Ele até parecia preocupado.

— Não. Não, mer Celehar, receamos ter feito isso muito antes de você chegar. Não é preocupação sua, e se a princesa por acaso... por acaso atormentar você em sua busca, você deve dizer a ela que venha falar conosco. Ela é problema nosso.

— Serenidade — disse Celehar. Ele hesitou, depois continuou: — Desejamos, como dissemos, visitar o Ulimeire de Cetho. Ficaríamos gratos se o senhor pudesse escrever uma carta de apresentação para nós.

— Ao prelado? Mas você... — Maia vacilou diante do olhar fuzilante que Celehar lhe deu, como o rosnado de um animal ferido. — Teremos o prazer de lhe escrever uma carta, mer Celehar.

— Obrigado, Serenidade — disse Celehar, curvando-se.

— Você pode esperar? Vamos escrevê-la agora se for adequado.

— O senhor nos presta uma honra imerecida — falou Celehar, muito brando. Maia ficou feliz em deixá-lo na sala de recepção enquanto mergulhava na Sala das Tartarugas para escrever a carta.

Dadas as aparentes objeções de Celehar a identificar-se como um prelado, Maia manteve os termos da carta tão genéricos quanto possível, apenas pedindo ao prelado do Ulimeire que desse toda a ajuda e assistência da forma mais razoável ao portador, certo Thara Celehar, que atuava como agente do imperador. Não foi redigida de maneira elegante, mas era funcional, e ele estava ciente, de um jeito irritante, de que, algures no Alcethmeret, Csevet estaria à espreita com uma lista de coisas que o imperador tinha de resolver, e que essa lista não ficaria mais curta se ele se atrasasse.

Voltou à sala de recepção e deu a Celehar a carta selada. Celehar se curvou em agradecimento e partiu, deixando Maia sozinho com Cala e Beshelar. Ele pairou por um momento à beira de dizer algo para eles, como teria feito na véspera, mas lembrou-se de Cala dizendo categoricamente: "Não podemos ser amigos". Passou direto por eles, sem encará-los nos olhos, e ascendeu novamente à seção privada do Alcethmeret, seus nohecharei seguindo obedientemente atrás.

13 BARGANHANDO

No caso, a tarefa com a qual Csevet o emboscou foi a primeira reunião dos Corazhas do reinado de Edrehasivar VII. Os Corazhas se encontraram numa sala comprida voltada para o sul, chamada de Verven'theileian, o Salão de Consultas; Maia entrou, se sentou e ficou vendo a neve cair por entre as janelas em arco, enquanto Csevet, posicionado ao seu lado, tomava notas frenéticas e copiosas. Ele se sentiu impotente, irremediavelmente fora de sua alçada; os Corazhas poderiam muito bem estar falando uma língua estrangeira na maioria das vezes, e seus tons vívidos e eficientes deixavam claro que as interrupções de um imperador ignorante não seriam bem-vindas.

Deves aprender a governar, disse a si mesmo. *Deves aprender essas coisas.* Mas ele não podia abrir a boca, consciente demais do que os Corazhas pensariam dele, consciente demais de Cala e Beshelar ali em pé como estátuas.

Vou perguntar a Csevet mais tarde, prometeu a si mesmo, e continuou a fingir atenção ao funcionamento de seu governo. Os Corazhas não lhe fizeram perguntas, pareciam não ter interesse em suas opiniões ou ideias. *Eles sabem que tu não tens nenhuma,* pensou, mordaz. Certamente não tinha opiniões sobre o principal assunto em debate naquela manhã. Ele nunca tinha ouvido alguém sugerir a construção de uma ponte sobre o Istandaärtha antes; teve dificuldade de acreditar que era possível.

Na verdade, esse era um dos pontos de discórdia: a Testemunha do Judiciário se recusava terminantemente a acreditar que o Istandaärtha poderia ser transposto por uma ponte, e certamente não acima de Cairado. A Testemunha do Parlamento estava em desvantagem, pois, embora afirmasse firmemente que a proposta era viável, ficou claro que ele mesmo não compreendia a mecânica de como o mais amplo e mais rápido rio do Ethuveraz poderia ser transposto.

— E o comércio fluvial? — quis saber a Testemunha do Tesouro. — O que as barcaças de Ezho deveriam fazer? Saltar por cima dessa ponte maravilhosa como sapos?

— É para ser uma espécie de ponte levadiça — disse a Testemunha do Parlamento, e ficou vermelho com o bufar incrédulo da Testemunha do Judiciário.

— Uma ponte levadiça de três quilômetros de extensão? — questionou a Testemunha do Tesouro. — Deshehar, receamos que você tenha sido tapeado.

— Nós lhe asseguramos — falou a Testemunha do Parlamento com rigidez — que não há dúvida da honestidade e da sincera boa-fé daqueles que trouxeram essa proposta ao Parlamento. Não fazemos justiça às suas ideias, e na verdade tudo o que pediram foi a oportunidade de comparecer perante os Corazhas.

— Mas por que deveriam trazer isso perante os Corazhas? — perguntou uma das Testemunhas que Maia não foi capaz de lembrar do que era. — Isso não deveria ir adequadamente às universidades?

— Já perdemos tempo o suficiente com esse absurdo — disse a Testemunha do Judiciário, detendo o que parecia ser uma iminente explosão da Testemunha das Universidades.

— Muito bem — disse outra Testemunha.

Maia mordeu a língua e tentou não parecer que teria desejado fazer outras perguntas. *Tu simplesmente farias de ti próprio um tolo ainda maior*, pensou, e esperou num lúgubre silêncio que a reunião dos Corazhas finalmente, *finalmente* chegasse ao fim.

E, mesmo quando ele escapou dos Corazhas, foi apenas para ser emboscado por outra obrigação. Setheris esperava por ele no corredor.

— Primo Setheris — cumprimentou Maia, parando de repente.

— Serenidade — disse Setheris, curvando-se. Foi apenas com grande esforço que Maia evitou recuar. Seu conhecimento racional de que não tinha nada a temer de Setheris agora nem nunca mais teria foi inundado por dez anos de acumulação de tabefes e xingamentos, a velha dor ardente no antebraço esquerdo, o abaixar instintivo do queixo para evitar olhar Setheris nos olhos.

— Serenidade — repetiu Setheris, endireitando-se —, temos buscado uma audiência com o senhor há alguns dias.

Maia se conteve, ergueu o queixo, e as orelhas achatadas poderiam ser interpretadas como irritação em vez de medo.

— Estivemos ocupados, primo.

— Entendemos, Serenidade, mas o assunto é urgente e...

Nesse momento, Csevet surgiu no corredor. Ele se moveu imediatamente para se interpor entre Maia e Setheris. Maia pôde, felizmente, recuar e respirar direito. Csevet e Setheris se eriçaram como cães de briga; embora Maia não quisesse nada além de sair correndo (ele era o imperador, afinal, quem iria detê-lo?), pediu:

— Csevet, por favor, arranje uma audiência para nosso primo assim que possível. Estamos voltando ao Alcethmeret.

— Sim, Serenidade — disse Csevet.

— Obrigado, Serenidade — falou Setheris.

Maia leu o corolário tácito nos olhos dele: *É bom ver que não esquecestes* tudo sobre Edonomee. Então Setheris se virou para Csevet, sua máscara da corte educada de volta ao lugar. Maia teve que fazer a ação consciente e deliberada de virar as costas a Setheris. Foi ainda mais difícil andar em vez de sair correndo de perto de dele. *Ele não pode me machucar agora*, disse Maia a si mesmo, mas as palavras não tinham convicção e quase nenhum significado. Seu antebraço queimava, e ele se proibiu de esfregá-lo.

Estava andando mais rápido que o normal, mas não podia se forçar a desacelerar. E não lamentava ter que sair rapidamente dos salões públicos da Corte Untheilenesa.

Ao se aproximarem das portas do Alcethmeret, Cala sondou, quebrando um longo silêncio:

— Serenidade, o senhor está bem?

—Estamos, obrigado — respondeu Maia, educado e distante.

Cala não tentou novamente.

Havia uma carta esperando por Maia, mas dessa vez era particular, um convite de Nurevis Chavar a um espetáculo que ele havia organizado para aquela noite: uma soprano da grande Ópera de Zhaö, cantando árias de uma série de óperas famosas. Maia nunca tinha ido a uma ópera, embora tivesse lido sobre elas nos jornais que de vez em quando se infiltravam no Edonomee, e ficou satisfeito demais com a abertura de Nurevis para sonhar em rejeitá-la. Assim que Csevet retornou — de rosto inexpressivo como sempre, embora Maia tenha acreditado notar uma ponta de orelha estremecendo de irritação —, Maia o orientou a enviar um aceite.

Havia também uma carta de Thara Celehar:

Para Vossa Serenidade Imperial, Edrehasivar VII*, saudações.*

Em obediência aos desejos de Vossa Serenidade, fomos esta manhã ao Ulimeire de Cetho. Como não sabemos quando Vossa Serenidade poderá estar disponível ou inclinado a conceder-nos uma audiência, achamos melhor enviar este relatório a Vossa Serenidade.

Apresentamos sua carta ao prelado do Ulimeire, que se mostrou mui grato e ansioso para ser de assistência. Ele nos contou tudo o que sabia sobre as vítimas — não muita coisa, como obviamente a natureza de sua prelazia impede uma congregação fiel dos vivos — e depois nos mostrou suas sepulturas. As famílias delas, ele nos contou, estão reunindo dinheiro para uma lápide.

Maia teve que largar a carta. Ele se perguntou tristemente, virando-se para que Csevet não notasse e se assustasse com as lágrimas em seus olhos, quantos outros momentos como aquele teria de passar, quantas vezes mais a realidade da tragédia o derrubaria com violência ao chão. A cada vez ele pensava: *Certamente* isto *é o suficiente para encerrar tudo*, mas então virava alguma outra esquina inesperada e lá tende ela novamente, cruel, austera e impiedosa. Dessa vez, pensou na tripulação e no capitão do *Radiância de Cairado*, na ansiedade e na bondade deles, e perguntou-se quem haveria de chorar suas mortes se tivesse sido o dirigível deles a ser sabotado.

— Csevet.

— Serenidade?

— Desejamos que sejam enviados presentes às famílias daqueles que morreram no *Sabedoria de Choharo*.

— Serenidade?

Ele se virou.

— Não fomos claros o bastante?

— Mas que tipo de presente, Serenidade?

— Não sabemos. Não sabemos o que seria apreciado. Podemos dar dinheiro a eles?

— Vossa Serenidade pode fazer qualquer coisa que lhe aprouver.

— Se dermos dinheiro a eles — perguntou Maia, lenta e distintamente —, isso os ofenderá? Estamos cansados de ofender com tudo o que fazemos.

— Serenidade, nós não entendemos...

— Sim ou não.

— Serenidade — falou Csevet. Ele parou, brincando infeliz com a pena. — Será considerado mais gracioso se o presente tiver algum... algum *significado*.

— Muito bem. — Ele pegou a carta novamente e gesticulou com ela para Csevet. — Mer Celehar nos diz que as famílias desejam comprar uma lápide. Seria esse um presente com significado adequado?

— Sim, Serenidade.

— Cuide disso, por favor.

— Sim, Serenidade.

Maia voltou à carta.

Meditamos entre as sepulturas e, tendo obtido do prelado os nomes daqueles da tripulação do dirigível que sobreviveram, os entrevistaremos assim que pudermos organizar reuniões. Essas pessoas, tendo apenas a ligação da morte com o falecido imperador — que os ensinamentos de nossa ordem chamam de stathan —, são aquelas cujas vidas e mortes podem demonstrar mais claramente a quebra no padrão que procuramos. Nem sempre é assim, mas acontece um número suficiente de vezes para valer a pena investigar.

Gostaríamos de mencionar também que o prelado do Ulimeire foi avisado para manter-se disponível às Testemunhas da investigação do lorde chanceler, então Vossa Serenidade não precisa temer que a investigação deles seja algo menos que rigorosa. Mas, como Vossa Serenidade parece desejá-lo, continuaremos nossa própria busca pela verdade.

Esperando que Vossa Serenidade aprove
nossas ações e intenções,
Thara Celehar

Não sei o suficiente para desaprovar, pensou Maia. Ele não era tão ingênuo de forma que não pudesse ver o que a estratégia de correspondência de Celehar havia sido projetada para fazer, também não era tão ingênuo a ponto de achar que sua gestão do caso melhoraria as coisas de algum jeito. Celehar era treinado para aquilo, e, embora Maia se preocupasse com seu descontentamento, não acreditava que Celehar fosse se desvencilhar de um dever depois de tê-lo aceitado.

Csevet deu uma tosse educada e ligeiramente nervosa. Maia largou a carta de Celehar e virou-se para ele, sobrancelhas levantadas.

— Serenidade. É o assunto do casamento da arquiduquesa Vedero.

Levou um momento para Maia lembrar o que Csevet queria dizer com aquilo.

— Sim. Dach'osmer Tethimar já falou com você? Dissemos a ele que deveria.

— Não, Serenidade. Isto é, sim, Serenidade, há uma carta de dach'osmer Tethimar pedindo uma audiência, mas não foi isso que quisemos dizer. Existe... uma nova complicação.

— Claro que existe — brincou Maia, engolindo uma risada. — Conte-nos o pior de uma vez.

— Serenidade. — Csevet parecia mais feliz agora. — O senhor está ciente, claro, de que o arquiduque Ciris estava noivo.

— Isso chegou à nossa atenção — disse Maia, lembrando-se de um ou dois comentários caluniosos que Setheris se permitira à mesa do café da manhã, lembrando-se de Stano Bazhevin, a não entidade assustada apressando-se à sombra de Sheveän.

— O conde Bazhevel, pai da noiva pretendida, escreveu, e o gabinete do lorde chanceler houve por bem passar o assunto para o senhor.

— Não deveriam?

— Serenidade. — Csevet fez um gesto ambivalente e insatisfeito com sua pena. — Essencialmente, sim, mas esperávamos que eles fizessem certa quantidade do trabalho necessário primeiro.

— "Trabalho necessário"? — Ele se sentiu estúpido por perguntar quando Csevet visivelmente esperava que ele entendesse, mas confiava em Csevet, ao contrário dos Corazhas, para não se aborrecer com sua estupidez nem a usar contra ele.

— Serenidade, o que Bazhevel propõe é um casamento para substituir a chance de união perdida com o arquiduque.

— Ele *não pode* esperar que nossa irmã se case com a filha dele.

Csevet sorriu ligeiramente em compreensão da piada.

— Não, Serenidade. Mas ele parece mais esperar que o *senhor* o faça.

Maia o encarou.

— Mas não podemos nos casar com ela! Ela é drazhadesa!

Csevet fez um ruído insatisfeito.

— É esse o motivo pelo qual estamos descontentes com o gabinete do lorde chanceler. O conde Bazhevel argumenta que, como o casamento não foi jurado nem consumado, deveria ser considerado nulo; e osmin Bazhevin, ainda bazhevadesa.

— Eles assinaram o contrato — disse Maia, achando um pouco de graça da indignação claramente audível na própria voz.

— O conde Bazhevel é engenhoso — falou Csevet —, mas suspeitamos que ele não pretenda que o argumento seja levado muito a sério, pois imediatamente propõe uma alternativa. Embora não tenha filhos casados, afirma que ele e a honra de sua casa ficariam satisfeitos se a arquiduquesa se casasse com seu filho mais velho, osmer Dalera Bazhevar.

— Então a primeira sugestão dele é apenas uma simulação — respondeu Maia, mas a maior parte de sua atenção estava em outra coisa. Continuou, pensativo: — "A honra de sua casa." Ele está insinuando que a morte do arquiduque foi pretendida pelos Drazhada como um insulto aos Bazhevada?

— Achamos, Serenidade, que ele espera que a ameaça de tal implicação seja... um incentivo ao senhor para que cumpra com seu esquema, assim como a sugestão de seu casamento com osmin Bazhevin fará com que o senhor considere a segunda sugestão dele com alívio.

— Ou ele é muito estúpido ou pensa que nós somos.

— Serenidade — murmurou Csevet, evasivo.

Maia suspirou.

— Ao que parece, devemos falar com nossa irmã. Na verdade, achamos um pouco perturbador que ela não tenha tentado falar conosco.

Beshelar intercedeu inesperadamente:

— A arquiduquesa é bem conhecida por não ser a favor do casamento. Talvez estivesse torcendo para que o assunto se perdesse na confusão.

— Talvez — disse Csevet dubiamente.

Maia olhou para o relógio. Três e meia.

— Nós jantamos com a corte, certo?

— É o esperado, Serenidade.

— Às oito, acreditamos que Esha nos tenha dito?

— Isso mesmo, Serenidade.

— Temos outros assuntos aos quais devamos comparecer antes disso?

— Nada que não possa ser adiado, Serenidade. Não daríamos a osmer Nelar a satisfação de uma audiência esta tarde.

— Agradecemos. Você pode, então, enviar um pajem ver se a arquiduquesa Vedero pode estar conosco?

— Posso, Serenidade — disse Csevet, e puxou a corda do sino.

A arquiduquesa apareceu prontamente em resposta à convocação. Ainda usava luto completo e, ao contrário da maioria das damas da corte, não fez nenhum esforço de ornamentação. Preto sobre preto acolchoado, fitas pretas no cabelo e nenhuma joia, a não ser pelos anéis sem adornos em suas orelhas. Maia, cujas mãos doíam com o peso de seus anéis invejou isso.

Ela fez uma reverência com um "Serenidade" murmurado, sentou-se ao convite dele e, uma vez assim, foi quase como se tivesse se transmutado em mármore. Rosto impassível, postura perfeita, não demonstrou nenhuma curiosidade sobre o motivo pelo qual ele queria vê-la e não ofereceu sequer uma jogada de conversação própria. Maia percebeu muito rapidamente que ela ganharia qualquer jogo de espera e disse:

— Precisamos falar com você sobre seu casamento.

Vedero considerou a afirmação e disse:

— Nós não desejamos nos casar. — Sua voz era desprovida de paixão e até de interesse.

— Entendemos que nosso falecido pai estava negociando seu casamento.

— Sim.

Maia começou a se perguntar se ela o estava provocando deliberadamente, mas, estando ou não, nada seria ganho perder a cabeça. Então, paciente, ele disse:

— Com quem?

Pelo menos ela não fingiu não o entender.

— Com o duque Tethimel, em nome de seu filho Eshevis. — Não havia nada em seu tom de voz que indicasse se ela gostava dele, se o detestava, ou mesmo se tinha sequer conhecido Eshevis Tethimar pessoalmente. Um distanciamento tão perfeito sugeria, infelizmente, qual poderia ser a verdadeira opinião de Vedero.

— Até que ponto as negociações prosseguiram?

— Não sabemos, Serenidade.

Se ela estivesse mentindo — e ele achou que poderia estar —, fazia isso bem. Maia pensou em Eshevis Tethimar, avançando cada centímetro que pensou que pudesse avançar sem represálias, tentando avançar as negociações por intimidação: pensou no conde Bazhevel tentando trocar um casamento por outro como se Vedero e sua própria filha não passassem de vacas leiteiras. Então disse abruptamente:

— Se você não se casasse, o que faria?

— Serenidade?

Ele sentiu uma satisfação perversa ao ver que era possível alarmá-la.

— Se você não se casasse, o que faria?

— Agradecemos, Serenidade, mas não esperamos que o senhor se interesse por nossas tolas ambições e devaneios.

Foi o maior número de palavras que ele conseguiu dela de uma só vez. Maia sorriu com gentileza e, seguindo o exemplo dela, simplesmente esperou em silêncio.

Ela lhe deu um olhar amargo quando percebeu que ele não falaria até que ela o fizesse e que também não a dispensaria de sua presença, então falou em um tom baixo e desafiador, uma pista inesperada do que devia ter sido quando criança:

— Estudaríamos as estrelas.

— As estrelas?

— Sim, Serenidade.

De repente ele percebeu que era ridículo e degradante que uma mulher de 28 anos fosse submetida ao julgamento de um meio-irmão dez anos mais novo que ela. Maia disse:

— Então você deveria.

Pelo jeito aflito como todos olharam para ele — Vedero, Csevet, Cala, Beshelar —, ele percebeu que havia dito a coisa errada outra vez. Fez-se um silêncio doloroso; Maia sentiu o rosto esquentar. Foi Vedero quem endireitou os ombros e falou:

— Serenidade, você precisa de nosso casamento.

— Mas se não é o que você deseja...

— Serenidade, sua posição de barganha já está fraca o bastante. O senhor não pode se dar ao luxo de esperar até que Ino e Mireän atinjam a maioridade.

— Mas com quem estamos barganhando?

— Com o mundo, Serenidade — disse Vedero, triste.

Pela voz e pelo porte dela, Maia lembrou que a arquiduquesa estava na corte desde a mais tenra infância. Desejou poder lhe pedir conselhos, mas, apesar de seu acesso repentino de honestidade, teve medo de que ela ainda o odiasse. Sabendo que sua ignorância era fraqueza, relutou em tornar isso mais explícito para ela do que já era.

Ele se levantou, sinalizando o fim da audiência.

— Agradecemos, Vedero. Pensaremos no que você disse.

— Serenidade — respondeu ela, colocando-se de pé e fazendo uma reverência. — O senhor não deve nos considerar ao tomar sua decisão. Nosso falecido pai não fazia isso.

Ela dera um conselho sem que ele lhe pedisse. O problema, refletiu Maia enquanto a observava partir, vestindo sua dignidade como uma armadura, era que ele não tinha certeza se aquele era um conselho que ele queria seguir.

Csevet pigarreou; Maia se virou e o viu com uma expressão tanto apreensiva quanto obstinada.

— Você deseja dizer algo de que não vamos gostar — observou Maia.

— Receamos que sim, Serenidade. Pois a arquiduquesa está certa. O senhor precisa barganhar com o mundo, e não pode esperar até que suas sobrinhas tenham idade para se casar.

— Você está falando novamente sobre o *nosso* casamento.

— Sim, Serenidade. Mas talvez... Vossa Serenidade nos perguntou sobre sinetes, e recebemos um pneumático de dachensol Habrobar dizendo que ele se mantém à disposição de Vossa Serenidade. Levaremos talvez um quarto de hora para ir daqui à oficina dele e podemos discutir assuntos no caminho.

— O imperador vai até dachensol Habrobar? — perguntou Maia perguntou, sem se ofender (ele ainda não havia crescido tanto em sua própria presunção), mas achando divertido.

— Serenidade. Entendemos que, a fim de decidir qual desenho será mais adequado para qualquer indivíduo, dachensol Habrobar deve poder consultar sua coleção de sinetes, dos quais tem milhares.

— Verdade — concordou Maia.

Percebeu que Csevet tinha conseguido deixá-lo ansioso para visitar dachensol Habrobar e, portanto, sem fundamento para resistir à discussão sobre sua hipotética esposa. *Existe mais de um tipo de barganha*, pensou Maia, e se pôs a cumprir sua parte no trato ouvindo atentamente o que Csevet tinha a dizer.

Não ficou surpreso ao descobrir que Csevet tinha uma lista.

— Pensamos, Serenidade, que talvez fosse melhor lhe dizer algo sobre as mulheres que estão atualmente na corte para que o senhor possa decidir de qual gosta quando conhecer e falar com elas. Pois, embora esse seja certamente um assunto *importante* e que o senhor não deve negligenciar, não é algo em que achamos que o senhor deva se *apressar*.

— Não — disse Maia. — Não queremos imitar nosso pai em sua abordagem ao casamento.

As orelhas de Csevet se contraíram e se achataram um pouco.

— Serenidade, sentimos que devemos salientar que, em grande parte, os numerosos casamentos do falecido imperador não foram culpa dele.

— Talvez — falou Maia. Não queria discutir com Csevet. — Conte-nos sobre nossas imperatrizes em potencial.

Csevet consultou sua lista.

— Acreditamos, em primeiro lugar, que Eshevis Tethimar trouxe à Corte Untheilenesa sua irmã solteira mais velha, Paru Tethimin, embora não a tenhamos visto. Ela tem catorze anos, e dach'osmer Tethimar está provavelmente amaldiçoando a própria sorte por ter desperdiçado sua irmã Uleviän com o príncipe de Thu-Athamar, já que ela tem a mesma idade que o senhor.

— Você não gosta de dach'osmer Tethimar — comentou Maia, um pouco surpreso que Csevet revelasse qualquer tipo de viés, positivo ou negativo.

— Pedimos desculpas, Serenidade — disse Csevet, e as pontas de suas orelhas ficaram rosadas. — Nós permitimos que nossa língua se soltasse.

— Não, não estamos ofendidos — disse Maia. — E valorizamos sua opinião. Nós mesmos não achamos dach'osmer Tethimar agradável.

— Houve um incidente quando éramos um mensageiro — contou Csevet, o rubor se estendendo das orelhas para o rosto. — Preferimos não discutir isso, mas... — Ele pigarreou e endireitou as orelhas. — Talvez guardemos rancor de dach'osmer Tethimar.

— Vamos nos lembrar disso — disse Maia. — E achamos que catorze anos é uma idade muito jovem para o casamento.

— Sim, Serenidade — falou Csevet. — Também na corte há osmin Loran Duchenin. Ela tem vinte anos, é a segunda filha do conde Duchenel. Também é a sobrinha, por parte de mãe, de lorde Chavar.

— Agradecemos — disse Maia —, pois não sabíamos disso.

— Como poderia, Serenidade? — falou Csevet suavemente, como se não houvesse nada incomum ou tedioso em ter que educar um imperador sobre assuntos que ele deveria saber sem pensar, assim como respirar. — Osmin Duchenin é uma jovem mui talentosa e bela; é uma espécie de rival da imperatriz viúva. Por outro lado, dach'osmin Csethiro Ceredin, a sobrinha-neta de Arbelan Drazharan, é igualmente talentosa, mas de inclinação acadêmica. — Ele fez uma pausa, com as sobrancelhas levantadas, como se esperasse que Maia tivesse opinião sobre a conveniência, ou falta dela, de uma *inclinação acadêmica*. Maia não tinha. Percebendo isso, Csevet continuou: — Dach'osmin Ceredin e osmin Duchenin são as mais experientes cortesãs dentre as mulheres próximas a Vossa Serenidade em termos de idade... o que significa que tanto elas quanto suas casas são ambiciosas e, portanto, muito propensas a buscar um casamento.

— Claro — disse Maia, sentindo uma combinação de infelicidade e irrealidade com as quais já estava familiarizado desde que chegara à Corte Untheilenesa. — Imaginamos que elas não sejam as únicas.

— Existem várias famílias de grande ambição — contou Csevet —, mas é claro que elas não prepararam suas filhas como imperatrizes em potencial e é provável que haja certa pressa, como acontece com dach'osmin Tethimin, que provavelmente não terá permissão de aparecer publicamente até receber o devido treinamento. No entanto, Vossa Serenidade está correto, e não temos dúvidas de que os Ubezhada, os Erimada, os Shulihada... — Ele vasculhou a lista. — ... e os Virenada e os Olchevada também vão oferecer suas filhas. Mas talvez Vossa Serenidade prefira uma das moças menos treinadas.

Ele ergueu as sobrancelhas para Maia, que disse, impotente:

— Não sabemos. — Ele nunca tinha pensado em casamento, nunca em suas fantasias mais loucas imaginou que jovens mulheres pudessem competir pela atenção *dele*. Ser apresentado a essa realidade não dava uma perspectiva confortável.

— Temos tempo, Serenidade — tranquilizou Csevet —, e esta é a oficina de dachensol Habrobar.

A oficina era mais uma cripta que uma oficina: um grande espaço escuro ecoante com fileiras e mais fileiras de pequenas gavetas quadradas em todas as paredes. No centro, havia uma mesa, iluminada por um moderno candelabro a gás, e à mesa estava dachensol Habrobar.

Era um homem baixinho — menos de um metro e meio de altura quando pulou para cumprimentar o imperador — de pele e olhos cinza-prateados. Era perfeita e brilhantemente careca. Falava com um sotaque que Maia não reconhecia, que parecia lascar as bordas de todas as palavras em sua correria desabalada, pois dachensol Habrobar pronunciava cinco palavras no tempo que Maia levava para uma. Ele havia tirado das profundezas da cripta algo que parecia uma enorme caixa de joias com buracos acolchoados, cada um contendo o que ele chamava de "tipo" de sinete.

— Então, se você for descuidado, sim? Se você for descuidado e estiver andando pelos Jardins da duquesa Pashavel e estiver talvez jogando seu sinete de modo preguiço de uma mão para a outra, embora não seja o que recomendamos, Serenidade... E enquanto estiver jogando... Opa! Lá se vai ele para o lago ornamental e, antes que você possa pensar em ir atrás dele, ele é comido por uma carpa ornamental, a qual os Pashavada importam a um grande custo de algum lugar a oeste, e como eles as mantêm vivas é algo que nos intriga. Então você vem até nós em desespero e embaraço, mas ainda assim nem tudo está perdido, pois preservamos o tipo. — Ele enfiou seus pequenos dedos hábeis num dos buracos acolchoados.

— Você vê, Serenidade, não é o sinete, mas a impressão a partir da qual o sinete é feito. Nós preservamos todos os que fazemos. Este é o tipo para o sinete de dach'osmin Lisethu Pevennin. Ela era a última de sua família, pobre senhora, e morreu antes de ter usado seu sinete mais de cinco vezes.

Maia examinou o sinete, um desenho delicado de um cisne com uma tiara, e tentou situar a raiz "Pevenn-". Pevennar, Pevennada, Pevennel... Era um nome estranho, arcaico...

— Dach'osmin Pevennin morreu há quase quinhentos anos — esclareceu Csevet —, durante o comando de Edrethelema V.

— Ela era uma senhora muito *inquieta* — acrescentou dachensol Habrobar, melancólico.

A razão pela qual "Pevenn-" soara familiar, claro, era que os Pevennada haviam liderado a última grande rebelião contra os Drazhada.

— Pedimos perdão — disse Maia a dachensol Habrobar. — Mas *você* fez o sinete dela?

— Nosso povo tem uma vida muito longa — respondeu dachensol Habrobar. — Estamos velhos, mas provavelmente ainda viveremos para fazer sinetes para seus netos, Serenidade.

Se eu tiver algum, pensou Maia.

Esperava ter controlado sua hesitação, mas provavelmente não foi coincidência que Habrobar de pronto emendou:

— Trouxemos uma seleção de sinetes drazhadeses para que possa ver a gama de opções à sua frente. — Ele os expôs rapidamente, de modo ordenado, identificando cada um pelo nome do imperador, imperatriz, arquiduque, arquiduquesa ou descendente menor da Casa Drazhada a quem pertencera. Gatos por toda parte: deitados, desenfreados, enrolados num sono realista, saltando sobre um rato, segurando uma rosa, segurando uma espada; um gato preto e um gato branco enrolados ao redor um do outro; o rosto de um gato rosnando com bigodes e dentes desenhados com primor; a pata de um gato com garras em formato de gancho. — O falecido imperador seu pai escolheu este desenho — murmurou Habrobar. Ele colocou sobre a mesa um tipo com um gato descansando uma pata sobre uma coroa. A coroa era visivelmente a Ethuverazhid Mura, e Maia ficou impressionado com a habilidade de Habrobar, ao mesmo tempo que o estilo o repelia. — Edrehasivar VI. — Habrobar mostrou o tipo de um gato sentado com o rabo enrolado sobre suas patas, olhando solenemente para longe. — Teremos o prazer de mostrar a Vossa Serenidade qualquer outro tipo que deseje ver para ajudá-lo em sua decisão.

Maia encarou os tipos expostos diante dele. Faltava alguma coisa, mas demorou muito para perceber o que era.

— Você fez algum sinete para... Aliás, a imperatriz Chenelo, nossa mãe, tem um sinete?

— Claro, Serenidade — disse Habrobar. — Não tínhamos certeza... — Fosse por medo de ofender o imperador ou simples tato, não terminou a frase. — Só um momento. — Ele levantou a camada superior de quadrados acolchoados e pegou sem hesitar um tipo da camada abaixo. — Os barizheses não usam sinetes, mas cada avar tem um instrumento que usa em seus estandartes. O do atual Grande Avar é a serpente marinha que os barizheses chamam de Corat' Arhos, a "Crueldade da Água". Assim, para a imperatriz Chenelo, fizemos este aqui.

Ele o colocou na mesa: a delicada imagem de uma criatura entrelaçada, metade gato, metade serpente. Era grotesca, mas também estranha e inexplicavelmente animadora, e Maia teve que piscar com força contra o calor das lágrimas. Habrobar prosseguiu no mesmo tom de voz suave e acelerado:

— Lamentamos que ela nunca tenha tido permissão para usá-lo. O imperador achou inadequado e insistiu que ela usasse os gatos dos Drazhada em vez deste. Mas nós o preservamos, assim como preservamos todos os tipos que fazemos. Não sabíamos se o senhor gostaria de vê-lo. — Seus olhos cinza-prateados encontraram os de Maia. — Serenidade, se quiser usá-lo, achamos que não seria inadequado. Nunca chegou sequer a ser transformado em um anel para ela.

— Queremos — disse Maia. Todos fingiram que sua voz não tinha falhado. — Queremos, obrigado.

— Não devemos levar mais de uma semana — falou Habrobar. — Agora, se nos permitir...

Houve uma rápida enxurrada de medições e perguntas. Quando Maia deixou a oficina similar a uma cripta de dachensol Habrobar, quase esquecera que tinha constrangido a si mesmo. Mas não esqueceu, e disse a si mesmo que *não* esqueceria, que era possível que as pessoas fossem gentis sem motivos ocultos, que às vezes a barganha não era necessária.

Às vezes, disse aquela voz fria à guisa de Setheris em sua cabeça. *Mas não com frequência.*

14 MIN NEDAÖ VECHIN

Jantar com a corte era uma experiência odiável desde o começo. Graças aos esforços combinados de Chenelo e Setheris, a etiqueta de Maia era perfeita e natural — o que ele reconheceu como uma vantagem —, mas o que eles haviam negligenciado, Chenelo porque Maia era muito jovem, Setheris porque nunca lhe teria ocorrido, fora a arte da conversação. Maia se sentou com sua meia-irmã Nemriän à esquerda e lorde Deshehar, a Testemunha do Parlamento, à direita. Não tinha uma palavra sequer a dizer a nenhum dos dois.

Nemriän, que visivelmente não desejaria falar com ele em qualquer evento, concentrou a atenção sem desculpas a seu outro parceiro de jantar, a Testemunha do Judiciário idosa, mas perspicaz; Deshehar, ou porque era naturalmente mais educado, ou porque era mais sensível aos perigos de menosprezar um imperador, fez várias incursões. Teve o tato de manter-se longe da política, mas, como recorria aos livros, a maioria dos quais Setheris havia proibido Maia de ler e o restante que não chegara à biblioteca pobre de Edonomee, seus esforços não tiveram sucesso e deixaram Maia se sentindo inculto, ignorante e incomparavelmente grosseiro. Foi um alívio escapar da mesa, um alívio ainda maior encontrar Nurevis esperando por ele, sorrindo e assumindo de pronto todo o ônus da conversa para si.

Maia não sabia dizer se fora deliberado ou não que a conversa de aspecto despretensioso de Nurevis tivesse acabado por fornecer-lhe muitas informações. Ele aprendeu sobre a Ópera de Zhaö — "a mais antiga das Terras Élficas, o senhor sabe, todo compositor que vale de alguma coisa estreia lá" —, e então Nurevis chegou ao tema da soprano que estava cantando naquela noite e se tornou rapsódico, parecendo esquecer completamente seu companheiro.

O nome dela era Nedaö Vechin. Era a mais jovem primeira soprano na história da Ópera de Zhaö. O poder de sua voz não era meramente notável, mas (diziam alguns) divino. Ela era bonita e inteligente; embora não fosse de boa família, Nurevis afirmou que suas maneiras e sua fala estavam acima de qualquer reprovação.

— O senhor nunca viu nada como ela em sua vida, Serenidade — disse, e Maia não comentou o quão pouco isso importava.

Os aposentos do lorde chanceler, embora naturalmente não comparáveis ao Alcethmeret em tamanho ou grandiosidade, eram espaçosos, bem-equipados e eloquentes aos olhos de Maia — acostumados à semipobreza esfarrapada de Isvaroë e Edonomee —, de uma riqueza cuidadosamente usada, mas não limitada. Ele se perguntou, de modo não exatamente desinteressado, de onde viria a riqueza da Casa Chavada, e fez uma nota mental para perguntar a Csevet. A posição do lorde chanceler era assalariada? Mais uma coisa na lista infinitamente crescente de coisas que ele não sabia.

O salão já estava repleto de cortesãos vestidos em cores vivas. O período do luto oficial da corte terminara com o velório; aqueles que continuavam a usar preto, como Vedero, o faziam porque sentiam uma ligação mais íntima e pessoal com os mortos. O próprio Maia, dividido entre honestidade e tato, usava os anéis de joias escuras apropriados para o luto, mas, fora isso, voltara a usar o branco imperial. Tinha certeza de que havia muitos que ofendera recusando-se a reconhecer uma dor que não sentia de fato, mas a desonestidade seria um insulto a si mesmo, ao morto que não amara e à sua mãe, por quem não lhe fora permitido usar luto após o funeral porque Setheris havia considerado impróprio. Mas ele ainda sentia o julgamento nos olhares da corte.

Nurevis, numa agitação simpática, abriu caminho pela multidão para Maia e seus nohecharei até o local onde pretendia que o imperador se sentasse. Maia achou o lugar embaraçosamente destacado, com uma extensão reluzente de piso como um fosso entre ele e as fileiras decorosas de cadeiras para o restante do público. Mesmo ali, ele era forçado a ser o imperador. *Preferias mofar mal-humorado em tua torre?*, perguntou a si mesmo, sentindo-se melhor por ser capaz de zombar de seu próprio descontentamento.

A chegada do imperador foi o sinal para o espetáculo da noite começar. Os cortesãos se sentaram nas cadeiras, e a soprano, até então cercada por homens admiradores num canto da sala, avançou até o local destinado a ela, ladeado por dois candelabros altos. Maia se esqueceu de si mesmo e ficou imóvel de deslumbre.

Nedaö Vechin não era apenas bonita. Pequena, esbelta, com olhos de um extraordinário verde-jade claro, era perfeita, a pele como porcelana sobre a delicadeza requintada de seus ossos. Vestia-se com simplicidade elegante em um vestido de bainha tulipa rosa-escuro com uma cauda comprida arrastando pelo chão. Seu cabelo da cor do luar estava trançado e preso no alto por pentes de tartaruga e fitas cor-de-rosa, e as únicas joias que portava eram uma série de minúsculas argolas com contas de ouro nas orelhas. Ela não poderia ter causado uma impressão mais incrível mesmo se estivesse coberta de rubis da cabeça aos pés.

Maia supôs que ela tivesse talvez três ou quatro anos a mais que ele e ficou maravilhado com sua compostura. Sem esforço, Nedaö atraíra a atenção de seu público, deu-lhes um sorriso brilhante e, sem mais alarde, começou a cantar.

Sua voz era rica e pura, e Maia a achou cristalina, de um jeito surpreendente. O melhor canto que ele já ouvira pertencia a uma das filhas da cozinheira de Edonomee, e o poder da voz de min Vechin mostrava a ele exatamente qual era a diferença entre a doce voz de Aäno cantando velhas baladas e uma cantora de verdade. Calafrios lhe percorriam a espinha, e ele quase teve medo de respirar, medo que de alguma forma fosse destruir a beleza que ela criava do nada.

Não conhecia nenhuma das músicas, não sabia nada sobre as óperas às quais elas pertenciam. Mas não importava; ele ouvia min Vechin e sentia quase como se estivesse flutuando, carregado por sua voz. Quando ela parou, ele levou um momento para se recompor o suficiente e perceber que deveria fazer algo. O silêncio expectante dizia isso, as orelhas dos cortesãos voltadas para ele, o rosto brilhante esperançoso de min Vechin e os primórdios de algo que podia ser medo nos olhos dela.

— Aplauda, Serenidade — avisou Telimezh, em um murmúrio urgente.

Aliviado e envergonhado, Maia aplaudiu com fervor. Os cortesãos imediatamente acrescentaram seus aplausos, e min Vechin fez uma reverência profunda para seu imperador antes de fazer outra para o restante de seu público.

Ele teve de ficar de pé para libertar os cortesãos dos laços de etiqueta; mas, quando começaram a conversar e se misturar novamente, Maia ficou onde estava, pensando que então todas aquelas histórias de imperadores que saíam disfarçados entre as pessoas comuns faziam muito mais sentido que jamais haviam feito nos limites miseráveis de seu quarto em Edonomee. Ele olhou para a multidão ao redor, que discutia e dissecava com entusiasmo o desempenho de min Vechin, e desejou poder simplesmente se aproximar e se juntar a uma daquelas conversas; desejava de todo o coração que seu pai tivesse achado por bem tê-lo criado na corte — ou mesmo em uma das cidades menores do império, onde pelo menos poderia ter aprendido a comportar-se em sociedade e não ficar ali paralisado pelo conhecimento de sua própria ignorância e inépcia.

Eu deveria ir embora, pensou. Estava à beira de virar-se para indicar isso aos seus nohecharei quando viu um determinado Nurevis abrindo caminho através da massa de espectadores na direção dele, com Min Vechin caminhando em seu rastro, delicada como uma corça.

Ela parou de modo educado fora do alcance da voz, e Nurevis foi sozinho até Maia.

— Serenidade — murmurou ele —, min Vechin expressou um grande desejo de ser apresentada ao senhor. O senhor nos permite...?

Maia olhou incrédulo de Nurevis para min Vechin e de volta para ele.

— A... a *nós*?

— O senhor *é* o imperador — pontuou Nurevis, sorrindo.

— Sim. Sim, claro... Isto é, ficaríamos encantados em conhecer min Vechin. — Parecia que seu rosto estava prestes a pegar fogo.

— Esplêndido! — disse Nurevis, ignorando educadamente a agitação do imperador. Ele se virou e acenou para min Vechin, que avançou e fez sua mais profunda reverência.

— Serenidade — cumprimentou ela, e sua fala era tão bonita e cristalina quanto seu canto.

Maia sentiu tudo, menos serenidade. Ela era ainda mais deslumbrante de perto, o perfume que usava era delicado, sutilmente picante e completamente diferente de tudo que Maia já havia encontrado. Seu coração martelava no peito.

— Estamos muito satisfeitos em conhecê-la, min Vechin. — Lutando para encontrar algo para dizer, acrescentou: — Sua voz é muito bonita.

— Obrigada, Serenidade — falou ela enquanto Maia se xingava de goblin caipira lunático, como Setheris sempre o chamara.

Para seu horror, ouviu a si mesmo continuando:

— Sabemos muito pouco sobre ópera, mas gostamos muito de seu canto.

— Vossa Serenidade é muito gentil — disse ela. A polidez de min Vechin era perfeita, mas conseguia senti-la recuando atrás de sua dona, decepcionada com a estupidez da resposta dele.

— Não, eu... — Ele se conteve. Então falou com cuidado. — O que queríamos dizer era que não podemos oferecer-lhe elogios cultos, apenas admiração sincera.

O deslize de Maia pelo menos reorientara a atenção dela. Os olhos, cujo esverdeado estava ainda mais realçado pelo *kajal* que escurecia as pálpebras, o encararam com cuidado. Uma parte cruamente hipersensível dele notou os cortesãos espiando o encontro, ainda que continuassem as próprias conversas.

Então Nedaö Vechin sorriu, e o restante do mundo desapareceu.

— Vamos guardar ainda mais como um tesouro a opinião positiva de Vossa Serenidade, sabendo que é totalmente honesta.

A jovem tinha um leve sotaque desconhecido, a mais fraca sugestão de um ceceio roçando as consoantes sibilantes. Mas a nitidez profunda de sua voz suavizou seu discurso e o transformou numa arte tão radiante quanto vidro soprado. Maia percebeu que entrara de novo em transe, então disse apressadamente:

— Há quanto tempo você está na Ópera de Zhaö?

Era uma pergunta terrivelmente banal, mas min Vechin o perdoou também por aquilo.

— Desde que atingimos a maioridade — respondeu ela. — Queríamos cantar desde que éramos muito pequenas, mas a companhia não aceita aprendizes menores de idade. Mas cantamos no Coral Infantil dela antes disso.

— O que uma companhia de ópera tem a ver com um coral infantil?

Ela riu, e Maia soube que dissera outra coisa que traía sua ignorância. Mas o sorriso dela ainda era acalentador.

— Vemos que o senhor de fato foi mantido isolado do mundo da ópera, Serenidade. Muitas grandes óperas usam um coro de crianças. Cantamos como uma perereca em *O sonho da imperatriz Corivero* aos onze anos. E, é claro, existem as Michen-óperas.

— Perdão?

— As pequenas óperas? — Min Vechin parecia confusa, mas ele realmente não tinha ideia do que ela queria dizer. — Vossa Serenidade nunca foi a uma Michen-ópera quando era garotinho?

— Não — respondeu ele, lutando em vão com a ideia de explicar o quão completamente Setheris teria condenado a ideia se ela algum dia tivesse sido aventada. — Sempre vivemos longe, a não ser das menores aldeias.

Ela pareceu abismada por um segundo, então recuperou os modos.

— Esperamos que sua primeira experiência o incline a procurar mais oportunidades no futuro.

— Sim — disse Maia.

Então Nurevis estava ao seu lado outra vez, murmurando sobre alguém que queria ser apresentado ao imperador.

Min Vechin fez uma reverência profunda, com mais um sorriso resplandecente, e se afastou no meio da multidão.

Maia, ainda sem fôlego, a observou partir.

Foi preciso um esforço considerável e muito deliberado para reorientar sua atenção e ser cortês com a pessoa que Nurevis apresentou em seguida. E com a pessoa seguinte. E com a seguinte. Todos queriam ser apresentados ao imperador, e tudo o que Maia conseguiu fazer foi sorrir, dizer frases neutras e sem sentido como "Obrigado" e "Estamos muito satisfeitos" e tentar desesperadamente lembrar nomes e rostos. Ele abandonou sem esperança a decifração das conexões intrincadas entre as casas até que, muito mais tarde, Nurevis murmurou:

— E esta, Serenidade, é osmin Loran Duchenin.

Embora estivesse cansado e atordoado, Maia reconheceu o nome, lembrou-se de Csevet dizendo que ela era sobrinha de Chavar: talentosa, ambiciosa, rival de Csoru. Uma mulher que gostaria de ser imperatriz. Ele piscou, forçando-se a atender a mulher vestida em seda verde que fazia uma reverência diante dele.

Quando ela se endireitou, ele percebeu que era mais alta que Csoru, mas de ossos tão delicados quanto a outra. Os olhos eram de um verde mais escuro que o de min Vechin, e ela os realçara com peridotos. Osmin Duchenin sorriu para Maia e disse:

— Esperamos que Vossa Serenidade tenha gostado do concerto.

— Muito — respondeu Maia.

Houve uma pausa na qual ele sabia que deveria dizer algo, mas não tinha ideia do quê. As sobrancelhas perfeitas de osmin

Duchenin se uniram em um franzir muito leve. Então o sorriso reapareceu, e ela comentou:

— Como recém-chegado, Vossa Serenidade deve achar a Corte Untheilenesa muito confusa.

— Sim — disse Maia. — É atordoante.

Osmin Duchenin deu uma gargalhada como se ele tivesse dito algo espirituoso e começou a contar uma história sobre alguém que conhecia (Maia não entendeu exatamente qual a relação dos dois) que tinha chegado três horas e meia atrasado para um jantar porque tentara pegar um atalho por uma parte desconhecida do palácio e se perdera.

— No final, ele teve que ser guiado por um *moleque engraxate*! — terminou ela.

A jovem deu um riso que parecia um trinado. Por sorte, Nurevis interviu antes que Maia precisasse encontrar uma resposta — ou, pior, uma anedota em troca —, dessa vez para sugerir que talvez o imperador fosse gostar de uma taça de metheglin e de conhecer alguns amigos de Nurevis. Maia não guardou nenhum dos nomes, a memória já encharcada e afundando sob o peso da noite. Todos eram muito parecidos, altos, de rosto estreito, olhos azul-claros, verde-claros e cinza-claros, as feições angulosas, mas estranhamente vazias — jovens que nunca haviam se sentido solitários, nem com medo, nem devastados pela dor. Desfiaram os mesmos chavões sobre o canto de min Vechin que Maia ouvira ao longo de toda a noite e a que respondeu da melhor forma que conseguiu.

Houve uma pausa constrangedora enquanto todos procuravam algo a dizer. Um dos jovens adentrou bravamente a brecha e disse:

— Vossa Serenidade caça? Seu falecido pai, o imperador, era um cavaleiro notável.

— Como poderia, cabeça de pano? — rebateu outro rapaz amigavelmente, salvando Maia de ter que lidar com qualquer parte da questão, explícita ou implícita. — Edonomee fica nos pântanos ocidentais. Eles caçam perdizes lá... ou seriam gansos? Aves, de qualquer maneira.

— Vocês se lembram — interrompeu um terceiro jovem — daquela vez que Corvis Pashavar desbaratou aquele bando de faisões?

— Ele estava montando aquela égua baia com cara de prato, não estava? — perguntou o primeiro jovem. — Aquela que tentou tirar um pedaço de Solichel no primeiro encontro da Caçada de Cairen três anos atrás?

— Tínhamos nos esquecido disso — replicou o terceiro homem, sorrindo. — Bem, Pashavar o *avisou* para tomar cuidado com o que ia fazer.

— Mesmo para uma égua, aquela baia de Pashavar tem um temperamento tenebroso — opinou outro jovem.

Em alguns minutos os amigos de Nurevis haviam praticamente esquecido do imperador, discutindo sobre a égua de pelagem baia de Corvis Pashavar e trocando histórias sobre seus próprios cavalos, os cavalos de seus amigos e os cavalos dos quais seus pais lhes haviam falado. Maia ficou ali parado ouvindo; embora nunca tivesse gostado de metheglin, bebeu aquela taça inteira e considerou que era um preço muito pequeno a pagar.

15 O PROBLEMA DE SETHERIS

A manhã estava sombria; nuvens cinzentas pesadas de neve pairavam sobre a Corte Untheilenesa. O silêncio no aposento do imperador era tão pesado quanto as nuvens lá fora. Na noite anterior, o imperador retornara ao Alcethmeret muito tarde e razoavelmente bêbado. Seus edocharei, desaprovando, fizeram o trabalho deles num silêncio severo. Maia, não de ressaca, mas com um humor tão frio e fastidioso quanto o céu, olhou pela janela e tentou não se deter na lembrança da voz de Nedaö Vechin.

As coisas não foram melhores na sala de refeições, onde ele queimou a língua no primeiro gole de chá. Csevet foi rápido e eficiente como sempre; mas naquele dia isso irritou Maia, como se houvesse alguma censura velada ou julgamento desfavorável por trás do rosto impassível de Csevet.

Depois de cuidarem da correspondência — e ela era muito menor agora que Maia concedia audiências e participava das convocações dos Corazhas —, Csevet amentou, com uma sombra de relutância:

— Serenidade, o senhor prometeu falar com osmer Nelar esta manhã.

As palavras eram como pesos de chumbo. Foi um esforço para Maia não deixar os ombros caírem ou o queixo abaixar.

— Nós prometemos — condisse ele, e ficou satisfeito com a maneira neutra e desinteressada como sua voz soou. — É o primeiro item em nossa lista?

— Serenidade. Achamos melhor tirar o assunto do caminho prontamente.

— Obrigado — disse Maia. — Encontrou um cargo que possamos conceder a ele?

— Fizemos o nosso melhor, Serenidade. Por um acaso, o gabinete do lorde chanceler está bastante necessitado de um contato com a cidade de Cetho. O contato anterior acaba de ser informado que precisa viajar para o sul por motivos de saúde.

Maia pensou nas frias nuvens cinzentas sobre a corte e estremeceu em simpatia.

— O que essa posição implica?

— Papelada, principalmente — falou Csevet com uma momentânea e expressiva careta que fez Maia sorrir. — As jurisdições da corte e da cidade são, foi-nos dado a entender, emaranhadas, na melhor das hipóteses, especialmente em questões fiscais. O contato com a cidade de Cetho, segundo a definição do cargo, hum, desemaranha os emaranhados.

— Entendemos — disse Maia, refletindo que o cargo soava bem adequado para os talentos de Setheris e a importância que ele próprio se dava. — E você disse que o cargo pertence ao gabinete do lorde chanceler?

— Serenidade. O contato civil é um cargo expressamente destinado a *evitar* que essas questões tomem o tempo do imperador. Osmer Nelar reportaria ao lorde chanceler. — Csevet hesitou, então continuou. — Ele não teria nem razão nem justificativa para buscar uma audiência com Vossa Serenidade, e nos arriscamos a prever que o lorde chanceler ficaria gravemente ofendido se ele tentasse.

E Uleris Chavar, o velho inimigo de Setheris, seria o homem perfeito para cuidar dele se necessário.

— Obrigado, Csevet. Parece perfeito.

— Serenidade — disse Csevet, curvando-se.

— Quando nosso primo nos espera?

— Às 9h30, Serenidade. No Michen'theileian.

Maia olhou para o relógio e ficou consternado ao descobrir que já eram quase nove. *Autoindulgente preguiçoso,* falou amargamente a si mesmo. Olhou sem qualquer prazer para a variedade de belos pratos que dachensol Ebremis enviara da cozinha e serviu-se de mais chá. Com Setheris esperando por ele, sabia que não provaria nada além de cinzas, e seu estômago já estava pesado e com cólicas sem o insulto adicional da comida. Nem mesmo o chá oferecia um consolo real, mas sim uma lembrança de Setheris zombando da camomila como adequada apenas a camponeses e bárbaros.

É um bom cargo, disse a si mesmo, lutando contra a consciência incomodada de que Setheris quase certamente queria mais. Se ele tinha visões de aparecer com destaque no novo governo de seu primo, Maia esperava que os poucos dias precedentes tivessem sido suficientes para dissipá-las... Mas por dez anos ele fora uma testemunha relutante dos sonhos de glória de Setheris. Contato civil não era o que Setheris tinha em mente.

Ele não pode te fazer mal, lembrou Maia. *Tu és imperador. Tens guardas.* Olhou para seus nohecharei; eles o encararam solenemente. Bebeu seu chá com pressa antes que as mãos começassem a tremer.

Ele se viu se lembrando sem querer da ocasião de seu 16º aniversário, sua ascensão à vida adulta. Assim como os sete aniversários anteriores passados em Edonomee, não houve celebração, nem presentes, nem mesmo um resmungado "Muitas felicidades" da parte de Setheris. E, claro, nenhuma mensagem da corte. Maia não tinha esperado ganhar sua liberdade, mas aquilo ainda doía... e o levava à loucura imprudente e estúpida de confrontar Setheris.

— Agora sou um adulto — dissera ele.

— E se fores? — havia dito Setheris, meio bêbado e zombando.

— Isso deve mudar as coisas — insistira Maia.

— Não muda *nada,* rapaz. Tu estás sob minha tutela até que o imperador diga o contrário: não tu e tua tagarelice vaidosa. Tu és o mesmo goblin caipira lunático que eras ontem e, caso desejes que eu prove isso...

Setheris dera um tabefe com as costas da mão na cara de Maia, com tanta força que Maia caíra de joelhos. Enquanto estava ali ajoelhado, provando o sangue e o sal das lágrimas, ouvira Setheris rir e sair da sala.

Setheris estava certo. O aniversário de Maia não mudara nada. Setheris ainda era mais forte, mais raivoso, mais violento; ainda tinha o poder que Maia não tinha e não estava disposto a abrir mão dele. Sua paixão por controle só poderia ser amenizada sabendo que Maia o temia e o obedecia por causa desse medo. Eles não eram iguais, e Setheris não queria que fossem.

Em verdade, não somos iguais agora, pensou Maia, engolindo o chá remanescente. *Pois eu sou imperador, e ele é... Ele é um peticionário de Nossa Serenidade Imperial.*

A ideia era tão incongruente que quase não fazia sentido. Ele podia sentir o elevar amargo do canto de sua boca e o amenizou conscientemente ao se levantar. Csevet e seus nohecharei se afastaram com a graça de dançarinos para segui-lo porta afora.

Posso ter poder, pensou, *mas na verdade sou um prisioneiro agora, carregado de correntes que Setheris nem pode imaginar. Eu podia sonhar em fugir de Edonomee. Não há como fugir da Ethuverazhid Mura, não deste lado da morte.*

No entanto, ninguém acreditaria ou entenderia a natureza de sua prisão, muito menos Setheris. *Sê grato por falares apenas em metáforas,* recomendou a si mesmo com severidade, afastando todos os pensamentos de prisões de sua mente.

O Michen'theileian parecia tão frio e ameaçador quanto as nuvens, embora Maia admitisse que aquilo podia ser o efeito de Setheris em pé, esperando, como sempre costumava fazer quando Maia se atrasava para uma refeição, ou para uma lição, ou para vir quando requisitado. Ele agora não tinha o relógio de bolso aberto na mão, mas a postura de seu queixo era suficiente.

— Serenidade — murmurou ele com a aproximação de Maia, fazendo uma mesura.

Reflexivamente, Maia estudou os gestos de Setheris como um homem lendo uma mensagem codificada da qual memorizou o código. Raiva fria, nervosismo, uma presunção subjacente de certeza. *Jamais virei a conhecer alguém tão bem quanto conheço Setheris*, pensou, aflito, e respondeu:

— Primo.

Deixou Csevet e seus nohecharei levarem o tempo que precisassem para se acomodar, embora em outras circunstâncias pudesse ter ficado impaciente com Csevet arranjando e rearranjando suas onipresentes pilhas de papel. Setheris ficou ali, parado em pé, fumegando; Maia se sentou e pensou na postura e na respiração, em não dar a Setheris qualquer tipo de vantagem.

Somente quando Csevet sinalizou que estava pronto, Maia olhou diretamente para Setheris e disse:

— Primo, consideramos seu desejo de um cargo e chegou ao nosso conhecimento que o gabinete do lorde chanceler precisa de um contato civil para mediação entre ele e a cidade de Cetho. Sentimos que esse cargo seria bem servido para um homem de seus talentos, caso queira aceitá-lo.

— Contato — falou Setheris, pensativo. — No gabinete do lorde chanceler.

Maia conhecia aquele tom meditativo e neutro. Setheris o usava quando alguém dizia algo mais que normalmente estúpido; era uma chance de se retratar da estupidez antes que as consequências explodissem na cara da pessoa. As mãos de Maia, no colo, onde Setheris não conseguia vê-las, apertavam-se com tanta força que ele podia sentir cada um dos ossos, sentir seus anéis lhe mordendo a carne.

— Nós achávamos, Serenidade — falou Setheris depois de uma pausa adequada —, que seríamos de maior valor que isso para o senhor.

— É um cargo excelente e honroso — manifestou Csevet bruscamente —, e, garantimos-lhe, mui valorizado tanto por Sua Serenidade quanto pelo lorde chanceler.

Pela atenção que Setheris lhe deu, foi como se Csevet não tivesse falado. Seus olhos estavam fixos em Maia, sem vacilar.

Como um nó na garganta, Maia sentia as palavras "Que queres?". Seu medo do temperamento de Setheris, a rotina profundamente arraigada de fazer o que Setheris queria porque era mais fácil e porque não importava... *Tu és imperador,* disse a si mesmo, as mãos crispadas uma na outra agora com força suficiente para machucar. *És Edrehasivar VII, e isso* importa. *Dá espaço uma vez a Setheris e tu hás de carregá-lo nas costas pelo resto de teus dias, e teu povo forçosamente o carregará também, embora não saiba disso.*

Maia respirou fundo, quase tossindo com a constrição na garganta e no peito. Disse:

— É o cargo que lhe oferecemos. Você vai aceitá-lo ou declinar? — A voz saiu fina, e ele ouviu a oscilação nela. Mas as palavras eram dele mesmo, não as palavras que Setheris queria que ele usasse.

O silêncio no Michen'theileian durou segundos e mais segundos. Maia sentia a tensão dos seus nohecharei embora eles certamente soubessem que Setheris não o atacaria. O amor-próprio de Setheris era enorme, mas não era loucura. O rebaixamento estava bem longe do pior destino que poderia encontrar um homem que desagradasse um imperador.

Maia não conseguia olhar para o rosto de Setheris mesmo que soubesse que deveria; olhava por cima do ombro do primo, concentrado em evitar que suas orelhas se achatassem traiçoeiramente. Dobrou os dedos para que as unhas se cravassem nas palmas das mãos. A dor agia contra o medo, e ele a acolheu.

Então Setheris fez uma reverência, um gesto pequeno e rígido, pouco mais que um inclinar de cabeça.

— Serenidade. Vamos nos apresentar ao lorde chanceler a seu pedido.

Maia quase não conseguiu evitar dizer "obrigado". Em vez disso, falou:

— Pode dizer ao lorde chanceler, primo, que temos fé na sua competência.

— Serenidade — disse Setheris, sem se suavizar, curvando-se.

A porta se fechou atrás dele. Csevet perguntou:

— Serenidade? O senhor está bem?

— Estamos bem, obrigado — disse Maia, desatando as mãos.

— Ele não deveria ter falado com o senhor daquela maneira.

— Não importa — falou Maia. — Venha. Já passamos muito tempo com nosso primo. Diga-nos o que o dia nos reserva.

— Serenidade — respondeu Csevet, pescando obedientemente entre suas pilhas de papel.

Mas Maia não deixou de perceber o olhar pensativo de soslaio que Csevet lhe lançou e sabia a curiosidade que isso indicava. Então, avisou com a voz áspera e quebradiça em súbita raiva:

— Não queremos falar de nosso primo novamente.

— Serenidade — disseram seus nohecharei em coro, e todos os três homens se curvaram.

Tu és imperador, repetiu Maia amargamente para si mesmo. *Cuida para ser obedecido e regozija-te.*

A manhã passou com uma série de pequenas decisões, deliberações mesquinhas, coisas que os secretários das Testemunhas e do lorde chanceler precisavam saber antes que o negócio de governar o império pudesse prosseguir. Maia ouviu e julgou o mais cuidadosamente que pôde, fazendo perguntas de modo resoluto à medida que a necessidade surgia, apesar da humilhação de revelar sua ignorância.

É melhor perguntar, dizia a si mesmo repetidamente, rangendo os dentes, mas ainda assim ficou aliviado além de sua capacidade de expressar quando Csevet disse com firmeza que o almoço do imperador aguardava e que os secretários estavam todos dispensados.

Contudo, o último dos secretários de chancelaria mansos, nervosos e indistinguíveis mal passara pela porta quando o próprio

Chavar adentrou, trazendo um novo grupo de secretários em seu rastro.

— Serenidade — disse ele —, precisamos falar com o senhor imediatamente. Acerca do casamento da arquiduquesa Vedero.

— Sua Serenidade está… — começou Csevet, mas Maia levantou a mão para detê-lo.

Chavar parecia astuto, uma expressão da qual Maia instantaneamente desconfiou, querendo saber *naquele momento* o que impelia Chavar em vez de adiar até que pudesse ser pior.

— Entendemos — disse Chavar — que Vossa Serenidade não está dando continuidade às negociações do falecido imperador com os Tethimada.

As sobrancelhas de Maia se ergueram contra sua vontade. Alguém havia comentado, e ele tinha certeza de que não era ninguém de sua própria casa nem da de Vedero.

— Nós não decidimos — disse ele, preparando-se para ser repreendido, mas Chavar já se adiantava.

— Nunca teríamos aconselhado o falecido imperador a fazer tal aliança e estamos satisfeitos por Vossa Serenidade demonstrar mais cautela. Especialmente quando, como Vossa Serenidade sabe, existe outra aliança que o senhor corre o risco de perder. — Maia, desnorteado demais para tentar falar, fez um gesto para que ele continuasse. — Temos conhecimento de que Vossa Serenidade recebeu uma proposta do conde Bazhevel. — Chavar parecia ainda mais astuto sob um verniz de paciência.

Muita coisa ficou clara então. Impulsionado por alguma faísca de perversidade, Maia perguntou:

— Você está falando da sugestão do conde de que deveríamos nos casar com a filha dele?

— O quê? Absurdo! — quase gritou Chavar. — O senhor não pode se casar com osmin Bazhevin assim como não poderia se casar com Csoru Zhasanai.

Maia olhou para Csevet, que ergueu as sobrancelhas em retribuição, as orelhas inclinadas satiricamente. O gabinete do lorde chanceler poderia, evidentemente, ter feito um trabalho melhor com a carta do conde Bazhevel. Mas Chavar, inexorável, continuou falando.

— Estávamos nos referindo ao casamento proposto entre a arquiduquesa Vedero e osmer Bazhevar.

— O conde Bazhevel fez uma sugestão nesse sentido — falou Maia, sentindo-se tão cauteloso quanto um cervo que sente o cheiro de um lobo, mas não consegue vê-lo.

— Uma aliança com os Bazhevada era um dos mais ardentes desejos de Varenechibel — continuou Chavar.

Ele avançava firmemente na sala enquanto falava, usando sua presença, assim como o poder de sua voz, como arma. Maia percebeu que ele mesmo se afastava com uma firmeza igual. E Chavar não hesitou.

Ele sabe, pensou Maia. *Ele sabe que tu temes conflitos e, portanto, sabe que pode te intimidar... Sem nunca proferir uma palavra indelicada.*

Deliberadamente, Maia plantou os pés onde estava. Não daria mais espaço para avanço.

— Estamos analisando *ambas* as propostas do conde Bazhevel, assim como estamos considerando as reivindicações do duque Tethimel. Como não privávamos da confiança de nosso falecido pai, só podemos confiar nos desejos dele que foram colocados por escrito.

Chavar inflou como um sapo. *Ele não pode bater em ti e não pode gostar de ti menos do que já gosta. Tu nada tens a temer de sua ira*, pensou Maia. Ele não acreditava inteiramente em si mesmo, mas sabia que era melhor fingir que sim.

— O senhor duvida de nossa palavra, Serenidade? — questionou Chavar.

Era uma acusação perigosa... E uma pergunta com a qual Maia sabia que era melhor não se envolver. Respondeu:

— Afirmamos um princípio de nosso governo. Se Varenechibel IV não escreveu suas intenções de próprio punho, então devemos fazer nossos julgamentos sem ter o benefício de sua opinião. — Ele olhou para Chavar, que balbuciava sem produzir algo coerente, e continuou. — Se nos desculpar, lorde chanceler, estamos atrasados para nosso almoço.

Ele passou ao lado de Chavar e, embora soubesse que não conseguiria fazer uma saída tão grandiosa quanto a do lorde chanceler, deixou o Michen'theileian com toda a dignidade que conseguiu reunir.

Embora o lorde chanceler tivesse causado um atraso, o almoço não foi indevidamente apressado. Maia comeu sopa de beterraba azeda e pãezinhos com carne de veado e gengibre em conserva enquanto Csevet explicava a próxima provação. Periodicamente, o imperador tinha que conceder audiência a indivíduos da corte que tivessem favores a solicitar, queixas a comunicar ou outros assuntos que sentissem que deveriam ser levados diretamente à atenção do imperador. Também haveria alguns plebeus, mas esses, disse Csevet, eram casos excepcionais. Enquanto ele explicava o processo pelo qual os peticionários comuns eram filtrados, Maia observou, tende dizer em voz alta, que o propósito do governo parecia ser o de separar o imperador de seus súditos. Num nível pessoal, ele ficava grato por isso, mas sua mente pensava em princípios de governo, e ele não podia deixar de se perguntar se esse princípio específico seria ruim.

Outra das listas de Csevet acabou por ser um rol de compromissos para a tarde.

— Eles serão mantidos estritamente dentro de um cronograma, Serenidade — assegurou Csevet, tendo visto algo na expressão de Maia ou na posição de suas orelhas que transmitia apreensão. Maia assentiu e tentou se sentir reconfortado, mas era uma lista muito longa, cheia de pessoas que ele não conhecia e nomes que ele não conseguia situar; até que Csevet chegou a um nome que

Maia conhecia muito bem. — Dach'osmer Eshevis Tethimar pediu permissão para apresentar sua irmã, dach'osmin Paru Tethimin, ao conhecimento do imperador.

— Ninguém mais está apresentando irmãs ou filhas para nós — disse Maia, pensando na introdução quase improvisada que Nurevis Chavar fizera de osmin Duchenin.

— É um costume muito antiquado, Serenidade — falou Csevet. — Os imperadores varedeses o desencorajavam, particularmente o avô de Vossa Serenidade. Como o senhor pode imaginar, isso tomava muito do tempo alocado para as audiências.

— Sim — disse Maia. — Portanto, estaria dach'osmer Tethimar sendo excessivamente meticuloso ou deliberadamente insultante?

— Ou ambos — respondeu Csevet. Em seguida sacudiu as orelhas com um tilintar de anéis de prata. — O mais provável, Serenidade, é que ele apenas deseje garantir que dach'osmin Tethimin seja trazida à sua atenção como uma imperatriz em potencial.

— O método dele é bastante desajeitado — comentou Maia, pensando novamente em Nurevis.

— Dach'osmer Tethimar não é um homem sutil — observou Csevet. Maia pensou que ele quisera dizer isso de um jeito brincalhão, mas saiu direto e sombrio; houve uma pausa grande o suficiente para provocar uma sensação estranha antes de Csevet olhar muito deliberadamente para o relógio e continuar. — É melhor irmos, Serenidade. Não fica bem para o imperador chegar tarde para conceder uma audiência.

Cada linha rígida do corpo de Csevet implorava que Maia se deixasse levar para sua próxima tarefa: deixar de lado a questão de Eshevis Tethimar. Maia, desprezando a própria curiosidade, disse:

— Diga-nos novamente: quem virá primeiro? — Fingiu não ver o suspiro de alívio quase inaudível de Csevet.

As audiências tinham que ser realizadas no grande, frio e sombrio Untheileian. Maia se sentiu oprimido por sua vastidão vazia e cheia de eco e teve pena de seus peticionários, que precisavam fazer a longa caminhada das portas até o trono sob um escrutínio imperial que não tinham como saber se era benevolente. Muitos deles, de fato, pareciam supor que era hostil. Ele ouviu desculpas gaguejadas de plebeus e demonstrações de bravura de cortesãos, sempre mantendo a paciência e lembrando-se de sorrir. No fundo de sua mente, começou a compor uma oração de compaixão pelos vivos. Os pedidos e as dúvidas apresentados não trouxeram nenhuma dificuldade, graças em grande parte ao treinamento cuidadoso de Csevet; era simplesmente uma questão de ouvir por entre distrações e defesas para chegar ao que realmente estava sendo pedido. Maia ficou surpreso ao descobrir que isso era algo em que ele era bom: era capaz, por sua vez, de fazer as perguntas certas para esclarecer o assunto em sua mente e na do peticionário. Nada poderia ter sido mais diferente da perplexidade culpada com que assistira à reunião dos Corazhas; embora Maia não estivesse exatamente relaxado, sentiu um pouco de confiança que tornou mais fácil manter sua coluna ereta e suas mãos tranquilas durante a longa tarde.

Dach'osmer Tethimar foi o último peticionário do dia, por algum desígnio sutil de Csevet ou por mero acaso. Em qualquer uma das conjunturas, a espera claramente o irritara, pois ele atravessou o Untheileian a passos largos, em tal ritmo que a irmã não conseguiu acompanhá-lo.

Era um mau augúrio, considerou Maia, observando dach'osmin Tethimin pelejar para cruzar o salão. Ela não tinha a confiança de simplesmente escolher seu próprio ritmo, mas manter-se perto do irmão exigia que ela trotasse — possivelmente até correr, a julgar pelo feroz staccato emitido pelos saltos dos sapatos de Tethimar —, o que teria sido uma terrível violação de propriedade. E, se deixado de lado o que é apropriado, pelo aperto de sua saia reta e comprida e pela altura dos seus saltos, ela não conseguiria correr mesmo que sua vida dependesse disso. Maia sentiu uma pena terrível, mesmo antes que ela chegasse perto o bastante para ele ver que a jovem tremia de medo.

Paru Tethimin era uma garota bonita, embora lhe faltasse a força dos traços que faziam a beleza de seu irmão algo tão atraente. Estava vestida à moda elaborada e sofisticada preferida pelo círculo da imperatriz viúva, a qual não combinava com ela: parecia uma criança que fora apanhada brincando no guarda-roupa da mãe. Atencioso, Maia tentou pensar nela como uma possível imperatriz, mas, além de seu terror óbvio, não havia nada para distingui-la de qualquer outra garota daquela idade que ele tivesse visto no velório e nos salões da corte.

— Serenidade — cumprimentou Tethimar com uma mesura elaborada, e então percebeu que sua irmã não estava ao seu lado. Por um momento, a expressão em seu rosto foi mais que mera irritação, um olhar muito fugaz que fez os dedos de Maia apertarem os braços do trono. Então Tethimar se virou e ficou ali parado, olhando para a irmã; Maia se lembrou de Setheris e seu relógio de bolso. Quando dach'osmin Tethimin chegou ao pé do estrado, estava não só assustada como também mortificada, a perfeita brancura élfica de sua pele mostrando tons de vermelho em manchas inadequadas. — Serenidade — repetiu Tethimar, fazendo sua mesura elaborada mais uma vez. Ao seu lado, Paru Tethimin fez a própria mesura, com um tanto de graça... Mas, claro, imaginou Maia com uma pontada desconfortável de cinismo, ela teria sido bem ensinada. — Podemos lhe apresentar nossa irmã, Paru Tethimin?

A tentação de coroar aquele desastre recusando era tão forte que Maia não conseguia pronunciar outras palavras. O rubor irregular se esvaiu das bochechas de dach'osmin Tethimin; viu em seu olhar descuidadamente horrorizado que, por algum acaso cruel de empatia, ela sabia o que ele estava pensando. Até Tethimar começava a parecer preocupado quando Maia finalmente conseguiu balbuciar:

— Será um prazer.

Ele os chamou mais para perto, ainda que sentisse estar sendo cruel ao fazer dach'osmin Tethimin subir os degraus. Dessa vez, pelo menos, Tethimar a apoiava com a mão sob o cotovelo, então Maia não precisava se preocupar que ela fosse cair.

De perto, ele pôde ver quão jovem ela era — e não apenas cronologicamente. Seu sobrinho Idra tinha a idade dela, mas ele havia sido criado na corte e formalmente apresentado à sociedade havia mais de um ano. Maia se lembrava de alguém dizendo que Tethimar tinha "levado" sua irmã para a corte e se perguntou se ela tinha sido trazida de algum lugar como Edonomee.

Maia conhecia seu dever; estava tentando escolher alguma banalidade, como as que haviam jorrado de sua boca como uma fonte a tarde toda, quando Tethimar deu um passo mais para perto e disse em voz baixa:

— Ouvimos dizer, Serenidade, que o senhor favorece os Bazhevada em nosso detrimento.

— Não sabemos como você pode ter ouvido tal coisa — disse Maia —, pois não é verdade.

— E ainda assim o senhor considera o pedido deles, quando sabe, pois nos lembramos distintamente de lhe dizer, que o falecido imperador estava negociando com nosso pai. Que outra razão pode haver, Serenidade?

O uso do honorífico foi como um tapa na cara.

Os dedos de Maia apertaram novamente os braços do trono, mas ele estava cansado de ser intimidado. Sua própria voz assumiu um tom agressivo incomum quando respondeu:

— Nossa irmã, a arquiduquesa Vedero, está em profundo luto pelo pai e pelos irmãos. Não vamos organizar o casamento dela até que ela tenha tempo para enlutar-se, nem com você, nem com osmer Bazhevar, nem com mais ninguém. E não nos consideramos vinculados a qualquer acordo privado que nosso pai possa ter alcançado. Não privávamos da confiança dele e, portanto, não podemos confiar em qualquer coisa que não tenha sido escrita. Lamentamos extremamente se você interpretar isso como um julgamento que não foi feito sobre sua pessoa.

Houve um longo, longo silêncio. Tethimar o encarava, o rosto inexpressivo e ilegível, mas Maia via, bem no limite inferior de sua visão, as mãos de Tethimar se apertando em punhos até os dedos ficarem brancos. Sabendo que ele não mudaria sua resposta e que Tethimar não poderia de fato atacá-lo, Maia esperou até, enfim, rigidamente, Tethimar abaixar a cabeça.

— Serenidade. Ficamos aliviados ao saber que não estamos em desfavor.

— Não neste momento — observou Maia, sem conseguir evitar um pequeno e malicioso lampejo de prazer ao ver o jeito como a cabeça de Tethimar subiu num espasmo. — E somos gratos por essa evidência de que nem todos os nossos súditos desdenham as velhas formas de cortesia. — Ele olhou muito incisivamente além de Tethimar para dach'osmin Tethimin, que parecia, se é que era possível, ainda mais aterrorizada. — Estamos encantados em conhecê-la, dach'osmin Tethimin. Obrigado, dach'osmer Tethimar.

Era uma dispensa — ele ficara muito bom nisso com muita rapidez —, e Tethimar não teve escolha a não ser aceitá-la. Maia ficou, então, felizmente, livre para retornar ao Alcethmeret, onde poderia trocar algumas das camadas mais desconfortáveis de sua vestimenta por um manto de pele pesado antes de retirar-se para a Sala das Tartarugas e a pilha de correspondência sempre renovada de Csevet.

Mas havia um assunto que precisava ser tratado primeiro.

— Precisamos falar com você sobre os pretendentes de nossa irmã Vedero — falou Maia ao se sentar.

— Serenidade — disse Csevet, baixando a cabeça. — Estamos à sua disposição.

Csevet tinha um grande volume de informações sobre os dois candidatos propostos para a mão de Vedero; ele foi muito cuidadoso em distinguir entre fatos, boatos e meras fofocas em seu relato. Eshevis Tethimar, a escolha de Varenechibel e a persistente pedra no sapato de Maia, era o filho herdeiro de um dos proprietários de terras mais poderosos e ricos do quadrante sudeste do império. Teru Tethimar, o arquiprelado, era um primo de algum grau, embora não na linha do atual duque Tethimel; Csevet se ofereceu para traçar a genealogia exata e Maia recusou com educação. Eshevis Tethimar tinha trinta anos, havia se destacado nas guerras de fronteira contra os bárbaros do norte dez anos antes e era conhecido como um esportista dedicado e uma espécie de revoltado político.

— A nobreza do sudeste tende a ser assim — comentou Csevet, e Maia assentiu, guardando esse fato.

Boatos e rumores diziam que Tethimar era um homem ambicioso, mal-humorado, que carregava um rancor alimentado pela família por gerações.

— Como o duque Tethimel daquela época era um grande favorito de Edrevechelar XVI — contou Csevet —, a política do primeiro Varenechibel foi inevitavelmente a de favorecer os rivais dos Tethimada: em particular, os Rohethada e os Ormevada. Os Tethimada nunca se resignaram a essa perda de poder. O atual duque Tethimel e seu herdeiro, dach'osmer Tethimar, vêm manobrando e fazendo campanha há anos. Os rumores que ouvimos são de que dach'osmer Tethimar se casaria com um cavalo esfolado puxador de carroça se isso aumentasse seu poder na corte.

— Por que nosso pai desejaria uma união com ele?

Csevet deu de ombros, desconfortável.

— Serenidade. Não sabemos. Mas supomos que faz parte das dificuldades em curso entre a Corte Untheilenesa e os proprietários de terras do sudeste. Nos últimos anos, aconteceram petições e representações que desagradaram muito Varenechibel e as quais ele era mui relutante até mesmo em considerar. Talvez esperasse que o casamento aplacasse dach'osmer Tethimar e seus aliados e que também desse ao imperador uma maneira de controlar os Tethimada. Quando a esposa é uma arquiduquesa, deve-se pisar com mais cuidado.

Sim, pensou Maia, *porque essa tática funcionou muito bem para o pai de minha mãe.* Perguntou:

— E o outro cavalheiro, o sobrinho do conde Bazhevel?

— Dalera Bazhevar, Serenidade. Até onde conseguimos descobrir, ele não tem nada que o favoreça *além* de ser o sobrinho do conde Bazhevel. É um cavalheiro de boa estirpe, fortuna moderada e nenhuma conquista ou distinção em particular.

— Você acha que ele daria um bom marido para nossa irmã?

— Não sabemos de nada que o desabone — falou Csevet com cautela.

Maia suspirou.

— Pode escrever tanto ao duque Tethimel quanto ao conde Bazhevel, por favor? Diga-lhes que, devido ao grande luto sofrido pela arquiduquesa e pela Casa Drazhada, não podemos contemplar uma aliança matrimonial entre nossa irmã e qualquer casa por pelo menos um ano.

— Serenidade. — Csevet parou, abriu a boca, fechou-a de novo, então prosseguiu. — O senhor está dizendo que rejeita *ambos*?

— Não rejeitamos ninguém. Mas não vamos negociar um casamento enquanto a arquiduquesa estiver de luto. Não somos tão insensíveis. Além disso... — Ele olhou Csevet nos olhos. — ... como dissemos a dach'osmin Tethimar e ao lorde Chavar, não nos sentimos obrigados a nenhuma promessa que nosso pai possa ter feito ou insinuado. Nunca tendo falado com ele, não podemos aceitar qualquer evidência de seus desejos, exceto pelo que foi escrito.

As sobrancelhas de Csevet se ergueram em admiração e consternação.

— Eles ficarão furiosos, Serenidade.

Um deles já está, pensou Maia, lembrando-se daquele relâmpago de raiva negra no rosto de dach'osmer Tethimar, daquele longo olhar silencioso antes de ele inclinar a cabeça para a vontade do imperador.

— Não vamos casar nossa irmã com um revoltado ou uma nulidade simplesmente porque eles não gostam de nossa política ou porque pensam que podem ganhar vantagem sobre nós.

— Sim, Serenidade. Escreveremos as cartas como o senhor desejar.

— Nós agradecemos. Se nos trouxer papel e caneta, escreveremos nós mesmos para nossa irmã.

Sua carta a Vedero foi simples, sem adornos com títulos ou fórmulas:

Estude as estrelas.

-M.

16 NOTÍCIAS DE BARIZHAN

Maia dormiu bem naquela noite, aliviado pela certeza de que fizera a coisa certa, mas pela manhã pagou o preço: uma pilha de pneumáticos raivosos do conde Bazhevel, do duque Tethimel, de Eshevis Tethimar, de Dalera Bazhevar, de todas as Testemunhas dos Corazhas, do lorde chanceler e de muitos outros que Maia achava que sequer deviam ficar sabendo da decisão que ele havia tomado, quanto mais lhe dar a opinião a respeito.

— É a natureza da Corte Untheilenesa, Serenidade — explicou Csevet. — Tentar impedir o vento de soprar seria menos inútil que isso.

Não havia mensagem de Vedero; Maia não estava esperando alguma, mas ainda doía um pouco não ter uma palavra de agradecimento em meio à torrente de repreensões. *Deixe para lá*, disse a si mesmo com raiva e foi ao Michen'theileian, onde Chavar apareceu para repreendê-lo outra vez, em pessoa.

Maia reiterou tudo o que dissera a Csevet, a Tethimar e ao próprio Chavar, mas sabia muito bem que Chavar não estava ouvindo, concentrado demais que estava em seu próprio catálogo de queixas. Maia o teria deixado falar sozinho, como sempre fizera com Setheris, mas notou, ao olhar a carranca profunda e a posição teimosa das orelhas de Csevet, que seu secretário estava prestes a explodir com o antigo mestre.

Maia, espantado, percebeu que não só não era obrigado a deixar que Chavar o repreendesse como, na verdade, tinha mesmo a obrigação de impedi-lo, por Csevet, pelos outros secretários e por todos os demais membros de seu governo que nunca sonhariam em repreender o imperador em público. *Eles têm o direito de não serem governados por um covarde,* pensou com um lampejo de desprezo por si mesmo. Interrompeu, com rispidez:

— Lorde Chavar, basta!

A boca de Chavar se fechou como um rastrilho. Maia continuou olhando até o outro finalmente abaixar a cabeça e murmurar:

— Nossas desculpas, Serenidade.

Csevet foi rápido em aproveitar a oportunidade para passar a outros assuntos, mas a atmosfera continuou tensa e estrondosa. Eles mantiveram um respeitável grau de eficiência, porém, até chegarem às investigações sobre a queda do *Sabedoria de Choharo,* que o lorde chanceler estava notavelmente relutante em discutir. Maia não teve dificuldade em deduzir que isso significava que não houvera avanço imediato e dramático, mas persistiu na questão — mais por um desejo doentio de não deixar Chavar fugir dele que por qualquer desejo de detalhes —, e finalmente Chavar se virou e partiu para cima de um de seus secretários por não ter levado o arquivo correto. Um pajem foi enviado às pressas à Chancelaria a fim de recuperá-lo.

Eles resolveram vários assuntos enquanto o garoto estava fora — era tristemente espantoso quantos municípios estavam em atraso com seus impostos — e, quando o menino retornou, ofegante, com uma pilha de livros-caixa e fichas amarradas quase altas demais para que conseguisse enxergar, Maia sentiu que não seria pouco razoável dizer:

— Queremos um relatório *completo,* lorde Chavar, não apenas os itens que você considere adequados para nossos ouvidos. — Chavar começou um protesto indignado, mas Maia o interrompeu. — Também queremos uma cópia completa feita e entregue ao Alcethmeret.

— Serenidade, o senhor não precisa...

Maia o interrompeu novamente; estava aprendendo que era mais fácil não ter medo do lorde chanceler se não deixasse Chavar se empolgar e montar uma oratória completa.

— *É o assassinato de nosso pai.* — Depois de um longo silêncio, em que Chavar reconheceu a derrota por não dizer nenhuma das coisas verdadeiras e feias que poderia ter dito, Maia continuou calmamente: — Por favor, diga-nos o que suas Testemunhas encontraram.

Elas não haviam encontrado muito mais que Celehar, embora com muito mais prazo. Todos os tripulantes estavam sendo investigados, assim como todos os criados do imperador. Enviaram Testemunhas a Amalo, ao norte, para falar com os trabalhadores que haviam preparado o *Sabedoria de Chohario* para o que seria seu voo final. Mandaram uma Testemunha júnior perguntar à Guilda dos Relojoeiros como se construiria um dispositivo para explodir um dirigível e quem poderia ter a habilidade necessária. Os relojoeiros foram muito prestativos, mas nenhuma de suas informações, até onde Maia sabia, conduzira a investigação a um passo sequer mais perto da verdade.

Foi uma longa e deprimente confissão de nenhum progresso, e Maia quase desejou ter deixado Chavar se esquivar de dá-la. Mas ele entregaria a cópia a Celehar. Talvez ajudasse.

Todos ficaram felizes em deixar o Michen'theileian ao meio-dia. Maia pediu com firmeza a Csevet enquanto se sentava para almoçar:

— Fale-nos de outra coisa.

Csevet entendeu e obedeceu. Eles adentravam fundo a discussão de mais uma petição de um inimigo exilado de Varenechibel que esperava que Edrehasivar pudesse ser mais indulgente — pareciam intermináveis essas petições, como o Rio de Lágrimas que separava a terra dos vivos da terra dos mortos no folclore goblin — quando o som de uma comoção considerável no espaço público do Alcethmeret fez os dois erguerem a cabeça. Maia assentiu ao olhar inquiridor de Csevet, então esperou enquanto seu secretário ia investigar. Não era apropriado para um imperador descobrir qualquer coisa por conta própria.

A investigação demorou mais do que Maia esperava. Quando Csevet voltou, estava de testa franzida.

— Serenidade, é o embaixador de Barizhan periférica. Ele pede uma audiência com o senhor imediatamente.

— Imediatamente? — perguntou Maia, franzindo a testa também.

— Serenidade. Ele afirma que o assunto é de extrema urgência, e, se vale dizer, acreditamos nele. Ele veio sozinho e *se desculpou* por não marcar um horário pelos canais adequados. — Ao ver as sobrancelhas levantadas de Maia, Csevet acrescentou um comentário: — Goblins nunca se desculpam por nada, ainda mais em público.

— É melhor vê-lo — anuiu Maia. — Isso atrapalha nossa agenda inteiramente?

— Não, Serenidade — falou Csevet, embora parecesse insatisfeito.

— Obrigado — disse Maia. — Percebemos que é um incômodo chocante.

— É nosso trabalho — respondeu Csevet, então fez uma reverência e se virou para escoltar o embaixador até a presença imperial.

Como convinha, o embaixador entrou sozinho, porém Maia ouviu o bater e o clangor de seus soldados no patamar — e o bater e o clangor dos guardas de Maia em retribuição. Seu primeiro olhar para o embaixador Gormened lhe mostrou que Csevet tinha sido até generoso em sua avaliação. Embora a pele escura de Gormened não mostrasse nem rubor nem palidez, os olhos dele estavam arregalados e o rosto brilhava de suor. Ele se prostrou totalmente, com um murmúrio em barizhin do qual Maia entendeu apenas a palavra "respeito". *Ordath*. Chenelo a usara em todas as cartas não respondidas que escrevera ao pai de Maia, e ele sabia que era parte do tratamento apropriado diante de um governante.

— Por favor, levante-se, embaixador — pediu ele. Em seguida, fez uma piada com sua ansiedade. — Esperamos que nosso avô não tenha decidido declarar guerra.

— Quase, isso seria mais simples — falou Gormened, e não soava inteiramente como se também estivesse brincando. Ele se levantou, se não graciosamente, pelo menos sem evidência de esforço. — O Grande Avar propõe uma visita de Estado.

— Ele deseja que viajemos a Barizhan?

— Não, não — respondeu Gormened, parecendo ainda mais alarmado com a ideia. — Ele pretende vir *aqui*.

Milhares de perguntas imediatas e candentes surgiram. Maia escolheu uma, quase ao acaso.

— Quando?

— Na Noite Invernal. Ele diz que deseja ver como ela é comemorada no Ethuveraz.

Existe alguma maneira de impedi-lo?, questionou-se Maia, mas não verbalizou. Não precisava, pois já tinha a resposta na angústia de Gormened. Olhou de relance para Csevet, que interpretou corretamente sua expressão e informou:

— A corte pode se preparar para ele, Serenidade, embora as ordens tenham que ser dadas muito prontamente, pois faltam menos de dois meses para o solstício.

E para o meu aniversário. Maia afastou o pensamento; não comemorava seu aniversário desde que Chenelo morrera e não queria comemorar como convinha a um imperador.

— É a primeira vez que o Avar dos Avarsin deixa Barizhan desde as Guerras do Arquipélago de sua juventude — admoestou Gormened. — Pela nossa memória, ele nunca passou de trinta quilômetros além do Corat' Dav Arhos. — Maia começou a entender por que Gormened estava tão abalado. O Grande Avar já era velho quando Chenelo nascera; agora devia ter mais de oitenta anos. E era o embaixador que seria responsável perante os avarsin pelo seu bem-estar. Gormened prosseguiu, com um novo acesso de determinação — Serenidade, sentimos que deve haver um plano sábio e cuidadoso para a visita do Grande Avar, que exija mais que a habitual e mui louvável cooperação entre seu governo e nosso dav. — Ele usou uma palavra barizhesa que significava, no melhor entendimento de Maia, algo a meio caminho entre "família" e "gabinete". Goblins não faziam distinção entre os dois. — Nós gostaríamos... — Ele endireitou um pouco o corpo — ... gostaríamos de convidar o senhor, seu lorde chanceler e sua Testemunha dos Estrangeiros para jantar conosco em três dias, para que todos cheguemos a um melhor entendimento.

Apesar da elegância em não especificar o que precisava ser melhor entendido, Maia sentiu que tinha uma ideia muito boa do que era. Ele considerou a ideia com admiração crescente por Gormened, que apresentara uma maneira não muito ortodoxa, mas irrepreensível, de pedir ao imperador que assegurasse a cooperação dos dois homens que poderiam fazer da visita do Grande Avar um desastre com maior facilidade. A experiência de Maia com Chavar sugeria que nada, na verdade, seria mais provável.

— Teremos o maior prazer em participar — disse ele, e Gormened sorriu com alívio.

Claro que não era tão simples. Os cronogramas teriam que ser reajustados; mil detalhes de etiqueta e segurança teriam que ser elaborados; Chavar teria que ser persuadido a concordar (Maia cuidadosamente não perguntou a Csevet o que essa persuasão implicava); e, para que não se percebesse que o imperador conferia um favor indevido a Barizhan, Maia teve que concordar em jantar com o marquês Lanthevel, que presidia a Câmara de Sangue no Parlamento. Pior ainda, surgiu um rumor, mais rápido do que parecia possível, de que Maia jantaria com o embaixador goblin para discutir o casamento com uma princesa barizhesa. O Alcethmeret foi inundado de mensagens pneumáticas, cartas entregues em mãos e pessoas buscando audiências pessoais com o imperador para convencê-lo de que ele deveria se casar com uma moça élfica.

— E ainda há a questão, Serenidade, do conde Bazhevel — amentou Csevet certa manhã. Seu tom de desculpas alertou Maia que se preparasse para uma nova crise. — Tememos que não haja maneira de contornar isto: o senhor deve lhe conceder uma audiência.

— Devemos? — perguntou Maia, infeliz.

— Ele se sente muito maltratado, Serenidade. E osmin Bazhevin é drazhadesa agora, é natural e correto que seu pai deseje saber o que será dela.

— Mas não sabemos o que fazer com ela! — disse Maia.

Ficou horrorizado consigo mesmo por parecer tão exasperado. Não era culpa de osmin Bazhevin que ela estivesse em uma posição ambígua, e ela e seu pai mereciam uma resposta. Ela havia assinado o contrato de casamento com o arquiduque Ciris, então não era mais considerada uma filha dos Bazhevada, mas o casamento não fora jurado nem consumado; ela nunca havia se tornado a esposa de Ciris, então não era agora viúva.

Era uma questão complicada e desagradável se ela poderia agora se casar (*de novo*, sua mente acrescentou automaticamente, estremecendo) e uma questão ainda mais desagradável se algum homem escolheria se casar com ela com seu estado ambíguo. Mas, nesse meio-tempo, ela não era nem viúva, com direito à renda dos bens do marido, nem filha dos Bazhevada, para ser sustentada pelas propriedades do pai; no entanto, também não era *filha* dos Drazhada.

A solução mais fácil seria ela se tornar uma devota e entrar para um dos claustros que pontilhavam o Ethuveraz, principalmente nos pontos topográficos mais inacessíveis. Maia sabia que muitos de seus ancestrais imperiais teriam feito essa escolha por ela, sentisse ela qualquer vocação ou não, mas ele via isso muito mais como um rebaixamento e, de todos ali, Stano Bazhevin era alguém que não tinha feito nada de errado.

Talvez, refletiu ele, ela *desejasse* entrar para um claustro. Mas ele sabia que isso não era algo no qual ele pudesse — ou devesse — se apoiar.

Maia concedeu audiência ao conde Bazhevel e a osmin Stano Bazhevin numa tarde fria e sombria, quando as nuvens estavam quase da mesma cor da pele de Maia. Como o conde Bazhevel o havia aborrecido com seus esquemas, Maia escolheu recebê-los no Untheileian, muito embora o estado de osmin Bazhevin como noiva do falecido arquiduque lhe permitisse usar o Michen'theileian ou até mesmo a sala de recepção do Alcethmeret. Mas ele torcia, obstinado, para que a extensão frígida do Untheileian incentivasse o conde Bazhevel a ser breve.

Era uma pena que o conde Bazhevel — de rosto e nariz compridos — se parecesse muito com uma ovelha. Maia tinha ouvido cortesãos formando um balido zombeteiro com a primeira sílaba de *Bazhevel*; embora isso fosse cruel, também era terrivelmente inesquecível, e mais terrível ainda quando o conde Bazhevel abriu a boca para começar sua ladainha de queixas e produziu uma voz alta, ligeiramente trêmula, tão ovina quanto seu rosto. Osmin Bazhevin, de pé ao lado do pai, manteve a cabeça baixa e não olhou nos olhos do imperador. Entretanto, Maia podia ver a tensão nos ombros dela e que, assim que as mãos dela começaram a se retorcer, a jovem se conteve e trouxe-as para uma quietude decorosa novamente.

Como Csevet havia dito, o conde Bazhevel se sentia extremamente maltratado. Maia escolheu simplesmente deixá-lo falar sozinho em vez de discutir com ele ou interrompê-lo, já que a essência de sua queixa, quer ele próprio admitisse ou não, era que Ciris Drazhar havia morrido imprudentemente antes que o casamento pudesse acontecer. Sem qualquer resposta imperial até mesmo às insinuações mais flagrantes, Bazhevel acabou se calando, embora sua postura e suas orelhas indicassem uma obstinada determinação de ter satisfação. Maia deixou o silêncio se estender o suficiente para não mais ficar imaginando ecos de balidos na abóbada do Untheileian, então disse:

— Osmin Bazhevin, aproxime-se de nós, por favor.

Tanto Bazhevel quanto a filha pareceram alarmados, o que aumentava a forte semelhança entre eles, e Maia se perguntou se os cortesãos mais jovens baliam para osmin Bazhevin agora que não era mais a noiva de um arquiduque. Ela subiu os degraus do estrado, e Maia disse baixinho:

— Nossas condolências pela sua perda.

— Obrigada, Serenidade — falou ela, a voz não mais que um sussurro.

— Osmin Bazhevin, o que *você* quer?

Ele a surpreendeu dando-lhe um olhar de incredulidade honesta, quase dolorosa, e estremeceu em concordância. Fizera a pergunta com tanta deselegância que era praticamente um insulto.

— Vamos reformular nossa pergunta. Entendemos que você está em uma posição muito difícil e todas as suas escolhas são ruins. Reconhecendo que isso é verdade, o que você escolheria fazer?

Ele havia tornado a coisa ainda pior; ela respondeu, ainda em um sussurro:

— Nós *escolheríamos* ter nosso noivo vivo novamente.

No instante seguinte, com os olhos arregalados e as orelhas achatadas, ela estava de joelhos pedindo desculpas enquanto seu pai balia ao pé do estrado.

— Por favor, osmin Bazhevin, não culpamos você — reconfortou Maia. — Por favor, levante-se. — Quando ela finalmente voltou a ficar de pé, tão abalada que tremia, ele continuou. — Você entende que a solução mais simples é você entrar em um claustro, mas não vamos obrigá-la se não for o que deseja. — A expressão de dúvida no rosto dela a deixou ainda mais parecida com uma ovelha. — De verdade — garantiu Maia, desejando que ela acreditasse nele.

Depois do que pareceu um silêncio muito longo, ela disse:

— A princesa Sheveän nos ofereceu um lugar na casa dela.

— Ofereceu? — falou Maia, sílabas vazias para ganhar tempo enquanto sua mente acelerava. Ele tinha quase certeza de que sabia o motivo por trás da oferta de Sheveän, e não tinha nada a ver com caridade. Stano seria uma acompanhante mansa e companheira, exatamente ao gosto de Sheveän. Pelo mesmo critério, Maia não tinha certeza se era uma boa ideia para Sheveän ou Stano, mas havia limites além dos quais ele sentia que não tinha o direito de interferir, mesmo sabendo que era provavelmente o primeiro imperador em gerações a fazer tal distinção. — É isso o que você deseja?

— Ah, sim — confirmou osmin Bazhevin, detendo-se antes de olhar para o pai, embora suas orelhas se contraíssem inquietas.

— Então não temos objeções — respondeu Maia. Não era verdade, mas, afinal, era uma solução melhor que a verdade poderia fornecer. E talvez, refletiu ele, sabendo que era de um otimismo inexperiente, mas torcendo mesmo assim, talvez ter uma acompanhante aliviasse a amargura de Sheveän.

— Obrigada, Serenidade — disse osmin Bazhevin, fazendo uma reverência e lhe oferecendo algo que era quase um sorriso.

Maia assentiu sua permissão para ela sair e levantou a voz para dizer:

— Sua filha está bem cuidada, conde Bazhevel. Você não precisa se incomodar mais. — *Nem nós*, pensou, mas resistiu à tentação de dizê-lo. Era moda ser espirituoso às custas dos outros, mas Maia não precisava que lhe dissessem que o imperador não podia seguir a moda, por mais que Bazhevel o irritasse.

Ele temia que Bazhevel se mantivesse firme, mas osmin Bazhevin não parou ao pé do estrado; ela continuou andando, com tanta rapidez quanto o decoro permitia, em direção às portas distantes do salão. Bazhevel hesitou, seu olhar passando de Maia para a filha e voltando. Maia teve o cuidado de olhar para outro lugar, como se acreditasse que Bazhevel já houvesse saído. Mais um momento de hesitação, um pequeno e estranho passo saltitante de frustração, e Bazhevel se curvou com um "Serenidade" murmurado e correu atrás da filha.

Mas, mesmo com a questão de osmin Bazhevin resolvida, as candidatas à honra de tornar-se a imperatriz de Edrehasivar VII estavam sendo propostas aos batalhões; a mais velha tinha 42 anos; a mais nova, apenas seis meses. E Csevet, na noite anterior ao jantar com Gormened, insistiu que cada uma delas precisava receber o mesmo escrutínio sério.

— Isso é realmente necessário? — perguntou Maia, tentando não soar mal-humorado nem aterrorizado.

— Receamos que sim, Serenidade — respondeu Csevet. — A grande ansiedade do público sobre Barizhan significa que... — Ele hesitou, torcendo a tampa da caneta. — Pense nisso como um ritual, talvez. Ou como o teatro. Devemos ser capazes de nos responsabilizar por cada passo que damos de maneiras que pareçam razoáveis e justas.

Maia notou que Csevet podia ou não ter realçado aquele "pareçam" de modo muito sutil. E entendeu. Ele não podia dizer: "Nós não nos casaremos com osmin Loran Duchenin porque ela é sobrinha do nosso lorde chanceler, de quem não gostamos. E porque também não gostamos dela". Osmin Duchenin o encurralara — elegantemente, discretamente — numa das festas de Nurevis, aproximando-se um pouco demais e rindo demais até que sua risada começasse a soar para Maia como o latido de um cão de caça. Não tinha ideia de como falar com ela, além até mesmo de sua habitual mudez tímida; não havia nada na conversa esfuziante dela que ele reconhecesse, nada a que pudesse responder. E, toda vez que ele fracassava, Loran Duchenin apenas ria novamente e chegava mais perto, lutando com ferocidade, como se pudesse fazer com que ele a desejasse por pura persistência. Nurevis não o havia resgatado daquela vez; Maia supôs que ele houvesse recebido ordens para não interferir no plano de ataque da prima. Seria muito próprio de Chavar dar tal ordem, e Maia aprendera que, embora Nurevis pudesse subverter os comandos do pai de maneiras suaves e sutis, jamais o desobedecia diretamente.

No final, vexado, Maia fora resgatado por seus nohecharei. Telimezh dera um passo à frente e dissera:

— Serenidade, antes de retirar-se para dormir, lembre-se de que mer Aisava deseja falar com o senhor. E está ficando tarde.

Maia se agarrara a essa desculpa, mesmo que isso o tenha feito parecer uma criança e seus nohecharei, suas babás. Vinha evitando osmin Duchenin desde então.

Mas isso não era um *motivo*.

— Muito bem — disse ele. — Então vamos lhe dizer com clareza que escolheríamos *não* nos casar com uma criança e nos lembramos do exemplo que você nos deu de Belmaliven v, o qual também nos diz que isso seria imprudente.

— Serenidade — murmurou Csevet, anotando.

— Supomos — prosseguiu Maia com severidade — que seria igualmente loucura escolher uma mulher tão perto do fim de sua idade fértil quanto osmin Alchenin.

— Seria, Serenidade.

— Algumas dessas mulheres devem ser aparentadas conosco.

— A maioria delas, em maior ou menor grau. Os Drazhada têm casado com a maior parte das casas nobres do Ethuveraz. — Csevet tossiu, desconfortável, suas orelhas afundando. — Entendemos que esse foi um dos argumentos apresentados a favor do casamento de Varenechibel com sua mãe.

— Ah. Não obstante, preferiríamos não nos casar com uma prima.

— Vamos excluir todas as mulheres até o terceiro grau de parentesco — informou Csevet, fazendo outra anotação.

— Existe alguma casa nobre com a qual *não* devamos nos aliar?

Ele não fizera a pergunta antes, quando a questão de escolher uma imperatriz parecera desagradável, mas relativamente simples.

Mas naquele momento, com esse furor sobre uma princesa barizhesa que não existia... ele teria que conhecer todos os detalhes mesquinhos e deprimentes.

— Serenidade. — Csevet pensou por um momento. — Nós sugeriríamos, ainda que seja apenas uma sugestão, que envolvimentos posteriores com os Rohethada e os Imada talvez sejam indesejáveis. Da mesma forma com os Celehada. — As famílias dos cônjuges de seus meios-irmãos. E da viúva de seu pai. — Por outro lado, escolher uma esposa dos Ceredada poderia ser interpretado como um gesto gracioso e bem-vindo. Seu pai não ganhou amigos quando colocou Arbelan Zhasan de lado.

— Imaginamos que não. E não havia por acaso uma dach'osmin Ceredin entre as jovens que você mencionou para nós antes?

— Há, Serenidade. A neta do irmão de Arbelan Drazharan. Ela seria em todos os sentidos uma combinação adequada.

— Ela é sua escolha?

Csevet largou a caneta. O clique do cilindro batendo no tampo de mármore foi perfeitamente audível.

— Serenidade, nós não *temos* escolha. Não teríamos essa presunção.

— Chavar teria.

— Chavar é seu lorde chanceler, não seu secretário. — Csevet soou tão empertigado que Maia reparou que ele estava genuinamente perturbado.

— Mas não confiamos nem no julgamento nem na lealdade dele. Confiamos em você.

A pele pálida de Csevet corou.

— Ficamos honrados, Serenidade, mas não podemos escolher sua imperatriz.

— Tampouco nós podemos! — Ele não tivera a intenção de gritar e não sentiu prazer algum na maneira como Csevet e seus nohecharei pularam. Tornou a abaixar a voz, afrouxando os dedos que já sentiam cãibras. — Não somos capazes... Não somos capazes de sequer seguir os passos de uma dança. Não podemos escolher uma imperatriz.

— Serenidade?

— É uma metáfora ruim — falou Maia, e conseguiu dar um sorriso. — Ainda bem que nunca quisemos ser poeta. — Ele não podia ficar mais tempo sentado ali, discutindo seu próprio casamento como se fosse questão de qual garanhão deveria cobrir determinada égua; sabia que começaria a gritar de novo, e isso seria um pagamento miserável pelo serviço de Csevet. Maia se afastou com brusquidão da mesa e se levantou. — Certamente temos algum compromisso para esta noite.

Ele viu a compreensão cruzar o rosto de Csevet e desviou o olhar antes de tornar-se impaciência ou pena.

— Há uma questão, Serenidade — pontuou Csevet —, embora tenhamos nos perguntado se o senhor estava falando sério a respeito.

— A respeito de quê?

— O senhor nos pediu para encontrar a senhora a quem foi confiado seu cuidado durante o funeral de sua mãe. Fizemos isso, mas não tínhamos certeza...

— Falamos muito sério — disse Maia. — E não desejamos mal a essa senhora. Quem é ela?

— O nome dela é Aro Danivaran. O marido era drazhadês pelo lado materno, e seu pai, Vossa Serenidade, os reconheceu como prima e primo. Os Danivada são terrivelmente pobres. — Csevet fez uma pausa, olhando para Maia para ver se ele entendia.

Maia entendeu perfeitamente.

— Como os Nelada — observou.

Csevet estremeceu ligeiramente.

— Sim, Serenidade. Mas osmer Danivar e a esposa foram mais afortunados, ou mais políticos, que osmer Nelar. Seu pai os presenteou com uma pequena propriedade à ocasião do nascimento do primeiro neto deles há cerca de cinco anos. Há esperança de que os Danivada possam ser capazes de se recuperar.

— Estamos satisfeitos com a generosidade de nosso pai — disse Maia, e não deixou as palavras se transformarem em amargura.

— Osmer Danivar morreu há dois anos. O filho dele administra a propriedade, e osmerrem Danivaran vem mantendo a presença da família na corte. — Uma nota de cautela, de arrependimento, surgiu na voz de Csevet, e parte de Maia já esperava por isso quando seu secretário continuou. — Osmerrem Danivaran sofreu um tresvario alguns dias antes da morte de seu pai. Ela está acamada, e não se espera que sobreviva até o solstício.

Era tanto salutar quanto dolorosa a lembrança de que outras vidas tinham tragédias sem relação com a sua própria. Ele declarou:

— Gostaríamos de visitá-la, se for permitido.

— Serenidade — falou Csevet. — A filha dela disse que ambas ficariam honradas e satisfeitas. E que ela tende a ficar mais alerta à noite.

O imperador não podia ir visitar sem avisar, então um pajem foi mandado correndo aos apartamentos de osmerrem Danivaran enquanto os edocharei de Maia se preocupavam com suas roupas e joias, já que o que era adequado para uma noite passada no Alcethmeret, onde se sustentava a ficção educada de que o imperador estava "em casa", não era nem um pouco adequado para qualquer empreendimento que levasse o imperador aos salões públicos da Corte Untheilenesa. Maia suportou isso com a maior paciência que conseguiu reunir, enquanto sua jaqueta era trocada por uma que tinha bordados em ameixa e verde sobre branco em vez de bordados brancos sobre verde-floresta e os anéis de ametista e prata penosamente pesados eram substituídos por um conjunto em ouro engastado com opalas negras, tão pesado quanto. Nemer e Avris debateram sobre as ametistas e as granadas no cabelo dele, mas, compadecidos, decidiram que elas poderiam ficar de lado, apenas trocando os palitos tashin de teca e esmeralda por um par de palitos de osso recobertos de ouro e cravejados com pérolas. Nemer era hábil o suficiente para efetuar a substituição sem desfiar uma única trança do cabelo de Maia, e este escapou de volta para a Sala das Tartarugas justo quando o pajem retornou com garantias de que o imperador seria esperado e bem-vindo nos aposentos de osmerrem Danivaran. Com um olhar, Maia reuniu Dazhis e Telimezh e seguiu em frente.

Foi uma sorte que ele tivesse o pajem, porque osmerrem Danivaran residia numa seção da Corte Untheilenesa que Maia ainda não tinha visto. Os cortesãos pelos quais ele passou eram todos de meia-idade ou mais velhos; a maioria das mulheres fazia reverências em vez de seguir a moda que Csoru tinha definido. Ele lembrou a si mesmo que isso não significava nada, apenas que elas eram mais velhas e menos propensas a ser influenciadas pelos modismos de uma imperatriz da mesma idade que seus filhos.

Um pajem vestindo o que devia ser a libré danivadesa esperava por eles; Maia fingiu não notar o calcanhar girando bruscamente para a porta a fim de avisar os que estavam lá dentro de que o imperador se aproximava. Seria uma gentileza, ele se perguntou de repente, descer assim até uma casa que não poderia estar preparada para recebê-lo? Eles não haviam tido tempo e não tinham o dinheiro que sem dúvida acreditava-se ser necessário preparar um aposento para um imperador. E ele não podia lhes dizer a verdade: que, depois de Isvaroë e Edonomee, eram móveis luxuosos que o deixavam desconfortável, que ele ainda se sentia um intruso entre os esplendores do Alcethmeret.

Mas agora era tarde demais. O pajem já abria a porta e anunciava (com uma voz que falhou na terceira sílaba, e Maia escondeu um estremecimento de simpatia):

— Sua Serenidade Imperial, Edrehasivar VII.

Aprende a pensar antes de agir, bezerro, disse Maia a si mesmo em uma imitação bem-treinada de Setheris, mas, depois de iniciada a empreitada, ele estava comprometido com ela. Acompanhou Telimezh porta adentro, Dazhis fechando a retaguarda.

A sala de recepção não era tão pobre quanto ele esperara; perguntou-se se ele e Csevet tinham definições diferentes de "terrivelmente pobres" ou se os Danivada haviam optado por falir por causa de papel de parede com brocados. A mulher de pé ao lado do tocheiro de vitral no centro da sala fez uma profunda reverência à entrada de Maia. Quando ela se endireitou, ele viu que era de meia-idade, gorducha, com o tipo de rosto estreito e pontiagudo que levava a nobreza élfica a ser satirizada como doninhas nos jornais cômicos. Apesar de não serem luxuosas, suas roupas e joias eram de bom gosto — as contas de lápis-lazúli no cabelo davam uma cor muito necessária aos olhos dela.

— Osmin Danivin? — perguntou Maia.

Ela engasgou e fez outra reverência.

— Por favor. Queremos apenas assegurar-lhe que não desejamos mal algum à sua mãe. Não prosseguiremos se você achar que nossa visita é imprudente para ela.

— Ah, não — falou osmin Danivin, e então pareceu se recompor à força. — Queremos dizer, Serenidade, que nossa mãe está muito satisfeita com sua visita e deseja sinceramente vê-lo. Ela lamenta, assim como nós, não poder cumprimentá-lo de modo adequado. O tresvario, o senhor sabe, tem...

— Por favor — disse Maia com pressa, horrorizado por ela sentir que devia se desculpar pela coisa que estava matando a mãe. — Não há problema. Podemos ir até ela?

— Claro, Serenidade — respondeu osmin Danivin, conduzindo-o, nohecharei a reboque, por um pequeno corredor até o quarto de osmerrem Danivaran.

À luz fraca, a cama parecia se erguer como uma montanha lilás e azul-clara, todas as cortinas de renda enroladas como nuvens. Osmerrem Danivaran, apoiada sobre uma grande banquisa de travesseiros, parecia infinitamente frágil, o rosto tão perfeitamente branco quanto o cabelo, os alegres tons de rosa e amarelo do casaco de seu pijama parecendo uma ironia cruelmente escolhida, embora sem dúvida nada pudesse estar mais longe da verdade.

Ela abriu os olhos quando ouviu a aproximação deles: verde-claros e protuberantes, a única parte dela que Maia reconheceu. Ela crocitou um som arrastado que provavelmente era "Serenidade", ao qual Maia cumprimentou:

— Olá, osmerrem Danivaran. É um prazer revê-la.

— Prazer — repetiu ela, de forma mais inteligível, e estendeu uma mão trêmula crispada em formato de garra.

Maia a segurou, tomando cuidado com os anéis, e obedeceu à leve pressão, aproximando-se para ficar ao lado da cama. Ela não o soltou. Apertou os olhos, como se para focar em seu rosto, e disse:

— Bom... menino.

— Ela quer dizer que o senhor foi um bom menino, Serenidade — disse osmin Danivin. — Ela nos contou sobre o senhor depois do funeral, de como o senhor era educado e quieto.

— Nós nos lembramos dela — disse Maia. Ele inclinou a cabeça para osmerrem Danivaran e abandonou a formalidade; era ridiculamente inútil bancar o imperador com uma mulher moribunda. Continuou com brandura. — Eu me lembrava de você. Mas não sabia seu nome. Queria lhe agradecer.

Ela lhe deu um sorriso, embora a expressão estivesse distorcida em suas feições devastadas, e puxou debilmente até que ele a deixou levar a mão ao rosto dela. A velha pressionou os lábios contra as costas dos dedos dele, então o soltou, suas pálpebras se fecharam e seu corpo ficou frouxo.

— Ela adormece assim — explicou osmin Danivin.

Maia, que por um momento terrível pensou que osmerrem Danivaran tivesse morrido, reparou que o peito dela subia e descia. Virou-se e permitiu que osmin Danivin o levasse de volta à sala de recepção. Então perguntou:

— Há algo que possamos fazer para deixar sua mãe mais confortável? Ou para facilitar sua tarefa de cuidar dela?

— Ah! Obrigada, Serenidade — falou osmin Danivin, perdendo o fôlego. — Há uma coisa, embora hesitemos em mencioná-la.

— Por favor. Qualquer coisa. Sua mãe foi gentil conosco em um momento em que precisávamos disso desesperadamente. Nós a recompensaremos de toda maneira que pudermos.

Ele sentiu, mais do que ouviu, Dazhis transferir o peso do corpo para um lado — um protesto tácito, o qual Maia supôs ser precipitado. Mas osmin Danivin acreditou nele, pois disparou:

— Carvão! — Pareceu consternada.

— Carvão?

— Tem estado tão frio — continuou ela, meio pedindo desculpas, meio desesperada. — E o preço do carvão continua subindo e subindo. E mamãe está com frio o tempo todo, mesmo quando os quartos nos parecem confortáveis. Gostaríamos de levá-la ao sul, mas ela não pode viajar. Serenidade, não pediríamos, mas estamos desesperados, e o senhor perguntou se havia alguma coisa, e isso realmente deixaria mamãe mais confortável...

— Vamos cuidar disso — asseverou Maia, e osmin Danivin fez uma reverência profunda e lhe agradeceu tantas vezes que ele ficou grato por poder ir embora.

A primeira coisa que Maia fez ao retornar ao Alcethmeret foi pedir a Csevet para cuidar que os apartamentos dos Danivada recebessem suprimentos de carvão e que isso não lhes fosse cobrado:

— Sim, Serenidade — confirmou Csevet, fazendo uma anotação.

Sim, pensou Maia, *vamos "cuidar disso" mandando outra pessoa cuidar disso. Assim nós nos fazemos notar por nossas benfeitorias.* Mas ele não tinha ideia de como resolver o assunto sozinho e sabia que, se tentasse, só conseguiria confundir e assustar muitas pessoas.

Com esse pensamento deprimente, o imperador Edrehasivar VII foi para a cama, onde dormiu mal.

17 JANTAR COM O EMBAIXADOR GOBLIN

O dia do jantar com o embaixador goblin amanheceu claro e cruelmente frio. A geada no interior das janelas do quarto de Maia era muito espessa para permitir enxergar através dela, e os edocharei estavam cheios de preocupação quanto a se ele estaria aquecido o bastante ou se eles deveriam providenciar mais uma camada de seda por baixo da lã.

— Imploramos que não — disse Maia, sério. Ele já se sentia uma Barchakh'kaladim, a boneca barizhesa de aninhar, com sua série de guerreiros progressivamente menores, mais ferozes e mais hediondos. Mais uma camada não poderia torná-lo mais aquecido de maneira significativa, mas poderia impossibilitar seus movimentos.

— Se ficar com frio, Serenidade — falou Esha, severo —, o senhor precisa voltar. Vamos manter as sedas perto do fogo por via das dúvidas.

— Você é muito gentil — elogiou Maia, falando a verdade. Ele tinha oito anos da última vez que alguém havia se importado se ele estava quente o suficiente.

— É nosso trabalho, Serenidade — respondeu Esha, como Csevet sempre dizia, mas Maia achou que os três estavam satisfeitos mesmo assim.

O café da manhã foi mingau de aveia com damascos secos e mel, e o pessoal da cozinha havia desenterrado um samovar gigante, com pés de garra e esmalte dourado e verde, que devia ter pelo menos duzentos anos. O chá estava muito forte e muito quente. Maia insistiu para que Csevet tomasse uma xícara.

E, para o deleite de Maia, antes que ele terminasse de comer e antes que Csevet terminasse de explicar os perigos do dia que estava por vir, seu sinete foi entregue. O entregador era um mensageiro — dachensol Habrobar fazia parte do governo e, portanto, podia usar os serviços de mensageria, embora o trânsito estivesse confinado à Corte Untheilenesa. O mensageiro tinha na pele o escuro dos goblins e usava no cabelo fitas escarlates como forma de desafio. Também era, inequivocamente, amigo de Csevet; Maia pediu que ele esperasse, para o caso de haver algum problema com o anel, e assentiu para que Csevet o escoltasse para fora da sala de refeições. Ouviu um deles rir quando a porta se fechou atrás dos dois e inclinou a cabeça sobre a bolsinha de seda acolchoada para que nem Beshelar nem Cala pudessem ver a cara dele.

O anel era um pesado círculo de platina, sem adornos a não ser pelo emblema gravado em sua face com linhas precisas e delicadas. O gato-serpente, com a cauda enrolada e os bigodes dramáticos, havia ficado perfeito, e Maia sentiu um prazer desconfortável e selvagem quando enfiou o sinete no anelar direito, por saber que seu pai desaprovara o desenho. O sinete era pesado, mas não mais pesado que seus outros anéis (de ouro naquele dia, com topázio e olho de tigre), e o peso parecia menos cruel, embora ele soubesse que isso era apenas imaginação. Mas o sinete era *dele* e, fantasia infantil ou não, repousava com mais facilidade em sua mão.

Assim fortalecido, ele embarcou em uma manhã muito cansativa. Chavar não tivera a temeridade de recusar o convite do embaixador Gormened, mas Maia quase desejou que tivesse feito isso. Pelo menos todos teriam sido poupados de seu tácito, porém óbvio, desprazer, que se fez perceptível na busca de falhas e num obstrucionismo mesquinho.

Pior, do ponto de vista de Maia, no meio da manhã os Corazhas se reuniram — com o lorde chanceler em presença estrondosa — para o propósito de selecionar a próxima imperatriz.

Os Corazhas foram inusitadamente amáveis, e Maia deduziu que eles aprovavam que ele fizesse algo tão apropriado ao império como tomar medidas para garantir a sucessão. A Testemunha do Judiciário até sorriu para ele. Uma vez sentados, todos olharam para Maia com expectativa; com um branco horrorizado na mente, ele disse:

— Mer Aisava fez muito do trabalho preliminar neste assunto. — Então voltou-se para Csevet de modo incisivo.

Csevet, calmo, educado e ferozmente organizado como sempre, respondeu sem hesitação ou desgosto discernível. Ele se curvou ligeiramente para as Testemunhas reunidas e informou:

— É verdade que temos ajudado o imperador, com o melhor de nossa pobre capacidade, a tomar uma decisão sábia. Sua Serenidade sente que existem três candidatas dignas de sua consideração: dach'osmin Paru Tethimin, dach'osmin Csethiro Ceredin e osmin Loran Duchenin.

Maia ficou bastante espantado ao ficar sabendo que essa era a opinião dele, mas confiava em Csevet e segurou a língua; em cinco minutos, a estratégia de Csevet ficou clara. Chavar, inevitavelmente, apoiava osmin Duchenin, e normalmente teria o apoio de lorde Bromar, a Testemunha dos Estrangeiros, mas as propriedades bromadesas estavam em Thu-Athamar, mas Bromar — estava claro — sabia que era melhor não ir de encontro aos Tethimada. Maia observou os Corazhas se dividirem em partidos. A Testemunha da Prelazia apoiava Chavar, e a Testemunha das Universidades apoiava Bromar. Lorde Deshehar, a Testemunha do Parlamento, e lorde Pashavar, a Testemunha do Judiciário, concordaram pela primeira vez, até onde Maia sabia, apoiando dach'osmin Ceredin, e foram acompanhados pela Testemunha do Tesouro e pela Testemunha do Athmaz'are. Maia se lembrou do que Csevet havia dito sobre Varenechibel criar um mal-estar quando rejeitou a imperatriz Arbelan. Csevet se levantou e esperou, nem sequer sorrindo, enquanto Chavar e Bromar discutiam um com o outro ao ponto do impasse, e então disse:

— Achamos que não pode haver objeções a dach'osmin Ceredin.

Lorde Pashavar foi rápido em pegar a deixa; dentro de poucos minutos, os Corazhas chegaram a um consenso em apoio a dach'osmin Ceredin; Chavar, lançando olhares cada vez mais furiosos a cada segundo, embora agora direcionados a Csevet, não teve escolha a não ser concordar.

E então, sem mais, foi decidido. Edrehasivar VII havia escolhido sua imperatriz. Maia se viu confuso, triste e, de alguma forma, sentindo um vazio interior e perdeu o apetite para o almoço.

As coisas não melhoraram à tarde, quando Maia concedeu uma audiência à Associação Comercial do Ethuveraz Ocidental, que parecia ofender Chavar pela sua própria existência. Maia achou que seus representantes, incluindo um primo do príncipe de Thu-Istandaär, se mostraram muito sensatos, com objetivos que provavelmente melhorariam suas cidades de mais formas que apenas a econômica, mas Chavar mal os deixou terminar antes de rejeitar-lhe as ideias, com desprezo especial acumulado pelo desejo deles de construir uma ponte sobre o Istandaärtha.

Mas Maia tinha ouvido as razões deles e ficado impressionado, pois não fazia ideia de que o governo imperial cobrasse taxas tão exorbitantes para o uso de seus dirigíveis.

— Lorde Chavar — chamou ele.

— Serenidade? — respondeu Chavar, impaciente.

— Seja uma ponte sobre o Istandaärtha possível ou não, esses cavalheiros não devem ser censurados por desejar uma. Vemos que seria um grande benefício para eles.

— Achamos que *é* possível, Serenidade — falou um dos delegados, ansioso. — Conversamos com...

— Este não é um assunto apropriado para você trazer perante o imperador!

Interrompendo, Chavar soava sinceramente chocado. Ao olhar para Csevet, Maia reparou que seu secretário concordava.

Ele mesmo não conseguia entender o que havia de tão terrível nisso, mas apenas chocaria Chavar mais se dissesse isso. E, ocorreu-lhe esse pensamento mais sombrio, seria mais um exemplo de como Edrehasivar era um bárbaro, incapaz de governar ou sair em sociedade. Maia deixou Chavar e os secretários retomarem o controle da audiência, embora tenha ficado satisfeito ao notar que Chavar moderou a língua. Foi a única satisfação que teve naquela tarde.

Maia extraiu mais um relatório sobre a investigação da queda do *Sabedoria de Choharo*. Dessa vez, junto a tudo que lhe caía mal (e o trocadilho era tão mórbido que ele precisou esconder um estremecimento), havia também um sinal encorajador. As Testemunhas determinaram que o dispositivo incendiário devia ter sido levado a bordo por um dos tripulantes; assim, começaram a investigar a tripulação do *Sabedoria de Choharo* com maior rigor e descobriram que três membros da tripulação tinham laços de proximidade variada com um grupo dissidente em Cetho. As Testemunhas estavam confiantes de que as respostas — e as pessoas responsáveis pelo assassinato do imperador — seriam encontradas na Liga dos Trabalhadores de Cetho.

— Isso não me parece terrivelmente dissidente — observou Maia, e recebeu uma admoestação candente de Chavar sobre o perigo que a liga representava, o mal que havia causado e a certeza de que, dada a oportunidade, seus membros teriam alegremente conspirado para assassinar o imperador. Maia pensou nos enlutados do Ceth'ulimeire e não se convenceu.

Quando voltou ao Alcethmeret, havia um pneumático esperando por ele, para o qual Csevet deu apenas uma olhada antes de entregar. Era de lorde Berenar, a Testemunha do Tesouro, um pedido para uma audiência privada o mais rápido que agradasse ao imperador.

Maia olhou impotente para Csevet.

— O que ele pode querer conosco?

— Lorde Berenar não é um homem frívolo, Serenidade — respondeu Csevet.

— Não — concordou Maia. A Testemunha do Tesouro não falava com frequência nos Corazhas, mas, quando o fazia, era resoluto e ia direto ao ponto. — Quando podemos vê-lo?

— Uma audiência formal pode levar vários dias, mas o senhor consegue falar com ele amanhã de manhã, se estiver disposto a encontrá-lo durante o café da manhã.

— Não temos objeções — disse Maia.

Os Corazhas toleravam educadamente sua presença durante as reuniões, mas esse havia sido o primeiro sinal que qualquer um deles oferecera de que eles se davam conta de que Maia existia como mais que uma decoração peculiar no Verven'theileian. O que quer que Berenar desejasse, Maia não queria desencorajá-lo com atrasos.

— Vamos responder ao pneumático dele — falou Csevet. — Vossa Serenidade deveria se arrumar para o jantar.

Entre o frio e a ocasião, vestir-se para o jantar foi quase um carnaval. Os edocharei de Maia ficaram claramente agoniados ao pensar em como ele deveria se vestir e aconteceram vários surtos de indecisão de última hora; Avris lhe disse que nenhum imperador jamais havia aceitado um convite para jantar vindo de um embaixador estrangeiro desde que o primeiro Varenechibel assumira o trono.

— Nem mesmo quando nossa mãe...

— Não, Serenidade.

Maia supôs, cansado, que não deveria ficar surpreso. Mesmo em sua dor, Varenechibel deveria ter feito melhor, ou entrando de boa-fé no casamento e na relação mais próxima com Barizhan que ele sugeria, ou recusando-a completamente — embora fosse estranho pensar que, se Varenechibel tivesse simplesmente recusado aquele casamento que não queria, ele, Maia, nunca teria existido, e seu sobrinho Idra seria agora imperador. Um imperador criança, controlado por seus regentes: por mais inadequado que Maia se sentisse, a longa e frequentemente sangrenta história do Ethuveraz sugeria que a situação dele ainda era melhor que essa alternativa.

No entanto, ele achou vergonhoso que tivessem se passado mais de 150 anos desde que um imperador aceitara a hospitalidade de um emissário estrangeiro, então não se opôs aos elaborados preparativos de seus edocharei. Ele poderia desejar menos roupas brancas, mas esse era um desejo fútil para um imperador, e Maia só podia torcer para que as cozinhas do embaixador tivessem optado por preparar algo não propenso a respingos. Pelo menos os brocados de veludo eram quentes. Nemer arrumou o cabelo dele com palitos tashin de vidro fosco e fios de pérolas, e seus anéis eram opalas brancas cravejadas de platina. Colocaram-lhe opalas nas orelhas, e ele tentou não se lembrar de uma manhã quente de verão em Isvaroë com sua mãe perfurando as orelhas de Maia com uma agulha.

Ficou satisfeito ao ver Beshelar tão arrumado quanto um soldado de brinquedo, e até Cala fez um esforço, embora devesse ter pego emprestado o manto de outra pessoa, pois, ainda que fosse de um azul brilhante, as mangas eram alguns centímetros curtas demais. Ele teria que perguntar a Csevet, refletiu, se os nohecharei do imperador não recebiam algum tipo de estipêndio ou se isso era outra coisa que Chavar estava obstruindo. Ele não iria envergonhar Cala perguntando naquele momento.

Precisamente às sete horas, dois pajens goblins apareceram às portas do Alcethmeret, flanqueados por dois enormes guerreiros, os maiores goblins que Maia já tinha visto, vestindo (Csevet lhe informou em um sussurro apressado) o traje cerimonial completo da Guarda Hezethoresa. Parecia que o embaixador Gormened também estava pensando naqueles 150 anos. Os guerreiros saudaram em perfeito uníssono à aproximação de Maia. Ele se questionou o que a dupla pensava de tudo aquilo, em armaduras brilhantes e pontiagudas e capacetes com cristas elaboradas, mas é claro que não podia perguntar. Na verdade, refletiu, com ironia, a curiosidade era uma característica inútil em um imperador.

Julgou que os pajens deviam ter dez ou onze anos, ambos de pele cinzenta em vez do preto típico dos goblins. Um deles, como o próprio Maia, era cinza-ardósia; o outro era mais da cor das nuvens de inverno, mas nunca seria confundido com um elfo, não com aqueles olhos laranja tão vívidos. Os meninos foram respeitosos, mas nem um pouco tímidos; conversaram com ele livremente na longa caminhada do Alcethmeret até o dav do embaixador.

O mais escuro dos dois se chamava Esret; seu companheiro era Teia. Ambos vinham do norte de Barizhan, onde o intercasamento entre elfos e goblins se tornava cada vez mais comum. Eram filhos de avarsin menores, dados em adoção para a casa do Grande Avar como sinal de fidelidade. E, refletiu Maia, como um seguro contra traição. Esret estava na Corte Untheilenesa havia dois anos; Teia, uns seis meses somente. Ambos preferiam a corte ao Corat' Dav Arhos, o palácio semissubterrâneo do Grande Avar, pois ela tinha muito mais coisas para fazer, e Maia ganhou um retrato dos esforços de Gormened para melhorar a posição de seu país. Esret sabia tudo sobre os gabinetes do lorde chanceler e da Testemunha dos Estrangeiros, enquanto Teia conhecia todos os comerciantes — goblins e elfos — que negociavam entre Barizhan e o Ethuveraz e mantinham um gabinete em Cetho.

— ... e muitos deles fazem isso, Serenidade, porque facilita a aprovação dos formulários alfandegários e dos vistos de viagem e, ah, todo tipo de outras coisas que eles só conseguem fazer aqui.

Maia suspeitava que Esret e Teia deviam saber mais que ele sobre o comércio entre Barizhan e o Ethuveraz.

Outros dois soldados com o uniforme da Hezhethora estavam parados em pé às portas da área do embaixador da Corte Untheilenesa. Eles bateram continência e abriram as portas, movendo-se em perfeito uníssono. Maia se surpreendeu que o embaixador tivesse tantos dos guerreiros do Grande Avar, mas um sussurro confidente de Teia explicou:

— Eles não são grandiosos? Vieram com o mensageiro de Maru'var. Inver e Belu passaram o dia todo praticando com as portas e fizeram Vorzhis chamar alguém para lubrificá-las.

— Vorzhis afirma que ficará feliz quando eles voltarem para Barizhan — comentou Esret, tão alegre quanto Teia —, mas todos nós sabemos que ele não está falando sério. Quem sabe o senhor não poderia vir vê-los treinar? Eles são *incríveis*.

O olhar de Maia cruzou com o do soldado que segurava a porta esquerda; ficou tão surpreso quando o homem piscou que quase se esqueceu de continuar caminhando. Sabia que as relações entre os nobres barizheses e seus dependentes eram mais familiares que formais, mas era surpreendente a um nível inexpressível ser incluído nisso. Ele se perguntou se seria por causa da imperatriz sua mãe ou de seu parentesco com osmerrem Gormened, ou ainda se o embaixador havia feito um julgamento particularmente astuto de seu caráter.

Esse pensamento não era feliz. Maia franzia a testa quando entrou na sala de recepção, embora tenha tido que se recompor imediatamente para responder à magnífica reverência de osmerrem Gormened. Ali estava o embaixador, curvando-se, sorrindo e tão claramente ansioso para que Maia ficasse satisfeito que não conseguiu manter seu distanciamento suspeito. Havia toda uma série de apresentações a serem feitas; Gormened devia ter persuadido todos os expatriados barizheses em Cetho para que comparecessem, e a oportunidade de conhecer o imperador era, claro, nova para eles. Varenechibel dificilmente teria sido acolhedor com a comunidade goblin.

Eles eram de todos os tons, de preto goblin a branco élfico; alguns tinham olhos vermelhos, laranja ou dourados; outros, azuis ou verdes. A estrutura óssea também variava muito: alguns tinham ossos pesados com a mandíbula goblin rebaixada; outros, os traços finos e angulosos dos elfos. Foi a primeira vez que Maia se viu cercado por pessoas que eram como ele em vez de apenas elfos brancos como a neve com olhos claros e ele acabou perdendo vários nomes no esforço de não desmaiar, hiperventilar ou explodir em lágrimas. Estabilizou-se com a visão da expressão carrancudo de Chavar; era muito fácil imaginar Setheris atrás dela.

A maioria dos goblins presentes eram comerciantes e ricos. Entretanto, Maia percebeu uma divisão distinta no fato de que os goblins mais velhos pareciam lidar principalmente com seda, ao passo que a geração mais jovem tinha uma diversidade de interesses: relógios, canetas, os tapetes de Choharo tecidos à máquina — resumindo, as mercadorias representadas pela Associação Comercial do Ethuveraz Ocidental. Também notou que, se pudesse dizer que Chavar favorecia alguém, eram os comerciantes de seda. A seda era produzida em Thu-Athamar e já era o alicerce da economia do Ethuveraz havia tantos séculos que era praticamente respeitável.

De repente, Maia entendeu que o conflito pela ponte sobre o Istandaärtha tinha menos a ver com o rio ou a ponte que com o comércio. O Ethuveraz oriental sempre havia sido, desde que Edrevenivar, o Conquistador, unira leste e oeste, significativamente mais rico e mais poderoso que os principados ocidentais, e sua riqueza e seu poder eram em grande parte baseados no comércio de seda, controlado por um punhado de famílias nobres. Aquilo começara a mudar com a corrida do ouro na época do avô de Maia, a fundação de Ezho, e continuava a mudar à medida que os artesãos e comerciantes das cidades ocidentais aprendiam a cooperar entre si, mas o poder do monopólio da seda seria terrivelmente ameaçado, possivelmente destruído, por uma ponte sobre o Istandaärtha — uma maneira barata, fácil e segura não apenas de aumentar o comércio, mas também de fazer com que as famílias camponesas que faziam todo o trabalho de produção de seda simplesmente fossem embora. E assim eram os dois lados — de modo bastante literal, as margens leste e oeste do Istandaärtha —, um ansiando ardentemente pela ponte e o outro abominando até mesmo a menção a ela. E lá estava o imperador no meio.

Demorou algum tempo até Maia conseguir encontrar um canto relativamente tranquilo para falar com Gormened.

— Precisamos lhe agradecer — disse, já envergonhado, mas determinado — pelo nesecho.

— O nesecho? — Os olhos de Gormened eram muito perspicazes, mas não cruéis. — O senhor gostou, Serenidade?

— Tivemos que pedir a um de nossos jardineiros que explicasse — falou Maia —, mas nós o guardamos. — Tirou de dentro do bolso interno o nesecho, que estava enfiado em sua corrente de ouro.

O rosto de Gormened se iluminou em um sorriso atônito.

— Ficamos honrados, Serenidade, e muito satisfeitos.

— Obrigado — falou Maia, guardando o nesecho novamente —, mas por que você nos enviou isso? — Ele esperava que soasse como se estivesse perguntando: "Por que você está buscando nosso favorecimento imperial?", mas tinha medo de que a verdadeira pergunta, "Por que você está sendo bom comigo?", ficasse aparente demais.

Gormened pareceu visivelmente intrigado, o que não teria acontecido por uma pergunta puramente política.

— Por que não deveríamos tê-lo feito? — indagou, observando Maia com atenção. — Vossa Serenidade estava enfrentando, e de fato ainda enfrenta, uma tarefa formidável, e queríamos transmitir... — Ele deu de ombros, um gesto amplo e abrangente. — ... se não o nosso apoio, precisamente, pois somos leais a Maru'var, então nossa simpatia? Nossa benevolência? Desejávamos que o senhor soubesse que não éramos um inimigo. Não somos um inimigo. Pois pareceu-nos muito provável que o senhor estivesse precisando dessa garantia de pelo menos um lugar. — Sem querer, os olhos de Maia encontraram Chavar, parado como uma nuvem de trovão entre os convidados. — Exatamente — acrescentou Gormened de modo seco, e virou-se para apresentar Maia a mais alguém.

Maia acompanhou osmerrem Gormened até o jantar; tinha tanto a pensar sobre aquilo que se esqueceu de ficar ansioso e, em vez disso lhe fez uma série de perguntas sobre quais mercadorias eram consideradas luxo em Barizhan e sobre o comércio com outros países do outro lado do Mar de Chadevan. Ela ficou intrigada, mas foi cooperativa, e acabou pedindo ajuda ao cavalheiro do outro lado, um comerciante de seda que tinha sido um mercador marítimo na juventude — possivelmente um pirata, se Maia estivesse entendendo corretamente as nuances da conversa — e que sabia tudo sobre especiarias, pedras preciosas, garotas-leão e outras coisas exóticas que raramente chegavam tão ao norte quanto o Ethuveraz. Ele se animou com o assunto ao ver que Maia estava realmente interessado e progrediu de simples informações para histórias cada vez mais alucinadas. Quando terminaram a salada de pepino e o caril de inhame e porco foi servido, toda a extremidade da mesa onde estavam os três ouvia descaradamente mer Zhidelka. Um pouco mais tarde, este já desenhava mapas na toalha de mesa com sal e vinho derramado, contando as aventuras do barco a vapor *Lótus Benevolente* nas Guerras do Arquipélago, e as pessoas mais longe na mesa esticavam os pescoços para ouvir. O saco de histórias de mer Zhidelka parecia sem fundo, e Maia estava ao mesmo tempo encantado e grato.

O carril foi levado e substituído por pequenos e requintados sorbets de limão. O embaixador Gormened se levantou.

— Temos um anúncio a fazer — disse ele, sua voz treinada interrompendo com facilidade a descrição que mer Zhidelka fazia das práticas bárbaras dos ilhéus de Versheleen —, ao mesmo tempo delicioso e inédito. Maru Sevraseched, o Avar dos Avarsin, opta neste ano celebrar a Noite Invernal na corte de seu neto.

Chavar, mesmo sabendo muito bem que isso aconteceria, fez cara de quem tinha acabado de encontrar medula em seu sorbet. Os convidados barizheses cochicharam e exclamaram. Gormened continuou:

— É de nosso agrado que o imperador e a corte tenham concordado em dar as boas-vindas ao Grande Avar de Barizhan e trabalharemos em estreita colaboração com o lorde chanceler... — Ele se curvou para Chavar — ... e com a Testemunha dos Estrangeiros... — Curvou-se para lorde Bromar — ... para garantir que esta Noite Invernal seja uma esplêndida e adequada celebração dos laços estreitos entre os nossos dois países e do início do reinado de Edrehasivar VII, que seja longo e próspero!

Houve aplausos, mas Gormened e seus convidados, um por um, foram se virando para olhar para Maia, e ele entendeu que esperavam que fizesse algum tipo de discurso. Sua boca ficou instantaneamente seca e suas mãos tremiam quando ele empurrou a cadeira para trás. *Melhor que sejas tu do que Chavar,* disse a si mesmo; um olhar para o rosto do lorde chanceler foi suficiente para convencê-lo disso.

Levantou-se, segurando a borda da mesa com tanta força que os anéis lhe machucaram os dedos, e começou:

— Obrigado, embaixador Gormened. — Horrivelmente, sua mente ficou em branco, exceto por todas as coisas que ele *não deveria* dizer: "Prometemos que nosso lorde chanceler se comportará", por um lado, e "Sempre tivemos muita curiosidade a respeito de nosso avô", por outro. Por fim, sem jeito, prosseguiu: — Sentimos que esta Noite Invernal será muito memorável e temos a mais profunda fé em você, lorde Chavar e lorde Bromar. Obrigado.

Ele esperava que não ficasse óbvio que estava se sentando para evitar que seus joelhos cedessem, mas, mesmo sem essa humilhação, não tinha sido lá um grande discurso. Via pela expressão de Chavar entre os aplausos educados que não só Varenechibel teria feito melhor, mas o mesmo valeria para Idra, o sobrinho de catorze anos de Maia. Provavelmente, até as irmãzinhas de Idra teriam se saído melhor.

Setheris me castigava por falar demais. Queria protestar, mas isso não lhe faria bem algum. Pegou sua taça de vinho.

Osmerrem Gormened disse a mer Zhidelka:

— Tememos ter ficado ligeiramente desorientadas. Onde exatamente ficam as ilhas Versheleen?

E o embaixador Gormened sinalizou aos criados para levarem o rico e apimentado chocolate quente com o qual os goblins terminavam as refeições de inverno. Era uma gentileza que Maia não teria recebido da corte élfica. Mesmo que o embaixador e sua esposa estivessem buscando favorecimento de modo deliberado, faziam isso com uma generosidade de espírito pela qual Maia ficou profundamente agradecido.

Olhou para Chavar, carrancudo e ignorando seus vizinhos, depois desviou o olhar rapidamente e se pôs a ouvir as histórias de mer Zhidelka. Aceitaria boa vontade onde quer que pudesse encontrá-la.

Mas encontrou-se meditando sobre boa vontade, alianças políticas e outras coisas e mais tarde, de volta à falsa privacidade do Alcethmeret, perguntou:

— E se dach'osmin Ceredin não desejar se casar conosco?

Csevet olhou para ele como se seu mestre tivesse enlouquecido.

— Em primeiro lugar, Serenidade, qual é a probabilidade de qualquer jovem de nascimento e criação nobre *não* desejar ser imperatriz? Em segundo lugar, o senhor pode ter certeza de que os Ceredada não a deixarão fazer nada tão tolo como recusar o senhor.

Em outras palavras, pensou Maia, *os desejos dela não têm mais importância que os meus.*

— O que devemos fazer? Tudo será tratado por secretários?

— Haverá uma reunião formal, Serenidade. Fora isso, seria grosseiramente impróprio que o senhor tivesse qualquer contato com ela antes da assinatura do contrato de casamento.

— Ah — soltou Maia, desanimado.

— Embora — comentou Csevet com cautela — não fosse ser impróprio incluir uma carta pessoal com a oferta formal de casamento. Não é algo que sempre seja feito, mas não é errado.

— Certo — disse Maia, embora a ideia fosse assustadora. Então pensou em algo ainda pior. — Ela está *aqui*? Na corte?

A tosse de Csevet podia ter sido uma risada estrangulada.

— Ela compareceu à sua coroação, Serenidade. — Depois de um momento, ele acrescentou algo com a voz cuidadosamente evasiva. — Também é de nosso conhecimento que ela é do círculo da arquiduquesa Vedero.

— Você não mencionou isso antes — disse Maia, e odiou o quão mal-humorado soou.

— Temos feito consultas. E... o senhor não perguntou.

Apesar de dito muito gentilmente, foi uma repreensão, e uma que Maia sabia que merecia. Sentiu o rosto esquentar e abaixou a cabeça, mordendo a língua contra as desculpas e queixas que a lotavam. Em vez disso, perguntou:

— Ela também é astrônoma?

— Isso, Serenidade, não sabemos. Mas o círculo da arquiduquesa inclui mulheres interessadas em todos os ramos de estudo.

Maia tinha outra pergunta, uma que o vinha incomodando havia algum tempo.

— As universidades estão abertas às mulheres. Sabemos disso. Por que essas mulheres não... Por que nossa irmã não frequentou uma?

Houve uma pausa infeliz antes de Csevet responder:

— Para fazer isso, Serenidade, ela teria precisado da permissão do pai. E considera-se que uma educação universitária torna uma mulher inadequada para ser esposa.

— E isso era tudo com que nosso pai se importava — finalizou Maia.

— Serenidade — disse Csevet, não exatamente concordando de modo explícito.

— Precisamos escrever para ela — falou Maia, sentindo a verdade disso —, mas o que devemos dizer?

— Não sabemos, Serenidade. Mas o senhor não tem outras obrigações para esta noite. — O que significava que Csevet pensava que ele deveria escrever para dach'osmin Ceredin naquele momento. Maia supôs que ele estava certo a esse respeito também.

Embora os lampiões a gás da Corte Untheilenesa significassem que as horas da corte não se regiam pelo sol, o embaixador Gormened tinha escolhido seguir a tradição mais antiga de acabar com as refeições de inverno se não ao pôr do sol, então substancialmente mais cedo que a maioria das funções da corte. Maia suspeitou que ele tivesse muito sensatamente um pretexto gracioso e plausível para acabar com a festa antes que algo desse errado. Assim, Maia teve um período ocioso inusitadamente longo e o passou todo descartando rascunho após rascunho de sua carta para dach'osmin Ceredin. Quando foi para a cama — ironicamente, muito mais tarde que o habitual —, não só não estava satisfeito com o produto de seus esforços como também não achava que tivesse qualquer chance de fazer melhor que aquilo:

Para dach'osmin Csethiro Ceredin, saudações:

Receamos que isso deva ser tão estranho e incômodo para você como é para nós.

Lamentamos por isso. Desejamos ser um bom marido para você. Pedimos que seja honesta conosco, para nos dizer quando a ofendermos ou magoarmos, pois não o faremos de propósito, mas apenas por ignorância.

Com esperança,

Edrehasivar VII Drazhar

Não conseguiu escrever "Não somos nosso pai", embora seus dedos tivessem apertado a caneta com o desejo de fazê-lo.

Selou a missiva pateticamente curta com seu sinete, tentando tirar esperança da marca clara do gato-serpente na cera, e escreveu o nome de dach'osmin Ceredin no envelope, depois levou-o para seu quarto no andar de cima, pois havia percebido que não podia deixar que fosse enviado até ter certeza de que dach'osmin Ceredin havia sido informada da honra que pousava em seus ombros. Nada poderia ser pior que sua carta chegar por pneumático antes mesmo que um mensageiro tivesse sido designado para levar a oferta formal.

Explicou a situação aos seus edocharei, que lhe lançaram uma série de olhares perplexos.

— Mer Aisava ainda não deve ter dormido, Serenidade — disse Nemer. — Vamos buscá-lo. — E ele se foi antes que Maia pudesse lhe dizer que não. Reapareceu logo com Csevet, ainda totalmente arrumado, e o secretário se curvou e pegou a carta. — Está muito bem, Serenidade. Amanhã, entregaremos isto ao mensageiro que levará a oferta formal. Ele não vai errar.

Maia sabia que Csevet não diria isso se o homem não fosse de completa confiança e tentou afastar da cabeça esse espectro particular de humilhação. Também tentou se desculpar.

— Não queríamos que você fosse incomodado tão tarde.

Mas Csevet, assim como seus edocharei, não via nada inadequado nisso.

— Serenidade, é o nosso trabalho e nos deixa muito felizes.

— Mas você não tem mais privacidade que nós! — desabafou Maia, consternado, e ficou ainda mais consternado quando Csevet corou.

— Nós lhe garantimos, Serenidade, que temos privacidade suficiente para nossas, hum, necessidades.

— Ah — falou Maia. — Isso é bom. Ficamos contentes... Isto é, ficamos... Nós vamos para a cama. Boa noite, Csevet.

— Boa noite, Serenidade — cumprimentou Csevet, ainda muito rosado, mas sorrindo. — Durma bem.

Maia foi para a cama sem esperar por isso, mas na verdade dormiu bem e acordou de manhã sentindo como se seus problemas não fossem insuperáveis, afinal. Desceu para encontrar lorde Berenar esperando por ele na sala de refeições, conversando amigavelmente com Csevet: fofocas da corte que Maia ainda era muito novato para acompanhar. Ambos se levantaram e se curvaram à entrada de Maia; assim que todos estavam sentados novamente e Maia tinha uma xícara de chá aquecendo as mãos, ele perguntou:

— Você queria falar conosco em particular, lorde Berenar?

— Queríamos — disse Berenar.

Ele fez uma pausa, tempo suficiente para que Csevet anunciasse:

— Aguardaremos o senhor lá embaixo, Serenidade. — E começou a se levantar.

— Não, não — disse Berenar, apressado. — Não é um assunto tão particular assim. Meramente... Serenidade, parece-nos que o senhor precisa de ajuda e ninguém a está fornecendo.

— De que tipo de ajuda você está falando? — perguntou Maia, as costas endurecendo e as orelhas se abaixando.

— Não queremos com isso dizer nada que o desabone: muito pelo contrário. Embora sintamos que o falecido imperador seu pai tenha muito que responder por isso. Serenidade, se estivermos errados, basta o senhor dizê-lo, então pediremos desculpas e não o incomodaremos mais. Mas o senhor, de verdade, compreende mais da metade dos procedimentos dos Corazhas?

Um rubor escaldante varreu Maia, deixando vergonha fria e tontura em seu rastro. Ouviu Csevet dizer, irritado:

— As noções de tato de Vossa Senhoria deixam muito a desejar.

Maia lutou para se recompor, para não se trair... mas já era tarde demais para isso. Berenar vira a verdade, vira que ele era ignorante e despreparado, incapaz de ser imperador. Inútil, era como Setheris o tinha chamado, e era verdade.

— Serenidade — disse Berenar, parecendo ansioso —, não quisemos dizer isso como uma acusação. Queremos oferecer nossa ajuda.

— Sua... ajuda? — repetiu Maia, a boca seca como algodão.

— A falta de conhecimento é um problema remediável — disse Berenar. — Nós supúnhamos que essa questão seria solucionada, pois certamente seu lorde chanceler tem muita experiência com a corte e familiaridade mesmo com os caminhos mais sombrios dela, mas, uma vez que isso visivelmente não aconteceu, desejamos oferecer nossos serviços.

Maia reparou que estava com a xícara de chá nas mãos e bebeu, dando a si mesmo um momento para se recompor. Foi Csevet quem perguntou:

— O que você quer dizer com "serviços", lorde Berenar?

Berenar lançou um olhar de Maia a Csevet, tão brilhante e intenso quanto vidro ao sol. Mas se virou de modo cortês para Csevet e disse:

— Ora, educação, mer Aisava, nada mais. Vemos com muita clareza que, sem nenhuma culpa que venha de si, o imperador não tem o conhecimento de que necessita e pensamos que, tendo passado grande parte de nossa vida na corte, poderíamos suprir essa deficiência.

Bem ciente de que Csevet vinha fazendo o melhor que podia para ensinar ao imperador as milhares de coisas que Maia já deveria saber, ele procurou sinais de ofensa, mas Csevet respondeu:

— Isso é extremamente bem pensado. — Virou-se para Maia, com as sobrancelhas erguidas. — Serenidade, o senhor não tem que aceitar se a oferta de lorde Berenar não lhe agradar.

— Não — disse Maia. — Queremos dizer, sim! Isto é, somos extremamente gratos a lorde Berenar e ficaremos felizes com toda informação que ele sentir... — Calou-se, percebendo que estava se dirigindo à pessoa errada.

Berenar parecia imperturbável e se limitou a dizer:

— Ficamos muito satisfeitos, Serenidade. Podemos sugerir que um horário regular de reunião seja mais produtivo e menos perturbador para nossas agendas?

— Parece uma boa ideia — anuiu Maia.

Csevet completou:

— Vamos providenciar, Serenidade. Lorde Berenar?

Os dois saíram juntos, e Maia entregou a xícara de chá para que Isheian a enchesse outra vez.

Há boa vontade a ser encontrada, pensou enquanto Isheian devolvia a xícara com um de seus sorrisos tímidos, quase invisíveis. *Até mesmo na Corte Untheilenesa.*

PARTE TRÊS

O imperador invernal

18 Os legados de Varenechibel

Ele era chamado de imperador invernal pois seu reinado iniciara com neve antes da hora e seu primeiro mês fora caracterizado por um frio cortante; o Istandaärtha congelou abaixo de Ezho pela primeira vez na memória dos vivos. Era impossível manter os vastos e ecoantes aposentos inferiores do Alcethmeret aquecidos, e com os espaços públicos da corte isso era ainda pior. Maia estava sempre com frio, apesar das camadas de seda, lã e arminho, e ofendeu Esaran outra vez perguntando se a criadagem era capaz de se manter aquecida o suficiente. Foi Nemer quem o tranquilizou: os aposentos dos criados eram construídos em torno das cozinhas; seus quartos eram mais quentes que o de seu imperador.

Não foi a primeira nem a última vez que Maia desejou simplesmente ser um menino de copa.

Seus dias eram repletos de reuniões — com os Corazhas, o lorde chanceler e seus satélites, representantes desta família rica em busca de um favor, daquele negócio lucrativo em busca de uma concessão. Audiências formais eram realizadas com cada um dos embaixadores da corte: de Pencharn, Ilinveriär, Estelveriär, Celvaz e, claro, Barizhan. A própria Corte Untheilenesa, como qualquer cidade, exigia governança, e Maia mediava entre os cortesãos da melhor forma que podia, quando raramente tinha algo além da compreensão mais acadêmica dos fundamentos da querela. Os cortesãos pelo menos eram educados em ouvi-lo, embora ele não tivesse confiança de que estivessem prestando atenção. Assuntos entre funcionários e criados tendiam a ser muito mais práticos, ainda que não menos apaixonados, mas desses ele só ouvia falar por terceiros: Csevet lidava com eles para que Sua Serenidade Imperial não fosse "incomodada". À noite, ele jantava com a corte, como se esperava que fizesse, a menos que encontrasse alguma razão convincente para estar em outro lugar, mas então estaria dançando, ou num baile de máscaras, ou em algum outro entretenimento em que a presença do imperador fosse entendida como essencial. Ele dormiu tarde mais uma vez — e mais uma vez e mais outra vez à medida que os dias de seu reinado começavam a se acumular —, mas seus olhos estavam embaçados de trabalho, não de bebida, e a dor de cabeça latejante vinha da tensão, da sensação constante, meio incapacitante, de ter que tomar decisões sem informação suficiente, com uma compreensão sempre incompleta da situação, da motivação, de possíveis repercussões. Nem mesmo os melhores esforços de Berenar compensavam em poucas semanas a deficiência de anos.

Ele tentava não amaldiçoar a memória de seu pai, mas não conseguia evitar saber que fora o rancor de seu pai que o incapacitara. *Tu eras o quarto filho; teus meios-irmãos eram saudáveis, e um conseguiu um herdeiro. Não havia necessidade de ninguém imaginar que algum dia virias à Corte Untheilenesa, quanto mais que a governarias.* Mas ele se perguntou, enquanto petições e mais petições chegavam daqueles que haviam sido afastados da corte por ordem de Varenechibel, o que seu pai tinha planejado para ele, qual teria sido seu destino se o *Sabedoria de Choharo* não tivesse sido sabotado.

Era um pensamento maligno, mas ele não conseguia expulsá-lo; perguntou-se com morbidez se as táticas de Varenechibel lhe haviam realmente trazido alguma paz de espírito ou se ele sempre esteve ciente daqueles que baniu de sua presença, sua primeira e quarta esposas, seu filho, seu primo, um sortimento de outros parentes e membros da corte que o preocupavam, o irritavam ou o deixavam inquieto.

Também não ajudou que a carta que Maia recebeu de Csethiro Ceredin tivesse sido breve ao ponto da brusquidão, escrita numa letra cursiva fria muito mais elaborada que a de Maia. A carta não falava de nada a não ser dever e lealdade, ignorando inteiramente as tentativas de Maia de oferecer um relacionamento mais caloroso. Varenechibel havia encontrado afeto, bondade, até mesmo amor com Pazhiro Zhasan, mas nem a carta nem a reunião formal prescrita davam qualquer esperança do mesmo para Maia.

O imperador Edrehasivar VII conheceu sua futura imperatriz pela primeira vez na Sala de Recepção do Alcethmeret. O imperador estava imobilizado em brocado branco e pérolas; dach'osmin Ceredin estava austera e imaculada em seda aguada verde-clara; contas *cloisonnée*, carmesim e douradas haviam sido enroladas em seu cabelo e também pendiam de suas orelhas. O contraste destacou o azul vívido de seus olhos — a mesma cor brilhante de Arbelan Drazharan — como um grito de desafio em seu rosto branco, de fina estirpe, sem personalidade. Maia achou impossível encontrar o olhar dela com firmeza.

Dach'osmin Ceredin estava acompanhada de seu pai, o marquês Ceredel. Enquanto ela era tão ilegível quanto uma boneca de porcelana, ele estava visivelmente nervoso, cheio de bravata em um momento e quase se encolhendo no seguinte. O marquês Ceredel tinha a consciência pesada, observou Maia; mais tarde, teria de perguntar a Csevet ou a Berenar por quê.

Aquela não era uma grande ocasião cerimonial como a assinatura do contrato de casamento seria, mas não havia nada de informal naquilo. Edrehasivar VII anunciou ao marquês Ceredel que havia escolhido Csethiro Ceredin como sua imperatriz; o marquês Ceredel professou seu deleite e seu senso de honra. Nenhuma menção foi feita à propriedade que dach'osmin Ceredin traria consigo para o casamento, nem aos presentes e favores que o imperador concederia aos Ceredada. Esses detalhes estavam sendo elaborados por secretários e administradores, e Maia esperava que Chavar tivesse a menor participação possível nas negociações. Aquele interlúdio entre o imperador e seu futuro sogro era mero teatro; Maia sequer tinha certeza de a quem aquilo se destinava.

Durante todo o tempo, dach'osmin Ceredin ficou em pé ao lado do pai, educadamente impassível, nem um piscar de olhos em seu rosto estreito ou uma contração das orelhas para indicar que estivesse mesmo ouvindo. Isso deixou Maia desconfortável e ansioso até que, finalmente, no ponto em que a audiência deveria ser encerrada, ele disse:

— Dach'osmin Ceredin, você está contente com este casamento?

Ela ergueu uma sobrancelha uma fração em sinal de seu conhecimento de que a pergunta era inútil e até mesmo tola, então fez uma perfeita mesura e respondeu:

— Estamos sempre contentes em cumprir nosso dever, Serenidade. — Sua voz era mais grave que a de uma mulher em geral e soou como um sino no vazio da Sala de Recepção.

Maia, de rosto afogueado e angustiado, pôde apenas dispensá-los, da mesma forma que dach'osmin Ceredin já o havia dispensado.

Seu casamento assomou diante dele como um desastre, mas, apesar dos pensamentos aziagos, ou talvez até por causa deles, Maia ficou satisfeito em conceder uma audiência a Arbelan Drazharan quando ela solicitou uma. Recebeu-a na Sala das Tartarugas, e a reverência que ela fez foi magnificamente formal, negando a própria idade com ferocidade.

Convidou-a para se sentar, tomando sua cadeira habitual, e perguntou:

— O que podemos fazer por você, Arbelan Zhasanai?

Ela conseguiu transformar um bufo numa tosse e disse:

— O senhor não precisa nos conceder honras que não são nossas, Serenidade. Não somos zhasanai.

— Você era a esposa de nosso pai. Era Arbelan Zhasan.

— Faz trinta anos. Se o senhor nos chamar de zhasanai, estará se ilegitimando. Mas o senhor sabe disso.

— Sim — concordou Maia. — Mas nós a honraríamos, mesmo assim.

— Vossa Serenidade é mui gracioso; apreciamos isso. Mas sua mãe também foi banida, não foi? — A pergunta era uma formalidade; ambos sabiam a resposta.

— Foi.

Ela cruzou as mãos e se curvou para ele sobre elas, um antiquado gesto de respeito e lamento.

— Varenechibel era como uma geada mortífera. — Ficaram em silêncio por um instante em sinal de terem sobrevivido a Varenechibel IV; então Arbelan continuou. — Desejamos, Serenidade, saber quais são seus planos para nós.

— Não fizemos planos para sua pessoa, nem teríamos a intenção de fazê-lo. Deseja retornar a Cethoree?

— Não, agradecemos — disse Arbelan, decidida. — Mas... é seu desejo que importa, Serenidade, não o nosso. Somos da Casa Drazhada. — Com isso, ela quis dizer não apenas que era drazhadesa por casamento, mas que, como as outras esposas de Varenechibel, tanto a viva quanto as mortas, e como as filhas dele, a nora e as netas, como a infeliz noiva de seu terceiro filho, ela pertencia aos Drazhada. Ela era literalmente de Maia e faria o que ele quisesse.

Não era de admirar, refletiu ele, que Sheveän o odiasse, que Csoru o desprezasse, que Vedero o olhasse com desconfiança e ceticismo. Não era de admirar que Csethiro Ceredin não lhe desse nada de si a não ser o dever dela. Maia tinha dezoito anos, era ignorante, sem sofisticação; não tinha o direito de controlar as vidas delas — exceto pelo direito da lei.

— Arbelan Zhasanai — disse ele de modo deliberado —, não podemos fazer esta pergunta a nossa mãe, e isso nos entristece. Mas é em memória dela que lhe perguntamos: o que você deseja fazer?

Ela o contemplou, o rosto ilegível. Então curvou a cabeça com gravidade.

— Se não desagradar a Vossa Serenidade, desejamos permanecer na Corte Untheilenesa. Depois de tanto tempo, não temos outra casa, exceto Cethoree, para onde não desejamos voltar.

— Então você é bem-vinda aqui.

— Nós agradecemos, Serenidade — disse ela.

— Você poderia...? — Ele se calou, sentindo o rosto esquentar.

— Qualquer coisa que esteja ao nosso alcance, Serenidade, o senhor sabe que é só ordenar.

— Não, não é isso — explicou ele. — Não é nada... Não é uma *ordem*.

As sobrancelhas dela estavam arqueadas. Osmin Duchenin o chamara de Edrehasivar Meia-Língua quando achara que ele não estava ouvindo; um olhar para Telimezh fora o suficiente para lhe dizer que não era a primeira vez. Ele cravou as unhas nas palmas das mãos, forçou-se a respirar direito e disse:

— Nós apenas nos perguntamos se você consentiria jantar conosco, talvez uma vez por semana? — Ela estava visivelmente assustada, o que em uma senhora da geração de Arbelan Zhasanai não era pouca coisa. — Não há impropriedade — acautelou ele apressadamente. — Você é, como você disse, drazhadesa, viúva e...

— Serenidade — falou ela, e havia algo em sua voz que ele não sabia como nomear —, ficaríamos satisfeitas e honradas.

Era apenas um pequeno baluarte, mas mesmo assim era um baluarte, uma noite em sete em que ele não teria de encontrar as caras pálidas e frias e os olhos reluzentes da corte. E Arbelan Zhasanai, que lhe devia sua gratidão, não contaria histórias dos silêncios desajeitados do imperador, dos esforços desastrados dele para conversar. Assim que ela o medira — assim, imaginou ele, que ela havia determinado que aquilo não era nenhuma armadilha misteriosa e terrivelmente sutil —, assumiu a conversa por si mesma, com um poder e uma facilidade que o fizeram se perguntar como ela havia sido quando era a imperatriz de Varenechibel, antes de seu corpo e de seu marido a traírem. Embora, por acordo tácito, eles não falassem do próprio Varenechibel, ela lhe contou histórias de sua juventude, descreveu a corte do pai de Varenechibel, Varevesena. E essas histórias pareciam sempre levá-la a falar da corte moderna, de suas guerras mesquinhas e de suas traições mais sombrias. Ele entendeu o valor do que ela oferecia e ouviu atentamente, semana após semana, tentando, mesmo dessa forma pequena, compensar a ignorância que foi sua herança.

Ele aprendera o valor da fofoca com Setheris, a partir das diferenças, ora pequenas, ora vastas, entre os comunicados oficiais da corte e as cartas que Setheris recebia de Hesero. Nunca se podia confiar em fofocas, havia dito Setheris mais de uma vez, mas também não valia a pena desprezá-los. Portanto, junto às lições de Arbelan Zhasanai e lorde Berenar, Maia ouvia os petiscos que sua casa lhe trazia, seus edocharei, seus nohecharei, Csevet: cada um ouvia histórias diferentes, interpretações diferentes.

Foi Arbelan Zhasanai quem lhe disse que Sheveän continuava descontente, foi Csevet quem observou que vários cortesãos pareciam anormalmente pouco interessados nas leis de sucessão nos últimos tempos. Mas foi Nemer quem, tímido, misturando relutância e indignação, lhe disse que havia pessoas começando a dizer que o filho de Nemolis, Idra, deveria ter assumido o trono.

Maia não ficou nada surpreso. Não havia ninguém na Corte Untheilenesa, possivelmente ninguém em todo o Ethuveraz, que não soubesse que Varenechibel teria preferido ver o neto como seu sucessor. Se Idra tivesse atingido a maioridade antes da morte do avô, poderia muito bem ter levantado sua bandeira contra seu meio-tio — e quase certamente o teria derrotado.

Mas Idra tinha catorze anos; não poderia ser um jogador nas maquinações da corte, apenas um peão. Também era, da maneira como as coisas estavam, o herdeiro de Maia, e assim o desejo instintivo de Maia de tratar Sheveän como seu pai havia tratado todos os que o desagradavam — deixar que ela visse como era a vida em Isvaroë, Edonomee ou Cethoree — era insustentável. Ele poderia fazê-lo, mas ou relegaria os filhos de Sheveän com ela e faria com Idra exatamente o que Varenechibel fizera com o próprio Maia, ou separaria Idra da mãe. E as irmãzinhas de Idra, o que alguém faria com elas nesse caso? Não, não era possível. Edrehasivar não era e não poderia ser Varenechibel.

Ele sofreu com a miserável certeza de que nada que pudesse dizer a Sheveän faria a menor diferença. Mas lembrou que Idra não parecera se ressentir dele na coroação, então convocou seu herdeiro para o jardim do Alcethmeret, onde havia se tornado costume do imperador caminhar meia hora por dia, independentemente do clima. Mesmo na neve ou nas tétricas chuvas geladas de inverno, ele pelo menos caminhava ao longo da colunata que aninhava o jardim contra o grosso do palácio.

Idra foi pontual; se sua mãe tinha insistido em ir com ele, como Maia temera, as instruções que havia deixado com a casa dela haviam sido eficazes, e Idra foi sem ela. O rapaz estava perfeitamente vestido e arrumado, seu cabelo preso no grosso coque que convinha a uma criança, enquanto o âmbar que brilhava calorosamente entre suas tranças brancas sinalizava que ele era filho da casa governante. Assim como Maia, Idra tinha os olhos drazhadeses, cinzentos, pálidos e claros como água, e ele encontrou o olhar de seu imperador sem vacilar quando se endireitou após a reverência.

Não era um dia particularmente agradável, mas o sol brilhava de modo intermitente por entre as nuvens e o vento estava menos cortante que na véspera. Maia perguntou:

— Primo, quer passear conosco?

— Se lhe agradar, primo — falou Idra, encontrando Maia no nível de formalidade que ele havia escolhido: "primo" para reconhecer seu parentesco, mas sem especificidades opressivas. Maia não achava que fosse capaz de forçar a palavra "sobrinho" pela garganta nem que tentasse.

Caminharam em silêncio ao longo da primeira curva larga do caminho que levava para longe do Alcethmeret. Então, por não ter conseguido pensar em nenhum jeito delicado ou elegante de dizer, Maia enunciou simplesmente, sem rodeios:

— Você é nosso herdeiro.

— Somos, primo — falou Idra.

Maia reparou na cautela no olhar de esguelha do menino e a odiou. Mas não havia nada que pudesse fazer a respeito. Não podia exigir que Idra confiasse nele.

— Você deve saber, imaginamos, que não estamos nos melhores termos com sua mãe.

— Sabemos, primo.

— Lamentamos isso. Se dependesse de nós, faríamos as pazes.

Um silêncio, pensativo. Idra respondeu:

— Acreditamos em você, primo.

— Acredita? Ótimo. Então talvez você acredite em nós quando dissermos que não desejamos nenhuma inimizade com você.

— Sim, primo.

Ficaram em silêncio por outra longa curva do caminho. Maia estava dolorosamente ciente de que Idra era apenas quatro anos mais novo que ele — e de que Idra era, para algumas coisas, bem mais velho. Ele não tinha a vergonha gaga de um imperador que nunca aprendera a dançar, escolher joias ou falar educadamente sobre qualquer assunto durante um jantar de cinco pratos. Desejou poder desabafar com Idra, pedir conselhos. Mas, se não eram inimigos, ainda assim não eram exatamente aliados, e ele não podia pedir a Idra que escolhesse seu imperador em vez da própria mãe.

Bem, poder ele *podia*, mas não queria, não queria fazer da lealdade e do amor elementos inimigos no coração de Idra.

No entanto, precisava dizer alguma coisa, tinha que se comunicar com Idra de alguma forma. O príncipe da Corte Untheilenesa atingiria a maioridade em dois anos e, a menos que Maia gerasse um herdeiro, um pensamento do qual ele fugia como um cavalo se esquiva de um ruído ameaçador, Idra seria um fato de sua vida política até que não tivesse mais nenhuma vida política, nenhuma vida. Maia disse abruptamente:

— Você chora por seu pai, primo?

— Sim — disse Idra. — Choramos.

Maia, que pretendia dizer algo sobre justiça, sobre simpatia, ouviu-se revelar:

— Nós não choramos pelo nosso.

Idra perguntou:

— O senhor o conheceu?

Ele havia se preparado para horror ou desdém, uma observação sobre goblins selvagens ou um eco das palavras cruéis de Varenechibel sobre seu filho "não natural". Mas a voz de Idra soava simplesmente curiosa e, quando Maia ousou olhar de soslaio para seu rosto, os olhos do menino pálidos não continham nada além de uma espécie de simpatia cautelosa.

— Eu o vi uma vez — respondeu Maia. — Aos oito anos. No funeral de nossa mãe. Ele... ele não tinha muito interesse em nós.

"O maldito filhote se parece muito com a mãe."

— Nosso pai falou conosco uma vez sobre nosso avô — disse Idra, a voz ainda neutra. — Quando tínhamos treze anos e se esperava que assumíssemos nosso lugar na corte.

Como Maia deveria ter feito cinco anos antes. Ele acenou com a cabeça para que Idra continuasse.

— Ele nos disse que, acima de todas as outras coisas, Varenechibel odiava cometer erros e odiava ser visto como alguém que cometeu erros. Ele disse que foi por isso que Arbelan Drazharan foi relegada a Cethoree em vez de simplesmente receber permissão para voltar a seus parentes, e foi por isso que você foi... Lembramos como ele disse: "isolado em Edonomee". Se nosso pai tivesse vivido para suceder nosso avô, ele não teria mantido o senhor prisioneiro lá.

— Ficamos gratos por saber disso — falou Maia. E ficava mesmo, embora sentisse dor na mesma intensidade que sentia gratidão.

— Nosso avô era muito gentil conosco. Mas não somos tão ingênuos a ponto de não ver que não era assim com todos. Ele não se importava com nossas irmãs como se importava conosco.

— E você achava isso indigno nele?

— Elas eram suas netas da mesma forma que nós. E nosso pai disse que era bom que não fossem filhos homens, pois filhos homens em demasia... — Ele se calou, arregalando os olhos.

— Confundem a sucessão — completou Maia. — Também nos disseram isso.

— Varenechibel?

— Nosso primo Setheris, que era nosso guardião.

— Ele não tinha o direito de dizer uma coisa dessas ao senhor — comentou Idra, com a mesma indignação com que defendera o direito de suas irmãs de serem amadas pelo avô.

— Pelo menos o primo Setheris foi honesto conosco — falou Maia.

Inverteu a conversa pedindo a Idra que lhe contasse como tinha sido crescer na Corte Untheilenesa. O rapaz obedeceu, falando de modo encantador e espirituoso, enquanto Maia ouvia e sorria, pensando: *Ele seria um imperador melhor que tu, goblin caipira.*

Mas pelo menos Maia se deu bem com seu herdeiro. Pelo menos tinha esse baluarte atrás do qual se abrigar, como se abrigava atrás de seus jantares com Arbelan Zhasanai. Nurevis provara ser outro baluarte, amigável, totalmente desinteressado em política, alegremente pronto para explicar coisas que Maia achava confusas, sempre aparecendo com convites para um evento social ou outro. Maia mais recusava que aceitava, mas não podia recusar todos. Mesmo que quisesse, seria tolice alienar o único cortesão que lhe havia oferecido uma amizade livre de obrigações. E isso ele não queria. Nurevis fazia questão de mencionar quando min Vechin participaria de um de seus saraus ou almoços informais, e Maia corava miseravelmente, porque nunca aprendera a responder a uma provocação camarada; mas ia aos eventos. Dizia a si mesmo que era tolice; que era imperdoável. Ele sabia que era motivo de chacota, o imperador goblin caipira, Edrehasivar Meia-Língua, arrastando-se atrás da cantora de ópera. Mas min Vechin sorria para ele, se aproximava dele quando convidada e não parecia se importar com seu fracasso em estabelecer conversas.

Ele dizia a si mesmo que só pensava em companheirismo e sabia que estava mentindo.

Não perguntou a seus nohecharei o que eles achavam, e eles não lhe diziam. Mas sabia que Beshelar e Dazhis desaprovavam e achou que Telimezh tinha pena dele. *Assim será a tua vida, Edrehasivar,* disse a si mesmo, tentando não pensar em sua agora noiva.

Levou quase uma semana para os termos do contrato de casamento entre Edrehasivar VII Drazhar e dach'osmin Csethiro Ceredin serem acordados. Berenar contou a Maia que havia sido um trabalho extraordinariamente rápido:

— O marquês Ceredel deve temer que o senhor mude de ideia.

— Por que mudaríamos? — indagou Maia, e então fez outra pergunta, lembrando-se de um enigma esquecido: — Por que ele tem tanto medo de nós?

Berenar bufou.

— Quando a imperatriz Arbelan foi posta de lado, o irmão dela, pai do atual marquês, caiu junto com ela. Negociara de modo muito pesado por ser o irmão da imperatriz, tanto financeira quanto politicamente, e o falecido imperador seu pai, como se viu, não concedeu ao marquês Ceredel nenhum grande favor; na verdade, não lhe concedeu favor algum. Os Ceredada quase faliram, e como o falecido marquês nunca admitiria qualquer delito ou falha em sua própria pessoa, o atual marquês foi criado na crença de que o imperador é terrível e caprichoso e persegue a infeliz Casa Ceredada. Além disso, suspeitamos que ele possa estar desconcertado com o favorecimento que o senhor demonstrou para com Arbelan Drazharan.

— Mas ela é tia dele! — protestou Maia.

Berenar balançou a cabeça, contestando.

— Os Ceredada não a apoiaram.

Maia levou um momento para entender o que o outro queria dizer.

— Talvez o marquês esteja certo em nos temer — disse de modo desanimado.

— O atual marquês, assim como o falecido pai dele, não é notável por sua sabedoria — explicou Berenar secamente, e Maia entendeu isso como um lembrete de que o imperador, estando cercado por ela a maior parte do tempo, tinha de ser paciente com a loucura. Ele teria que torcer para que dach'osmin Ceredin tivesse herdado a linhagem de sua mãe.

Sem dúvida, não parecia haver nada de tolo sobre ela quando se encontraram novamente, dessa vez no Untheileian, para assinar o contrato de casamento com toda a corte como testemunha.

O casamento em si não aconteceria até a primavera, tanto pelos auspícios quanto pelo fato de que um casamento não pode ser realizado de última hora. As coroações, explicara Csevet, eram muito mais simples, pois não havia nada que precisasse ser *negociado*, nada que não fosse obrigatório por 5 mil anos de tradição. Os casamentos, por outro lado, não eram nada *além* de negociações, e — Csevet não disse diretamente, mas Maia entendeu — nessa frente os Ceredada eram comprovadamente difíceis de negociar.

A assinatura do contrato e a troca de alianças de juramento eram uma cerimônia legal e podiam ser tratadas puramente como um negócio. Sem dúvida era como dach'osmin Ceredin as enxergava; ela estava bem, mas não prodigamente, vestida de veludo marrom-claro, e a saudação que fez quando subiu ao estrado foi educada e não chegou a ser inamistosa, mas foi brusca, como uma mulher que tinha um compromisso mais importante aonde ir.

Ela assinou o contrato sem histrionismo ou alarido. Em contraste com a caligrafia perfeita e impessoal da carta que enviara, sua assinatura foi densa e ferozmente enérgica; Maia notou que ela usou o barzhad, o alfabeto do velho guerreiro, em vez da letra cursiva preferida pela corte e, portanto, forçosamente, por todos do Ethuveraz que não tinham a liberdade de serem idiossincráticos. A assinatura de Maia parecia um rabisco sem forma ao lado da dela, mas ele tentou afastar a comparação da cabeça.

A cerimônia dos anéis de juramento, assim como a cerimônia de assinatura, não exigia palavras expressas em voz alta. As alianças de ferro, tão simples para um imperador quanto para um criador de gado, eram elas mesmas o juramento. Ele foi desajeitado, deslizando o anel pelo polegar de dach'osmin Ceredin, mas ela o ajudou, discretamente, e pelo menos ele não deixou o anel cair. A jovem teve muito mais destreza na sua vez, sem medo de segurar a mão dele com força.

Estava feito, e ela fez uma reverência e então se foi novamente. Ainda não haviam trocado um total de mais de cinquenta palavras.

Ele se sentiu torcido dentro de si mesmo, intimidado por sua imperatriz, temendo as fofocas que inevitavelmente começariam a se espalhar, envoltos em desprezo próprio e na expectativa de humilhação. Embora soubesse que deveria, soubesse que *precisava*, não conseguiu meditar. Não com duas outras pessoas na sala, nem com uma. Estava com muita vergonha, muito medo do que seria dito. Lembrou-se, muito dolorosamente, de que seus nohecharei não eram seus amigos. Não suportava sequer pensar na educada incompreensão deles, assim como não suportava pensar no desprezo da corte. À noite, ficava torcido entre os lençóis de sua grande cama e desejava a paz e a escuridão fresca da capela da vigília.

E desejava isso cada vez mais com o passar das semanas. Aos murmúrios de que Idra Drazhar tinha direito ao trono assomaram-se novos murmúrios, rumores, coisas malignas que cresciam como ervas daninhas: a ideia de que de alguma forma o próprio Maia fora o responsável pela queda do *Sabedoria de Choharo*.

Era um absurdo, mas um absurdo tão grande que nem era possível abordar aquilo. Não que a verdade da questão — o confinamento de Maia em Edonomee, sua falta de experiência com intrigas e política, o fato de que ele não tinha a menor ideia de como contratar alguém para sabotar um dirigível — não fosse bem conhecida. Esse rumor simplesmente não tinha força suficiente para confrontar outra verdade: a de que Maia, o ultimogênito e desprezado pelos filhos de Varenechibel, era agora imperador. Mesmo que ele dissesse àqueles que cochichavam que não desejava ser imperador — e ele não podia dizer tal coisa, preso como estava atrás da máscara de Edrehasivar —, ninguém teria acreditado nele. Ninguém na Corte Untheilenesa jamais acreditaria que alguém pudesse desejar *não* ser imperador. Era impensável.

A investigação sobre a Liga dos Trabalhadores de Cetho continuava (o lorde chanceler assegurou ao imperador), mas aparentemente não estava mais perto de encontrar o assassino ou os assassinos. Maia chamou Thara Celehar à sua presença e exigiu saber que progresso ele estava fazendo e por que não era mais que aquilo. Assustou Celehar e ficou envergonhado, mais tarde, por ter feito isso, percebendo com que forma monstruosa ele devia ter se apresentado para causar qualquer impressão que sacudisse a apatia de mer Celehar. Mas, apesar de toda a intimidação, Celehar só pôde dizer que estava procurando, questionando os vivos e, com o melhor de sua capacidade, os mortos.

— Não é uma questão mecânica, Serenidade — disse ele, pálido, mas não pedindo desculpas, apenas explicando-se. — Não acontece de acordo com um cronograma.

A isso, Csevet deu uma tosse rápida e significativa, e Maia se recobrou. Falou, no tom mais gentil e suave que pôde:

— Existe algo que possamos fazer, mer Celehar, para ajudá-lo em sua busca?

— Lamentamos, Serenidade, mas não. Só podemos trabalhar no melhor de nossas habilidades.

— Nós sabemos. Nós... — Imperadores não se desculpavam, e ele se lembrou de Idra dizendo que a única coisa que Varenechibel não perdoava era uma testemunha de seus erros. — Lamentamos ter insinuado que você não estivesse fazendo isso.

Os olhos de Celehar se arregalaram, então ele abaixou a cabeça, mascarando a reação.

— Serenidade. Informaremos ao senhor assim que tivermos qualquer novidade.

— Agradecemos a você, mer Celehar — disse Maia, e afundou cansado em sua cadeira enquanto Celehar se curvava e deixava o Michen'theileian. Maia já era imperador, era Edrehasivar Zhas em vez de simplesmente Maia Drazhar, havia mais de um mês. O negócio de governar o Ethuveraz se tornara mais fácil, embora não menos tedioso. Ele sabia os nomes da maioria, se não de todos os seus cortesãos, e estava começando a ter uma noção de seus partidos, alianças e inimizades. Qualquer comentário que Setheris pudesse estar fazendo — e Maia podia imaginar muito bem o tom dele — não havia se intrometido em nada ligado a Maia até onde ele via, e, por isso, Maia era (pateticamente, dizia a si mesmo) grato. Seus nohecharei e edocharei cumpriam seus deveres; Csevet organizava seu imperador como se tivesse nascido para a tarefa. Havia descontentamento e murmúrios inquietos, mas na verdade teria sido notável se não houvesse — e Maia precisaria ter o carisma que ele sabia que não tinha.

Chavar continuava intratável, hostil, mas não era abertamente insolente ou tão notoriamente incompetente que Maia fosse forçado a perceber. Ainda queria substituir Chavar como lorde chanceler, mas não poderia fazê-lo até que tivesse um candidato em vista, e não tinha nenhum. Csevet e os secretários de Chavar tinham elaborado um sistema elaborado para garantir que o imperador e o lorde chanceler falassem diretamente um com o outro o mínimo possível, e isso tornou, se não confortável, pelo menos suportável para os dois trabalharem juntos.

Nurevis Chavar era muito mais prestativo que o pai. Embora seu círculo de amigos mal se sobrepusesse ao de Csethiro Ceredin, Nurevis dava seu melhor não só para convidar dach'osmin Ceredin para suas festas, mas também para tornar o gesto mais neutro convidando também os amigos que eles tinham em comum. Maia era grato, mas também desejava secretamente que Nurevis não se importasse. Os salões públicos chavadeses haviam se tornado um campo dividido, com dach'osmin Ceredin de um lado e osmin Duchenin do outro, e Maia tinha a mais miserável certeza de que não era bem-vindo em nenhum dos dois. Osmin Duchenin não escondia sua raiva por ter sido preterida, e dach'osmin Ceredin era fria e formal e possivelmente também estava zangada. Quando Maia não estava perto dela, as risadas do seu lado da sala eram tonitruantes, e ele se perguntou se ela, assim como osmin Duchenin, estaria zombando dele.

Maia tentou manter-se em território neutro: Nurevis e os amigos de Nurevis que não tinham sequer duas fagulhas de pensamento político para atritar uma contra a outra. Eles o ignoravam com benevolência, e Maia escutava suas conversas incompreensíveis sobre caça, cavalos e roupas e se sentia pelo menos um pouco mais seguro. Nurevis conversava com ele acerca de seus deveres de anfitrião, mas Maia estava cada vez mais grato a min Vechin, que tinha o cuidado de não ser vista monopolizando o imperador, mas que parava ao seu lado de tempos em tempos — para frequentemente resgatá-lo de um ou outro cortesão determinado a ganhar o favor do imperador por pura força da verborragia — e falava com delicadeza e sem esperar respostas maiores que sim ou não. Era repousante, ela era linda, e ele pensou que a cantora estivesse flertando com ele, embora não tivesse ideia de como responder. Ela o fazia se sentir quase normal, quase como se ele pertencesse.

E então, certa noite, depois que min Vechin se afastou com graça pela terceira ou quarta vez, dach'osmin Ceredin se aproximou dele. Ela fez uma reverência ampla numa onda brônzea e vermelho-púrpura, mas estava franzindo a testa. Maia não ficou totalmente surpreso por ela abrir o ataque.

Mas ficou *realmente* surpreso quando ela disse sem rodeios:

— Serenidade, min Vechin está usando o senhor.

— Claro que está — concordou Maia. As sobrancelhas de dach'osmin Ceredin se ergueram instantaneamente, e Maia não conseguiu manter a amargura reprimida atrás dos dentes por decência. — Quão imbecis você deve acreditar que somos para pensar que somos incapazes de discernir isso sozinhos. Agradecemos.

Ela parecia ter sido mordida por uma almofada.

— Serenidade, não quisemos dizer… — Deteve-se, e ele observou sua pele sem cor enrubescer a um vermelho duro e dolorido. — Pedimos seu perdão. O senhor está certo, não devíamos ter falado assim.

Ele pensou que ela iria dar meia-volta e fugir (era o que ele teria feito), mas ela manteve o pé, embora tenha abaixado a cabeça por alguns momentos. Maia a deixou em paz, pois sua própria raiva havia diminuído tão rápido quanto surgira.

Quando dach'osmin Ceredin levantou a cabeça, havia uma luz em seus olhos vívidos que não estava lá antes e, quando falou, sua fala era mais rápida, mais cortada e rica de animação que antes não possuía:

— Uma vez que já nos desonramos, podemos muito bem perguntar: se o senhor sabe que ela o está usando, Serenidade, por que aceita isso? — Ela não soava crítica agora, apenas curiosa.

Mas Maia não tinha resposta; pelo menos, nenhuma que pudesse articular. Ele disse sem jeito:

— Ela é muito bonita.

— E tem o bom senso de não o assustar — falou dach'osmin Ceredin. Maia deu um passo para trás, querendo protestar contra sua dedução, mas incapaz de negar sua verdade. — Vemos que precisamos ter aulas com ela — completou, um pouco azeda demais. Maia sentiu seus ombros caírem, suas orelhas se achatarem. Aquele tom de voz, quando vindo de Setheris, frequentemente precedia um tabefe ou um insulto cruel. Mas dach'osmin Ceredin fez outra reverência, não tão graciosa quanto as de algumas outras damas da corte, mas tão precisa e certeira quanto a saudação de um espadachim. — Serenidade, não desejamos que o senhor tenha medo de nós. — Talvez para provar a verdade de suas palavras, ela se virou e voltou para seus amigos.

Maia não demorou para ir embora depois disso.

19 O LUTO DE THARA CELEHAR

A manhã começou sob auspícios nada favoráveis, com uma carta de Csoru Zhasanai entregue durante o café da manhã. Csoru, Maia descobrira, prosperava na escrita de cartas, fosse porque poderia ocupar um tempo infinitamente maior do imperador dessa forma ou por algum outro motivo que só ela conhecia. Maia não se permitiu suspirar; abriu a carta, correu um olho treinado por seu conteúdo e então, franzindo a testa, leu novamente mais devagar.

— Serenidade? — perguntou Csevet, sempre sensível a sinais de problema.

— A imperatriz viúva exige saber com que direito nós aprovamos o parente dela para o serviço como nosso capelão, por que não o adicionamos, portanto, às listas de nossa casa e especialmente por que não tivemos a cortesia comum (a palavra "cortesia" está sublinhada fortemente e, suspeitamos, pelo punho da própria imperatriz viúva) de informá-la de nossas intenções. — Maia levantou a cabeça, não inteiramente capaz de suavizar a testa franzida, embora Csevet não a merecesse. — Precisamos falar com mer Celehar antes de responder à carta da imperatriz viúva. Podemos encaixar uma audiência hoje?

Csevet olhou entre sua papelada.

— Sim, Serenidade, embora isso signifique reduzir o horário de seu almoço.

— Que assim seja — disse Maia, e deu a Beshelar e Cala um olhar direto, para que não se atrevessem a lhe dizer qualquer coisa. Não o fizeram, embora ambos parecessem ter desejado.

A tarde seria dos Corazhas; Maia passou a manhã concedendo audiências, considerando petições, tentando ser o imperador, embora ainda se sentisse um farsante. Ficou feliz em escapar do Michen'theileian, ainda que não achasse o Alcethmeret muito mais confortável nem nenhum refúgio, pois os negócios do imperador o seguiram até ali, com um pajem entrando na sala de refeições para anunciar que Thara Celehar esperava ao bel-prazer de Sua Serenidade.

"Bel-prazer" estava tão longe de ser a palavra correta que Maia teve dificuldades para não rir na cara séria e intrigada da pobre criança.

— Vamos recebê-lo na Sala das Tartarugas — respondeu, abandonando com gratidão a comida que não tinha provado e na qual mal havia tocado.

Celehar se prostrou até o chão da Sala das Tartarugas à entrada de Maia.

— Levante-se, por favor, mer Celehar — pediu Maia, a princípio espantado, depois lembrando-se com indesejável nitidez de sua entrevista com a Testemunha dos Mortos no início daquela semana. — Nós não o trouxemos aqui para intimidá-lo.

— Serenidade — disse Celehar, ficando de pé, mas sem levantar o queixo para olhar no rosto de Maia. Isso não era do feitio dele.

— Queríamos falar consigo porque recebemos uma carta um tanto peculiar de sua parenta, a imperatriz viúva...

— E o senhor deseja saber por que mentimos para ela.

Maia sentiu Beshelar e Cala ficarem paralisados, em estado de alerta. Não se interrompia um imperador, especialmente não naquele tom de voz impaciente. Maia, embora não se importasse nem um pouco com a interrupção, também observava Celehar de perto, com cautela.

Mas não deixou isso transparecer em sua voz quando disse:

— Não o acusamos de mentir.

— Deveria, Serenidade. Pois mentimos para Csoru Zhasanai. — Celehar ainda não tinha olhado para cima. Sua voz rouca e quebrada estava instável; suas orelhas, achatadas.

Havia muitas coisas que Maia supôs que poderia ter feito ou dito, mas apenas uma não era cruel. Ele perguntou, muito baixinho:

— Por quê?

— Porque esperávamos que, se disséssemos a Csoru Zhasanai que éramos seu capelão, isso a impedisse de revelar a verdade ao senhor, a qual ela segura sobre nossa cabeça como uma espada envenenada.

— Qual verdade?

— A verdade… — A voz dele rachou, rouca. — A verdade de por que renunciamos a nossa prelazia.

Maia considerou brevemente, então falou:

— Beshelar, você pode perguntar a mer Aisava, por favor, o quão atrasados podemos chegar antes que seja imperdoável para os Corazhas? — Fixou os olhos de Beshelar ao dizer isso, vendo que o sentido havia sido recebido e entendido.

— Serenidade — disse Beshelar. Curvou-se e partiu.

Celehar estava com os nós dos dedos de uma mão pressionados com força contra a boca.

Maia disse:

— Entendemos que você não deseja nos dizer essa verdade, mas… — Uma respiração profunda e um abandonar consciente, quase doloroso, da formalidade: — Tu me dirias?

O silêncio se manteve na Sala das Tartarugas ao longo de cinco batidas estrondosas do coração de Maia. A cabeça de Celehar se ergueu, enfim, e ele asseverou:

— Serenidade, não merecemos a honra que o senhor nos concede.

— Não falo de honra — esclareceu Maia com algo que era quase exasperação. — Falo de compaixão. Tu demonstraste grande compaixão, tanto para com os vivos como para com os mortos, e eu mostraria compaixão a ti, com o melhor de minha talvez pequena habilidade. Se me disseres, não direi a ninguém nem usarei isso contra ti.

Celehar olhou para Cala, que disse:

— Também não direi a ninguém. Juro.

— A história não é tão grandiosa quanto o presente que o senhor me dá — avisou Celehar, olhando de Cala para Maia. — É simples: eu condenei o homem que amava pelo assassinato da mulher que eu odiava. — Silêncio mais uma vez. Maia não sabia o que dizer e, pela expressão no rosto de Cala, nem ele. Ao silêncio de ambos, contudo, Celehar prosseguiu: — O nome dele era Evru Dalar. A mulher era sua esposa, Oseian Dalaran. Ela era... Quando digo que a odiava, não digo isso levianamente, e não digo porque eu amava Evru. Apesar de assistir a alguém que amava ser tratado como ela o tratava... — Sua voz foi ficando mais pastosa, até desaparecer. Dessa vez Maia nem procurou palavras, entendendo que Celehar precisava falar. — Éramos amantes, Evru e eu. O arquiprelado me concedeu perdão, e ainda sou santificado. Mas não sou... Como posso me considerar um prelado quando não pude ajudá-lo?

Cala disse:

— Ulis não é um...

— *Eu sei disso.* — Celehar se calou. — Mas não pude ajudá-lo. E o hierofante da cidade, sabendo que éramos amantes e considerando isso uma abominação, não quis ajudá-lo. Assim, com medo, ódio e profundo desespero, ele matou a esposa e jogou o corpo num poço seco, esperando que não fosse encontrado e que nenhuma pergunta fosse feita. Mas a família de Oseian Dalaran era forte naquela cidade e não descansou até a encontrar, com gatos e mangustos de caça rastreando seu cheiro, e então levaram o corpo ao Ulimeire. Para mim. Eu era a Testemunha dos Mortos. Não podia mentir. E a resposta estava tão clara. Ela vira o rosto de seu assassino e sabia bem disso. Eles perguntaram, eu respondi, e Evru foi decapitado. Sequer me amaldiçoou quando morreu. Ele nunca havia esperado que eu lhe desse mais valor que a minha vocação. — Celehar se virou, pressionando as duas mãos contra o rosto. Acrescentou, com voz abafada, revertendo para o "senhor" formal em vez de usar o plural:

— O senhor pode imaginar o quão imunda a história se torna quando é contada por...

"Csoru" foi o que ele não disse.

— Por alguém para quem isso não é nada além de um escândalo — completou Cala gentilmente.

— Sim — falou Maia. — Entendemos por que você não queria que ninguém mais nos dissesse essa verdade.

Uma risada seca e quebradiça.

— Serenidade, não queríamos que lhe dissessem essa verdade de jeito nenhum. Nós *somos* marnis. Se não tivéssemos renunciado a nossa prelazia, duvidamos que tivéssemos sido autorizados a mantê-la. O arquiprelado é um homem de mente generosa, mas muitos dos grandes hierofantes pensam como nosso hierofante em Aveio pensava. Não os culpamos.

Maia não tinha certeza de como se sentia em relação a marnei. Nunca tinha conhecido um, não sabia nada sobre eles, exceto o que Setheris lhe havia contado, a maioria comentários pouco lisonjeiros, no mínimo. Tinha aprendido, forçosamente, o truque de deixar algo de lado para pensar depois. Por enquanto, bastava o fato de Celehar não ter feito mal a ninguém que Maia conhecesse e de ter, por mais infelicidade que isso lhe trouxesse a tão grande custo, sustentado seu dever em detrimento de seu amor antinatural. Ele era a Testemunha dos Mortos: como tal, o imperador precisava dele.

— Não podemos aceitá-lo em nossa casa — falou Maia. — Porque seria dito que nosso favorecimento influenciou suas descobertas. Mas vamos falar com Csoru Zhasanai se o desejar, mer Celehar.

— Serenidade. Não há nada, tememos, que possa ser dito com proveito. Se o senhor apenas assegurar à imperatriz viúva que estamos sob seu comando, senhor, e em pleno conhecimento de nosso passado infeliz, será mais do que temos qualquer direito de lhe pedir. Não deveríamos ter mentido.

Uma confissão dolorosa para um homem fazer e para um rapaz quinze anos mais novo. Maia assegurou, com cautela:

— Na medida em que houve transgressão contra nossa pessoa, nós o perdoamos. Deixaremos que faça suas próprias pazes com a imperatriz viúva.

— Serenidade — falou Celehar. Ele se prostrou novamente. Ao se levantar, acrescentou: — Somos seu servo mais grato e leal.

Ele saiu com a cabeça erguida, e Maia se sentiu obscuramente melhor.

20 A PROPOSTA DOS RELOJOEIROS DE ZHAÖ

Na verdade, Maia não se arrependeu de se atrasar para encontrar os Corazhas. Mesmo com a ajuda de lorde Berenar — e Berenar era um professor melhor e mais paciente que Setheris jamais poderia imaginar ser —, Maia sentiu como se estivesse tentando represar o Istandaärtha com um punhado de seixos. Ele conhecia *um pouco* da história do Ethuveraz, mas seu conhecimento dificilmente poderia ser chamado de sistemático e não era de forma alguma uma base que bastasse para os cinquenta anos de decisões políticas que Berenar estava tentando realmente ensiná-lo a seguir. Mesmo com o progresso que fizera, ele ainda entendia apenas metade ou menos dos debates dos Corazhas, e fazer perguntas ficava cada vez mais difícil — sentia como se acusasse Berenar com sua ignorância e sua crescente consciência das responsabilidades entrelaçadas das Testemunhas significasse que ele sabia quão valioso era o tempo delas e quanto desse tempo era desperdiçado quando pedia uma explicação de algo que todos os outros no salão já entendiam.

Ele havia parado de perguntar.

Estava envergonhado e zangado consigo mesmo, mas a previsão de mais uma humilhação era como uma espada, não podia se forçar a cair sobre dela. Precisava confiar — e confiava *mesmo* — que Csevet fosse lhe dizer se houvesse algo errado.

Durante um debate impenetrável entre a Testemunha dos Estrangeiros e a Testemunha do Parlamento sobre as fronteiras do norte, um pajem entregou um bilhete a Maia. Ele reconheceu o papel e o sinete de Nurevis antes de abri-lo e reparou em um formigamento leve e culpado de prazer, ampliado pela retirada deliberada de sua atenção dos Corazhas para ler o que Nurevis havia escrito.

Era um convite para um jantar privado seguido de dança, e Nurevis havia acrescentado de próprio punho:

> *Sabemos que Vossa Serenidade não se digna a dançar, mas pensamos que talvez seu entretenimento noturno fosse estar suficientemente assegurado pela presença de min Vechin. Ela diz que está mui ansiosa para vê-lo outra vez.*

Corando, em parte de vergonha, em parte de prazer, Maia escreveu na parte inferior: "Teremos o prazer de comparecer". Devolveu o convite ao pajem para que o entregasse.

Depois que os Corazhas finalmente encerraram, a questão entre a Testemunha dos Estrangeiros e a Testemunha do Parlamento ainda não resolvida, Maia foi até o Alcethmeret para trocar as vestes da corte por algo adequado para um encontro informal como o de Nurevis.

Mas mal havia acabado de passar pelas grandes grades do Alcethmeret quando Beshelar alongou o passo para alcançá-lo e advertiu:

— Serenidade, o senhor precisa dizer a osmer Chavar para não lhe enviar convites para festas quando os Corazhas estiverem em sessão. Isso não reflete bem no senhor nem nele.

— Precisamos? — Maia parou, voltando-se para ele. — E quem é você, tenente Beshelar, para nos dizer como devemos nos comportar em relação a nossos amigos?

— Osmer Chavar é seu amigo, Serenidade? Nós mesmos não responderíamos isso tão rápido. E o senhor precisa entender que o favoritismo para com o filho do lorde chanceler...

— Não significa nada! Nurevis não nos diz o que fazer, tampouco pediu um favor sequer. Percebemos, tenente, que não estamos à altura de sua ideia de imperador, mas faça-nos a justiça de acreditar que não somos totalmente *estúpidos*!

Beshelar chegou a recuar um passo.

— Serenidade, não quisemos dizer…

— Sabemos o que você quis dizer.

Sem dar a Beshelar outra oportunidade de falar, Maia retomou seu caminho em direção a seus aposentos e aos edocharei que o esperavam. Ele não olhou para ver o que Cala pensava de sua feia exibição de temperamento. *Se não queres ser meu amigo, não podes falar comigo de como amigos se comportam.* Ficou feliz — de uma maneira egoísta, vingativa, infantil — com a mudança de turno dos nohecharei, enquanto Avris e Esha debatiam os méritos rivais de contas de âmbar e cloisonnée, e com Dazhis e Telimezh esperando por ele quando saiu.

A companhia na suíte de Nurevis era seleta; Maia agora estava razoavelmente familiarizado, se não confortável, com os amigos de Nurevis e não ficou de todo confuso com a necessidade de entabular conversação com os que estavam a seu lado na mesa. Ainda não era fácil, e ele desconfiou, infeliz, que seus parceiros de jantar o achavam alternadamente chato e ridículo. Mas não se desonrou. Quando o piso foi liberado para dançar, min Vechin se aproximou dele e, após a troca inicial de cortesias, perguntou:

— Serenidade, por que o senhor não dança?

O rosto dele ficou quente.

— Não sabemos dançar.

— Não? De verdade, seu guardião deve ter sido terrivelmente rigoroso.

Maia tentou imaginar Setheris o ensinando a dançar e disse, talvez rápido demais:

— Não havia ninguém com quem pudéssemos ter dançado, de qualquer maneira.

As belas sobrancelhas de min Vechin se juntaram quando ela franziu a testa.

— Parece-nos que o senhor não teve nada que lhe desse prazer.

Ele olhou para as próprias mãos. Seus dedos feios estavam semiobscurecidos por anéis de prata e ametista, prata e azeviche.

Sob os cuidados de Esha, suas unhas estavam crescendo o suficiente para valer a pena esmaltá-las; exceto pela cor, quase não se pareciam com suas mãos.

— Serenidade — disse min Vechin —, pedimos desculpas. Não quisemos dizer...

Ela estava a um passo de ajoelhar-se ao que ele respondeu rapidamente:

— Você não fez nada de errado. Ficamos meramente... desconcertados com sua perspicácia. — Quando, assustada, ela encontrou os olhos de Maia, ele conseguiu lhe dar um sorriso, embora soubesse que era torto. — Osmer Chavar disse que você desejava particularmente falar conosco?

Ela negou sem hesitação, suas mãos se movendo num gesto esvoaçante gracioso.

— Nada de importância, Serenidade.

Em geral, ele não teria prosseguido com o assunto, mas estava desesperado para dissipar o tópico da infância patética do imperador.

— Por favor. Há algo em que lhe possamos ser de serviço?

— Não é para *nós*, Serenidade — falou min Vechin, e ele sentiu uma pontada de decepção. — Mas temos uma irmã, muito amada, que deseja uma audiência com o senhor. Ela é uma aprendiz na Guilda dos Relojoeiros de Zhaö. Eles apresentaram uma proposta para uma ponte...

— Atravessando o Istandaärtha. Nós lembramos.

— Os Corazhas não os ouvem, mas Avro afirma que o projeto vai funcionar e que é muito importante, não apenas para os relojoeiros. — Ela estava mais animada do que ele jamais a vira, e Maia se perguntou se era a ponte ou a irmã que fizera despontar essa paixão. — Eles sabem que não podem obter uma audiência formal sem a aprovação dos Corazhas, mas pensamos que, se o senhor simplesmente viesse conhecer nossa irmã, em particular, esta noite...

— Esta noite? — perguntou Maia, assustado e já ficando bem descontente.

— Em que outra data podemos ter certeza de que Vossa Serenidade está livre de obrigações? — perguntou ela, retoricamente.

Maia refletiu, tentou refletir com cuidado. Embora não gostasse da maneira como min Vechin estava negociando sua atração por ela, lembrou a si mesmo que fora ele quem a instigara. Portanto, não tinha ninguém a quem culpar além de si mesmo se o favor que ela queria não fosse o favor de sua imaginação esperançosa. E, colocando esse aspecto da questão de lado, ele não pôde deixar de perceber que aquela era uma oportunidade tanto para ele quanto para a irmã de min Vechin. Ele queria mesmo saber mais sobre a ponte proposta e não tinha em quem confiasse para perguntar a fim de entender os aspectos mecânicos melhor que ele mesmo.

— Muito bem — concordou ele, fingindo não sentir uma onda de calor quando a cantora sorriu para ele. — Agora?

— Se agradar a Vossa Serenidade — falou ela, como se tudo aquilo fosse de algum modo ideia dele.

Maia acenou para seus nohecharei e a acompanhou, primeiro para se despedir de Nurevis, depois para sair da sala. Teve o cuidado de encontrar os olhos de Nurevis apenas brevemente e tentou, embora sem muito sucesso, não pensar nos rumores que se espalhariam por toda a Corte Untheilenesa por volta da meia-noite: rumores que seriam ainda mais embaraçosos por não conterem um pingo de verdade.

Graciosa e autoconfiante como um cisne, min Vechin o levou a uma das muitas salas de recepção públicas da corte. Maia nunca tinha estado em uma delas antes… exceto talvez quando sua mãe morrera? Não conseguia lembrar com clareza suficiente. Reparou que, embora tudo estivesse limpo e em bom estado de conservação, a sala era austera ao ponto da hostilidade, sem qualquer decoração a não ser o gracioso arco das janelas. Também era extremamente fria.

A irmã de min Vechin ficou de pé de um salto quando os viu, e Maia a assistiu concluir que o goblin magricela atrás de sua irmã tinha de ser o imperador. Ela se curvou — de modo nem um pouco gracioso — e ele também a viu chutar o tornozelo do homem sentado ao lado dela. A mesura dele foi ainda mais desajeitada, pois estava segurando um maço de papéis desajeitados contra seu peito estreito, mas Maia não achou que ele tivesse intenção de ofender; ainda estava piscando atordoado quando se endireitou, como se estivesse perdido em pensamentos.

Min Vechin fez as apresentações. Sua irmã era merrem Halezho; o homem era mer Halezh — não seu marido, mas o irmão mais velho dele. Também era um membro da Guilda dos Relojeiros, de um nível muito mais alto que merrem Halezho. Embora o homem relutasse falar, Maia deduziu que o projeto da ponte tinha sido em grande parte obra sua. Seguro, ele explicou tanto o esquema para ligar o Istandaärtha quanto o sistema hidráulico que permitiria que o tráfego fluvial se conservasse, falando de forma muito mais clara e confiante que a Testemunha do Parlamento fora capaz, sem se intimidar por nenhuma pergunta que Maia lhe fez. Na verdade, parecia encantado; acabaram se ajoelhando no chão enquanto mer Halezh desenhava diagramas de ensecadeiras e rodas d'água no verso de suas plantas. Maia olhou uma vez e viu Dazhis e Telimezh parecendo chocados, mas nenhum dos dois nohecharei tinha a confiança moralmente superior de Beshelar e não fizeram qualquer protesto verbal. Merrem Halezho, ajoelhada ao lado do cunhado, sabia muito sobre tráfego fluvial e explicou o sistema que eles já tinham elaborado para que as barcaças de Ezho pudessem chegar a Cairado mesmo durante a construção. Foi ela quem mostrou exatamente onde os relojoeiros haviam proposto construir a ponte e explicou o raciocínio deles. Maia achou que tinham escolhido bem, embora se desse conta, inquieto, de que sabia muito menos que merrem Halezho sobre a política da situação.

Min Vechin não participou da conversa, parecendo contente em sentar-se num dos bancos acolchoados e observar. Maia temia que ela estivesse entediada, mas lembrou a si mesmo que, se estivesse, era autoria dela. E não era como se aquela noite tornasse menos provável que ela fosse desejar... fazer coisas das quais ele tinha apenas uma vaga compreensão. Setheris havia lhe dito apenas o necessário para ter certeza de que ele não gerasse bastardos em Edonomee e nunca houve ninguém mais a quem pudesse perguntar.

Tampouco há agora, pensou, afastando-se com um estremecimento de pensar em ter essa conversa com Csevet ou Cala. Ou Beshelar. *Talvez devesses ter dito a Csevet para encontrar uma viúva com quem te casasses, para que pelo menos alguém soubesse o que fazer na tua noite de núpcias.* Esse pensamento foi ainda pior, e Maia balançou a cabeça bruscamente, percebendo que sua mente havia se desviado por completa da ponte dos relojoeiros.

— Pedimos perdão — disse ele a mer Halezh e merrem Halezho. — Estamos muito cansados e precisamos refletir sobre tudo o que vocês nos contaram.

— Claro, Serenidade — disse mer Halezh. — Estamos sujeitos a deixar que nosso entusiasmo nos leve para longe. Não tivemos a intenção de...

— Achamos tudo mui interessante — interrompeu Maia, porque não queria que mer Halezh se desculpasse por ter gênio e paixão. — Mas... vocês entendem que não podemos fazer nada por nós mesmos? Que qualquer decisão deve ser acordada pelos Corazhas?

— Ah, sim, Serenidade — assegurou merrem Halezho enquanto os três tornavam a se levantar. — Queríamos apenas defender nossa opinião de que a questão *deve* ser decidida pelos Corazhas e não meramente... Nedaö, qual é a palavra?

— Veklevezhek — disse min Vechin. — É uma palavra goblin e significa decidir o que fazer com um prisioneiro colocando-o numa estaca abaixo da linha da maré enquanto se discute.

— E é *isso* que queremos evitar — disse merrem Halezho. — Sabemos que os Corazhas praticam veklevezhek com frequência, pois, se não conseguem concordar a respeito de dar ouvidos ou não a um assunto... o assunto não é ouvido.

— Sim, percebemos — falou Maia, pensando na Testemunha do Judiciário aos gritos fazendo a Testemunha do Parlamento se calar. — Não podemos garantir nada.

— Não — disse mer Halezh —, mas o senhor ouviu, e nós lhe agradecemos por isso.

Ele se curvou, merrem Halezho se curvou também e min Vechin se levantou para fazer uma reverência impecável. Ela se aproximou dele e murmurou:

— Se Vossa Serenidade desejar, podemos voltar ao Alcethmeret com o senhor.

Maia travou como um maquinário que sofreu sabotagem, como se as palavras de min Vechin fossem um punhado de areia nas engrenagens. Ele entendia exatamente o que ela queria dizer, entendia que havia uma barganha implícita que ele, em seu tolo sonho romântico, nunca teria pensado em fazer. Mas min Vechin estava oferecendo.

Estava oferecendo, mas Maia não tinha ideia de como aceitar. Ele estremeceu ao pensar em sua própria falta de jeito e soube que nunca seria capaz de seguir em frente com aquilo... e que isso seria muito mais humilhante que simplesmente recusá-la agora.

O silêncio havia crescido o suficiente para ser desconfortável, mas ele conseguiu dizer em um tom firme e despreocupado:

— Não, obrigado.

As orelhas dela se achataram, simbolizando sua surpresa e talvez um pouco de ofensa.

— Serenidade? O senhor não deseja...?

— Não — disse Maia. — Obrigado, min Vechin.

Ele se afastou dela com o que esperava ser determinação em vez de petulância. Deu a Telimezh o amontoado de diagramas para carregar e retornou ao Alcethmeret para dormir sozinho, com a exceção daqueles que velavam seu sono.

21 Mer Celehar ruma ao norte

Os sonhos de Maia foram desagradáveis e permaneceram com ele por toda a manhã, embora tenha dado o melhor de si para participar dos negócios da corte. Durante o almoço, que ele ficou empurrando de um lado para o outro no prato e do qual comeu muito pouco, com seus sonhos como um gosto ruim na boca, reuniu coragem e perguntou:

— Csevet, nosso pai tinha algum amigo?

A xícara de chá de Csevet tilintou contra o pires quando ele a pousou.

— Amigo, Serenidade?

Maia teve coragem de perguntar porque Dazhis e Telimezh ainda estavam de serviço, o que não aconteceria na hora do jantar. Ele não poderia ter levantado o assunto na frente de Cala e Beshelar, que saberiam tão precisamente por que ele estava perguntando.

— Você deve ter ouvido essa palavra antes — disse ele, exatamente como Setheris diria. Estremeceu, mas Csevet já estava respondendo.

— Pedimos perdão, Serenidade. É que não estávamos esperando a pergunta. — Ele limpou a garganta. — O imperador Varenechibel geralmente não buscava relacionamentos próximos fora do círculo familiar imediato, por isso não conseguimos pensar em ninguém que se encaixe nessa descrição. Talvez antes de ascender ao trono? — Csevet franzia a testa, claramente perplexo pela pergunta, mas ansioso para ajudar.

— Não, nós quisemos dizer quando ele era imperador. Obrigado.

— De nada, Serenidade — disse Csevet, ainda observando-o com alguma preocupação, e Maia forçou um sorriso que não sentia vontade de dar.

— Estávamos apenas curiosos. Não importa.

— O imperador Varevesena seu avô tinha muitos amigos — ofereceu Csevet. — De fato, ele era conhecido por sua bondade e generosidade para com aqueles que lhe eram próximos.

Ao contrário de para com a massa de seus súditos, completou Maia mentalmente. Setheris tinha lhe contado histórias a respeito de Varevesena. Mas ele não queria rejeitar a tentativa de Csevet de ajudar dizendo isso, o que o deixou perversamente grato quando foram interrompidos.

A interrupção foi de um pajem com a libré dos drazhadeses; Maia o reconheceu: o menino que Csoru Zhasanai mandara naquele primeiro dia, o menino que Maia havia envergonhado. Ele não parecia mais feliz agora e se ajoelhou como se desejasse poder simplesmente continuar direto e atravessar o chão.

E estava portando uma carta.

Maia não suspirou de exasperação, mas disse, o mais gentilmente que conseguiu:

— Você tem uma carta para nós?

— Sim, Serenidade. — O menino se levantou e a ofereceu, cuidadosamente não olhando mais alto que o tampo da mesa. — Csoru Zhasanai exi... Isto é, solicita o favor de uma resposta imediata.

Maia apreciou a emenda improvisada, embora duvidasse que Csoru minimamente fosse aprovar. Abriu a carta, examinou depressa o conteúdo... e não fingiu perplexidade ao dizer:

— Não entendemos. O que exatamente ocorreu na casa de Csoru Zhasanai?

— Serenidade. — O menino engoliu em seco. — Mer Celehar se foi, e a zhasanai acredita que deve ter sido obra sua.

— Mer Celehar *se foi*? No sentido de desaparecer? Csoru Zhasanai suspeita que nós o tenhamos assassinado? — Maia se desesperou; o que havia nesse garoto que despertava o Setheris nele?

— N-não, Serenidade. Ele mandou Neraiis, seu valete, lhe arrumar a mala e disse que ia a Thu-Athamar. Mas não pediu permissão à zhasanai antes de partir e...

Ali, pensou Maia, impiedoso, estava a verdadeira causa da aflição de Csoru: não que seu parente estivesse desaparecido, mas que não tivesse lhe pedido permissão antes. Ele próprio estava mais interessado em outra parte do quebra-cabeça.

— Thu-Athamar? Por que ele iria... — Mas o menino não tinha como saber, e Maia estava aprendendo que não cabia a um imperador fazer perguntas retóricas. — Csevet, você poderia verificar nossa correspondência, por favor? Ocorre-nos que, embora não tenha informado à zhasanai, mer Celehar pode ter nos enviado um pneumático.

— Serenidade — murmurou Csevet, e saiu da sala, deixando Maia diante do pajem nervoso e infeliz.

Não é mais do que mereces, disse a si mesmo, zombeteiro. *Tu ficaste feliz com a interrupção.* Ele considerou um momento, mas só havia realmente uma coisa a fazer.

— Qual é o seu nome?

— *Meu*... Quero dizer... *nosso* nome, Serenidade?

Conhecemos todos os outros na sala. Era exatamente o que Setheris teria dito; Maia podia ouvir a acidez na própria voz.

— Sim, se me fizer o favor.

— Ah! — O menino fez um esforço visível para se recompor. — Cora, Serenidade. Cora Drazhar.

— Somos parentes, então — disse Maia, e Cora corou a um vermelho alarmante.

— Apenas muito distantes, Serenidade.

— Sim?

Um simples lampejo de um olhar: olhos azuis bem claros, não o cinza drazhadês.

— Nosso trisavô era o filho mais novo de Edrevechelar XVI.

O que fazia deles primos de terceiro grau entre os Drazhada: Cora era um parente mais próximo dele que Setheris, que era primo de segundo grau, mas de outra casa.

— Você serve Csoru Zhasanai há muito tempo?

O queixo de Cora subiu.

— Servíamos ao falecido imperador — disse ele num gesto inconfundível de desafio, como se pensasse que Maia mandaria decapitá-lo por isso. — Mas ele estava... estava descontente conosco quando foi para Amalo e nos mandou ficar com a imperatriz. Teríamos morrido com ele com prazer.

Ali estava outro que lamentava mais por Varenechibel do que Maia poderia imaginar. Ele hesitou, sabendo que sua próxima pergunta poderia muito facilmente ser mal interpretada, mas tinha que perguntar:

— Você está feliz no serviço a Csoru Zhasanai?

Outro lampejo azul-claro de um olhar, mas Cora pareceu discernir que Maia não estava tentando reivindicar seu serviço.

— Estamos bem o bastante, Serenidade, embora agradeçamos por perguntar. É só até o equinócio da primavera, pois fomos aceitos como noviços no Athmaz'are.

— Ótimo — disse Maia, com aprovação bastante sincera, pois se Cora estivesse infeliz, ele teria que fazer algo a respeito, embora não tivesse a menor ideia do quê.

Cora chegou a sorrir de volta, e então Csevet voltou, trazendo um dos envelopes longos e estreitos usados especialmente para o sistema pneumático.

— As operadoras nos dizem, Serenidade, que isso veio da estação da imperatriz viúva logo depois que o senhor deixou o Alcethmeret esta manhã.

Maia pegou o envelope.

— Reconhecemos a caligrafia de mer Celehar. — Ele quebrou o selo e extraiu a única folha, lendo-a com muito mais cuidado do que lera a de Csoru.

Ela tinha sido claramente escrita com pressa e alguma perturbação considerável de espírito:

Serenidade,

Foi-nos concedido um sonho de Ulis, que nos mostrou o que já deveríamos saber: as respostas estão em Amalo, não em Cetho. Partimos de imediato, pois o dirigível para Thu-Athamar soltará as amarras em menos de uma hora.

Obedientemente,

Thara Celehar

— As noções de obediência de mer Celehar são mui individuais — disse Maia, irônico.

— Serenidade — falou Csevet —, entendemos que isso seja mui importante e não desejamos apressá-lo de forma alguma, mas...

A nota de advertência em sua voz fez Maia olhar automaticamente para o relógio.

— Deusas misericordiosas, a *hora*! Cora, não podemos escrever para a zhasanai agora. Pode, por favor, contar para ela que... Ah, céus.

Sua consternação e perplexidade eram reais, mas eram também oferecidas a Cora, tanto quanto a Csevet, como ao mesmo tempo um pedido de desculpas e um sinal de confiança. Cora falou:

— Nós poderíamos contar para ela, Serenidade, que mer Celehar escreveu para o senhor e disse que sentia muito por sair sem falar com Csoru Zhasanai, mas não queria acordá-la. Toda a casa da zhasanai sabe que ela nunca se levanta antes do meio-dia, a menos que seja necessário.

— Parece que ele estava com muita pressa mesmo — disse Maia, esperançoso.

— Foi o que Neraiis disse.

— E ele diz que teve um sonho com Ulis, então, realmente, não *podia* esperar.

— Não, Serenidade — concordou Cora, parecendo chocado.

— Você não se importa?

Dessa vez, o sorriso de Cora lhe iluminou o rosto.

— Serenidade, não enganaríamos Csoru Zhasanai sobre nada que pudesse prejudicá-la, mas isso não prejudica ninguém. E talvez ela não fique tão zangada com mer Celehar quando ele voltar.

— Obrigado, Cora — disse Maia.

Cora fez uma reverência, e finalmente seus movimentos tiveram a graça que Maia esperava de alguém criado na corte.

— É um prazer servi-lo, Serenidade — respondeu o pajem, e Maia pensou que talvez ele estivesse falando sério.

22 A PONTE SOBRE O UPAZHERA

Maia tinha toda a intenção de levar o assunto da ponte dos relojoeiros a Csevet, mas foi o secretário quem falou primeiro. Ele se aproximou de Maia nos jardins, dizendo sem demora:

— Serenidade, na Sala das Tartarugas há papéis relacionados à ponte proposta pela Guilda dos Relojoeiros de Zhaö, documentos que não nos lembramos de nos terem sido dados. O senhor sabe como foram parar lá?

Era ridículo sentir-se como uma criança detectada em delito; Csevet não ia bater nele. Maia endireitou os ombros para sair de sua postura automática de culpa e revelou:

— Eles nos foram dados por certo mer Halezh, da guilda.

— *Quando*? — perguntou Csevet, não com raiva, mas com puro espanto.

Não fiz nada de errado, disse Maia com firmeza a si mesmo.

— Na noite da última festa dançante de Nurevis Chavar. Nós, ah, queríamos mesmo falar com você a respeito.

Mas Csevet não se deixou distrair.

— Como foi que um relojoeiro recebeu um convite para uma das festas de osmer Chavar?

— Não recebeu. A irmã de min Vechin é cunhada dele e aprendiz da guilda.

— E min Vechin os colocou na festa?

— Não — disse Maia, sentindo-se cada vez mais culpado, embora ainda tivesse certeza de que não havia feito nada de errado.

— Fomos nos encontrar com eles. Em uma sala de recepção pública: não houve impropriedade.

Csevet provavelmente nem tinha ouvido o adendo ansioso. Estava olhando para Maia com horror ostensivo.

— O *senhor* foi se *encontrar* com eles? O senhor ficou *louco*?

Maia recuou um passo, mas, no mesmo instante, Csevet começou a se desculpar, quase freneticamente; prostrou-se no caminho antes que Maia pudesse impedi-lo.

— Por favor, levante-se — pediu Maia. — Por favor. Você não fez nada de errado.

Csevet se levantou novamente, mas estava vermelho de mortificação.

— Vossa Serenidade é mui gentil, mas não deveríamos ter levantado a voz para o senhor. O senhor estaria inteiramente justificado em nos dispensar de nosso cargo.

— Agora foi você que enlouqueceu. Não faremos tal coisa. E lamentamos tê-lo transtornado, mas achamos que era a coisa certa a fazer.

— Serenidade... — Csevet parou, respirou fundo e recomeçou: — Serenidade, não duvidamos nem de sua ética nem de sua preocupação, mas há *razões* pelas quais é difícil conseguir uma audiência com o imperador. E não faz nenhum bem ao senhor decidir que essas razões não importam.

— Sabemos disso — disse Maia, mas continuou obstinadamente. — Os Corazhas se recusam a ouvi-los, então eles não podiam sequer pedir uma audiência formal conosco. De que outra forma iríamos obter as informações de que precisávamos para decidir se os Corazhas estavam corretos?

Csevet não se preocupou em argumentar pela sabedoria e infalibilidade dos Corazhas.

— Serenidade, é para *isso* que servem os secretários.

— Sim, mas não gostamos de depender do julgamento de outra pessoa a respeito de quais informações precisamos. — Ergueu a mão para evitar um protesto de Csevet. — Sim, sabemos que é necessário para que o governo do Ethuveraz não fique paralisado. Mas esta ponte… A ideia é tão importante, tão *nova* e, além disso, tão extremamente controversa, que nós muito nos culparíamos por negligência se não tivéssemos agarrado a oportunidade.

Csevet, não persuadido, pediu:

— O senhor deve nos prometer que não tornará a fazer isso.

— Isso não podemos prometer.

— Pelo menos… Serenidade, *por favor*… prometa que virá a nós primeiro. Dê-nos uma chance de fazer o nosso trabalho.

Posta assim, a posição de Csevet era inteiramente razoável.

— Sim — disse Maia. — Prometemos.

— *Obrigado* — falou Csevet. — Serenidade, o senhor tem uma disputa a ouvir em dez minutos. — Ele fez uma reverência e voltou para dentro do Alcethmeret, deixando Maia seguir mais devagar, tentando recolocar a armadura de Edrehasivar VII em si mesmo.

A disputa foi tediosa ao extremo, uma questão de aluguéis, direitos de água e propriedade comum entre a cidade de Nelozho; a propriedade de uma casa nobre menor, os Dorashada; e o príncipe de Thu-Cethor, sendo o envolvimento deste último a razão pela qual o imperador teve que arbitrar. Os representantes dos três lados detalharam mapas e históricos; ainda que Maia encontrasse muitos casos em que dois dos três concordavam, não encontrou casos em que todos os três concordassem, e, quando dois concordavam, nunca eram os mesmos dois de ponto a ponto. O pior era que essa diferença, em última análise bastante insignificante, apodrecia havia tanto tempo que tinha se tornado uma causa de considerável e séria hostilidade; a Testemunha do Distrito de Nelozho e o representante dos Dorashada não faziam contato visual um com o outro, cada um falando por cima do outro como se seu inimigo não estivesse ali, e o representante de Thu-Cethor parecia sentir que toda a questão era um insulto ao príncipe cethorês e enfurecia a todos — incluindo, após um período notavelmente curto, o imperador — toda vez que abria a boca. Depois que cada representante tinha falado e a história do processo judicial havia sido resumida, Maia estava com uma forte dor de cabeça e não queria nada além de dizer a todos para que parassem de desperdiçar seu tempo, o tempo deles e o tempo de inúmeros secretários e juízes e que resolvessem suas malditas disputas mesquinhas como adultos.

Ele engoliu as palavras e olhou a seguir para as Testemunhas *vel ama*, as Testemunhas que davam voz aos literalmente sem voz; havia uma para o rio e uma para a reserva de caça que se envolvera na disputa. Nenhuma das duas falou longamente. Elas eram visivelmente Testemunhas muito juniores; ambas pareciam desesperadas e assoberbadas. Se os representantes da cidade e da mansão não fossem tão tendenciosos, provavelmente teriam feito um trabalho melhor de testemunhar que aqueles dois.

Maia solicitou um novo mapa, um que não tivesse linhas desenhadas por ninguém a não ser o cartógrafo. A Testemunha de Nelozho e os representantes de Thu-Cethor e dos Dorashada ficaram todos muito silenciosos e de olhos arregalados; ele não soube dizer se era trepidação ou indignação. As Testemunhas *vel ama* começaram a parecer um pouco menos oprimidas. Em um mapa limpo, sem linhas pontilhadas, áreas sombreadas e setas desconcertantes, a situação era muito mais clara.

— Este afluente do Cethora...

— O Upazhera, Serenidade — disse sua Testemunha.

Maia assentiu. Assim como os grandes rios do Ethuveraz — o Cethora, o Evresartha, o Athamara, o Tetara e o Istandaärtha — eram considerados em lei propriedade do imperador, as vias navegáveis em cada principado eram consideradas propriedade do príncipe. Nesse caso, esse aspecto da lei élfica contribuía para o problema, pois o Upazhera percorria parte, embora não a totalidade, do território disputado. A solução proposta pelos Dorashada era que o imperador lhes concedesse o Upazhera junto à terra ao redor. Era de longe o mais simples dos vários esquemas propostos, mas Maia achou que demonstrava um espírito inadequadamente ganancioso e invasivo, pois, se nada mais estava claro para ele, o fato de que uma parcela significativa da terra disputada pertencia no princípio ao Distrito de Nelozho estava claro até demais.

Por outro lado, também ficou claro que pastavam as ovelhas da cidade em um terreno que pertencia aos Dorashada, fato pelo qual estes não tinham sido compensados de forma justa. E ambos os lados vinham caçando furtivamente na Reserva de Veremnet, bem como tratando o Upazhera como se fosse território comum aos dois. O representante de Thu-Cethor havia demonstrado de modo eloquente sua indignação com a questão das rodas d'água, pisciculturas e pontes que desapareciam sempre que o fiscal itinerante do príncipe ia a Nelozho, e a Testemunha do Upazhera assentiu desanimada.

E, por outro lado ainda, Maia também não ficou nada satisfeito com a conduta do governo cethorês. Alguém — o que era pior, mais de um alguém — devia ter sido subornado em algum ponto do passado para a papelada oficial estar no estado peculiar em que estava, e um número enorme de pessoas parecia fazer vista grossa ao comportamento de Nelozho ou dos Dorashada como bem lhes aprouvesse.

Maia beliscou a ponte do nariz e olhou com tristeza para o mapa. A única coisa de que tinha certeza era que qualquer decisão que tomasse deixaria pelo menos um dos disputantes infeliz. Ao traçar o curso do Upazhera com um dedo, esse pensamento subitamente tomou outro rumo: *Se devo deixar pelo menos um deles infeliz, e se não puder ser determinado que qualquer disputante mereça ser infeliz mais que os outros dois, então a única resposta é deixar* todos eles *infelizes.* E, se não estivesse fazendo malabarismos com três conjuntos de demandas concorrentes e conflitantes, a solução seria fácil.

Endireitou os ombros e anunciou:

— Rejeitamos todas as alegações trazidas diante de nós. — Isso lhe rendeu um coro de gritos e protestos. Esperou até que o coro cessasse e prosseguiu, como se nada tivesse acontecido: — O Veremnet e o Upazhera pertencem ao príncipe de Thu-Cethor, como sempre pertenceram. — As Testemunhas *vel ama* se curvaram, agradecidas. — Por outro lado, não há evidências de que Thu-Cethor tenha qualquer direito além disso, ao passo que as reivindicações entre os Dorashada e o Distrito de Nelozho estão tão irremediavelmente emaranhadas que não vemos sentido algum em considerá-las mais. Estamos muito descontentes que *alguém* tenha procurado usar esse conflito infeliz para enriquecer suas propriedades. — Ele olhou para os três representantes com imparcialidade. — Todas as terras do território sob disputa que fica a leste do Upazhera que governamos pertencem ao Distrito de Nelozho em comum acordo. Todas as terras do território em disputa que ficam a oeste do Upazhera que governamos pertencem aos Dorashada. Estipulamos que o Distrito de Nelozho e os Dorashada elaborem um acordo justo, aceitável para ambas as partes, para o uso do pasto chamado Quarenta Braças, um acordo que eles apresentarão, por escrito, assinado e testemunhado, a um representante do príncipe de Thu-Cethor na Noite Invernal. Estipulamos ainda que os Dorashada e o Distrito de Nelozho formem uma milícia cooperativa para patrulhar o Veremnet contra os caçadores e os bandidos que aparentemente o assolam. Por fim, estipulamos que os Dorashada e o Distrito de Nelozho cooperem, cada um arcando com uma parte igual do custo, na construção de uma ponte sobre o Upazhera; cada um designará um cobrador de pedágio, e o dinheiro do pedágio *não* irá para Thu-Cethor, mas primeiro para a manutenção da ponte e depois para o socorro dos pobres de Nelozho. Ambos esses esforços deverão estar em vigor e ser demonstrados ao fiscal itinerante do príncipe antes de meados do verão. — Fez uma pausa, erguendo as sobrancelhas para as Testemunhas *vel ama*. Elas, ao contrário dos disputantes, tinham o direito de protestar contra seu julgamento; ele não se surpreendeu ao descobrir que nenhuma das duas estava inclinada a fazê-lo. — Muito bem. Se alguma dessas estipulações não for cumprida, ou se este assunto for trazido a nossa atenção novamente, todo o território disputado, incluindo o Veremnet e o Upazhera, será transferido para a coroa imperial. Fomos claros? — Representantes, Testemunhas e secretários ficaram todos subitamente muito ansiosos para não o encarar nos olhos dele. Ele esperou o suficiente para ter certeza de que ninguém tentaria argumentar e então, muito agradecido, enunciou a fórmula final: — Como falamos, assim será.

A palavra do imperador era lei.

Ele não fugiu correndo do Michen'theileian, embora o desejasse. Esperou enquanto os representantes e as Testemunhas se curvavam ao sair, seguidos por seus secretários; esperou enquanto seus próprios secretários — deusas misericordiosas, havia um *rebanho inteiro* deles, e ele não sabia dizer seus nomes — esvaziavam as mesas, se curvavam e partiam, exceto, é claro, Csevet, que subiu no estrado e disse:

— Serenidade, o senhor tem...

— Não — interrompeu Maia. — Não temos. Vamos voltar ao Alcethmeret, onde não veremos ninguém fora de nossa própria casa até amanhã de manhã, e o menor número possível deles. Temos uma dor de cabeça terrível e pedimos que você diga isso a qualquer um que possa estar preocupado.

Csevet parecia prestes a contra-argumentar, mas devia ter percebido que Maia falava sério, pois se curvou e disse:

— Sim, Serenidade.

— Obrigado — falou Maia com mais fervor do que havia desejado.

Manteve um passo decoroso pelos corredores da Corte Untheilenesa, embora tenha sido uma sorte que ninguém tenha tentado impedi-lo, pois ele nem mesmo teria desacelerado. No Alcethmeret, quando as grandes grades se fecharam atrás dele, sentiu parte da tensão ceder, foi capaz de falar com seus edocharei sem rosnar enquanto eles o despojavam de suas joias e vestes formais e, num estado de espírito menos infeliz, desceu novamente à Sala das Tartarugas e subitamente pensou, impelido por nada, entre um passo e outro: *Se podes disputar com municípios, senhores mesquinhos e o representante do príncipe de Thu-Cethor e podes entregar um julgamento de que eles não gostem, pois em verdade isso não te matou, então certamente podes lidar com os Corazhas.*

Ele não era estúpido nem incapaz. Lembrou-se do momento que seus pensamentos se inverteram — a passagem do ato de não ser *capaz* de agradar a todos para não *tentar* — e da maneira como a mudança lhe permitiu ver além das manobras e dos histrionismos dos representantes e chegar às estruturas mais profundas do problema; com os Corazhas seria a mesma coisa. A superfície das palavras deles, que o intimidava tanto a ponto de quase desistir, não era o que ele precisava ver.

Talvez eu consiga *fazer isso*, pensou, e dormiu melhor naquela noite do que esperava.

Começou a fazer um tipo diferente de pergunta a Berenar, a prestar mais atenção aos padrões dos argumentos nas reuniões dos Corazhas. A Testemunha do Judiciário, a mais velha das sete, era do contra e rabugenta; discordava por reflexo de qualquer proposta apresentada pela Testemunha do Parlamento, mas detestava profundamente a Testemunha dos Estrangeiros e era suscetível a tornar-se capciosa quando forçada a uma aliança. A Testemunha da Prelazia era cria de Chavar, ainda mais que a Testemunha dos Estrangeiros; lorde Bromar, a Testemunha dos Estrangeiros, podia compartilhar da política de Chavar, mas Maia percebeu que ele as compartilhava por princípio, não por sede de poder. A Testemunha do Athmaz'are raramente dizia alguma coisa e ainda mais raramente tomava partido; muitas vezes parecia não estar participando, mas nenhuma das armadilhas montadas para ele pela Testemunha das Universidades e pela Testemunha da Prelazia jamais conseguiu desconcertá-lo.

Lorde Isthanar, a Testemunha das Universidades, era amigo da Testemunha do Judiciário, e era possível contar com ele para seguir a liderança de lorde Pashavar sempre que a política universitária não fosse orientação suficiente. De todos os sete, era o que parecia a Maia ser o mais adequadamente confinado pelos limites oficiais de sua posição, pois estava claro que lorde Isthanar não tivera um pensamento independente em décadas e, além de sua posição como Testemunha dos Corazhas, não era um homem poderoso nem mesmo na Universidade de Cetho. Isso o colocava em nítida distinção e frequentemente em desacordo invejoso com Berenar, que era de fato um dos cinco lordes tesoureiros, apenas um degrau abaixo do lorde chanceler. Berenar, que continuava com suas idas regulares para ensinar o imperador a história política do império, deixara claro que não havia bajulação no que estava fazendo. Ele não esperava favores em troca e não tinha a menor hesitação em discordar de seu imperador, fosse em privado ou no Verven'theileian. Mas ele nunca se ofendeu quando a opinião de Maia não combinava com a sua. De todos os Corazhas, Berenar era a pessoa em quem Maia mais confiava para ser capaz de enxergar além do interesse próprio e da retórica que enchia o Verven'theileian como neblina. E ele achava que não era por acaso que lorde Berenar tão frequentemente apoiava lorde Deshehar, a Testemunha do Parlamento.

Deshehar, que manteria sua posição apenas enquanto mantivesse seu assento no Parlamento, era o forasteiro entre os Corazhas; era na maioria das vezes o portador de novas ideias e opiniões impopulares, e Maia começou a temer cada vez mais o dia que ele decidisse que já tinha aguentado demais os Corazhas e se demitisse, pois era difícil imaginar qualquer substituto levando tanto entusiasmo para um papel tão ingrato. Mas lorde Deshehar parecia feliz em lutar contra lorde Pashavar e lorde Bromar e nunca parecia nem um pouco desanimado com suas derrotas. De todos, foi ele quem não precisou ser persuadido a ouvir a proposta trazida pela Guilda dos Relojoeiros de Zhaö — o único assunto que chegara aos Corazhas desde o início do reinado de Maia pelo qual ele se sentia confiante em termos de conhecimento, a ponto de defender sua causa em primeiro lugar. Berenar ouviria, Maia sabia, e ele pensou que a Testemunha do Athmaz'are também, embora sempre fosse difícil saber o que pensava Sonevet Athmaza. A Testemunha da Prelazia se oporia porque Chavar se oporia, e Maia não via nada a ser feito a respeito. Lorde Bromar também se oporia, mas Maia pensou que ele poderia ser sobrepujado se um número suficiente dos outros estivesse de acordo. Afinal, não era como se ele fosse concordar em fazer algo além de ouvir, e Maia poderia apontar isso quantas vezes fossem necessárias. A Testemunha das Universidades acompanharia lorde Pashavar, embora ele pudesse ser levado a pelo menos se calar pela evocação dos ideais da educação e da busca do conhecimento. Não, o verdadeiro problema era lorde Pashavar.

Com timidez, Maia pediu conselhos a Csevet; não podia perguntar a Berenar — isso estaria muito desconfortavelmente próximo de uma conspiração — e não tinha ninguém mais a quem perguntar.

— Ficaremos felizes em lhe dar qualquer conselho que pudermos — falou Csevet, e Maia lhe contou tudo, começando com lorde Deshehar e terminando com lorde Pashavar. Csevet ouviu atentamente como sempre fazia e, quando Maia terminou, respondeu:

— Não há erro em suas observações nem em seu raciocínio, Serenidade. É o lorde Pashavar que o senhor precisa convencer.

— Você tem alguma sugestão?

Csevet fez uma careta.

— Lorde Pashavar é muito difícil. Quase sugeriríamos esperar que ele morresse, mas isso poderia levar anos.

Maia ficou tão surpreso que não conseguiu evitar uma gargalhada. Csevet sorriu de volta momentaneamente, então disse:

— Nossa estratégia até agora se baseou na profunda antipatia dele por lorde Chavar, mas isso não servirá neste caso.

— Não; se isso fosse suficiente, ele já seria um defensor ansioso. — À hesitação de Csevet, Maia falou: — O que foi?

— Bem, do ponto de vista dele, Serenidade, lorde Pashavar está certo em não gostar da ponte. Ela causará muitas mudanças.

— Sim, mas não se pode impedir a mudança simplesmente desejando que ela não aconteça — retorquiu Maia, sem acrescentar: *Se fosse possível fazer isso, nossa mãe ainda estaria viva.* — E, se o Istandaärtha *puder* ser transposto por uma ponte como mer

Halezh está muito certo de que pode, sentimos que os benefícios serão consideravelmente maiores que as desvantagens.

— Não para a nobreza dos principados orientais — disse Csevet, não discutindo, apenas observando.

Levou vários segundos para Maia encontrar as palavras para o que sentia; por fim, disse:

— De todos os nossos súditos, não tende ela que precisa de nossa ajuda. — A isso, as orelhas de Csevet abaixaram e esquentar de surpresa. — O que foi? Não deveríamos nos preocupar com nossos súditos? — questionou Maia.

— Não, claro... pedimos perdão, Serenidade. Não é um sentimento que esperaríamos de um imperador.

— Não podemos evitar — respondeu Maia, cansado.

— Serenidade, não quisemos dizer...

— Não, mas outros provavelmente farão a mesma observação e dirão o que você não diz. Dirão que é a influência barizhesa de nossa mãe e irão deplorar isso. Mas não muda o fato de que devemos fazer o que achamos certo.

— Edrehasivar, o Obstinado, eles vão chamá-lo — falou Csevet, com algo que soava perigosamente próximo a afeto, e prometeu pensar no assunto.

23 A OPOSIÇÃO DA CORTE

Maia nunca esteve mais perto de uma rebelião aberta que durante o jantar oferecido pelo Presidente de Sangue, o membro mais poderoso do Parlamento. Não era meramente que não quisesse ir — pois seu reinado imperial vinha sendo uma obrigação após a outra que ele não *desejava* cumprir; mas estava quase doente de medo só de pensar em ir. Foram necessários todos os consideráveis poderes de persuasão de Csevet para fazê-lo atravessar as grades do Alcethmeret, e, não fosse por seus nohecharei, Maia sabia que teria fingido se perder e aceitado cada desagradável consequência disso simplesmente para escapar. Mas o imperador não tinha tal recurso e foi condenado a um comparecimento pontual à porta de seu anfitrião.

O marquês Lanthevel, o Presidente da Câmara de Sangue, era alto e magro, com mãos de dedos compridos e graciosos que Maia só pôde invejar. Seus olhos eram de um azul vívido, e ele se vestia de modo a acentuá-los: jaqueta de brocado azul e contas de lápis-lazúli. Sua reverência, quando Maia e seus nohecharei foram levados à sala de recepção lanthevadesa, foi perfeita e irretocável.

— Finalmente temos o prazer de conhecê-lo, Serenidade. O senhor não tem a aparência de seu pai. — Ele disse isso tão brandamente que o insulto quase poderia passar despercebido.

— Não — disse Maia —, o consenso é de que puxamos a nossa mãe.

Os lábios de Lanthevel se curvaram no mais leve dos sorrisos, como se concedendo um ponto a um oponente.

— E é claro — continuou o marquês, com um gesto tão suavemente elegante como uma rosa desabrochando — que Vossa

Serenidade conhece lorde Pashavar e o capitão Orthema, mas permita-nos apresentar nossa sobrinha, dach'osmin Iviro Lanthevin; osmerrem Ailano Pashavaran; e merrem Reneian Orthemo.

As saudações foram todas formais e corretas. Maia as retribuiu na mesma moeda enquanto tentava evitar que seu pânico frágil como vidro aparecesse. Ele sabia que haveria outros convidados, mas não esperava Pashavar, que o aterrorizava mais que todos os outros Corazhas juntos.

A esposa de Pashavar, uma cabeça mais alta que o marido, tinha o olhar sombrio de uma mulher determinada a cumprir seu dever apesar de seus sentimentos pessoais. Dach'osmin Lanthevin deu a Maia o que poderia ser um simpático sorriso peculiar; tinha quarenta e poucos anos: era uma mulher baixa, enérgica, graciosa que enfeitava o cabelo com pentes cor de jade claro.

Maia ficou desconcertado com o capitão Orthema, que nunca vira antes sem a máscara solar de um cavaleiro de Anmura... e com o qual certamente nunca imaginara tentar ter uma conversa. O nome do capitão, Maia sabia, era Verer Orthema. Ele vinha da distante cidade oriental de Thu-Tetar e havia muito de goblin nele. Sua pele não era tão escura quanto a de Maia, tendo apenas um leve tom prateado, mas o cabelo era preto, e os olhos, sob sobrancelhas grossas, eram de um laranja tão escuro que era quase vermelho. Ele participara de várias campanhas contra os bárbaros das Estepes de Evressai antes de aceitar seu cargo atual e trazia lembranças de guerra no rosto: uma cicatriz inclinada na testa e outra cortando de uma maçã do rosto à outra por sobre a ponte do nariz. Embora tivesse quase sessenta anos, sua postura ainda era ereta; seus passos, ainda vigorosos e graciosos.

A esposa dele era muito mais jovem, apenas alguns anos mais velha que o próprio imperador, e Maia imaginou, pelo drapeado do vestido rosa suave, que ela poderia estar grávida. Os olhos dela não subiam além das clavículas do imperador, e ele supôs que deveria sentir algum conforto no fato de que havia um indivíduo na sala mais aterrorizado que ele.

Era dever do desafortunado imperador iniciar a conversa; embora essa regra tivesse sido distorcida e bastante abandonada em algumas das festas de Nurevis, o brilho frio dos olhos azuis vívidos de Lanthevel dizia que não haveria tal misericórdia ali. Maia havia tentado se preparar — como sempre tentava — com listas de perguntas inócuas, mas encorajadoras; todas pareciam fracas agora, como os esforços de um rato para conversar com uma sala cheia de gatos famintos.

O silêncio foi se aprofundando de estranho para letal; Maia procurou desesperadamente por algo que pudesse pelo menos fornecer uma observação corriqueira, viu uma tapeçaria de parede, não muito grande e cujas cores haviam desbotado com os anos, e deu um passo em direção a ela antes de se dar conta do que estava fazendo.

— Com o seu perdão — pediu, mas não conseguia desviar o olhar das delicadas vinhas bordadas e das flores estranhas em formato de roda. — Pode nos contar sobre essa tapeçaria? Nossa mãe fazia bordados assim.

— É mesmo? — respondeu o marquês Lanthevel, com uma nota estranha na voz. — Esta é uma estola de casamento de Csedo, datada do reinado de Sorchev Zhas. — Antes que Maia precisasse perguntar, ele continuou: — Há cerca de sessenta a cem anos antes de Edrevenivar, o Conquistador, cruzar o Istandaärtha.

Maia se aproximou mais um pouco. A estola, protegida por uma vidraça, estava manchada e gasta, e as cores, que um dia deviam ter sido brilhantes como uma celebração, eram agora quase indistinguíveis: o vermelho do azul, do amarelo e do verde; mas sua memória forneceu um roxo ao vermelho, um amarelo-dourado profundo, um azul como o de uma joia. Chenelo usava dois tons de verde para dar o efeito de sol e sombra, mas era impossível dizer se a bordadeira de tanto tempo atrás fizera o mesmo.

Lanthevel perguntou:

— O senhor tem alguma peça do trabalho da imperatriz?

— Não — falou Maia, e se obrigou a virar-se para encarar seu anfitrião. — Todos os pertences pessoais dela foram queimados quando ela morreu. Acreditamos que foi por ordem de nosso pai.

— Ele não deixou nada para você como lembrança? — indagou Pashavar. Ele usou a palavra ritual "ulishenathaän": uma recordação simbólica de uma pessoa morta.

— Não — respondeu Maia. — Possivelmente pensou que não tínhamos idade suficiente para precisar de uma.

Pashavar bufou de forma deselegante, provocando um franzir de testa de sua esposa. Ela disse:

— Ninguém que tenha conhecido o falecido imperador seu pai podia evitar lamentar o quarto casamento dele: não por qualquer culpa da imperatriz Chenelo, pois de fato nunca ouvimos nada que a desabonasse, mas simplesmente porque ele não deveria tê-lo consumado. A imperatriz Pazhiro teria sido a primeira a condenar o comportamento dele.

— A terceira imperatriz era amiga íntima de nossa esposa — revelou Pashavar.

O capitão Orthema fez um barulho que, em outro homem, poderia ter sido chamado de suspiro.

— É possível ser amigo de um homem, gostar de fato e profundamente dele, e ainda assim desaprovar sua conduta. Sempre sentimos que o tratamento do falecido imperador para com o senhor, Serenidade, era tolo, pois criava descontentamento onde não havia necessidade, e sabemos que lorde Pashavar o aconselhou fortemente a trazê-lo para a capital.

— Quando sua mãe morreu — acrescentou lorde Pashavar —, novamente quando o senhor completou treze anos e novamente quando completou dezesseis. Mas ele não nos ouviu.

— Ele sempre foi muito teimoso — opinou Lanthevel. — É uma característica drazhadesa.

"Edrehasivar, o Obstinado", dissera Csevet.

— Nós pensamos — contou dach'osmin Lanthevin —, embora talvez isso seja fantasioso, que ele havia começado a associá-lo não à sua mãe, pois, em verdade, ele não a conhecia, mas à imperatriz Pazhiro e a seu filho natimorto. Que não era a vingança que o impelia, mas o luto.

"O maldito filhote se parece muito com a mãe."

— É um pensamento gentil — disse Maia. — Como não nos foi dada a chance de conhecer nosso pai, não podemos falar sobre sua verdade.

— Uma maneira muito educada de dizer que discorda — comentou Lanthevel. — Tato é uma ótima qualidade em um imperador. Varenechibel não o tinha.

— Dito com muito tato — observou Pashavar.

Pelo restante do tempo até que o jantar fosse anunciado, Lanthevel e Pashavar contaram a Maia histórias de seu pai, dando-lhe um vislumbre, pelo menos, do homem que Idra, Vedero e outros que o amavam haviam conhecido. Mas Maia continuou pensando na estola de casamento e, depois que as peras fatiadas no iogurte foram servidas, perguntou a Lanthevel:

— Como você obteve aquela estola de casamento? E... perdoe se for uma pergunta indelicada, mas por que a pendurou em sua sala de recepção?

— Não é nada indelicada — disse Lanthevel. Na verdade, ele pareceu satisfeito. — Vossa Serenidade sabe que somos um acadêmico da Universidade de Ashedro?

— Não sabíamos — respondeu Maia. — Tínhamos entendido que os acadêmicos passam a maior parte do tempo nas universidades.

— É verdade — falou Lanthevel —, mas nosso irmão mais velho se tornou um devoto de Cstheio quando completou quarenta anos.

— Ah — soltou Maia.

Lanthevel deu um pequeno e irônico aceno de cabeça em reconhecimento.

— Um acadêmico pode ser arrancado de sua universidade para sentar-se no Parlamento, mas um devoto não. Descobrimos, no entanto, que somos capazes de continuar nossos estudos, pelo menos de pequenas maneiras... e talvez isso os torne mais preciosos para nós.

— Mas *o que* você estuda, Lanthevel? — interrompeu Pashavar. — Vai falar a noite toda e ainda não respondeu à pergunta do imperador.

— Tome mais vinho, lorde Pashavar — sugeriu Lanthevel. — Seu ânimo ainda não arrefeceu.

Pashavar deu uma gargalhada que soou como um trovão; Maia percebeu que aqueles dois homens eram genuinamente amigos e estavam lhe dando a honra e a grande bondade de deixá-lo ver sua amizade.

— Acontece que — falou Lanthevel, chamando a atenção da mesa — não estudamos nem os têxteis nem a história de Csedo. Nossos estudos são em filologia. Mas um amigo próximo nos deixou a estola como um ulishenathaän, e nós apreciamos o presente.

— Perdoe-nos novamente — disse Maia, insistente porque estava tentando não imaginar ter uma das almofadas bordadas de sua mãe para lembrar-se dela —, mas o que é filologia? — O silêncio foi agudo; as sobrancelhas levantadas de Lanthevel diziam que ele suspeitava de que Maia estivesse zombando. — Perguntamos com toda a sinceridade. Nossa educação foi um tanto errática.

— O senhor não teve tutores? — perguntou Pashavar.

— Não, apenas Setheris — respondeu Maia, percebendo tarde demais que havia cometido o insulto de usar o nome de seu primo sem adornos.

Pashavar bufou.

— Setheris Nelar deve ter sido o pior professor que o império já viu.

— Não, ele era um professor muito bom, quando se dava ao trabalho.

Maia mordeu o lábio, horrorizado, e só então deu-se conta de que o sentimento caloroso em sua cabeça significava que ele estava começando a ficar bêbado. O vinho de Lanthevel era mais forte do que ele pensara.

— Sim, mas com que frequência ele *podia* se dar ao trabalho? — falou Pashavar, com uma horrível sabedoria afiada nos olhos. — Lembramo-nos bem de Setheris Nelar e da importância que ele se dava, como se usasse uma coroa.

— Nós nos lembramos — acrescentou dach'osmin Lanthevin, ganhando um franzir de testa de osmerrem Pashavaran — de sua rixa amarga com lorde Chavar.

— Osmer Nelar desejava ser o lorde chanceler depois de perceber que nunca subiria tão alto ou tão rápido quanto desejava no Judiciário — explicou Pashavar.

— Arrogância — pontuou Lanthevel.

— Sim — continuou Pashavar —, mas não sabemos se ele era *menos* qualificado que Chavar.

Lanthevel ignorou a óbvia provocação.

— É verdade que o lorde chanceler é, em muitos aspectos, um posto político, mas não pode ser assumido sem *algum* conhecimento do funcionamento da chancelaria, e osmer Nelar não tinha nenhum.

— Mas a *oportunidade* estava lá — disse Pashavar, respondendo a uma pergunta que Maia não teve coragem de fazer. — Lordes chanceleres não vêm e vão como flores do dia. Se não tentasse naquela época, poderiam facilmente se passar quarenta anos antes que outra oportunidade do tipo surgisse. Osmer Nelar era ambicioso, e arrogante, como diz Lanthevel, e a esposa dele o conduziu. Ou, pelo menos, foi nisso que Varenechibel sempre acreditou. Ele não a acompanhar o marido a Edonomee porque, dizia ele, não queria que os dois tramassem *juntos*. Em vez disso, as energias dela foram consumidas na tentativa de fazer o marido regressar, e as dele foram desperdiçadas em... — Ele ergueu as sobrancelhas para Maia, mas o imperador tinha outra pergunta.

— O *que* ele fez? Ele nunca falava sobre isso, e ninguém em Edonomee tinha a menor ideia a respeito. — Maia ouvira Kevo e Pelchara especulando mais de uma vez, mas a própria insanidade de suas histórias (e a liberdade com que atribuíam a Setheris os mais terríveis e extravagantes vícios) as marcavam como faz de conta.

— Ah — disse Pashavar, olhando para Lanthevel. — Você ouviu a história de Chavar, Lanthevel, e ele a ouviu direto de Varenechibel.

— Ouvi — falou Lanthevel. — Osmer Nelar fez alguma tentativa de persuadir Varenechibel contra Chavar... coisa que nós poderíamos ter lhe dito que estava condenada desde o início. Mas osmer Nelar disse *alguma coisa* que Varenechibel interpretou como uma tentativa de exercer influência indevida sobre o imperador.

— Traição — disse Maia, sua boca seca por algo mais que apenas muito vinho. Setheris tinha sido excepcionalmente minucioso ao ensinar Maia sobre os diferentes tipos de traição... Excepcionalmente minucioso e excepcionalmente cruel.

— Isso — falou Pashavar. — E sua próxima pergunta, Serenidade, é por que a cabeça de osmer Nelar ainda enfeita o topo de seu pescoço.

— Você ainda está indignado com isso? — perguntou Lanthevel, e Pashavar bateu com o punho na mesa, sacudindo os pratos e fazendo Maia e merrem Orthemo saltarem.

— O imperador não está acima da lei — disse Pashavar, olhando para Lanthevel com as orelhas perigosamente achatadas. — O imperador *é* a lei. O tipo mais vil de precedente se estabelece caso o imperador ignore o devido processo dessa forma.

— Não entendemos — falou Maia, do modo mais humilde que conseguiu.

— Osmer Nelar nunca foi formalmente acusado de traição... nem de qualquer outra coisa — disse o capitão Orthema. — Ele esteve confinado na Esthoramire por ordens do imperador por cerca de três ou quatro meses e depois foi relegado a Edonomee, como bem sabe Vossa Serenidade. O mesmo aconteceu com Arbelan Zhasan, com o visconde Ulzhavel e com muitos outros.

— Meu querido Orthema — começou Lanthevel —, você está realmente fazendo uma *crítica* ao falecido imperador?

— Não — respondeu Orthema, sem o menor indício de ofensa à isca. — Apenas afirmando um fato que Edrehasivar sabe ser verdade.

— Sim — disse Maia. — O visconde Ulzhavel morreu no banimento? Pois não lhe reconhecemos o nome.

— Ele se desesperou e se matou — aclarou Lanthevel.

— Não foi o revethvoran? — perguntou Maia, alertado pelo fraseado de Lanthevel.

— Não, pois isso exigiria a ordem de Varenechibel, ou no mínimo sua permissão, e Ulzhavel não acreditava que sequer isso lhe fosse ser concedido.

— Ulzhavel era instável — disse Pashavar. — Herdou isso da linhagem materna. *Mas*... isso não muda o fato de que ele e muitos outros inimigos de Varenechibel foram tratados de uma forma que condenamos fortemente.

— E você está confiante de que Edrehasivar não irá jogar *você* na Esthoramire por criticar o falecido imperador seu pai? — indagou Lanthevel.

— Rá! — exclamou Pashavar com tanta força que Maia não teve certeza se era mesmo uma exclamação ou uma risada. — Se Edrehasivar desejasse começar a jogar pessoas na Esthoramire, ou, melhor ainda, na Nevennamire, não seria por nós que começaria. — Ele deu a Maia um olhar de esguelha zangado e zombeteiro, mas não totalmente indelicado. — Seria?

— Não — disse Maia —, mas sempre podemos mudar de ideia.

Houve um momento de silêncio atordoado, e Maia se preocupou que pudesse ter julgado Pashavar incorretamente; então Pashavar e Lanthevel explodiram em gargalhadas, e Pashavar saudou Maia com sua taça.

— Então o gatinho tem garras, afinal.

Maia sorriu o melhor que pôde, grato por sua pele ser escura demais para corar, e Orthema disse baixinho:

— O mero fato de um gato não o arranhar não significa que ele não pode fazê-lo... como você bem sabe, lorde Pashavar.

— Aceitamos a reprimenda — falou Pashavar, ainda sorrindo.

— E há uma pergunta que não respondemos — disse Lanthevel. — Filologia, Serenidade, é o estudo das origens das palavras.

— As origens das *palavras*? — perguntou Maia.

— Estudamos como as línguas mudam — disse Lanthevel. — Por que uma palavra tem um tipo de uso entre os produtores de seda do leste e outro entre os pastores do ocidente. Por que algumas palavras permanecem em uso de geração em geração, enquanto outras são descartadas. Por exemplo, pois vemos que o senhor ainda está em dúvida, "morhath" é a palavra para "céu" que era usada na corte do tataratatara-tio-avô de Vossa Serenidade, Edrevechelar XIV. Mas ninguém a usa agora ou sequer sabe seu significado. Nosso estudo é acompanhar o curso de seu desaparecimento e o surgimento da palavra que a substituiu.

— Na realidade — completou Orthema suavemente —, isso não é bem verdade. Nós conhecemos a palavra "morhath", porque a ouvimos ser usada pelos bárbaros de Evressai.

— É mesmo? — questionou Lanthevel, quase se lançando sobre ele.

Maia já não acreditou que fosse uma piada elaborada para desconcertar o imperador. Por um lado, ele não acreditava que Orthema fosse participar de uma piada assim; por outro, Lanthevel estava tão empenhado em extrair detalhes de Orthema que parecia quase ter se esquecido da existência do imperador. Maia inclinou a cabeça sobre o prato e ficou prestando atenção enquanto Orthema era lentamente incentivado a falar, a descrever as pessoas que passara grande parte de sua vida adulta combatendo.

As Guerras de Evressai aconteciam desde o reinado do avô de Maia. A causa inicial havia sido a recusa do povo das Estepes de Evressai a reconhecer Varevesena como seu imperador ou a pagar o dízimo ao império. As guerras continuaram, com intervalos, por mais de oitenta anos, porque os bárbaros não conseguiam expulsar os elfos nem tomar o Anmur'theileian, a grande fortaleza que estivera sob cerco antes mesmo de ser construída, e os elfos não conseguiam capturar os bárbaros.

— O senhor não pode imaginar, Serenidade, quão vastas são as estepes. E os nazhmorhathveras, que é como eles se chamam, o Povo do Céu Noturno, não constroem fortalezas, cidades, nem mesmo estradas. Vivem em tendas e viajam em grupos de não mais que vinte ou trinta. Mesmo que nossos batedores encontrem uma reunião de várias casas, elas serão dispersas e desaparecerão antes que um batalhão possa alcançá-las. E os nazhmorhathveras são mestres da arte da emboscada. É como tentar segurar areia no punho.

— Se as estepes são tão vastas, por que os nazhmorhathveras simplesmente não desaparecem nelas? — indagou Maia. Ele temia que fosse uma pergunta imbecil, mas estava começando a parecer-lhe que fazer perguntas imbecis era do que consistia o trabalho de um imperador.

— Teimosia bruta — retrucou Pashavar.

— Não — rebateu Orthema —, não é tão simples, embora não tenhamos entendido a verdade até quando pensamos em perguntar a um prisioneiro por que os nazhmorhathveras chamam o Anmur'theileian de Lembrança da Morte. Nós havíamos pensado... — Ele usou o plural, com um gesto que parecia abranger gerações de cavaleiros e soldados de infantaria lutando e morrendo longe de casa — ... que eles o chamavam assim devido ao número incontável de nazhmorhathveras mortos. Mas esse prisioneiro... O senhor conhece algo, Serenidade, dos bruxos das estepes?

Maia negou balançando a cabeça; antes que ele se lembrasse de que cabia ao imperador, como cabia a todos (havia dito Setheris) não criados por goblins caminhantes da lama, dar uma resposta expressamente enunciada a uma pergunta, Orthema falava novamente:

— Os bruxos são os homens e as mulheres santos dos nazhmorhathveras e são sempre albinos.

O silvo de inspiração veio de dach'osmin Lanthevin; a expressão de lorde Pashavar apenas se tornou mais severa.

— Bárbaros — murmurou, com suavidade suficiente para que Maia não pudesse ter certeza de que ele queria ser ouvido.

Orthema deu de ombros um pouco em reconhecimento — embora não de acordo, refletiu Maia — e continuou:

— Nós capturamos um bruxo, por pura sorte imbecil, nada mais, e ainda por cima ele era meio cego, lutava como um nazhcreis, o gato caçador noturno das estepes, que de fato era seu nome de uso. Nossos soldados foram sábios o suficiente para não o matar, e seu povo negociou pelo retorno dele como nunca haviam negociado por nada nem ninguém. — Orthema fez uma pausa para um longo gole de vinho. — Mas negociações desse tipo levam tempo, e nós assumimos o cuidado do prisioneiro para garantir que não fosse maltratado, pois os soldados comuns o consideravam uma abominação e muitos de nossos companheiros cavaleiros expressavam a mesma opinião.

— Da qual você não compartilhava — observou Maia gentilmente.

— Serenidade — falou Orthema com um encolher de ombros muito mais desconfortável. — Nós também já fomos chamados de abominação. — E ele fez o mais simples gesto em direção aos próprios olhos de um vermelho-alaranjado feroz.

— Mas isso é... — começou dach'osmin Lanthevin, calando-se de repente.

— Ridículo? — perguntou Pashavar de modo seco. — Houve muitos murmúrios de "Abominação" quando a quarta imperatriz de Varenechibel lhe deu um filho.

— Por favor — interrompeu Maia antes que Pashavar pudesse constranger ainda mais a mesa. — Queremos ouvir a história do capitão Orthema.

— Serenidade — disse Orthema com uma leve inclinação da cabeça; ele parecia satisfeito. — Não achamos que Nazhcreis Dein tenha jamais confiado de fato em nós, mas ele apreciava nosso cuidado, até que um dia lhe perguntamos por que seu povo chamava nossa fortaleza de Lembrança da Morte. Ele ficou por um longo tempo em silêncio, pensamos que talvez não fosse responder, pois houve muitas perguntas que não respondeu, mas finalmente ele disse: "Porque ela foi construída sobre nossos mortos". Ele nos deu um sorriso desagradável, ainda nos lembramos, pois tinha dentes afiados, como todo o seu povo. "Nós também a chamamos de Ossos de Carniça." Enfim, Serenidade, entendemos que ele falava *literalmente*. O Anmur'theileian foi construído em cima de um grande afloramento de rocha; esse povo está espalhado pelas estepes orientais, como em montanhas isoladas. E, na verdade, não podemos culpar nossos antecessores que escolheram construir ali, pois o local oferece vantagem e defesa que de outra forma não são facilmente encontradas. Mas o que esses construtores não sabiam, ou algo com que não se importavam se sabiam, e temos nossas suspeitas, era que era costume dos nazhmorhathveras levar seus mortos até o topo daquela rocha e deixá-los lá para serem despojados pelos abutres e pelos nazhcreian. O rito da maturidade, Nazhcreis Dein nos contou, era passar três dias e três noites no topo da rocha com os mortos.

— Construímos nosso castelo no ulimeire deles? — perguntou Maia, horrorizado.

— Essencialmente, Serenidade, sim.

— E esta é a *única* rocha que servirá para os ritos bárbaros deles? — indagou Pashavar.

— Essa não é a questão — disse Maia, mais bruscamente do que jamais imaginara falar com Pashavar. — O fato de haver um ulimeire em Cetho não torna os túmulos no Untheilenês'meire menos sagrados.

— Entendido — anuiu Pashavar, com amargor.

— Mas se isso for verdade — falou Maia —, por que não devolvemos o ulimeire deles?

Todos olharam para ele com horror.

— Serenidade — respondeu Orthema então, visivelmente lutando por palavras que não fossem insultuosas ou provocativas. — Não é assim tão simples.

Pashavar, sem o menor interesse em tato, acrescentou:

— O senhor admitiria a derrota numa guerra que não fomos nós que começamos e que custou a vida de milhares de homens élficos?

— Mas a guerra não foi iniciada por ninguém que esteja vivo agora — objetou Maia.

— O falecido imperador seu pai envidou todos os esforços para alcançar a paz — disse Lanthevel. — Os bárbaros... Sim, sim, Orthema, os nazhmorhathveras... Eles recusaram.

— Certo — falou Maia —, e esses esforços foram da Testemunha dos Estrangeiros *atual* ou da *anterior*?

Houve um silêncio curto e intimidado antes que Orthema se recuperasse.

— Serenidade, se nós simplesmente cedermos aos nazhmorhathveras, eles considerarão as cidades do ermo como nada mais que presas, assim como fizeram antes de o Anmur'theileian ser construído, e o povo do ermo são seus súditos leais e merecem proteção.

Antes que Maia pudesse responder, dach'osmin Lanthevin disse, suavemente, mas com uma pontada dura mesmo assim:

— Sentimos que esta discussão é mais adequada ao Michen'theileian ou ao Verven'theileian que a nossa sala de refeições.

— Claro — concordou Maia. — Pedimos seu perdão.

Houve outro silêncio incômodo, no qual Maia se lembrou novamente de que os imperadores não se desculpavam, e então, corajosa, merrem Orthemo disse:

— Somos filhas do prefeito de Vorenzhessar, que fica no ermo ocidental. Recordamos as histórias de nossas avós sobre os ataques de Evressai e garantimos a Vossa Serenidade: o senhor não tem súditos mais renitentes que o povo de Vorenzhessar e as cidades como ela.

— Obrigado, merrem Orthemo — disse Maia. — É um dilema, e devemos pensar nisso com cuidado. — Mas ela também lhe dera uma oportunidade para mudar a conversa com alguma graça. — Então sua cidade antecede Ezho?

— Ah, sim, Serenidade. — Quando ela sorriu, ele pôde ver que seus dentes caninos eram longos e afiados, como Orthema havia dito a respeito dos Nazhcreis Dein. — Tanto a nossa casa quanto a casa da linhagem de nossa mãe vivem há séculos no ermo. Sempre houve pessoas lá, mesmo antes que o ouro fosse descoberto e os elfos chegassem. Só que agora há muitas mais.

A corrida do ouro de Ezho proporcionou uma conversa inofensiva pelo restante da refeição; até osmerrem Pashavaran se descontraiu o suficiente para contar a história de um dos irmãos da avó, que tinha ido ao norte procurando ouro e, em vez disso, havia encontrado as fontes minerais de Daiano...

— ... que o tornaram muito mais rico que uma descoberta de ouro poderia fazer, embora, mesmo quando era um homem muito velho, ele saísse em prospecção sempre que tinha a chance. Mas nunca encontrou ouro.

— Nossa mãe foi para Daiano pelas águas — contou dach'osmin Lanthevin. — Elas não a mantiveram viva, mas reduziram sua dor substancialmente, e por isso seremos sempre gratas.

Maia se perguntou se as nascentes de Daiano poderiam ter ajudado Chenelo e perdeu várias falas da conversa para um acesso de raiva fútil contra seu pai, que nunca teria concedido a ela permissão para experimentá-las.

Sua atenção foi recuperada por uma pergunta de Lanthevel:

— Serenidade, entendemos corretamente que o senhor interrompeu as negociações do casamento da arquiduquesa Vedero?

As orelhas de Maia se agitaram, causando um tilintar delicado de seus brincos de prata e jade.

— Nossa irmã está de luto.

— Mas o senhor rompeu inteiramente o acordo com os Tethimada, que, pelo que ouvimos, estava muito perto da conclusão.

— Você confia em suas fontes, Lanthevel? — perguntou Pashavar.

Lanthevel fez um gesto de reconhecimento.

— Mas ainda assim — disse ele. — Parece um pouco precipitado, Serenidade, quando o senhor precisará começar de novo desde o início e muito provavelmente a partir de uma posição menos vantajosa.

— Não vemos nada de vantajoso em nossa posição atual. E nossa irmã não quer se casar. — Ele amaldiçoou o vinho no instante que viu todos na mesa ficarem alerta.

— Para uma mulher de sangue nobre — disse osmerrem Pashavaran asperamente —, casamento não é *querer*. A arquiduquesa sabe disso.

— Nossa mãe também sabia — disse Maia. — Achamos que bastou infligir casamento a nossa imperatriz.

— O senhor teria feito melhor se tivesse escolhido uma filha de uma casa mais tradicional — falou osmerrem Pashavaran. — As meninas dos Ceredada têm ideias tão ridículas quanto sua irmã.

— Não achamos as ideias de nossa irmã ridículas — respondeu Maia. Ele respirou fundo e tentou eliminar a fúria que o tinha deixado com sangue nos olhos. Osmerrem Pashavaran não parecia se importar nem um pouco, mas ele estava assustando merrem Orthemo. — Não achamos que o casamento seja a única coisa para a qual as mulheres servem, ainda que vocês achem.

— É uma questão vexatória — disse Lanthevel. — Assim como é a questão do que deveria acontecer com as mulheres que, por qualquer que seja o motivo, não conseguem encontrar um esposo. — Seu olhar cruzou com o da sobrinha.

Dach'osmin Lanthevin disse:

— É difícil encontrar ocupação quando se foi treinada para nada além de ter filhos e então não se tem filhos para criar.

— Todas as mulheres têm deveres — retrucou osmerrem Pashavaran, embora o rosado traidor nas pontas de suas orelhas mostrasse que ela não desejasse atingir um ponto sensível para os Lanthevada.

— Mas em que consistem esses deveres? — pressionou dach'osmin Lanthevin. — Uma mulher não tem o dever de usar seus talentos, mesmo que não sejam talentos para cuidar de crianças?

— Não tínhamos ideia de que você era tão progressista — comentou osmerrem Pashavaran, fazendo a palavra "progressista" soar como o mais vil dos insultos.

— Tivemos certo tempo para considerar o assunto — respondeu dach'osmin Lanthevin. Ficou claro que não estava recuando, e por isso foi um alívio ela escolher levar a conversa para assuntos triviais enquanto os pratos eram recolhidos.

A sobremesa era um bolo feito com especiarias de Anvernel. Diante do silêncio natural de apreciação, Maia ousou finalmente abordar o assunto da ponte; como esperava, Pashavar a condenou de pronto, mas o imperador não esperava que ele a descrevesse como a descreveu:

— Uma fantasia onírica de Varenechibel. Não vai dar em nada, exceto no desperdício de uma prodigiosa quantia.

— Não sabíamos que nosso pai estava interessado na construção de uma ponte.

— Ah, sim — disse Lanthevel. — Ele sentia que, se não fosse encontrada uma forma de unir leste e oeste, o Ethuveraz se dividiria novamente. Achamos que ele não conseguia deixar de ver que o Istandaärtha sempre seria uma fraqueza, a menos que se pudesse achar uma maneira de atravessá-lo por uma ponte.

— É verdade — anuiu Pashavar —, mas não uma desculpa para incentivar todo mecânico ensandecido com que ele se deparava.

— Falamos com o cavalheiro da Guilda dos Relojoeiros — disse Maia. — Não acreditamos que ele seja ensandecido.

— Ah, falou? — perguntou Pashavar, e Maia se preparou. Mas Pashavar não parecia descontente. — Pensávamos que o senhor fosse obediente demais às regras para ser um bom governante... Um paradoxo, o senhor entende... Mas talvez estivéssemos errados.

— Mas você é a Testemunha do Judiciário! — protestou Maia, o que fez todo mundo rir.

— Nós dissemos *regras*, não *leis* — falou Pashavar asperamente. — Há uma diferença, Serenidade. Um imperador que infringe as leis é um cachorro louco e um perigo, mas um imperador que nunca quebra uma regra é quase tão ruim quanto, pois nunca será capaz de reconhecer quando uma lei deve ser alterada.

— Nós entendemos — disse Maia, embora não estivesse certo por inteiro de que entendesse.

— Nós de modo algum toleramos isso como um *hábito* — avisou lorde Pashavar.

— Seria muito perturbador da ordem — falou Maia, com recato deliberado, e isso os fez rir outra vez.

— Então — retomou Pashavar —, o senhor falou com o relojoeiro. Supomos que isso signifique que o senhor deseja que o relojoeiro fale com os Corazhas.

— Correto — respondeu Maia.

— E o senhor preferiria que não ficássemos no caminho.

— Sim, preferiríamos.

— Tome um pouco de conhaque, Pashavar — sugeriu Lanthevel. — Isso vai tornar mais fácil engolir suas objeções.

— Se o seu conhaque não fosse tão excelente, Lanthevel — disse Pashavar —, nós o recusaríamos por princípio. — Voltando-se para Maia, continuou: — Isso não muda nossa opinião.

— É claro que não.

— E não muda nosso conselho nem o voto que daremos.

— Não esperaríamos que mudasse. Desejamos apenas que os relojoeiros tenham uma audiência justa.

— Humpf.

Pashavar bufou, principalmente para sua tacinha de conhaque, mas Maia tomou isso como uma capitulação; e, de fato, na reunião seguinte dos Corazhas, quando agarrou a coragem com as duas mãos e trouxe à baila novamente a questão da Guilda dos Relojoeiros e da ponte, Pashavar não o impediu, e os Corazhas concordaram que as ideias dos relojoeiros deveriam ser ouvidas. Não foi um acordo unânime, mas Maia nunca havia esperado que fosse. O que importava era que, sem Pashavar para apoiá-lo, Bromar não conseguia reunir apoio suficiente para obter o veklevezhek de que merrem Halezho havia falado.

Foi uma conquista num dia cheio de frustrações. Primeiro, Chavar tivera que ser forçado a confessar que a investigação da queda do *Sabedoria de Choharo* não estava avançando a lugar algum.

— Eles só precisam de mais tempo, Serenidade — disse Chavar, e Maia achou que essa honestidade lhe caía muito mal.

Então Maia teve uma audiência com lorde Bromar que não deu em nada e não conseguiu nada além de confirmar a opinião de Maia de que Bromar era um idiota; e, sem dúvida, confirmar a opinião de Bromar de que o imperador era um louco. A paz com os nazhmorhathveras nem deveria ser levada em consideração, e, se o Anmur'theileian havia sido construído sobre um ulimeire bárbaro, a expressão vazia no olhar de Bromar dizia, antes mesmo que abrisse a boca, que ele não tinha ideia de por que Maia considerava isso angustiante ou importante. A ideia de negociar com os nazhmorhathveras nem chegou longe o suficiente para os Corazhas a ridicularizarem.

Maia voltou ao Alcethmeret naquela noite cansado e frustrado, mas se lembrou de ficar satisfeito por pelo menos ter conseguido aos relojoeiros sua audiência. Mer Halezh também ficaria satisfeito, assim como merrem Halezho. Ele não sabia se min Vechin ficaria satisfeita e evitou se perguntar. Melhor não pensar nela.

A Noite Invernal aconteceria em menos de duas semanas; Maia jantou em privado com Arbelan Zhasanai pela última vez até depois que os últimos convidados e dignitários houvessem deixado a Corte Untheilenesa — o que seria uma semana ou mais após o solstício.

— A celebração continua se expandindo — disse ele. — Como a história do gato da tecelã.

— Os fios em torno de cada peça de mobília da casa? — comentou Arbelan, sorridente.

— Exatamente — falou Maia.

— Foi sua mãe quem lhe contou essa história?

— Claro — respondeu Maia. — Ela possuía um livro ilustrado com muitos contos maravilhosos... Destruído, supomos, junto a seus outros pertences quando ela morreu. Ela o trouxera de Barizhan.

— Você sente saudade dela — disse Arbelan.

— Claro — repetiu Maia. — Nós a amávamos muito.

Arbelan ficou em silêncio por um momento, contemplando o vinho em sua taça.

— Nós tivemos um aborto uma vez — disse ela. Maia conseguiu não a encarar, desenvolvendo um interesse arrebatado por sua própria taça. Ela continuou: — Foi o mais perto que chegamos de dar um filho a Varenechibel. Ele nunca soube.

Maia teve que pigarrear.

— Quanto tempo...?

— Quatro meses, talvez? Apenas tempo suficiente para que soubéssemos com certeza de que tinha sido um aborto. Tempo suficiente para que tivéssemos começado a sonhar: não com a aprovação de Varenechibel, pois estávamos casadas com ele havia dez anos e sabíamos bem das coisas, mas com o filho. Com as histórias que contaríamos a ele, as músicas que ensinaríamos a ele. Ou ela. — Ela parou, então retomou ferozmente: — Nós teríamos apreciado uma filha.

Ela sabia, então, do descaso de Varenechibel por suas filhas e netas.

— Nossa mãe — contou Maia cuidadosamente — nos disse uma vez, muito pouco antes de morrer, que não se arrependia de seu casamento com Varenechibel porque nos deu a ela. Nunca tivemos certeza de que ela deveria ter se sentido assim, embora saibamos que nos disse a verdade. Ela também teria desejado uma filha.

— Sim — disse Arbelan.

Ela parecia satisfeita, como se ele tivesse respondido a uma pergunta que a preocupava, o que o fez esperar que talvez ela, por sua vez, lhe respondesse uma dúvida. Ele perguntou:

— Você conhece sua sobrinha-neta Csethiro?

— Aquela que deve se tornar sua imperatriz? — falou Arbelan, erguendo zombeteira as sobrancelhas. — Não a conhecemos bem: não conhecemos mais ninguém de nossa família muito bem, pois, embora eles não fossem *proibidos* de nos visitar em Cethoree...

— Sim — disse Maia, lembrando-se do que Berenar lhe contara sobre o irmão de Arbelan.

— Não sabemos de nada que desabone Csethiro — disse Arbelan, observando-o agora como se não tivesse certeza do que ele queria dela.

— Não, temos certeza de que não — concordou Maia. — Apenas nos perguntamos que tipo de pessoa ela é.

— Ah. Lamentamos, Edrehasivar. Ela nos escreveu uma carta mui obediente após a assinatura do seu contrato de casamento, e esperamos que talvez possamos conhecê-la melhor, mas não podemos lhe dizer nada a não ser que ela é neta do nosso irmão e tem 22 anos.

Três anos mais velha. Não era tanto, na verdade, embora parecesse um abismo escancarado. E *obediente*, coisa que ele testemunhara por si mesmo.

— Obrigado — disse Maia. Esperava não ter soado tão desolado quanto se sentia. Dach'osmin Ceredin o avisara sobre min Vechin, mas ele não queria nem uma companheira obediente nem uma mercenária. Queria uma amiga, e isso, ao que parecia, era exatamente o que ele não poderia ter.

Naquela noite ele se retirou cedo para a cama. Nemer e Avris trançaram seu cabelo enquanto Esha arrumava as joias do dia e pegava um tijolo quente para a cama do imperador. Maia deu boa-noite a Dazhis, que guardava a câmara externa naquela noite, e depois a Telimezh, que tomou sua posição preferida no vão da janela e desejou com brandura:

— Durma bem, Serenidade.

Maia então se deitou e repetiu silenciosamente a oração a Cstheio até adormecer. Era o mais próximo de uma meditação que conseguia chegar.

Seus sonhos foram absurdos caóticos; ele acordou de repente e não teve certeza do que o tinha acordado. Algum barulho... um grito abafado? Seu quarto estava um breu completo, sem indícios ao redor das cortinas do amanhecer chegando sorrateiro. Prendeu a respiração, esforçando-se para ouvir algo, mas não havia nada.

— Telimezh? — sussurrou na escuridão, dizendo a si mesmo que era um tolo, um covarde, mau como um garotinho... Mas Telimezh não respondeu. Naquele momento, Maia parou de tentar acreditar que não havia nada de errado. — Telimezh?

Ele se sentou e afastou a roupa de cama. Percebeu sem qualquer necessidade de imaginar que, se Telimezh tivesse tido que sair do quarto por qualquer motivo, Dazhis teria tomado seu lugar. Portanto, Telimezh estava no aposento, mas incapaz de lhe responder; Maia estava pensando confuso nos ataques sofridos por um dos homens que às vezes ajudava Haru nas terras de Edonomee, e sua principal preocupação, enquanto tateava em busca do lampião de cabeceira, era ter certeza de que Telimezh não estava asfixiando na própria língua.

Mas então a porta se abriu com tudo, e ele percebeu que estava preocupado com a coisa errada. A luz o cegou; Maia levantou a mão para proteger os olhos, lutou para ficar em pé e imediatamente caiu em cima de Telimezh, que estava deitado no chão, inconsciente ou morto.

Mãos duras o agarraram, puxando-o para que ficasse de pé, e ele teve um vislumbre embaçado do brasão drazhadês antes de enfiarem um saco em sua cabeça. Suas mãos automaticamente se ergueram para tirá-lo, mas foram detidas e abaixadas.

— Nada disso, Vossa Graça — falou uma voz que ele não reconheceu. — Não temos ordens de machucá-lo, nem o desejamos, mas não hesitaremos se o senhor tornar isso necessário. Entendeu?

Maia tentou responder e engasgou com o saco. Assentiu com a cabeça, e a voz disse:

— Tudo bem, então. Vamos.

Ele não sabia para onde o levavam. Passaram por corredores, e escadas — nas quais ele quase caiu —, e uma porta diante da qual o fizeram se curvar para empurrá-lo, e mais escadas, estreitas e frias, e o cheiro de pedra e água, e então um lintel de porta elevado no qual ele deu uma topada com os pés e caiu, esparramando-se sobre as lajes geladas. Levantaram-no novamente e arrancaram-lhe o saco da cabeça, e Maia ficou ali, piscando para se acostumar com a luz, de frente para sua cunhada Sheveän Drazharan, princesa da Corte Untheilenesa.

Não ficou surpreso ao vê-la. O brasão drazhadês apontava para Vedero ou Sheveän, mas, além do fato de que ele não teria acreditado que Vedero fosse fazer isso, a casa dela — a de uma mulher solteira ainda sob a proteção do chefe da casa — não incluía homens de armas. E Vedero nunca procurara negar o direito dele ao trono imperial. Sheveän o fizera, e a esperança de Maia de que os resmungos e o descontentamento dela não dariam em nada havia sido claramente infundada.

Ele ficou calado, ciente de que deveria ser uma figura ridícula com nada além de seu camisolão e o cabelo trançado nas costas, e não queria dar a Sheveän mais munição, fosse dizendo algo sem noção ou simplesmente por ser incapaz de controlar a voz. Além do mais, tinha certeza de saber o que ela diria. A cunhada retribuiu seu olhar, os olhos duros, e eles poderiam ter permanecido assim por algum tempo, só que uma porta se abriu atrás dela e um homem entrou.

Uleris Chavar, o lorde chanceler do Ethuveraz.

A presença de Sheveän não surpreendera Maia; a de Chavar, sim. Mas isso era tolo e ingênuo: Chavar se opusera a ele desde o começo.

— Vossa Graça — falou Chavar rigidamente. — Lamentamos esta necessidade, mas acreditamos que seja o que o imperador gostaria.

Ele se referia a Varenechibel.

— Você não é adequado — falou Sheveän, furiosa. — Associando-se a goblins, desonrando os mortos.

— Usando de sua influência para promover os esquemas mais ridículos e impossíveis — finalizou Chavar. — Não podemos deixar que você leve o Ethuveraz ao caos e à ruína, como certamente fará se não for detido. Temos os papéis prontos para sua assinatura.

— Papéis?

— Para sua abdicação — falou Chavar com impaciência.

— Você vai abdicar em favor de nosso filho — disse Sheveän, sua voz ainda tensa com a fúria que ela vinha alimentando por meses — e se recolher a um mosteiro no norte de Thu-Cethor.

— Dedicado a Cstheio — completou Chavar; ele parecia relutante em deixar Sheveän falar ininterruptamente por muito tempo, fosse porque ela era mulher ou pela ótima razão de que estava com medo do que ela pudesse dizer. — Os monges fazem voto de silêncio.

O terrível, pior que qualquer outra coisa, foi que Maia ficou tentado a isso. Silêncio, austeridade, a adoração à Senhora das Estrelas Cadentes. Nenhuma responsabilidade por ninguém além de si mesmo. O que o impedia de capitular ali mesmo, assinar o que quisessem, não era desejo pelo trono, nem mesmo preocupação com seus súditos. Era saber, na medula fria de seus ossos, que não importava o que Chavar prometesse — ou até mesmo em que acreditasse —, Sheveän mandaria matá-lo assim que encontrasse alguém para fazê-lo.

Então, outras considerações o alcançaram: o fato de Idra ainda ser uma criança; o de que as regências no Ethuveraz eram uma tradição de desastres; o de que as políticas de Chavar levariam à ruína que ele acusara Maia de fomentar; o de que ainda não sabiam quem explodira o *Sabedoria de Chohoro*; o de que, na verdade, a última coisa de que alguém precisava era de outro novo imperador antes da Noite Invernal.

Maia perguntou de modo abrupto:

— O que vocês fizeram com os nossos nohecharei?

— O tenente Telimezh está ileso — disse Chavar. — Um encanto soporífero, nada mais.

— E Dazhis Athmaza?

Sheveän riu, e o riso saiu quebradiço como gelo novo.

— Quem você acha que executou o encanto?

Maia foi inundado pelo calor doentio da humilhação e da traição. Se até mesmo seus nohecharei se voltavam contra ele, talvez

Chavar e Sheveän tivessem razão. Talvez ele apenas estivesse iludido que seu governo fosse preferível à alternativa deles.

Recompõe-te. A voz era ríspida, desdenhosa — a voz que ele pensava soar como a de Setheris, mas Setheris estaria exultante com sua queda. Talvez, imaginou num capricho meio histérico, fosse o imperador Edrehasivar VII, repreendendo Maia Goblin Caipira como um administrador faria a um menino de copa.

Recompõe-te. Não cabe a teu lorde chanceler decidir se és imperador ou não — e muito menos a tua cunhada.

Ele se endireitou e olhou Chavar diretamente no rosto.

— Nós gostaríamos de falar com Idra. — Os olhos de Chavar se arregalaram, e Maia percebeu que ele estava afastado o suficiente agora para ficar gratificado por isso. — Se desejam manter essa farsa de abdicação, falaremos com nosso sucessor. Caso contrário, matem-nos e acabem logo com isso.

— Não fale de forma imprudente, Vossa Graça — avisou Chavar.

— Não falamos, garantimos a vocês. Deixem-nos falar com Idra ou matem-nos. A escolha é sua.

Chavar e Sheveän se retiraram para uma discussão sussurrada, bastante acalorada, que resultou em um par de homens de armas sendo enviado para buscar Idra. Maia ficou aliviado com a evidência de que Idra não estava envolvido na conspiração da mãe e se pegou pensando novamente sobre os pesadelos que haviam sido as regências dos séculos anteriores. Rara era a criança imperadora que sobrevivia para ver a idade adulta; ele não gostava das chances de Idra se juntar a esse número.

Passaram-se cerca de dez ou quinze minutos antes que o príncipe da Corte Untheilenesa aparecesse, envolto em um roupão que devia ter pertencido ao pai.

— Mãe, do que se trata? Por que... — Então reconheceu o tio e ficou muito quieto, arregalando seus olhos cinzentos.

— Saudações, primo — cumprimentou Maia.

— Serenidade — disse Idra, e conseguiu fazer uma reverência aceitável. — Mãe, qual é o sentido disto?

Ela não respondeu de imediato, e Maia se perguntou quando — e o que — a mãe havia planejado contar ao filho. Será que ela o teria acordado pela manhã com a notícia de que ele era imperador? Idra esperou até que Sheveän finalmente explicou:

— É o que seu avô gostaria. Você sabe que ele o considerava seu herdeiro tanto quanto seu pai.

— Vocês estão depondo nosso tio — falou Idra categoricamente.

— Ele não é *adequado* — disse Sheveän. — Um mestiço arrivista sem juízo nem boas maneiras: ele não é imperador, Idra!

— Ele vai arruinar o Ethuveraz — interrompeu Chavar. — Não tem noção alguma de negócios nem de estadismo.

Idra franzia a testa.

— Sem dúvida esse é o propósito pelo qual um imperador tem conselheiros.

— Você não entende — falou Chavar.

— Ninguém espera que você entenda — acrescentou Sheveän. — Você ainda é uma criança.

— Somos apenas quatro anos mais novos que nosso tio — observou Idra. — E, se não entendemos, assim como ele não entende, como é que podemos ser um imperador melhor do que ele?

Setheris havia ensinado a Maia um conhecimento limitado de retórica e lógica suficiente para que pudesse ver que Idra tinha sido ensinado com muito mais cuidado.

— Você terá regentes, Idra — afirmou Sheveän.

Os olhos de Idra encontraram os de Maia. O alarme era visível em seu rosto e em seus ouvidos; Maia se perguntou se o sobrinho também havia sido ensinado sobre as histórias de Beltanthiar v, Edrethelma viii e todos aqueles outros meninos miseráveis sepultados no Untheilenês'meire. Idra perguntou:

— E o que será de nosso tio, mãe? Você... você vai mandar matá-lo?

— *Claro* que não — falou Sheveän, calorosamente demais.

— Ele se mudará para um mosteiro no norte de Thu-Cethor — disse Chavar. — Os monges vão tratá-lo com gentileza.

Idra ficou em silêncio por alguns segundos, ainda franzindo a testa. Então asseverou:

— Não.

— O quê? — disseram Chavar e Sheveän num coro irregular.

— Não — repetiu Idra. — Não vamos usurpar o trono de nosso tio.

— Idra! — exclamou Sheveän, mas Idra não a deixou ir adiante.

— Não acreditamos que isso fosse o que nosso avô desejaria.

— Idra, você *sabe* como ele se sentia sobre...

— Ele era um imperador — disse Idra, fuzilando a mãe com o olhar. — Não iria desejar que as leis fossem quebradas dessa maneira e apenas por *preferências* pessoais. E nosso pai teria vergonha de você.

Era uma nota estranhamente infantil contra seu raciocínio muito adulto, o que o tornou um específico golpe cruel. Foi a primeira vez que Maia viu Sheveän desconcertada por qualquer coisa. Ela não respondeu; Chavar argumentou:

— Você não entende as razões maiores...

— Você não gosta das políticas dele — falou Idra. — Toda a corte sabe disso, lorde Chavar. Mas nosso tutor, Leilis Athmaza, afirma que isso não significa que as políticas sejam ruins. E não vemos como você pode saber que as políticas são ruins sendo que Edrehasivar é imperador há menos de um trimestre.

— Você não sabe nada de...

— É por isso que não podemos sentir que seríamos um imperador melhor que nosso tio — interrompeu Idra. — Não vamos fazer isso.

Chavar começava a parecer em pânico.

— Você sabe o que está fazendo com sua mãe, rapaz? Sabe o que vai acontecer com ela?

A mesma coisa que vai acontecer com você, pensou Maia impiedosamente. Mas não verbalizou. Ele tinha que saber se Idra conseguiria manter sua decisão.

Idra respondeu, infeliz:

— Não podemos mudar o que ela fez. E certamente, lorde Chavar, essa é uma razão ainda pior para usurpar nosso tio do que aquelas que você já apresentou.

Sheveän disse:

— Idra, chegamos longe demais para parar agora. Já é tarde demais para seus escrúpulos.

— Mãe — falou Idra, e Maia ficou surpreso ao perceber que o sobrinho estava tão furioso quanto Sheveän —, é inútil dizer que *nós* fizemos alguma coisa. *Nós* não sabíamos nada disso. Se nós *soubéssemos*, você não teria chegado "longe demais para parar", pois nunca teríamos concordado com o que fez. Não podemos acreditar que você faria isso conosco.

— Com você? Idra, nós fizemos isso *por* você!

Idra deu um passo para trás, como um gato descobrindo que colocou a pata em algo pegajoso.

— Mãe — disse suavemente —, esta é uma mentira terrível.

O rosto de Sheveän ficou branco como osso, e ela rosnou:

— Chega disso. Talar, leve o arquiduque embora.

Era óbvio se tratar de um eufemismo, e Maia suspeitou que tivesse sido combinado previamente. Se ela tivesse o bom senso, ou a crueldade, de usá-lo em vez de permitir que Idra fosse levado até o aposento, poderia ter funcionado, mas os homens de armas estavam ouvindo e agora estavam na dúvida, olhando de Sheveän a Idra na óbvia expectativa de receberem uma contraordem.

— Talar — disse Idra —, lamentamos ser forçados a lhe pedir para não aceitar mais ordens de nossa mãe.

— Idra!

Sheveän parecia tão chocada quanto zangada, como se nunca lhe tivesse ocorrido que Idra a desafiaria ativamente. O filho olhou de volta para ela sem qualquer sinal externo de angústia, mas Maia notou que ele começava a tremer.

Eu nunca quis te fazer escolher, pensou angustiado. O capitão dos homens de armas explicou:

— Nós não sabíamos, Vossa Alteza.

— Falaremos disso mais tarde — disse Idra. — Serenidade, quais são as suas ordens?

Naquele momento, talvez de modo anticlimático, talvez não, a Guarda Untheilenesa derrubou a porta.

Mais tarde, contaram a Maia a história de como Nemer, atacado pelos homens de Sheveän, havia se levantado do frio chão de mármore. Rastejara até Telimezh; descobrindo que o nohecharis não podia ser acordado, Nemer conseguira, apesar de uma concussão grave, rastejar, cambalear ou cair três lances de escada até a estação do pneumático, onde sempre havia uma garota de plantão. Ela tinha enviado primeiro uma mensagem urgente para a estação pneumática da Guarda Untheilenesa, depois despertado sua substituta, que acordou o Alcethmeret. Não surpreendentemente, havia sido Csevet que tinha pensado em descobrir onde Sheveän Drazharan estava e em companhia de quem, e a partir daí o resto fora inevitável. Maia só precisou impedir que os guardas prendessem Idra junto a Chavar, Sheveän e os homens de armas de Sheveän.

Ainda não alvorecia, embora Maia não se surpreenderia se tivesse encontrado o pôr do sol. Deu ordens para que Idra e suas irmãs fossem levados ao Alcethmeret; mandou guardas vigiar, embora não prender sem motivo, os Chavada e os Drazhada menores que vivessem na Corte Untheilenesa. Mas o que deveria fazer a respeito de Nurevis? Ordenou que um médico fosse cuidar de Nemer; depois disse em desafio a Csevet:

— Todo o resto pode esperar mais quatro horas.

Então voltou para sua cama fria e desordenada.

Onde não dormiu, mas se deitou e começou a fazer listas angustiantes de todas as coisas com as quais teria que lidar, começando com a nomeação de um novo lorde chanceler e terminando com Dazhis.

Pensar em Dazhis o impulsionou para fora da cama novamente. Beshelar perguntou:

— Serenidade? — Ele soava um tanto assustado.

Mal havia se dado conta de que Beshelar e Cala haviam sido, juntos a Csevet, os primeiros de sua casa a alcançá-lo no labirinto de porões sob os apartamentos do príncipe da Corte Untheilenesa. Era quão acostumado estava a seus nohecharei: a ponto de nem os ver chegando. Ele de fato não vira o descontentamento de Dazhis, e devia ter sido óbvio se Sheveän e Chavar tinham conseguido explorá-lo.

Talvez ele apenas pensasse que tu não fosses adequado para governar. Mas afastou esse pensamento para longe e questionou a Beshelar:

— O que vai acontecer com Dazhis?

Beshelar agora parecia assustado e infeliz.

— Serenidade, este é um assunto para o Athmaz'are, não...

Maia caminhou até a porta do quarto e a abriu. Cala, sozinho na sala externa, se levantou bruscamente.

— Serenidade, o senhor está... — Ele estivera chorando.

— O que vai acontecer com Dazhis?

A cor de Cala foi de mal a pior, mas ele não fez qualquer tentativa de fugir da pergunta.

— Serenidade, ele cometerá revethvoran. — Revethvoran. Suicídio de acordo com os rituais estritos de Ulis. De modo angustiante, o mundo oscilou diante dos olhos de Maia, mas Cala agarrou seu braço e quase o forçou a sentar. — Abaixe a cabeça. — Cala não soava como se estivesse falando com um imperador. — Respire fundo. Assim.

— Pedimos perdão — falou Maia, ciente de Beshelar assomando à porta. — Nós não queríamos.

— Claro que não — reconfortou Cala, e Maia estava fracamente grato pela gentileza na voz do nohecharis. — Foi um choque, Serenidade. A culpa é nossa.

— Não. Porque nós pedimos. Há algo que possamos fazer? Podemos solicitar clemência ao adremaza?

— Serenidade. — Cala parou, e quando Maia se atreveu a se endireitar, viu que o outro lutava em busca de palavras.

— Foi uma pergunta tola — disse ele, desejando libertar Cala da necessidade de responder.

— Não, Serenidade, tola não. Mas... Dazhis quebrou seu juramento como um nohecharis e o fez não apenas por descuido, mas por escolha. Ele *escolheu* trair o senhor, e isso não é algo... Não é decisão do adremaza, Serenidade, nem sua. Nem de ninguém. É o juramento em si. — Ele fez uma pausa, engoliu em seco e continuou: — Se o senhor tivesse morrido, nós — o plural, e com um arremedo de gesto para incluir Beshelar e o ausente Telimezh — cometeríamos revethvoran com ele.

— Ele merece — rosnou Beshelar.

— Ah — soltou Maia.

Cala disse gentilmente:

— Dazhis não foi o único que quebrou um juramento na noite passada.

— Não — concordou Maia, mas Dazhis era o único de quem ele gostava. *Bobagem infantil, essa conversinha de "gostar"*. Ele balançou a cabeça. — Podemos vê-lo? Antes... — Teve que parar, engolindo em seco contra o nó na garganta.

— Ele deve vir pedir seu perdão, Serenidade — avisou Cala —, para fazer as pazes que puder com o senhor.

— Esperamos que ele também peça perdão a Telimezh — falou Beshelar.

— Sim — disse Cala. — Esse é outro juramento quebrado.

— *Por quê?* — A pergunta explodiu com tanta força que deixou a garganta de Maia dolorida. — Por que ele fez isso?

— Sinceramente, Serenidade — disse Cala —, não podemos imaginar. Nós... — Ele estagnou completamente, então ergueu o queixo e continuou: — *Eu* nunca faria tal coisa. Não consigo me imaginar ferindo o senhor dessa maneira. Mesmo que não fosse questão de juramento.

— Nem eu — pontuou Beshelar, embora soasse como se as palavras estivessem sendo arrancadas dele à força, e ele foi rápido em mudar de assunto. — Serenidade, o senhor precisa dormir. Podemos convocar o doutor Ushenar para prescrever um sonífero, se achar que seria de ajuda.

— Não precisa — respondeu Maia. — Não podemos dormir agora. Não deveríamos ter abandonado nossos deveres como fizemos.

— Serenidade — protestou Cala —, o senhor não abandonou nada.

— E desmaiar não vai adiantar de nada — completou Beshelar com rispidez. — Mandaremos chamar o doutor Ushenar.

— Não! — disse Maia. — Não desejamos nenhum médico.

— Então, pelo menos, deite-se de novo — pediu Cala. — Se o senhor quiser, pode nos contar os planos que precisa fazer e agiremos como seu secretário.

Era tão obviamente um calmante para uma criança birrenta que Maia corou e se afastou.

— Não, nós agradecemos. Convoquem nossos edocharei, por favor.

Avris e Esha desaprovaram tanto quanto Beshelar e Cala. Maia perguntou de modo incisivo sobre Nemer.

— Ele está descansando, Serenidade — respondeu Avris, e acrescentou, com igual seriedade: — Como o senhor deveria estar.

— Estamos totalmente ilesos — disse Maia —, e não somos tão frágeis a ponto de o sono interrompido de uma noite nos levar a um declínio.

— O senhor deveria olhar com mais cuidado no espelho, Serenidade — disse Esha, um tanto mordaz.

— Não nos lembramos de ter solicitado a opinião de *ninguém* — falou Maia, sabendo que sua raiva era desproporcional, mas incapaz de bani-la. — Há muito a ser feito, e sentimos que não nos convém mimar a nós mesmos.

Seus edocharei não tentaram argumentar mais, e Maia desceu para a Sala das Tartarugas em um estado de fúria fria que não se lembrava de já ter sentido antes em sua vida. Csevet ou observou isso ou já tinha sido avisado, pois não protestou, mas foi inteiramente profissional.

— Serenidade, lamentamos dizer que há evidências claras de que osmin Bazhevin sabia da trama da princesa Sheveän.

— Osmin Bazhevin? — falou Maia, inexpressivo. — O que... ah.

— Ela confessou assim que a Guarda Untheilenesa entrou nos apartamentos da princesa. Sabia de tudo, mas tinha medo demais da princesa para falar.

— A mulher é uma idiota — soltou Maia antes que pudesse se conter.

As orelhas de Csevet se contraíram, mas ele apenas disse:

— Sim, Serenidade. — E esperou.

— Coloque-a na Esthoramire com Sheveän — falou Maia, fechando seus dentes afiados às palavras que queriam vir em seguida. Era injusto chamar osmin Bazhevin de ingrata quando tudo o que ele fizera havia sido permitir que ela escolhesse a menos repulsiva das opções pouco atraentes diante dela. Mas ele lhe dera, *sim*, uma escolha; *havia* permitido que ela morasse com Sheveän embora duvidasse da sabedoria disso. E estava muito cansado de traição naquela manhã.

Csevet limpou a garganta.

— Além disso, Serenidade, foi necessário deter a maior parte da equipe do lorde chanceler, incluindo seu primo, osmer Nelar.

— Gostaríamos que isso nos surpreendesse — lamentou Maia. — Quanto de nosso governo é cúmplice, você acha?

— A Testemunha da Prelazia — respondeu Csevet prontamente. — O mosteiro parece ter sido ideia dele.

— Devemos agradecer-lhe — falou Maia com amargor. Seu descontentamento havia sido mais fácil de ignorar quando ele era incapaz de imaginar uma alternativa.

— As outras Testemunhas dos Corazhas não estão envolvidas, Serenidade. Enviaram mensagens de apoio, assim como os membros do Parlamento, mui particularmente o marquês Lanthevel. *Nossa* equipe está investigando cada tentáculo desta trama.

Ele hesitou, e Maia fez um esforço consciente para parar de fazer cara feia.

— O que foi, Csevet?

— Desejamos apenas assegurar a Vossa Serenidade que não temos dúvidas da fidelidade de sua casa e de seus secretários.

— Exceto Dazhis.

— Serenidade — concordou Csevet com tristeza. — E nós... nós gostaríamos de lhe assegurar, Serenidade, nossa fidelidade. Se o senhor tiver alguma dúvida, renunciaremos ao nosso cargo. Nós não...

— Csevet, pare! — Maia o encarou. — Por que diabos acharia que duvidamos de você?

— Não é isso, Serenidade, mas viemos até o senhor pelo lorde chanceler e sabemos... sabemos que, quando o senhor nos escolheu como secretário, escolheu entre nós e osmer Nelar. Não queremos que o senhor sinta que está preso a...

— Não sentimos — disse Maia com firmeza. — Não poderíamos pedir um secretário melhor, e nunca nos ocorreu duvidar de sua lealdade. Tampouco fazemos isso agora. — Conseguiu dar um sorriso meio quebrado. — Se você fizesse parte do plano de lorde Chavar, ele teria sido muito mais bem executado.

Ele viu o peso sair dos ombros de Csevet, e o sorriso em resposta dele era melhor que o seu próprio.

— Então, Serenidade, há um outro assunto pessoal com o qual achamos que o senhor possa lidar esta manhã.

— Sim? — disse Maia.

— As crianças, Serenidade. Príncipe Idra e suas irmãs. Eles foram instalados na creche do Alcethmeret como o senhor instruiu, mas a babá atribuída a eles afirma que os três sentem muito medo e ansiedade. Pensamos que poderia ajudá-los muito se o senhor fosse falar com eles.

— E o que vamos dizer? — perguntou Maia com tristeza. — Nunca mais falem de sua mãe, a traidora?

Csevet respondeu:

— Eles entendem o que a mãe fez, Serenidade. Até mesmo Ino, a mais nova. Achamos que ficariam mais calmos se soubessem que o senhor não culpa a *eles*.

— Mas é evidente que não — defendeu-se Maia.

— Então é isso que o senhor deve dizer.

— Mas não podemos... Csevet, não entendemos nada de crianças!

— Serenidade — falou Csevet —, eles não têm mais ninguém.

A verdade disso levou Maia à creche do Alcethmeret, que ficava numa ala lateral do piso térreo com o próprio conjunto de vastas grades. Imperatrizes, Maia havia notado, podiam viver onde quisessem na Corte Untheilenesa — nem Csoru nem Arbelan jamais haviam vivido no Alcethmeret, nem a segunda esposa de Varenechibel, a imperatriz Leshan —, mas os herdeiros de um imperador eram um assunto diferente. *Talvez eu devesse ter colocado Idra aqui desde o início,* pensou ele, mas sabia que não poderia ter feito isso.

Havia uma dupla de guardas às grades e outra à porta da sala de espera da creche. Maia ficou aliviado ao ver que ninguém arriscava com a segurança das crianças. Um dos guardas abriu a porta e anunciou:

— Sua Serenidade Imperial, Edrehasivar VII.

Sim, porque isso fará com que as crianças assustadas se sintam muito mais *seguras*, pensou Maia — mas não podia repreender o guarda meramente por fazer a coisa certa. Ele entrou na creche, com Cala à frente e Beshelar atrás, e descobriu que os filhos de Sheveän haviam se levantado para encontrá-lo, cada uma das meninas segurando uma das mãos do irmão. Idra se curvou, e Ino e Mireän fizeram uma reverência, tudo sem se soltarem um do outro. Todos os três tinham olhos vermelhos e o rosto um tanto inchado. O Alcethmeret estava cheio de gente chorando hoje.

— Por favor, sentem-se — pediu Maia, sentindo-se desajeitado, pouco educado e sombrio como nuvens de tempestade. Sentou-se ele próprio numa poltrona surrada e esperou até que as crianças se sentassem novamente no sofá. Respirou fundo, grato por Beshelar ter fechado a porta, e deixou de lado as formalidades. — Meu nome é Maia. Espero que sintam que podem me chamar assim.

Os olhos das meninas se arregalaram. Idra mordeu o lábio inferior e disse com cuidado:

— Obrigado, Maia.

Ele não sabia calcular quanto tempo havia se passado desde que alguém o chamara por seu próprio nome; e havia apenas Setheris, de qualquer maneira, desde a morte de Chenelo. O prenome informal pareceu estranho e rígido para a língua, os dentes e os lábios dele.

— Lamento muito pelo que aconteceu.

— A culpa não é sua! — Idra se inflamou, imediatamente indignado, e Maia teve que piscar com força para manter a compostura.

— Sua mãe não concordaria — pontuou ele —, e nós... Eu não sei o que ela pode ter dito a meu respeito.

Idra entendeu o que ele queria dizer.

— Ela não falava de você para nós — disse, usando o plural não formal. — Sabemos apenas que você é nosso meio-tio, o imperador.

Maia se distraiu o suficiente para fazer uma careta.

— Parece tão rígido — disse ele, desculpando-se, e ficou surpreso e satisfeito quando Ino deu uma risadinha, embora ela imediatamente tenha escondido o rosto no braço do irmão. — E não sinto que posso ser seu tio de verdade; sou apenas quatro anos mais velho. Vocês podem me chamar de primo em vez de como fez antes?

— Se você deseja — disse Idra, um pouco duvidoso.

— Sim — falou Maia.

— Primo Maia — perguntou Mireän —, o que vai acontecer com a mamãe?

Maia se encolheu, depois disse a verdade:

— Não sei, Mireän. Não desejo que ela seja executada, mas não sei se ela é confiável.

— Mesmo que... — Idra engoliu em seco. — Ela teria que ser presa, não é?

— Sim — disse Maia. — E seria proibida de falar com vocês ou escrever para vocês.

— Eu sou seu herdeiro — falou Idra, sombrio.

— Sim.

— E quanto a Ino e eu? — perguntou Mireän. — Não somos suas herdeiras.

Maia encontrou os olhos dela, embora não tenha sido fácil.

— Mer Aisava, nosso secretário, nos conta que... me perdoem. Mer Aisava me conta que vocês entendem o que sua mãe estava tentando fazer.

— Ela estava tentando fazer Idra ser imperador — respondeu Ino. — Mas Idra não quer!

— Eu sei — disse Maia.

— E ela ia mandar você embora — completou Mireän. — Como você vai fazer com ela.

— Como papai e vovô foram mandados embora — disse Ino, seus olhos se enchendo de lágrimas. — Para não poderem voltar.

Maia olhou para Idra, que disse simplesmente:

— Foi errado. — Então pegou o lenço e virou-se para cuidar da irmã mais nova.

— Porque *você é* o imperador — disse Mireän. — Nós vimos você ser coroado e tudo. E eu ainda não entendo como Idra poderia ser imperador se você não estivesse morto.

— Eu te *expliquei*, Miree — falou Idra, talvez um pouco rápido demais. — Mamãe queria que o primo Maia abdicasse.

— Sim, mas eu não... — começou Mireän, usando toda a sua teimosia drazhadesa, mas encontrou um olhar fuzilante do irmão e calou.

Como ele não podia tranquilizar Mireän honestamente, e ainda assim não tinha prova de que Sheveän o teria assassinado, Maia pensou que seria melhor deixar essa questão desagradável sem resposta. Eles teriam que se conformar com isso por conta própria. Disse:

— Eu queria que soubessem que não culpo nenhum de vocês. Sei que vocês devem estar desconfortáveis e infelizes e lamento por isso. Idra, há alguma coisa que eu possa fazer?

Ele confiava em Idra para não fazer exigências impossíveis, e o garoto, depois de pensar com calma, disse:

— Podemos ter alguém de nossa própria casa conosco? Não os homens de armas, entendemos isso perfeitamente, mas o meu tutor e a babá das meninas?

— Ah, por favor, primo Maia — disse Mireän. — Suler não desgosta de você nem *nada*.

— Suler não faria nada de errado — completou Ino, com perfeita convicção.

Maia notou que as garotinhas claramente amavam a babá de uma forma que não amavam a mãe. Mas era claro que era a babá quem cuidava delas; Sheveän não era Chenelo, barizhesa e sozinha, para cuidar de seus filhos ela mesma.

— Vou ver o que posso fazer — assegurou ele. Levantou-se, desconfortavelmente ciente dos deveres que sem dúvida já se acumulavam do outro lado das grades da creche.

— Obrigado, primo Maia — falou Idra, com Ino e Mireän num coro suave atrás dele. Idra se curvou, e as meninas fizeram uma reverência, e Maia foi embora com os três ainda agarrados um ao outro na creche gelada e miserável do Alcethmeret.

24 O REVETHVORAN

A única satisfação de Maia naquele dia longo e horrível foi o fato de que nem Csevet nem o tenente Echana, o oficial da coorte suplente da Guarda Untheilenesa agora designado ao Alcethmeret, conseguiram encontrar quaisquer objeções a Leilis Athmaza ou Suler Zhavanin. Maia entrevistou tanto o tutor quanto a babá brevemente. Leilis Athmaza era baixo, de olhos reluzentes e movimentos rápidos; lembrava a Maia de um furão. Era visivelmente afeiçoado ao seu pupilo, muito ansioso por saber se Idra estava bem, e Maia lembrou que fora Leilis Athmaza quem instruíra Idra sobre a diferença entre uma política de que o lorde chanceler não gostava e uma política que era ruim. Suler Zhavanin foi ainda mais fácil; tinha mais ou menos vinte anos, era escura como um goblin e assustada quase ao ponto da mudez, mas, quando ele lhe disse que Mireän e Ino haviam pedido por ela, falou imediatamente:

— Por favor, Serenidade, deixe-me ir até elas. Mesmo que apenas por alguns dias, até o senhor encontrar alguém melhor.

— Não podemos pensar em ninguém melhor que alguém que se preocupe com elas e em quem elas confiam. Obrigado, min Zhavanin.

O sorriso dela foi tão adorável quanto inesperado, e Maia valorizou a lembrança disso contra os olhos injetados de sangue e palidez crescente de Cala, como se estivesse sangrando lentamente até a morte de uma ferida invisível; contra uma carta incoerente de Csoru Zhasanai que misturava de modo intempestivo uma autoabsolvição com uma condenação do tratamento de Sheveän por Maia; contra uma entrevista dolorosa com Nurevis Chavar, agora sem mais nenhum traço de amizade; contra a resolução miserável de Telimezh quando ele implorou uma audiência bem tarde naquela noite para dizer a Maia que estava renunciando.

— Renunciando? — falou Maia, e seu primeiro pensamento foi que tinha ouvido errado.

— Vamos deixar a corte — assegurou-lhe Telimezh, como se isso fosse motivo de preocupação. — Não queremos ser um peso para o senhor, Serenidade.

— Peso? — disse Maia, tão oco quanto um eco. — Telimezh, por favor, não o entendemos.

— Nós falhamos com o senhor, Serenidade — respondeu Telimezh, com infelicidade pétrea.

— Não havia nada que você pudesse ter feito. Ficamos sabendo que o encanto era poderoso.

— Não vimos a traição de Dazhis Athmaza. Falhamos com o senhor.

Maia tentou, exausto, pensar numa maneira de lidar com aquele novo problema. Via que a culpa de Telimezh era muito real; poderia até mesmo, duvidosamente, admitir que pudesse haver alguma justificativa para isso, embora ainda não muito. Mas...

— Não queremos que você vá embora.

— Serenidade? — Telimezh parecia espantado.

— Você não fez nada para nos fazer duvidar de você — disse Maia. — E... entenderemos se não quiser mais ser nosso nohecharis, mas lhe somos mui gratos pelo seu serviço e gostaríamos que continuasse. — Telimezh parecia ter sido atingido na cabeça por um tijolo. Maia mordeu o lábio inferior para não rir; era mais exaustão e nervosismo que humor, de qualquer maneira.

— Por favor. Pense nisso pelo menos durante a noite. Seríamos negligentes se aceitássemos qualquer decisão tomada hoje.

Telimezh se demorou um momento, mas conseguiu curvar-se e dizer: — Serenidade. — Então saiu da sala sem dar com a cara na porta, embora isso tenha sido pelo menos parcialmente porque Beshelar o empurrou de leve para o caminho certo.

— Não achamos que ele vá renunciar, Serenidade — disse Cala depois que ele fechou a porta da Sala das Tartarugas.

— Não agora que sabe que o senhor deseja que ele fique — acrescentou Beshelar.

— Ah — falou Maia. — Não deveríamos ter... Não queríamos forçá-lo a não renunciar se for realmente o que ele deseja.

— O senhor não forçou, e ele não deseja — respondeu Beshelar. — O coração de Telimezh estaria sempre aqui.

— Ah — repetiu Maia, já que não tinha certeza se a resposta mais precisa seria "Que bom" ou "Que pena".

Csevet, que educadamente se ausentara durante a audiência de Telimezh, havia voltado e disse:

— Serenidade, mandamos os guardas fecharem as grades. Não há mais nada que possa ser feito de maneira útil hoje.

— E você acha que deveríamos ir para a cama. — Ele estava cansado demais para ficar com raiva, toda a sua energia febril e furiosa queimada pela dor. — Não vamos argumentar.

Beshelar e Cala o acompanharam em silêncio escada acima. Maia sentiu que deveria lhes dizer algo, mas não havia nada em sua cabeça além de cinzas e pregos. Seus edocharei se mantiveram igualmente silenciosos, e ele descobriu que sentia falta de Nemer, que era muito mais inclinado a conversar e fazer comentários que qualquer um dos outros dois. Ficou desesperadamente grato por se esconder atrás das cortinas de sua cama, onde quase podia fingir que estava sozinho.

Dormiu mal e acordou com a informação de que o adremaza esperava o prazer de sua presença na Sala das Tartarugas. Esha não aprovava, mas Maia pensou que, se o adremaza fora para falar de Dazhis, ele preferia vê-lo antes de tentar comer.

O adremaza estava de pé junto à janela na Sala das Tartarugas com um jovem vestindo um manto azul de maza tão surrado quanto o de Cala. *Será que eu deveria ter desconfiado de Dazhis porque seu manto era novo?*, pensou Maia, desanimado.

Os dois se curvaram.

— Serenidade — falou o adremaza —, desejamos apresentar Kiru Athmaza, que esperamos que aceite como seu novo nohecharis.

O jovem se curvou outra vez, ainda mais profundamente, e Maia o examinou quando ele se endireitou. Era bastante baixo e de compleição esbelta, com cabelo branco preso em uma longa trança de acadêmico e olhos verde-claros. O nariz tendia para o aquilino, mas o queixo era suavemente arredondado, e ele... O olhar de Maia pulou para baixo antes que ele pudesse evitar, então encarou incrédulo, primeiro Kiru Athmaza e depois o adremaza.

— Não deveria ser *nohecharo*? — perguntou, sua voz dando uma leve esganiçada na última sílaba.

— Nós lhe dissemos que ele iria adivinhar — murmurou Kiru Athmaza numa voz que não chegava nem perto de ser grossa o suficiente para ser vista como masculina.

— Serenidade... — O adremaza parecia quase agitado. — Nós lhe asseguramos, Kiru Athmaza é inteiramente confiável.

— Não duvidamos — disse Maia, tentando recuperar a compostura e sabendo que não tivera sucesso. — Mas...

— Serenidade — interrompeu Kiru Athmaza —, fomos recusadas inicialmente, pois o velho imperador nunca teria tolerado tal coisa. Mas ouvimos falar de sua bondade para com Arbelan Drazharan e para com a arquiduquesa Vedero e ousamos ter *esperança*.

— E você? — perguntou Maia ao adremaza.

O adremaza estava *mesmo* agitado; havia um rubor rosa pálido em suas bochechas e nas pontas das orelhas.

— Serenidade, o senhor precisa entender que ser nohecharis não é uma questão trivial. Primeiro, deve-se ser dachenmaza, e há poucos dachenmazei em todo o Athmaz'are, e ainda há menos dispostos a sacrificar seus estudos. Sempre, *sempre* foi a política do Athmaz'are que ninguém poderia ser forçado a assumir esse ônus e...

Ele hesitou, mas Kiru Athmaza disse, sem rodeios:

— Após perder primeiro os nohecharei do falecido imperador e agora Dazhis, três dachenmazei no mesmo número de meses, não restou mais ninguém.

— Entendemos — falou Maia. Ele se sentia um pouco mal, e ficou ainda mais feliz pelo adremaza não ter esperado o fim do dia.

— Serenidade? — Era Cala, e naturalmente o adremaza estava certo. Um novo nohecharis tinha de ser encontrado para que Cala e Beshelar pudessem ter folga.

— Sim, Cala?

— Nós intercedemos por Kiru Athmaza — falou Cala, embora estivesse ainda mais rosado que o adremaza.

— Obrigado — disse Maia. Com cuidado, evitou olhar para Beshelar e, em vez disso, olhou de modo inquisitivo para Kiru Athmaza.

Ela devolveu o olhar com firmeza; Maia notou que ela era mais velha do que ele havia pensado. Devia ser uns bons dez anos mais velha que Cala e Dazhis, se não mais. "Fomos recusadas", ela havia dito, "e ousamos ter *esperança*".

— Você deseja isto? Verdadeiramente?

— Desejamos, Serenidade. Mui verdadeiramente.

— Precisamos descobrir se o tenente Telimezh se opõe — avisou Maia.

— Naturalmente — disse o adremaza.

— Serenidade! — explodiu Beshelar. Maia estremeceu, mas percebeu que Kiru Athmaza não. — O senhor não pode! E seu... — Por um momento ele parecia em perigo de estrangulamento. — E seu *quarto*? O senhor não pode aparecer diante de uma mulher apenas de *camisolão*!

— Nós aparecemos assim diante da princesa Sheveän — disse Maia, um lembrete direto o bastante para silenciar Beshelar.

A objeção do outro, porém, não foi sem mérito. Maia olhou inquieto para Kiru Athmaza, que lutava contra um sorriso.

— Talvez devêssemos mencionar — disse ela — que somos uma clériga de Csaivo e já o éramos desde antes de Vossa Serenidade sair dos cueiros.

Calcule então quinze anos mais velha que Cala. E clérigos de Csaivo praticavam o celibato estrito; trabalhavam nos grandes hospitais de caridade, cuidando de homens e mulheres com imparcialidade. Ele se perguntou, embora soubesse imediatamente que era uma pergunta que nunca poderia ser feita, se esse tinha sido o desejo dela ou se tinha sido a única maneira que ela encontrara de contrabalançar os obstáculos a seu gênero. Certamente, ela seria muito mais bem treinada que qualquer médico da corte.

— E ainda assim você deseja ser nohecharis — disse Maia. — Por quê?

— Não é uma questão de uma coisa ou outra, Serenidade. Embora devamos abrir mão de nosso trabalho no hospital, há muitos aqui em sua corte que necessitam de nossos serviços... mesmo que apenas nas horas vagas.

Aqueles que não podiam pagar os médicos da corte, considerou Maia; se ele não tivesse ordenado que um médico atendesse Nemer, Nemer poderia não ter médico nenhum.

Kiru Athmaza franzia a testa para ele.

— O senhor realmente acha tão incrível o fato de que desejamos servi-lo? — Ela examinou seu rosto, as sobrancelhas subindo. — Vemos que sim.

— Perdoe-nos — disse Maia, quebrando o contato visual às pressas. — Não tivemos a intenção de duvidar de sua honestidade ou de sua lealdade. Se o tenente Telimezh não se opuser a fazer parceria com você, ficaremos satisfeitos em aceitar o seu serviço.

Beshelar bufou e murmurou alguma coisa, sem dúvida nada elogiosa; Maia, convocando os restos de sua dignidade, fingiu não ouvir. O rosto de Kiru Athmaza se iluminou e ela disse:

— Prometemos que não vai se arrepender de sua decisão, Serenidade.

Maia se viu sorrindo de volta.

— Não, não achamos que isso vá acontecer.

Um barulho na escada anunciou Telimezh, suficientemente sem fôlego para fazer Maia suspeitar que ele também só se lembrara tarde demais que, se não começasse o serviço, Beshelar não poderia sair.

— Serenidade — disse Telimezh, curvando-se —, esperamos que o senhor não tenha mudado de ideia desde ontem? Sobre continuar aceitando nosso serviço?

Ele olhou para Maia com um misto de ansiedade e esperança. Se Maia achava incrível que alguém desejasse tão desesperadamente servi-lo, Telimezh visivelmente achava quase tão incrível que Maia desejasse seu serviço.

— É claro que não mudamos de ideia — respondeu da forma mais calorosa que se atreveu a mostrar. — Mas você deve nos dizer se está disposto a ser parceiro de Kiru Athmaza. O adremaza nos garante que ela é inteiramente confiável.

Telimezh olhou de Kiru Athmaza para o adremaza e depois para Maia, e Maia simpatizou com sua perplexidade. Ele via que Telimezh queria se virar e conferir com Beshelar. Embora não fosse culpá-lo por isso, ficou feliz que Telimezh tenha acabado não o fazendo, e não só porque a carranca de Beshelar teria fornecido uma orientação sem qualquer ambiguidade.

Enfim, Telimezh disse:

— Se o senhor não se opõe, Serenidade, não seremos nós a obstruir. Será um prazer trabalhar com Kiru Athmaza. — Ele se virou e se curvou para Kiru, e ela se curvou de volta.

— Então está resolvido! — disse o adremaza, com um tom exageradamente animado. — Serenidade, sabemos que estamos impedindo o senhor de tomar seu desjejum, mas há outro assunto.

— Dazhis — falou Maia, com um nó pesado de angústia no estômago.

Seus nohecharei, como se houvessem combinado por questão de tato, se afastaram e começaram a conversar em voz baixa sobre agendas.

— Sim, Serenidade — respondeu o adremaza. — O revethvoran dele é esta noite, e, não sabemos se Cala Athmaza lhe explicou, mas é costume o revethvoris falar com aqueles que prejudicou.

— Para fazer as pazes — completou Cala.

— Sim. O correto seria que Dazhis viesse até o senhor, mas as, hum, circunstâncias particulares levaram o capitão Orthema a perguntar se neste caso Vossa Serenidade não poderia ir ao Mazan'theileian em vez disso. Há certas restrições impostas às ações de Dazhis que não podemos garantir que sejam mantidas fora de nossos recintos.

— Não é possível que ele creia que Dazhis nos machucaria.

— Serenidade — disse o adremaza, sem concordar nem discordar. — Ele prefere não correr esse risco.

Maia quis protestar, mas percebeu antes de abrir a boca que também nunca teria acreditado que Dazhis poderia conspirar para derrubá-lo do trono.

— Quando devemos ir ao Mazan'theileian?

— Obrigado, Serenidade — murmurou o adremaza; Maia sabia perfeitamente bem que o outro lhe agradecia mais por não fazer esse protesto fútil que pela sua cooperação. — Um revethvoran é sempre realizado ao pôr da lua. Se o senhor vier depois de ter jantado, haverá bastante tempo para Dazhis falar com o senhor e com o tenente Telimezh, se o senhor o permitir.

— Claro — disse Maia, perguntando-se como o adremaza pensou que ele conseguiria comer depois de passar o dia numa antecipação miserável da noite.

No momento em que seu jantar foi servido diante dele, no entanto, Maia estava com uma fome voraz, e durante grande parte do dia ele sequer havia pensado em Dazhis. Havia muitos outros assuntos que exigiam sua atenção. Fora preciso marcar datas para os julgamentos de Chavar e Sheveän; o capitão Orthema teve que ser impedido de transformar a Corte Untheilenesa em um acampamento militar; os Chavada e os Rohethada tiveram que ser ouvidos e assegurados de que sua lealdade não estava em dúvida. Havia espantosas quantidades de cartas, entregues por pneumático, por pajem, por cortesãos que se apresentaram pessoalmente às grades do Alcethmeret.

Da tremenda pilha de cartas, Csevet escolheu uma e entregou a Maia.

— Pensamos que Vossa Serenidade gostaria de responder a esta aqui pessoalmente.

Era de dach'osmin Ceredin, que escrevera, dessa vez usando o barzhad:

Ao imperador Edrehasivar vii Drazhar, saudações & votos de saúde & segurança contínuas para Vossa Serenidade & a permanência de seu reinado. Sabíamos que Sheveän era uma idiota, mas não tínhamos ideia de que ela iria tão longe em sua idiotice. Lamentamos profundamente não poder desafiá-la para um duelo & provar sua inutilidade sobre sua carcaça, mas nos dizem que o duelo é algo bárbaro & impróprio para uma dama, & Sheveän não saberia duelar de qualquer maneira.

No entanto, Serenidade, se houver algum serviço que possamos realizar para o senhor — além de nossa lealdade e fidelidade, que o senhor já tem —, basta dizer.

Ela assinara com um elaborado monograma entrelaçado como o que — Maia sabia pelos romances de capa azul contrabandeados para Edonomee pela cozinheira e suas filhas — haviam usado os cavaleiros de Edrevenivar, o Conquistador. Ele não deixou de perceber a implicação de que dach'osmin Ceredin, ao contrário da princesa Sheveän, *sabia* duelar. A arte do duelo já não era muito praticada entre os elfos — os imperadores varedeses haviam desaprovado isso de todo o coração como algo adequado apenas para goblins — e nunca tinha sido ensinada a mulheres. Maia se perguntou quem dach'osmin Ceredin havia encontrado para ensiná-la e se seu pai tinha alguma ideia disso. Ocorreu-lhe que não havia nada nem remotamente obediente em duelar, e ele se pegou sorrindo. Queria dar uma resposta pessoal, embora não tivesse esperança de combinar com o tom dela, e estava no meio de tentar compor uma carta que seria apenas rígida em vez de embaraçosamente desajeitada quando Csevet recuou da pilha de correspondência como se tivesse encontrado uma víbora enrolada em cima dela.

— Csevet? — chamou Maia, um tanto alarmado.

Não poderia haver uma cobra de verdade, mas as orelhas de Csevet estavam achatadas; sua expressão, cuidadosamente neutra.

— Pedimos perdão, Serenidade — falou Csevet, a voz fria e distante, sem revelar nada. Mas suas orelhas ainda não haviam se levantado. — Ficamos meramente espantados.

— Espantados? — questionou Maia com o máximo de ceticismo educado que pôde reunir. — Com nossa correspondência?

Csevet fez uma careta e admitiu:

— Talvez "enojados" seja uma palavra melhor. Estamos exaustos, Serenidade. Por favor, desconsidere nossas hemicranias.

Pela primeira vez, Maia ignorou o desvio elegante de Csevet.

— O que lhe provocou nojo em relação a nossa correspondência?

Csevet hesitou, mas não tinha saída e sabia disso.

— Esta carta de dach'osmer Tethimar, Serenidade. Nós a achamos...

— Enojante — completou Maia, quando ficou claro que Csevet não encontraria um adjetivo que lhe conviesse. Csevet estremeceu.

Maia estendeu a mão. Csevet preveniu:

— Serenidade, o senhor não precisa. É o trabalho de seus secretários lidar com… — A voz dele sumiu de novo, reconhecendo que Maia não deixaria isso de lado, e entregou a carta. Sua relutância era visível, como se, refletiu Maia, a carta fosse *mesmo* uma víbora para Csevet.

Maia a examinou rapidamente. Como a maioria das outras cartas de Tethimar, era verborrágica e excessivamente intrincada, cheia de dicas e insinuações. Também propunha que Maia permitisse que a Casa Tethimada o protegesse e que ele se recolhesse para a propriedade deles — ou fortaleza, como dach'osmer Tethimar a descreveu — em Eshoravee até que a Corte Untheilenesa fosse purgada e pudesse ser novamente considerada segura. Tethimar também se oferecia para supervisionar a purga.

Era uma atuação notável, tanto na afronta quanto na crença óbvia de que o imperador não tinha bom senso suficiente para abrir um guarda-chuva contra a chuva. Maia pessoalmente a achou mais divertida que qualquer outra coisa, mas, quando olhou para cima, viu que as orelhas de Csevet ainda estavam abaixadas e que, embora tentasse mascará-la, a expressão em seus olhos parecia de medo.

— Imaginamos que você nos aconselhe a não aceitar o gentil convite de dach'osmer Tethimar — disse Maia.

Ele viu a explosão se formando, mas, no último segundo possível, Csevet percebeu que era uma isca e disse apenas:

— Nós desaconselharíamos, sim, Serenidade.

— Não estávamos inclinados a aceitar — falou Maia tão suavemente quanto pôde. — Não temos motivos para amar ou confiar em dach'osmer Tethimar.

Csevet organizou o rosto em algo que quase poderia se passar por um sorriso.

— Verdadeiramente, Serenidade, confiamos em seu julgamento. É apenas que estamos por demais excitáveis. É o que acontece quando não dormimos o suficiente.

Mais uma vez, Maia desconsiderou o desvio.

— Você pode nos dizer — perguntou ele de modo gentil — por que teme dach'osmer Tethimar?

Csevet estava prestes a tentar negar a conclusão a que Maia havia chegado, mas então seus ombros caíram de forma quase imperceptível. Ele avisou:

— Serenidade, não é uma história agradável.

— Não perguntamos por diversão — encorajou Maia.

— Não, Serenidade, sabemos disso. — Csevet respirou fundo e deixou o ar sair devagar. — Nossas memórias de Eshoravee são... malignas. Fomos enviados para lá, há quase dez anos, com uma mensagem para o duque Tethimel. Havia tempestades ferozes e dach'osmer Tethimar fala verdadeiramente quando descreve Eshoravee como uma fortaleza. Ela se destaca solitária no topo de uma colina alta, e a única estrada para cima é estreita, em zigue-zague e íngreme. Tão íngreme que em alguns pontos há escadas esculpidas na rocha. Cavalos não conseguem subi-la. Qualquer pessoa que deseje ir a Eshoravee vai a pé. — Ele olhou rapidamente para Maia e depois para longe. — Chegamos muito depois do anoitecer, encharcados até a pele e carregando nossos alforjes sobre os ombros. Tínhamos caído três vezes na subida, e em uma delas caímos completamente fora da estrada e teríamos sem dúvida quebrado o pescoço não fosse a dúbia misericórdia de um espinheiro. É seguro dizer que começamos a odiar Eshoravee muito antes de chegarmos aos seus portões.

— Com boa razão — murmurou Maia, mais como incentivo que qualquer outra coisa.

— O duque Tethimel estava bêbado, mas foi hospitaleiro — continuou Csevet. — Ele nos agradeceu pelo nosso serviço e orientou o administrador da casa para que nos deixasse confortáveis...

e então esqueceu completamente a nossa existência. O administrador nos desprezava, pois mensageiros são frequentemente acusados de promiscuidade, de libertinagem e do pior tipo de depravação, mas nos levou até o salão da criadagem e nos mostrou onde poderíamos dormir, depois disse ao garoto da copa para nos mostrar a casa de banhos dos criados.

"A casa de banhos, que não ficava num edifício separado, pois não há edifícios separados no alto de Eshoravee, era uma sala comprida e cavernosa construída ao longo de um lado de um dos pátios cobertos de Eshoravee. O pátio servia como uma rinha de cães improvisada e, enquanto tomávamos banho, escutávamos os rosnados e uivos dos cães e os rosnados e uivos dos homens.

"O rapaz da copa, sobrecarregado de trabalho e mal-humorado, não havia pensado em nos dizer como voltar ao salão da criadagem, então, embora nosso senso de direção seja em geral bastante aguçado, talvez não seja surpreendente que tenhamos nos perdido. Não importava para que lado nos virássemos, não conseguíamos nos afastar daquele pátio e do fedor de sangue e fumaça, até que enfim saímos para ver se alguém poderia poupar sua atenção das brigas de cachorro o suficiente para nos orientar.

"Eshoravee tem sido a mansão favorita dos duques Tethimel apesar de ser inacessível e primitiva. Ela é servida quase inteiramente por moradores locais, que não temem os forasteiros, mas os desprezam. O primeiro homem que abordamos deu de ombros e nos mandou sair dali; o segundo nos amaldiçoou. Estávamos tentando escolher um terceiro homem que pudesse ser menos hostil quando dach'osmer Tethimar nos encontrou.

"Tínhamos quinze anos, Serenidade, e não era a primeira vez que nos era proposto... Como dissemos, os mensageiros são conhecidos por serem... — Ele hesitou, procurando uma palavra. — ... disponíveis. Mas dach'osmer Tethimar não propôs, e sim *agarrou*. Não sabíamos quem ele era e nos soltamos com mais força e menos tato do que teríamos feito se soubéssemos. Na verdade, pois ele estava muito determinado e, claro, era muito habilidoso em combate desarmado, nós o mordemos."

— Você *mordeu* dach'osmer Tethimar.

— É muito provável que ele ainda tenha a cicatriz — falou Csevet. — Isso o enfureceu, Serenidade. Ele nos amaldiçoou, nos jogou contra a parede do pátio e nos prendeu lá, e vimos assassinato em seu rosto.

"Ele nos deu um tapa com as costas da mão, derrubando-nos no chão, e então já se formara um espaço aberto ali e toda a atenção se voltava para nós. 'O que me dizem, rapazes?', gritou dach'osmer Tethimar. 'Raposa e cães?' Houve um rugido de aprovação, pois aquilo era melhor que uma briga de cães, e dach'osmer Tethimar nos disse: 'Vamos lhe dar cinco minutos de vantagem'. Ele puxou o relógio de bolso, e foi aí que percebemos quem ele era, pois não se vestia de modo diferente de qualquer um de seus homens, e avisou: 'Começando… *agora*'.

"Serenidade, fugimos correndo. Não conhecíamos Eshoravee e sabíamos que dach'osmer Tethimar contava com isso, mas cada minuto que ganhássemos seria mais um minuto que ele não nos apanharia. E Osreian, Salezheio ou *alguém* nos ofereceu uma bênção naquele começo de noite, pois encontramos uma escada antes que os 'cães' nos encontrassem. Nós os ouvíamos rindo e gritando, o som era como o ladrar de cães. Tampouco achamos que dach'osmer Tethimar os tenha feito esperar os cinco minutos completos.

"A escada que encontramos era para os criados, pois era estreita e íngreme, e a subimos no escuro, usando tanto as mãos quanto os pés, mas ela subia se retorcendo até os sótãos, onde encontramos uma escada de mão que nos levou a um alçapão, que nos levou aos telhados. E lá passamos a noite, enrolados contra uma chaminé para nos aquecermos. De manhã, descemos assim que houve luz suficiente para ver, escondendo-nos de todo barulho de passos ou vozes. Deixamos Eshoravee sem encontrar ninguém, exceto o guarda no portão, que não nos reconheceu como a 'raposa' ou não tinha participado da caçada. Abandonamos nossos alforjes e tudo que havia neles e descemos pela estrada em zigue-zague, derrapando, meio rastejando e rezando para que ninguém tivesse enviado uma mensagem aos cavalariços para nos segurar para o prazer de dach'osmer Tethimar. Ninguém fez isso, e estávamos longe de Eshoravee antes que o sol tivesse clareado as colinas por completo. Antes que se pusesse naquela noite, antes de chegarmos a Puzhvarno, estávamos febris com uma bronquite que quase nos matou. E é por isso, Serenidade, que tememos dach'osmer Tethimar.

A pausa foi desconfortável. Csevet claramente desejava estar em qualquer outro lugar; mas havia mais uma pergunta que Maia precisava fazer.

— O que você acha que eles teriam feito com você se o tivessem apanhado?

— Imaginamos — disse Csevet, seco e amargo — que ser espancados até a morte é o melhor que poderíamos ter esperado. E, Serenidade, devemos dizer ao senhor que ninguém teria se importado. O duque Tethimel recebera a mensagem, e isso, afinal, era o que importava.

— De acordo com *quem*?

As orelhas de Csevet baixaram e ele parecia surpreso quando disse:

— Serenidade, isso foi há muitos anos. E sobrevivemos.

— Sim. Sentimos muito. Estamos...

— Abalados e fatigados — interrompeu Kiru, e Maia sorriu para ela com gratidão.

— Não aceitaremos a hospitalidade dos Tethimada — avisou Maia a Csevet. — Você não precisa ter medo por causa disso.

— É isso mesmo, Serenidade — falou Csevet.

Com graça, o secretário mudou de assunto para a próxima responsabilidade de Maia. Havia pessoas que precisavam ser tranquilizadas pessoalmente, incluindo o prefeito de Cetho e os preceptores dos Capítulos Vigilantes do norte e do sul de Thu-Cethor. Os preceptores espreitavam e fuzilavam com o olhar uns aos outros como gatos de beco rivais, e Maia fez uma anotação mental de que talvez uma investigação à conduta da Irmandade Vigilante não seria inadequada. Não tinha certeza alguma de sob qual autoridade ela estavam: o arquiprelado ou o capitão Orthema? Teria que perguntar a Csevet. Deusas misericordiosas, quantas vezes em um dia ele pensava nisso? Lembrou-se da ansiedade de Csevet na véspera e percebeu que, de certo ângulo, não era tão infundada quanto lhe parecera. *Tu deves te tornar menos dependente,* disse a si mesmo enquanto Isheian retirava os pratos de um jantar que ele mal notara comer e perguntou-se como ele achava que daria conta de tudo.

Então ele olhou para o relógio e percebeu que era hora de ir.

Partiu rumo o Mazan'theileian acompanhado apenas por Telimezh e Kiru, dizendo um tanto áspero ao tenente Echana que, se soldados armados fossem invadir a Corte Untheilenesa, já o teriam feito e que seus nohecharei poderiam defendê-lo por muito menos.

— É, afinal, o propósito deles — argumentou, e Echana cedeu descontente.

O Mazan'theileian não fazia parte da Corte Untheilenesa propriamente dita, mas tinha sido ligado a ela por uma ponte coberta durante o reinado de Edretanthiar III, na delicada cantaria rendilhada típica daquela época. A ponte se chamava Escada de Usharsu, pois havia sido encomendada pelo adremaza e os aspirantes ao Athmaz'are falavam de "subir a Escada" ou "cair da Escada" ao descrever seu progresso.

Kiru contou tudo isso a Maia, não como alguém tentando entabular uma conversa — o que Maia quase decerto teria rejeitado —, mas simplesmente como se desejasse compartilhar a informação com ele, Telimezh e as pedras da ponte. Maia escutou com um desespero que rezou que não transparecesse, tentando não pensar no que o esperava.

Eles foram recebidos no final da ponte por um menino de dezesseis anos ou mais, de aspecto feio e cabelo fino demais para ficar bem preso em uma trança. Pouco atraente, mas sua reverência foi elegante, e sua voz, quando falou, a antítese de sua aparência: profunda, calorosa e surpreendentemente bem controlada para um menino tão jovem.

— Serenidade — explicou-se —, o adremaza nos pediu que o recebêssemos e o acompanhássemos até a Sala dos Visitantes. Somos Ozhis, noviço do Athmaz'are.

— Obrigado — disse Maia, e só pôde ser grato por sua voz não falhar.

A Sala dos Visitantes era pequena e bastante vazia, mas brilhava de tanta limpeza. Havia apenas uma cadeira, à qual tanto Ozhis quanto Kiru indicaram fortemente que Maia deveria se sentar. Ele se sentou, se recompôs e esperou. Não se passaram mais que cinco minutos antes de Dazhis ser trazido. O cabelo tinha sido cortado, e ele usava, em vez do manto azul de maza ao qual não tinha mais direito, uma vestimenta preta e disforme que seria sua mortalha. Estava ladeado por dois mazei de rostos sombrios que carregavam em suas vestes a faixa preta indicando serem cônegos de Ulis. Dazhis caiu de joelhos quase antes de passar pela porta. Chorava em soluços desesperadores.

Maia não tinha a menor ideia do que fazer.

Não havia conforto que pudesse oferecer: Dazhis tinha cometido um crime terrível, e Maia não poderia ajudá-lo a escapar das consequências. Tampouco poderia dizer que o perdoava, pois a verdade era que não tinha certeza disso. Também não podia dizer que entendia. Mas ficar em silêncio era agonizante.

Estava quase decidido a dizer alguma coisa, embora não soubesse o quê, quando um dos cônegos intimou:

— Revethvoris, você precisa falar. — Seu tom não era cruel, mas era perfeitamente inflexível, e Dazhis reagiu a ele engolindo em seco para abafar os soluços e finalmente alcançando um estado em que conseguiu forçar a voz a sair.

— Serenidade, devo pedir seu perdão. — Sem o uso do *nós* formal, e Maia entendeu isso mesmo ao recuar instintivamente ao tratamento tão cru.

— Sim? — disse ele; Setheris, com o olho de um advogado para análise lógica, havia se certificado muito bem de que Maia entendesse a diferença entre um pedido de desculpas e uma declaração de um pedido de desculpas, e, naquela situação, ele achava que não podia se contentar com o menor.

— Eu... sinto muito pelo que fiz.

Não seria o bastante para Setheris, que o obrigaria a dizer explicitamente o que havia feito, mas Maia não tinha esse tipo de maldade. E havia algo que ele precisava muito saber:

— Por quê? Por que você fez isso?

Dazhis começou a soluçar novamente; Maia teve a suspeita indesejada de que era mais um esforço para evitar a pergunta que qualquer sinal de verdadeira dor.

— Revethvoris — repetiu o mesmo cônego.

— *Você* sabe — gritou Dazhis, virando-se para o maza. — Por que *você* não pode contar a ele?

— Porque a escolha foi tua — disse o cônego categoricamente. — Não nossa.

— Tu deves responder — completou o outro cônego.

Dazhis se controlou novamente e respondeu:

— Eles me prometeram, a princesa Sheveän e lorde Chavar, que, se eu os ajudasse, me tornariam adremaza quando Sehalis Adremaza morresse.

E possivelmente, pensou Maia, *a morte do adremaza aconteceria mais cedo. Assim como a minha própria.*

— E? — questionou um dos cônegos.

— E prometeram que eu seria o Primeiro Nohecharis do príncipe Idra — sussurrou Dazhis. — E que não iriam... Que o governo dele não iria...

— Entendemos. — Maia se encolheu com a frieza da própria voz. Dazhis não tivera coragem de repreendê-lo na cara dele, mas Maia fora um tolo ao pensar que isso significava que sua desaprovação poderia ser descontada.

Não, disse aquela voz interior adstringente que não era Setheris. *Tu és imperador. Não cabe aos teus nohecharei te aprovar ou desaprovar e certamente não te cabe cortejar a aprovação deles. Quem está errado aqui é Dazhis. Não tu. Lembra-te disso, Edrehasivar.*

Ele tentaria, mas era difícil não sentir que havia feito algo errado, algo que levara àquilo.

— O senhor tem mais alguma coisa para perguntar ao revethvoris, Serenidade? — questionou um dos cônegos.

— Não — disse Maia. Ele tinha outras perguntas, mas nenhuma que suportasse perguntar.

— Revethvoris? — incitou o outro cônego.

E Dazhis olhou para Maia pela primeira vez e pediu:

— Serenidade, o senhor pode ficar?

— Ficar? — disse Maia. — Você deseja que testemunhemos seu revethvoran?

Dazhis assentiu.

— Sei que é uma... uma imposição e que eu não deveria perguntar. E não o culparei, Serenidade, prometo, se não quiser. Mas... por favor, Serenidade.

— Mas por que você deseja...? — Ele não conseguia sequer encontrar uma maneira de finalizar a pergunta.

Um dos cônegos preveniu:

— Serenidade, o senhor não tem obrigação alguma para com o revethvoris.

Sob isso, Maia ouviu a resposta de Dazhis:

— Eu não tenho mais ninguém.

Maia se envergonhou, repentina e amargamente, de não saber o suficiente sobre Dazhis para saber se ele queria dizer que era órfão, que sua família morava longe, que já estava alienado deles ou simplesmente que não viriam. Chenelo teria sabido; Chenelo esperaria que *ele* soubesse. Anunciou:

— Ficaremos.

— Obrigado — disse Dazhis.

Os cônegos olharam para ele em dúvida, mas pareceram decidir que não tinham autoridade para discutir com o imperador.

— O revethvoris também deve falar com o tenente Telimezh — falou um deles.

— Deve — disse Maia. — Vamos sair com Kiru Athmaza, pois o que acontece entre eles não é de nossa conta. — Além disso, ele precisava fugir daquela salinha sufocante, da angústia de Dazhis e de sua própria incapacidade de responder.

Kiru o seguiu e ficou ao lado dele no grande salão abobadado do Mazan'theileian, sem dizer nada. O salão estava quase vazio, e havia uma tensão silenciosa na atmosfera que Maia esperava que não fosse habitual. Um ou dois mazei que passaram por eles estavam quase correndo, de cabeça abaixada — embora isso talvez fosse culpa dele por estar ali?

Ele se virou para perguntar a Kiru, mas naquele momento a porta da Sala dos Visitantes se abriu e Telimezh saiu com um dos cônegos. O rosto de Telimezh estava branco como osso e sombrio, e ele não olhou nos olhos de Maia. O cônego fez uma reverência e informou:

— Serenidade, o revethvoran acontecerá ao pôr da lua, daqui a duas horas, no Pátio Menor, que Kiru Athmaza poderá lhe mostrar. O senhor pode retornar ao Alcethmeret para aguardar se desejar ou, se preferir...

Foi o primeiro sinal de hesitação que Maia viu entre os dois cônegos.

— Sim? — questionou ele.

— É costume, Serenidade, embora de forma alguma exigido, que as testemunhas de um revethvoran passem algum tempo de antemão em oração. Ficaríamos honrados em abrir o Ulimeire do Mazan'theileian para o senhor e o tenente Telimezh.

Maia não precisou da contração das orelhas de Kiru para dizer que lhe estava sendo concedida uma honra simbólica, tampouco precisou de qualquer explicação adicional da hesitação do cônego em abordar o assunto. Piedade não era moda na corte, era de fato vista com certa desconfiança: outra razão para Chenelo ter sido tão amargamente infeliz. O cônego devia estar esperando uma rejeição... e possivelmente com uma repreensão pungente.

Mesmo que Maia compartilhasse da opinião da corte, não achava que poderia rejeitar a oferta — sem saber o quão raro era para alguém de fora ser convidado para qualquer um dos recintos dos mazei, muito menos um lugar sagrado. Ele não conseguia imaginar por que lhe fariam uma oferta daquelas — isso já havia sido negado a imperadores no passado, sendo que pelo menos um deles tivera um exército às costas —, mas respondeu:

— Nós também ficaríamos honrados. Telimezh?

— S-sim, Serenidade. — Telimezh ainda estava muito abalado, mas curvou-se e agradeceu: — Nosso obrigado, maza.

O Ulimeire do Mazan'theileian era muito maior que o Ulimeire de Cetho, mas quase tão pobre quanto. As paredes eram de pedra nua, e todos os móveis estavam gastos e muito remendados, às vezes por mãos hábeis, às vezes não. Havia um aglomerado de mazei, todos vestidos de azul, cabeças inclinadas em oração; um pouco distante deles, o adremaza estava ajoelhado, sozinho, mas ergueu os olhos quando Maia entrou e então ficou de pé.

Ele estava abatido e desleixado, como se tivesse estado enterrando os dedos no cabelo, mas se curvou e disse, com suave tranquilidade:

— Serenidade, o senhor é bem-vindo aqui.

— Obrigado — disse Maia. — Não gostaríamos de nos intrometer, mas...

— Dazhis lhe pediu. É uma grande bondade de sua parte concordar.

Era culpa, não bondade, mas não havia necessidade de afligir o adremaza dizendo isso. Em vez disso, perguntou:

— Onde podemos nos sentar sem atrapalhar?

O adremaza lhe mostrou, com Telimezh e Kiru o seguindo, um banco de oração ao longo da parede oeste. Maia se sentou ali agradecido; pelas duas horas seguintes não teria que falar com ninguém nem guardar sua expressão ou se comportar como um imperador.

Ele conhecia apenas algumas das orações barizhesas para Ulis, pois sua mãe — talvez supersticiosamente — havia lhe dado uma instrução mínima sobre o culto a Ulis. Uma das que ele conhecia era inadequada, porque era destinada a um leito de enfermo; das outras, escolheu aquela da qual tinha mais certeza. Levou algum tempo para começar, mas lembrou-se de que era sempre assim depois de uma quebra no hábito, e perseverou sem se preocupar, repetindo a oração com cuidado e atenção, tentando ser o mais sincero possível. Mesmo que não pudesse realmente perdoar Dazhis, não desejava que sua morte ou o que viesse depois fosse...

Qualquer coisa pior do que a tua teria sido, Edrehasivar?

Maia estremeceu com esse pensamento; por dois dias ele tentara não imaginar como teria morrido — se Sheveän teria instruído seus homens a fazer com que a morte parecesse natural ou como um acidente, ou se ela teria desprezado o subterfúgio, segura no conhecimento de que ninguém ousaria protestar. Tinha certeza de que ela não se importaria se sua morte fosse dolorosa ou pacífica, rápida ou lenta. Não haveria chance para ele fazer as pazes com aqueles a quem havia feito mal.

Dazhis não pensou em me matar, repreendeu-se, mas a réplica veio instantaneamente: *Ele teria dito uma palavra sequer para evitar isso?*

Forçou a atenção de volta às palavras da oração. Não importava o que Dazhis teria feito ou deixado de fazer em uma situação que não tinha acontecido. *Não, o que ele* de fato *fez é bastante ruim.*

Maia fremiu, como se aquelas palavras implacáveis tivessem sido ditas em voz alta. *Não posso me dar ao luxo de sentir essa raiva.*

O imperador do Ethuveraz não pode se tornar vingativo, porque, se isso começar, nunca terá fim.

Ulis, orou ele, abandonando as palavras oficiais, *deixe minha raiva morrer com ele. Que sejamos ambos libertados do fardo das ações dele. Mesmo que eu não possa perdoá-lo, ajude-me a não o odiar.*

Ulis era um deus frio, um deus da noite, das sombras e da poeira. Seu amor era encontrado no vazio; sua bondade, no silêncio. E era disso que Maia precisava. Silêncio, frieza, bondade. Ele concentrou os pensamentos cuidadosamente na iconografia familiar, a imagem das mãos abertas de Ulis; o deus do desapego era certamente o deus que daria ouvidos a um imperador. *Ajude-me a não sentir ódio*, orou, e depois de um tempo ficou mais fácil pedir que Dazhis encontrasse paz, que a raiva de Maia não fosse adicionada ao peso contra sua alma.

Quando o cônego tocou o grande e de tom grave revethahal, o sino da morte, Maia sentiu-se o mais próximo da serenidade que achava ser possível naquelas circunstâncias e acompanhou Kiru até o Pátio Menor sem nada em seu coração além daquela oração pela paz.

O Pátio Menor parecia um acidente da arquitetura; era um quadrilátero estreito entre o edifício principal do Mazan'theileian e uma adição óbvia e muito posterior — tornada ainda mais estreita em percepção pela altura das paredes de todos os lados. Sua função principal era claramente coletar água, como demonstravam as calhas, a inclinação das lajes e o ralo gradeado no centro, mas isso o tornava ideal para um revethvoran também. Seria fácil lavar o sangue.

Fazia um frio cortante; Maia puxou as mãos de volta para o abrigo de suas mangas acolchoadas e desejou que as regalias imperiais fossem mais na direção de chapéus de lã que na de gargantilhas de diamantes. Ele se mexeu um pouco para sussurrar para Kiru:

— Você não precisa ficar aqui fora, Kiru Athmaza. Não desejamos que congele.

— Obrigada, Serenidade — murmurou ela de volta —, mas estamos bem. — Não havia mais nada que ela pudesse dizer, e ele sabia disso, mas pelo menos havia tentado.

Não precisaram esperar muito. Primeiro o adremaza apareceu no lado oposto do pátio, então Dazhis surgiu, ladeado pelos cônegos. Tremia violentamente; Maia não conseguiu dizer se era de medo ou de frio. Mas ele viu o imperador e conseguiu expressar algo que foi quase um sorriso.

Não houve nenhum ritual verbalizado: os cônegos escoltaram Dazhis até o centro do pátio, onde primeiro um e depois o outro se curvaram para ele e recuaram a fim de ficar ao lado do adremaza. Então o adremaza avançou. Ele disse algo a Dazhis que Maia não conseguiu ouvir, então entregou-lhe a revethvoreis'atha e deu um passo para trás.

A revethvoreis'atha brilhava à luz do lampião. Sua lâmina era longa e estreita, e o cabo não tinha adornos. Dazhis olhou para ele por um longo momento; então levantou a cabeça, procurando Maia de novo. Maia ainda não conseguia imaginar como sua presença poderia significar outra coisa para Dazhis além de mais culpa, mas não podia negar que de alguma forma deveria, pois a boca de Dazhis se firmou no que parecia uma resolução genuína e ele desnudou o braço direito para fazer o primeiro corte.

A revethvoreis'atha deslizou por sua carne como água.

Em teoria, um revethvoris ou uma revethvoro deveria fazer cinco cortes: em cada punho, ao longo de cada antebraço e o quinto corte na garganta. Poucos, porém, eram fortes o suficiente para chegar ao quinto corte, e não era considerada profanação do ritual se não conseguissem. Dazhis não conseguiu. A revethvoreis'atha caiu de sua mão no meio do quarto corte e se perdeu imediatamente na escuridão brilhante de seu sangue se espalhando. Ele não conseguiu mais ficar de pé, caindo desajeitado de lado e esparramando o corpo no chão com pouca dignidade, mas manteve o rosto descoberto. Sua respiração saía em gemidos, mas não formavam palavras. Maia se obrigou a assistir, obrigou-se a ver que sua raiva era desnecessária. Logo, Dazhis ficou em silêncio; algum tempo depois disso os cônegos voltaram a avançar, ajoelhando-se sem remorsos nem repugnância sobre o sangue de Dazhis para conferir. Um deles tocou seu rosto, depois sua garganta; o outro levantou o punho direito, aparentemente inspecionando os cortes. Assentiram um para o outro, depois se levantaram e voltaram ao adremaza. Um breve colóquio, e o adremaza anunciou, com uma voz potente:

— O revethvoran está completo.

Maia percebeu que tremia e que Telimezh chamava, com voz ansiosa:

— Entre, Serenidade.

Foi difícil obedecer; ele se sentia como se tivesse congelado no chão. Mas se forçou a andar, a retornar ao calor impactante do Mazan'theileian, onde o adremaza apareceu do nada para perguntar:

— Está bem, Serenidade?

Ele *estava* bem? Tinha suas dúvidas.

— Estamos bem, obrigado.

O adremaza não parecia convencido; disse:

— Precisamos lhe agradecer novamente por testemunhar, Serenidade. Tínhamos receio de que Dazhis não...

Maia não queria que ele terminasse aquela frase, então, embora tivesse jurado que não faria isso, perguntou:

— Ele disse que não tinha mais ninguém. Era órfão?

— Não — respondeu o adremaza com um suspiro cansado. — Estava exagerando.

— Ah.

— Fomos injustos. Pedimos perdão. Dazhis era o terceiro de oito filhos de um mestre-escola no leste de Thu-Athamar. Acreditamos que ele não tenha sido feliz quando criança. Não visitou mais os pais depois de ser aceito como noviço do Athmaz'are e, até onde sabemos, não se correspondia com eles. Também não lhes escreveu hoje, embora tenha sido incentivado a fazê-lo.

— E nenhum amigo? — Ele não sabia *nada* de Dazhis, nada além de sua traição e de sua morte.

— Nenhum que viesse testemunhar um revethvoran — disse o adremaza, quase com rispidez.

— Não, claro que não. Perdoe-nos… foi uma pergunta tola. Boa noite, adremaza.

— Boa noite, Serenidade — respondeu o outro, curvando-se, e Maia voltou ao Alcethmeret em um silêncio frio.

Ele não dormiu naquela noite — não conseguia nem suportava tentar. Não haveria velório para Dazhis, e aquilo também não era um. Aquilo era raiva, tristeza e medo reprimidos que não tinham saída. Ele não podia permanecer com frio, por mais que desejasse, e saiu andando de cômodo em cômodo do Alcethmeret, subindo e descendo sua escadaria ecoante, mal sufocando a vontade de gritar com seus nohecharei apenas por fazerem seu trabalho. Tinha certeza de que ficariam gratos quando a manhã chegasse e eles pudessem escapar.

Beshelar estava, como sempre, perfeito como uma pintura; Cala estava pálido e cansado, mas já não parecia perturbado. Os dois não tentaram falar com ele, mas de alguma forma ele se viu conduzido até a sala de refeições, onde o samovar cantava sua cançãozinha estranha e Isheian aguardava para lhe servir uma xícara de chá.

Não havia sentido em recusar conforto, considerou, cansado. Ele se sentou, aceitou a xícara de chá e tentou encontrar um pouco da paz fria e tranquila que havia alcançado no Ulimeire. Não achava que estivesse sendo notavelmente bem-sucedido, mas, quando terminou o chá, subiu até seus aposentos e deixou que seus edocharei o banhassem e o vestissem. Quando tornou a descer para o dia começar oficialmente, não sentia mais vontade de gritar com ninguém, então talvez isso tivesse sido um progresso.

Mas então, enquanto Csevet edificava o café da manhã de Maia com um relato de todas as coisas que precisavam ser realizadas, começando com uma reunião dos Corazhas e terminando com o aumento do orçamento da casa do imperador para dar conta de Idra e suas irmãs, um pajem trouxe uma mensagem de Hesero Nelaran, implorando que lhe concedesse uma audiência. Maia percebeu que havia uma consequência daquele golpe fracassado com a qual ele simples e totalmente se esquecera de lidar.

Seu primo, Setheris Nelar.

25 LIDANDO COM AS CONSEQUÊNCIAS

Maia recebeu Hesero Nelaran na Sala das Tartarugas. Havia se passado, refletiu, um mês e meio desde que foram apresentados, e, estranhamente, ficou quase triste ao descobrir que ela já não o assombrava como no primeiro dia dele na Corte Untheilenesa. Ela ainda era uma mulher linda e sofisticada, mas ele estivera cercado por mulheres como ela havia semanas, e osmerrem Nelaran já não se destacava para Maia exceto pela virtude — se é que se poderia chamar de "virtude" — de ser a esposa de Setheris.

— Serenidade — murmurou ela com uma mesura baixa e requintadamente graciosa. — Agradecemos por nos conceder essa audiência, a qual sabemos que não teríamos o direito de pedir.

— Osmerrem Nelaran, nós não...

— Por favor — falou ela, e sorriu um sorriso falso e corajoso para ele. — Não concordamos que somos primos?

— Prima Hesero — emendou ele. — O que deseja?

— Serenidade, por favor, pedimos que o senhor conceda uma audiência ao nosso marido, seu primo.

— Por que deveríamos?

— Ele é seu primo — disse ela, franzindo a testa.

— E a princesa é nossa cunhada.

— Ele criou o senhor! — protestou ela. — Serenidade, sabemos que o senhor não o favorece, embora não entendamos o motivo, mas o senhor não pode ver além de qualquer que seja o rancor que por acaso guarde contra ele? É só o senhor que...

— *Rancor*? — Ele ouviu que sua voz havia se elevado, mas não conseguia encontrar um motivo para se importar. — Osmerrem

Nelaran... prima Hesero, não guardamos *rancor*. Temos feito desesperadamente o melhor para não agir por despeito ou maldade. Não o mandamos de volta a Edonomee, embora pudéssemos tê-lo feito. Oferecemos a ele uma posição honrosa e útil. O que mais poderíamos fazer?

— Serenidade...

— Não. — Maia percebeu vagamente que estava tremendo. — Nós não poderíamos. *Eu* não poderia. Ele me intimidava; me insultava; me batia, não por disciplina, mas por sua própria raiva e desamparo. — Ele se atrapalhou com o punho esquerdo e empurrou a manga para cima a fim de mostrar as cicatrizes, grossas linhas prateadas sobre pele cinza-ardósia. — Esta é a obra dele, prima Hesero. E embora eu... eu entenda, verdadeiramente, e o perdoe da melhor forma que posso, não lhe mostrarei favorecimento. Tampouco acho *justo* que ele exija isso de mim.

Ele sufocou as palavras, envergonhado por ter dito tanto, e curvou a cabeça para fechar o punho outra vez. Mas seus dedos estavam muito instáveis por causa dos minúsculos botões de pérola, e estava prestes a deixar isso de lado quando uma voz disse suavemente:

— Serenidade, você me permite?

Era Cala. Maia não conseguiu encará-lo, mas estendeu o punho. Os dedos brancos e compridos de Cala foram rápidos e hábeis; ele fechou o último botão antes de Maia registrar seu uso do pronome informal. Olhou para cima e temera encontrar pena ou desprezo, mas Cala disse:

— Eu não poderia ser tão indulgente. — O nohecharis se curvou profundamente antes de retornar a seu lugar ao lado de Beshelar.

Mais tarde, disse Maia a si mesmo. *Pense nisso mais tarde*. Ele tinha os fios de outra conversa para reunir; Hesero havia recuado e o encarava, ferida. Maia imaginara antes se Setheris já havia levantado a mão para a esposa e agora supunha que via a resposta no rosto pálido e nos olhos cheios de horror dela.

— Sente-se, prima Hesero — pediu ele.

Ela se sentou, o primeiro movimento deselegante que via nela.

— Ele era cruel com você? — perguntou ela em um sussurro límpido e sem fôlego.

— Era — disse Maia. Não havia sentido agora em tentar suavizar a verdade. Ele próprio se sentou, de repente sem saber ao certo se as pernas o apoiariam caso permanecesse de pé. — Sinto muito. Eu não deveria ter...

Ela recusou balançando a cabeça, atordoada.

— Não, não é... Isso não é... Eu não posso... Serenidade, não compreendo como podemos estar falando da mesma pessoa.

— Sinto muito — repetiu Maia, impotente. — Também não entendo. Mas... ele era muito infeliz. Nós dois éramos. E estávamos muito isolados. — Ainda que ela tentasse olhar nos olhos dele, seu olhar continuava voltando para o antebraço esquerdo de Maia. — Foi um guarda-fogo — explicou. — Ele... ele não teve a intenção.

Ela assentiu e então, com força de vontade, voltou o olhar para ele.

— O senhor pode vê-lo?

Maia retomou a armadura da formalidade.

— Supomos que devemos.

— Ele é inocente de traição — afirmou ela, a voz quase um sussurro. — Ele não merece... — Calou-se, e Maia via que a compostura dela era frágil como uma bolha de sabão. — O que quer que ele possa ter feito, é nosso marido. Por favor, imploramos, se o senhor vai condená-lo, pelo menos faça isso pessoalmente.

Ele não a compreendia, mas também não conseguia imaginar como alguém poderia amar tanto Setheris. Supôs que muitas coisas seriam diferentes se ele pudesse.

— Vamos conceder-lhe uma audiência — declarou. — Agora. — Seu olhar para Csevet não era uma pergunta, e a boca carrancuda e as orelhas abaixadas de Csevet entenderam isso.

Após considerável e cuidadosa reflexão, Maia mandou levarem Setheris até a Sala das Tartarugas. Não lhe fornecia o escudo da grandeza pública impessoal que o Untheileian ou mesmo o Michen'theileian teriam, mas decidiu que valia a pena sacrificar aquele escudo por uma maior sensação de conforto, segurança e, portanto, confiança.

Setheris, quando chegou escoltado por dois guardas, parecia cansado, gasto e... Maia levou vários segundos para identificar o que via na postura de Setheris e no porte de suas orelhas e vários outros para acreditar: Setheris Nelar estava com medo.

Não que Setheris *não devesse* ter medo, considerou Maia; era só que Maia nunca o vira com medo, nunca o *imaginara* com medo. Agora que ele estava assim bem na sua frente, não sabia o que fazer.

Setheris se ajoelhou e ficou ali. Pela primeira vez, Maia não sentiu escrúpulos em deixar um peticionário de joelhos.

— Falamos com tua esposa — explicou Maia. Setheris se encolheu como se tivesse sido queimado, e Maia percebeu que isso devia ter sido a coisa que ele mais quisera evitar. Maia ficou imaginando se deveria se sentir de alguma forma vitorioso; não se sentia. Prosseguiu, severamente: — Ela nos disse que és leal a nós.

— Sou, Serenidade — confirmou Setheris, sua voz caída como suas orelhas, como se não esperasse que o outro acreditasse. — Eu juro.

— Por quê?

Os guardas e os nohecharei de Maia o encaravam como carpas atordoadas. Setheris não: nem sequer olhou para cima. Sabia por que Maia estava perguntando.

Maia aguardou; nunca vira Setheris sem palavras. Finalmente, Setheris disse, algo entre uma súplica e um rosnado:

— Porque Uleris Chavar é um idiota. E eu acredito na lei. Eu acredito que *você* acredita na lei. — Foi uma admissão impressionante de Setheris, o mais próximo de um elogio que Maia já recebera dele. Então o primo olhou para cima, seus olhos brilhando enlouquecidos. — Sou muitas coisas, Serenidade, mas não sou traidor.

E Maia entendeu: Setheris estivera ali antes, acusado de traição, de joelhos diante do imperador. Mas aquele confronto havia sido muito diferente. Maia indagou, pois a pergunta o queimava como um carvão incandescente:

— Por que foste relegado a Edonomee?

A risada de Setheris foi tão amarga quanto Maia lembrava.

— Eu disse ao falecido imperador seu pai que, se ele acreditasse que eu havia cometido traição, deveria me julgar, não me trancar na Esthoramire como um cão malcomportado. Achei que ele fosse me matar. Pois eu *não tinha* cometido traição, e ele sabia disso. Mas tentei manipulá-lo, e Varenechibel não podia mitigar a própria ira. *Jamais* pôde mitigar a própria ira. E assim fui enviado a Edonomee. Contigo.

A história tornou espesso o ar entre eles. Lenta, pensativamente, Maia advertiu:

— Podemos te mandar de volta para lá.

— Serenidade, não fiz nada de errado! — O protesto saiu angustiado, claramente arrancado dele, contra o próprio bom senso.

— Eu sei disso — afirmou Maia. — Mas te odeio, como bem sabes, e se estiveres na corte, sempre terei de me perguntar o que tu estás dizendo e para quem.

O rosto de Setheris ficou inteiro pálido, até os lábios. Ele disse, sua voz abaixando para um sussurro:

— Juro que não direi nada… *Não disse* nada, nem para minha esposa. É o passado e ficará lá. Sou leal, Serenidade, e conheço o perigo das palavras, como *tu* sabes.

Maia pensou em todas as coisas de que Setheris o havia chamado, de "goblin caipira lunático" a "mancha ilegítima", e teve que admirar a coragem do primo, se não a insanidade total, em invocar essas lembranças.

— Não te mandarei a Edonomee, mas não posso te ter aqui.

Sustentou o olhar de Setheris fixamente, pela primeira vez em sua vida não se afastando dos olhos frios do primo. E foi Setheris quem olhou para baixo. Foi ele quem murmurou relutante e triste:

— Suponho ter merecido isso de você.

— Nós também supomos — anuiu Maia. Viu o estremecimento de Cala pelo canto do olho.

— Apenas... Serenidade, por favor. Nós somos... Eu sou leal e competente. Dê-me um trabalho, uma responsabilidade, *algo*. Não me deixe apodrecer como Varenechibel fez.

— Não podemos te punir por *não* conspirar contra nós.

Maia viu um pouco do medo deixar o corpo de Setheris. Deliberadamente desviou o olhar de Setheris para encontrar o de Csevet, notando de modo distante como era difícil fazê-lo. Csevet estava sem expressão, mas suas orelhas estavam achatadas de leve em reprovação. Maia o fuzilou com os olhos, e o secretário, voltando a si com um salto, inclinou a cabeça em aquiescência e saiu da sala em silêncio.

— Algo lhe será encontrado — assegurou Maia a Setheris —, e não achamos que o senhor precise continuar na Esthoramire.

A cabeça de Setheris se ergueu bruscamente quando Maia o tratou com o termo formal; ao fim da frase, seus olhos brilhavam de um jeito que Maia achou desconcertante e constrangedor. Não fazia parte do relacionamento deles o fato de Setheris lhe ser grato: percebeu que sequer *queria* a gratidão de Setheris.

Olhou para Hesero Nelaran, de pé contra a parede, os braços cruzados com firmeza sobre o peito.

— Você tem seu marido de volta, prima Hesero.

— Agradecemos, Serenidade — respondeu ela. Maia pensou que ela falava com sinceridade. Ou pelo menos tentava. Sua mesura ainda foi requintada, e osmerrem Nelaran saiu, de cabeça erguida, ao lado do marido, como se não carregasse nenhum fardo sobre as costas.

No silêncio, Maia reuniu o melhor que pôde de sua coragem e se virou para encarar os nohecharei. O rosto de Beshelar estava escarlate. Maia olhou de modo apressado dele para Cala, que perguntou:

— Quantos anos o senhor tinha quando...? — Acenou para o braço de Maia.

— Isto? Ah, catorze, mais ou menos. — Ainda sem saber ao certo se isso tornaria as coisas melhores ou piores, acrescentou: — Ele estava bêbado.

Beshelar falou, rangendo violentamente as palavras entre os dentes:

— Ele deveria ser açoitado pelas ruas. Deveria ser açoitado até o rio e jogado dentro dele. — Ele fixou Maia com um olhar furioso e perguntou: — O imperador sabia?

— Não temos ideia — respondeu Maia, inexpressivo; não era essa a reação que esperava de Beshelar. — Se ele foi informado, não se importou.

— Monstruoso! — gritou Beshelar, quase a plenos pulmões.

Csevet, entrando na sala, levou um susto e quase deixou cair o maço de papéis que carregava. Houve um momento de supremo constrangimento, e então Maia simplesmente não conseguiu conter o riso. Ele se sentou, ainda rindo, e indicou a outra cadeira com um aceno para o secretário. Csevet se sentou, parecendo confuso e um pouco alarmado. Beshelar disse, muito rigidamente, antes de sair:

— Serenidade, estaremos esperando pelo senhor no patamar.

Csevet olhou da forma que Beshelar se afastava para Cala e Maia, que conseguira se acalmar.

— Serenidade, devemos...?

— Não, está tudo bem — disse Maia. — Beshelar estava falando sobre outra coisa. E você tem um assunto para nos apresentar?

— Serenidade — começou Csevet, concordando e aceitando. — Esta primeira ordem de trabalho antes dos Corazhas deve ser a seleção de um novo lorde chanceler, e cogitamos... A menos que o senhor tenha um candidato próprio para indicar?

— Nós escolheríamos você em um piscar de olhos — declarou Maia —, só que estaríamos perdidos sem você.

Csevet corou de um rosa delicado e satisfeito. Argumentou:

— Somos por demais jovens, Serenidade.

Assim como eu, pensou Maia, mas reprimiu as palavras porque não lhe trariam lucro. Em vez disso, pensou cuidadosamente nos homens que havia encontrado no governo do Ethuveraz, aqueles que haviam apoiado as políticas de Chavar (e que agora poderiam estar retrocedendo às pressas), aqueles que não o haviam feito, aqueles que haviam se equilibrado com cuidado no meio, sem se comprometer. Lembrou que, de todos eles, apenas um vira que o imperador estava fora de alçada e escolhera fazer algo a respeito. E continuara a oferecer ajuda sem pedir nada em troca. Esse homem, pensou Maia, era quem ele queria encarregado de seu governo.

— Nossa escolha seria lorde Berenar — informou.

— Serenidade — disse Csevet, anotando. — O senhor deseja anunciar isso aos Corazhas? É improvável que encontre oposição, o que certamente agilizaria as coisas.

— Seremos tendenciosos se o fizermos? Isso nem sempre está claro para nós.

— Não, Serenidade. O senhor tem todo o direito de propor um candidato aos Corazhas, assim como tem o poder de recusar qualquer candidato que *eles* proponham. Lorde Berenar é universalmente respeitado e, na verdade, acreditamos que seja uma excelente escolha. Eles *podem* recusá-lo, como é direito *deles*, mas também estão ansiosos para ver este assunto resolvido. Não achamos que serão, hum, rebeldes.

— Obrigado. Então, sim, vamos recomendar lorde Berenar aos Corazhas.

E, uma hora depois, ele se levantou e o fez, sentindo-se desajeitado, inarticulado e jovem demais, em especial porque o arquiprelado havia tomado o lugar da Testemunha da Prelazia até o momento que o Conselho dos Prelados pudesse se reunir para escolher um novo. O arquiprelado deixava Maia inquieto — não culpado, exatamente, mas muito consciente de seu fracasso em meditar, em adorar como sua mãe lhe ensinara. Mas as Testemunhas o ouviram de modo respeitoso. Quando Maia se sentou novamente, lorde Berenar murmurou:

— Obrigado, Serenidade. — Então se levantou para anunciar que estava disposto, se os Corazhas concordassem.

Os Corazhas *concordaram*. Maia ficou espantado com a falta de discussões. As preocupações levantadas foram legítimas e tratadas com responsabilidade, e em pouco mais de uma hora o Ethuveraz tinha um novo lorde chanceler. A posse formal precisaria ser agendada e preparada minuciosamente, mas lorde Berenar se ajoelhou, fez um juramento ali mesmo no Verven'theileian e disse que não desejava esperar, porque as coisas já estavam terrivelmente confusas e só iriam piorar com o atraso.

— Prossiga com nossa bênção — anuiu Maia.

Agora os Corazhas estavam reduzidos com dois membros a menos, um estado de coisas que, por mais inconveniente e deplorável que fosse, fornecia uma razão irrepreensível para encerrar a reunião. Maia fez isso agradecido e se virou para Csevet a fim de ser informado do próximo item em sua agenda interminável, apenas para descobrir que Csevet tinha sido puxado de lado pelo secretário pessoal de lorde Berenar.

Maia sabia perfeitamente que podia interromper, mas, se não o fizesse, poderia ter até cinco minutos de paz antes que o próprio Csevet se libertasse sozinho. Ele se recostou um pouco na cadeira, contendo um suspiro com dificuldade, e percebeu que o arquiprelado Tethimar o observava de perto.

Maia se endireitou novamente, sentindo-se culpado mesmo sabendo que isso era ridículo.

— Deseja falar conosco, arquiprelado?

O arquiprelado o examinou, com a cabeça inclinada um pouco para o lado, como um pássaro.

— O senhor está bem, Serenidade?

Perplexo, Maia perguntou:

— Por que não estaríamos?

— Perdoe-nos — pediu o arquiprelado. — Não queremos nos intrometer. Mas sabemos que a tensão que o senhor está sofrendo deve ser considerável.

Maia supunha que era, mas não havia nada a fazer a respeito.

— Agradecemos sua preocupação.

O arquiprelado sorriu para ele, tão súbito e deslumbrante como o sol sobre a neve.

— Uma resposta graciosamente evasiva, Serenidade. O senhor aprendeu depressa as artes de ser político.

Maia viu o secretário de lorde Berenar fazer uma reverência a Csevet e sair da sala.

— Perdoe-nos — disse ele, esperando que seu alívio não transparecesse. — Receamos já estar atrasados para nossa próxima obrigação.

— Claro, Serenidade — disse o arquiprelado, embora Maia tivesse a sensação de que aqueles olhos brilhantes enxergavam além de sua desculpa fraca. O homem também se curvou e saiu.

Maia se virou para Csevet e perguntou:

— E agora?

— Almoço — falou Csevet com firmeza. — E esta tarde deve ser dedicada à Testemunha do Imperador, que está se preparando para o julgamento de lorde Chavar e da princesa Sheveän.

— Claro — respondeu Maia, tentando não sentir a grande frieza oca que se abria dentro dele. Mas não tinha apetite para o almoço.

Mais uma vez, Maia escolheu a Sala das Tartarugas para aquela audiência que esperava ser desconfortável. Csevet lhe assegurou que a escolha era sua; embora temesse mostrar fraqueza ao não escolher o Michen'theileian, a Sala das Tartarugas era o único lugar em toda a Corte Untheilenesa que lhe transmitia a mínima sensação de um lar.

A Testemunha do Imperador era um homem pequeno, asseado, muito preciso em todos os seus movimentos. Seu nome era Tanet Csovar. No rosto e na voz, não tinha absolutamente nada de notável; usava roupas sóbrias e sem ostentação, e o cabelo era obviamente uma peruca, pois, embora estivesse arrumado de maneira muito simples, com apenas um único par de palitos tashin, era bem liso e lustroso, ao contrário de suas sobrancelhas esparsas. Era uma Testemunha judicial com mais de vinte anos de experiência, sem dúvida conhecia muito bem o seu trabalho. Fazia suas perguntas respeitosamente, mas de maneira implacável, e se a resposta que obtivesse não fosse adequada, fazia mais uma pergunta. Não demostrou impaciência nem desapontamento; a questão pura e simples era que não podia ser dissuadido. A coisa mais desconcertante, porém, era que não tomava notas. Simplesmente *escutava,* com olhos frios observando atentamente o rosto de Maia, e suas perguntas logo revelaram que ele não esquecia nada do que ouvia.

Ele primeiro fez Maia lhe contar os eventos da tentativa de golpe, pedindo que fosse o mais preciso possível, em particular ao relatar o que cada pessoa havia dito. Isso não foi tão ruim, mas então a Testemunha começou a perguntar sobre encontros anteriores com lorde Chavar e com a princesa Sheveän, sobre quais Maia achava que poderiam ser os motivos deles; depois, pior ainda, perguntou como Maia havia se sentido.

— Não achamos que nossas emoções tenham alguma relevância — respondeu Maia, tentando soar irritado em vez de aprisionado.

— Não podemos testemunhar se não soubermos a verdade — explicou Csovar —, as emoções fazem parte da verdade de qualquer pessoa.

— Mas certamente não é necessário.

— Serenidade, não pensaremos menos do senhor por seus sentimentos, se é isso o que o incomoda.

— Não, temos certeza de que não pensará menos. — Derrota. Não temia que mer Csovar pensasse mal dele, mas também não deveria se importar com as opiniões de seus nohecharei. — Sentimos medo — disse finalmente, determinado a botar as palavras para fora e acabar logo com aquilo —, pois conhecemos história o bastante para prever o destino de um imperador uma vez destronado.

Mer Csovar franziu a testa.

— Entendemos, pelo que o senhor relatou, que não havia intenção de feri-lo.

— Naquele momento não. Mas nossa pessoa, se viva, seria sempre inconveniente e potencialmente perigosa, não seria? E vimos que a princesa Sheveän não hesitaria. Talvez ela até mesmo gostasse disso. Ela parece nos odiar muito.

Maia ficou grato por mer Csovar não tentar convencê-lo de que estava enganado. Apenas assentiu com a cabeça e disse:

— O senhor temeu, muito naturalmente, pela sua vida.

— Sim. Temíamos também por nosso sobrinho Idra e pelo Ethuveraz. Não é segredo, agora, que nós e lorde Chavar discordávamos fundamentalmente sobre as necessidades do nosso império, e não nos pareceu que a princesa Sheveän estivesse interessada nas necessidades do *império*.

— O senhor sente que ela se importava apenas com o filho? Ou apenas com o próprio acesso ao poder?

Era uma boa pergunta, uma pergunta melhor que a maioria das questões infrutíferas que Maia vinha se fazendo. Parou e pensou, e mer Csovar não tentou apressá-lo. Por fim, respondeu:

— Não sabemos. Não sabemos que planos ela e lorde Chavar tinham feito sobre governança. Acreditamos que ela estivesse agindo no que via como os melhores interesses de seu filho; e para honrar a memória do marido, pois sempre sentimos que é por isso que ela mais nos odeia, que estejamos vivos enquanto seu marido não está. Não achamos que os motivos dela fossem... *políticos*.

— É uma distinção sutil, Serenidade — observou mer Csovar.

— Sabemos. Não entendemos a princesa Sheveän, então verdadeiramente é apenas um palpite. Mas... — disse lentamente, conforme lhe ficava claro. — ... ou ela estava agindo por um desejo de poder que não deixava espaço para considerar o bem-estar de seu filho ou de suas filhas, ou estava atuando por um senso cego de moralidade que a tornaria facilmente manipulada, ou de fato usada, por aqueles que se autodenominavam seus aliados. Não vimos qualquer chance de um resultado benéfico.

— E por isso o senhor exigiu ver o príncipe Idra. O senhor esperava que ele o apoiasse?

Maia encarou mer Csovar.

— A questão não nos ocorreu. Não conseguimos...

— Não há pressa, Serenidade — murmurou mer Csovar.

Maia apertou as mãos contra o peito, palma com palma e ponta do dedo com ponta do dedo. Era uma técnica de meditação barizhesa; se algum deles se importasse, ele estava traindo todo tipo de coisa, mas isso o firmou suficiente para que dissesse:

— Pensamos apenas que, se não éramos aptos a ser imperador, não cabia a nosso lorde chanceler decidir, nem a nossa cunhada. Era Idra quem viveria, ou morreria, com as consequências, e sentimos que tínhamos de falar com ele. Esperávamos... — O que ele esperava? Não sabia bem, nem mesmo agora; aquele porão frio parecia tão distante e improvável quanto algo sonhado. Deixou suas mãos caírem, seus ombros afundando junto. — Esperávamos morrer.

Ele pensou ter ouvido um barulho atrás de si, mas não se virou para olhar.

— Queríamos garantir, o que quer que acontecesse, que Idra *soubesse*. Não esperávamos que ele fosse desafiar a mãe.

— O senhor teria assinado os papéis de abdicação?

— Teríamos — disse Maia friamente. — Se tivesse chegado a esse ponto, teríamos. Não poderíamos submeter nosso povo a uma guerra civil, não quando não temos certeza... — Ele se interrompeu, mas já era tarde demais.

— Não tem certeza, Serenidade?

— Acreditamos que nosso governo seja melhor para o Ethuveraz que um governo de regência liderado por lorde Chavar, mas e se estivermos errados? E se estivermos *mesmo* levando nosso povo ao caos e ao desastre? Que direito temos de impor nosso governo àqueles que não o desejam?

— O senhor é o único filho sobrevivente de Varenechibel IV — alegou Csovar. — Se não valer de mais nada, Serenidade, é a lei.

— Achávamos que não podíamos ter certeza do apoio de ninguém — disse Maia. Houve definitivamente um barulho, sem dúvida Beshelar engolindo um comentário intemperante. Maia manteve a atenção em Csovar. — O golpe foi liderado pelo mais importante funcionário de nosso governo e uma integrante de nossa família, que tiveram apoio de um de nossos nohecharei.

— Sim. Nós entendemos. — Csovar o considerou durante um momento incômodo. — Serenidade, o senhor ficou com raiva?

— Ficamos furiosos — revelou Maia, envergonhado com a rapidez com que as palavras vieram à língua. — E doentes com a traição, embora talvez isso tenha sido tolice nossa.

As sobrancelhas de Csovar se ergueram.

— Se lorde Chavar não desejava servir ao senhor, a coisa certa a fazer era renunciar. — Ele tossiu, parecendo um pouco envergonhado. — Muitos membros de seu governo também se sentem traídos, Serenidade.

— Mesmo? Obrigado. — Ele era fraco e tolo, mas saber disso *de fato* ajudava. — Ficamos... Ainda *estamos* com muita raiva. Estamos tentando perdoar, mas achamos muito difícil.

— O que o senhor gostaria que fosse feito àqueles que o ofenderam nesse assunto?

— Não sabemos — falou Maia, cansado. — Mas, independentemente disso, a decisão no fim será nossa.

— Será, Serenidade, mas não perguntamos o que o senhor *fará* com eles.

— Você faz perguntas perigosas, mer Csovar.

— Serenidade — disse Csovar com uma vivacidade tão próxima da impaciência quanto ele parecia ser capaz de expressar —, é nossa tarefa testemunhar pelo senhor precisamente *porque* há coisas que o senhor, como o imperador Edrehasivar VII, não pode dizer. É a função das Testemunhas, falar por aqueles que não podem falar por si mesmos.

— Você é uma Testemunha *vel ama* — concluiu Maia. A ideia era amargamente divertida.

— Somos, Serenidade.

— E se dissermos que os queremos mortos? Tão lenta e dolorosamente quanto for possível?

Csovar não desviou o olhar.

— É a verdade?

— Não — disse Maia. *Fraco. Tolo.* Ele cruzou as mãos sobre o colo para combater a vontade de esfregar os olhos. — Nem mesmo desejávamos que Dazhis Athmaza morresse, sendo ele quem nos traiu mais… mais de perto.

— O senhor os pouparia de todo e qualquer castigo?

— Não — reconheceu Maia, e lutou com isso. Csovar esperou. — No mais fundo de nossa alma, que você nos pede para desnudar agora, queremos bani-los como fomos banidos, para uma casa fria e solitária, sob a guarda de um homem que nos odiava. E desejamos que eles fiquem presos lá como nós mesmos ficamos presos.

— O senhor considera isso injusto, Serenidade?

— Consideramos cruel — disse Maia. — Não achamos que a crueldade seja sempre justa. Terminamos, mer Csovar?

Csovar lhe lançou um olhar longo, seco e pensativo.

— A menos que haja algo que Vossa Serenidade deseje acrescentar?

— Não, nós lhe agradecemos — respondeu Maia.

Csovar se curvou e saiu sem pressa, elegante, preciso e imparcial, testemunhando a fraqueza de Maia sem a julgar, carregando aquele fardo de escuridão sob sua peruca brilhante sem ser sobrecarregado por ele. Maia só desejou poder fazer o mesmo.

26 OS RELOJOEIROS E OS CORAZHAS

A única coisa que Maia estava determinado a conseguir antes da celebração da Noite Invernal era a apresentação da Guilda dos Relojoeiros de Zhaö perante os Corazhas. A maior parte das coisas que pairavam sobre sua cabeça eram coisas que ele não podia controlar (e não havia notícias de Thara Celehar desde sua partida precipitada para o Norte), mas essa coisa específica pelo menos poderia acontecer, e os Corazhas poderiam ter duas semanas ou mais para pensar a respeito antes de haver tempo para uma discussão e uma votação. Seu controle era principalmente uma ilusão, em especial porque ele não fazia nada sozinho a não ser dizer a Csevet o que queria que fosse feito, mas era melhor que ter acessos de raiva, entrar em declínio ou qualquer uma das outras respostas mais ostensivas ao cargo de imperador que lhe ocorriam.

De fato, os Corazhas não concederam audiência à Guilda dos Relojoeiros até a véspera da chegada programada do Avar de Barizhan e mesmo isso, foi dado a Maia entender, era o resultado de uma grande quantidade de incentivos e empurrõezinhos. O Conselho dos Prelados ainda não escolhera uma nova Testemunha da Prelazia. A nova Testemunha do Tesouro era um homem muito jovem pelos padrões corazheses e parecia que levaria pelo menos três ou quatro anos até encontrar a confiança necessária para abrir a boca. Maia quase se arrependeu por lorde Berenar, que ainda tinha que emergir de seu primeiro mergulho nas profundezas do gabinete do lorde chanceler, mas se lembrou de quanto mais desejava Berenar *lá* que *ali* com ele e não reclamou.

A Guilda dos Relojoeiros foi representada novamente por mer Halezh e merrem Halezho, dessa vez apoiados por (ou apoiando, Maia não conseguia dizer ao certo pelo comportamento deles) outro homem, mais velho que mer Halezh e com a postura curvada de um relojoeiro: mesmo quando se endireitou de sua reverência para o imperador, seus ombros permaneceram curvados. Foi apresentado como dachensol Evet Polchina; Maia não sabia o que precisamente esse título representava na guilda, mas vários dos Corazhas pareceram impressionados, como se a presença de dachensol Polchina lhes garantisse que não perderiam tempo com uma mera fantasia onírica do imperador, como lorde Pashavar havia colocado com tanta eloquência.

E quando o imperador convidou formalmente os relojoeiros de Zhaö a falarem com os Corazhas, foi dachensol Polchina quem deu um passo à frente. Fez uma profunda reverência formal para Maia e depois se curvou, menos profundamente, para cada um dos Corazhas. Então acenou, e mer Halezh e merrem Halezho levaram adiante uma enorme forma oculta por um lençol e a colocaram na mesa em frente à cadeira da Maia.

— O que é isto? — perguntou Csevet, com um olhar frio para um dos secretários juniores, que aparentemente deveria saber que não era permitido qualquer objeto na sala sem a aprovação de Csevet. Telimezh avançou como se estivesse se preparando para se jogar sobre ele.

O rosto de dachensol Polchina se enrugou em um sorriso beatífico.

— Esta é a ponte.

Outro gesto, e mer Halezh e merrem Halezho levantaram cuidadosamente o lençol de linho.

Maia prendeu a respiração.

Sob o lençol havia o modelo de uma seção de um rio — o Istandaärtha. Havia casinhas de um lado e pasto do outro, com vaquinhas leiteiras malhadas pastando o veludo verde. A estrada de cada lado era pavimentada com minúsculos seixos de quartzo, lisos e brilhantes como paralelepípedos depois da chuva. As margens do rio eram rochosas, com árvores verashme retorcidas mostrando ousadas flores de tons vermelho-dourados. O próprio rio era marrom e turbulento, construído, imaginou Maia, com seda e aglomerados de escamas de peixe. Em um ponto determinado, um tronco de árvore surgia raivoso das águas; ele ficou surpreso com a impressão de movimento e ferocidade, com o quão habilmente o modelista havia transmitido o poder do Istandaärtha.

E no centro daquela maravilha, o foco e a âncora era a ponte. Aos olhos de Maia, instantaneamente adaptados à delicadeza do mundo que o modelo mostrava, era uma coisa enorme, um monstro de latão e ferro, quatro grandes torres quadradas, duas em cada margem, estendendo braço após braço em direção uma à outra até que eles se encontravam e apertavam as garras no meio. Notou, com um sobressalto que não era surpresa, que as longarinas da ponte tinham sido gravadas para sugerir as garras que ele imaginara. Ele se inclinou para mais perto e viu os rostos feios e benevolentes de quatro tangrishi no topo de cada torre.

— Que melhores protetores para uma ponte movida a vapor? — murmurou dachensol Polchina, alto o suficiente apenas para Maia ouvir, embora isso fosse em parte porque o murmúrio dos Corazhas estava ficando mais alto, dos suspiros iniciais de espanto e admiração, por um lado, à descrença raivosa, por outro.

— Essa coisa é ridícula — retrucou lorde Pashavar.

— Vai quebrar sob seu próprio peso — protestou lorde Deshehar.

— Nenhum barco poderia passar por essa monstruosidade — desaprovou lorde Isthanar, a Testemunha das Universidades, e essa era aparentemente a abertura que dachensol Polchina queria.

— Ah! — disse o relojoeiro, acenando para merrem Halezho. Ela tocou em algo sob o modelo do pasto de vacas e devia ter um toque do dom de maza, pois houve uma faísca e cheiro de queimado. — Levará alguns minutos para gerar vapor suficiente — explicou dachensol Polchina —, embora, para a ponte real, é claro que haveria emprego para foguistas para garantir que o tráfego fluvial não precisasse esperar. Enquanto isso, ficaremos felizes em responder a suas perguntas.

Maia mal ouviu a discussão que se seguiu, por mais veemente que fosse. Estava muito fascinado pelo modelo. Ao olhar mais de perto, pôde ver que havia pessoinhas entre as casas: uma mulher pendurando roupas lavadas, um homem capinando sua horta, duas crianças brincando de esconde-esconde. Havia até um gatinho malhado tomando sol em uma janela. Na estrada em direção à ponte, uma carroça puxada por dois cavalos sarapintados tinha parado enquanto o motorista procurava algo debaixo de seu assento. Olhando para o outro lado do rio, Maia de repente viu o vaqueiro entre as vacas e mal conteve um murmúrio de prazer. O vaqueiro, escuro como um goblin, estava sentado de pernas cruzadas debaixo da única árvore no pasto, tocando uma flauta tão realista que cada buraquinho era distintamente visível.

Maia se endireitou e falou, decidido, interrompendo a discussão cada vez mais acirrada entre Corazhas e relojoeiros:

— Queremos ver a ponte operando.

Lorde Pashavar o fuzilou com os olhos.

— Vossa Serenidade está determinado a ir adiante com essa bobagem?

— Não achamos bobagem — respondeu Maia, surpreendendo-se com a calma da própria voz — e não acreditamos que tampouco dachensol Polchina ache uma bobagem.

— Não é bobagem — concordou dachensol Polchina. — É novo, o que não é a mesma coisa.

— Isto não é um relógio — zombou Isthanar. — Você tem certeza de que entende o que está fazendo?

— Se você acha que nosso entendimento é falho, pode explicar para nós — sugeriu dachensol Polchina suavemente, com um gesto em direção ao modelo.

O silêncio aflito de Isthanar foi coberto pelo arquiprelado dizendo:

— Como você pode saber que, quando construir a coisa de verdade, ela irá suportar o próprio peso?

— Não é tão pesada quanto parece — aclarou mer Halezh. — Você verá num minuto.

A princípio, Maia não conseguiu identificar o barulho vindo de baixo do modelo, pois não tinha lugar no Verven'theileian, nenhum lugar na vida de um imperador. Era o assobio de uma chaleira começando a ferver.

Merrem Halezho disse, o triunfo serpenteando pelos cantos da boca:

— Estamos prontos, Serenidade.

— Então, por favor — pediu Maia, esperando que não soasse tão pomposo quanto sentiu que deveria —, mostrem-nos sua ponte.

Merrem Halezho fez algo na parte de baixo do modelo, e o assobio parou. Eles esperaram — até mesmo Pashavar parecia estar segurando a respiração —, e então, com um movimento lento e brusco, duas das garras se soltaram e se dobraram para trás. As restantes fizeram o mesmo, par a par, e então as longarinas da ponte se ergueram como asas e foram puxadas para trás, um par de cada vez, começando no meio. O peito de Maia parecia cheio de espanto, como uma grande bola brilhante ao redor da qual ele mal conseguia respirar.

— O processo pode ser interrompido a qualquer momento — explicou dachensol Polchina, como se não soubesse que o imperador, os Corazhas, os secretários e todos ali estavam mudos de admiração. — Mas, em caso de tempestades ou inundações, a ponte pode ser puxada de volta para as margens, como vocês veem. Assim, qualquer quantidade de tráfego fluvial pode ser acomodada.

Não aconteceu de forma rápida ou silenciosa, mas, como dachensol Polchina dissera, a ponte recuou quase inteiramente para dentro de suas torres.

— É *mesmo* um tangrisha — disse Maia, e então corou dolorosamente.

— O tangrisha foi uma de nossas inspirações — contou mer Halezh gentilmente —, embora também tenhamos observado muitas aranhas.

— Mas se é leve o suficiente para fazer isso — perguntou lorde Deshehar —, quanto peso de tráfego ela pode suportar?

A pergunta foi como um seixo iniciando um deslizamento de rochas. Perguntas saíram dos Corazhas aos borbotões, um tumulto que envolveu dachensol Polchina e mer Halezh, embora ambos mantivessem a compostura e a cortesia, que era mais que Maia pensava que seria capaz de fazer se fosse com ele.

Ele se inclinou para mais perto de merrem Halezho e perguntou:

— Pode fazer com que ela se estenda novamente?

— Claro, Serenidade — disse ela, e ajustou algo abaixo do pasto.

Maia observou enquanto as duas extremidades da ponte se estendiam lenta e ansiosamente uma na direção da outra, sabendo que estava com os olhos arregalados e extasiado como uma criança ouvindo um conto maravilhoso e, naquele momento, não se importando com mais nada. A maravilha que era a ponte valia mais que qualquer partícula de dignidade imperial. Ele observou especialmente de perto como as garras se fecharam de novo, vendo as esporas articuladas se enrolarem umas nas outras numa contenção inquebrável. Os cavalos sarapintados poderiam puxar a carroça com segurança através daquela ponte; o vaqueiro e sua flauta poderiam conduzir as vaquinhas malhadas de volta ao celeiro que esperava além das casas.

Ele finalmente olhou para cima. Os Corazhas ainda cercavam dachensol Polchina e mer Halezh, mas lorde Pashavar havia recuado — não mais que alguns passos, mas nitidamente se colocando fora da confusão.

Maia deu a volta à mesa para se aproximar dele.

— Você ainda desaprova, lorde Pashavar?

— É um brinquedo — depreciou Pashavar, zangado, desdenhoso e talvez, por trás disso, com um pouco de medo. — Vai desperdiçar dinheiro, tempo e, com certeza, vidas: o senhor levou isso em consideração, Serenidade? Os homens que vão morrer construindo este seu castelo de nuvens? E no final, o Istandaärtha permanecerá intransponível, porque é intransponível, e imaginar o contrário não passa de um conto maravilhoso.

Maia se encolheu um pouco, tanto com o eco distorcido de seus próprios pensamentos quanto pelo que equivalia a uma acusação de assassinato, mas disse com firmeza:

— Nossos avós devem ter dito a mesma coisa sobre dirigíveis. Mas eles agora são comuns, e nem nosso governo nem nossa economia poderiam funcionar sem eles.

— Uma má escolha de analogia, *Edrehasivar* — falou Pashavar, com um olhar cintilante.

Mas Maia estava pronto para aquela jogada.

— Não — disse ele —, pois a queda que causou a morte de nosso pai não foi um acidente. A culpa não jaz com o *Sabedoria de Choharo*, mas com a pessoa que o fez explodir. — Vendo que Pashavar estava prestes a discutir, acrescentou: — Essa pessoa poderia ter sabotado com a mesma facilidade o eixo de um vagão. Ou a barrigueira de uma sela.

— Nada disso significa que esta ponte tola possa ser construída — retrucou Pashavar, suas orelhas balançando quase com petulância.

— Confiamos no julgamento da Guilda dos Relojoeiros. No final, essa é a questão na qual qualquer decisão deve se basear, pois não temos o conhecimento para julgar o projeto por nós mesmos... nem você. — Maia resistiu à tentação de usar o informal *tu*, embora quisesse sinalizar como estava exasperado com a obstinação de Pashavar. No entanto, nem a maior obstinação fazia Pashavar merecer o insulto.

— Mas nós *devemos* confiar no julgamento dos relojoeiros? — questionou Pashavar, usando o "nós" plural e gesticulando amplamente. — Se os avanços necessários para fazer desta ponte mais que um brinquedo astuto realmente aconteceram, não deveriam ser as universidades a fazer a demonstração?

Maia olhou através da sala para lorde Isthanar, que também havia se retirado da discussão animada — e mais que ligeiramente tempestuosa — em torno dos relojoeiros. Ele tinha uma expressão séria no rosto, tão fechado como o cofre de um avarento.

— Achamos que é uma excelente pergunta, lorde Pashavar — comentou Maia —, mas não a faríamos aos *relojoeiros*.

Pashavar captou a mensagem e, pela carranca em seu rosto, não ficou contente. Talvez isso dividisse a força de sua resistência. Pelo menos, no entanto, lorde Isthanar estava prestes a ter de responder algumas perguntas bem precisas enquanto Pashavar oferecia uma sugestão de reverência e caminhava até o colega.

Maia voltou ao modelo e pediu a merrem Halezho que pusesse a ponte em operação mais uma vez.

PARTE QUATRO

A Noite Invernal

27 CHEGA O GRANDE AVAR

O Grande Avar de Barizhan chegou à Corte Untheilenesa ao meio-dia de um dia brutalmente frio que foi tão claro quanto breve. Avisado por um mensageiro de Uvesho, onde o Avar e sua comitiva haviam passado a noite, o imperador esperava na grande entrada formal para o palácio, a qual não vira antes. Como cada folha das portas precisava de quatro homens para ser aberta, ela não era muito usada.

O Avar dos Avarsin não viajava de dirigível; não sentia, explicara o embaixador Gormened, que fosse consonante com a dignidade de um grande governante ficar flutuando no ar como um balão de criança. Ele fez a jornada — a primeira vez que deixava os próprios domínios em cinquenta anos ou mais — de carruagem.

Os primeiros batedores chegaram à praça dedicada à imperatriz Parmeno quase uma hora e meia antes do Avar. Embora não pudessem ser formalmente recebidos ou admitidos ao palácio antes de seu governante, Maia pediu que os criados levassem chá quente para eles e depois para cada sucessiva onda à medida que chegava. Criados, bagagem, um eshpekh completo com dezesseis homens da Guarda Hezethoresa e, finalmente, um único homem a cavalo, que cavalgou diretamente até as sentinelas diante das portas da Corte Untheilenesa e anunciou a chegada do Grande Avar.

Àquela altura, uma multidão significativa de cidadãos havia se reunido apesar do frio e aplaudiu quando as grandes portas foram abertas. Tornou a aplaudir quando Maia saiu. Ele se assustou e por um momento ficou alarmado, mas Kiru disse, alto o suficiente para ele ouvir:

— Eles ficariam satisfeitos se o senhor os saudasse.

Maia percebeu que, claro, muitos deles provavelmente estavam ali fora congelando para ter a chance de ver seu imperador em pessoa. Levantou uma mão em um gesto desajeitado, e os aplausos e apupos, inacreditavelmente, redobraram. Maia ficou paralisado... e foi salvo por um tremendo e estrondoso ruído de cascos e pela chegada da carruagem de viagem do Grande Avar. Era uma monstruosidade pesada, pintada de vermelho e dourado como um samovar, com tremendos olhos fixos esculpidos sob o assento do cocheiro e uma boca parecida com a de um sapo-boi habilmente esculpida entre eles. Mais imagens gravadas ao longo das laterais indicavam cotovelos e ancas, e havia uma crista pontiaguda ao longo do topo e para baixo das costas estranhamente curvadas. A carruagem era puxada por dez cavalos pretos com arnês esmaltado em vermelho e dourado, combinando perfeitamente com o cocheiro e os lacaios, goblins puro-sangue em libré vermelha e dourada.

Os lacaios saltaram quase antes que a carruagem parasse de andar. Fizeram uma reverência para Maia e sua comitiva e depois se puseram muito ocupados, colocando blocos diante das rodas da carruagem e desdobrando os degraus embutidos na barriga do veículo por baixo da porta. A Hezhethora avançou para formar um corredor, oito homens de cada lado; seu capitão subiu a meio caminho dos degraus do palácio e removeu seu fabuloso capacete com cara de rosnado, enfiando-o debaixo do braço como uma cabeça sobressalente. Os lacaios olharam para ver se ele estava na posição, olharam um para o outro, e um abriu a porta da carruagem enquanto o outro se prontificava a ajudar o Avar. Tudo sem que uma sílaba fosse dita.

Um dos dez cavalos pretos bateu uma pata.

Maru Sevraseched, o Avar dos Avarsin de Barizhan, emergiu da carruagem.

Maia precisou reunir toda sua força de vontade para não deixar a mandíbula cair perceptivelmente. O Grande Avar não tinha esse nome por acaso; o primeiro pensamento de Maia foi de espanto por aquela enorme carruagem ser grande o bastante para contê-lo. O homem tinha dois metros de altura, se não mais, e era gordo como uma montanha. Sua pele era de um preto luzidio, seus olhos protuberantes de um laranja lúgubre. Seu cabelo, com mechas brancas devido à idade, mas muito espesso, estava preso num coque de soldado com fitas brilhantes atadas em tranças, o que acentuava, ao invés de disfarçar, a massa que caía na altura da cintura. Seu bigode era igualmente luxuriante, pendendo em tranças grossas bem abaixo de seu maxilar. Em contraste com seus soldados e criados lindamente uniformizados em libré, ele vestia de modo muito simples uma vasta túnica azul e, embora usasse opalas de fogo nas orelhas, não portava outras joias.

Maia assistiu com admiração e alarme quando o Avar desceu os degraus, percebendo que, se ele perdesse o equilíbrio, não havia como o lacaio, com menos da metade do tamanho de seu mestre, conseguir salvá-lo. Embora o Avar andasse devagar, contudo, estava com estabilidade perfeita. Uma vez no chão, pareceu ficar impossivelmente maior, pois assomava até mesmo sobre os soldados da Guarda Hezhethoresa.

A multidão havia ficado em silêncio completo, como se o Avar fosse um ogro devorador de homens como aqueles que diziam viver nas montanhas acima de Ezho. Depois de um olhar abrangente ao redor da praça, ele acenou de maneira amigável e partiu em um passo acelerado, devorando o chão ao longo do corredor formado por seus soldados. Atrás dele, a carruagem começou a vomitar mais criados: edocharei, secretários e o que mais o grande Avar sentisse necessário para seu conforto durante a viagem.

Maia estava covardemente grato por ser o trabalho de Gormened dar um passo à frente e receber as palmas duplas nos ombros que eram a saudação afetuosa entre homens goblins. Houve um diálogo rápido e em voz baixa em barizhin, então Gormened recuou e anunciou em voz alta em ethuverazhin:

— O Grande Avar de Barizhan saúda o imperador do Ethuveraz e agradece sua hospitalidade nesta Noite Invernal.

A multidão reconheceu a deixa e aplaudiu com entusiasmo; o Grande Avar subiu o último degrau com seu corpanzil, e Maia, inclinando a cabeça para trás, ficou cara a cara com o avô. O adequado, Maia sabia, era que ele fizesse algum tipo de discurso, mas, diante dos olhos laranja redondos do avô, não conseguia acreditar que o Avar ficaria impressionado se ele tentasse — nem mesmo se tivesse sucesso fazendo-o. Por isso, falou somente:

— Seja bem-vindo. Por favor, entre, lá está mais quente.

O Avar o encarou por mais um momento, sem piscar e com expressão ilegível, e então sua risada explodiu na praça Parmeno.

— Talvez você seja mais goblin do que parece! — Bateu forte em ambos os ombros de Maia, embora não de forma dolorosa, e gesticulou para seus soldados e criados sem se preocupar em se virar. — Estamos de acordo: vamos entrar!

Csevet havia munido Maia com muito cuidado das discussões, decisões e brigas sobre onde e em que estilo abrigar o Avar; Maia ouvira fragmentos desconexos e irregulares de debate aqui e ali: o suficiente para saber que havia uma guerra vasta e amarga que não lhe estava sendo permitido ver. Tudo de que Sua Serenidade havia sido informada era o resultado: o Avar recebeu os aposentos conhecidos como a Suíte do arquiduque Ermezhis. Ficava numa parte do palácio que estava fora de moda e, portanto, desocupada; além do mais, devido à circunstância de que o arquiduque Ermezhis havia contraído uma febre debilitante na primeira infância e fora um inválido por todo o restante de sua vida, era uma das poucas suítes da Corte Untheilenesa que podia ser aquecida de forma uniforme e adequada para um goblin idoso. O Grande Avar se declarou satisfeito após uma rápida olhada ao redor, mas seus edocharei começaram de imediato uma investigação silenciosa e completa. Maia sabia que era Csevet quem ouviria a opinião deles; só podia torcer que fosse favorável.

O item seguinte na agenda era um almoço de recepção no dav do embaixador, com todos os goblins mais respeitáveis de Cetho e todos os cortesãos élficos que se dispusessem a comparecer. Naquela noite, haveria um baile de recepção no Untheileian, ao qual toda a corte iria, aprovando a visita do Avar ou não. Depois disso, os dias seriam dispostos em uma rotação interminável de recepções, exibições, galas e celebrações até que o Avar partisse novamente. Se Maia desejava dizer qualquer coisa privada ao avô — até onde essa palavra tivesse algum sentido em sua vida —, teria que ser naquele momento.

Ele havia pensado, ao imaginar aquele encontro, que teria perguntas demais e teria de escolher entre todas, mas descobriu que havia apenas uma:

— Por que você não respondeu às cartas dela?

Todos os barizheses ao alcance da voz dele ficaram paralisados por um momento; o Avar, que inspecionava a vista das janelas da sala de estar, endureceu perceptivelmente, mas seu rosto estava triste quando ele se virou.

— Pareceu melhor assim. Ela não era nossa. Não podíamos ajudá-la. O que mais havia para dizer?

As leis dos goblins e dos elfos eram idênticas nesse ponto: uma mulher pertencia à família do marido. A interferência de seus próprios parentes era, na melhor das hipóteses, um assunto para os romances farsescos de Budarezh e Omdar: uma luz sob a qual nenhum homem que tivesse algum orgulho desejava ser visto. E, se isso era tudo o que o Avar tinha a oferecer à filha, então ele estava certo. Não havia nada a dizer.

— O embaixador nos aguarda — disse Maia. — É melhor irmos.

28 UMA CARTA DE MER CELEHAR

Aparentemente, quando deixados por conta própria, os goblins gostavam de fazer refeições que duravam metade de um dia, pratos e mais pratos com belas comidinhas. Eles também desprezavam essa história de sentar todos os convidados em volta de uma mesa e fazê-los ficar ali, preferindo colocar os pratos em mesas pequenas, às quais um deles podia se sentar se quisesse; mas também podia simplesmente passear pela sala. Isso enervava Maia, porque assim ele não sabia como ser educado.

Ele observou que os cortesãos élficos presentes eram todos de famílias menores, e quase todos dos principados ocidentais; a exceção era um lorde dos Zherinada das fronteiras do sul de Thu-Tetar. Todos pareciam falar barizhin fluentemente também, e Maia ficou ali sentado, pensando em todas as coisas que estava perdendo devido aos protocolos e às salvaguardas que mantinham o imperador separado de todos a não ser o nível mais alto de seus súditos. Não eram pensamentos reconfortantes.

O embaixador Gormened se aproximou e se abaixou sobre um dos joelhos.

— Por favor — disse Maia, e quase disse "Não". — Por favor, levante-se, embaixador.

— Obrigado, Serenidade. — O embaixador parecia preocupado. — O senhor está bem? Podemos buscar alguma coisa para o senhor?

— Não, nós agradecemos. Estamos bem. — E era claro que ele estava preocupado: o imperador sentado num canto daquele jeito? Maia tomou coragem e continuou: — Você nos apresentaria a alguém?

— Claro, Serenidade. A quem?

— Qualquer um — falou Maia, impotente.

— Qualquer... Ah. — A expressão do embaixador ficou distante por um momento; então ele comentou: — Talvez Vossa Serenidade tenha o prazer de se juntar a nossa esposa? Ela está falando com a esposa do capitão hezhethorês.

— Teríamos muito prazer — disse Maia.

Ficou grato por não ser jogado em nenhuma das conversas fortemente políticas e financeiras que eram entabuladas em várias partes da sala, mesmo que suspeitasse que o motivo de Gormened era poupar os lordes e comerciantes da presença do imperador, e ele de bom grado acompanhou o embaixador até o amplo recesso curvo da janela, onde osmerrem Gormened estava sentada com uma jovem goblin. Maia se perguntou se ele deveria infligir sua presença a elas, mas ambas as mulheres se levantaram e fizeram uma mesura com perfeita compostura, e merrem Vizhenka sorriu e disse em excelente ethuverazhin, embora com forte sotaque:

— Temos muito prazer e honra em conhecê-lo, Serenidade.

Sua pele era cinza-carvão, mais escura que a de Maia, embora não exatamente daquele perfeito preto-goblin, e seus olhos eram amarelo-claros. Ela era muito mais alta que osmerrem Gormened — quase cinco centímetros mais alta que o próprio Maia — e sua figura era opulenta, mesmo em um pesado vestido de inverno da corte.

— Obrigado — disse Maia. — Estamos felizes em receber o Avar e seu povo.

Era um sentimento banal e formulado de maneira desajeitada, mas merrem Vizhenka não pareceu notar. Ela perguntou:

— Ele é o que o senhor esperava, seu avô? — Não era uma pergunta que Maia estivesse preparado para *qualquer um* fazer, e isso deve ter ficado claro em seu rosto, pois ela acrescentou: — Precisamos informar ao senhor, supomos, que somos sua tia.

— Tia? — perguntou Maia, a voz fina como um coaxar.

— Somos a filha mais nova do Avar. — Ela pigarreou. — Ele não foi casado com nossa mãe.

— Então você não é a louca? — comentou Maia, e ficou imediatamente mortificado, mas merrem Vizhenka jogou a cabeça para trás e riu; sua risada era muito parecida com a do Avar.

— Não, nossa irmã Thever não viaja — disse ela. — E nós não a chamaríamos de *louca*, embora seja muito dada a fantasias nervosas.

— Nós temos outras tias? — Ele não precisava perguntar a respeito de tios; até um filho ilegítimo do Grande Avar de Barizhan teria chamado a atenção do imperador.

— Outras três — falou merrem Vizhenka. — Duvidamos que sua mãe soubesse delas mais do que sabia de nós. Foi somente depois da morte dela que o Avar decidiu nos reconhecer. Sua tia Ursu é esposa de um capitão do mar; sua tia Holitho está no Convento dos Faroleiros em Urvekh'; e sua tia Shaleän, a mais velha das filhas do Avar, fugiu na juventude, se disfarçou de menino e se tornou marinheiro. Ela agora é um *capitão* do mar, e, na verdade, ninguém em Barizhan sabe muito bem o que fazer com ela. O Avar a reconhece, mas não *fala* sobre ela.

— Qual é o nome do navio dela? — perguntou Maia, e aprendeu a diferença entre o sorriso educado de merrem Vizhenka e seu sorriso verdadeiro.

— Seu navio é o *Dragão Glorioso,* e seu porto de origem não está em Barizhan de forma alguma. Shaleän tem uma esposa em Solunee-sobre-as-Águas.

Osmerrem Gormened disse suavemente:

— Nadeian, talvez você não devesse explodir todas as suas caldeiras de uma vez? Ele é seu sobrinho, não seu inimigo.

— Mas desejamos que ele *saiba* — explicou-se merrem Vizhenka com paixão. — E como ele vai saber se não lhe contarmos? Pois sabemos muito bem que os ministros do Avar decidiram que é melhor que não se fale de nós, suas filhas, mesmo que tenhamos sido reconhecidas. Além disso, por que mais Vorzhis o apresentaria a nós e depois *iria embora*?

Maia também estava se perguntando isso e não conseguia conceber nenhuma resposta mais plausível. Osmerrem Gormened suspirou.

— Nosso marido é sempre sinuoso. Mas, Nadeian, não queremos que você tenha problemas.

— Ela não terá — defendeu Maia. — Estamos gratos: obrigado, merrem Vizhenka. Nós amávamos muito nossa mãe e estamos *felizes* em saber de suas irmãs. — Ele conseguiu dar um sorriso. — Estamos felizes que você tenha nos contado.

— Então não nos importamos com os ministros — disse merrem Vizhenka. — Não houve tempo entre a decisão do Avar e nossa partida para que as mensagens alcançassem Holitho ou Shaleän, mas Ursu e seus filhos enviam cumprimentos calorosos e suas esperanças de que talvez um dia possam conhecer o senhor.

— É muito gentil da parte deles — conseguiu dizer Maia, sentindo os olhos se encherem de lágrimas e piscando para contê-las. — Você pode nos contar sobre o Convento dos Faroleiros? Pois nunca ouvimos falar dele antes e estamos curiosos.

Merrem Vizhenka concordou de bom grado e ainda estava explicando as rochas e correntes traiçoeiras de Urvekh' e os três faróis mantidos pelos devotos de Ashevezhkho, a deusa barizhesa do mar, quando Csevet se aproximou, pedindo desculpas.

— Serenidade, senhoras. — Ele se ajoelhou. — Serenidade, lamentamos a intrusão, mas há um assunto que achamos que o senhor desejará abordar.

E, se Csevet pensava assim, provavelmente estava certo.

— Com sua licença — disse Maia a osmerrem Gormened e merrem Vizhenka.

Elas se levantaram com ele e fizeram uma reverência, e ele acompanhou Csevet para fora do dav do embaixador. Os hezhethorei em guarda saudaram magnificamente.

Csevet o conduziu a uma pequena sala particular decorada com papel de parede de seda rosa bem esmaecido. Sem dúvida não era usada fazia muito tempo, e Maia supôs que aquela era a melhor promessa de privacidade que poderia ter sem fazer a longa viagem de volta ao Alcethmeret — e uma ausência que, se fosse prolongada, levaria a indagações, no mínimo por parte do embaixador se mais ninguém estranhasse.

— Serenidade — falou Csevet —, chegou uma carta de mer Celehar. — Ele a estendeu, um grosso maço de papel acastanhado, e Maia exerceu toda a sua boa educação para não a arrancar das mãos de Csevet com força. O selo havia sido quebrado, e ele ergueu as sobrancelhas para Csevet. — Não, Serenidade. Estava quebrado quando chegou a nossas mãos. Mandamos um subsecretário investigar, mas é provável que não dê em nada. Alguém provavelmente foi bem pago para absorver seu conteúdo e também bem pago para segurar a língua. A, hum, falta de jeito do método também sugere que se trate de alguém que não tem o hábito de ler clandestinamente o correio de outras pessoas, então há pouca esperança de descobrir quem foi com base em outros crimes.

— Você poderia ter feito isso de forma mais elegante?

— Poderíamos, Serenidade — disse Csevet, soando quase ofendido. — Não desejamos alarmá-lo, mas é prática comum entre muitas grandes casas "comprar" mensageiros, operadoras de pneumáticos e muitas outras pessoas que trabalham assim. Zelamos pela probidade de sua casa da melhor forma que podemos, mas seria ingênuo pensar que sua correspondência não viesse sendo lida rotineiramente.

— Agradecemos — disse Maia, um pouco triste, e abriu a carta de Celehar.

Ao imperador Edrehasivar VII, *saudações e bons votos leais.*

Percebemos, Serenidade, que o senhor possa estar irritado conosco por nossa partida precipitada da Corte Untheilenesa. Pedimos seu perdão, mas não poderíamos fazer mais nada ao receber uma mensagem tão inconfundível. Não nos consideramos e não podemos nos considerar dignos de Ulis, mas é evidente que Ele encontra em nós, no mínimo, uma ferramenta adequada.

Escrevemos ao senhor, Serenidade, como antigamente teríamos escrito a nosso superior, para que possa entender como chegamos às conclusões que chegamos e para que, se algo nos acontecer antes de podermos lhe falar novamente, o senhor não obstante possua um registro de nossas descobertas.

Viemos para Amalo porque nosso sonho nos mostrou que estávamos cometendo um erro fundamental ao prosseguir nossas investigações entre as famílias da tripulação do Sabedoria de Choharo, *pois seu porto de origem era Cetho, e sua destruição não o encontrou em Cetho — ele não chegou a Cetho em seu último voo. A destruição o encontrou em Amalo.*

Sabíamos também que precisaríamos proceder com cuidado. Embora as famílias em Cetho estivessem muito dispostas a falar com uma Testemunha dos Mortos, quase desesperadas para nos ajudar de qualquer maneira que pudessem, as pessoas em Amalo não teriam tal disposição, e a pessoa que procurávamos poderia até ser levada a fugir. Portanto, alugamos um quarto barato no Quarteirão dos Aeronautas e começamos a procurar trabalho.

Não havíamos percebido, Serenidade, que Amalo estava envolvida de forma tão profunda na fabricação de dirigíveis, mas ela é aparentemente a principal fonte das receitas do principado, e quase um terço dos cidadãos da cidade está envolvido nisso de uma forma ou de outra. Não tivemos dificuldade em encontrar emprego num dos hangares aonde as aeronaves vão para ser testadas quando são novas e para ser reformadas e reequipadas depois de cinco anos de serviço. Fomos capazes de descobrir muito depressa que o Sabedoria de Choharo *havia de fato passado por tal reforma apenas uma semana antes de ser destruído — preparação, claro, para servir ao imperador.*

Seguimos mais essa trilha e descobrimos que o dirigível que levou Sua Serenidade a Amalo, o Força de Rosiro, *não havia sido reformado nem reparado nos meses anteriores a seu serviço como aeróstato imperial, uma vez que tinha sido totalmente remodelado apenas no inverno passado. Embora por si só inconclusiva, esta foi, no entanto, uma informação útil, pois sugeriu que o dispositivo havia sido plantado no* Sabedoria de Choharo *durante sua reforma. Já havíamos determinado que o dispositivo devia ter um relógio de algum tipo ligado a ele para garantir que não explodiria até que o imperador estivesse a bordo, pois a ideia de que um dos membros da tripulação tivesse escolhido cometer suicídio a fim de assassinar o imperador, uma ideia que sabemos que a investigação do lorde chanceler tem perseguido arduamente, era uma para a qual não encontramos apoio nem entre os mortos nem em nossas conversas com as famílias. Independentemente de quando o dispositivo tenha sido colocado na aeronave, ele precisaria ter sido escondido com tanto cuidado que os nohecharei do imperador não o encontrassem. Portanto, se era controlado por um relógio, não víamos qualquer razão para que o relógio não pudesse ter corrido por uma semana ou até duas. Decidimos que teríamos que aprender mais sobre os trabalhadores que reformavam dirigíveis e, em particular, aqueles que tinham reformado o* Sabedoria de Choharo.

Não foi difícil conseguir uma posição numa equipe de reforma, tampouco foi difícil incentivar nossos colegas de trabalho a falar. Na verdade, eles não precisaram de muito incentivo, apenas uma pergunta ocasional para direcionar a conversa na direção que desejávamos. Temos aprendido muito mais sobre dirigíveis do que jamais pensamos que saberíamos e temos também aprendido muito sobre os homens e as mulheres que trabalham neles. A maior parte era irrelevante para o nosso propósito, mas aprendemos que, entre os trabalhadores de dirigíveis de Amalo, há um número de devotos seguidores do filósofo Curnar. Não sabíamos muito a respeito de Curnar e descobrimos que não nos importamos com seus ensinamentos. Ele argumenta que os deuses são criados pelos homens, e não o contrário, e — sendo assim — não há razão para que os homens não possam fazer de si mesmos deuses também. Ele afirma que posição, riqueza e poder são as maneiras pelas quais os homens aspiram à divindade e que o poder que um homem acumula pode ser tomado por outro homem. E que é assim que deve ser se o primeiro homem não estiver se esforçando para avançar, pois os homens não podem ascender à divindade se for permitido que o poder fique estagnado — como na devoção élfica às nossas casas. Não se deve permitir que os velhos governem os jovens simplesmente porque foram responsáveis por eles, ou porque seus irmãos mais novos foram responsáveis por eles. O poder não é inerente, diz Curnar, e todos os homens podem se tornar deuses. Essa é a doutrina da Ascendência Universal, e não é à toa que Curnar foi executado no reinado do avô de Vossa Serenidade. Percebemos que seus escritos estão cheios de misticismo deliberado e retórica vazia, mas os trabalhadores com os quais conversamos parecem acreditar muito fervorosamente em seus ensinamentos. A maioria deles não segue Curnar até a conclusão lógica, a de que devem tomar o poder de seus supervisores, dos proprietários da companhia aérea ou do príncipe de Thu-Athamar, mas gostam de sentir que teriam justificativa para fazê-lo. E, como temos a certeza de que Vossa Serenidade já observou, é uma crença muito conveniente para um homem que se propõe a assassinar um imperador.

Foi fácil encontrar os Curneisei mais fervorosos, e nós os cultivamos com cautela. São homens raivosos, Serenidade, e em verdade nossa cautela foi pouco necessária, pois sua raiva os torna cegos, fáceis de enganar e muito ansiosos para falar, primeiro de suas queixas — embora isso não seja de nossa conta, Serenidade, achamos que alguma investigação deva ser feita à Companhia de Aeronaves Amal-Athamaresa, pois algumas das queixas deles precisam desesperadamente ser tratadas — e depois de seus planos de glória, vingança e divindade. A maioria desses planos é mera fantasia onírica, e todos os envolvidos estão bem cientes disso e satisfeitos com esse estado de coisas. A maioria dos trabalhadores com quem conversamos ficou chocada e lamentou a morte de Varenechibel IV, *e, embora não pareçam saber que ela foi deliberada, foram tão apaixonados na defesa de seus dirigíveis quanto na defesa de seus ideais curneses.*

Ainda poderíamos estar lá, Serenidade, num bar de aviadores chamado Cavalos das Nuvens, vendo homens bebendo metheglin barato e ouvindo filosofia vagabunda — de todas as formas que previmos passar o restante de nossa vida, essa não seria a pior delas —, não fosse o acaso que nos colocou um dia na mesma equipe de trabalho de Evrenis Bralchenar.

Bralchenar conversou conosco livremente, quase ininterruptamente; os outros trabalhadores não estavam mais dispostos a ouvi-lo. Ele é um curneisis fervoroso, e notamos muito depressa que não considerava a Ascendência Universal como algo hipotético ou algo que sem dúvida iria ocorrer, mas num futuro distante. Para Bralchenar, iria acontecer em breve. *Perguntamos-lhe por que achava que a Ascendência Universal estava, como ele disse, "ao alcance de todos os homens que vivem hoje", e ele pareceu misterioso e disse que conhecia homens no poder, grandes homens, que já estavam tomando providências. Não era o que esperávamos que dissesse, ficamos intrigados;*

que "grandes homens", pelo padrão dele ou de qualquer outro, Bralchenar poderia conhecer? A pressa estraga o pão. Não lhe fizemos mais perguntas naquele dia.

Não trabalhamos com Bralchenar no dia seguinte, mas perguntamos aos homens com quem trabalhávamos sobre "grandes homens" visitando os hangares e descobrimos duas coisas. Primeiro, que eram esperados passeios pelos hangares quando o príncipe de Thu-Athamar recebia convidados. Segundo, que, durante as prolongadas negociações que levaram ao recente casamento do príncipe — cujo comparecimento era, é claro, a razão pela qual o imperador estava a bordo do Sabedoria de Choharo *—, todos haviam se acostumado bastante a ver homens da família da noiva "passeando por lá". Não pedimos muitos detalhes, mas acreditamos que o interesse do príncipe pela Companhia de Aeronaves Amal-Athamaresa pode ter sido parte das negociações do acordo. De qualquer forma, enquanto os homens tethimadeses inspecionavam tudo e faziam perguntas a todos, recebemos dicas, embora ninguém dissesse isso abertamente, de que eles foram muito generosos com seu dinheiro também. Alguém disse amargamente que Bralchenar estava tentando ser adotado, o que, pensamos, completou o círculo. Ainda estávamos intrigados, Serenidade, pois de modo algum Bralchenar tinha o conhecimento ou a habilidade para fazer um dispositivo como aquele que destruiu o* Sabedoria de Choharo. *Decidimos continuar a incentivá-lo a falar conosco quando voltamos a trabalhar com ele, pois tínhamos certeza de que ele estava envolvido e de que não seria capaz de resistir indefinidamente à atração de um ouvinte simpático. Nisso estávamos corretos, pois, já na terceira vez que trabalhamos juntos, Bralchenar nos contou que podia ver que éramos um verdadeiro ascensor (como os Curneisei chamam a si mesmos) e nos convidou a ir com ele naquela noite para uma casa de chá chamada Árvore de Pedra, onde prometeu nos apresentar* *a homens de que iríamos gostar. Seus esforços para nos fazer sentir que fazíamos parte de um grupo seleto foram muito desajeitados, mas começamos a entender o apelo da filosofia curnesa para homens como ele. Pois, se todos os homens são seus irmãos na luta pela divindade, não importa tanto se você não tem habilidade para fazer amigos, assim como não importa se é um filho mais novo ou o filho de um filho mais novo — ou se sua casa não tem herança alguma.*

Nós o acompanhamos naquela noite até a Árvore de Pedra, uma casa de chá no estilo athamarês: um labirinto de salas pequenas, inconvenientes, interconectadas, cada qual o território particular deste ou daquele grupo. Muitas das salas pareciam ocupadas por Curneisei; Bralchenar foi saudado como "parente" por todos os lados — "zhornu", a palavra do território do norte para primo. Os Curneisei todos se chamam assim, para expressar sua rejeição de laços consanguíneos em favor da fraternidade de luta. Isso os faz parecer muito calorosos uns com os outros — até mesmo afetuosos —, e achamos que essa pode ser outra razão pela qual jovens como Bralchenar são atraídos por eles. Havia mulheres em algumas das salas curnesas, as quais chamavam umas às outras de "zhornu", como o restante. De fato, o grupo com o qual Bralchenar acabou se sentando tinha duas mulheres e quatro ou cinco homens. Bralchenar nos apresentou orgulhosamente como "nosso novo zhornu", e nenhum dos outros pareceu inclinado a questioná-lo ou a questionar-nos.

Ouvimos sem falar muito naquela primeira noite e por várias noites depois e aprendemos que a força motivadora por trás do quadro de Curneisei de Bralchenar era um jovem intenso, parte goblin, que viera de Zhaö para Amalo; ele tinha, de fato, sido aprendiz da Guilda dos Relojoeiros e sido expulso por ser um encrenqueiro. Seu nome é Aina Shulivar, e vimos muito rapidamente que ali estava alguém que não teria dificuldade em imaginar ou construir um dispositivo como o que destruiu o Sabedoria de Choharo *e todos a bordo dele. Shulivar e uma das mulheres, Atho Narchanezhen, são os dois Curneisei mais inteligentes que encontramos, e ao ouvi-los, embora usem as* palavras "Ascendência Universal", *percebemos que o que eles querem dizer com elas não tem nada a ver com divindade e tudo a ver com poder aqui entre os vivos. Em outras palavras, eles escolhem ler Curnar metaforicamente e imaginam a Ascendência Universal como um mundo em que nenhum homem detém poder sobre qualquer outro. Ou, para Narchanezhen, sobre qualquer mulher (ouvimos muitas discussões longas entre ela e Shulivar acerca de o poder do homem sobre a mulher ser natural — e, portanto, imutável — ou não). E os dois acreditam que esse mundo é alcançável.*

Pessoalmente, Serenidade, achamos que isso é uma fantasia onírica tanto quanto o sonho mais típico dos Curneisei de se tornarem deuses, pois requer que os homens não desejem o poder, o que, pensamos, é impossível — percebemos que, por mais que os Curneisei falem em tirar o poder dos poderosos, falam da mesma forma a respeito de manter o poder eles mesmos. Mas essa não é realmente a questão; a questão é o que pessoas como Shulivar, Bralchenar e Narchanezhen, ao manter essa crença, estão preparadas para fazer a seu serviço.

Eles tomaram o silêncio como consentimento, como os zelosos costumam fazer; quanto mais nos sentávamos com eles sem nada dizer, mais loquazes e fervorosos eles se tornavam, mais inclinados a sugerir que grandes feitos já tinham sido realizados, bem como que havia grandes feitos ainda a serem cumpridos. Ficamos sentados, ouvindo e pensando nos mortos — não somente no imperador e seus filhos, mas em todos aqueles que morreram stathan, que morreram terrivelmente, em agonia e medo, simplesmente porque alguém queria Varenechibel fora do caminho. Compreendemos e até simpatizamos com o desejo dos Curneisei de melhorar suas vidas, seu desejo de mudar o mundo, mas não concordamos com as mortes que eles causaram por descuido, a dor, o medo e o desespero que deixaram entre os vivos em seu rastro... as pessoas que eles condenaram aos tipos de luta e desesperança, os quais eles juravam erradicar. Todas as viúvas com quem conversamos em Cetho diziam a mesma coisa, mesmo quando suas palavras variavam. Não sabiam como elas e seus filhos sobreviveriam. E elas podem não sobreviver, Serenidade, porque as crianças menores morrerão por doenças às quais poderiam sobreviver se fossem devidamente alimentadas, e as mais velhas morrerão nas fábricas. Antes de sermos enviados a Aveio, servimos como pároco no Ulimeire de Sevezho, onde as fábricas operam do amanhecer ao anoitecer no verão e onde no inverno os trabalhadores se levantam na escuridão, voltam para casa na escuridão e nunca veem o sol. Sabemos quantas crianças morrem nessas fábricas porque não são fortes o bastante, rápidas o bastante ou altas o bastante para os empregos para os quais foram contratadas — com salários cruelmente baixos.

Mas nos desviamos de nossa questão. Mais uma vez, devemos pedir seu perdão, Serenidade. Ouvimos o suficiente dos Curneisei e dos trabalhadores da Companhia de Aeronaves Amal-Athamaresa para ter confiança de que Aina Shulivar montou o dispositivo que destruiu o Sabedoria de Choharo e de que Evrenis Bralchenar o escondeu na armação do dirigível onde não seria detectado. Acreditamos que eles foram inspirados para essa tarefa, bem como pagos para completá-la, por um homem ou homens da Casa Tethimada, mas disso não podemos encontrar prova sem os questionar oficialmente. Não sabemos que papel Atho Narchanezhen desempenhou na trama, embora tenhamos certeza de que estava ciente dela. Acreditamos, no entanto, que todos os outros Curneisei de Amalo são inocentes. Amanhã, Serenidade, falaremos com o Capítulo de Amalo da Irmandade Vigilante. Temos o sacerdote do Ulimeire de Amalo para atestar por nós — ele é um velho colega e, achamos, talvez um amigo. Esperamos fervorosamente que em menos de uma semana sejamos capazes de voltar à Corte Untheilenesa com todas as respostas que o senhor nos pediu para encontrar.

Em lealdade e gratidão,

Thara Celehar

Maia dobrou as páginas com cuidado e as devolveu a Csevet.

— E, mais uma vez, onde há problemas, encontramos a Casa Tethimada. O que você pode nos dizer a respeito do casamento do príncipe de Thu-Athamar?

— Ah — começou Csevet. — Não sabemos nada que desabone a jovem senhora, foi certamente um par muito favorável. Houve uma especulação de que a presença de seu pai no casamento do príncipe de Thu-Athamar com uma filha dos Tethimada seria um prenúncio de paz entre eles.

— Se mer Celehar estiver certo, essa ironia deve ter divertido muitíssimo alguém — falou Maia. Da forma mais sucinta que pôde, ele colocou Csevet a par dos fatos de mer Celehar.

Os olhos de Csevet se arregalaram enquanto ouvia.

— Acreditamos que a fortuna tethimadesa tenha sido uma forte motivação no casamento do príncipe Orchenis.

— De fato — concordou Maia com severidade.

Csevet o olhou inquieto.

— Devemos esperar que mer Celehar seja capaz de se mover tão rapidamente quanto prevê. No momento, Serenidade, não temos prova de nada.

— Nós sabemos — disse Maia. Csevet não suspirou de alívio, mas foi sem dúvida apenas sua força de vontade que o deteve; Maia se lembrava do comentário de lorde Pashavar sobre cachorros loucos e sabia o que Csevet temia. — Você poderia, por favor, colocar a carta de mer Celehar em algum lugar que seja ao mesmo tempo seguro e improvável?

As sobrancelhas de Csevet se ergueram, mas ele respondeu depois de um tempo:

— Sim. Entendemos, Serenidade, e nós o faremos. — Um sorriso alegre momentâneo fez com que ele parecesse tão jovem quanto Idra. — Já pensamos em várias opções promissoras.

— Agradecemos. Devemos voltar à recepção, pois estamos certos de que já sentiram nossa falta.

Csevet caminhou com ele de volta ao dav do embaixador, como se fosse deixar seu imperador sozinho caso não o fizesse. Os nohecharei de Maia caminhavam invisíveis atrás deles, e Maia pensou com tristeza que entendia por que Cala havia dito que eles não poderiam ser amigos.

Gormened estava lá assim que Maia passou pela porta e pelos guardas, que o saudaram.

— Serenidade, o Avar pede um momento de seu tempo.

Quase certamente não havia sido assim que o assunto fora originalmente colocado; Maia acompanhou Gormened até uma das mesinhas, que oferecia pastéis folhados recheados com patê de pato e cereja-brava. O Avar, expansivo e possivelmente um pouco bêbado (Maia havia se restringido ao chá depois de um gole experimental de sorcho, o vinho quente de arroz que os goblins preferiam), contava a um público misto de comerciantes goblins e cortesãos élficos sobre a visita do autoproclamado rei dos piratas chadevaneses ao Corat' Dav Arhos.

— *Oito* garotas-leão ele trouxe consigo — dizia o Avar quando Maia se aproximou. — Coitadinhas, estavam congelando, nem mesmo o rei Khel-Avezher teve a presença de espírito de fazer com que elas... — Ele se interrompeu quando viu Maia. — Neto! Fomos informados de que você foi apresentado a nossa filha Nadeian.

Interiormente, Maia vacilou; havia prometido a merrem Vizhenka que ela não teria problemas.

— Fomos — disse ele. — Muito nos agradou conhecê-la.

— Excelente — comemorou o Avar com um olhar tão malicioso que Maia não pôde deixar de retribuir o sorriso. Aparentemente, o Avar ficava tão aflito com seus ministros e suas restrições quanto Maia ficava com os Corazhas e suas disputas. — Nossa filha Thever lhe envia muitos bons votos, e acreditamos que há um presente. Selthevis! Onde está o presente de nossa filha Thever para o imperador?

Selthevis emergiu da multidão como se tivesse sido conjurado. Era um homem de meia-idade, sobriamente vestido, sem nada de notável a não ser o vermelho-escuro, quase arroxeado, de seus olhos, enfatizado pelos rubis trançados no cabelo e pendurados nas orelhas.

— Estamos com ele aqui, Maru'var — disse, curvando-se para Maia e apresentando uma caixa laqueada com ornamentos.

Por um momento, Maia literalmente não conseguiu pensar no que fazer. A última vez que recebera um presente de qualquer espécie fora em seu oitavo aniversário, quando a mãe lhe dera o único conjunto de brincos que era adequado a um menino. Setheris, ele lembrou, tinha quase desmaiado ao perceber que os delicados anéis nas orelhas de Maia eram um genuíno trabalho ilinveriês e que as joias não eram vidro e escamas de peixe, mas sim pérolas de verdade.

Ele pegou a caixa e a examinou desajeitadamente até encontrar o fecho. Do lado de dentro, cada um na própria cavidade de seda azul, havia um conjunto completo de pentes de marfim, palitos tashin e dois fios de âmbar e rubis. Os pentes eram esculpidos em um padrão de escamas, enquanto a extremidade de cada um dos palitos tashin terminava na cabeça de um dragão com olhos brilhantes e facetados de rubi. Ele fechou a caixa e viu o que não conseguira assimilar a princípio: trazia a estampa de um magnífico dragão esculpido e pintado em laca.

— Um dragão glorioso — murmurou Maia, sentindo o rosto se mover para um sorriso como se pertencesse a outra pessoa.

— Exatamente — confirmou o Avar.

Talvez ele tivesse aprendido algo com a morte de Chenelo. Maia ficou imaginando isso, mas sabia que não havia como perguntar. Só pôde curvar-se sobre a caixa para o avô — pois, apesar de ser um presente da irmã de sua mãe, ele nunca o teria recebido se o avô não o tivesse aprovado, e dizer:

— Obrigado.

Pelo assentimento do Avar em resposta, Maia achou que ele havia entendido.

29 Um baile e um leito de morte

Maia não sabia de quem era o trabalho de decorar o Untheileian, mas a pessoa tinha feito um trabalho esplêndido, com bandeiras carmesim, douradas e azuis que artisticamente sugeriam as cores de Barizhan e do Ethuveraz. O trono desconfortável de Maia fora arrumado com almofadas azuis bordadas a ouro, e ele silenciosamente abençoou o criado que tivera a inteligência de pensar nisso. Sentou-se, assistiu à dança e disse a si mesmo que era um treino para o Baile da Noite Invernal, quando a dança começaria ao pôr do sol e continuaria — com pausas para o banquete e para a celebração da meia-noite no Untheilenês'meire — até o alvorecer.

— Como um velório — dissera ele.

Csevet sorrira e respondera:

— Sim, Serenidade. Isso se chama dançar para se despedir do ano-velho, e é a única noite do ano que a criadagem pode se juntar aos seus senhores na dança.

Também era aniversário de Maia; embora ele tivesse tentado explicar que não queria nenhuma festividade particular, Csevet olhara para ele horrorizado e respondera:

— O senhor é o *imperador*. Seu aniversário será, e deve ser, comemorado em todos os cantos das Terras Élficas. O senhor *não pode* pedir às pessoas que não comemorem, Serenidade.

— Não podemos — concordara Maia, derrotado. — Supomos que não. — Mas ficou oprimido pelo pensamento, horrorizado com a ideia de que as crianças seriam forçadas a comemorar seu aniversário como ele tinha sido forçado a comemorar o de seu pai.

Não é a mesma coisa, apontou para si mesmo, esforçando-se para ser razoável. *Que razão tem qualquer criança para se ressentir de ti como tu te ressentias de teu pai?*

Idra, respondeu uma voz mais sombria prontamente. *Ino. Mireän.*

Eu lhes direi que não precisam. E então percebeu seu próprio absurdo e teve que reprimir uma risada.

— Serenidade? — perguntou Cala. — O senhor está bem?

— Sim, nós agradecemos. Estamos meramente sendo ridículos.

— Serenidade? — Era Beshelar, desaprovando instantaneamente.

— Não é nada — disse Maia. — A dança não é linda?

— Será melhor ainda na Noite Invernal — falou Beshelar, que julgava da mesma forma que respirava.

Cala deve ter captado algum eco desse pensamento no rosto de Maia, pois disse rapidamente:

— Vemos que o Avar gosta de dançar.

— Sim — disse Maia.

Seu avô escoltava uma dama élfica atrás da outra para a pista; ele as ofuscava a tal ponto que deveria parecer ridículo, mas se movia com precisão e graça tão infalíveis que isso acabava sendo de alguma forma bonito; mas não seria Maia quem lhe diria isso.

Percebeu que a dama dançando naquele momento com o Avar era Arbelan Zhasanai; seu olho rastreou o percurso deles até o começo — as pessoas saíam do caminho do Avar conforme ele se movia — e viu que a mulher sentada ao lado do assento vago de Arbelan era Csethiro Ceredin.

Ela encontrou o olhar do noivo e ergueu as sobrancelhas em uma pergunta clara. Maia assentiu, e ela se levantou e foi até o estrado. Seu cabelo brilhava sob as velas da miríade de candelabros do Untheileian, mas a jovem evitara o característico lápis-lazúli, enfeitando-o com pentes de laca preta e fios de esmeraldas para realçar o bordado verde sutil em seu vestido cinza. Ela fez uma reverência quando chegou ao topo dos degraus e disse, em uma voz projetada para não ir além dos ouvidos de Maia:

— O senhor não precisa falar conosco se não quiser.

— Você é nossa futura imperatriz — disse Maia. — Mesmo que seja apenas dever, preferiríamos que esse dever fosse agradável.

Ele não queria soar amargo, mas dach'osmin Ceredin disse, num tom de voz inesperadamente sincero:

— Ah, *maldição*. Devemos lhe pedir desculpas, Edrehasivar. Estávamos zangadas com nosso pai e com nossa madrasta, mas não deveríamos ter descontado no senhor.

— Você pensou que éramos estúpidos demais para importar — disse Maia, entendendo.

— Fomos grosseiramente enganadas por... por fofocas de uma fonte na qual não vamos confiar outra vez — assegurou dach'osmin Ceredin de modo rígido. — Mas parecia que o dever era tudo o que havia, e preferimos poder *escolher* nossos deveres.

— Tínhamos esse mesmo temor — respondeu Maia —, mas parecia não haver nada que pudéssemos fazer.

Ela fez um gesto de desprezo para isso.

— Escrevemos para tia-avó Arbelan nesse mesmo espírito: a fim de irritar nosso pai. Já lhe pedimos perdão e agora pedimos o seu.

Ela fez uma reverência profunda, abaixando a cabeça, ao passo que Maia disse:

— Perdoada. Por favor.

Ela se levantou e sorriu para ele pela primeira vez.

— Sério, o senhor deveria nos fazer implorar mais do que *isso*. Mas agradecemos.

— Vamos fazê-la responder uma pergunta, então — falou Maia, sentindo-se muito ousado. — Você disse que escreveu para sua tia-avó a fim de irritar seu pai. Como...?

— Bem, mais para *envergonhá-lo* que para irritá-lo — explicou-se dach'osmin Ceredin; ela não parecia nem um pouco incomodada com a pergunta. — Sabe, nosso pai não... Ah, bem, não é que ele não a *reconhecesse*, pois é claro que o fazia, mas ele não se *deteve* ao relacionamento. Ele não a visitava nem escrevia para ela, e nossas irmãs e nós mesmas sabíamos que tínhamos uma tia-avó Arbelan só porque nosso avô falava dela às vezes. Nosso pai apostou que ela não voltaria a ter favorecimento e que nem voltaria à corte em vida.

— Deve ter parecido uma aposta muito segura — arriscou Maia.

— Era, embora bastante fria e calculista... Achamos que provavelmente não teria melhorado a posição dele com o falecido imperador, apesar de tudo. — Ela sorriu de repente, com uma expressão travessa. — Sem dúvida ele não esperava que você fosse ser *gentil* com ela.

— Gostamos de Arbelan Zhasanai — afirmou Maia, um pouco rígido, sem saber ao certo se dach'osmin Ceredin estava zombando dele ou do pai dela.

As sobrancelhas dela se ergueram.

— Você a reconhece como a viúva de seu pai?

— Reconhecemos — confirmou Maia, ainda mais rígido.

— Csoru deve *odiar* o senhor — disse a jovem. Quando Maia olhou para ela com perplexidade, sua noiva riu abertamente. — Pedimos seu perdão, Serenidade... como parece que vamos criar o hábito de pedi-lo. Nosso pai, o senhor vê, foi criado na casa do avô de Csoru e se tornou amigo íntimo e inseparável do pai dela. "Irmão de coração", eles chamam um ao outro, coisa que achamos um tanto sentimental, mas não importa. Era o grande desejo deles ver uma aliança entre suas casas, mas foram amaldiçoados por uma praga de filhas. Nosso pai tem cinco filhas, embora haja esperança, dizem-nos, de que nossa madrasta lhe dê um filho quando baixar à cama na primavera. E Csoru é a filha única do pai dela, pois ele não se casou novamente após a morte da mãe dela, apesar dos fortes protestos do pai dele, de nosso pai, da mãe dele, do pai e da mãe de sua esposa... Então... — Ela ergueu uma sobrancelha para Maia. — Ainda está me ouvindo?

— Estamos — respondeu.

— O senhor é a paciência em pessoa. Mas foi assim que aconteceu de o conde Celehel e o marquês Ceredel... Nossa segunda irmã escreveu uma rima muito grosseira baseada na semelhança de nomes de família, que não o envergonharemos repetindo... Eles não conseguiram arranjar um casamento e assim decidiram que suas filhas deveriam ser as amigas mais próximas: irmãs de coração. — O sorriso dela era afiado. — Em nossa primeira apresentação, pois temos a mesma idade de Csoru, com uma diferença de alguns poucos meses, e recebemos o nome da mãe morta dela, o que foi considerado nosso destino ser sua amiga amada, levamos pouco menos de dez minutos para dar na cara dela. Agora que somos adultas, é claro, já conseguimos aguentar quase uma hora. — Maia não sabia dizer se ela estava brincando. — Quando ela foi prometida ao falecido imperador, nosso pai quase nos forçou a nos "reconciliar" com ela, o que Csoru aceitou exatamente no mesmo espírito com que oferecemos. Ele tem nos implorado desde então para sermos mais amigáveis com ela, isso quando não nos ordena diretamente.

— Não foi à toa que você quis irritá-lo — observou Maia, fazendo-a rir mais uma vez.

— Acharemos muito mais agradável sermos amáveis com Arbelan Zhasanai que com Csoru Zhasanai. — As sobrancelhas dela se juntaram em um leve franzir. — E o senhor, Serenidade? O que está achando do ninho de vespas bêbadas que é a Corte Untheilenesa?

— Desconcertante — falou Maia antes de conseguir censurar-se. Foi o jeito que ela havia perguntado: como se realmente desejasse ouvir a resposta.

— Há de ser — falou ela, pensativa. — Devemos pedir seu perdão por sabermos tão pouco do senhor. Como pode imaginar pela atitude dele em relação à tia, nosso pai sempre se comportou como se ser relegado fosse algo contagioso. Sabemos que o senhor é filho de Chenelo Zhasan e que foi relegado no momento da morte dela a algum lugar em Thu-Evresar.

— Edonomee — contou Maia. — Nos pântanos ocidentais.

— Deve ser uma paisagem desoladora.

— É mesmo.

— E o senhor morou lá até a morte de seu pai?

— Sim.

— De quantas pessoas era composta a casa de Edonomee?

— Nós e nosso guardião. Dois criados homens, um para o trabalho interno e um para o externo. Uma cozinheira e duas aias, embora elas três dormissem fora.

— E o senhor via mensageiros ocasionalmente, imaginamos.

— Muito ocasionalmente — concordou ele.

— *Muito* desoladora — acrescentou ela.

Maia não sabia como teria lhe respondido, pois foi naquele momento que Csevet se aproximou, se curvou e estava no estrado antes mesmo de o mestre ter registrado sua aparição.

— Serenidade. — Ele se curvou de novo. — Dach'osmin Ceredin.

— O que foi, Csevet?

Maia não conseguiu afastar inteiramente o aborrecimento de sua voz, e Csevet estendeu as mãos se desculpando enquanto respondia:

— É osmerrem Danivaran, Serenidade. Osmin Danivin afirma que a mãe está morrendo e quer saber se o senhor desejaria ir até lá.

Houve um momento de horror e abalo que ele não conseguiu lembrar, a princípio, quem era osmerrem Danivaran ou porque se importava com sua morte; então *lembrou* e foi atingido pela dor como se tivesse levado uma pedrada no peito.

— Sim — respondeu. — Sim, desejamos ir. Dach'osmin Ceredin, por favor, nos perdoe. Devemos...

— Mas aonde você vai? — perguntou ela. — Quem é osmerrem Danivaran?

— Ela foi muito gentil conosco no funeral de nossa mãe. A única pessoa que o foi. Ela teve um tresvario e anda... Não é inesperado, mas...

— Então o senhor deve ir — incentivou dach'osmin Ceredin. — Não nos leve em consideração, Serenidade. Não precisa ter dúvidas de que vai nos ver de novo. — Com um sorriso estranho que fazia seu rosto parecer devidamente vívido pela primeira vez, ela fez uma reverência e desceu do estrado.

Maia mal a viu partir.

— Precisamos dizer alguma coisa? — questionou ele com um gesto desesperado e amplo para o Untheileian. — Eles irão...?

— Não se preocupe, Serenidade. Falamos com lorde Berenar, o administrador do Grande Avar e algumas outras pessoas. Nada ficará desordenado com sua ausência.

— *Obrigado* — disse Maia.

Com os nohecharei, seguiu Csevet para fora do Untheileian. Não ficou surpreso ao descobrir que Csevet sabia o caminho para os apartamentos danivadeses, embora acreditasse que deveria ter ficado. Mas Csevet sabia de tudo, e Maia era profundamente grato por isso.

Osmin Danivin os encontrou à porta. Ela tinha chorado, mas agora alcançara equilíbrio e dignidade em sua dor.

— Serenidade, agradecemos por ter vindo — falou, fazendo uma reverência. — Não vamos pedir que o senhor fique muito tempo, mas mamãe está lúcida agora, e sabemos que... — Ela mordeu o lábio e lutou para se controlar. — Sabemos que ela ficou muito satisfeita com sua visita, então pensamos...

— Osmin Danivin — disse ele, percebendo que a interromper era a única saída para uma declaração cada vez mais dolorosa. — Uma visita não nos custa nada. Se podemos retribuir bondade com bondade, é nosso prazer fazê-lo.

— Obrigada, Serenidade. — Ela o levou até o quarto da mãe.

O cômodo estava do mesmo jeito que na visita anterior — talvez apenas mais quente, o que deixava Maia grato se isso fosse verdade. A mulher na cama estava ainda mais frágil, mais engolida por suas roupas. Os olhos estavam abertos, e percebeu que ela o via ao se aproximar da cama.

— Serrrrrr — crocitou ela. *Serenidade.*

— Olá, osmerrem Danivaran — disse ele, sorrindo para ela.

— Veio para... — Ela soltou uma respiração profunda e obviamente dificultosa. — Despedir?

— Vim — disse ele. Como osmin Danivin havia dito, ela estava lúcida. E sabia que estava morrendo. — Eu quis.

Isso a fez sorrir, o mesmo sorriso torcido de antes.

— Boooo. — "Bom menino", dissera ela na vez anterior.

Ele pegou a mão dela com cuidado. Não havia nada, considerou, que precisasse ser dito, e ele lembrava, diante da morte da própria mãe, que ela não queria falar muito nos últimos dois ou três dias que estivera consciente. Queria olhar para ele, segurar sua mão. Para saber que ele estava lá. E Maia pensou que havia uma luz de alívio nos olhos de osmerrem Danivaran quando ela percebeu que ele não a faria lutar para falar ou ouvir. Segurou a mão dela, pensou em como ela tinha sido gentil com ele quando tinha oito anos e lembrou de Thara Celehar dizendo a oração de compaixão pelos mortos pela última vez com a mesma atenção que da primeira. Quando viu aquele momento de lucidez começar a desvanecer dela, abaixou-se e beijou-lhe a testa.

A mão dela apertou a dele com mais força por um momento.

— Bom — disse ela. — Bom imppppp.

Quisesse ela dizer "Seja um bom imperador" ou "Você é um bom imperador", havia apenas uma resposta:

— Obrigado, osmerrem Danivaran — disse Maia. — Obrigado por tudo.

Ela sorriu outra vez e soltou a mão dele. Maia recuou, deixando a filha retomar seu lugar à beira da cama.

— Obrigada — sussurrou osmin Danivin ao passar.

Ele lhe inclinou a cabeça, então se virou e saiu antes que ficasse cego demais pelas lágrimas para mover-se.

— O senhor vai voltar ao Untheileian, Serenidade? — perguntou Beshelar quando estavam já no corredor.

— Devemos? — questionou Maia, cansado, passando uma mão impaciente e fútil pelo rosto.

— Depois — falou Csevet com firmeza. — A dança ainda vai durar horas. Volte ao Alcethmeret, Serenidade, e recomponha-se. Não há pressa.

Quando Maia acordou na manhã seguinte, não conseguia lembrar-se de como havia saído da Sala das Tartarugas, onde concordara em se sentar em silêncio por meia hora, para ir a seu quarto e não conseguia imaginar como Csevet o teria persuadido a ir. Mas estava grato.

Havia um bilhete com bordas pretas de osmin Danivin esperando por ele na mesa do café da manhã: a mãe morrera na noite anterior, pouco menos de uma hora depois da visita dele.

E ninguém entenderia, pensou Maia, se o imperador usasse luto por ela.

30 O 19º ANIVERSÁRIO DE EDREHASIVAR VII E O BAILE DA NOITE INVERNAL

No aniversário de dezenove anos de Maia, ele foi acordado antes do amanhecer pelo vento uivando ao redor das torres do Alcethmeret. O barulho era triste e furioso ao mesmo tempo, e ele percebeu depois de apenas alguns minutos que não tinha esperança de voltar a dormir. Sentou-se e acendeu a vela ao lado da cama; de seu posto perto da janela, Telimezh chamou:

— Serenidade?

— O vento — explicou Maia, desculpando-se.

— É terrível, não? — disse Telimezh, e então pareceu surpreso com sua própria ousadia.

— E ficar deitado aqui escutando só piora. Havia uma balada que uma das aias de Edonomee costumava cantar sobre uma mulher que deixou o amante matar seu marido, depois enlouqueceu e o assassinou...

— E depois que as pessoas da cidade a mataram, seu fantasma caminhava pelas ruas gritando primeiro por um homem, depois pelo outro — completou Telimezh. — Nossas irmãs cantavam essa balada com um descante que soava como este vento.

— Você é de Thu-Evresar?

— Somos, Serenidade. Nascemos em Calestho.

A trinta quilômetros de Edonomee.

— Nós não percebemos em sua voz — disse Maia, meio perguntando, meio desculpando-se. O sotaque do oeste de Thu-Evresar era característico.

— Não, Serenidade — falou Telimezh, desculpando-se também. — Fomos instruídos mui cuidadosamente ao sermos aceitos na Guarda Untheilenesa.

— Claro — respondeu Maia, sentindo-se tolo. Ele deslizou para fora da cama; a frieza do chão atingiu instantaneamente suas meias, fazendo-o estremecer. — Que horas?

— Cinco e meia, Serenidade. Devemos convocar seus edocharei?

— Por favor. — Nem mesmo um roupão era deixado do lado de fora onde um imperador desacompanhado pudesse encontrar; embora incomodasse Maia ser atendido dessa maneira, como se fosse tão indefeso quanto uma criança, ele sabia o que seria dito se expressasse o desejo de vestir-se ele mesmo. E sabia o quão magoados seus edocharei ficariam.

Uma hora e meia depois, desceu à sala de refeições para encontrar a mesa invisível sob pilhas altas e cambaleantes de pacotes e envelopes. Havia mais pilhas no chão. Ao redor da mesa, Csevet, Esaran, Isheian e dois outros criados cujos nomes ele não conseguia lembrar olharam para cima com uma culpa inconfundível em seus rostos.

— Mas que coisa é...?

Csevet ficou de pé.

— Esperávamos... Isto é, não estávamos esperando...

— Mas o que é isto? — perguntou Maia, começando a ficar alarmado. Nunca vira Csevet tão perturbado.

Houve um silêncio assustadoramente longo antes de Isheian o quebrar, sua voz pouco mais que um sussurro:

— Seus presentes de aniversário, Serenidade.

— Presentes de aniversário? — Ele encarou as pilhas amontoadas na sala. — Presentes pelo... *nosso* aniversário?

— Sim, Serenidade — disse Csevet, recompondo-se. — Nós, com a ajuda graciosa de merrem Esaran, estamos mantendo uma contagem para que as cartas de agradecimento possam ser escritas. Não pretendíamos que se incomodasse com tudo isso, mas a tarefa precisa ser concluída e não esperávamos que o senhor descesse tão cedo.

Maia mal percebeu o tom de reprovação.

— Mas de quem... Todos eles são *de quem*?

Tua gramática é atroz, repreendeu aquela voz seca e rebarbativa que não era mais de Setheris.

— De todos, Serenidade — disse Isheian.

— Esperávamos as mensagens dos príncipes, dos Corazhas, de lorde Berenar e dos membros do Parlamento — falou Csevet. — O marquês Lanthevel lhe enviou um livro acadêmico sobre bordado. Nós até esperávamos o relógio-imperador da Guilda dos Relojoeiros de Zhaö. — Ele fez uma pausa, então corrigiu-se afetadamente: — Devemos dizer, não ficamos surpresos por terem enviado um presente. O relógio em si é...

— Surpreendente — completou Esaran, e Maia ficou surpreso ao perceber que ela e Csevet eram amigos.

— Isso — concordou Csevet. — Mas, Serenidade, o senhor também tem presentes de vários comerciantes barizheses em Cetho e da Associação Comercial do Ethuveraz Ocidental. Há mensagens de prefeitos e hierofantes de cada principado. O povo de Nelozho lhe enviou uma carta com quase quinhentas assinaturas, o que deve constituir toda a população. A tripulação do *Radiância de Cairado* lhe enviou um modelo de dirigível. As famílias da tripulação do *Sabedoria de Choharo* enviaram uma mensagem atrás da outra. E isso ainda nem sequer começa a contagem de... Serenidade?

— Não estamos entendendo — falou Maia, impotente, afundando em uma cadeira. — O que eles querem?

Csevet franziu a testa.

— Eles querem que o senhor tenha um feliz aniversário. — Csevet olhou para ele, ainda de testa franzida, por mais um momento, então se virou e começou a dar ordens depressa. Em poucos minutos, a sala estava limpa, e Isheian trouxe uma xícara de chá para Maia. — Dachensol Ebremis falou que o senhor pode tomar café da manhã quando quiser, Serenidade, mas, como ainda é tão cedo, ele não tinha certeza...

— Apenas chá está ótimo — agradeceu Maia. Tomou um gole e percebeu que Csevet estava pairando ao seu lado. — O que foi?

— Pensamos, Serenidade — disse Csevet prontamente —, que o senhor talvez gostaria de tomar café da manhã com suas sobrinhas e seu sobrinho esta manhã.

Com isso ele queria dizer, claro, que achava que Maia *deveria*.

— Você acha que eles gostariam disso? — perguntou Maia, na dúvida.

— Ouvimos de Leilis Athmaza que eles falam sobre o senhor com frequência e que o chamam de primo Maia, como o senhor pediu.

— Tudo bem — disse Maia, aceitando a derrota. — Mas chame-os para cá. — Deu de ombros para a sobrancelha inquisitiva de Csevet e continuou com um toque de culpa: — Eles vão achar mais empolgante. — *E eu não vou invadir o espaço familiar deles.* Ele duvidava que a creche fosse "casa" para eles ou que algum dia viesse a ser.

O imperador ficou sentado, tomou chá e fingiu não saber das várias comoções em sua casa. Csevet aparecia ocasionalmente para oferecer ao imperador as atualizações que considerava adequadas e fornecer material de leitura: as felicitações de aniversário dos cinco príncipes, dos Corazhas e de lorde Berenar. Maia teria preferido as mensagens das famílias da tripulação do *Sabedoria de Choharo,* mas esse pedido poderia ser feito mais tarde.

Dach'osmin Ceredin havia enviado uma espada, uma lâmina longa, fina e brilhante que fez os olhos de Telimezh se arregalarem. Maia, que via se tratar de uma espada muito antiga e lindamente forjada, mas nada mais, ergueu as sobrancelhas de modo convidativo. Telimezh explicou:

— É uma lâmina do sol, Serenidade, a arma dos antigos príncipes, antes de Edrevenivar, o Conquistador, unir o Ethuveraz. Não sabíamos que os Ceredada ainda tinham uma destas.

— É um presente de grande honra — acrescentou Kiru suavemente.

— Embora um pouco opaco quanto ao significado — falou Csevet, franzindo a testa.

— Confiamos em dach'osmin Ceredin que isso não signifique nada além de coisas boas — declarou Maia.

— Significa lealdade — falou Telimezh, quase impaciente. — Se os Ceredada guardaram esta lâmina do sol durante todos esses séculos, para depois oferecê-la ao imperador *agora*... — Ele parou e se recobrou. — Serenidade, ela está lhe dando um presente que Arbelan Zhasan não deu ao falecido imperador seu pai.

— Não — comentou Maia, pensativo. — Ela não deu.

As mensagens dos príncipes eram, supôs Maia, exatamente o que deveria vir de vassalos que haviam encontrado seu imperador uma única vez: minuciosamente corretas e desprovidas de calor ou individualidade. As mensagens dos Corazhas eram mais variadas; embora a maioria fosse perfeitamente formal, a de lorde Pashavar vinha com uma carga assumida de conselhos, e a de lorde Deshehar incluía uma série de caricaturas rápidas e inteligentes, sem dúvida desenhadas durante as sessões dos Corazhas: lorde Pashavar parecendo soberbamente arrogante; lorde Bromar falando; lorde Isthanar obviamente prestes a adormecer; o próprio Maia beliscando a ponte do nariz em desânimo exasperado. Ele poderia ter se ofendido, se envergonhado ou até ficado alarmado se não houvesse um carinho tão óbvio em todos os esboços. E entendia o presente que lorde Deshehar lhe dera com sua confiança.

A carta de lorde Berenar, embora ele tivesse se lembrado de incluir os desejos de aniversário adequados, era na verdade a exploração desavergonhada de uma chance de contar ao imperador sobre o que ele havia descoberto no gabinete do lorde chanceler. Para grande alívio de Maia, lorde Berenar e sua equipe haviam provado que Chavar era honesto:

... embora o mesmo não se possa dizer, Serenidade, de todos aqueles que estavam sujeitos à supervisão dele. Algumas das discrepâncias que encontramos remontam a uma década ou mais. Tememos que lorde Chavar se importasse muito mais

com os aspectos políticos *de seu cargo que com os administrativos. Ainda que não neguemos a importância dos conselhos do lorde chanceler ao imperador, não entendemos como ele pode ter presumido dar tais conselhos sem o conhecimento que claramente não se deu ao trabalho de reunir. Muito do trabalho necessário de seu gabinete se tornou o fardo de seus secretários, e lorde Chavar não era um homem de inspirar lealdade pessoal em seus subordinados: não encontramos nenhum secretário seu que estivesse com ele havia mais de três anos. Tínhamos alguma noção do estado das coisas, é claro, pois a Chancelaria e o Tesouro precisam trabalhar muito em conjunto, mas não sabíamos o quão profundamente — e o quão amplamente — a podridão havia se instalado. O mesmo pode ser dito do gabinete do Diretor dos Mensageiros, só que numa extensão ainda maior, pois osmer Orimar parece ter enganado ativamente lorde Chavar, além de ser indolente, estúpido e indisciplinado. Não é preciso olhar além do estado de seu gabinete pessoal para entender por que ele escolheu apoiar Chavar — qualquer coisa para garantir que fosse deixado em paz para poder continuar seu reinado venal e incompetente. Felizmente, os próprios mensageiros parecem ser honestos e leais, inconscientes do comportamento vergonhoso dos que estão acima deles, e sentimos que a situação é, com algum trabalho, recuperável.*

Berenar também informou sobre a investigação da queda do *Sabedoria de Chohara.*

As Testemunhas são honestas e leais, Serenidade, mas sentimos que são muitas — e muito poucas as que já tiveram que fazer esse tipo de trabalho. Elas poderiam seguir uma trilha lógica simples, mas, quando essa trilha acabou por ser falsa — pois devemos lhe dizer, Serenidade, que a Liga dos Trabalhadores de Cetho é inteiramente inocente, e sua inocência já está clara há semanas —, eles ficaram paralisados pela indecisão e (lamentamos dizer) pelas disputas mesquinhas. Lorde Chavar parece ter exacerbado o problema recusando-se a acreditar que a Liga dos Trabalhadores de Cetho fosse inocente. Entendemos que ele continuou a assegurar a Vossa Serenidade a culpa deles muito depois que sua inocência foi totalmente atestada. Dessa forma, a investigação estagnou e agora deve ser colocada em movimento de novo. Não temos dúvidas de que isso pode ser feito, mas parece que hoje, quando deveríamos oferecer-lhe presentes, em vez disso precisamos lhe pedir um presente: sua paciência.

Csevet voltou, e Maia interrompeu o que quer que ele fosse dizer.

— Osmer Orimar?

Csevet estremeceu.

— Um fantoche de lorde Chavar.

— Lorde Berenar conta que osmer Orimar estava escondendo de Chavar uma desonestidade de tamanho considerável.

— Céus — falou Csevet. — Nem imaginávamos que ele tivesse tanta inteligência.

— Não parece ter sido muito difícil.

— Ah — soltou Csevet.

— Lorde Berenar acredita que os mensageiros são honestos e leais. Você concordaria?

— Serenidade, nós não...

— Concordaria?

— Sim, Serenidade. — Csevet lhe lançou um olhar estranho, de avaliação, como Maia percebeu. O secretário continuou: — Os mensageiros, Serenidade, não são como escriturários e secretários. Veja bem, um mensageiro não precisa saber ler. — Maia engoliu cada uma das perguntas que lhe vieram à mente, e Csevet lhe deu um aceno de aprovação com a cabeça. — Aqueles que não sabem aprendem com seus companheiros, como acontece com qualquer outra educação de que possam precisar. Mas, para todos nós, o sistema de mensageria nos deu uma chance, às vezes nossa *única* chance, de um trabalho honesto. E um trabalho que não precisávamos ficar de joelhos. Ou deitados. — Outra infinidade de perguntas a não serem feitas. — Embora os mensageiros sejam tão propensos à desonestidade mesquinha quanto qualquer outro grupo de pessoas, ninguém pensaria em roubo, chantagem ou qualquer coisa que ele entendesse como traição. E todos os mensageiros têm a curiosidade insaciável e impertinente dos furões.

— Naquela noite em Edonomee, você havia lido a carta de Chavar?

Csevet hesitou, então disse com firmeza:

— Lemos, Serenidade.

Maia assentiu.

— Obrigado. E não o culpamos por isso.

— Obrigado, Serenidade. — Csevet ia voltar a falar, mas Maia o deteve com a mão erguida.

— Se não osmer Orimar, então quem comanda os mensageiros? Alguém deve fazer isso.

— De fato, Serenidade. Ele se chama capitão Volsharezh, embora não saibamos dizer se ele recebeu esse título de verdade. Tem feito o trabalho de osmer Orimar há anos. É ele quem mantém honesto o sistema de mensageria.

— Você pode dar o nome dele a lorde Berenar, por favor? Não desejamos que o bem seja eliminado junto ao mal. E suspeitamos que a posição de lorde Berenar ficará mais fácil se ele souber que há alguém em quem confiar.

— Serenidade. — Csevet se curvou. Dessa vez Maia deixou que ele continuasse com seu propósito original. — Devemos perguntar o que o senhor quer que seja feito com o presente dos Tethimada.

— *O que* é o presente dos Tethimada?

— Um conjunto completo de cortinas de verão. Em seda branca sharadansho.

Alguém murmurou uma maldição. Seda sharadansho — assim chamada em um trocadilho com a cegueira da neve, porque os trabalhadores que a faziam ficavam cegos devido à minúcia de seu trabalho — era o mais diáfano dos pesos de seda, levado e refinado a uma espécie de estado que era meio bordado, meio rendado. Parecia flocos de neve, e o branco era a pior das cores, que, diziam, destruía a visão duas vezes mais que o índigo.

— Um conjunto completo — redisse Maia.

— Véus de cama, dossel, cortinas para janelas... Nós trouxemos... — falou Csevet, acenando para um pajem que esperava do lado de fora da porta. — ... o guarda-sol.

O menino o trouxe e entregou a Csevet, que o ofereceu a Maia com expressão séria e formal.

Maia aceitou com relutância. O cabo era de jacarandá, o trabalho em metal delicadamente gravado como galhos de árvores com flores de vidro penduradas da extremidade de cada longarina. A sharadansho tinha estampa de folhas, e havia pequenos espelhos fixados num padrão escrupulosamente aleatório para que o usuário do guarda-sol brilhasse ao sol.

Era um objeto bonito e por si só teria sido um presente para ostentação.

— Um conjunto completo — repetiu Maia.

— Receamos que o significado não seja nem um pouco opaco — comentou Csevet.

— Não — concordou Maia, abaixando o guarda-sol e resistindo à vontade de limpar as mãos nas calças. — Um pouco de ambiguidade dos Tethimada seria quase bem-vindo. Entendemos que não podemos rejeitar este presente, mas precisamos *usá-lo*?

— Serenidade, o imperador não poderia usar todos os presentes que recebe mesmo que fosse cinco pessoas — falou Csevet. — Se o senhor aprovasse este presente, seria adequado responder com alguma marca especial de seu favorecimento aos Tethimada, mas, como não aprova, pode deixar o assunto em nossas mãos.

— O acabamento é lindo — observou Maia com relutância. — Gostaríamos de bom grado de mostrar favorecimento aos artesãos... e àqueles que sem dúvida ficaram cegos ao fazer o presente dos Tethimada.

— Serenidade? — perguntou Csevet, sem entender.

Maia percebeu que estava prestes a dar a seu secretário uma tarefa impossível.

— Não importa. Por favor, apresente-nos o próximo item da agenda.

— Serenidade — falou Csevet, a inclinação e o movimento de suas orelhas mostrando que ele havia decidido que deveria deixar o assunto de lado. Pegou o guarda-sol e entregou-o ao pajem, que se curvou a Maia e partiu.

Maia se perguntou o que acontecia com todos os presentes que o imperador não podia usar. Precisou se livrar de visões de depósitos como a caverna de um ogro em um conto maravilhoso para prestar atenção ao que Csevet dizia: uma lista dos presentes e das mensagens das outras grandes casas, nenhum dos quais tão ostentatório ou inadequado quanto o dos Tethimada.

Idra e as irmãs chegaram apenas alguns minutos depois, os três impecáveis e muito alertas. Idra se curvou, Ino e Mireän fizeram uma mesura, e houve um coro suave e irregular:

— Feliz aniversário, primo Maia.

— Obrigado — disse Maia. Pediu que eles se sentassem; depois teve que pedir a Isheian que buscasse uma almofada para Ino alcançar o tampo da mesa.

Não houve momento de silêncio constrangedor, pois Mireän falou, assim que se acomodou:

— Primo Maia, você viu o seu *relógio*?

— Relógio? — questionou Maia.

— O relógio-imperador da Guilda dos Relojoeiros, Serenidade — explicou Csevet.

— Ele é... *magnífico* — comentou Mireän.

— Ainda não o vi — respondeu Maia. — Quer me contar sobre ele?

Mireän começou a descrever as maravilhas do relógio, mas não demorou muito para que Ino a interrompesse, e, quando o café da manhã foi servido, Idra também havia entrado na discussão, sem necessidade de Maia se preocupar em manter a conversa, pois as três crianças faziam isso sem esforço. Idra tentou uma vez iniciar uma conversa mais adulta, perguntando a Maia como estava indo a visita do Grande Avar, mas Mireän interveio imediatamente:

— Ele é o maior goblin que eu já vi! Primo Maia, você vai ficar tão grande assim?

— Não — respondeu Maia. — Provavelmente não vou ficar mais alto do que estou agora.

— Ele é seu avô — falou Ino. — Isso significa que sua mãe era uma goblin?

— Ela era — disse Maia.

— Dinan falou que os goblins vão invadir e nos comer. É por isso que seu avô está aqui?

— Ino! — repreendeu Idra. — Primo Maia, peço perdão.

— Não, parece uma pergunta muito razoável — defendeu Maia. — Quem é Dinan?

Idra olhou para Mireän, que respondeu:

— Dinan Cambeshin, Idra.

— Ah — disse Idra. — A filha de uma das amigas do peito de mamãe. Ela tem a idade de Ino, e acho que elas brincam juntas?

— Eu não gosto dela — disse Ino. — Ela é malvada. Mas mamãe fala que temos que ser amigas.

Maia se lembrou de Csethiro Ceredin sendo forçada à "amizade" com Csoru e ficou feliz por Idra ter dito com firmeza:

— Tu não és obrigada a ser amiga de quem não gostas, Ino. Mas por que ela disse isso sobre os goblins? Não é verdade.

— Não é? Mas mamãe disse que os goblins iam tomar o poder agora que o primo Maia estava no trono, então eu achei que Dinan estivesse certa.

Idra pareceu tão horrorizado que Maia precisou se conter muito para não rir. Tomou um gole de chá e respondeu:

— Não, os goblins não vão tomar poder nenhum. Eles certamente não vão comer ninguém. E meu avô está aqui apenas para celebrar a Noite Invernal.

— Ah! — exclamou Mireän. — Como daquela vez que fomos ficar com nosso *outro* avô na *última* Noite Invernal. Lembra, Ino? Vovó Zharo nos deu laranjas.

— Sim — disse Ino, um pouco em dúvida.

— Ah, tu *deves* lembrar — disse Idra. — Vovô Idra nos mostrou seus cães: um deles teve uma ninhada de cachorrinhos.

— Eu me lembro dos cachorrinhos! — falou Ino. — E a mamãe cachorra lambeu meus dedos. Vovô disse que ela gostou de mim.

— Isso mesmo — confirmou Idra. — E vovó Zharo nos levou para ver o teatro de fantoches.

— O que é um teatro de fantoches? — perguntou Maia.

Assim, o restante do café da manhã foi ocupado por explicações, os olhos de Idra brilhando tanto quanto os das irmãs, ele demonstrando tanto encantamento quanto elas, esquecendo toda a vida adulta ali. Maia lamentou quando Csevet apareceu para impor a agenda implacável do imperador — mas, pelo menos, ao sair do Alcethmeret, precisou passar pelo relógio-imperador, e nem mesmo Csevet o repreendeu por fazer uma pausa. Tanto Mireän quanto Esaran estavam certas, decidiu Maia: era magnífico *e* surpreendente.

As curtas horas de luz do dia passaram rapidamente; a agenda de Maia estava repleta de dedicatórias e apresentações — uma de min Vechin, que estava tão terrivelmente linda que ele se esqueceu de se sentir ressentido e envergonhado ao vê-la —, depois o Grande Avar insistiu em visitar o Mercado de Cavalos de Cetho, independentemente do clima e das perturbações que o local provocava. Maia nunca fora a um mercado de cavalos, muito menos o Mercado de Cavalos, e seguiu, fascinado, o rastro do avô até que o Avar se virou durante a inspeção de um cavalo e lhe fez uma pergunta à queima-roupa.

Ela não fez sentido, e Maia pediu desculpas.

— Não entendemos nada de cavalos.

— Nada? — O Grande Avar engasgou, cuspiu e então explodiu, exigindo saber como qualquer neto dele poderia ficar ali e dizer que não sabia nada de cavalos.

— Nunca nos ensinaram a cavalgar — explicou-se Maia, fazendo o possível para não se encolher. — Nossa mãe estava muito doente, não havia cavalos de sela em Edonomee. Mesmo que houvesse algum, nosso guardião nunca teria permitido que aprendêssemos.

O Avar parecia muito irritado.

— E seu pai permitiu isso?

— Nosso pai não... — *Se importava*. Maia se deteve bem a tempo, lembrando que estavam num lugar muito público. — Nosso pai não se preocupava com a nossa educação — aclarou. Mirando os olhos do Avar firmemente, acrescentou baixando a voz: — Nem o senhor.

O Avar pareceu ainda mais irritado.

— Certamente não será a primeira nem a última vez que teremos sido tolos — respondeu ele. — Venha. Deixe-nos comprar um cavalo para você.

E isso, apesar dos protestos de Maia, foi exatamente o que ele se pôs a fazer, dando a Maia uma lição rápida e abrangente acerca de cavalos e equitação pelo caminho. A parte de que Maia mais gostou foi quando o Avar o ensinou a fazer amizade com os cavalos: como estender a mão, como oferecer pedaços de maçã. Ele amava seus focinhos macios, seus lábios inteligentes e o murmúrio de sua respiração enquanto investigavam.

O Avar foi esplêndido em sua recusa a ser apressado; Maia assistiu e fez anotações mentais. Enfim, quando as lâmpadas do Mercado de Cavalos estavam sendo acesas devido ao fim do dia, o avô escolheu um cavalo branco — imediatamente ensinou Maia a chamá-lo de cinzento —, um castrado de dez anos repleto de traços misteriosos, mas aparentemente importantes. Seu nome era Veludo, e Maia ficou maravilhado e perplexo com a ideia de ter um cavalo.

Não havia tempo para mais coisas; nem mesmo o Avar poderia resistir mais contra os esforços combinados de secretários, nohecharei e soldados hezhethoreses. Avô e neto foram levados de volta à Corte Untheilenesa em uma velocidade que Maia pensava não ser permitida nas ruas de Cetho — e que pensou que certamente *não* deveria ser permitida com a neve e o vento. Então, o imperador passou uma hora frenética sendo despido, banhado, perfumado e vestido com mantos brancos engomados com rendas e bordados de prata. Em vez de pentes e palitos tashin, seu cabelo foi preso numa elaborada teia prateada com pequenos diamantes em cada nó e, sobre ele, um véu tão fino que quase parecia não estar lá. Havia diamantes em seus dedos, em suas orelhas, em volta do pescoço, e Maia entendeu quando teve um vislumbre de si mesmo no espelho: ele estava branco, frio e brilhante, como um campo de neve sob o luar. A única falha na semelhança era sua pele, e mesmo isso poderia ser meras sombras de nuvens sobre a lua.

Seus nohecharei — Cala e Beshelar, e ele não conseguia lembrar quando o turno deles havia mudado — o levaram apressados ao Untheileian e depositaram o imperador em seu trono assim que os músicos começaram a afinar os instrumentos. Beshelar murmurava mal-humorado sobre pressa e desrespeito aos deuses, ao que Cala retorquiu:

— Se isso é o pior que os deuses devem enfrentar esta noite, todos nós podemos nos considerar homens santos.

Beshelar ficou em silêncio.

Os músicos sinalizaram sua prontidão com um breve floreio de uma música chamada "A rainha da neve", e Maia se levantou. Haviam lhe ensinado as palavras rituais, e ele as pronunciou com cuidado, palavras que eram ao mesmo tempo convite e pedido para que o ano-velho fosse mandado embora com dança e música, que a ninguém faltasse um parceiro, que quem desejasse dançar deveria ser bem-vindo. Sentou-se novamente, esforçando-se para ter certeza de que o movimento fosse controlado e gracioso, e não o imperador desabando como uma armadura derrubada de seu suporte. Mas agradeceu por ser capaz de ficar sentado e assistir em vez de ter que participar.

Ele viu imediatamente que o que Csevet havia dito era verdade; aos cortesãos reluzentes juntavam-se pessoas em roupas mais simples, pessoas que não usavam joias, cujos cabelos estavam enfeitados apenas com alfinetes. Os rostos escuros não pertenciam apenas ao Grande Avar e sua comitiva. Ele viu as vestes azuis dos mazei em vários pontos ao redor da sala e rapazes vestindo as roupas de couro dos mensageiros e reconheceu pelo menos uma das meninas da estação pneumática do Alcethmeret. Ela dançava com lorde Pashavar, e Maia ficou encantado.

Após três horas, a dança foi interrompida para uma queima de fogos e um banquete, ambos igualmente magníficos, em honra ao imperador. Maia se sentou com o embaixador Gormened de um lado e osmerrem Berenaran do outro. Ficou injustamente surpreso ao descobrir que lorde Berenar era casado; ficou ainda mais surpreso com a senhora, que era gorducha e bastante simples e não fazia qualquer esforço para esconder nenhuma das duas coisas. Ela não exigiu conversa dele, mas proporcionou um monólogo inteligente e engraçado sobre a mudança da casa berenadesa dos apartamentos que haviam ocupado durante trinta anos para os que vinham com o gabinete do lorde chanceler. Chavar nunca os havia usado.

— Nosso marido fala que isso é parte do problema — disse osmerrem Berenaran —, mas não fingimos entender seu raciocínio.

— Deve ser muito desconfortável — comentou Maia — mudar-se depois de tantos anos.

Ela bufou, um som pouco próprio a uma dama, mas inconfundivelmente bem-humorado.

— "Desconfortável" é uma palavra. "Bem-vindo" é outra. Não temos qualquer apego pelos apartamentos berenadeses e não víamos Eiru tão feliz em seu trabalho desde que nossos filhos eram pequenos.

— Feliz? Pelo que entendemos, jogamos lorde Berenar num arbusto de espinheiro, se não coisa pior.

— Ele prospera em espinheiros. Quanto mais espinhoso é um problema, mais feliz ele parece ficar na solução dele. — Seu sorriso a tornava adorável. — Nosso agradecimento vale pouco, com certeza, mas, ainda assim, nós lhe agradecemos, Serenidade. Por jogá-lo nos arbustos.

Maia retribuiu o sorriso.

— Acreditamos que seus agradecimentos valem muito, osmerrem Berenaran. Ficamos felizes por eles.

Sorriram um para o outro por mais um momento; então Gormened atraiu a atenção de Maia para perguntar sobre a visita do Grande Avar ao Mercado de Cavalos. Maia desejou ter a habilidade de osmerrem Berenaran de criar uma história engraçada a partir de ninharias, mas pôde pelo menos assegurar Gormened de que o Avar não ofendera ninguém nem fora ofendido.

Gormened soltou um suspiro de alívio, ao que Maia disse:

— Certamente não somos sua única fonte de informação.

— Não, Serenidade, mas podemos confiar que o senhor nos diga a verdade, pois não precisa temer nem nossa raiva nem a do Avar.

— Ele ficaria bravo?

Gormened fez uma cara expressiva.

— Ele não ganhou seu poder nem o manteve por tantos anos sendo amável e prestativo. — O embaixador dissipou visivelmente o clima ruim. — Mas um cavalo! Isso é esplêndido, Serenidade. Conte-nos sobre ele.

Maia não foi capaz de obedecer de modo tão pleno quanto sabia que deveria, mas Gormened nobremente tomou o fardo em seus próprios ombros e preencheu o resto do tempo antes da procissão do salão do banquete até o Untheilenês'meire contando a Maia histórias de seu pônei de infância, as quais Maia ouviu extasiado.

A cerimônia de despedida do ano-velho e de boas-vindas ao novo foi simples, e o arquiprelado Tethimar a manteve curta, sabendo que sua congregação estava ansiosa para retornar ao Untheileian e dançar até o amanhecer. Maia sentiu como se estivesse passando a noite sendo pastoreado de um ponto de vista desconfortável para outro, mas pelo menos no Untheileian ele podia sentar-se. E a dança era muito bonita de assistir. Ele viu o Grande Avar dançando com Nadeian Vizhenka; Csevet dançando com Arbelan; o marquês Lanthevel dançando com Csoru — e ficou surpreso com o quão atraente Csoru era quando se esquecia de si mesma.

Csethiro Ceredin saiu da dança para se juntar a ele no estrado por um tempo, e ele abusou de seus nohecharei ao ponto de mandar Beshelar buscar a cadeira mais próxima. Dach'osmin Ceredin ficou satisfeita e lhe contou histórias das celebrações da Noite Invernal de sua infância, dando-lhe uma imagem tão vívida de seu relacionamento afetuoso com as irmãs que ele sentiu inveja.

Ela parou no meio de contar-lhe sobre o primeiro Baile da Noite Invernal ao qual sua irmã mais velha foi quando adulta e o que as irmãs mais novas fizeram para, como ela disse, "empatar o placar". Maia viu que sua meia-irmã Vedero, paciente, aguardava ao pé do estrado. Dach'osmin Ceredin se levantou, alisando as saias com um movimento experiente dos punhos, e disse:

— O senhor deve aprender a tomar cuidado, Serenidade, para não gastarmos seus ouvidos com nossa conversa interminável.

Ela partiu com uma mesura elegante; Maia notou que ela e Vedero apertaram as mãos quando a noiva passou, como amigas fazem, então a arquiduquesa subiu as escadas. A mesura de Vedero foi mais profunda do que precisava ser, e ela se sentou ao lado do trono sem hesitar quando Maia o ofereceu.

— Precisamos lhe agradecer, Serenidade, e não sabemos como.

— Você não precisa...

— Precisamos, sim. Por tudo o que o senhor não deveria ter feito, somos gratas. Em especial porque sabemos que não lhe demos razão alguma para ser gentil conosco.

Profundamente desconfortável, Maia explicou:

— Não desejamos que *ninguém* seja tão maltratado e infeliz como nossa mãe foi.

— Nós sabemos — falou Vedero —, e é por isso que devemos agradecer. — Ele olhou para ela tão inexpressivamente que a boca de Vedero se contorceu em um sorriso. — O senhor não fez isso por nós e teria feito o mesmo por Sheveän, não é?

— Sim — disse Maia —, achamos que teríamos.

— E por isso agradecemos — falou Vedero sem demora, como se tudo agora fizesse sentido. Ela se levantou novamente. — Haverá um eclipse lunar daqui a quinze dias, Serenidade. Se o senhor quisesse vir assistir conosco, isso muito nos agradaria.

— Sim — aceitou Maia, surpreso e encantado. — Gostaríamos muitíssimo.

O sorriso de Vedero parecia rígido e inexperiente, mas ele achou que ela tivesse sido sincera. Ela fez uma mesura e desceu do estrado, onde sua mão foi prontamente reivindicada por um jovem em couro de mensageiro. Maia ficou ali sentado olhando e tentou não sorrir de maneira tola.

Foi muito mais tarde, depois que ele já havia conversado com várias outras pessoas, que Eshevis Tethimar caiu sobre um joelho ao pé do estrado.

Estou cansado demais para isso, pensou Maia, sabendo que era verdade. Mas não tinha escolha.

— Pode se aproximar, dach'osmer Tethimar — consentiu, recuando para uma formalidade cuidadosa.

Dach'osmer Tethimar subiu as escadas e se ajoelhou outra vez para irritação de Maia.

— Qual é a sua preocupação, dach'osmer Tethimar? — Csevet o tinha admoestado muito severamente apenas uma semana antes a dizer "O que podemos fazer por você?". Com implicações de que o imperador estava a serviço do suplicante, diligente, Maia trabalhava para encontrar alternativas mais aceitáveis.

— Nossa preocupação? — Dach'osmer Tethimar levantou a cabeça. Enquanto todos os outros com quem Maia tinha falado estavam corados de tanto dançar, dach'osmer Tethimar estava branco como a neve. — Nossa preocupação não interessa ao senhor, *Serenidade*. — Ele cuspiu o honorífico como se fosse um palavrão. — Mas isto irá interessar. — E saltou para a frente como uma fera de caça, uma adaga fina reluzindo em sua mão.

Maia não tinha para onde se esquivar, preso como estava na grandeza desconfortável do trono, mas, mesmo enquanto pressionava o corpo inutilmente contra o encosto da cadeira, seus pensamentos como um amontoado de orações e descrença, algo se interpôs entre ele e Tethimar, ouviu-se um estalo de relâmpago e sentiu-se o cheiro forte de ozônio. Maia não conseguiu ver o que acontecera, um momento de confusão violenta, então descobriu que estava preso no trono pelo peso de Deret Beshelar, deitado, sangrando, em seu colo. Tethimar era um amontoado de veludo e seda aos pés de Maia. Cala sacudia as mãos como se doessem.

Tardiamente, Csoru Zhasanai gritou.

Maia engoliu a vontade de fazer o mesmo e disse a Beshelar:

— É muito grave?

Beshelar estremeceu.

— Ah, deuses, desculpe. Desculpe. — O nohecharis se levantou, trêmulo. — Pedimos perdão, Serenidade.

— Por salvar nossa vida? Beshelar, seu mui incomparável idiota... — Sua voz falhou, e ele nem se importou com isso. — Você está bem?

— Eu... — Beshelar olhou para Tethimar, que não estava se movendo.

— Deixe-me ver — pediu Cala com firmeza, e Beshelar estendeu o braço ensanguentado, obediente como uma criança.

— Serenidade!

Csevet subiu no estrado, e Maia perdeu Beshelar e Cala de vista no caos rodopiante que se seguiu, enquanto várias mulheres tinham ataques histéricos; vários dignitários valiosos eram retirados dali às pressas por seus guardas pessoais; a Hezhethora formava um quadrado eriçado ao redor do Grande Avar; e a Guarda Untheilenesa teve seu próprio ataque histérico tentando simultaneamente proteger o imperador e vasculhar a corte em busca de novas ameaças.

O que Maia lembraria com mais clareza, depois, era a voz de seu avô se erguendo acima do tumulto, apostrofando seus soldados como um bando de crianças lunáticas.

Levou algum tempo até que Csevet e lorde Berenar — cada qual trabalhando, como se viu depois, a partir de extremidades opostas do problema — se encontrassem no meio e restaurassem a ordem. Maia não lhes era de nenhuma utilidade e tinha vergonha disso, mas a percepção desabou sobre ele em etapas: primeiro, que dach'osmer Tethimar realmente tentara matá-lo; depois, que dach'osmer Tethimar estava morto ("Ah, sim", ele ouviu a voz de Cala em resposta à pergunta de alguém, "mortíssimo"); então, que dach'osmer Tethimar havia sido morto por *Cala*, e que o cheiro de ozônio tinha vindo de um feitiço de morte ("revethmaz" era o nome, e ele ficou soando de modo inelutável em sua cabeça); e, finalmente, que dach'osmer Tethimar devia ser a pessoa que estivera por trás da morte de seu pai — e ele não pôde fazer nada além de ficar sentado trêmulo e, em determinado momento, sair correndo em desespero até o banheiro mais próximo, onde depois permaneceu encolhido, sem vontade de confiar em seus joelhos ou em suas entranhas, até que alguém ficasse alarmado o suficiente para buscar Csevet, e Csevet tivesse o bom senso de enviar mais alguém atrás de Kiru, que apareceu e disse, impaciente:

— É uma reação perfeitamente compreensível ao quase ser assassinado. Sugerimos que deixe Sua Serenidade ir para a cama, mas, se sentir que não pode, então mande trazer um chá forte e doce e alguém para cuidar destas joias sem sentido.

Ela entrou no banheiro, e Maia descobriu que era grato por Kiru já ser uma clériga de Csaivo quando ele ainda não tinha saído dos cueiros, pois ela o ajudou a se recompor sem o repreender e sem piorar as coisas ficando chocada ou sendo compreensiva. Viu com clareza que ela não estava tão calma quanto tentava parecer, mas isso só fez com que a coisa fosse mais como uma conspiração entre os dois, e ele gostou disso.

O chá chegou com seus edocharei, que estavam *muito* impressionados e foram *muito* compreensivos, mas aí ele já conseguia suportar e estava feliz pela ajuda hábil e mui experiente em livrá-lo das joias e da jaqueta ornamentada e desconfortável (que então estava manchada com o sangue de Beshelar). Avris levara o manto com forro de pele que Maia normalmente não tinha permissão de usar além das grades do Alcethmeret, e ele se enrolou nessa roupa enquanto Nemer prendia de novo seu cabelo, e, quando voltou a emergir (*Como uma borboleta de uma crisálida mui incomum*, pensou, precisando transformar um acesso súbito de gargalhada em tosse), foi capaz de dizer:

— Vamos nos recolher ao Verven'theileian, onde nem todos *ecoaremos* uns aos outros. — E foi obedecido.

As cadeiras do Verven'theileian eram confortáveis, nenhuma delas era um trono. Maia se sentou e embalou sua xícara de chá com as duas mãos, assistindo a Csevet e lorde Berenar usarem o gargalo da porta como forma de reduzir o número de pessoas envolvidas. Houve muita discussão, que Maia decidiu que não precisava ouvir, até que sua atenção foi atraída pela voz de uma mulher, profunda, clara e potente.

— Deixe-a entrar — pediu a Csevet.

— Serenidade — começou Csevet, virando-se para ele, e seu corpo não mais bloqueava a visão que Maia tinha de dach'osmin Ceredin.

Os dois se entreolharam; então ela fez uma mesura e disse:

— Não, não precisamos sobrecarregar o senhor. Desejávamos apenas ver por nós mesmas que o senhor está ileso. Boa noite, Serenidade. — Ela deu dois passos, então se virou outra vez para dizer, brusca e repentinamente, como uma espada deslizando para fora de uma bainha. — Nós o teríamos *estripado* se ele já não estivesse morto.

Ela foi absolutamente fiel à sua palavra. Não se demorou ali, e o silêncio que deixou durou apenas um momento, apenas tempo suficiente para Maia reconhecer um sentimento quase caloroso na preocupação dela. Então a discussão recomeçou. No final, ficaram eles três — Maia, Csevet e Berenar —, mais os quatro nohecharei de Maia, o capitão Orthema e o capitão Vizhenka da Hezhethora. O Grande Avar se permitira ser persuadido a ir para a cama apenas após o entendimento de que deveria ter um representante no Verven'theileian, e Maia, vendo que sua obstinação vinha de uma fúria e uma preocupação genuínas e que discutir com o avô não resultava em nada além de dispêndio de tempo e energia, concordara.

— Você preferiria Gormened? — havia murmurado Maia a lorde Berenar, que concordara com relutância. Melhor um soldado que um cortesão naquele conselho.

O capitão Vizhenka, que pacificou o capitão Orthema dizendo abertamente que estava ali a pedido do Avar, não em qualquer capacidade oficial como representante da Hezhethora ou de

Barizhan, rapidamente provou seu valor. Estava observando os dançarinos em vez de participar e havia observado o avançar de Eshevis Tethimar através do Untheileian.

— Ele atraiu atenção — comentou o capitão —, porque não estava dançando e porque, quando parava para falar com alguém, era sempre um homem. Podíamos dizer que o negócio dele era muito importante, mas não percebemos que era mortal. Lamentamos, Serenidade.

— Nós também não percebemos — disse Beshelar com rispidez. Seu braço estava enfaixado e ele estava relutantemente bebendo uma xícara do chá doce e forte de Kiru; fuzilava todos com o olhar.

— Você reconheceu algum dos homens com os quais dach'osmer Tethimar conversou? — questionou lorde Berenar. — Deveríamos no mínimo perguntar-lhes o que ele disse.

Vizhenka respondeu:

— Nós nos esforçamos para conhecer sua corte, pois era o que Maru'var desejava de nós. Ele afirma que é velho e sua memória está falhando, mas a verdade é que nunca teve uma boa memória para nomes. Vimos dach'osmer Tethimar falar primeiro com o conde Solichel, depois com o conde Nethenel e mer Reshema, e finalmente com dach'osmer Ubezhar.

O grupo no Verven'theileian parecia cada vez mais triste à medida que a lista de Vizhenka crescia. Eram todos lordes de Thu-Tetar e Thu-Athamar.

— Todos — falou Csevet — são parentes, pelo lado materno ou por casamento, dos Tethimada. E sabemos que dach'osmer Ubezhar foi a Amalo para ajudar nas negociações em torno do casamento da parenta dele.

Berenar, Orthema e Vizhenka pareciam confusos.

— Serenidade? — perguntou Berenar.

— Csevet, pode pegar a carta, por favor? — pediu Maia. Enquanto Csevet estava fora, contou aos outros sobre as investigações de mer Celehar.

— Por que o senhor não nos contou? — exigiu saber lorde Berenar quando Maia terminou; por sua expressão fulminante, o capitão Orthema se perguntava a mesma coisa.

— Porque não tínhamos, e não temos, prova alguma. As suspeitas de mer Celehar, embora acreditemos que estejam corretas, não são nada além disso. Mesmo agora, não temos *provas* de que dach'osmer Tethimar estivesse envolvido no assassinato de nosso pai.

— Mas...! — começou Telimezh, então se acalmou. Maia pensou ter visto Kiru lhe chutar o tornozelo.

— Achamos, no entanto... — começava lorde Berenar de modo vivaz quando Csevet voltou, ligeiramente sem fôlego e franzindo a testa.

— Serenidade, trazemos a carta. Mas também temos um pedido urgente: se achar que consegue, talvez enquanto estes cavalheiros estiverem lendo as palavras de mer Celehar, sua presença é muito desejada na creche.

— As crianças! — Maia percebeu que havia se levantado de um salto. — Elas estão...

— Estão ilesas — disse Csevet depressa. — Nenhuma tentativa contra elas. Mas ficaram sabendo da, hum, perturbação no Untheileian e estão... — Ele mordeu o lábio e finalmente concluiu: — ... desesperadas.

— Ah. — Ele podia imaginar: perder pai, avô, tios, depois a mãe, e agora não saber o que havia acontecido com a pessoa que assumira o manto de seu protetor. — Nós iremos imediatamente. Cavalheiros, vocês devem nos desculpar. Por favor, leiam a carta de mer Celehar. Cremos que mer Aisava saiba tanto sobre essa questão quanto nós. Ele vai ficar e responder suas perguntas. Se puderem encontrar uma maneira de proceder a partir daqui, muito nos agradará ouvir sobre isso em nosso retorno.

Ele foi até a porta, e todos os quatro nohecharei se levantaram de um pulo.

Maia parou, perplexo.

— Não precisamos de todos os quatro.

Beshelar e Kiru começaram a falar, então se calaram, fuzilando um ao outro com o olhar.

Maia escolheu Kiru como a que provavelmente seria a mais racional e concisa e lhe disse:

— Então?

— O tenente Beshelar está ferido — avaliou Kiru. — Ele não deveria estar em serviço. Já dissemos que deveria estar na cama.

— Estamos perfeitamente bem — retrucou Beshelar.

— Você está da cor de queijo velho — falou Cala, para todos ouvirem. — Mas *nós* estamos perfeitamente bem, Serenidade, e não há necessidade de Kiru Athmaza perder mais sono.

Cala não estava "perfeitamente bem"; Maia podia ver o tremor em suas mãos e a maneira como seu corpo estremecia todo de quando em quando. *Ele matou um homem esta noite,* pensou Maia, e sentiu estranhamente como se seu coração estivesse se partindo.

— Também não há necessidade de Telimezh perder o sono — falou Beshelar ferozmente. — Os Segundos Nohecharei devem ficar de plantão esta noite independentemente de irmos para a cama agora ou não, e não nos parece prudente que eles não descansem sem motivos.

— Tão imprudente quanto proteger o imperador com um grande talho ensanguentado no braço? — perguntou Cala, e sua voz estava muito afiada, o que não era normal para ele.

— Não é...

— Parem! — Eles se viraram e olharam para Maia, de olhos arregalados, e ele percebeu que tinha chegado muito perto de gritar. Disse com firmeza: — Cala, Beshelar, vão para a cama. Kiru e Telimezh podem nos proteger hoje noite, e vocês poderão pegar o próximo turno. A não ser que haja algo sagrado com os Primeiros Nohecharei nos protegerem à meia-noite de dias pares?

Os quatro nohecharei enrubesceram; Cala se recuperou primeiro.

— Não há, Serenidade. Vamos, Beshelar. Você sabe que vai se sentir melhor se dormir um pouco.

Apesar de toda a bravura de Beshelar, ele parecia aliviado por poder parar de discutir. Maia acenou com a cabeça para Kiru e Telimezh e enfim conseguiu sair do Verven'theileian.

Quando chegou ao Alcethmeret, encontrou Leilis Athmaza inquieto e ansioso no corredor do lado de fora das grades da creche.

— Serenidade. Estamos... Muito nos agrada ver que o senhor está ileso.

— Obrigado. Mer Aisava disse que as crianças estavam perturbadas?

— Estão, Serenidade. Era impossível não perceber a comoção, o senhor sabe, e o príncipe Idra desejava que fôssemos descobrir o que estava acontecendo. Infelizmente, não conseguimos obter respostas claras, mas todos nós sabíamos que o senhor não havia retornado ao Alcethmeret e...

— Entendemos — disse Maia. Ao ver a culpa no rosto de Leilis Athmaza, acrescentou: — Não achamos que você tenha qualquer culpa. Não é sua culpa não ter conseguido encontrar alguém que lhe desse respostas. Agora, onde estão as crianças?

— Por aqui, Serenidade — orientou Leilis Athmaza, curvando-se. Ele abriu as grades para a creche, fechando-as cuidadosamente atrás dos dois e enfiando a chave presa à sua longa fita preta de volta dentro das vestes. Ele levou Maia através da sala de estar até uma porta que estava aberta, a luz formando uma poça quente no chão.

Era o quarto de Ino e Mireän, a julgar pelas duas camas pequenas, mas as três crianças estavam ali, Idra sentado em uma cama, segurando Ino no colo, com Mireän apertada ao seu lado. Trajavam roupas de dormir e tinham os cabelos trançados nas costas. Ambas as meninas choravam, e Idra parecia ele próprio ter o rosto inchado e os olhos vermelhos. Olharam para cima quando Maia entrou;

antes que ele tivesse a chance de dizer qualquer coisa, Mireän saltou da cama e correu até ele, jogando os braços ao redor de sua cintura. Ino se soltou de Idra; percebendo que ela estava prestes a se juntar à irmã, Maia se ajoelhou no chão para que elas não o derrubassem.

— Mireän, Ino — chamou Idra, tentando indicar reprovação, mas sua voz oscilou.

— Está tudo bem — disse Maia. — Eu sinto muito. Devia ter pensado em mandar alguém dizer a vocês...

— Você tinha coisas mais importantes em que pensar — falou Idra, desviando o olhar.

O rosto quente e úmido de Ino estava pressionado contra seu pescoço, e Mireän soluçava exausta em algum lugar ao redor de sua axila.

— Não tenho certeza de que tinha — reprimiu-se Maia. — Mas *estou* bem. De verdade.

— O que aconteceu? — perguntou Idra.

Maia engoliu em seco. Não estava ficando mais fácil pensar naquilo.

— Eshevis Tethimar tentou me matar.

Idra franziu a testa.

— O homem com o qual tia Vedero deve se casar?

— Não mais — asseverou Maia. — Você o conhecia?

— Ele fazia questão de ser gentil comigo — respondeu Idra com um dar de ombros desconfortável. — Mas mamãe...

— Está tudo bem — reconfortou Maia; Setheris o havia proibido de falar de Chenelo, e ele entendia a hesitação de Idra. — Não espero que você finja que ela não existe.

Isso tirou dele um mero lampejo de sorriso.

— Mamãe dizia que dach'osmer Tethimar não era alguém de quem eu gostaria de ser amigo, e de fato eu não gostava dele, mesmo quando era gentil.

— Não mesmo — disse Maia. — Eu também não gostava dele.

— Mas ele tentou *matar* você?

— Tentou.

— Ele queria ser imperador? — perguntou Mireän, levantando a cabeça e relaxando o abraço, algo pelo que Maia ficou grato, pois estava ficando difícil respirar.

— Não sei — disse Maia.

— Ele vai matar Idra? — perguntou Ino.

— Não. Ele está morto. — Maia pensou em como era horrível oferecer isso como garantia, então pensou que parecia um epitáfio adequado para Eshevis Tethimar.

Idra comentou:

— Deve haver muito que... Quero dizer, você deve estar ocupado.

— Um pouco — admitiu Maia. — Não devo ficar muito.

— Obrigado por vir — disse Idra. — Estávamos... preocupados.

— Não me admira — falou Maia gentilmente; olhou nos olhos de Idra por cima da cabeça de Ino e deixou o sobrinho ver que ele sabia que "preocupados" era um eufemismo. — Eu também estava preocupado.

Isso tirou uma risada culpada de Idra, que desceu da cama para ajoelhar-se ao lado de Maia.

— Ino, o primo Maia precisa ir.

Ino se agarrou com mais força por um momento, depois soltou. Olhou para Maia, de olhos inchados e fungando.

— Vais voltar?

— Sim, voltarei, te prometo — assegurou Maia. — Embora possa demorar um pouco.

— Podemos te visitar novamente? — perguntou Mireän, depois acrescentou, com consciência precipitada: — Algum dia. Não enquanto estiveres ocupado.

— Eu gostaria disso — respondeu Maia. Ele se levantou, e Idra fez o mesmo, olhando para o tio tão ansiosamente quanto Ino. — Estou bem. Não precisas temer por mim. Estou bem protegido.

— Claro — concordou Idra, sem acrescentar: *Meu avô também estava.*

— É diferente quando se sabe que é preciso ter cuidado — acrescentou Maia, atento às meninas agora agarradas às mãos de Idra.

Os olhos de Idra se iluminaram um pouco.

— Suponho que sim. Obrigado.

Maia tocou o ombro dele gentilmente, reconhecendo o ato, ao fazê-lo, como um estranho eco abafado do gesto barizhês que ele se acostumara a ver nos últimos dias, e pediu:

— Tenta dormir um pouco. *Alguém* tem que fazer isso.

E Idra realmente sorriu e respondeu:

— Vou tentar.

31 UMA CONSPIRAÇÃO REVELADA

No Verven'theileian, Maia encontrou lorde Berenar e o capitão Orthema envolvidos num debate acalorado, enquanto o capitão Vizhenka assistia resignado. Csevet consultava um par de secretários que Maia reconhecia, mas de cujos nomes não se lembrava. Todos pararam e fizeram uma reverência quando Maia entrou, e ele achou melhor aproveitar a interrupção antes de Berenar e Orthema recomeçarem.

— Capitão Orthema, lembramos que a Guarda Untheilenesa foi posicionada para impedir que qualquer pessoa saia da corte.

— Sim, Serenidade.

— Você poderia ir e descobrir se seus homens realmente precisaram deter alguém? Achamos que essa informação pode ser muito interessante.

Orthema hesitou apenas um pouco antes de dizer:

— Sim, Serenidade. — O que, dado o olhar que dirigiu a Berenar, disse muito a seu favor.

Ele fez uma reverência e partiu, e Maia perguntou a Berenar:

— Sobre o que você e Orthema discutiam?

Berenar suspirou com pesar.

— Ele desejava prender todos os Tethimada que atualmente estão na Corte Untheilenesa e os homens que o capitão Vizhenka observou conversando com dach'osmer Tethimar. Embora de fato entendamos e simpatizemos com seu ponto de vista, não poderíamos apoiar isso sem a ordem direta de Vossa Serenidade.

Lançou um olhar cauteloso a Maia, como se estivesse preocupado que o imperador fosse apoiar Orthema.

— Não — disse Maia. — Achamos que ainda não temos motivos para prender qualquer um... embora queiramos muito falar com os homens aos quais dach'osmer Tethimar falou.

— Serenidade — falou Csevet, interrompendo educadamente. — O conde Nethenel e mer Reshema expressaram seu desejo de cooperar e estão esperando na sala de reunião pública do outro lado do salão. O valete do conde Solichel informa ao nosso pajem que ele está doente e não pode falar com ninguém.

— Uma doença muito repentina — comentou lorde Berenar.

— De fato — concordou Maia. — E dach'osmer Ubezhar?

— Não pôde ser encontrado, Serenidade. Embora talvez o capitão Orthema vá ter notícias dele quando voltar.

— Talvez. Muito bem. Vamos falar com o conde Nethenel.

Maia se sentou em seu lugar costumeiro na longa mesa do Verven'theileian, e Csevet escapuliu, retornando quase imediatamente com Pazhis Nethenel, o conde Nethenel, que estava quase cinza de tanto esforço, mas composto.

A Casa Nethenada, Maia se lembrava das aulas de Berenar, era uma casa menor do oeste de Thu-Tetar, que se notabilizava principalmente por sua administração secular do Vau de Nethen, onde, por uma combinação de passagens, dragagens e algumas ilhas fortuitamente colocadas, ela mantinha a única travessia confiável do Tetara em cerca de oitenta quilômetros. O atual conde Nethenel era cerca de seis anos mais velho que Maia e tinha sido nomeado pela imperatriz Pazhiro, embora, se isso tinha sido um esforço para bajular Varenechibel, não se poderia dizer que ela tivera sucesso. Os Nethenada eram uma das famílias nobres mais pobres de Thu-Tetar, pois naturalmente o Tetara pertencia à coroa, e os Nethenada não podiam cobrar pedágios sem uma permissão que nunca fora concedida. Maia, examinando o lorde com cara de furão diante de si, pensou que talvez devessem um pouco mais de consideração aos Nethenada do que a que eles haviam recebido.

— Conde Nethenel — começou —, obrigado por concordar em falar conosco.

— Serenidade — respondeu o conde Nethenel, com uma reverência brusca.

— Não suspeitamos de nada a seu respeito — falou Maia tão gentilmente quanto pôde. — Apenas desejamos saber o que dach'osmer Tethimar disse quando lhe falou esta noite.

Nethenel engoliu em seco.

— Foi... foi da natureza de uma ameaça, Serenidade.

— Uma ameaça? — questionou lorde Berenar.

— Nós... — Nethenel tossiu e começou de novo: — A Casa Nethenada e a Casa Tethimada estão em desacordo há algum tempo quanto... Bem, quanto às ideias políticas de dach'osmer Tethimar. Neste verão nós havíamos acabado de recusar-lhe novamente nosso apoio numa reclamação que ele trazia para o imperador. Esta noite, ele falou que iríamos nos arrepender de nossas lealdades.

Ele tornou a tossir, e Maia disse:

— Um pouco de água para o conde Nethenel, por favor.

Csevet encheu um copo com a jarra que estava ao lado do samovar e o levou. A mão de Nethenel tremia quando o pegou, e ele bebeu com cuidado.

— Obrigado, Serenidade. Lamentamos que estejamos... estejamos ainda um pouco assoberbados.

— Não o culpamos — disse Maia, e, como acontecera com Idra, o eufemismo irônico funcionou com Nethenel, pois ele conseguiu olhar nos olhos de Maia e até mesmo oferecer um sorriso trêmulo. Pediu a Csevet: — Queremos falar com mer Reshema, por favor.

— Serenidade, ele não sabe de nada disso! — exasperou-se Nethenel, em súbito desespero. — Por favor. Ele nem sabia quem era Eshevis.

— Tampouco suspeitamos dele — disse Maia, intrigado. — Mas ele também é uma testemunha.

O conde Nethenel parecia querer protestar mais, mas Csevet já havia saído da sala.

Maia percebeu que mer Reshema era apenas um pouco mais velho que ele mesmo. Era, na verdade, o jovem em couro de mensageiro que Maia vira dançando com Vedero. Era parte goblin; embora a pele fosse um pouco mais clara que a de Maia, o cabelo era preto e os olhos eram de um laranja feroz. Tinha um comando melhor de si mesmo que o conde Nethenel, e Maia se perguntou, olhando dele para Csevet, se os mensageiros eram escolhidos por sua calma imperturbável ou se fazia parte da educação da qual Csevet havia falado. Mer Reshema confirmou o relato de Nethenel:

— Ele estava se gabando, Serenidade. Pensávamos, o conde Nethenel e nós mesmos, que ele devia ter obtido alguma concessão importante do senhor, embora não pudéssemos imaginar qual fosse.

— Não esperávamos — colocou Nethenel ansiosamente — que ele fosse... que ele tivesse a intenção de...

— E como poderiam? — questionou Maia. — Admitimos que não melhora nossa imagem de dach'osmer Tethimar o fato de que ele parar no caminho de assassinar-nos e se permitir vanglórias mesquinhas, mas certamente não se poderia esperar que vocês discernissem que ele passaria de mesquinharia a assassinato. — Olhou para lorde Berenar. — Você tem alguma outra pergunta para estes cavalheiros?

— Não, achamos que não. São os amigos de dach'osmer Tethimar de quem devemos buscar mais respostas, não seus inimigos. Obrigado, cavalheiros.

— Sim — disse Maia. — Obrigado. Agradecemos sua ajuda.

— Só gostaríamos de ter podido ajudar *mais*, Serenidade — lamentou mer Reshema, e o conde Nethenel concordou com um murmuro. Eles se curvaram e saíram.

— O conde Nethenel estava muito nervoso — comentou Maia.

— E deveria estar mesmo — respondeu lorde Berenar. — O Baile da Noite Invernal é uma coisa, mas trazer seu amante humilde para ele é outra bem diferente.

— O quê? — indagou Maia.

— O senhor não sabia, Serenidade? Pareceu-nos que até os pardais fofocavam a respeito. O conde Nethenel vem fazendo um espetáculo impróprio de si mesmo desde o equinócio da primavera.

— Não vimos nada desagradável em mer Reshema.

— E não sabemos de nada que desabone o jovem — concordou Berenar. — É Nethenel quem está provocando a areia movediça. E, na verdade, isso não é uma coisa nem outra, pois a imprudência está muito longe da traição, e os Nethenada sempre foram estupidamente leais.

— *Perdão*? — falou Maia, em falsa indignação, e ficou satisfeito quando Berenar riu.

— Não quisemos dizer a respeito do senhor, Serenidade. Mas imperadores anteriores... Bem, Varevesena, por exemplo, não lhes deu razão alguma para amá-lo. Mas não importa. A questão é o que fazer com Solichel e Ubezhar, assim que Ubezhar for encontrado, é claro.

— Acreditamos — comentou Csevet, inclinando a cabeça — que isso pode estar acontecendo neste instante.

Maia também ouviu: uma comoção no corredor misturada ao tilintar e raspar de armaduras e uma voz gritando palavras indistinguíveis. Csevet abriu a porta no momento que o tumulto atingiu o Verven'theileian; dois soldados entraram, meio que arrastando um terceiro homem entre eles, não por qualquer desejo de serem brutos, mas porque o homem lutava contra eles. Pela roupa, era um cortesão, e Maia adivinhou pela clara relutância em ser levado perante o imperador que era o elusivo dach'osmer Ubezhar. O capitão Orthema fechava a retaguarda.

— Serenidade — saudaram os soldados, um pouco desajeitadamente por precisarem manter o controle sobre seu prisioneiro.

O capitão Orthema os tangenciou de modo meticuloso, e Csevet fechou a porta, ficando de costas para ela. Dach'osmer Ubezhar ficou em silêncio de repente — e intensamente concentrado na tarefa de alisar suas roupas.

— Serenidade — disse o capitão Orthema —, dach'osmer Ubezhar foi descoberto nos estábulos do sul, tentando subornar um cavalariço para abrir o portão. Recomendamos Khever, o cavalariço, à atenção do senhor, pois ele recusou mui veementemente, e nosso cabo afirma que o rapaz ameaçou socar dach'osmer Ubezhar no nariz.

— Não temos nada a dizer — anunciou dach'osmer Ubezhar, o que era interessante, pensou Maia, pois ninguém ainda havia lhe pedido para dizer qualquer coisa. Não era um homem atraente, não tinha o poder de Eshevis Tethimar, e sua tentativa de altivez se saiu mal, embora fosse ser difícil para qualquer homem tentar isso com o cabelo caindo no rosto.

— Eu acho... — falou o capitão Orthema, e ninguém na sala era tolo demais para pensar que seu uso da primeira pessoa informal era de alguma forma amigável — ... que você vai descobrir que tem, sim.

— Capitão — disse Maia. Não era uma repreensão, mas definitivamente um aviso.

Orthema assentiu para ele de má vontade e deu a volta na mesa para ficar ao lado da cadeira de Berenar. Mas nem ele nem Maia mandaram os soldados darem um passo para trás.

Dach'osmer Ubezhar retrucou:

— Você é um bicho-papão para assustar as crianças, capitão? Não somos uma criança. — Seu escárnio era claramente uma cópia do de Tethimar, e Maia achava que por baixo daquela bravata ele estava bem assustado.

— Dach'osmer Ubezhar — chamou Maia, e esperou até que Ubezhar estivesse pelo menos olhando em sua direção... embora não chegasse nem perto de olhá-lo nos olhos. — Lamentamos se formos os primeiros a informá-lo, mas dach'osmer Tethimar está morto.

Dach'osmer Ubezhar não disse nada, embora Maia pudesse ver que era um esforço. Não parecia nem um pouco surpreso.

Maia disse:

— Ele falou com você esta noite.

Se Ubezhar tivesse tido a inteligência ou a coragem de ficar em silêncio, Maia estava desconfortavelmente ciente de que estaria em um impasse, e a solução proposta por Orthema seria muito tentadora. Mas Ubezhar disse, de súbito na defensiva:

— Sem dúvida ele falou com muitas pessoas.

— Inclusive conosco — concordou Maia, e ficou indignamente satisfeito com o estremecimento de Ubezhar. — Já falamos com alguns dos outros e falaremos com o restante, mas isso não é da sua conta. O que ele lhe disse?

— Certamente isso é um assunto privado entre nós e nosso amigo morto.

— Não quando seu amigo morto saiu de perto de você direto para uma tentativa de assassinato — redarguiu lorde Berenar.

Ubezhar estremeceu outra vez, embora Maia, observando-o de perto, achasse que era mais pela falta de tato de Berenar que pela ideia de que seu amigo pretendia assassinar o imperador.

— Se ele falou com você sobre assuntos não relacionados, nós iremos...

— Foi isso! — disse Ubezhar, muito ansioso. — Nada a ver com... Isto é, não tínhamos ideia de que...

— Porque — falou Orthema disse com delicadeza —, se *soubesse*, você o teria impedido, é claro.

— É claro — disse Ubezhar, mas não era um bom mentiroso.

— Dach'osmer Ubezhar — perguntou Berenar —, você conhece a pena por traição?

— Traição? — repetiu Ubezhar, a voz esganiçada.

— Em geral é assim que se chama o assassinato de um imperador.

Ubezhar ficou branco e soltou:

— Eu não tive nada a ver com isso! Foi tudo ideia de Eshevis!

Berenar ergueu as sobrancelhas.

— O assassinato de Edrehasivar VII? Ou o assassinato de Varenechibel IV?

Ubezhar olhou para Berenar com uma mistura de fúria e pânico, então se libertou dos soldados e tentou correr para a porta. Csevet, cumprindo a ameaça do cavalariço, lhe deu um soco no nariz.

Depois que Ubezhar entrou em pânico, o pânico foi completo, e os detalhes saíram aos borbotões em torno do lenço manchado de sangue que ele apertava contra o rosto: a insatisfação de Tethimar, compartilhada por muitos nobres de Thu-Athamar e Thu-Tetar e a crescente impaciência desses mesmos nobres com a recusa de Varenechibel em atendê-los.

— Com Varevesena nunca foi assim — disse Ubezhar, indignado, embora não tivesse idade suficiente para lembrar por si mesmo.

Tethimar teve pouca dificuldade em reunir vários homens que pensavam parecido, pouca dificuldade em convencê-los de que estavam sendo maltratados. E a partir daí, infelizmente não foi necessária muita imaginação para seguir o caminho que haviam tomado para assassinato e traição.

Com dor no coração, Maia perguntou a Berenar:

— A nossa presença é necessária?

Berenar pareceu surpreso, então algo iluminou seu rosto que Maia se esquivou de entender.

— Não, Serenidade. De jeito nenhum. Por favor, pode ir dormir.

E Maia não teve mais forças para resistir àquela bondade. Foi preciso toda a sua atenção para voltar ao Alcethmeret sem tropeçar nos próprios pés, onde ele se viu um fantoche obediente enquanto seus edocharei o despiam, lhe davam banho, lhe ofereciam comida que não conseguia encarar e o colocavam na cama. Ele se deitou e ficou olhando para os gatos lutadores. Estava tão exausto que a sala parecia girar muito lentamente ao seu redor, e não conseguia dormir.

Depois do que pareceu muito tempo, uma voz disse suavemente:

— Serenidade?

Kiru. Ele nunca tinha descoberto como seus nohecharei decidiam qual deles ficava em seu quarto e qual não ficava, e de algum modo parecia rude perguntar.

— Sim, Kiru Athmaza? — Ele teve o cuidado de não olhar para ela.

— O senhor não está dormindo — disse ela, a declaração de um fato com voz suave.

— Não conseguimos — respondeu ele, desanimado. — Está tudo... Se fecharmos os olhos, nós o vemos novamente.

— Tethimar.

— Sim. A expressão no rosto dele... — Estremeceu, então descobriu que era incapaz de conter-se.

— Serenidade? — A voz de Kiru estava mais próxima.

— Não! — Ele ofegou. "Não podemos ser amigos." — Estamos bem. É só... é só frio.

Ele podia dizer, pelo caráter de seu silêncio, que ela não acreditava nele, mas, se havia uma vantagem em ser imperador, era que ela não podia chamá-lo de mentiroso na cara. Ele rolou de lado, dando as costas para ela, e se enrolou na bola mais apertada que pôde. *É só frio*, disse a si mesmo. *É só um frio enorme.*

Kiru começou a cantar baixinho. Maia não conhecia a música — algo sobre mulheres mortas atraindo amantes infiéis para se afogarem no Tetara —, mas não importava. A voz de Kiru era suave e bastante áspera, mas ela sustentava a melodia com vigor, e a gentileza da canção fez a garganta de Maia doer de uma forma que a bela voz de min Vechin jamais faria. Se ele fez qualquer barulho que o traísse, Kiru não deu sinal de ouvir, e quando ele finalmente adormeceu na luz cinzenta do dia tempestuoso que se insinuava por entre as cortinas, ela ainda cantava.

Ele dormiu pesado por quatro horas e acordou se sentindo melhor do que achava que tivesse qualquer direito. Durante um almoço tardio, Csevet contou-lhe sobre o progresso que estava sendo feito contra a conspiração de Tethimar. Dois dos homens que Ubezhar mencionara haviam se matado antes que pudessem ser presos, mas os outros quatro estavam sob custódia, e apenas um, dach'osmer Veschar, tentava alegar inocência. Além disso, mer Celehar tinha chegado de Amalo no dirigível do meio-dia e queria ver Maia assim que possível.

— Ele *disse* isso? — questionou Maia antes que pudesse se conter, pois isso era bastante contrário à sua experiência com Thara Celehar.

Csevet pigarreou.

— Ele está muito angustiado, Serenidade, por não ter sido rápido o suficiente para impedir a tentativa de dach'osmer Tethimar de matar o senhor. Acreditamos que ele, de fato, deseje vê-lo para poder implorar seu perdão. Além disso — e Csevet agora tomava todo o cuidado de não olhar para Maia —, ouvimos que Csoru Zhasanai o expulsou.

— Ah, céus — disse Maia. — Pois a culpa *é* nossa.

— Serenidade — falou Csevet, não concordando muito. — Nós, porém, não acreditamos que mer Celehar vá mencionar esse fato se o senhor não o forçar.

— Obrigado — disse Maia. — Quando teremos tempo para vê-lo?

— Hum — considerou Csevet, consultando parte de sua inevitável resma de papéis. — Se o senhor quiser conceder a ele uma audiência agora, Serenidade... nós dissemos a todos os outros que o senhor não estará disponível até os seus nohecharei mudarem de turno novamente. — Ele deu de ombros, estranhamente, com um ombro só. — Ao contrário de uma hora marcada no relógio, não se pode discutir sobre o fato de que cinco minutos antes não farão mal.

— Você sofre muito com essas discussões?

— É nosso trabalho, Serenidade — disse Csevet, e sorriu para ele. — O senhor quer ver mer Celehar agora?

— Queremos — disse Maia.

Ele levou uma nova xícara de chá para a Sala das Tartarugas e se sentou o mais próximo possível da lareira; como se para transformar sua meia-verdade para Kiru em uma verdade inteira, ele estava com muito frio e não conseguia se aquecer. Celehar devia estar esperando a convocação, pois entrou quase imediatamente, prostrando-se no chão.

Deusas misericordiosas, de novo não.

— Levante-se — disse Maia. — Por favor. Não desejamos...

— Nós falhamos com o senhor, Serenidade — falou Celehar, imóvel.

— Você falhou... *em quê*? — Maia beliscou a ponte do nariz. — Mer Celehar, fazendo todas as concessões para a natureza perturbadora do que aconteceu ontem à noite, não entendemos por que você diria tal coisa.

Celehar olhou para cima.

— Mas...

— *Não.* — Ele teve que parar, tão surpreso quanto qualquer outra pessoa pelo poder de rispidez de sua voz. Então tentou novamente: — Você não é responsável pelo amor-próprio de dach'osmer Tethimar, nem por seu julgamento notavelmente pobre. Você fez o que pedimos e o fez muito bem. Nada mais está sob sua responsabilidade, e pedimos a você, com muita sinceridade, para não carregar mais fardos.

Celehar finalmente se levantou; ele parecia simplesmente confuso.

— Mas se não tivéssemos... foram sem dúvida nossas investigações que fizeram com que dach'osmer Tethimar...

— Se não fosse você, teria sido outra coisa — falou Maia. — Ele era... — Mas não tinha como colocar em palavras a coisa que vira em Tethimar, a fúria cruel, o amor-próprio tão profundo que não tolerava ser contrariado nem no menor assunto. — Ele nunca... Isto é, ele tinha ido longe demais para aceitar qualquer coisa que não fosse a completa conformidade com seus desejos e nunca conseguiu. Na verdade, estamos gratos a você, pois, se suas investigações não o tivessem ameaçado, ele poderia ter tido tempo para bolar um plano melhor. Como fez ao assassinar nosso pai.

— Serenidade — exclamou Celehar, chocado.

Maia olhou para ele. Sua cor estava ruim; seus olhos, injetados de sangue.

— Mer Celehar, quando você dormiu pela última vez?

— Hum. — Celehar esfregou o rosto. — Nós não... Que dia é hoje?

— Acreditamos que ainda seja dia 22 — sugeriu Maia.

— Ah. — Celehar franziu a testa. — Devemos ter dormido no dia 20. Sim, pois lembramos que a Irmandade Vigilante nos ofereceu o uso de uma cela.

— Então você precisa dormir — respondeu Maia. — Temos certeza de que nada disso vai parecer tanto assim sua culpa quando você acordar.

— Sim, Serenidade. — A hesitação antes de Celehar dizê-lo foi perfeitamente palpável, e Maia se perguntou quanto da vontade de Celehar de aceitar a culpa por coisas que não eram culpa dele se devia a Csoru Zhasanai e o que deve ter sido, na melhor das hipóteses, uma cena muito desagradável.

— Vamos acolhê-lo em nossa casa — avisou —, pois, como Csoru Zhasanai é nossa parenta, então você deve ser nosso parente, e você nos prestou, aliás, um grande serviço. Csevet, pode pedir a merrem Esaran, por favor, que conceda um quarto a mer Celehar?

— Claro, Serenidade — falou Csevet. — Por aqui, mer Celehar.

Celehar ficou paralisado por um momento, então disse, com a voz quebrada pouco mais que um sussurro:

— Obrigado, Serenidade. — E deixou Csevet conduzi-lo para fora da sala.

Maia suspirou de alívio e voltou a atenção para os documentos que Csevet havia levado a ele, um resumo perfeito feito por lorde Berenar do andamento da investigação. Csevet já lhe contara a maior parte, mas, mesmo assim, Maia leu com cuidado e ficou contente por ver que Berenar já começara a estabelecer inocência, bem como culpa; embora o pai de Eshevis Tethimar fosse tão culpado quanto seu filho, o restante dos Tethimada parecia não ser culpado de nada além de confiar que o chefe de sua casa fosse honrado, e dach'osmer-rem Ubezharan ficou horrorizada com as tramas do marido. Berenar acrescentou que a aconselhara a pedir o divórcio — um conselho escandaloso vindo de um lorde chanceler, mas Maia concordou: se ela não fazia parte da trama de Ubezhar e Tethimar, não merecia ficar carregando o fardo da vergonha dos dois.

E ele ficou profunda, vertiginosamente aliviado ao saber que o arquiprelado não estava implicado. Já era ruim o suficiente que seu reinado tivesse começado com duas tentativas de golpe, uma liderada por seu lorde chanceler, sem ter o arquiprelado de Cetho envolvido também.

Quando Berenar entrou — bem nos calcanhares de Cala e Beshelar, e Maia se lembrou do que Csevet havia dito sobre "cinco minutos antes" —, ele contou ao imperador o resto do que Ubezhar havia dito:

— A queda do *Sabedoria de Choharo* não foi, afinal, plano de Tethimar.

— Não foi?

— Não entenda mal, Serenidade. Tethimar pretendia que o imperador e seus filhos morressem. Mas não *ali*. Ele pretendia que morressem depois de seu próprio casamento.

— Perdão?

— O plano de Tethimar era que o dirigível do imperador fosse destruído ao retornar a Cetho de Puzhvarno, a cidade mais próxima da mansão dos Tethimada em Eshoravee.

— Nós sabemos disso — falou Maia com um olhar para Csevet, que assentiu de modo severo em retribuição. — Você quer dizer, então, que nossa irmã Vedero havia realmente lhe sido prometida em casamento?

— Parece que sim, Serenidade. Sem dúvida ele e seus aliados pensavam assim. Eles pretendiam que o *Sabedoria de Choharo* fosse como... como um teste.

— *Um teste?*

— Ubezhar disse que Tethimar queria ter certeza de que o dispositivo poderia de fato ser ocultado com sucesso. O plano era que um objeto do mesmo tamanho e forma fosse colocado no Sabedoria de Choharo, e, se chegasse a Cetho sem ser detectado, eles saberiam que o dispositivo verdadeiro estaria seguro. Mas houve alguma falha de comunicação.

— Então ele *pretendia* — concluiu Maia lentamente — se casar com nossa irmã e que depois nosso pai e nossos irmãos fossem mortos.

— Colocando Eshevis Tethimar numa posição ideal para assumir a regência pelo príncipe Idra — concordou Berenar.

— Mas então o que ele pretendia fazer conosco? Pois ele não podia ter imaginado que deveríamos ser autorizados a comparecer ao casamento?

Berenar tossiu, as orelhas se abaixando.

— Acreditamos, Serenidade, embora Ubezhar não tenha dito exatamente isso, que Tethimar havia quase se esquecido do senhor. O senhor não era considerado uma ameaça.

— Um cretino consanguíneo louco — praguejou Maia com azedume, e as orelhas de Berenar se abaixaram ainda mais antes que ele se recuperasse.

— Mas o dispositivo destruiu o *Sabedoria de Choharo,* e Tethimar não só não estava casado com a arquiduquesa como também não tinha contrato de casamento assinado. O senhor foi coroado mais rapidamente que qualquer um esperava. E as tentativas de Tethimar de reagrupar-se foram bloqueadas.

— Repetidamente — avaliou Csevet com satisfação audível.

— O senhor não concordou com o casamento dele com a arquiduquesa. O lorde chanceler fez a própria tentativa de tomar o poder. O investigador que o senhor enviou a Amalo descobriu o homem que montou o dispositivo. Tethimar passou os últimos dias, segundo Ubezhar, procurando alguma maneira de sair da armadilha que havia preparado para si mesmo. E quando não conseguiu encontrar um jeito... Bem, Ubezhar não quis dizer, mas, Serenidade, acreditamos que Tethimar tenha acabado por concluir que o senhor era o autor de todos os problemas dele. A última coisa que ele disse a Ubezhar foi que ficaria contente em morrer se isso significasse que o senhor morreria com ele.

— Parecia mesmo que ele nos odiava — comentou Maia, envergonhado com a fraqueza de sua própria voz.

— Bem, não importa — falou Berenar depressa, mudando de assunto. — Ele está morto, e acreditamos que sua conspiração vá morrer com ele. — Ele explicou, lúcida e completamente, os planos que ele e Orthema tinham feito para ter certeza de que a conspiração não fosse apenas descoberta, mas também totalmente eliminada. — Aconselhamos, Serenidade, que o próximo chefe de cada casa implicada seja obrigado a vir e jurar sua lealdade ao senhor pessoalmente. E aconselhamos mui fortemente que a Casa Tethimada seja extirpada. Deixe que suas propriedades sejam divididas entre as irmãs solteiras de Eshevis Tethimar, para que cada uma tenha um dote generoso, e não se fale mais disso.

— Quantas irmãs ele tinha? — perguntou Maia.

— Quatro. Mas a mais velha, é claro, é casada com o príncipe Orchenis.

— Sim — disse Maia, inquieto. — Berenar, você... Isto é, não acreditamos que o príncipe esteja de alguma forma... Não desejamos... — Ele se calou, incapaz de perguntar: "Você está convencido de que o príncipe de Thu-Athamar não estava conspirando contra nós?".

Berenar esperou educadamente até ficar claro que Maia não encontraria uma maneira de terminar sua frase, então respondeu:

— Não sentimos que haja qualquer motivo para duvidar da lealdade de Orchenis. Recomendamos que o senhor o chame aqui com a esposa, pois é uma questão muito importante para que restem dúvidas. Na verdade, pelo nosso conhecimento de Orchenis, sentimos que ele desejará dizer ao senhor, pessoalmente e de forma inequívoca, que ele é leal. Mas... Bem, Serenidade, se Orchenis tivesse feito parte da trama, esperávamos que ele levantasse bandeira após a morte do falecido imperador seu pai.

— Ah — disse Maia. — Certo. Entendemos o que você quer dizer. — Ele balançou a cabeça para clareá-la e perguntou: — Quantos anos têm as irmãs solteiras de dach'osmer Tethimar?

— Serenidade. — Berenar pigarreou. — Quinze, doze e sete.

— E ele não tinha irmãos?

— Havia um irmão mais novo, Serenidade, mas ele morreu alguns anos atrás. Um acidente de caça, acreditamos, embora não nos lembremos dos detalhes.

— Não importa. Quem se torna o guardião das meninas, então?

— Serenidade?

— O irmão delas está morto; o pai logo estará. A mãe delas...?

— Morreu, Serenidade. No parto da filha caçula.

— E se elas forem levar a riqueza dos Tethimada para outras casas, não se deseja colocá-las aos cuidados de um primo tethimadês — comentou Maia. — Qual era a casa da mãe delas?

Berenar pareceu sentir dor.

— Ubezhada, Serenidade.

— Ah. Não. — Ele teve um vislumbre da creche do Alcethmeret cheia dos filhos de seus inimigos, e então lhe veio a solução. — Príncipe Orchenis.

— Serenidade?

— Ele é tio delas por casamento. E se ele for leal, como você diz e nós também acreditamos, não há pessoa mais adequada.

Berenar ficou calado, como se contemplasse a ideia de vários ângulos, então assentiu.

— Sim. Concordamos. Vai dar muito certo.

— Há outros assuntos? — perguntou Maia.

— Falamos com mer Celehar e com os oficiais da Irmandade Vigilante que o acompanharam e aos prisioneiros.

— Prisioneiros? — questionou Maia bruscamente.

Berenar consultou suas anotações.

— Shulivar, Bralchenar e Narchanezhen. As pessoas responsáveis pelo dispositivo que destruiu o *Sabedoria de Choharo*. Foram encaminhados ao Judiciário, mas nos perguntamos se... Serenidade, seria totalmente legal deixar o julgamento de lado e executá-los amanhã. Os oficiais nos dizem que o grupo não nega o que fez e que não apresenta defesa alguma.

— Não — falou Maia instintivamente e de modo tão duro que se corrigiu em seguida: — Nós pedimos seu perdão. Mas não. Não vamos nos rebaixar à vingança. Porém...

— Serenidade?

Ele ouviu as próprias palavras e mal acreditou nelas:

— Desejamos falar com eles.

32 SHULIVAR, BRALCHENAR E NARCHANEZHEN

Berenar, Csevet, Beshelar, Cala, o tenente Echana e de fato todos os outros membros da casa de Maia haviam feito o melhor que podiam para dissuadi-lo. E ele não tinha argumentos racionais para contrapor-lhes, apenas um sentimento tão forte que era incapaz de ignorar. Aquelas eram as pessoas mais diretamente responsáveis por fazer dele um imperador; precisava vê-las, como se a realidade delas pudesse provar a sua própria.

Entre a relutância de sua equipe e suas obrigações — outro banquete para o Avar, seguido de uma performance do Coral Municipal de Cetho, e uma procissão aparentemente interminável de pessoas que tinham que ter certeza de que ele estava bem —, passava da meia-noite quando ele conseguiu descer à antiga prisão da Corte Untheilenesa, a Nevennamire. Era mais antiga, de fato, que a corte que Edrethelema III havia projetado, e Maia achou seus estreitos salões e suas estranhas salas arredondadas uma desconcertante sugestão do que o palácio havia sido outrora.

A Nevennamire era o lugar onde muitas jurisdições diferentes convergiam: a Guarda Untheilenesa, a Irmandade Vigilante de Cetho, a de Thu-Cethor e depois a Guarda Judiciária, um pequeno, mas honrado corpo que protegia sua autonomia tão ferozmente quanto seus prisioneiros. A sala da guarda estava bastante cheia, pois os oficiais de Amalo também precisaram ser acomodados, e todos se levantaram de um pulo em consternação quando Beshelar disse em voz alta:

— Sua Serenidade Imperial, Edrehasivar VII.

Maia recusara que levassem os prisioneiros ao Alcethmeret ou mesmo ao Michen'theileian. Nisso ele recebeu apoio inesperado do tenente Echana, que disse que seria muito mais fácil conter os prisioneiros na Nevennamire que nos amplos salões da corte.

— Se Sua Serenidade fosse sensata — queixou-se Beshelar —, não haveria necessidade de contê-los.

Echana sorrira de repente.

— De fato, mas é claro que não podemos ter isso, então vamos trabalhar com o que temos.

E assim o imperador foi até a Nevennamire, algo que Cala dizia ter quase certeza de que não acontecia desde que a imperatriz Valestho fora presa injustamente pelo irmão do imperador Belthelema IX e o próprio imperador fora soltar os grilhões dela.

— Vamos abrir outro precedente — falou Maia, sombrio. — Pode entrar nos livros de história ao lado de nossas duas tentativas de golpe em menos de um mês.

— Serenidade...

— Deixe para lá. Pedimos desculpas.

— Não peça — disse Cala tristemente.

Maia deu de ombros, igualmente triste. "Não podemos ser amigos." Continuou andando.

E então, na Nevennamire, os guardas pareciam quase em pânico com sua presença, o que não o fez se sentir melhor. Felizmente, o oficial de serviço, um tal de cabo Ishilar, conseguiu manter a cabeça no lugar e, mesmo que não entendesse por que o imperador estava ali nem o que esperava realizar, estava disposto a cooperar. Recusou-se a permitir que Maia passasse pela sala da guarda e entrasse na prisão propriamente dita, mas não hesitou em reorganizar a sala da guarda para virar uma câmara de audiência improvisada — que, embora não fosse exatamente o que Maia queria, ele reconheceu ser o melhor que obteria. Sentou-se na cadeira que o cabo Ishilar posicionara para ele, com Cala à direita,

Beshelar à esquerda e os oito guardas como pilastras ao longo das paredes, e esperou enquanto Ishilar buscava os prisioneiros.

Ishilar também se recusara categoricamente a trazer mais de um por vez — no que tinha sido veementemente apoiado por Beshelar —, então Maia pediu para ver min Narchanezhen primeiro, depois mer Bralchenar e, por fim, mer Shulivar. Sentiu que precisaria de prática antes de conseguir falar com a pessoa que realmente construíra o dispositivo, quem devia saber melhor que ninguém o que isso causaria.

Min Narchanezhen tinha o rosto de furão de um elfo puro-sangue e usava o cabelo branco cortado curto como um trabalhador. Maia poderia dizer que ela estava determinada a não se deixar impressionar pelo imperador; ele não dava a mínima. Ela havia sido a mensageira entre Ubezhar e Shulivar: os dois homens aparentemente haviam concordado em seu plano de destruição e assassinato sem nunca se encontrarem cara a cara. Olhou para ela por um longo tempo, enquanto ela achava cada vez mais difícil olhar nos olhos dele; por fim Maia perguntou:

— Você sabia o que aquilo poderia fazer? — Era a única pergunta que parecia importar.

— Sim, e eu faria tudo de novo — cuspiu ela. — É a única maneira de forçar vocês, parasitas vis, a abrir mão de seu poder.

O cabo Ishilar a algemou.

— Você está falando com seu imperador, Narchanezhen.

— *Meu* imperador? — Ela riu, e foi um ruído horrível, irregular como as cicatrizes no braço de Maia. — Este não é meu imperador. O que ele importa para mim... ou eu para ele? Ele nunca saberia meu nome não fosse pelo glorioso golpe que demos no poder estagnado que ele representa.

— É isso que você acha que é? — questionou Maia. — Glorioso?

— Glorioso — repetiu ela com ênfase desafiadora.

Ele pensou na congregação do Ulimeire de Cetho e se sentiu enjoado.

— Então não há mais nada a ser dito.

Ela gritou com ele enquanto Ishilar e um dos oficiais de Amalo a arrastavam para fora, sua voz subindo e subindo até virar um grito agudo terrível como o vento.

— Serenidade — falou Cala —, o senhor não precisa fazer isso. Ninguém exige isso do senhor.

— Eu exijo — disse Maia, cansado, e Cala voltou à sua posição.

Bralchenar foi quase pior que Narchanezhen; rastejando e aterrorizado, estava muito claramente preparado para dizer qualquer coisa que pudesse salvar a própria vida. Não fazia sentido questioná-lo, pois ele diria apenas o que achava que Maia queria ouvir. Maia escutou por alguns minutos, sentindo que devia isso, se não a Bralchenar, então a todas as pessoas que Bralchenar havia matado. Enfim, declarou:

— Suas escolhas foram suas, mer Bralchenar. — E acenou para Ishilar.

Mer Shulivar não era o que Maia esperava — embora, na verdade, não fosse capaz de dizer exatamente o que havia esperado. Shulivar era alto, um pouco desajeitado, com cabelo preto curto e olhos azuis vívidos; sua pele era da mesma cor cinza-ardósia que a de Maia. Eles se entreolharam; Shulivar não estava assustado nem hostil, e Maia achou estranhamente fácil perguntar:

— Por que você fez isso?

— Porque precisava ser feito — asseverou Shulivar. Maia viu que o outro tinha absoluta certeza, que sua calma vinha não apenas da coragem, mas da convicção.

— *Precisava*?

— É da natureza de todas as pessoas segurar o poder quando o têm — disse Shulivar. — Assim ele fica estagnado e se torna nebuloso, venenoso. A ação radical é necessária para libertá-lo. E, se você olhar bem, verá que já está funcionando. Se eu não tivesse feito o que fiz, um goblin mestiço como você nunca teria conquistado o trono do Ethuveraz.

Maia abriu a boca, depois voltou a fechá-la. Nesse ponto, Shulivar tinha razão.

— Já consigo ver as mudanças — afirmou Shulivar. — Você não se agarra ao poder como seu pai e seu avô. Não tem medo de abrir mão dele. E tem novas ideias, ideias que nenhum imperador antes de você já teve.

— Não — protestou Maia.

— Sim — retorquiu Shulivar. — Nenhum outro imperador jamais teria comparecido ao funeral dos criados do pai. Nenhum outro imperador teria aceitado uma mulher como sua nohecharis. Você traz mudança, Edrehasivar, e a traz porque eu abri o caminho para você.

— Não. Não vale o preço.

— Vinte e três vidas. Você sabe quantas pessoas as fábricas de Choharo, Rosiro e Sevezho matam em um ano? Em um mês?

— Mas eu não...

— Você verá — falou Shulivar, e seus olhos eram azuis, serenos e absolutamente insanos. E, no entanto, queridas deusas abençoadas, ele estava certo. Maia sabia que *veria*.

— Nosso pai estava trabalhando para melhorar as condições no oeste — lembrou ele.

— Contra a dura oposição do leste — retrucou Shulivar —, com a qual ele sempre teria que se comprometer. No entanto, essa oposição *já* foi desmantelada pelo seu governo.

— Isso não é... — Maia quase mordeu a língua. — Não foi uma falha de comunicação, não é? Você traiu Tethimar de propósito.

— Isso importa? Lamento todas as mortes, mas repito. Precisava ser feito. — Shulivar abaixou a cabeça, o primeiro gesto que fazia em direção à etiqueta convencional. — Não há mais nada a dizer, Serenidade. De verdade.

Foi uma dispensa, e Maia estava horrorizado demais para argumentar. Acenou com a cabeça para Ishilar, e Shulivar foi levado.

— *Agora* o senhor vai embora? — murmurou Beshelar.

Maia se levantou e não deixou de ver as expressões de alívio nos rostos de todos os guardas. Quando o cabo Ishilar voltou, Maia agradeceu:

— Obrigado pela ajuda. E pela paciência.

Ishilar corou.

— É uma honra servir ao senhor, Serenidade — disse, e todos os guardas o saudaram.

Maia voltou ao Alcethmeret e tentou não pensar em Shulivar. Tentou não pensar na filosofia terrível de Shulivar e no cadáver de seu pai, envolto em véus de renda. Pela primeira vez, entendeu por que Setheris passava tanto tempo bêbado. Se isso detivesse o clamor em sua cabeça, valeria a pena.

Mas não valeria a pena pedir a Isheian, Nemer ou alguém para lhe trazer um decantador de metheglin. Não valeria o jeito como Beshelar olharia para ele. Em vez disso, deixou seus edocharei o prepararem para a cama, embora tivesse quase certeza de que não conseguiria dormir.

Ele se deitou na cama e cerrou os olhos para não ver Beshelar, e a próxima coisa que ouviu foi Avris dizendo:

— Serenidade, é uma bela manhã, e o Grande Avar já lhe enviou três mensagens para encontrá-lo nos estábulos do leste.

Isso mesmo, pensou Maia, *agora eu tenho um cavalo.*

Sentou-se.

— Temos tempo?

— Tem, Serenidade — disse Avris. — O Grande Avar deixou isso muito claro.

— Avris?

Avris se explicou:

— O Grande Avar, Serenidade, falou com muita firmeza sobre o assunto ao lorde Berenar, mer Aisava e não sabemos a quem mais. Ele afirma que o senhor deve ter tempo para fazer coisas que são só para si mesmo ou irá enlouquecer.

— Ah. — Maia sentiu o rosto esquentar.

— Então o senhor tem a manhã inteira, Serenidade — encorajou Avris. — E o Grande Avar está esperando.

Maia estava ciente da ironia, mas grato demais pela interferência do avô para ressentir-se.

E afastou a memória dos olhos azuis de Shulivar, do rosto mutilado de seu pai sob o véu fúnebre, para o mais longe de si mesmo quanto conseguiu.

33 PARTE O GRANDE AVAR

O Grande Avar não cavalgava, sendo, como ele disse, muito gordo e muito velho, mas parecia feliz em passar as manhãs nos estábulos do leste enquanto Maia aprendia os rudimentos de ficar em cima de um cavalo. Maia ouviu trechos de sua conversa com dachensol Rosharis, o cavalariço-chefe da Corte Untheilenesa; até onde via, ambos os homens estavam se divertindo, embora ele não entendesse mais que uma palavra em cada cinco. Decerto, o Grande Avar pareceu muito presunçoso no último dia de sua estadia, quando ele e dachensol Rosharis apresentaram o elaborado plano de compra, venda, empréstimos e presentes entre os estábulos da Corte Untheilenesa e os estábulos do Corat' Dav Arhos que haviam criado juntos. Se Rosharis não parecesse igualmente presunçoso, Maia teria ficado preocupado.

O Grande Avar escolheu partir depois do almoço; poderia chegar a Uvezho com facilidade, disse ele, e aprovara muito o hotel de lá. O almoço foi, como era de se esperar, magnífico; mais uma vez no dav de Gormened e cercado pelos pratos da cozinha barizhesa, Maia se viu perplexo pelas opções oferecidas e teve que ficar com o cogumelo e a torta de veado, que foram a primeira coisa que Gormened mencionou que lhe deu relativa confiança. E *não* aceitou uma xícara de sorcho.

O almoço estava talvez dois terços finalizado (como Maia julgou, pois ainda não fazia ideia de como os goblins calculavam a duração de uma refeição) quando o Grande Avar se acomodou na cadeira ao lado da de Maia.

Maia ficou tenso de imediato.

— Não vamos comer você, garoto — brincou o Grande Avar, mas a expressão de seu rosto era assustadora. Maia não disse nada, esperando, e o Grande Avar finalmente suspirou e comentou: — Não temos filhos homens.

— Sim — falou Maia com cautela.

— Quando morrermos, os avarsin lutarão entre si para escolher o próximo Grande Avar, pois tal é o costume quando o Grande Avar não tem filhos homens e às vezes até quando tem.

— Sim — repetiu Maia com ainda mais cautela.

O Grande Avar lhe lançou um olhar duro.

— Muito nos agradaria se pudéssemos nomeá-lo nosso herdeiro.

— *Eu*? — Sua voz saiu estridente e quase inaudível com o choque.

— Embora sejas meio-elfo — concordou o Grande Avar, parecendo entender o uso inadvertido de Maia da primeira pessoa informal como uma sugestão para mudar seu próprio nível de formalidade. — Tu serias uma espada cravada no formigueiro dos avarsin, de verdade, e eu levaria o pensamento mais alegremente para minha sepultura. Mas isso não pode ser feito sem destruir Barizhan, algo que não desejo.

— Não — concordou Maia, talvez muito de modo muito precipitado, pois fez o Avar dar um sorrisinho pretensioso.

— No entanto, não me agrada te deixar aqui entre estes elfos. Nós sempre achamos que eles eram um povo frio, mas eu lhe digo, qualquer goblin teria vergonha de comportar-se de modo tão raivoso com seu avar como se comportaram contigo. Tentativas de te usurpar! Tentativas de te matar! Dentre os avarsin, a luta pelo menos é honesta.

— Não é típico — observou Maia.

O Avar bufou.

— Isso é o que eles dizem, mas devo dizer que não estou tão certo assim. — Seus ferozes olhos laranja arrebataram Maia.

— Gostaria que você soubesse que, se precisar, Gormened lhe dará refúgio. E vou deixar meio eshpekh estacionado aqui, com Vizhenka como capitão.

— Vizhenka? — questionou Maia.

— Se o confiei a mim mesmo e a minha filha, acho que posso confiá-lo a meu neto.

— Mas...

— E acho que Nadeian ficará mais contente fora do Corat' Dav Arhos.

Isso impediu o protesto seguinte de Maia. O Grande Avar o fuzilava com o olhar, como se o desafiasse a tirar qualquer conclusão, mas Maia se lembrou do descaso apaixonado de Nadeian por decisões políticas e pensou ter entendido.

O Grande Avar assentiu bruscamente.

— Se precisares deles, sabe que estão aqui — falou, levantando-se novamente. — Gormened! Você nos prometeu khevaral!

Maia ficou bastante distraído por vários minutos; quando tornou a voltar a atenção a seu entorno, encontrou o capitão Vizhenka em pé diante de si, parecendo tão inseguro quanto possível para um homem de seu porte e temperamento.

— Capitão?

— Serenidade. — Vizhenka saudou. — Sabemos que o senhor não pode estar feliz em ter um exército estrangeiro postado em sua corte.

— É um exército muito pequeno — comentou Maia.

Vizhenka ignorou isso.

— Queríamos assegurar-lhe que não temos ordens exceto salvaguardar sua pessoa, e este dav, no caso de haver... — Ele tossiu educadamente. — ... qualquer agitação.

— Agradecemos, capitão — falou Maia, entendendo que Vizhenka estava manobrando muito perto da borda de seu espaço de manobras como capitão hezethorês para dar essa garantia. — Entendemos que nosso avô está preocupado com a nossa segurança. Achamos desnecessário, mas admitimos que ficamos... — Ele calou, pois não conseguia encontrar a palavra que queria até enfim decidir-se, sem jeito. — Gratos.

— Serenidade. — Vizhenka voltou a saudar. — Será uma honra servir ao senhor no caso de se tornar necessário.

E Maia teve a estranha sensação de que ele falava sério, de que, de alguma forma, Vizhenka o aprovava.

Gratos, pensou. Não era a palavra certa, mas teria que servir. Disse:

— Esperamos poder convidá-lo e a merrem Vizhenka para uma ocasional, hum, reunião de família? Será que isso seria inapropriado?

— Nem um pouco, Serenidade — disse Vizhenka. — Ficaremos muito satisfeitos e sabemos que podemos dizer o mesmo com segurança de merrem Vizhenka.

— Que bom — disse Maia.

Então Vizhenka foi chamado para longe dali, e Maia foi abordado por um dos comerciantes barizheses que viviam em Cetho, o qual desejava saber se era verdade que o imperador planejava fazer a ponte sobre o Istandaärtha.

— A ideia foi apresentada aos Corazhas — avisou Maia e, apenas meio minuto depois, viu-se cercado por comerciantes goblins, ansiosamente dizendo-lhe que maravilha e que benção seria tal ponte, e não conseguiu se desvencilhar até o tumulto da partida do Avar.

Eles avançaram mais uma vez até a praça Parmeno, onde a carruagem de viagem do Avar aguardava. O Avar trocou saudações com Vizhenka, beijou as mãos da filha e deu um tapa nos ombros de Maia com força suficiente para fazê-lo tremer. Então enfiou-se na carruagem; o cocheiro tocou a ponta de seu chapéu emplumado na direção do imperador e gritou aos dez cavalos pretos:

— Hai!

No centro de sua própria tempestade pessoal, o Grande Avar partiu.

PARTE CINCO

Edrehasivar, o Construtor de Pontes

34 CONSTRUINDO PONTES

Os dois primeiros meses do novo ano foram consumidos nos julgamentos da princesa Sheveän, de lorde Chavar, do duque Tethimel, de dach'osmer Ubezhar, de mer Shulivar, de mer Bralchenar, de min Narchanezhen e de uma série estonteante de outras pessoas associadas a uma ou outra das tentativas de remover Edrehasivar VII do trono. Maia não conseguia decidir se era um alívio ou mais um ônus que ninguém pudesse ser processado por ambas as tentativas. Sheveän e Chavar aparentemente desconheciam por completo as maquinações de Tethimar, e vice-versa. O que *realmente* foi um alívio foi o fato de que o espectro de Eshevis Tethimar tornou aceitável, e até razoável, para o imperador demonstrar clemência a Sheveän e Chavar. Eles haviam, afinal de contas, acreditado piamente que o que fizeram seria para o bem do Ethuveraz e fiel aos desejos de Varenechibel IV. A Conspiração Tethimadesa, como logo passou a ser chamada, não tinha interesse no bem do império, e seus membros viam o imperador apenas como um inconveniente a ser removido do caminho.

As execuções foram públicas e horríveis e deram pesadelos a Maia.

Ele se recusou terminantemente a ordenar às irmãs de Eshevis Tethimar que comparecessem, como alguns membros de seu governo pareciam pensar que deveria fazer. As meninas não tinham culpa de nada exceto de terem nascido, e ele não conseguia pensar em nenhuma maneira mais segura de ensiná-las que seu irmão e seu pai estavam corretos em seu ressentimento.

Ele teve uma sensação particular e desafiadora de satisfação ao entregar as meninas aos cuidados do príncipe Orchenis antes mesmo de o julgamento tethimadês ser concluído e enviá-las para Amalo no *Lealdade de Lohaiso* — um nome tão apropriado quanto doloroso, pois a lealdade de Orchenis provou ser tão sólida quanto as montanhas que eram seu lar. Ele começara sua audiência com o imperador oferecendo um revethvoran, e Maia tinha visto em seu rosto sombrio, ouvido em sua voz sem emoção, que ele faria isso se fosse ordenado e acharia que não era mais que merecia.

Mas Orchenis não sabia nada sobre os esquemas dos Tethimada — pelo que ele disse, Maia deduziu que de fato os conspiradores tinham sido muito cuidadosos em manter distantes dele as discussões sobre seu descontentamento. E sua esposa, bonita, sem brilho e óbvia e timidamente adoradora de seu marido: era irrelevante se ela teria simpatizado com os objetivos do irmão e do pai, pois nunca lhe era dito nada a respeito deles.

Com a questão das meninas tethimadesas resolvida, Maia precisou decidir o que deveria ser feito com os membros da primeira conspiração. Comparando-os, Chavar foi fácil; os Chavada tinham uma propriedade rural na ponta de Thu-Athamar, entre o Tetara e a fronteira tetaresa, e o visconde Chavel assumiu a responsabilidade pelos termos do confinamento de seu irmão lá.

Maia tinha feito tudo o que podia para evitar que os Chavada fossem arrastados para baixo com o lorde chanceler; acreditou sem reservas que Chavar, viúvo e distante de seu filho e de seu irmão, não havia confiado em ninguém da família. Por certo o visconde Chavel não tinha ideia quando compareceu perante o imperador três dias após o golpe fracassado e ofereceu um revethvoran — que foi mais do que Chavar se preocupou em fazer. E, se Nurevis soubesse, não haveria necessidade do drástico ataque ao Alcethmeret; Maia poderia simplesmente ter sido assaltado nos apartamentos chavadeses.

Mesmo assim, havia penalidades que Maia não podia contradizer. As extensas propriedades de Chavar foram tomadas, e sem elas os Chavada voltavam às fileiras da nobreza falida com os Nelada, os Danivada e todo o restante deles. E Nurevis não tinha sequer isso. Não era herdeiro de seu tio.

Dissuadido do revethvoran, o visconde Chavel se oferecera para ficar na corte para que o imperador pudesse vigiá-lo e ter certeza de que ele não estava tramando traição. A ideia claramente o revoltava. Maia também recusou a oferta, e o visconde Chavel começou muito grato o longo e feio processo de expropriação dos apartamentos chavadeses na corte. A maior parte do mobiliário ia diretamente para uma casa de leilões em Cetho, onde Maia esperava, talvez um pouco cruelmente, que fossem comprados pelos comerciantes goblins que Chavar tanto desprezava.

O trabalho ainda não tinha sido finalizado quando chegou a Noite Invernal, e Maia não culpou Chavel pelas declarações de inocência repletas de pânico que ele enviou por pneumático de hora em hora até obter uma resposta com o próprio sinete do imperador. Tampouco culpou Chavel por querer evitar uma segunda audiência; a primeira tinha sido enervante o bastante para ambos os lados. Mas parecia crueldade enviar Nurevis, de todas as pessoas, para informar ao imperador que os Chavada estavam finalmente deixando a Corte Untheilenesa.

Talvez *fosse* crueldade. O visconde Chavel era honesto e leal, mas isso não era garantia de que não fosse como seu irmão de outras maneiras.

Nurevis estava abatido, de orelhas baixas e vestido com roupas quase tão surradas quanto aquelas com que Maia chegara à corte. Seu próprio guarda-roupa também devia ter ido para a casa de leilões; Maia se lembrou de Setheris, nas primeiras semanas dos dois em Edonomee, debruçado sombriamente sobre as faturas da venda de suas roupas.

Nurevis recitou as fórmulas de despedida rapidamente, com firmeza, e depois ficou em silêncio. Pela primeira vez na convivência de Maia com ele, o jovem parecia sem jeito; sua pose se fora com o poder do pai.

Em sua própria dor e arrependimento, Maia desabafou:

— Lamentamos. — Ele percebeu que era a coisa errada a dizer antes mesmo que a palavra tivesse saído completamente de sua boca. Parecia que estava pedindo desculpas a Nurevis, e mesmo um imperador goblin caipira sabia que o imperador não se desculpava pela tentativa de traição de outra pessoa.

As orelhas de Nurevis se achataram ainda mais e ele disse:

— Serenidade, o senhor não deveria lamentar.

— Mas lamentamos — repetiu Maia com teimosa veracidade. — Nós gostávamos de você.

Nurevis ficou boquiaberto, assumindo uma semelhança momentânea com seu pai pelo choque. Finalmente, disse devagar:

— O senhor é a única pessoa ainda disposta a admitir ter sido nosso amigo. Obrigado, Serenidade.

— Eles têm medo — disse Maia, lembrando-se das multidões risonhas e francas no salão dos Chavada, dos jovens que não falavam de nada a não ser caça.

— Nós também — falou Nurevis, sua voz não mais que um sussurro.

Qualquer conforto que Maia oferecesse seria falso e, portanto, cruel. Maia fez a única coisa que podia. Dispensou Nurevis, que curvou a cabeça e partiu, de ombros caídos e orelhas abaixadas, parecendo mais um cão espancado que um cortesão, e Maia odiou Chavar por isso. Odiou-o e ficou feliz por ele ser enviado a uma propriedade rural miserável onde seria problema dos Chavada.

Mas Sheveän era problema da Casa Drazhada, tanto para abrigar quanto para proteger. Com a ajuda de Csevet, Maia fez uma lista de todas as propriedades drazhadesas e analisou cada uma. Rejeitou Isvaroë e Edonomee de saída e decidiu que Cethoree ficava muito perto da capital e da propriedade principal dos Rohethada. Varenechibel, pensou ele amargurado, tivera sorte por Arbelan ser leal.

Os Drazhada tinham propriedades espalhadas por todo o Ethuveraz; Maia podia enviar Sheveän para quase qualquer lugar que ele desejasse. No fim, escolheu a mansão de Bakhoree no norte de Thu-Cethor — não por despeito, apesar de Bakhoree ficar muito perto do mosteiro para onde Chavar e Sheveän tinham planejado mandá-lo, mas porque ficava longe da cidade mais próxima, e a propriedade era quase inteiramente autossuficiente. Quaisquer estranhos, como Maia sabia de Edonomee, seriam notados, e Sheveän não seria capaz nem de escapar nem de enviar mensagens clandestinas. Sem dúvida ela a consideraria primitiva e desconfortável, mas Maia não conseguia se importar.

Ele se importava mais com como os filhos dela receberiam a notícia. Levou um mapa à creche do Alcethmeret e mostrou a Idra exatamente onde Bakhoree ficava.

— Ela será bem tratada — explicou sem graça. — As pessoas da mansão estão acostumadas a nobres relegados... Houve uma série deles lá durante o reinado de meu pai. E ela terá osmin Bazhevin como companhia.

— Osmin Bazhevin não participou da conspiração — falou Idra.

— Também não fez nada para impedi-la — respondeu Maia. — Sua mãe a intimidou a se calar e ela se deixou ser intimidada.

— Como sempre foi com as companhias de nossa mãe — comentou Idra, cansado. — Nosso pai perguntou a ela uma vez se mamãe não preferiria uma ovelha de verdade, pois pelo menos teria o benefício da lã. Ela não achou graça.

— Lamento não ter tido a chance de conhecer seu pai — falou Maia com cautela.

Idra sorriu para ele.

— Eu também. Embora seja um pouco estranho dizer isso, acho que vocês teriam gostado um do outro.

— É *claro* que papai teria gostado do primo Maia — interveio Mireän indignada. — Mostre-me onde mamãe vai morar, primo Maia?

Ele apontou Bakhoree no mapa novamente. Mireän pôs o dedo na fortaleza desenhada com delicadeza e analisou as sílabas escritas abaixo dela.

— Fica nas montanhas — observou a menina. — Tem ogros lá?

— Nenhum em Bakhoree — respondeu Maia prontamente.

— Que bom.

— Mas e se eles vierem das montanhas? — perguntou Ino. Maia tinha aprendido que Ino se preocupava muito com as coisas. — Eles vão comer a mamãe?

— Não vão — assegurou Maia. — Bakhoree é uma casa velha, como um pequeno castelo. E a mãe de vocês terá soldados para protegê-la.

Idra deu a Maia um olhar sardônico, mas era um irmão gentil demais para dizer qualquer coisa. E Ino foi consolada.

Maia ficou feliz que nenhum dos três tenha pedido permissão para se despedir da mãe, pois, se tivessem pedido, ele achava que teria de concordar, e não confiava em Sheveän para não tentar capitalizar o sentimento de piedade por ser separada de seus filhos. Ele mesmo se levantou de madrugada para vê-la ao lado do mastro de amarração da corte, em grande parte para se certificar, além de qualquer sombra de torturantes imaginações da meia-noite, de que ela fosse mesmo embora. Sheveän não se impressionou com a condescendência do imperador; mal dobrou os joelhos quando fez sua mesura, e seu olhar estava fixo em algo além dele. Stano Bazhevin não conseguia olhar nos olhos dele. Maia sentia pena dela, mas isso não era nada comparado à grande onda de alívio que sentiu quando o *Honra de Csedo* partiu e levou Sheveän para longe da Corte Untheilenesa.

Ele tentou não mostrar seu alívio naquela noite, quando disse a Idra em particular que sua mãe havia deixado a corte, mas o menino disse:

— Tu deves estar feliz.

Não havia acusação em seu tom, mas Maia sabia que era um teste, mesmo que Idra não tivesse planejado. Respondeu:

— *Feliz* não. Eu teria ficado *feliz* se ela tivesse me aceitado, mesmo que nunca gostasse de mim. Mas, sim, estou aliviado. Eu estava com medo de que ela fizesse... — A voz dele sumiu e ele deu de ombros; já sabia que sua imaginação não era tão boa quanto a de Sheveän. — ... algo.

— Meu pai... — A voz de Idra falhou, mas ele continuou, obstinado: — Meu pai disse uma vez que mamãe deveria ter sido uma soldado. Ela ficou muito ofendida, mas meu pai disse que ela seria uma general aos quarenta anos, e isso a agradou. É verdade. Ela é muito feroz.

— É mesmo — anuiu Maia, porque já estivera do outro lado daquela ferocidade.

— E ela... — Idra olhou para as próprias mãos como se elas o desagradassem, então olhou para cima e encontrou os olhos de Maia. — Eu quero algo melhor para minhas irmãs. Mamãe não seria...

Não havia palavra boa, e Maia sabia disso.

— O que ela é — sugeriu ele.

— Sim, obrigado. Ela não seria o que é se algum dia tivesse recebido um fardo igual à força que tem. Ouvimos as pessoas dizerem isso o tempo todo, "Ela deveria ter sido um filho para seu pai", mas é *verdade*. Se ela fosse um filho, teria tido um dever que iria além dos filhos. E esse dever não é compatível com a natureza de todos. — Maia tentou protestar, mas Idra balançou a cabeça em negativa. — Eu vi o olhar em teu rosto quando percebeste que minhas irmãs amam mais a babá que a mãe delas.

Em tom de desculpas, Maia disse:

— Eu amava muito minha mãe.

— Eu tento ter compaixão pela minha — falou Idra com ironia.

— Então tu não... Eu me perguntava se era minha culpa, que ela me odiasse tanto.

— Não é — disse Idra imediatamente e com alguma veemência. — Mamãe teria odiado qualquer um que se interpusesse entre ela e o que ela via como seu próprio direito.

— Ser imperatriz?

— Não. Esse é o motivo pelo qual Csoru te odeia. — Idra fez uma careta. — Sinto muito. Foi uma coisa horrível de se dizer.

— Mas é verdade — confirmou Maia. — Eu soube disso na primeira vez que a vi.

— Mamãe não se importava com isso, embora eu não diga que ela não teria *gostado* de ser a imperatriz Sheveän. Mas não. Ela acreditava que o direito dela era ser a *mãe* do imperador.

— Então ela estava te defendendo afinal. Eu achei...

— Não — repetiu Idra. — Ou, bem, de certa forma. Mas não se tratava de *mim*. — Ele hesitou. — Eu nunca disse isso a ninguém, nem mesmo a meu pai, embora tenha sido ele quem me ajudou a entender a ferocidade de mamãe... como uma fera, sabe? Não era uma escolha, mas algo do qual ela não tinha como se livrar, assim como um animal não pode tirar sua pele. Não vinha de algo que eu tivesse feito, ou de que Mireän e Ino tivessem feito, e não era algo que pudéssemos desfazer. Mas ele a amava, e eu não queria chateá-lo.

— Claro que não — disse Maia.

Idra lhe deu um sorriso agradecido.

— Mas talvez tu possas me dizer se estou errado: parece-me que mamãe não se importa muito com as pessoas enquanto pessoas. Ela nunca viu você como uma *pessoa*, apenas como algo errado. E quando eu digo que ela queria ser a mãe do imperador, não quero dizer que ela queria que *eu* fosse imperador. Ela queria que *o filho dela* fosse imperador. E sempre ficava muito brava com pessoas que não interpretavam os papéis em que ela as colocava. Acho que é por isso que ela sempre quer pessoas como osmin Bazhevin ao seu redor.

— E não era meu lugar ser imperador.

— Sim. E tu não abdicaste. Lembrei, mais tarde, que foi isso que ela disse quando percebeu que tu eras o único que restava. Que tu deverias abdicar. E acho que isso era realmente o que ela pensava.

— Então ela estava com raiva de mim porque não o fiz. — Fazia sentido e, de uma maneira peculiar, o fazia se sentir melhor. Significava que realmente não havia nada que ele pudesse ter feito.

— Por isso. E porque fizeste coisas que Varenechibel não teria feito — respondeu Idra. — Não quero dizer isso como uma crítica! — acrescentou ele apressadamente, e Maia percebeu que havia estremecido, lembrando-se de Shulivar.

— Não, eu sei. Eu sinto muito. — Ele hesitou, então ofereceu uma verdade parcial: — Acho que ser comparado a ele é... opressivo.

Tímido, Idra ofereceu uma verdade em troca:

— Espero que tu logo tenhas um filho. Pois eu não quero ser imperador.

— Eu entendo.

Sorriram um para o outro, conectados naquele momento pela responsabilidade que nenhum dos dois queria e da qual um deles ainda poderia escapar.

Maia pensou nisso e pensou em Vedero, que mantivera a promessa de deixá-lo assistir ao eclipse com ela. Ela mantinha seu telescópio no telhado de seus apartamentos, acessível através de um alçapão e por meio de uma escada que nada mais era do que aros de ferro presos à parede. Ele ficou feliz por vê-la usando calças, embora ela tenha pedido desculpas por isso, e ficou feliz também por ela o ter avisado, por meio de seus edocharei, não apenas para se vestir com roupas de frio, mas também para levar dois pares de luvas. Grossas e forradas de pele, embora profundamente apreciadas no telhado, elas teriam sido mais que inúteis em uma escada comum, mas os aros de ferro eram de um frio mortal mesmo através do couro de seu par de luvas mais finas.

Ele ficou satisfeito e impressionado com os arranjos de Vedero em seu pedacinho plano do telhado. Ela usava a chaminé adjacente tanto para se aquecer quanto como quebra-vento e usava um braseiro atarracado em formato de sapo para demarcar o canto oposto de seu observatório. Entre os dois e as grades do telhado, havia espaço suficiente para quatro pessoas, mas apenas se ficassem muito juntas. Maia ficou feliz por serem Beshelar e Cala naquela noite, tanto porque Cala estava genuinamente interessado quanto porque, se teria que se encolher no calor do corpo de alguém, preferiria que fosse um daqueles dois.

O eclipse foi lindo e fascinante; todos os quatro terminaram se revezando ao telescópio de Vedero — um aparelho notável gravado como o chifre de um unicórnio. Maia comentou sobre isso, ao que ela respondeu:

— Foi um presente de nossa amiga dach'osmin Tativin. Ela fez o chifre para seu autômato, mas descobriu que o telescópio estava propenso a retrair-se ou estender-se justo no momento errado.

— Um autômato? De um unicórnio?

— Sim. Movido a vapor por um cano da fornalha dela no momento, pois, embora consiga fazê-lo levantar e abaixar a cabeça, ainda não descobriu como fazê-lo andar, então não importa que esteja amarrado à parede de seu estúdio. Ela o usa como cabide: como ela é bem baixinha, é conveniente para ela ter um cabide que abaixe a cabeça.

— É sério? — perguntou Maia, com medo de que fosse apenas uma piada elaborada.

— Sim — confirmou Vedero. — Ela virá à corte no verão, quando fica muito quente para seus experimentos, e você poderá conhecê-la. Se não tomar cuidado, ela vai lhe mostrar todos os seus desenhos.

— Nós gostaríamos disso — falou Maia.

Vedero olhou para ele com rispidez, mas, na luz mínima lançada pelo braseiro e por uma lanterna escura, quase inteiramente fechada, ele não conseguiu ler o rosto da irmã.

Ele a fez falar mais, aos poucos, sobre suas amigas e o trabalho que vinham desenvolvendo. Uma delas estava traduzindo o poeta barizhês Amu Carcethlened, que escrevera contos de aventura fabulosos sobre as viagens do barco a vapor *Leão de Orpezhkhahar.* Outra estava escrevendo um tratado sobre os princípios da herança como observados a partir de um milênio de registros de criação de cavalos de sua família. Outra havia fundado uma escola não oficial para meninas com talentos mazeses. Havia outras e mais outras, e em certo momento Vedero comentou:

— É claro que quando dizemos "amiga", não significa necessariamente que gostamos da pessoa em especial. Queremos dizer que ela compartilha conosco a crença de que as mulheres podem e devem fazer o mesmo trabalho intelectual que os homens. — Seus ombros estavam rígidos e na defensiva, e Maia se perguntou o que ela esperava que ele dissesse.

Só que ele já sabia. Ela esperava condenação ou que ele lhe dissesse que estava tudo muito bem para um passatempo, mas que o único trabalho adequado para as mulheres era ter filhos. Ele disse, gentilmente:

— Ficaríamos honrados em conhecer suas amigas, tanto aquelas de que você gosta quanto as de que não gosta.

Ela se virou com tanta intensidade para encará-lo que quase derrubou Cala nas grades.

— Você está falando sério. — Não exatamente uma pergunta, mas também não propriamente uma afirmação.

— Também acharam que não valia a pena nos educar — contou Maia.

Ela inclinou a cabeça e disse:

— Nós entendemos aonde quer chegar, Serenidade.

Não era amizade que ele encontrava em Idra e Vedero — fosse no sentido usual ou no sentido particular dela —, mas era algo *parecido* com amizade, parentesco de forma metafórica e não literal, algo que talvez fosse o mais próximo que um imperador poderia chegar da amizade.

Ele encontrou o início de algo semelhante com dach'osmin Ceredin. Ela subiu no estrado no Michen'theileian durante o primeiro baile realizado depois da Noite Invernal, enquanto todos dançavam muito cautelosamente e alertas, e perguntou:

— Serenidade, por que o senhor não dança?

— Porque não sabemos — falou Maia, fazendo o possível para parecer indiferente.

Ela o considerou; nada da pena que min Vechin demonstrara era visível em seu rosto, apenas uma espécie de curiosidade desinteressada.

— Nós poderíamos ensiná-lo, se quisesse.

— Ensinar... a nós?

Ela bufou.

— Aprendemos aos cinco anos. Nós lhe garantimos, Serenidade, não é tão difícil.

— Obrigado. Se não for um grande incômodo para você...

Ela deu de ombros com impaciência.

— O que mais há para se fazer no inverno?

Então, outro pedaço de tempo foi destacado da agenda do imperador, assim como as três manhãs por semana que ele agora passava aprendendo equitação nas costas pacientes de Veludo, e Csethiro Ceredin o ensinou a dançar. Ela era uma professora melhor do que ele havia esperado, paciente, engraçada e muito inteligente em encontrar maneiras de explicar coisas que ele não entendia. Aos poucos, ele aprendeu a não tropeçar nos próprios pés, a não se encolher cada vez que as mãos dos dois se encontravam.

— Quando nosso casamento chegar — comentou ela —, não teremos medo de dançar com o senhor em público, Edrehasivar.

— Por favor — disse Maia. Ele estava de pé perto dela, uma mão na sua cintura, a outra segurando uma das mãos. A outra mão dela estava no seu ombro, e ele estava tão ciente disso como de um carvão em brasa. — Meu nome é Maia.

Ela ficou muito quieta por um momento; então levantou a cabeça a fim de olhar para ele. Ela não era nada bonita, o nariz muito comprido e o queixo muito fraco, mas os olhos eram aguçados e cheios de luz e até de bondade.

— E o meu é Csethiro. Provavelmente é bom que marido e esposa estejam em termos familiares um com o outro. — Então fez uma pausa que ele teria considerado ser zombaria, exceto que ele estava perto o suficiente para ouvir a respiração nervosa dela. — Não pensas assim?

— Penso — disse ele, e ousadamente a girou no movimento que ela acabara de ensinar. — Eu penso, sim.

Ela riu com prazer e elogiou:

— Nada mal. Agora vamos tentar tudo de novo, e desta vez lembre-se de que sua coluna não é uma barra de ferro.

— Sim, Csethiro — respondeu ele, e os dois sorriram um para o outro o tempo todo até o fim da dança.

Foi por causa desse novo calor entre ele e sua futura imperatriz que, quando foi solicitado por min Nedaö Vechin para uma audiência, ele não recusou. Nem mesmo disse a Csevet para agendá-la entre suas audiências públicas; em vez disso, recebeu-a no Alcethmeret — embora não na Sala das Tartarugas.

Ela estava tão bonita quanto da primeira vez que ele a vira, embora com vestes já não tão simples; havia encontrado patrocínio na corte, além de suas manobras com o imperador. Ele descobriu que não guardava ressentimentos; tinha aprendido muito sobre a maneira como a corte funcionava.

Ela se aproximou, fez uma mesura requintada e disse, sem mais preâmbulos; ou, de fato, sem esperar permissão para falar:

— Serenidade, viemos pedir desculpas.

Ele olhou para ela mais de perto, vendo além da armadura de suas roupas, da armadura de sua beleza. Min Vechin estava nervosa, sua cor muito intensa, seus dentes prendendo no lábio: nervosa e determinada, e ele notou com um súbito e estranho senso de simpatia que ela deixara escaparem as palavras — "metera os pés pelas mãos", no jargão de caça que ele estava aprendendo a decifrar — porque tivera medo de que, se não o fizesse, não conseguiria dizer nada.

O perdão estava na ponta da língua, mas Csevet finalmente o ensinara a não dizer nada em uma audiência sem pensar bastante a respeito, e assim que teve certeza de que, sim, ele a perdoava, ficou curioso.

— O que você fez que merece um pedido de desculpas? — Porque ele sabia por que achava que ela deveria se desculpar, mas não tinha ideia se parecia da mesma maneira para ela, se ela estava sequer falando da mesma coisa.

— Serenidade. — Ela se dobrou sobre os joelhos. — Sabíamos que o senhor estava preparado para entrar em um... — Ela hesitou, as orelhas abanando, e falou com cuidado: — ... um *relacionamento mais íntimo* conosco, e usamos isso contra o senhor.

— Foi muito vantajoso para nós — comentou ele —, pois precisávamos em verdade falar com a Guilda dos Relojoeiros.

— Não — disse min Vechin —, não é o que queremos dizer. Não se trata do resultado, embora entendamos que o resultado é de fato feliz. É sobre o que *fizemos*. — Ela olhou para cima. — Nós deveríamos ter lhe pedido corretamente. De forma honrosa.

— Você não fez nada desonroso — protestou Maia.

— Só porque o senhor não nos deixou. E por isso devemos lhe agradecer, bem como lhe pedir desculpas.

Suas palavras pairaram no ar de maneira estranha, então Maia sentiu suas sobrancelhas dispararem para cima.

— Você não precisava... Isto é, pedimos seu perdão. Claro que não precisava.

— Nem todas as cantoras de ópera são... — A voz dela falhou, e min Vechin pressionou as pontas das unhas envernizadas contra a boca.

Maia teve um momento de imaginação inadvertida de como teria sido a cena se ele tivesse dito sim: dois virgens envergonhados tentando fingir que sabiam o que estavam fazendo. E ele ainda não sabia o que faria a respeito de seus nohecharei naquela situação.

— Ficamos zangados — admitiu. — Mas não estamos mais.

— Nós não *pensamos* — disse min Vechin com veemência. — Queríamos ajudar e vimos que podíamos, mas não lembramos que o senhor é uma pessoa, não apenas o imperador.

— Você estava ajudando sua irmã — falou Maia, tentando tranquilizá-la, mas ela negou com a cabeça.

— Mer Halezh — confessou ela, e a expressão em seus olhos disse tudo.

— Ah — soltou Maia. Ele se lembrava de se perguntar se ela tinha ficado entediada durante aquela longa e ligeiramente febril conversa sobre a ponte do Istandaärtha; agora sabia que não.

— Também pedimos desculpas a ele. Ele nos perdoou. — Maia ouviu o espanto na voz dela, embora não soubesse dizer se era sobre o perdão ou sobre mer Halezh e não tivesse, lembrou a si mesmo, o direito de perguntar. — E estamos voltando a Zhaö para começar os ensaios de *A noiva do tigre*, mas precisávamos nos desculpar primeiro. Porque foi uma coisa nojenta de se fazer.

A frase era claramente uma da infância dela; seu sotaque se aprofundou quando a voz se elevou, e, quando percebeu o que dissera, ela corou de um vermelho tão intenso quanto o de qualquer rosa.

— Min Vechin — falou Maia, sorrindo para ela. — Nós a perdoamos.

Ela sorriu de volta, e ele sabia que, quando a cantora partisse para Zhaö, isso significaria que ele teria uma amiga lá.

Idra, Csethiro, Nedaö, Vedero: em vez de baluartes, ele começou a sentir que tinha alianças, que sua vida — talvez pela primeira vez desde que sua mãe morrera — era não apenas uma questão de sobrevivência de um encontro hostil ao próximo. Era estranho para ele, e não confiava inteiramente nisso, de modo que, quando Thara Celehar pediu uma audiência, Maia a concedeu esperando o pior, embora não soubesse exatamente qual seria esse pior.

Ele não ficou tranquilo quando Celehar apareceu na companhia do arquiprelado. O Conselho de Prelados ainda não conseguira escolher um substituto para a Testemunha da Prelazia, e Maia ficava cada vez mais inquieto com a maneira pensativa como o arquiprelado o observava nas sessões dos Corazhas, em especial porque ele não conseguia pensar em alguma razão para isso.

— Serenidade — disse Celehar —, viemos lhe pedir um favor.

— Se estiver ao nosso alcance, o concederemos — disse Maia. Csevet, de sua posição habitual no canto, fez uma careta, mas Maia não falou mais que a verdade. Ele devia a Celehar qualquer favor que o homem desejasse.

— Nós... — Celehar tossiu, como se tentasse limpar a garganta, embora isso não tenha tido efeito em sua voz grave. — Agradecemos profundamente a bondade de Vossa Serenidade em nos receber em sua casa e não desejamos de forma alguma que o senhor pense que estamos descontentes ou infelizes nem... nem qualquer coisa do tipo.

— Não temos um cargo adequado para você — disse Maia.

— Isto é... — Celehar parou, parecendo simplesmente incapaz de encontrar as palavras que queria. Ele olhou suplicante para o arquiprelado, que assentiu de volta e deu um passo à frente.

— Foi por isso que Thara nos pediu para vir com ele.

— Ah? — soltou Maia, notando o uso do nome de Celehar, embora não tivesse certeza do que isso sinalizava.

— É difícil para qualquer homem articular a natureza de seu chamado — explicou o arquiprelado. — Thara queria que nós o ajudássemos a explicar ao senhor que, embora fosse ficar muito orgulhoso de ser seu capelão, não é um papel que ele possa cumprir.

— Nunca pensamos que ele devesse sê-lo — falou Maia, um tanto chocado. — Não pretendíamos qualquer implicação em nossa ação: meramente desejávamos garantir que ele não fosse deixado sem um teto pela raiva de Csoru Zhasanai.

Celehar se curvou profundamente.

— E nós lhe agradecemos por isso, Serenidade. Mas, se não formos seu capelão, coisa que, como diz o arquiprelado, não podemos nos sentir adequados para ser, então não há *nada* que possamos fazer em sua casa. Tampouco havia algo para fazermos na casa de Csoru Zhasanai, e só quando fomos a Amalo percebemos o quanto isso nos incomodava.

— Então você deve ter uma sugestão — observou Maia, olhando de Celehar para o arquiprelado.

— Thara deseja retomar seu sacerdócio — disse o arquiprelado.

— Então ele deve retomá-lo — respondeu Maia de imediato. — Não sabemos se temos um ulimeire em nossos benefícios, mas certamente devemos ter. Csevet?

— Serenidade — falou Csevet em reconhecimento. — Investigaremos.

— Não! — exclamou Celehar com pressa e então ficou vermelho como uma beterraba.

— Não? — questionou Maia.

— Esse não é o favor que queríamos pedir — explicou-se Celehar, em grande parte para o piso. — Não abusaríamos tanto da generosidade de Vossa Serenidade. Desejávamos apenas ser liberados de sua casa para que possamos retornar à prelazia para uma designação. Não merecemos um benefício.

— Isso é uma questão de opinião, mer Celehar — rebateu Maia, e ficou surpreso e satisfeito quando o arquiprelado sorriu para ele.

— Em verdade...

— Vá em frente, Thara — incentivou o arquiprelado.

— Em verdade, Serenidade, embora apreciemos... Embora não possamos jamais retribuir sua generosidade, um benefício não é o que queremos.

— Está certo — disse Maia. — Admitimos que somos muito ignorantes quanto às opções diante de você. Qual é seu desejo?

— Desejamos ser uma Testemunha *vel ama* — disse Celehar. — Muitas vezes são clérigos de Ulis.

— É um pouco incomum alguém vir para esse cargo do outro lado — comentou o arquiprelado —, mas, na verdade, a prelazia tem uma considerável necessidade de tais Testemunhas.

— Achávamos que todos os sacerdotes de Ulis fossem Testemunhas dos Mortos.

— Eles podem ser convocados a fazê-lo — disse o arquiprelado —, mas não faz parte de seus deveres rotineiros, e muitos deles, para ser franco, Serenidade, não têm aptidão particular alguma para isso. Sempre foi *possível* para um sacerdote que se sabe inadequado para a tarefa pedir à prelazia que envie uma Testemunha, mas isso significa um atraso e às vezes um atraso de meses se a prelazia não tiver alguém que possa ser dispensado. Se Thara voltasse para nós *como* Testemunha, seríamos capazes de fazer várias coisas que nos parecem desejáveis. Por um lado, gostaríamos de poder *incentivar* os sacerdotes a pedir que uma Testemunha seja enviada. Por outro, seríamos capazes de incentivar os jovens sacerdotes a entrar nesse caminho. Há sempre alguns cuja devoção a Ulis é sincera e intensamente forte, mas que, assim como seus irmãos não têm o dom de falar com os mortos, não têm o dom de falar com os vivos. E quanto mais dessas Testemunhas dedicadas tivermos, menos nós ou o Judiciário teremos de confiar nas habilidades imprevisíveis dos sacerdotes locais.

— Nós entendemos — disse Maia. — Parece-nos uma tarefa muito digna. Se isso é realmente tudo o que você deseja de nós, mer Celehar, nós o concederemos de bom grado, mas, por favor, saiba que lhe concederíamos um favor muito maior com igual alegria.

Celehar sorriu com sinceridade.

— Obrigado, Serenidade, mas este é o nosso desejo. Nada mais.

Havia uma luz em seus olhos que Maia nunca tinha visto ali e ficou claro que ele realmente queria dizer o que dissera.

— Então, seja qual for a obrigação que você possa sentir que tem para conosco, nós o liberamos dela — declarou Maia. — E lhe desejamos tudo de bom.

Celehar se curvou novamente e disse:

— O senhor pode nos chamar, Serenidade, sempre que precisar de nós. Embora esperemos que nunca precise das nossas habilidades especiais, também esperamos, se o senhor precisar de nossa amizade, que não hesite.

— Obrigado — disse Maia. — Nós somos... Nós lembraremos.

Celehar então saiu, mas o arquiprelado ficou. Maia olhou para ele, desconfortável.

— Arquiprelado?

— Serenidade. Ao considerar a situação de Thara, ocorreu-nos que, muito embora ele esteja certo em considerar-se inadequado para uma capelania, isso não significa que o senhor não precise, talvez, de um.

— Um capelão? Deveríamos...

— Não estamos repreendendo o senhor — explicou-se o arquiprelado. — Não é um requerimento. Seu falecido pai optou por ficar sem um e, garantimos ao senhor, nossa lealdade não foi de forma alguma diminuída. Mas Vossa Serenidade não é seu pai.

— Não — anuiu Maia —, não somos.

— E sabemos que Chenelo Zhasan era uma mulher de profunda espiritualidade — disse o arquiprelado.

— Como você sabe disso?

— Estávamos na Corte Untheilenesa junto a ela — contou o arquiprelado. — Éramos um cônego do Untheilenês'meire, uma etapa costumeira para aqueles destinados aos cargos superiores da prelazia, e nós a víamos lá muitas vezes. Conversamos com ela uma vez.

— É mesmo? — perguntou Maia, e torceu para que sua ansiedade não transparecesse.

— Ela perguntou se estava se intrometendo em nosso trabalho ou o dificultando. Dissemos-lhe que o Untheilenês'meire *deveria* ser um lugar de oração, mesmo que os imperadores do Ethuveraz tendessem a tratá-lo tão somente como um túmulo, e ela nos agradeceu, depois perguntou se havia algum lugar onde pudesse acender velas. Ela explicou um pouco do que acender velas significa no ritual barizhês, e ficou claro que isso era muito importante para ela. Encontramos um lugar onde ela pudesse fazê-lo sem que a cera da vela atraísse a atenção e...

— Onde? — perguntou Maia. Se queria parecer desinteressado, acabara de fracassar completamente. — Você nos mostraria?

— Claro, Serenidade — disse o arquiprelado, um tanto surpreso, mas contente, e eles foram em uma pequena procissão ao Untheilenês'meire: Maia, o arquiprelado, Beshelar e Cala. No caminho, o arquiprelado disse, com alguma hesitação: — Ficamos gratos, Serenidade, que o senhor não nos tenha considerado um colaborador de nosso primo Eshevis.

— Tínhamos certeza de que você não era um deles — asseverou Maia.

— Muitos imperadores não se incomodariam com uma distinção.

— Incluindo nosso avô, sim. Esperamos que, nesse caso, nosso pai tivesse aprovado nossas decisões.

O arquiprelado lhe lançou um olhar pensativo e de soslaio, mas disse apenas:

— De qualquer forma, obrigado, Serenidade. Sua confiança significa muito para nós e por razões maiores que a preservação de nossa própria pele.

— Isso nos agrada — agradeceu Maia sem jeito. — Isto é... obrigado?

O arquiprelado lhe deu um sorriso que o absolvia de ter que tentar novamente e avançou para abrir as portas do Untheilenês'meire.

Os dois cônegos ali pareciam muito alarmados por receberem a visita tanto de seu arquiprelado quanto de seu imperador, mas se curvaram, agradecidos e obedientes, quando o arquiprelado os dispensou com um aceno. Ele conduziu Maia em torno do anel externo de túmulos até uma das capelas — e Maia percebeu pela primeira vez que havia seis capelas, e não cinco.

— Esta é a Capela de Todos os Deuses — contou o arquiprelado. — O Mich'othasmeire. Não é muito usada, pois mesmo as celebrações a um único deus tendem a ser grandes demais para as capelas, e as pessoas que vêm para rezar em particular desejam com mais frequência rezar a Osreian ou Cstheio. Uma vez, quando havíamos acabado de chegar à Corte Untheilenesa, lembramo-nos de que uma devota de Akhalarna apareceu, uma mulher muito velha com as cicatrizes rituais. Ela estava fazendo uma peregrinação de sua casa até Valno, onde Akhalarna caiu na terra, e parou a fim de fazer uma oferenda aqui. Mas fora isso... — Ele deu de ombros. — Chenelo Zhasan estava muito ansiosa para não incomodar ninguém, e nós lhe garantimos que ela não o faria. Não a observamos depois disso, mas, quando ela foi enviada a Isvaroë, viemos limpar a capela. Ela havia colocado velas em todas as janelas, e imaginamos que o efeito deve ter sido muito bonito.

— Obrigado — falou Maia, olhando ao redor. Assim como o Untheilenês'meire, a capela era circular; era desprovida de ornamentos, a não ser o triskelion de mosaico de ouro no centro do piso. As janelas eram altas, estreitas e espaçadas uniformemente em torno de sua circunferência. Não devia ser muito parecido com o santuário que Chenelo havia montado em Isvaroë; mas então aquele também não se parecia muito com as igrejas goblins com as quais ela crescera. E o arquiprelado tinha razão; o espaço pequeno e pacífico devia ter ficado lindo à luz de velas. — Podemos...? — Maia parou, pois a pergunta era ridícula. Ele era o imperador; tecnicamente, aquela capela, como qualquer outro centímetro da Corte Untheilenesa, era sua propriedade.

— O senhor seria bem-vindo — disse o arquiprelado gentilmente. — E isso está relacionado ao que queríamos lhe dizer.

— Sim? — incentivou Maia.

— Assim como não é crime não ter um capelão, Serenidade, não é crime querer ter um. Poucos imperadores são praticantes públicos, um hábito que remonta à supressão do culto de Chevarimai, mas poucos são tão severamente separados da igreja quanto seu falecido pai. E achamos que o senhor deve ter sido criado em meio à tradição barizhesa?

— Até os oito anos — respondeu Maia, desejando que houvesse algum lugar para se esconder.

— Então o senhor está mais acostumado à meditação que ao ritual — observou o arquiprelado, pensativo. — Podemos considerar o assunto e apresentar-lhe uma opção de capelães? Temos vários jovens sacerdotes que foram treinados na prática barizhesa, a qual se tornou popular em Thu-Tetar e Thu-Istandaär, e de fato gostaríamos de incentivar o hábito de contemplação barizhês em nosso clero e nossas congregações.

— E o imperador é um bom exemplo — constatou Maia, apenas ligeiramente ácido.

— É a verdade, Serenidade — concordou o arquiprelado, imperturbável.

— Muito bem — aceitou Maia. — Pois não podemos negar que você está certo, e a meditação seria um consolo para nós. — Ele esperava que isso tivesse sido dito de modo leve o bastante. — Assim como um professor, já que sabemos apenas o que nossa mãe nos ensinou antes de sua morte.

— Claro, Serenidade. Vamos pensar nisso.

— Obrigado, arquiprelado — disse Maia, e eles se separaram.

No percurso de volta ao Alcethmeret, Cala o alcançou e disse:

— Serenidade, não sabíamos que o senhor meditava.

— Não temos meditado. Não desde que chegamos à corte.

— Mas por que não?

— O imperador — falou Maia secamente — nunca fica só.

— Ah. — Cala quase tropeçou e ficou em silêncio por vários momentos antes de continuar: — Achou que zombaríamos do senhor?

— Não — disse Maia. — Pois certamente qualquer nohecharis que zombasse do imperador seria demitido de pronto. Mas temíamos… temíamos que vocês fossem pensar menos de nós.

— Não — disse Cala, como se a ideia o horrorizasse.

Por cima dele, Beshelar comentou:

— Não faríamos isso, Serenidade.

— Obrigado — disse Maia. Dois passos depois, percebeu que nenhum dos dois havia dito: "Não é o lugar dos nohecharei desaprovar o imperador", e isso veio junto, de repente, de seus pensamentos sobre alianças e relacionamentos que pareciam amizade. Ele se virou repentina e ferozmente para ambos e repreendeu: — O adremaza estava *errado*.

— Serenidade? — questionou Beshelar, enquanto Cala, alarmado, recuava um passo.

— Quando disse que vocês não poderiam ser nossos amigos. Pois, se ele quis dizer com isso que não poderíamos gostar de vocês ou que vocês não poderiam gostar de nós, então ele simplesmente mentiu. É um absurdo. Isso nega a verdade, que é a de que nós…

— Ele parou e abandonou a formalidade de modo tão deliberado quanto se quebrasse um prato. — Eu gosto de vocês dois. Se não gostasse, como poderia suportar passar *metade de minha vida* em sua companhia? E certamente o mesmo deve ser verdade da parte de vocês. Pelo menos, espero que seja. — Cala e Beshelar começaram a enrubescer, mas murmuraram algo que soava como concordância. Quase sem fôlego com sua própria ferocidade, Maia prosseguiu: — É verdade que não podemos ser *amigos* no sentido comumente entendido, mas nunca, em toda minha vida, tive um amigo assim e acho que nunca terei. Sou o imperador. Não *posso*. Mas isso não significa que não possa ter amigos de jeito algum, apenas que eles não podem ser esse *tipo* de amigo. Acredito que o adremaza achasse que seu conselho seria o melhor, mas ele estava cruelmente errado. Eu não peço, nem espero, que vocês sejam meus amigos como são amigos de outros mazei ou de outros soldados da Guarda Untheilenesa. Mas é... é *tolice* negar que temos afeto um pelo outro. — Ele parou, engolindo em seco. — Se, claro, vocês tiverem.

— Claro que temos — afirmou Beshelar, usando o *nós* plural em vez do *nós* formal.

— De minha parte — disse Cala —, nunca consegui parar de pensar no senhor como... O senhor tem razão, não exatamente como um amigo, mas... Eu morreria por você, Serenidade, e não só porque fiz um juramento.

— Assim como eu — falou Beshelar.

Maia piscou com força e reiterou:

— Então seremos um tipo diferente de amigos.

O sorriso de Cala era lindo; embora Beshelar não tenha sorrido, ele o saudou com entusiasmo vigoroso.

— Está certo — concluiu Maia, retribuindo o sorriso. — Então voltemos ao Alcethmeret antes que Csevet envie alguém para descobrir se estamos perdidos.

Ele entrou no Alcethmeret e, pela primeira vez, sentiu que estava voltando para casa.

35 A PONTE SOBRE O ISTANDAÄRTHA

Os Corazhas se reuniram para decidir a questão da ponte sobre o Istandaärtha no primeiro dia das chuvas de primavera. O som de chuva estava por toda parte, e no Verven'theileian alguém havia aberto inteiramente as cortinas. A vista era feia de tanta lama e grandes nuvens turbulentas, mas dava esperança.

Finalmente, havia uma nova Testemunha da Prelazia, um jovem seco e decidido que — ao contrário da Testemunha do Tesouro, a qual ainda era mansa como um camundongo — não demonstrava sinal algum de estar atordoado. Ele assegurou a Maia antes do início da sessão propriamente dita que havia estudado o assunto com cuidado e não votaria por ignorância ou preguiça. Maia estava inclinado a aprová-lo.

Os Corazhas foram de um profissionalismo severo durante os julgamentos, e Maia não se surpreendeu quando o debate sobre a ponte se tornou bastante explícito. Lorde Pashavar ainda se opunha a ela, em parte pela argumentação de que não tinha como ser feita, em parte porque, mesmo que pudesse ser feita, não deveria sê-lo. Ele foi apoiado pela Testemunha dos Estrangeiros e pela Testemunha das Universidades e sofreu oposição ruidosa da Testemunha do Parlamento e silenciosa da Testemunha do Athmaz'are. A Testemunha da Prelazia provou sua qualidade lançando-se de cabeça no argumento, e, embora a princípio parecesse inclinada a apoiar o lado contrário à ponte, as respostas a algumas de suas perguntas o levaram a mudar de ideia. A Testemunha do Tesouro ficou sentada, vendo tudo, sem dizer nada.

Quando finalmente chegou a votação, a divisão era perfeitamente previsível: três sins e três nãos, tudo bem empatado, e a Testemunha do Tesouro, parecendo aterrorizada, declarou:

— Nós nos abstemos.

— Você não pode *se abster* — falou lorde Pashavar, indignado.

— Pode, sim — rebateu lorde Deshehar. — Embora admitamos que preferíamos que ele não o fizesse.

— Não conseguimos decidir — explicou-se a Testemunha do Tesouro. — Lamentamos, mas é a verdade.

— Podemos sugerir que a indecisão dificilmente é um traço desejável num membro dos Corazhas? — comentou lorde Pashavar.

— Entregaremos nossa renúncia se Sua Serenidade a pedir — disse a Testemunha do Tesouro, olhando para Maia.

— Você está muito decidido sobre sua indecisão — observou Maia, o que surpreendeu vários membros dos Corazhas e os fez rir. — Não pedimos sua renúncia. Mas, se achar que as responsabilidades dos Corazhas são mais do que você pode suportar, certamente permitiremos que renuncie.

A Testemunha baixou a cabeça.

— Obrigado, Serenidade. Somos... Não esperávamos achar isso tão avassalador e pediríamos mais tempo para pensar.

— É claro.

— Mesmo assim — acrescentou ele, com um pouco mais de intensidade na voz —, sobre a questão da ponte, não podemos votar. Nós nos abstemos.

— Bem... — disse lorde Pashavar, azedo como vinagre — ... então depende do senhor, Serenidade, desempatar.

— Você não pode impedir que a mudança aconteça, lorde Pashavar — falou Maia com simpatia, e lorde Pashavar agitou a mão para ele para que fosse logo em frente com as coisas. — Votamos a favor da ponte — declarou Maia, como certamente todos no salão sabiam que ele faria.

— Obrigado, Serenidade — disse lorde Deshehar. — E podemos propor que seja chamada de Ponte Varenechibel, em memória de seu falecido pai?

Não, pensou Maia. Então, de repente, ele soube o que seria certo.

— É uma ideia excelente — disse ele —, mas preferimos que se chame Ponte da Sabedoria, em memória de todos os que morreram. E em sinal de esperança.

E todos os membros dos Corazhas, até mesmo lorde Pashavar, assentiram com a cabeça.

A sessão terminou pouco depois; Maia ficou sentado e esperou por Csevet enquanto a sala se esvaziava. Quando restavam apenas os dois, com Telimezh e Kiru atrás da cadeira de Maia, Csevet falou:

— Depois disso e de Nelozho, eles vão começar a chamá-lo de Edrehasivar, o Construtor de Pontes.

Maia pensou a respeito.

— Supomos que você tenha razão. — Então pensou um pouco mais, pensou em alianças, em Idra, Csethiro e Gormened, em lorde Pashavar e no capitão Orthema, em Vedero, mer Celehar e Arbelan. Em Cala e Beshelar, Kiru e Telimezh. No próprio Csevet. Lamentou as pontes que não havia construído, Setheris, Sheveän e Chavar, e as pontes que nunca tivera a chance de construir — seu irmão Nemolis, por exemplo. E soube que, se o restante de sua vida fosse gasto construindo pontes, não seria nada ruim. Disse por fim: — Nós gostaríamos disso. Gostaríamos muito disso.